조너선 스위프트 (1667~1745)

세인트 패트릭 성당 스위프트는 1713년 사제장으로 임명되었으나 정치 평론가로 활약하다 1914년 앤 여왕이 죽자 더는 정치가로 성공하기 어렵다는 것을 알고 성당 사제로 복귀했다.

흉상 세인트 패트릭 성당에 있는 스위프트의 흉상

앤 여왕 여왕이 죽은 뒤 스위프트는 아일랜드로 돌아가 사제로 복귀했다.

걸리버 여행기 릴리퍼트에서 걸리버는 마치 산 정상에 올라 아래를 내려다보며 자신의 모습이 얼마나 보잘것없는지를 깨닫게 되지만, 이곳 사람들은 여전히 자기 모습이 얼마나 하찮은지 알지 못한다.

▲벽화 릴리퍼트에서 장난감 가게 외관 벽화로 만들어졌다.

◀브롭딩낵 왕과 걸리버 거인국에서는 인간의 추악한 모습이 돋보기를 통해 확대되어 혐오스런 모습으로 보인다.

▼후이넘의 나라 지도
1925년판에 수록된 존스의 목판화

▲걸리버는 다음 기착지인 거인의 땅에 도착하여 농부의 집으로 가게 되지만 농부는 걸리버를 여왕에게 팔아버린다.

▶날아다니는 섬 라퓨타 사람들의 눈을 통해 인간의 비상식적인 모습들을 보여준다. 라가도의 학술원에서 벌어지는 온갖 과학 실험에서도 나타난다.

비현실적 실험은 자연 법칙에 어긋나게 되어 재앙을 부른다. 과학만능주의에 빠지기 쉬운 현대인들에게 경종을 울린다.

걸리버는 욕심 많은 야후에게 혐오를 느끼고 후이넘의 합리적이고 공동체를 중시하는 존재라는 것을 알고 후이넘에 대해 존경을 갖는다.

수레를 끄는 야후들 말들의 모든 것을 모방하며 후이넘의 나라에 살려고 하나 후이넘들이 부족회의를 열어 걸리버를 추방한다.

영화 〈걸리버 여행기〉 포스터. 잭 셰어 감독, 커윈 매튜스·준 토번 주연. 1960.

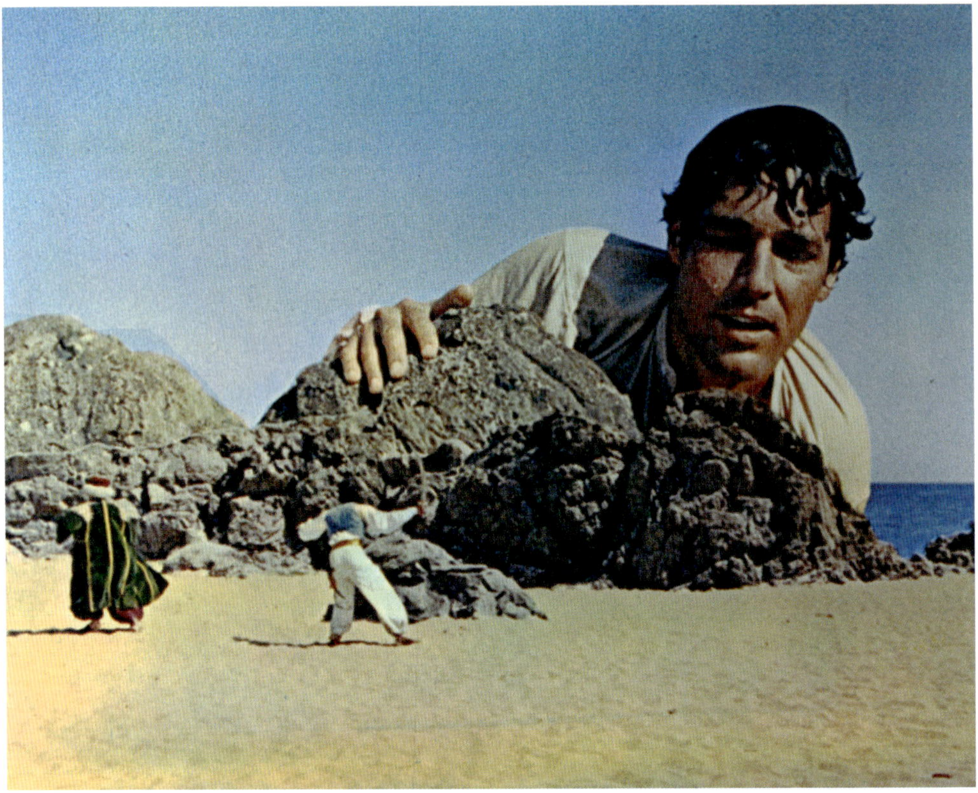

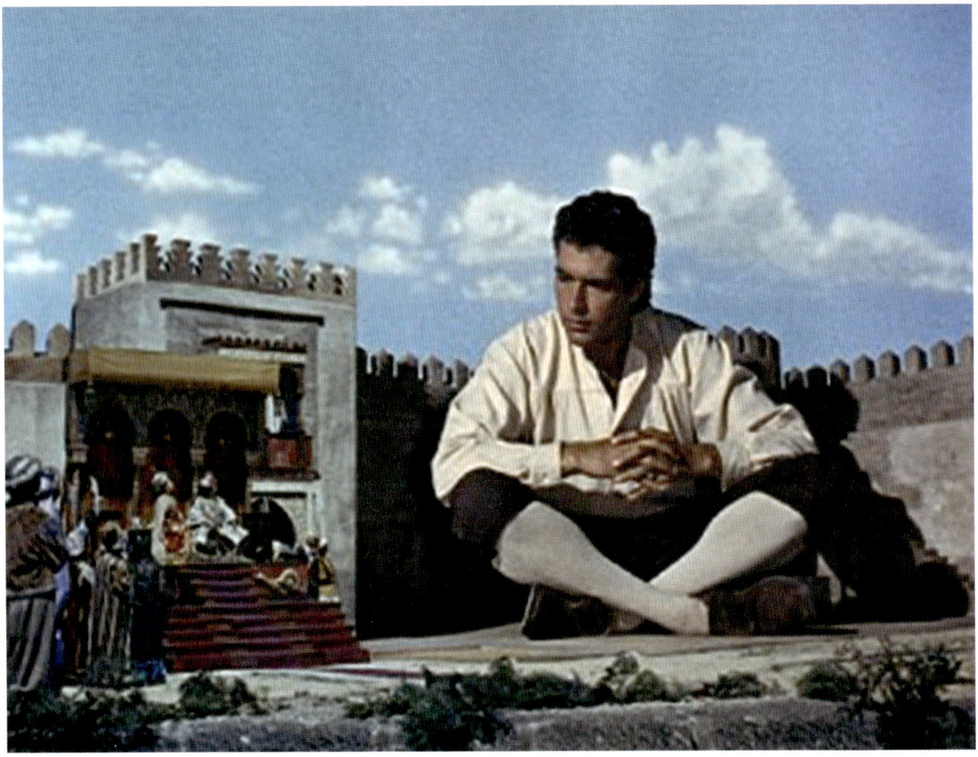

세계문학전집052
Jonathan Swift
GULLIVER'S TRAVELS/A TALE OF A TUB
걸리버 여행기/통 이야기
조너선 스위프트/유영 옮김

동서문화사

디자인 : 동서랑 미술팀

걸리버 여행기/통 이야기
차례

걸리버 여행기

　펴낸이가 독자에게 드리는 글

제1부 작은 사람들의 나라
　1 지은이, 릴리펏 왕국에 표류하다…15
　2 소지품 검사…26
　3 궁중 오락…37
　4 도성과 궁전의 상황…47
　5 지은이, 외적의 침입을 막다…53
　6 릴리펏의 풍속, 법률, 관습…60
　7 음모를 눈치채고 블레프스큐로 도피하다…71
　8 블레프스큐를 떠나다…79

제2부 큰 사람들의 나라
　1 다시 항해에 나서다…87
　2 거인에게 붙잡혀 구경거리가 되다…100
　3 왕궁에 넘겨지다…106
　4 국내를 여행하다…118
　5 갖가지 위험…123
　6 국왕과 왕비를 즐겁게 해주려 하다…135
　7 정치에 대한 국왕의 무지…144
　8 생각지도 못한 사건…151

제3부 하늘을 나는 섬
  1 라퓨타에 도착하다 … 167
  2 라퓨타 사람들의 기질 … 174
  3 '하늘을 나는 섬'의 이동방법 … 186
  4 발니바르비로 건너가다 … 193
  5 기묘한 연구 I … 200
  6 기묘한 연구 II … 211
  7 글럽덥드립(마법사의 섬) … 217
  8 여러 유령과 만나다 … 222
  9 럭낵 왕국 … 229
  10 불멸자를 만나다 … 234
  11 일본으로 건너가다 … 243

제4부 말들의 나라
  1 후이넘에 들어서다 … 249
  2 후이넘과 야후 … 257
  3 후이넘의 언어를 배우다 … 263
  4 주인에게 자신의 처지를 들려주다 … 269
  5 영국과 유럽에 대해서 I … 277
  6 영국과 유럽에 대해서 II … 284
  7 인간과 야후의 비교 … 293
  8 야후의 악덕과 후이넘의 도덕 … 300
  9 후이넘의 정치와 학문 … 307
  10 후이넘을 떠날 것을 종용받다 … 312
  11 포르투갈 선박에 구조되다 … 319
  12 이 책의 집필의도 … 329
  걸리버 선장이 사촌 심프슨에게 보내는 편지 … 326

통 이야기

존 소머스 경 각하께 드리는 글
출판인이 독자에게
후손 왕자전하께 올리는 헌정서한
머리글
1 서론 … 364
2 통 이야기 … 375
3 비평가들에 대한 에피소드 … 386
4 통 이야기 … 396
5 근대작가에 대한 여담 … 407
6 통 이야기 … 414
7 여담을 찬양하는 여담 … 421
8 통 이야기 … 426
9 사회에서 벌어지는 광기의 기원과 효용과 이용에 대한 여담 … 433
10 또 다른 여담 … 446
11 통 이야기 … 452
결론 … 464

스위프트의 생애와 작품

스위프트의 생애와 작품 … 469
스위프트 연보 … 488

Gulliver's Travels
걸리버 여행기*

---

* 원제는 "의사에서 시작하여 나중에는 많은 배의 선장이 된 레뮤얼 걸리버가 쓴 세계 여러 나라 여행기 4부작(Travels into Several Remote Nations of the World, in Four Parts. By Lemuel Gulliver, First a Surgeon, and then a Captain of several Ships)"이다.

펴낸이가 독자에게 드리는 글[*1]

이 여행기의 지은이 레뮤얼 걸리버 씨[*2]는 저의 오랜 친구일 뿐 아니라 외가 친척이기도 합니다. 걸리버 씨는 호기심에 찬 사람들이 레드리프에 있는 자신의 집으로 몰려드는 것에 질려, 3년 전 고향인 노팅엄셔 뉴어크 변두리에 작은 땅과 소박한 집을 마련, 지금은 그곳에서 이웃의 존경을 받으며 은퇴생활을 하고 계십니다.

걸리버 씨의 고향은 아버님이 계시던 노팅엄셔이지만, 제가 직접 듣기로 그의 집안은 옥스퍼드셔 출신이라고 하여 밴버리 공동묘지에 확인하러 가보았더니, 정말로 걸리버라는 이름이 쓰인 묘비가 여럿 보였습니다.

레드리프를 떠나기에 앞서 걸리버 씨는 제게 이 책의 원고를 맡기시며 알아서 처리해달라고 하셨습니다. 저는 원고를 세 번이나 꼼꼼히 읽어보았습니다. 문체는 간단명료했지만 굳이 단점을 꼽는다면 모든 탐험가들이 그렇듯 묘사가 너무 장황하다는 것입니다. 하지만 작품 어디에서도 거짓이라는 느낌은 찾아볼 수 없으며, 지은이에 대한 평가는 실로 대단해서 레드리프 사람들이 확인할 때는 '걸리버 말처럼 진실이다'라고 덧붙이는 것이 습관이 되었을 정도입니다.

그 뒤로 저는 걸리버 씨 허락을 받아 몇몇 훌륭하신 분들에게 원고를 보여드렸습니다. 그리고 그분들의 권유로 이렇게 책을 세상에 내놓게 되었으니, 부디 이 책이 청소년 여러분에게 흔해빠진 정치정당에 대한 잡서(雜書)보다는 흥미로운 책이 되기를 바랍니다.

또 책에서는 항해 중에 있었던 풍향, 조류, 편차, 방위와 같은 수두룩한

[*1] 이 글은 지은이가 쓴 머리글로 실제 펴낸이가 쓴 글이 아니다. 실제 펴낸이는 벤저민 모토이고 심프슨이라는 이름은 실존했던 출판인 이름에서 따왔다.
[*2] 레뮤얼 걸리버는 소설 속 주인공 이름이자 지은이의 필명이다. 지은이는 1727년 영국에서 비밀리에 책을 발간하면서 자신의 이름을 감추고 레뮤얼 걸리버라는 이름으로 발행했다.

서술과 항해용어로 기록된 폭풍우 속에서 배를 조작하는 묘사, 경위도(經緯度)에 관한 기록은 과감히 삭제했습니다. 만약 그러지 않았다면 책은 두 배로 두꺼워졌을 것입니다. 이 때문에 걸리버 씨께서 불만이 있을지도 모르겠습니다만, 저는 되도록이면 이 책을 일반 독자 여러분이 쉽게 읽으셨으면 하는 마음에서 그렇게 했습니다. 만약 오류가 보인다면 그것은 바다 상식이 부족한 저의 책임입니다. 지은이께서 집필한 원본을 보고 싶은 탐험가들이 계시다면 언제든 기꺼이 보여드리겠습니다.

  지은이에 대한 이야기는 이 책 첫 장에 실려 있습니다.

리처드 심프슨

제1부
작은 사람들의 나라
릴리펏 기행

1
지은이, 릴리펏 왕국에 표류하다

지은이는 자신과 가족을 소개하고 처음 여행을 떠나게 된 동기에 대해 이야기한다. 배가 난파당하여 해안으로 헤엄쳐 겨우 살아남지만 릴리펏 왕국의 포로로 잡혀 수도로 압송된다.

나는 노팅엄셔에 작은 땅을 갖고 있던 아버지 밑에서 다섯 형제 중 셋째로 태어났다. 열네 살이 되던 해에 아버지는 나를 케임브리지에 있는 임마누엘 칼리지(대학 입시나 전문교육을 받던 영국의 교육기관)로 보냈고, 나는 기숙사에 머무르며 3년 동안 공부에만 힘썼다. 하지만 그렇게 넉넉지 못한 우리 집에서 나의 학비를 대는 것은 적잖이 부담스러웠으므로 (집에서 보내는 돈은 얼마 되지 않았지만) 나는 런던의 유명한 외과의사 제임스 베이츠 밑에서 4년간 일을 했다. 가끔 아버지가 보내주는 용돈은 여행에 필요한 항해술과 수학을 배우는 데 보탰다. 나는 언젠가 여행을 떠나는 것이 나의 운명이라고 굳게 믿고 있었다. 그래서 제임스 베이츠 밑에서 하던 일을 그만두고 아버지 곁으로 돌아갔다. 아버지와 존 삼촌, 그리고 여러 친척의 도움을 받아 40파운드를 마련할 수 있었다. 레이덴[*1]에서 공부하는 동안 해마다 30파운드를 보내주겠다는 약속도 받아냈다. 나는 레이덴에서 2년 7개월 동안 의술을 공부했다. 오랜 항해를 하려면 의술이 꼭 필요할 거라고 생각했기 때문이다.

레이덴에서 돌아온 나는 베이츠 스승님 주선으로 에이브러햄 파넬 선장의 **스왈로**호 의사가 될 수 있었다. 나는 선장과 함께 3년 6개월 동안 레반트 지방[*2]과 다른 여러 지역을 두 번씩 항해했다. 그 뒤 다시 런던으로 돌아온 나

[*1] 네덜란드 서부에 위치한 지명으로, 의료대학으로 유명한 레이덴 대학이 위치하고 있었다.
[*2] 그리스와 이집트 사이의 동지중해 연안지역을 가리키는 옛 지명으로 지금으로 따지면 시리아와 레바논 지역을 가리킨다.

는 개인병원을 열기로 했다. 베이츠 스승님도 도움을 주시기로 하고 나에게 많은 환자를 소개해주었다. 나는 올드주리에 작은 집을 얻고 이웃들 권유대로 뉴게이트 거리에 사는 양품점 주인 에드먼드 버튼 씨의 둘째 딸 메리 버튼과 결혼했다. 그녀는 결혼 지참금으로 400파운드를 가져왔다.

그러나 2년 뒤 베이츠 스승님이 돌아가시면서 도와줄 사람이 없어진 나의 병원사업은 점차 기울기 시작했다. 그렇다고 다른 의사들처럼 사기꾼이 되는 것은 양심이 허락지 않았으므로 나는 아내와 가까운 이들과 상의한 끝에 다시 배를 타기로 결정했다. 잇따라 두 척의 배에 올라 6년 동안 동인도 제도와 서인도 제도를 여덟 번이나 항해했고 덕분에 꽤 많은 재산을 모을 수 있었다. 배에는 책이 많아서 시간만 나면 고전문학과 현대명작들을 탐독했고, 육지에 오르면 그 지방의 풍습과 기질을 관찰하거나 그들의 언어를 공부하며 시간을 보냈다. 나는 기억력이 매우 좋았기 때문에 손쉽게 언어를 익히곤 했다.

그러나 마지막 항해에서는 그다지 돈을 벌지 못한 데다 바다에도 싫증이 나서 집으로 돌아가 가족과 함께 살고 싶어졌다. 가족에게 돌아간 나는 올드주리를 떠나 페터레인으로 옮겼다가 다시 워핑으로 이사했다. 선원들을 상대하는 병원을 열어볼까 해서였다. 점차 나아지겠지 하면서 3년을 보냈지만 일은 뜻대로 되지 않았다. 그러던 어느 날 남태평양으로 떠나는 **앤틸로프호**의 윌리엄 프리처드 선장이 매우 좋은 조건을 제안했고, 나는 그것을 받아들였다. 1699년 5월 4일 우리는 브리스톨(영국 남서부에 위치한 항구도시)을 떠났다. 항해는 무척이나 순조로워 보였다.

만약 여기서 내가 남태평양에서 겪은 일들을 빠짐없이 늘어놓았다가는 더없이 지루해질 테니, 동인도로 가던 중에 거센 폭풍우를 만나 반디멘스랜드(지금 호주의 타스마니아섬을 가리키는 옛 지명) 북서쪽으로 떠밀려갔다는 것만 밝혀두겠다. 관측을 해봤더니 우리는 남위 30도 2분 부근에 있었다. 과로와 영양실조로 열두 명이 죽었고 살아남은 사람들 상태도 매우 위태로웠다. 날짜는 11월 5일이었지만 초여름 날씨 탓에 안개가 심했다. 배에서 반 케이블*3 정도 앞에 있던 암초를 발견하고 피하려 했지만 거센 바람 때문에 미처 피하지 못했고 암초에 부딪힌 배는 두 동강이 나버렸다. 나를 포함한 여섯 명의 선원은 보트로 옮겨

---

*3 바다에서 항해거리를 나타내기 위해 사용했던 단위로 지금은 거의 쓰이지 않는다. 1케이블은 10분의 1해리에 해당하며 표준단위로 환산하면 약 185.2미터이다.

타 가까스로 배와 암초에서 벗어났다. 우리는 (내가 계산하기로는) 3리그*4쯤 노를 저어갔는데, 난파되기 전부터 지쳐 있던 터라 도저히 더는 저을 수가 없었다. 우리는 파도에 운명을 맡기기로 했다. 그러나 30분 정도가 지나서 갑자기 돌풍이 불어 우리가 탄 보트는 뒤집히고 말았다. 함께 보트에 타고 있던 사람들, 암초 위에 올라가 있거나 배에 남은 사람들이 어떻게 되었는지 나는 모른다. 아마 모두 물에 빠져 죽었을 것이다.

어쨌든 살아남은 나는 모든 것을 하늘에 맡기고 바람과 파도에 휩쓸려가며 헤엄을 치고 있었다. 가끔 발을 내딛어보았지만 바닥에 닿지 않았다. 그렇게 이제 다 끝났다는 생각에 온 몸에 힘이 빠졌을 무렵 발이 땅에 닿는 것이 아닌가. 어느샌가 폭풍도 잠잠해져 있었다. 나는 해변으로 이어지는 낮은 비탈길을 1마일*5가량 걸었다. 아마 저녁 8시쯤 되었을 것이다. 해변에 이르러서 반 마일을 더 걸었지만 집도 사람도 보이지 않았다. 아니 찾으려고 해도 찾을 수가 없었다. 몹시 지친 데다 날씨는 찌는 듯이 더웠고 배에서 떠날 때 마셨던 브랜디 탓에 졸음이 밀려왔다. 나는 부드러운 작은 풀밭에 드러누웠다. 아마 평생 그렇게 깊이 잠든 적은 없었을 것이다. 아홉 시간쯤 잤던 것 같다. 눈을 뜨자 마침 해가 떠오르고 있었다. 일어나려고 했지만 꼼짝도 할 수가 없었다. 내가 누워 있던 사이에 두 팔다리가 모두 바닥에 단단히 붙들어매여 있던 것이다. 숱이 많은 긴 머리카락도 마찬가지였다. 거기다 몸은 겨드랑이부터 허벅지까지 가늘고 긴 줄이 일고여덟 개로 묶여 있었다. 보이는 것이라곤 하늘뿐이었다. 햇살은 점점 뜨거워졌고 눈도 부셨다. 주위에서 시끄러운 소리가 들렸지만 이런 자세로는 도무지 돌아볼 수조차 없었다.

잠시 뒤 왼쪽 다리 위로 살아 있는 무언가가 움직이는 것이 느껴졌다. 그것은 가슴팍을 지나 조심스럽게 턱 가까이로 올라왔다. 나는 최대한 눈을 아래로 깔고 그 무언가를 보았다. 놀랍게도 그것은 활을 들고 화살 집을 멘 6인치*6밖에 되지 않는 사람이었다. 느낌으로 봐서 그 뒤로 같은 사람들이 적어도 40명은 넘게 뒤따라오고 있는 듯했다. 나는 깜짝 놀라 소리를 질렀다. 그러자 작은 사람들은 겁을 먹고 달아나버렸다. 나중에 들은 이야기지만 몇

---

*4 영미법 도량형 단위로 1리그는 3마일에 해당하는 약 4.8킬로미터.
*5 영미법 도량형 단위로 1마일은 약 1.6킬로미터에 해당한다.
*6 영미법 도량형 단위로 1인치는 약 2.5센티미터에 해당한다.

몇은 내 배에서 뛰어내리다가 다치기도 했다고 한다. 그러나 그 작은 사람들은 곧 되돌아왔다. 그중 한 명은 용감하게도 내 얼굴이 보이는 곳까지 오더니 감탄한 듯 눈을 동그랗게 뜨고 두 팔을 들고는 **"헤키나 데굴!"** 짜랑짜랑한 목소리로 외쳤다. 다른 작은 사람들도 몇 번이나 그 말을 외쳤지만 나는 그게 무슨 뜻인지 전혀 알 수가 없었다. 독자 여러분도 짐작하겠지만 나는 무척이나 불안했다. 어떻게든 벗어나려고 몸을 뒤척였더니 줄이 끊어지면서 왼팔을 묶은 말뚝이 뽑혔다. 자유로워진 왼팔을 보고서야 내가 지금 어떻게 묶여 있는지 알 것 같았다. 아픔을 참고 왼쪽 머리카락 묶은 줄을 힘껏 잡아당겼고, 줄이 느슨해지면서 2인치 정도 고개를 돌릴 수 있게 되었다. 그러나 내가 손을 뻗기도 전에 작은 사람들은 모두 도망가버렸다. 이윽고 뒤에서 큰 고함소리가 들리더니 누군가가 **"톨고 포낙!"** 외쳤다. 그 순간 셀 수 없이 많은 화살이 나의 왼손으로 쏟아졌다. 바늘로 찌르는 것처럼 따끔따끔했다. 그들은 마치 유럽에서 대포를 쏘는 것처럼 하늘을 향해 화살을 쏘아댔다. 수많은 화살이 몸에 떨어졌지만 아프지는 않았다. 다만 몇 발이 얼굴에 떨어졌기에 나는 너무 놀라 서둘러 왼손으로 얼굴을 가렸다. 소나기 같던 화살 세례가 그치자 나는 고통과 괴로움에 신음했다. 그리곤 다시 줄을 풀기 위해 몸부림을 쳤고 그들은 전보다 더 많은 화살을 쏘아댔다. 몇몇은 창으로 나의 허리를 찌르려고도 했다. 하지만 가죽재킷을 입고 있어 다행히 찔리지는 않았다. 나는 가만히 누워 있는 것이 가장 좋을 것 같다는 생각이 들었다. 왼팔도 자유로워졌으니 밤까지 기다리면 나를 묶은 줄을 쉽게 풀 수 있을 테고, 군대가 몰려온다 해도 모두 이만한 크기라면 혼자서 상대할 수도 있을 것이다.

 하지만 운명은 내 뜻대로 흘러가지 않았다. 내가 잠잠해지자 작은 사람들은 더는 화살을 쏘지 않았다. 하지만 떠드는 소리가 점점 커지는 걸로 봐서 사람들이 더 많아진 것 같았다. 무슨 작업이라도 하는지 오른쪽으로 4야드[7] 떨어진 곳에서 한 시간 넘게 뚝딱거리는 소리가 들려왔다. 나는 말뚝과 줄이 허용하는 범위까지 고개를 돌려보았다. 그곳에는 1피트 반[8] 높이의 연단이 세워져 있었다.

---

[7] 영미법 도량형 단위로 1야드는 약 0.9미터에 해당한다.
[8] 영미법 도량형 단위로 1피트는 약 30.5센티미터에 해당한다.

　연단으로 오를 때 필요한 사다리 두세 개가 놓인 곳에는 네 사람이 서 있었다. 그 가운데 신분이 높아 보이는 사람이 내게 뭐라고 오랫동안 연설을 했지만, 나는 한마디도 알아들을 수가 없었다. 다만 그는 연설을 하기에 앞서 세 번이나 **"랑그로 데홀 산!"** 외쳤는데(나중에 이 말과 앞서 들은 말들까지 모두 설명을 들었다), 곧바로 50명 가까운 사람들이 다가와 왼쪽 머리를 묶은 줄을 잘라주었다. 덕분에 나는 편하게 고개를 돌려 연설하는 사람의 표정과 행동을 바라볼 수 있었다. 그는 중년으로 보였고, 뒤에 선 세 하인보다 훨씬 키가 컸다. 하인들 중에서도 그의 옷자락이 바닥에 닿지 않도록 잡고 있는 하인은, 내 가운뎃손가락보다 조금 더 커 보였다. 다른 두 하인은 그를 지키려는 듯 양 옆에 나란히 서 있었다. 주군으로 보이는 그 사람은 멋들어진 연설을 선보였다. 아주 공손한 태도로 여러 차례 위협적인 말을 했고, 무언가에 대한 약속도 했으며 동정을 표하기도 했다. 나는 얌전히 따르겠다는 뜻을 조금 보인 뒤 증인이라도 되는 듯 태양을 바라보며 왼손으로 가리켰다.
　무엇보다 나는 몹시 배가 고팠다. 배에서 탈출하기 몇 시간 전에 식사한 뒤로 음식은 구경조차 못했기 때문이다. 도저히 참을 수 없어 나는 체면도 잊고 먹을 것을 달라는 뜻으로 (아마 예의범절에 어긋나겠지만) 몇 번이고 손가

1 지은이, 릴리펏 왕국에 표류하다　19

락을 입에 갖다댔다. 허고(나중에 알 게 된 것이지만, 이곳에서는 높은 지위의 사람을 이렇게 불렀다)는 내 뜻을 잘 이해해주었다. 연단에서 내려온 허고는 나의 옆구리에 사다리를 갖다 놓도록 명령을 내렸다. 얼마 지나지 않아 백 명에 가까운 사람들이 사다리를 타고 고기가 담긴 바구니를 나의 입 가까이로 가져왔다. 내 소식을 들은 황제가 보낸 것이라고 했다. 앞다리에 볼깃살, 갈비로 봐서는 양고기 같았지만 어떤 고기인지 알 수가 없었다. 먹음직스러워 보였지만 고기가 종달새 날개보다도 작았던 탓이다. 나는 고기를 한 입에 서너 덩어리씩 넣었고 총알만 한 빵도 한 번에 세 개씩 먹었다.

  작은 사람들은 나의 엄청난 식욕에 크게 놀라면서도 열심히 음식을 가져다주었다. 나는 목이 마르다는 시늉을 했다. 내가 먹는 모습을 지켜본 사람들은 내가 적은 양으로는 만족하지 못하리라는 것을 알고 현명하게도 큰 술통을 내 손이 닿는 곳까지 데굴데굴 굴려온 다음 뚜껑을 열어주었다. 그것은 반 파인트*9밖에 되지 않았으므로 나는 단숨에 들이켰다. 부르고뉴 와인과 비슷했지만 맛은 훨씬 더 훌륭했다. 한 통 더 굴려다준 것을 금세 들이켜고 좀 더 달라는 시늉을 했지만 더는 없는 것 같았다.

  나의 이런 놀라운 모습을 지켜보던 작은 사람들은 환호성을 질렀다. 내 가슴 위로 올라온 사람들은 함께 춤을 추며 "헤키나 데굴!"을 몇 번이고 외쳤다. 그러더니 아래에 있던 이들에게 "보라호 미볼라!" 외쳐 주의를 준 다음, 나더러 두 개의 술통을 바닥에 던지라고 했다. 내가 술통을 던지자 모두가 "헤키나 데굴! 헤키나 데굴!" 소리를 질렀다.

  솔직히 말하자면 나는 내 몸 위에서 요리조리 움직이는 그들을 4, 50명 잡아서 바닥에 내던지고 싶었다. 하지만 그랬다간 좀 전에 당했던 화살세례나 그보다 더 심한 일을 당할지도 모르는데다 얌전히 따르겠다고 맹세까지 한 터라 곧 그 생각을 머릿속에서 지워버렸다. 거기다 이토록 많은 음식을 대접하고 환호로 맞아준 사람들에게 인간의 도리상 어떻게 악의적으로 대할 수 있겠는가. 한편으로 나는 이렇게 한 손이 풀린 거대한 괴물을 보고도 두려워 않고 기어 올라오는 작은 사람들의 대담함에 내심 감탄하고 있었다.

  한참 뒤에 내가 더는 먹을 것을 요구하지 않자, 황제의 명령을 전하러 온

---

*9 영국의 부피단위로 1파인트는 약 568밀리리터에 해당한다.

사절이 나타났다. 나의 오른쪽 발목을 타고 올라온 사절은 열두 명의 수행원을 거느리고 내 얼굴로 다가와 황제의 인장이 찍힌 신임장을 꺼낸 뒤 온화하면서도 결의에 찬 모습으로 10분 정도 연설을 했다. 그때는 몰랐지만 황제가 의회를 열어 나를 이곳에서 100야드 떨어진 수도로 옮기기로 결정했다는 것이었다. 나는 사절에게 몇 번이고 대답을 했지만 통하지 않았다. 그래서 나는 풀려 있던 왼손으로(사절과 수행원들이 다치지 않게 그들 머리 위로 조심스럽게) 오른손과 몸, 그리고 머리를 가리키며 풀어달라는 몸짓을 했다. 사절은 내 뜻을 이해한 것 같았다. 하지만 그는 안 된다는 듯이 머리를 가로젓더니 손짓으로 나를 포로로 압송해야 한다는 뜻을 보였다. 대신 고기와 포도주를 넉넉히 먹을 수 있고, 훌륭한 대접을 받을 것이라고 몸짓으로 전했다. 나는 다시 몸을 뒤척여 줄을 모두 끊어버릴까 생각했지만 화살을 맞은 자리에 물집이 잡

1 지은이, 릴리펏 왕국에 표류하다 21

힌 데다 아직 박혀 있는 화살도 있었다. 거기다 작은 사람들의 수도 늘어난 만큼 나는 황제의 뜻에 따르겠다는 몸짓을 했다. 그러자 사절과 수행원들은 매우 공손하게 물러났다. 물러나기 전에 얼굴과 손에 무척이나 향이 좋은 푸른 약을 발라주었는데, 조금 지나자 화살을 맞은 자리의 통증이 가셨다.

잠시 뒤 **"페플름 셀란! 페플름 셀란!"** 잇달아 외치는 소리가 들리더니 작은 사람들이 몰려와 왼쪽 줄을 느슨하게 풀어주었다. 그제야 나는 몸을 돌려 이제껏 참았던 소변을 볼 수 있었다. 모여 있던 작은 사람들은 나의 모습을 보고 뭘 하려는 건지 알아챘는지 양쪽으로 물러섰다. 쏟아지는 엄청난 오줌 줄기에 작은 사람들은 매우 놀라워했다. 배도 채우고 소변도 봤고 괴롭히던 통증도 가시자 잠이 쏟아졌다. 나는 그렇게 여덟 시간을 잤다.

나중에 알게 된 사실이지만 내가 마신 포도주에는 수면제가 들어 있었다고 한다. 바닷가로 떠밀려온 나를 발견했다는 소식을 들은 황제가 의회를 열어서 나를 붙잡아 배불리 먹이고 잠재운 다음 수도로 옮길 계획을 세운 것이다. 어떻게 보면 매우 대담하고 위험해 보이지만 이것은 아주 훌륭하고 신중한 결정이었다. 만약 잠들어 있던 나를 창과 활로 죽이려 했다면, 나는 통증 때문에 잠에서 깼을 것이고 화가 치밀어 줄을 모두 끊어버렸을 것이다. 그랬다면 맞서 싸울 도리가 없는 작은 사람들은 내게서 어떤 자비도 바랄 수 없었을 것이다.

작은 사람들 나라에는 학문을 장려한 황제의 정책 덕분에 뛰어난 수학자들이 많았고 기계공학이 매우 발달했다. 특히 통나무처럼 무거운 것을 옮기는 데 쓰는 바퀴 달린 기계가 많았는데, 숲 속에서 9피트나 되는 거대한 군함을 만든 다음 기계에 실어 3, 400야드 떨어진 바다로 옮긴 적이 있을 정도였다. 이제는 그보다 더욱 커다란 기계를 만들기 위해 500명 가까운 목수와 기술자가 동원되었다. 바로 길이 7피트, 너비 4피트의 몸체를 바닥에서 3인치 가량 띄워 스물두 개의 바퀴를 달아 굴러가도록 만든 수레였다. 내가 들은 환호성은 이 수레가 도착해서 그랬던 것인데, 내가 이 섬으로 떠밀려 온 지 네 시간 만에 만들었다고 한다.

수레는 누워 있는 내 옆에 나란히 놓였다. 하지만 이제 가장 어려운 일이 남았다. 바로 잠든 나를 수레에 싣는 것이었다. 이 작업을 위해 끝에 도르래가 달린 1피트 높이 장대 80개가 세워졌다. 다음으로 내 목과 팔, 허리, 다

리에 붕대를 감고 그 끝에 갈고리를 달아 튼튼한 끈으로 연결했다. 그리고 900명의 장정이 동원되어 도르래에 연결된 끈을 잡아당겼다. 작업은 세 시간도 걸리지 않았다. 그렇게 나는 수레에 꽁꽁 묶여 키 4인치 이상만 추려 모은 1500마리의 말에 실려 반 마일 떨어진 수도로 떠났다.

 그때 나는 수면제로 인해 깊이 잠들어 있던 탓에 이러한 일들은 모두 나중에 듣게 되었다. 그런데 출발한 지 네 시간쯤 지나서 정말이지 터무니없는 사건으로 나는 잠에서 깨고 말았다. 수레가 고장이 나 잠시 멈춘 사이, 내가 어떤 모습으로 잠들었는지 궁금했던 두세 명의 젊은이가 몰래 다가온 것이다. 그들 가운데 위병장교가 작은 창 끝으로 나의 왼쪽 콧구멍을 찔렀다. 마치 지푸라기로 코를 간질이는 듯한 느낌에 나는 크게 재채기를 했다. 장난꾸러기들은 깜짝 놀라서 달아났고, 왜 내가 그렇게 갑작스레 잠에서 깼는지는

1 지은이, 릴리펏 왕국에 표류하다 23

3주 뒤에야 알게 되었다.

  행군은 밤이 될 때까지 쉬지 않고 계속되었다. 밤이 되자 그들은 내 양 옆에 500명의 보초를 세우고 휴식을 취했는데, 반은 횃불을 들고 반은 내가 움직이면 바로 쏠 수 있도록 화살을 끼운 활을 들고 있었다. 다음 날 해가 뜨자마자 다시 행군이 시작되었다. 우리는 한낮이 되어서야 성문에서 200야드 떨어진 곳까지 올 수 있었다. 황제와 대신들이 우리를 맞이하러 나왔다. 황제가 내 몸 위에 올라타려고 했지만 신하들이 위험하다며 가로막았다.

  수레가 멈춘 곳에는 작은 사람들 나라에서 가장 크고 오래된 사원이 있었다. 이곳은 몇 년 전에 일어난 잔인한 살인사건 탓에 불경하다고 여겨져 모든 장식물과 가구를 치우고 공공시설로 쓰고 있었다. 나는 이곳에 머무르게 되었다. 북쪽으로 난 커다란 문은 높이가 4피트, 너비는 2피트라 기어서 드나들어야만 했다. 문 양쪽으로는 땅에서 6인치 높이에 작은 창이 나 있었다. 황실 기술자들은 유럽 귀부인들이 흔히 갖고 다니는 시곗줄만큼이나 굵은 사슬을 아흔한 개 연결해서 왼쪽 창문을 통해 내 왼쪽 다리에 감고는 자물쇠 서른여섯 개를 채웠다. 사원 맞은편이며 넓게 다진 길 반대쪽으로 20피트 떨어진 곳에는 5피트 높이의 탑이 하나 있었다. 이곳에서 황제가 여러 대신들을 거느리고 나를 지켜보고 있었다. 하지만 나는 그들이 보이지 않았으므로 황제가 나를 보고 있었다는 사실도 나중에서야 알았다.

  나를 보러 온 사람은 10만 명이 넘었다. 경비병들이 있는데도 어떻게 넘어왔는지 1만 명 가까운 사람들이 사다리를 타고 한꺼번에 내 몸으로 올라왔다. 하지만 그것은 곧바로 금지되었고, 허락 없이 내 몸에 올라가는 사람은 사형에 처한다는 명령이 내려졌다.

  마침내 내가 달아나지 않는다는 것을 알았는지 기술자들이 내 몸을 묶은 줄을 모두 풀어주었다. 나는 지금까지 느껴보지 못한 비참한 기분으로 일어섰다. 내가 일어서서 걷는 것을 보고 놀란 작은 사람들이 소리를 지르는 모습은 이루 말할 수 없을 정도였다. 왼발에 채워진 쇠사슬은 약 2야드 정도로 반원을 그리며 움직일 수 있을 만큼 길었지만, 문에서 4인치쯤 안쪽에 묶여 있던 탓에 나는 사원 안으로 기어들어가야만 발을 뻗고 누울 수 있었다.

2
소지품 검사

릴리펏 황제가 대신들을 거느리고 묶여 있는 지은이를 보러 온다. 황제의 모습과 의상이 묘사되고, 지은이에게는 그들의 언어를 가르쳐줄 학자들이 임명된다. 지은이는 온화한 성격으로 호감을 사지만 몸수색을 받고 칼과 총을 압수당한다.

겨우 다시 일어설 수 있게 된 나는 주변을 둘러보았다. 나는 지금껏 이토록 재미난 광경은 본 적이 없었다. 마치 나라 전체가 커다란 정원 같았다. 울타리를 친 40피트 크기의 주위는 마치 꽃밭처럼 보였다. 밭 사이사이에는 반 스탕*1 정도 되는 숲이 있었는데 가장 큰 나무가 7피트도 안 될 만큼 아담해보였다. 나는 고개를 돌려 도시를 바라보았다. 조그마한 도시는 마치 연극에서 배경으로 그려진 마을 같았다.

사실 나는 몇 시간째 생리적 욕구에 시달리고 있었다. 마지막으로 대변을 본 지 이틀이 지났으니 그럴 만도 했다. 다급함과 부끄러움 사이에서 망설이던 내가 떠올릴 수 있는 최선의 방법은 사원 안으로 들어가 문을 닫고 최대한 구석에서 볼일을 보는 것이었다. 물론 내가 이렇게 불결한 짓을 저지른 건 그때뿐이었다. 독자 여러분은 내가 처한 상황을 너그러이 이해해주리라 믿는다. 그 뒤로는 눈 뜨자마자 사슬이 곧게 뻗은 만큼 최대한 멀리 나가서 볼일을 봤다. 보고 난 대변은 특별히 그 임무를 맡은 두 시종이 수레로 치워주었다. 이곳 사람들이 나의 청결관념을 문제삼지 않았다면 이런 시답잖은 이야기는 꺼내지도 않았을 것이다. 하지만 이따금 나를 싫어하는 사람들이 내가 불결하다고 비난을 늘어놓았다.

---

*1 스탕은 4분의 1에이커를 나타내는 면적단위로 반 스탕은 약 505.5m²에 해당한다. 만약 정사각형이라면 한 변 길이는 22.5미터이다.

　모험과도 같은 볼일을 마치고 나는 맑은 공기를 마시며 집으로 돌아왔다. 황제는 벌써 탑에서 내려와 말을 타고 나에게 다가오고 있었는데 하마터면 큰일을 당할 뻔했다. 훈련이 잘 된 말인데도 마치 산이 움직이는 것 같은 나의 모습에 깜짝 놀라 뒷발로 일어서고 만 것이다. 하지만 기마술이 뛰어난 황제는 말에서 떨어지지 않았고, 곧바로 달려온 시종들이 고삐를 잡아주어 무사할 수 있었다. 황제는 말에서 내리자마자 내 주변을 돌며 연신 감탄을 했다. 물론 내가 묶인 쇠사슬이 닿지 않을 거리는 유지했다. 그가 대기하고 있던 시종과 요리사에게 음식을 준비하라고 명령을 내리자 음식이 실린 수레 서른 대가 내 손 닿는 곳까지 다가왔다. 스무 수레에는 고기가, 나머지 열 수레에는 포도주가 담겨 있었다. 고기는 수레 한 대에 두세 입 정도였고, 포도주는 수레마다 열 통씩 실려 있었다. 나는 수레를 통째로 들어 단숨에 포도주를 들이켰다. 그리고 이런 식으로 계속해서 수레를 금세 깨끗이 비워 버렸다.

황후와 황태자, 황녀는 많은 시녀를 거느리고 멀리 떨어진 가마에 앉아 있었지만, 황제의 말이 소란을 피웠을 때 모두 가마에서 내려 황제 가까이 다가와 있었다.

그럼 이제부터 황제*2에 대해 얘기해보도록 한다. 황제는 제국에서 누구보다도 키가 컸다. 크다고 해봤자 내 손톱 만큼이었지만, 그것만으로도 사람들의 존경과 두려움을 일으키기에 충분했다. 얼굴은 반듯하고 남자다웠으며, 오스트리아인처럼 두터운 아랫입술과 매부리코, 올리브색 피부, 바른 자세와 균형 잡힌 몸매를 갖고 있었다. 무엇보다 품위가 있고 당당했다. 28세 하고도 9개월로 한창 젊은 나이는 지났지만 7년이라는 통치기간 동안 나라는 평화를 누리고 있었다.

나는 그를 더 자세히 보기 위해 그의 3야드 앞에 드러눕기도 하고, 손 위에 여러 번 올려놓고 보기도 했다. 아시아와 유럽 양식이 뒤섞인 복장은 매우 소박하고 단순했다. 하지만 머리에 쓴 황금투구는 깃털과 보석으로 화려하게 꾸몄고, 내가 사슬을 끊고 난동을 부릴 때를 대비해서 호신용 검(劍)을 가지고 있었다. 검은 겨우 3인치쯤 돼 보였는데 자루는 황금으로 만들고, 칼집에는 다이아몬드가 박혀 있었다. 또 목소리는 어찌나 날카롭고 또랑또랑한지 내가 서 있을 때조차 알아들을 수 있었다. 옆에 있던 귀부인들과 대신들은 모두 화려하게 차려입어서 그들이 서 있는 모습은 마치 금과 은으로 자수를 놓은 페티코트를 바닥에 깔아놓은 것 같았다.

황제는 몇 번이고 나에게 말을 걸었고 나도 대답을 했지만, 서로 단 한 마디도 이해할 수 없었다. 황제의 명령에 따라 옆에 있던 사제와 법률가들(복장을 보고 짐작한 것이지만)까지 나에게 말을 걸었지만 남부 네덜란드어(지금의 독일어)에서부터 북부 네덜란드어, 라틴어, 프랑스어, 에스파냐어, 이탈리아어, 링구아프랑카(모국어가 다를 경우 의사소통을 위해 사용했던 공용어)까지 어떤 언어를 써보아도 말이 통하지 않았다.

두 시간 뒤, 황제는 가족과 신하들을 데리고 궁전으로 돌아갔다. 사원에는 장난삼아 나에게 엉뚱한 짓을 하려는 사람들을 막기 위한 경비병들이 남았다. 사람들은 조금이라도 더 가까이 오려고 안달이었고, 어떤 자는 문 앞에 앉아 있던 나에게 화살을 쏴 화살이 내 눈을 아슬아슬하게 비켜가기도 했다.

---

*2 영국 국왕 조지 1세(George Ⅰ, 1660~1727)를 풍자한 것이다.

경비대장은 활을 쏜 여섯 명을 체포했고 내 손바닥에 올려놓는 것만한 처벌도 없다고 생각했는지, 병사들을 시켜 그들을 내 손 닿는 곳까지 데리고 왔다. 나는 그들을 잡아 다섯 명은 주머니 속에 집어넣고 한 명은 들어서 산 채로 삼키는 시늉을 했다. 그는 기겁을 하고 비명을 질렀다. 더구나 내가 주머니칼을 꺼냈을 때는 지켜보던 병사들도 노심초사했을 것이다. 하지만 나는 곧 모두를 안심시켰다. 나는 부드러운 표정으로 그를 묶은 밧줄을 잘라 도망갈 수 있도록 먼 곳에 내려주고 남은 다섯도 주머니에서 꺼내 조심스럽게 놓아주었다. 그들은 나의 너그러운 행동에 고마워하는 것 같았다. 그리고 이 일은 나중에 의회에 전해져 호의를 사게 된다.

밤이 되면 나는 가까스로 사원 안으로 기어들어가 딱딱한 돌바닥에서 잠을 잤는데, 거의 2주를 그렇게 생활했다. 그래서 황제는 내가 쓸 침대를 만들도록 했다. 평범한 크기의 매트리스 600개를 사원으로 옮겨와서 150개의 매트리스로 한 층을 만들고 그것을 4층으로 겹쌓아서 하나의 매트리스로 만든 것이다. 이런 식으로 시트와 담요까지 만들어주었다. 고된 잠자리에 길든 나에게는 제법 괜찮은 침대였다.

 나에 대한 소문이 나라 전체로 퍼지면서 부유하고 호기심 많은 게으름뱅이들이 나를 구경하려고 몰려드는 탓에 거의 모든 마을이 텅 비어버렸다. 만일 나를 구경하는 것을 법으로 금하지 않았더라면 농사와 집안일이 엉망이 되었을 것이다. 황제가 발표한 법령은 이러했다. 나의 집 반경 50야드 안으로는 들어올 수 없으며, 들어오려거든 법원의 허가를 받아야 한다. 또 구경을 했거든 바로 돌아가야 한다. 이 법령 덕분에 국무대신은 큰돈을 벌 수 있었다.

 한편, 황제는 자주 각료들을 불러들여 나에 대한 처우에 대해 토의했다. 이것은 작은 나라 친구한테서 들은 것인데, 그 친구는 국가기밀에도 관여할 만큼 신분이 아주 높았다. 나라의 대신들은 내가 쇠사슬을 끊지는 않을까, 나의 엄청난 식사량 때문에 기근이 오지는 않을까 걱정을 한다는 것이다. 그래서 나를 굶겨 죽이거나, 얼굴과 팔에 독화살을 쏴서 죽이는 방법까지 내놓았지만 산처럼 커다란 시체에서 풍길 악취와 전염병이 나라 전체로 퍼질지도 모른다는 염려 때문에 철회되고 말았다. 이러한 회의를 하는 도중에 장교 몇 명이 회의실로 들어왔다. 그들 가운데 출입이 허락된 두 장교가 앞서 내가 보여준 여섯 죄인에 대한 너그러운 행동을 보고했다. 그것은 황제와 회의에 참석한 대신들에게 좋은 인상을 심어주었다.

 마침내 황제가 칙령을 내렸다. 도성에서 반경 9백 야드 이내 마을에서 아침마다 소 여섯 마리와 양 마흔 마리, 그밖에 내가 먹을 빵과 포도주를 제공하되 모든 비용은 국고에서 대주겠다는 것이었다. 자신의 영지에서 들어오는 수입으로 생활하는 황제는 부득이한 일이 아니면 조세를 걷지 않았다. 다만 전쟁이 나면 국민들은 자비를 들여 전쟁에 참여해야 했다. 나를 돌봐줄 시종 600명이 고용되었고 집 양쪽으로 그들의 숙소가 세워졌다. 300명의 재단사가 작은 사람들의 스타일에 맞춰 내 옷을 지어주었고, 가장 뛰어난 학자 여섯 명이 나에게 언어를 가르치기 위해 와주었다. 끝으로 황제와 귀족, 수비대의 모든 말들을 내 앞에서 훈련시켰는데, 이것은 말들이 나를 보고 놀라지 않게 하기 위해서였다. 황제의 칙령은 착실히 실행되었다.

 3주쯤 지나자 나는 작은 사람들의 말을 배우는 데 커다란 진척을 보였다. 그 동안 황제는 자주 나를 방문했고, 스승들이 내게 언어를 가르치는 것을

거들기도 했다. 이윽고 우리는 가벼운 대화를 나눌 수 있게 되었다. 내가 처음으로 배운 말은 자유의 몸이 되고 싶다는 것이었는데, 나는 날마다 무릎을 꿇고 거듭 말을 했다. 하지만 황제는 그건 시간이 해결해줄 문제이며 의회에서 논의하지 않고서는 이루어질 수 없는 일이라고 (내가 알아들을 수 있게) 대답했다. 그보다 먼저 **루모스 켈민 페소 데스마 론 엠포소**(황제와 제국에 충성을 다하리라)를 맹세해야 한다고 했다. 또 앞으로는 국민들로부터 친절한 대우를 받게 될 테니 그들의 호감을 살 수 있도록 신중하게 행동해 줄 것과 몸수색을 당하더라도 기분 나빠하지 말아달라고 부탁했다. 내가 무기를 갖고 있을지도 모르고, 나처럼 거대한 사람의 무기라면 그만큼 위험하기 때문이라고 했다. 나는 황제의 뜻이라면 주머니 속은 물론 알몸도 될 수 있다고 몸짓을 섞어가며 대답했다. 국법에는 두 명의 관리가 포로의 몸수색을 하도록 되어 있지만, 이런 경우 나의 협조 없이 몸수색을 한다는 건 불가능에 가까웠다. 하지만 황제는 내가 너그럽고 착한 사람이라고 믿기 때문에 두 관리에게만 맡기겠다고 했다. 압수한 물품은 이곳을 떠날 때 다시 돌려줄 것이며, 그렇지 않으면 내가 원하는 값에 그들이 모두 사주겠다고 했다.

  나는 두 관리를 손으로 들어서 차례차례 주머니 속에 넣어주었다. 사실 바지에 달린 시계주머니와 비밀주머니는 제외했는데, 여기에는 나의 개인물품이 들어 있어서 보여줄 필요가 없다고 생각했기 때문이다. 두 관리는 펜과 잉크, 종이를 들고 주머니 속을 오가며 찾아낸 물건들을 빠짐없이 묘사해 썼다. 나는 나중에 그 목록을 글자 하나 빠뜨리지 않고 영어로 번역했는데, 바로 다음과 같다.

  먼저 산 같은 사람(이것은 **퀸버스 플레스트린**이라는 말을 내가 옮긴 것이다)의 코트 오른쪽 주머니에서 크고 거친 천 조각을 발견했는데, 그 크기가 궁전 폐하의 거처에 깔린 융단만 했습니다. 왼쪽 주머니에는 뚜껑이 달린 커다란 은상자가 있었습니다. 상자를 열어보려고 했지만 저희 힘으로는 도저히 열 수가 없어서 산 같은 사람에게 열어달라고 부탁했습니다. 그 안에는 무릎이 잠길 만큼 먼지가 가득했는데 계속 얼굴로 날아들어 수없이 재채기를 했습니다.

  다음에는 오른쪽 조끼 주머니에서 얇고 새하얀 무언가를 여러 겹 겹쳐 튼튼한 철사로 엮어놓은 뭉텅이를 발견했습니다. 세 사람을 세워놓은 듯한 높이에 검은 문양이 적혀 있었습니다. 아마도 문서가 아닐까 싶습니다. 글자 하나 크기가 저희 손바닥 절반만 했습니다. 왼쪽 조끼 주머니에는 어떤 도구가 들어 있었는데 등쪽에는 마치 왕성 철책 같은 기둥이 스무 개나 솟아나 있었습니다. 저희 말을 이해시키는 것도 어렵고 그를 귀찮게 만들 수도 없어서 물어보지는 않았습니다만, 아마 산 같은 사람이 머리를 빗는 데 쓰는 것이 아닐까 싶습니다.

  허리덮개(작은 사람들이 나의 바지를 가리키는 말인 **란플로**를 옮긴 것이다) 오른쪽 큰 주머니에는 속이 텅 빈 철기둥이 있었습니다. 사람 키 높이 정도 되는 철기둥에는 그보다 크고 튼튼한 나무토막이 달려 있고, 기둥 한쪽 끝에는 기묘한 모양의 커다란 쇳조각들이 솟아나 있었습니다. 무슨 물건인지 도무지 알 수가 없었습니다. 왼쪽 큰 주머니에도 똑같은 물건이 들어 있었습니다.

  오른쪽 작은 주머니에는 둥글고 평평하며 하얗고 붉은 빛깔의 쇳조각이 일고여덟 개 들어 있었는데 저마다 크기가 달랐습니다. 하얀 조각은 은(銀)

같았습니다만 너무 크고 무거워서 도저히 들 수가 없었습니다. 왼쪽 작은 주머니에는 불규칙한 모양의 검은 기둥이 두 개 있었습니다. 주머니 바닥에 서서 손을 뻗으면 겨우 꼭대기에 닿을 만한 높이였습니다. 한쪽 기둥에는 덮개가 씌워져 있었습니다만, 아무래도 하나로 이어져 있는 것 같았습니다. 다른 기둥 꼭대기에는 제 머리의 몇 배나 되는 하얗고 둥근 무언가가 달려 있었습니다. 두 기둥 속에는 거대한 철판이 들어 있었는데 위험한 도구일지도 몰라서 그것이 무엇인지 알려달라고 했습니다. 그러자 산 같은 사람은 속에 있던 철판을 꺼내 보여주면서 자기 나라에서는 이 철판으로 면도를 하고, 다른 철판은 고기를 자르는 데 쓴다고 했습니다.

그런데 저희가 들어가 보지 못한 주머니가 둘 있습니다. 처음 들어보는 말이었습니다만, 산 같은 사람은 그것을 시계 주머니라고 불렀습니다. 그것은 허리덮개 맨 위쪽을 길게 잘라내어 생긴 두 개의 큰 틈새였는데, 배의 압력으로 꽉 닫혀 있었습니다. 오른쪽 시계주머니에는 커다란 은사슬이 밖으로 늘어졌고 그 끝에 이상한 기계가 달려 있었습니다. 저희는 사슬 끝에 달린 것이 무엇인지 꺼내 보라고 했습니다. 그것은 반은 은이고, 나머지 반은 투명한 물체로 된 원반이었습니다. 투명한 쪽에는 둥글고 기묘한 문양이 그려져 있었습니다. 만지면 만질 수도 있을 것 같았습니다만, 투명한 금속에 막혀 손이 닿지 않았습니다. 산 같은 사람은 그 기계를 저희 귀 가까이에 대주었는데, 거기서 끊임없이 물레방아 소리가 들렸습니다. 저희는 이것이 처음 보는 동물이거나 산 같은 사람이 숭배하는 신이라고 생각했습니다만, 아마도 이것은 그가 믿는 신인 듯합니다. 산 같은 사람의 설명이 어설프기는 했습니다만 저희가 제대로 이해했다면 그는 모든 일을 이것에 맞춰서 한다고 했기 때문입니다. 그는 그것이 신탁이라고 하며 하루 생활을 구분짓는 시간이라는 것을 알려준다고 했습니다.

산 같은 사람은 다른 쪽 시계주머니에서 어부들이 써도 손색이 없을 정도로 커다란 그물을 꺼냈습니다. 마음대로 여닫을 수 있는 것이 마치 지갑 같았는데, 정말로 지갑이었습니다. 그 안에는 묵직한 황금빛 쇳덩이가 일고여덟 개 들어 있었습니다. 진짜 금이라면 엄청난 가치가 있을 것 같습니다.

폐하 명령에 따라 산 같은 사람의 주머니를 조사하던 중에 저희는 그 사람의 허리에서 거대한 동물 가죽으로 만든 허리띠를 발견했습니다. 왼쪽에는 사람 키의 다섯 배는 되어 보이는 칼이 한 자루 걸려 있고, 오른쪽에는 칸을 둘로 나눈 주머니가 달려 있었습니다. 어느 쪽 칸이든 세 사람은 넉넉히 들어갈 수 있을 것 같았습니다. 한쪽 방에는 매우 무거운 쇠공이 여러 개 있었습니다. 크기는 저희 머리만 했으며 매우 무거웠습니다. 다른 방에는 검은 낟알 한 무더기가 있었습니다. 그렇게 크지도 무겁지도 않아서 저희 손바닥 위에 쉰 개 이상 올려놓을 수도 있었습니다.

여기까지 저희가 산 같은 사람을 조사하여 찾아낸 것들을 정리한 목록입니다. 그 사람은 저희를 매우 정중히 대해주었으며 폐하의 명령에 경의를 표했습니다.

성세(聖世) 제89월 4일 서명
클레프린 프렐록, 마시 프렐록

그 목록을 받아든 황제는 나에게 매우 정중하게 물건을 꺼내놓으라고 명령했다. 먼저 언월도(초승달 모양으로 생긴 큰 칼)를 내려놓으라고 하여 나는 칼집째 바닥에 내놓았다. 이때 내 주변에는 언제라도 쏠 수 있도록 화살을 장전한 3000명의 정예병이 둘러싸고 황제의 명령만을 기다리고 있었지만, 나는 황제를 바라보느라 전혀 눈치채지 못했다.

이어서 황제는 칼집에서 칼을 빼어 보라고 했다. 칼은 바닷물에 약간 녹이 슬었으나 전체적으로는 그대로 반짝거렸다. 내가 칼을 쑥 빼어들자 병사들 모두 무서워서인지 놀라서인지 크게 소리를 질렀다. 그 순간 햇살이 눈부셨고, 내가 칼을 손에 들고 휘두를 때 햇빛이 반사하여 몹시 번쩍거렸기 때문이다.

다음으로 속이 빈 철기둥을 보여 달라고 했다. 총을 말하는 것이었다. 나는 총을 꺼내 되도록 알기 쉽게 사용법을 설명하고 장전을 했다. 탄약 주머니를 꽉 매어둔 덕분에 (화약이 젖지 않도록 조심하는 것은 뱃사람의 철칙이다) 다행히 화약은 젖어 있지 않았다. 나는 황제에게 놀라지 말라고 주의를 준 다음 하늘을 향해 총을 쏘았다. 작은 사람들은 칼을 빼었을 때보다 더욱 놀랐다. 몇백 명의 사람들이 총에 맞은 것처럼 쓰러졌다. 황제는 쓰러지지 않았지만 한동안 정신을 차리지 못했다.

나는 총 두 자루와 탄약주머니를 바닥에 내려놓았다. 물론 그들에게 화약

에 작은 불씨라도 닿았다간 궁전이 통째로 날아가 버릴 테니 각별히 조심하라고 일러두었다.

뒤이어 시계를 꺼내자 황제는 몹시 궁금해했다. 더욱 자세히 보려는 듯 황제는 키 큰 근위병 둘을 시켜 짐꾼들이 에일(홉을 뺀 영국 맥주)통을 옮기듯 장대에 매달아 어깨로 들어 올리라고 명했다. 그칠 줄 모르는 소리와 끊임없이 움직이는 분침에 황제는 깜짝 놀라 주위에 있는 학자들에게 마구 질문을 던졌는데, 그 내용이 얼마나 엉뚱하고 다채로웠을지는 독자 여러분도 쉽게 상상이 갈 것이다. 물론 내가 작은 사람들 말을 모두 이해하는 것은 아니었지만 말이다.

나는 은화와 동전, 커다란 금화 아홉 닢과 작은 금화 몇 닢이 든 지갑부터 주머니칼, 면도칼, 빗, 은으로 만든 코담배갑, 손수건, 항해일지까지 모두 꺼내 보여주었다. 칼과 권총, 화약주머니는 수레에 실려 궁전 창고로 옮겨졌지만 나머지는 모두 돌려받았다.

앞서 얘기한 것처럼 나의 비밀주머니는 조사받지 않고 무사히 넘어갔다. 이 안에는 안경(나는 눈이 나쁘다)과 작은 망원경, 다른 잡다한 것들이 들어 있는데, 이 물건들을 보여주었다가 혹시라도 잃어버리거나 망가지면 큰일이라고 생각했기 때문이다.

3
궁중 오락

릴리펏 제국의 궁중 오락이 묘사된다. 여기서 지은이는 아주 재치 있는 여흥으로 황제와 귀족들을 즐겁게 해주고 특정한 조건 안에서 자유를 보장받게 된다.

나의 신사답고 예의바른 모습에 황제와 귀족은 물론 병사들과 시민들까지 나를 사랑해주어 이대로라면 머지않아 자유의 몸이 될 수 있겠다는 희망이 솟아났다. 그래서 나는 사람들에게 더 사랑받기 위해 정성을 기울였다. 작은 사람들도 더는 나를 두려워하지 않았다. 가끔은 드러누워 손바닥을 내밀면 대여섯 사람이 올라와 춤을 췄고, 아이들은 아무렇지 않게 내 머리카락 속에서 숨바꼭질을 했다. 그 무렵 나는 작은 나라 사람들 말을 거의 이해하게 되었다.

어느 날 황제는 나에게 이 나라의 놀이를 보여줘서 나를 즐겁게 해주려고 했다. 그 놀이는 내가 아는 어떤 나라들 것보다 화려하고 수준이 뛰어났다. 특히 재미있었던 것은 줄타기였다. 줄타기란 12인치 높이에 걸린 2피트 길이의 하얗고 가는 줄 위에서 솜씨를 보이는 것이다. 독자들의 양해를 구하며 이 놀이에 대해서는 좀 더 길게 쓰도록 하겠다.

줄타기는 더 높은 관직에 오르거나 황제의 신임을 쌓기 위해 하는 놀이이다. 관직에 있던 사람이 죽거나 파면(가끔 있는 일이다)을 당해 공석이 생기게 되면 대여섯 명의 지원자를 받는데, 여기서 지원자란 어릴 적부터 줄타기 연습을 해온 사람들로 반드시 귀족 출신이거나 고등교육을 받은 사람일 필요는 없었다. 지원자들은 줄에 올라 황제와 대신들이 보는 앞에서 경쟁을 시작하는데, 떨어지지 않고 가장 높이 뛰어오르는 사람이 관직을 얻게 된다.

드문 일이긴 하지만 황제의 명령에 따라 대신들도 녹슬지 않은 실력을 증명하기 위해 묘기를 선보이기도 했다. 재무대신 플립냅*[1]은 다른 대신들보다

1인치 더 높은 줄에서 묘기를 부릴 만큼 제국에서 최고의 실력자였다. 나는 그가 영국에서 짐을 묶을 때 쓰는 가는 끈 위에 나무접시를 얹고 그 위에서 몇 번이고 재주넘는 것을 본 적이 있다. 내가 잘못 알고 있는 것이 아니라면 플립냅 다음으로 실력이 뛰어난 사람은 나와 친했던 궁전대신 렐드레살*²이었다. 나머지 다른 대신들 실력은 도토리 키재기였다.

이 놀이 때문에 목숨을 잃는 일도 허다했다. 공식 기록만 하더라도 꽤 많았고, 나도 놀이에 지원한 사람이 다치는 것을 두세 번 보았다. 무엇보다 대신들이 묘기를 선보일 때가 가장 위험했다. 다른 대신들보다 뛰어나다는 것을 보이려고 무리를 하다가 떨어진 경험이 모두들 있었다. 내가 이곳에 오기 몇 년 전 플립냅도 목이 부러질 뻔했는데, 다행히 바닥에 황제의 방석*³이 있어 사고를 면할 수 있었다고 한다.

그리고 경사가 있을 때만 하는 놀이가 있다. 황제와 황후, 궁정대신이 모인 자리에서 황제는 6인치 길이 비단 끈 셋*⁴을 탁자에 올려놓는다. 그것은 보라, 노랑, 흰색이다. 이 비단 끈은 특별한 은총의 표시로 황제의 마음에 드는 사람에게 주는 상이다. 궁전에서 치러진 이 놀이에서는 줄타기와는 아주 다른 재주를 선보여야 했다. 아마 구세계나 신세계*⁵ 어디를 가더라도 볼 수 없을 것이다. 황제가 막대기를 수평이 되도록 들고 있으면 지원자들이 한 사람씩 나와 막대기가 올라가고 내려가는 것에 맞춰 뛰어넘거나 기어지나가는 식으로 몇 번을 오가는 것이다. 때로는 황제와 궁중대신이 막대기의 끝과 끝을 잡고 서 있기도 했다. 가장 민첩하고 오래 버틴 사람에게는 보라색 끈이 주어졌고, 2등에게는 노란 끈, 3등에게는 하얀 끈이 주어졌다. 그 끈을 허리에 두 번 감아서 맸는데, 궁전에 있는 대신들 중에 끈을 하나라도 매지 않은 사람은 없다시피 했다.

군대와 궁전의 말들은 날마다 내 옆에서 훈련을 받다보니 이제는 아무렇

---

*1 당시 내각 수상이었던 휘그당 로버트 월폴(Robert Walpole, 1676~1745)을 풍자하고 있다.
*2 월폴 내각의 윌리엄 스탠호프(William Stanhope, 1646~1723) 백작을 모델로 삼았다고 한다.
*3 조지 1세의 애첩이었던 켄달 공작부인을 풍자한 것이다. 1717년 실각했던 월폴은 공작부인 덕분에 다시 황제의 신임을 얻어 1721년 복귀할 수 있었다.
*4 영국의 가터(Garter), 바스(Bath), 시슬(Thistle) 훈장을 풍자한 것이다. 나중에 책을 재판할 때는 실제 훈장 색깔과 같은 파랑, 빨강, 초록으로 바꾸었다.
*5 구세계는 유럽대륙, 신세계는 아메리카 대륙을 가리킨다.

지도 않게 내게로 가까이 다가왔다. 내가 바닥에 손을 내려놓으면 기수들은 말을 몰고 손을 뛰어넘곤 했다. 한번은 궁전 사냥꾼이 훌륭한 준마를 몰고 오더니 구두를 신은 내 발을 뛰어넘었는데, 참으로 멋진 솜씨였다.

어느 날 나는 황제를 즐겁게 해줄 별난 놀이가 떠올랐다. 먼저 황제에게 2 피트 높이에 굵기는 여느 지팡이만 한 막대기를 여러 개 구해달라고 했다. 황제는 숲지기에게 나의 요구를 들어주라고 명령을 내렸고, 다음 날 여섯 명의 나무꾼이 여덟 마리 말이 이끄는 짐마차를 끌고 나타났다. 나는 먼저 아홉 개의 막대기를 땅에 단단히 박아서 한 변 길이가 2피트 반인 정사각형을 만들었다. 그리고 다른 네 개의 막대기를 2피트 높이로 네 귀퉁이와 수평이 되게 묶은 다음 땅에 박은 아홉 개 막대기 위에 올린 손수건을 팽팽하게 잡아당겨 북처럼 만들었다. 이로써 바닥에서 5인치 높이에 난간이 달린 손수건 경기장이 완성되었다.

작업을 마친 나는 황제에게 기병부대에서 가장 훈련이 잘된 기사 스물네 명을 손수건 위에서 훈련시킬 것을 제안했다. 황제는 나의 제안을 받아들였다. 완전무장하고 말에 오른 기사들과 훈련을 지휘할 장교들을 손수건 경기장에 올려주자, 기사들은 두 팀으로 정렬한 뒤 모의싸움을 시작했다. 촉이 없는 화살을 쏘고 날이 없는 칼을 휘두르며 공격과 후퇴를 거듭했다. 그때껏 내가 본 가장 훌륭한 군사훈련이었다. 황제도 무척이나 마음에 들어했기에 이 훈련은 며칠이고 계속되었다. 한 번은 황제가 직접 손수건 위에 올라와 지휘를 하기도 했고, 어떤 때는 싫다는 황후를 억지로 데려와서는 나더러 황후가 앉은 가마를 손수건보다 2야드 높이 들어올려 그녀가 훈련을 잘 볼 수 있게 해달라고 부탁하기도 했다.

훈련하는 동안 사고가 나지 않았던 것이 천만다행이었다. 한 번은 어떤 장교가 탄 성질 사나운 말이 발길질을 하다가 손수건에 구멍을 내고 말았다. 구멍에 발이 빠진 말이 넘어지면서 장교도 같이 넘어졌는데, 내가 재빨리 손으로 구멍을 막고 다른 손으로 장교와 말을 조심스럽게 내려놓아서 모두 무사할 수 있었다. 넘어진 말은 왼쪽 다리를 다쳤지만 장교는 아무 일 없었다. 구멍 난 손수건을 다시 매만져 다듬어 놓기는 했지만 더는 손수건에 믿음이 가지 않아 위험한 놀이는 그만두기로 했다.

드디어 내가 자유의 몸이 되기 며칠 전 일이었다. 이런 놀이로 귀족들을 즐겁게 해주고 있는데 별안간 황제에게 급한 전갈이 날아왔다. 내가 처음 붙잡힌 곳을 거닐던 신하들이 그 근처에서 검고 거대한 무언가를 발견했다는 것이었다. 둥글고 널찍한 그것은 황제의 침실만큼이나 컸는데, 가운데가 사람의 키만큼 높게 솟아 있었다고 했다. 처음에는 살아 있는 동물이라고 생각했지만 가까이 다가가서 주변을 빙빙 돌아봐도 꼼짝하질 않았고, 목말을 타고 평평한 꼭대기에 올라가봤더니 발을 구를 때마다 텅텅 빈 소리가 났다는 것이다. 어쩌면 산 같은 사람의 물건일지도 모르니 황제가 허락만 해준다면 바로 말 다섯 마리를 데리고 가서 그 물건을 가져오겠다고 했다.

황제 곁에서 그 보고를 듣던 나는 그게 무엇인지 곧바로 알아차리고 기분이 좋아졌다. 배가 난파되면서 보트를 타고 노를 저었을 때와 파도에 휩쓸려 헤엄을 칠 때까지도 나는 모자를 끈으로 잘 매어뒀다. 하지만 이 섬으로 떠밀려왔을 때에는 거의 제정신이 아니었고, 아마도 해안가를 따라 걸어오는 길에 끈이 풀려 떨어졌을 것이다. 지금까지는 모자를 바다에서 잃어버린 줄만 알았다.

나는 황제에게 그것이 어떤 물건이고 어떤 용도로 쓰는 것인지 설명하고

되도록이면 빨리 가져와달라고 부탁했다. 다음날 작은 사람들이 모자를 가져왔지만 상태가 매우 좋지 않았다. 모자를 끌고 오기 위해 가장자리에서 1인치 반 정도 안쪽에 구멍을 내어 갈고리를 건 다음 긴 줄로 마구(馬具)에 연결해서 말에게 끌게 했던 것이다. 그렇게 모자는 반 마일이라는 먼 길을 끌려왔지만 다행히 이곳 땅이 고르고 평평했던 덕분에 생각만큼 크게 망가지지는 않았다.

그러고 나서 이틀이 지난 뒤 황제는 또 뭔가 괴상한 놀이라도 떠올렸는지 도성 병사들에게 출동명령을 내렸다. 나한테는 되도록 넓게 다리를 벌리고 콜로서스 거상(로도스섬에 있었다고 전해지는 36미터 높이 전설의 청동거상)처럼 있어달라고 부탁하더니 장군(지긋한 나이의 훌륭한 지휘관이자 나의 좋은 후견자였다)에게 병사들을 밀집대형으로 정렬시켜 내 다리 밑을 행진하라고 일렀다. 보병은 스물네 명이 한 줄을 이루었고, 기병은 열여섯 기씩 한 줄을 만들었다. 병사들은 북을 울리고 깃발을 휘날리며 앞으로 힘껏 창을 겨누고 행진했다. 3천 보병과 1천 기병으로 이루어진 대규모 부대였다. 황제는 행진을 하면서 나에 대한 예의를 엄격히 지키라는 명령을 내리고 이를 어기면 지위를 막론하고 엄벌에 처하겠다고 경고했다. 하지만 엉망으로 해진 나의 바지 탓에 다리 밑을 지나던 장교들이 힐끔거리며 위를 쳐다보는 것은 어쩔 수가 없었다.

나는 자유를 얻기 위해 많은 진정서와 탄원서를 냈다. 그리하여 이 문제를 놓고 의회가 소집되었고, 나와는 다툰 적도 없으면서도 나를 싫어했던 스키레슈 볼골람*6을 뺀 모든 대신들이 나의 자유에 찬성했다. 그리하여 스키레슈 볼골람의 반대에도 나의 자유는 의회 승인을 거쳐 황제의 허락까지 받게 되었다. 스키레슈 볼골람은 황제의 신임도 두텁고 머리도 좋은 갈베트(제독)였으나 좀 까다로운 사람이었다. 결국은 의회 의견에 따르기로 해놓고도 나의 자유에 따르는 조건과 조항에 대한 문서를 자신이 직접 쓰겠다고 고집을 피웠다. 그렇게 작성된 문서는 스키레슈 볼골람이 두 보좌관과 많은 신하들을 거느리고 직접 나에게 전달했다.

먼저 나는 서약서를 요구받았는데, 처음에는 영국식으로 다음에는 작은 사람들 방식대로 하라고 했다. 작은 사람들이 서약을 하는 방법은 왼손으로

---

*6 노팅엄 경(Daniel Finch, 1647~1730)을 풍자했다. 그는 비록 토리당이었음에도 지은이의 친구인 할리 백작(Robert Harley, 1661~1724)을 지지하지 않았다.

오른쪽 발목을 잡고, 오른손 가운데손가락을 정수리에 댄 다음 엄지손가락을 오른쪽 귀 끝에 대는 것이었다. 내가 자유를 얻기 위해 지켜야 할 조항과 작은 사람들의 독특한 표현방식이 궁금한 독자가 있을지도 몰라 문서 전체를 되도록 그대로 옮겨 써보았다.

릴리펏의 위대한 왕, 온 우주가 우러러보고 두려워하는 왕 중의 왕이시며, 다스리는 땅은 그 끝이 보이지 않을 거리인 5천 **블라스트럭**(둘레 약 12마일)에 이르고, 발은 땅의 중심을 누르고 머리는 태양에 닿으니 그 키를 이길 자가 없으며 한 번 고개를 젓는 것만으로 모든 군주를 벌벌 떨게 하시는, 봄처럼 온화하며 여름처럼 쾌활하고 가을처럼 풍성하며 겨울처럼 엄격하신 위대한 황제 **골바스토 모마렌 에블란 거딜로 쉬핀 물리 울리 궤**가 얼마 전 이 나라에 온 산 같은 사람에게 다음 조항을 지키겠노라 맹세할 것을 명한다.

제1조 산 같은 사람은 황제 인장이 찍힌 허가증 없이 함부로 나라를 떠날 수 없다.
제2조 산 같은 사람은 황제 명령 없이 도성으로 들어올 수 없다. 명령이 있을 경우 시민들이 밖으로 나오지 않도록 두 시간 전에 미리 주의를 주어야만 한다.

제3조 산 같은 사람은 걸어다닐 때 국도만을 이용해야 한다. 목장이나 보리밭에 함부로 들어가거나 드러누워선 안 된다.

제4조 산 같은 사람은 국도를 거닐 때 늘 시민과 말, 마차를 밟지 않도록 조심해야 하며, 동의 없이 시민을 붙잡아선 안 된다.

제5조 산 같은 사람은 매달 엿새 동안 급한 전갈을 전하는 여행을 할 것. 주머니에 전령과 말을 넣고 안전하게 옮겨줘야만 하며, 명령이 있을 경우 안전하게 돌아오도록 도와줘야만 한다.

제6조 산 같은 사람은 우리의 적 **블레프스큐**[*7]와 싸울 때, 동지가 되어주어야 한다.

제7조 산 같은 사람은 시간이 나는 대로 주요 공원이나 궁전을 지을 때 쓸 큰 돌을 옮기는 일을 도와야 한다.

제8조 산 같은 사람은 두 달에 한 번 해안가를 돈 뒤 발자국 수를 계산해 릴리펏의 정확한 면적을 보고해야 한다.

끝으로 위 조항을 준수하겠다고 맹세하면 하루에 릴리펏 국민 1,724명을 먹여 살릴 수 있는 음식과 술을 지급받게 될 것이고, 황제폐하를 자유롭게 알현할 기회와 여러 다른 은총도 받게 될 것이다.

성세 제91월 12일
벨포락 궁전에서 전함

스키레슈 볼골람 제독이 악의적으로 만든 불명예스러운 조항이 몇몇 끼어 있어 내가 바란 만큼 만족스럽지는 않았지만 나는 기꺼이 맹세하겠다며 모든 조항에 서명했다.

곧바로 사슬이 풀리고 나는 완전한 자유의 몸이 되었다. 황제가 몸소 나의 선서를 보기 위해 행차했고, 나는 감사인사를 하려 황제의 발치에 엎드렸다. 그러자 황제는 나에게 일어나라고 명하더니 갖가지 고마운 얘기(잘난 체한다는 비난이 쏟아질 것 같아 여기에 적지는 않겠다)를 해주며 훌륭한 백성이 되어 이

[*7] 당시 영국의 숙적이었던 프랑스를 가리킨다.

제까지 받은 은총과 앞으로 받게 될 은총에 어울리는 사람이 되기를 바라노라고 했다.

그런데 여기 나의 자유를 되찾아준 문서의 마지막 대목에 주목하길 바란다. 나를 먹여 살리기 위해 1,724인분*8의 음식과 술을 지급하겠다니 어떻게 이처럼 정확한 수치가 나올 수 있었던 것일까? 친구가 말하기를 사분의(四分儀)를 써서 내 키가 작은 사람들의 열두 배임을 알아낸 제국 수학자들이 상대적인 체구는 비슷하니 부피는 1,724배가 될 것이라며 그만한 음식과 술이 필요하리라고 결론내렸다는 것이다. 이러한 사실에서 황제가 얼마나 경제에 신중하고 정확하며 제국 사람들 또한 얼마나 똑똑한지 짐작할 수 있을 것이다.

---

*8 이 숫자는 제3쇄부터 1724로 바뀌었는데, 그에 따라 번역본에는 1728과 1724가 혼재한다. 1728은 릴리펏 국민과 걸리버의 신장 차이인 12를 세제곱한 수이다.

4
도성과 궁전의 상황

릴리펏의 도성 밀덴도와 궁전이 묘사되고, 궁전대신과의 대화를 통해 제국의 사정이 드러난다. 지은이는 전쟁이 벌어지면 황제를 돕겠다고 말한다.

내가 자유의 몸이 되고 가장 먼저 요청한 것은 릴리펏의 도성 밀덴도에 한 번 가보는 것이었다. 황제는 쉽게 허락해주었지만 주민들이 살고 있는 집이 부숴지지 않도록 각별히 주의하라고 했다. 그리하여 백성들에게 나의 방문 소식이 공표되었다.

도성을 둘러싼 성벽은 높이 2피트 반에 너비가 11인치나 되어서 그 위로 마차가 달려도 될 정도였다. 그리고 성벽 옆에는 10피트마다 튼튼한 탑이 세워져 있었다. 나는 서쪽 성문을 넘어 매우 조심스럽게 널찍한 두 갈래 길을 게걸음으로 걸어갔다. 외투자락에 지붕이나 처마가 걸려 무너지지는 않을까 하여 조끼차림을 했다. 외출금지령이 내려져 있었지만 아직 남아 있을지도 모를 사람들을 밟지 않기 위해 더욱 조심했다. 다락방 창문과 지붕에는 구경꾼들이 엄청나게 몰려 있었다. 많은 곳을 여행해봤지만 이렇게 많은 사람들이 모여 사는 곳은 지금까지 본 적이 없었다. 정사각형 모양의 도시는 한 변이 5백 피트나 되었고, 중심부를 가로세로로 가로질러 도시를 네 부분으로 나누는 두 길의 폭은 5피트나 되었다. 들어가 볼 수는 없었지만 지나가면서 본 작은 골목길들은 거의 너비가 12에서 18인치였다. 도시 인구는 50만 명이고 집들은 3층이나 5층이었으며 상점과 시장에는 물건들이 가득했다.

궁전은 두 큰길이 만나는 도성 중심에 세워져 있었다. 궁전에서 20피트 떨어진 곳에는 2피트 높이의 담이 둘러져 있었다. 나는 황제의 허락을 받고 담을 넘었다. 담과 궁전 사이가 꽤 넓은 덕분에 나는 손쉽게 궁전을 둘러볼 수 있었다. 바깥쪽 궁전은 가로세로 40피트 네모꼴로 안에는 두 개의 작은 궁전이 들어 있었다. 맨 안쪽에 세워진 궁전이 황제의 거처였는데, 좀처럼 볼 수가 없었다. 바깥에서 안쪽 궁전으로 통하는 문은 겨우 높이 18인치에 너비 7인치밖에 되지 않았기 때문이다. 비록 4인치 두께의 튼튼한 돌로 담을 쌓아두긴 했지만 바깥 건물들 높이가 5피트를 넘다보니 건물을 건드리지 않고 넘어가는 것은 불가능했다. 하지만 황제는 자신의 멋진 궁전을 내게 보여주고 싶어했다.

나는 3일 뒤에야 궁전을 구경할 수 있었다. 그동안 나는 도성에서 100야드 떨어진 숲에서 가장 큰 나무 몇 그루를 베어 내 몸무게를 버틸 만큼 튼튼한 3피트 높이 발판 두 개를 만들었다. 시민들에게는 또다시 외출금지령이 떨어졌다. 나는 발판을 들고 궁전을 찾았다. 바깥쪽 궁전에 도착해서는 발판을 밟고 다른 발판을 안쪽 궁전 공터에 살며시 내려놓았다. 공터 넓이는 8피트쯤 되었다. 나는 간편하게 발판을 밟고 안쪽 궁전으로 건너갈 수 있었다. 남겨진 발판은 갈고리 달린 지팡이로 들어올렸다. 이런 식으로 가장 안쪽 궁전에 도착한 나는 옆으로 누워서 가운데 층 창문에 얼굴을 대고 안을 들여다보았다. 열린 창문 사이로 상상을 초월할 만큼 화려한 내부가 보였다. 황후[*1]와 젊은 황태자들이 시종을 거느리고 저마다의 방에서 생활하고 있었다. 황후는 매우 만족스러운 웃음을 지으며 내가 입맞출 수 있게 창밖으로 손을 내밀어주었다.

더 자세한 이야기는 머지않아 출판될 방대한 책의 재미를 떨어뜨리지 않기 위해 이만 그치도록 하겠다. 책에는 릴리펏 건국부터 오랜 치세 동안 이어져온 기록에서 발췌한 전쟁, 정치, 법률, 학문, 종교, 생태, 독특한 풍습, 그밖에 진기하고 유용한 내용까지 모두 써두었다. 그러니 여기에선 릴리펏에 머무는 아홉 달 동안 내게 일어난 일들만을 다루도록 하겠다.

내가 자유를 얻은 지 2주가 흘렀다. 어느 날 아침 궁전대신(그들 방식으로 말하자면) 렐드레살이 수행원을 데리고 나를 찾아왔다. 저 멀리 마차를 세우더니 한 시간만 이야기를 나눌 기회를 달라고 했다. 탄원서를 쓸 때 그가 베풀어준 호의며 여러모로 나를 도와준 그의 신분과 인품을 봐서라도 거절할 수는 없었다. 나는 그가 편히 얘기할 수 있도록 누우려고 했지만 그는 차라

---

*1 앤 여왕(Anne. 1665~1714)을 모델로 삼았다고 한다.

리 자신을 내 손 위에 올려달라고 했다. 그는 먼저 자유의 몸이 된 것을 진심으로 축하해주더니 이렇게 되기까지 자신의 공도 컸다고 했다. 하지만 무엇보다 지금 제국이 처한 위기가 없었다면 이렇게 빨리 자유로워지지는 못했을 거라며 다음과 같은 이야기를 했다.

"지금 저희 제국이 번영하는 것처럼 보이시겠지만 사실 저희는 두 가지 어려움을 겪고 있습니다. 안에서는 격렬한 당쟁, 밖으로는 강대한 적의 침략 위협에 놓여 있지요.

4 도성과 궁전의 상황 49

저희는 벌써 70개월째 두 당파가 거칠게 싸우고 있습니다. **트라멕산** 당과 **슬라멕산***2 당이라 하는데, 이는 신고 있는 구두 굽의 높낮이에서 온 말입니다. 저희 제국의 오랜 헌법에는 높은 굽 트라멕산 당이 가장 잘 맞습니다만, 폐하께선 행정이나 제국에 대한 모든 직책에 낮은 굽 슬라멕산 당원만을 등용하고 계십니다. 당신도 보셨겠지만 폐하의 구두 굽은 다른 사람보다 1드럴(1인치의 14분의 1)이나 낮답니다.

당파 사이의 적대감은 또 어찌나 큰지 식사나 술자리를 함께하지 않는 것은 물론 서로 이야기도 나누지 않습니다. 당원은 트라멕산이 훨씬 많지만 모든 권력은 슬라멕산에게 있습니다. 다만 태자전하*3께서 높은 굽에 마음을 두고 계신 것 같아 걱정입니다. 모르실 수도 있습니다만, 태자전하 신발은 한쪽 구두 굽이 다른 쪽보다 높아서 걸으실 때마다 절름거린답니다.

저희는 이런 내부적 혼란에다 블레프스큐 제국의 위협까지 받고 있습니다. 그들은 저희와 비슷한 영토, 국력을 가지고 있지요. 물론 당신 말대로 거인들이 사는 제국이 있을 수도 있겠습니다만, 저희 철학자들은 믿지 않더군요. 당신이 달에서 왔거나 저 많은 별들 중 하나에서 왔다고 생각하고 있어요. 저희 제국에 당신 같은 거인 백 명이 왔다간 모든 과일과 가축이 눈 깜짝할 새에 동나버릴 겁니다. 저희 제국의 6천 개월 역사를 모두 뒤져보아도 릴리펏과 블레프스큐가 아닌 다른 나라 이야기는 조금도 없었고요.

다시 이야기를 되돌리지요. 저희 제국은 지난 36개월 동안 블레프스큐와 한 치 양보도 없는 전쟁*4을 치르고 있습니다. 전쟁이 벌어진 원인은 다음과 같습니다. 본디 전통적으로 달걀은 큰 쪽부터 깨는 것*5이었습니다만, 폐하의 할아버님*6께서 아직 어리실 적에 관습대로 달걀을 깨다 손가락을 다치는

---

*2 정치적으로는 영국 토리당과 휘그당, 종교적으로는 고교회와 저교회를 가리킨다.
*3 뒤에 조지 2세(George Ⅱ, 1683~1760)가 된 황태자를 가리킨다. 황태자는 부왕의 정책에 반항적이어서 보수정당인 토리당에 희망을 안겨주나 왕위에 즉위하면서 진보정당인 휘그당 월폴을 수상으로 임명한다.
*4 유럽 주요 열강들이 힘을 모아 프랑스의 에스파냐 왕위 계승을 저지한 전쟁(1701~1714)을 가리킨다.
*5 가톨릭과 개신교의 종교 논쟁을 풍자했다. 사소한 이론 차이로 벌어진 논쟁에 대한 지은이의 멸시와 이를 명쾌한 비유로 드러낸 재치가 돋보인다.
*6 종교 개혁을 일으킨 헨리 8세(Henry Ⅷ, 1491~1547)를 가리킨다.

사건이 벌어졌습니다. 그러자 그때 황제는 달걀을 깰 때 작은 쪽부터 깨야 한다는 새로운 법령을 내리고 이를 어길 시에는 엄벌에 처하겠다고 했습니다. 하지만 국민들은 매우 화가 났습니다. 역사에 따르면 그동안 여섯 차례나 반란이 일어났다고 합니다. 어떤 황제는 반란에 휘말려 목숨을 잃기도 했고, 어떤 황제는 왕위까지 잃었습니다[*7]. 그런데 반란을 일으킨 주동자들은 하나같이 블레프스큐의 황제들이었습니다. 반란이 진압되면 늘 자기 제국으로 망명을 했지요.

통계에 따르면 작은 쪽으로 달걀을 깨느니 차라리 죽음을 택한 사람은 1만 1000여 명에 이릅니다. 이 문제를 놓고 두툼한 책들이 수백 권도 넘게 출판되었습니다. 하지만 큰 쪽으로 달걀 깨는 것을 옹호했던 사람들은 오랫동안 출판과 판매의 자유가 금지되었습니다. 그리고 그들이 공직에 나서지

---

*7 청교도 혁명 때 처형당한 찰스 1세(Charles I, 1600~1649)와 명예혁명 때 프랑스로 망명한 제임스 2세(James II, 1633~1701)를 가리킨다.

4 도성과 궁전의 상황 51

못하게 법률*⁸도 제정되었지요. 이러한 갈등이 일어나는 동안 블레프스큐 황제는 틈만 나면 대사를 보내, 종교의 분리를 일으키는 것은 브런데크럴(작은 사람들의 성경) 제54장 위대한 예언자 러스트록의 가르침에 맞서는 것이라고 비난했습니다. 그러나 이는 성경을 엉터리로 해석한 것에 불과합니다. 성경에는 '올곧은 신도는 자신이 편한 쪽으로 달걀을 깨라'고 적혀 있을 뿐입니다. 어느 쪽이 편한가 하는 것은 저마다의 양심에 맡기든가 주권자가 결정할 문제라고 생각합니다.

달걀을 큰 쪽부터 깨는 파벌에서 망명한 사람들은 블레프스큐 황제에게서 두터운 신임을 받고 있고, 저희 릴리펏에 남은 그쪽 파벌 사람들에게서도 많은 도움과 격려를 받고 있습니다. 그리하여 저희 두 나라는 지난 36개월 내내 피비린내 나는 전쟁을 계속했습니다. 그동안에 저희는 40척의 전함과 수많은 구축함, 3만 정예병을 잃었습니다. 적의 손실은 저희보다 얼마쯤 더 컸으리라 짐작되지만 그들은 지금 새로운 함대를 무장시켜 저희 제국을 침략할 계획을 세우고 있습니다. 그렇기에 폐하께선 당신의 용기와 힘을 믿고 제게 칙령을 내려 당신에게 제국의 사정을 전하도록 하신 것입니다."

나는 이방인으로서 당파 싸움에는 함부로 끼어들 수 없지만, 황제에 대한 충성은 물론 바깥 세계의 침략자로부터 황제와 제국을 지키기 위해 목숨 바쳐 싸울 각오가 되어 있다는 것을 전해달라고 그에게 말했다.

---

*8 1673년 제정된 심사령(審査令)을 가리킨다. 공직자들은 영국국교에 맞춰 의식을 치러야 했기 때문에 가톨릭과 비국교도들은 공직을 가질 수가 없었다.

5
지은이, 외적의 침입을 막다

지은이는 놀라운 전략으로 적국의 침략을 막아내고 영예로운 호칭을 선사받는다. 블레프스큐는 특사를 보내 평화를 요청한다. 황후의 거처에 화재가 나지만 지은이의 활약으로 궁전이 모조리 타버리는 것을 막는다.

블레프스큐 제국은 릴리펏 북동쪽에 자리한 섬나라로 두 나라는 8백 야드밖에 되지 않는 해협을 사이에 두고 떨어져 있었다. 나는 아직 그 섬을 본 적은 없지만 침공이 있을 것이라는 얘기를 듣고 북동쪽 바닷가에 몸을 드러내는 것을 피했다. 혹시라도 블레프스큐의 배가 나를 발견할까 염려스러웠기 때문이다. 전쟁 중에 서로 왕래를 하면 사형에 처했고 모든 선박에는 출항금지령이 내려진 상태이니 나에 대한 소식은 아직 알려지지 않았을 것이다.

나는 적의 함대를 일망타진할 묘책을 떠올렸다. 정찰병의 보고에 따르면 적의 함대는 출항준비를 갖추고 순풍을 기다리며 항구에 머물러 있다고 했다. 나는 먼저 경험이 풍부한 선원들에게 바다의 깊이를 물어보았다. 수차례 측량해본 적이 있다는 선원 말로는 만조 때 가장 깊은 곳이 70글럼글러프(유럽 측정단위로는 약 6피트), 다른 곳은 50글럼글러프밖에 되지 않는다고 했다. 나는 블레프스큐가 보이는 북동쪽 바닷가로 걸어나가 나지막한 언덕 뒤에 엎드렸다. 작은 망원경을 꺼내 항구에 정박 중인 블레프스큐 함대를 살펴보니 50여 척의 군함과 수많은 수송선이 대기하고 있었다. 나는 다시 돌아와서 튼튼한 밧줄과 쇠막대를 가져오라고 지시(나에게는 그런 권한이 주어졌다)했다. 하지만 가져온 밧줄은 굵기가 노끈 같았고, 쇠막대는 뜨개바늘 같았다. 나는 밧줄 세 가닥을 하나로 꼬아서 더욱 튼튼하게 만들었고, 마찬가지로 꼰 쇠막대는 그 끝을 구부려 갈고리로 만들었다. 이렇게 만든 쉰 개의 갈고리를 밧줄 쉰 개에 연결하고 다시 북동쪽 바닷가로 나섰다. 외투와 구두, 양말을 벗고 밀물이 시작되기 한 시간 앞서 조끼차림으로 바다로 들어갔다. 나는 최대한 서둘러 해협을 건넜는데, 가장 깊은 한가운데 30야드는 헤엄을 쳐야만 했다.

30분도 되기 전에 블레프스큐 항구에 도착했다. 갑자기 나타난 나를 보고 혼비백산한 블레프스큐 병사들은 배를 버리고 바닷가로 헤엄쳐 갔다. 그들 무리는 3만 명이 넘었을 것이다. 나는 밧줄을 꺼내 뱃머리마다 갈고리를 걸고 모든 밧줄 끝을 하나로 묶었다. 그 사이 적들이 쏘아댄 수천 개의 화살이 나의 얼굴과 손에 날아와 박혔다. 아픈 것은 둘째치고 도무지 작업에 집중할 수가 없었다. 만에 하나 날아온 화살이 눈에 박히면 어쩌나 하는 걱정이 컸다. 만일 내가 묘안을 떠올리지 못했다면 틀림없이 나는 눈을 잃었을 것이다. 나는 비밀주머니에서 황제의 눈을 피해 숨겨두었던 안경을 꺼내 코에 단단히 고정시켰다. 그제야 빗발 같이 쏟아지는 화살 속에서도 마음 놓고 작업을 이어갈 수 있었다. 몇 번인가 날아온 화살에 안경이 흔들리긴 했지만 아무 일도 일어나지 않았다. 마침내 모든 배에 갈고리를 걸고 나서 나는 하나로 묶은 밧줄을 잡아당겼다. 하지만 닻에 단단히 매인 배들은 꼼짝도 하지 않았다. 나는 여기서 무척이나 대담한 짓을 했다. 잡고 있던 밧줄을 놓고 칼로 닻줄을 모두 잘라버린 것이다. 그러는 동안에도 200여 개의 화살이 나의 얼굴과 손에 박혔다. 그래도 닻줄이 모두 잘린 50척 군함은 내가 잡아당기는 대로 손쉽게 끌려왔다.

이런 내 행동을 상상조차 못했던 블레프스큐 사람들은 너무 놀라 우왕좌왕했다. 내가 닻줄을 끊을 때만 해도 그들은 내가 배를 떠내려 보내거나 부숴버릴 거라고 생각했지만, 내가 모든 배를 끌고 가자 이루 말할 수 없는 슬픔과 절망에 빠져 소리를 질러댔다. 위험에서 벗어난 나는 잠시 걸음을 멈춘 채 얼굴과 손에 박힌 화살을 뽑고 처음 도착한 날 받았던 푸른 약을 발랐다. 그런 다음 안경을 벗고 한 시간쯤 밀물이 빠지기를 기다렸다가 배를 끌고 바다를 건너 무사히 릴리펏 항구에 닿았다.

황제와 신하들은 바닷가에 모여 이 거창한 모험의 결과를 기다리고 있었다. 그들은 저 멀리 반달꼴 대열을 이루고 다가오는 군함들은 보았지만 가슴까지 바닷물에 잠겨 있던 나는 발견하지 못했다. 거기다 가장 깊은 바다 한가운데를 지날 때는 목까지 물에 잠겨버려 그들의 근심은 더 깊어졌다. 황제

는 내가 이미 물에 빠져 죽었으며 이제 블레프스큐의 함대가 공격하러 온 것이라고 생각했다. 그러나 황제의 근심은 금세 사라졌다. 한 걸음, 한 걸음 걸을수록 점차 물이 얕아지더니 마침내 사람들의 목소리가 들릴 만큼 가까운 곳까지 걸어온 내가 군함을 묶은 줄을 높이 쳐들고 "위대하신 릴리펏 황제폐하 만세!" 크게 소리를 질렀기 때문이다. 황제는 온갖 찬사로 나를 맞아주었고 바로 그 자리에서 가장 영예로운 칭호 **나르닥**을 하사했다.

황제는 다시 기회를 봐서 블레프스큐의 남은 선박마저도 모조리 끌고 와달라고 했다. 황제의 야망은 끝이 없었다. 아마 그는 블레프스큐의 영토까지 지배하고 싶은 모양이었다. 그런 다음 그곳으로 망명한, 달걀을 큰 쪽부터 깨야 한다는 파벌 사람들을 모두 처치하고 그곳에 사는 사람들에게도 달걀을 작은 쪽부터 깨라고 강요하며 가장 위대한 황제로 남기를 바라는 것 같았다. 나는 그러한 정책으로 일어날 문제를 들먹이며 황제를 설득했고, 자유롭고 용감한 국민을 노예로 만드는 일은 도울 수 없다고 딱 잘라 거절했다.[*1] 나중에 의회에서도 현명한 사람들은 나의 손을 들어주었다고 한다.

하지만 자신의 계획과 정책에 맞서는 나의 대담하고 공개적인 발언을 황

[*1] 휘그당은 프랑스에 더 가혹한 조건을 내걸기 위해 전쟁을 계속할 것을 주장했지만, 토리당은 조속히 종전해야 한다고 주장했다.

제는 매우 괘씸하게 여겼다. 의회에서도 아주 교묘하게 이 문제를 거론했는데, 나중에 알게 된 이야기지만 현명한 사람들은 침묵으로 일관하여 내 뜻에 찬성해주었다고 한다. 그러나 속으로 나를 싫어했던 이들은 간접적으로 나를 비난했다. 그때부터 황제와 나에게 악의를 품고 있던 대신들의 음모가 진행되었다. 그리고 두 달도 못 돼서 나는 그 음모 때문에 목숨을 잃을 뻔했다. 이렇듯 제아무리 큰 공헌을 하더라도 황제의 야망을 채우는 일을 거부하면 어떤 인정도 받지 못하는 것이다.

내가 공을 세운 지 3주가 지나자 블레프스큐에서 파견된 사절단이 찾아와 겸손한 태도로 평화를 요청했다. 조약은 릴리펏에 아주 유리한 조건[*2]으로 체결되었다. 물론 그 내용은 낱낱이 설명하지 않고 생략하겠다. 사절단은 5백여 명의 수행원을 거느린 대사 여섯으로 이루어져 있었다. 그 행렬은 블레프스큐를 다스리는 황제의 위엄과 사안의 중요성만큼이나 대단했다. 협상을 하는 동안 궁전의 신임(어쩌면 그렇게 보였을 뿐일지도 모를)을 받고 있던 나는 그들을 도와주었다. 대사들은 내가 자신들에게 우호적이라는 것을 듣고는 조약이 체결됨과 함께 정식으로 나를 방문했다. 나의 용기와 너그러움에 대한 찬사로 얘기를 시작한 대사들은 블레프스큐 황제의 이름으로 나를 정식 초청했다. 그리고 나의 엄청난 힘을 보여 달라고 했다. 나는 기꺼이 요청을 들어주었지만 자세한 이야기는 지루할 것이기에 생략하겠다.

나의 재주에 대사들은 무척이나 놀라워하고 만족했다. 그리고 나는 덕망이 두텁기로 유명하신 블레프스큐 황제에게 나의 겸허한 경의를 전해달라고 부탁하고, 나의 조국으로 돌아가기 전에 내가 블레프스큐 황제를 만나 뵐 영광을 베풀어주었으면 한다고 얘기했다. 블레프스큐 황제를 만나볼 수 있도록 허락해달라고 하자 릴리펏 황제는 흔쾌히 승낙해주었지만 어딘가 언짢아 보였다. 그때는 몰랐으나 나중에 어떤 사람이 알려주기를 내가 대사들을 만나는 것은 황제에 대한 강한 불만의 표시라고 플립냅과 볼골람이 비난했다는 것이다. 물론 나는 결백하다. 어찌됐든 이 일로 해서 나는 황제와 대신들을 의심하기 시작했다.

내가 사절단과 이야기를 나눴을 때 통역이 필요했다는 점에 유의해야 한

[*2] 에스파냐 왕위 계승 전쟁이 끝나고 1713년 체결된 위트레흐트 조약을 가리킨다. 영국은 이 조약으로 많은 식민지를 가질 수 있었지만 휘그당은 불만으로 가득했다.

다. 릴리펏과 블레프스큐는 유럽처럼 서로 언어가 달랐는데, 모두 자기들 언어가 전통과 아름다움, 힘을 갖고 있다고 자랑을 늘어놓으며 다른 나라의 말은 업신여겼다. 그리하여 함대를 모조리 사로잡아 우위를 차지한 릴리펏 황제는 대사들에게 신임장이며 대화까지 모두 릴리펏 말로 할 것을 명령했다. 그런데 사실 두 나라 사이에는 무역과 망명이 잦았고 젊은 귀족이나 부유한 호족 자제들은 서로의 물정과 풍습을 이해하기 위해 유학을 하는 것이 관습이었다. 그 때문에 신분 높은 사람이나 상인, 바닷가에 사는 사람들 가운데 두 나라 말을 모두 할 줄 모르는 사람은 거의 없었다. 이러한 사실은 몇 주 뒤 내가 블레프스큐 황제를 만나러 갔을 때 직접 보았다. 릴리펏에 있는 정적들 때문에 힘들었던 시기에 이루어진 이 방문은 매우 즐거운 모험이 되었다. 이에 대해서는 나중에 이야기하도록 하겠다.

아마 독자 여러분은 내가 자유를 얻기 위해 서명한 문서에 몇 가지 굴욕적인 조항이 있었다는 것을 기억할 것이다. 그것은 곤란한 처지 때문에 마지못해 서명한 문서이다. 그러나 이제 릴리펏의 가장 영예로운 **나르닥**이 된 내가 그런 일을 하는 것은 권위에 어긋나는 것으로 여겨졌고, 황제도 (엄밀히 말해서) 그 얘기를 꺼낸 적이 없었다. 그러나 얼마 지나지 않아서 황제에게 봉사할 훌륭한 기회가 찾아왔다(적어도 그때는 그렇게 생각했다).

어느 날 밤, 나는 수백 명의 사람이 문 앞에서 소리를 지르는 통에 잠에서 깼다. 두려움이 몰려왔다. "**버글럼! 버글럼!**"이 잇달아 들려왔다. 몇몇 대신들이 사람들 사이를 헤치고 달려와 바로 궁전으로 와달라고 간청했다. 책을 읽다 잠든 시녀의 부주의로 황후의 궁전에 불이 났다는 것이다. 나는 곧바로 일어섰다. 내가 가는 길을 막지 말라는 명령이 떨어졌고, 달이 밝은 덕분에 나는 아무도 밟지 않고 궁전에 도착할 수 있었다. 많은 사람들이 벽에 사다리를 세우고 물통을 나르고 있었다. 그러나 물은 멀리 떨어진 곳에 있었고 물통도 골무만큼 작았다. 작은 사람들이 서둘러 물을 날라다 주었지만, 불길이 너무 거센 터라 큰 도움이 되지 않았다. 커다란 외투만 있다면 불을 쉽게 끌 수 있겠지만 서두르는 바람에 외투를 두고 조끼만 입고 달려온 것이다. 사태는 매우 절망적이었다. 그리 쉽지 않은 일이었지만 만일 내가 이 방법을 떠올리지 못했다면 틀림없이 이 훌륭한 궁전은 몽땅 타버려 잿더미가 되었을 것이다.

어제 저녁 나는 **글리미그린**(블레프스큐에서는 **플루넥**이라고 불렀으며, 릴리펏에서 만든 것이 더 좋다고 알려져 있다)이라는 매우 맛좋은 포도주를 잔뜩 마셨는데, 이 술은 소변을 자주 보게 했다. 그러나 나는 술을 마신 뒤 아직까지 소변을 보지 않다가 뜨거운 불 옆에서 몸을 움직이고 있자니 다행히도 소변이 마려워졌다. 나는 곧바로 많은 소변을 적절한 곳에 쏟아냈고, 불은 3분도 못 돼 모조리 꺼졌다. 덕분에 오랜 세월에 걸쳐 세웠을 화려한 궁전과 건물들은 화재의 위험에서 벗어나게 되었다.

날이 밝자 나는 황제의 치하도 기다리지 않고 곧바로 집으로 돌아갔다. 비록 내가 큰 공로를 세우기는 했지만 불을 껐던 방법 때문에 화가 났을지도 모르기 때문이었다. 릴리펏 법률에 따르면 지위를 따질 것 없이 궁전에 소변을 본 자는 사형에 처하도록 되어 있다. 대법관에게 사면장을 보내겠다는 황제의 전갈을 받고서야 조금이나마 마음을 놓았지만 나는 끝내 그 사면장을 받지 못했다. 뿐만 아니라 어떤 이가 넌지시 들려준 얘기에 따르면, 내가 불을 끈 방법에 혐오감을 느낀 황후는 궁전에서 가장 구석진 곳으로 거처를 옮겼다는 것이다. 또 건물을 고치더라도 결코 자신의 거처로 쓰지 않을 것이며, 이렇게 무례한 짓을 저지른 내게 반드시 복수할 것이라고 심복들 앞에서 맹세했다는 것이다.[*3]

[*3] 소변으로 불을 꺼서 황후의 노여움을 산 사건은, 지은이가 쓴 《나무통 이야기》를 읽은 앤 황후가 불만을 품고 지은이의 승진과 출세를 방해했던 일을 풍자한 것으로 풀이된다.

6
릴리펏의 풍속, 법률, 관습

릴리펏 국민들의 학문과 법률, 관습, 자녀교육 방식에 대해 설명한다. 그리고 지은이는 자신이 살아가는 모습과 어떤 귀부인에 대한 변호를 들려준다.

릴리펏 제국에 대한 자세한 설명은 다른 책에서 다룰 것이지만, 독자 여러분의 호기심을 채워주기 위해 먼저 몇 가지 이야기를 들려주겠다. 작은 사람들의 키는 보통 6인치를 밑돌았는데, 릴리펏의 동식물들 비율도 그와 비슷했다. 가장 큰 말이나 소가 4에서 5인치 정도였으며, 양은 1인치 반이거나 그보다 작았다. 거위는 참새만 했다. 이렇다보니 가장 작은 동물은 잘 보이지도 않았다. 그러나 자연은 릴리펏 사람들에게 작은 것도 잘 볼 수 있는 눈을 주었다. 그들은 멀리 떨어진 것은 보지 못했지만 아주 조그마한 것은 잘 볼 수 있었다. 얼마나 눈이 좋았는가 하면, 요리사가 파리보다 작은 종달새의 털을 뽑고 소녀가 보이지도 않는 바늘에 실을 꿰는 모습에 감탄을 했었다. 가장 큰 나무가 황실 정원에 있는 7피트 크기 나무였는데, 내가 손을 내리뻗으면 겨우 꼭대기에 닿을 정도였으니 다른 식물들 크기가 어떠했을지는 독자 여러분 상상에 맡기도록 하겠다.

그들의 학문에 대해서는 조금만 이야기하도록 하겠다. 오랜 시대에 걸쳐 여러 분야에서 학문을 꽃피운 릴리펏은 서법(書法)이 매우 독특했다. 유럽인처럼 왼쪽에서 오른쪽으로 쓰는 것도 아니고, 아라비아인처럼 오른쪽에서 왼쪽도 아니며, 중국인처럼 위에서 아래나 카스카지아인[*1]처럼 아래에서 위도 아니고 영국 여성들처럼 한쪽 모서리에서 다른 모서리로 비스듬히 써내려 가는 것이었다.

[*1] 이는 지은이가 꾸며낸 허구이다. 제4쇄부터 삭제되었다.

또 그들은 사람이 죽으면 머리가 아래로 향하도록 묻었다. 그들은 죽은 지 1만 1000개월이 지나면 죽은 사람이 되살아난다고 믿었는데, 그때가 되면 지구(그들은 지구가 평평하다고 믿었다)가 거꾸로 뒤집히기 때문에 머리가 아래로 가도록 묻어주어야 되살아났을 때 똑바로 서게 된다는 것이다. 학식 있는 사람들은 이런 믿음이 터무니없다고 하지만 여전히 이러한 매장 풍습이 관행으로 이어지고 있었다.

릴리펏에는 매우 독특한 법률과 관습이 있다. 만약 그들의 법률과 관습이 내가 사랑하는 조국인 영국과 정반대만 아니었다면 옹호해주었을 텐데, 지금으로선 그저 법률과 관습이 잘 지켜지기를 바랄 뿐이다. 맨 먼저 얘기할 것은 고발에 대한 것이다. 이곳에서는 국가에 대한 범죄는 아주 엄격하게 처벌된다. 그런데 만약 고발된 사람의 무죄가 재판에서 입증된다면, 고발한 사람에게는 불명예스러운 죽음이 내려진다. 또한 그 죽음이 내려진 사람의 재산과 토지는 무죄가 된 사람의 잃어버린 시간과 그 동안 겪었을 위험, 투옥으로 인한 고초, 변호사를 세우는 데 든 비용까지 모두 네 배로 보상받는 데 쓰인다. 압류한 재산이 보상하기에 모자란다면 부족한 재원은 국가가 지급한다. 그리고 황제는 대중 앞에서 무죄를 선고받은 사람에게 은총을 내려 그의 결백함을 세상에 공포한다.

작은 사람들은 도둑질보다 사기를 더 큰 죄로 생각했다. 그래서 사기꾼은 늘 사형으로 처벌했다. 그들 말에 따르면 스스로 조심하면 도둑으로부터 재산을 지킬 수 있지만, 정직한 사람은 더없이 간교한 사람을 이길 도리가 없다는 것이었다. 상거래는 신용으로 이루어져야 하는데 만일 사기가 허용되거나 처벌되지 않는다면, 정직한 사람은 늘 손해를 보고 악당들이 이익을 보게 될 것이라고 했다. 언젠가 나는 많은 어음을 가로채 주인에게서 달아난 죄인을 용서해달라고 황제에게 간청한 적이 있다. 그의 죄를 덜어줄 셈으로 단지 신용을 어겼을 뿐이지 않느냐고 말해버렸다. 황제는 변호한다고 늘어놓는 소리가 도리어 죄를 무겁게 하고 있으니 기괴망측하다고 했다. 나는 나라마다 관습이 다르다는 흔한 말밖에 달리 대답할 말이 생각나지 않았다. 솔직히 말하면 나는 마음속 깊이 부끄러움을 느꼈다.

상벌이 국가를 유지하는 중요한 요소라고들 하지만, 나는 릴리펏처럼 그것을 철저하게 지키는 나라를 여태껏 본 적이 없다. 누구든 73개월 동안 국법을 엄격히 준수했다는 증거를 댈 수만 있다면, 신분과 지위에 따른 일정한 특권과 이를 위해 준비된 기금에서 돈을 요청할 수 있다. 그리고 자식에게 물려줄 수는 없지만 **스닐폴** 또는 **리걸**이라는 영예로운 칭호를 이름 앞에 붙일 수 있게 된다. 나의 조국에서는 법률이 늘 벌을 주기 위해서만 시행될 뿐 상에 대해서는 아무런 얘기가 없다고 하자, 그것은 정책에 있어 엄청난 결함이라고 말했다. 작은 사람들 법원에는 앞뒤로 두 개, 그리고 양옆으로 하나, 모두 여섯 눈이 달린 정의의 여신상이 있다. 이는 판결의 신중함을 뜻했다. 또 여신상은 오른손에 벌어진 황금 주머니를, 왼손에는 칼집에 넣은 칼을 들고 있어 벌보다 상으로 판결하라는 릴리펏의 관습을 잘 보여주었다.

 일할 사람을 찾는 데에서도 그들은 뛰어난 능력보다 도덕성을 더 염두에 두었다. 정치란 사람에게 없어서는 안 되는 것이지만 어느 정도 능력만 된다면 누구나 할 수 있는 것이어서, 백 년에 세 명은 태어날까 싶은 천재만 할 수 있을 만큼 신비로운 것으로 만들지 않았다는 것이다.[2] 모든 사람은 진실과 정의, 절제라는 덕을 가질 수 있다. 여기에 경험과 선의가 뒷받침되어 이 같은 덕을 실천한다면 누구나 국가에 봉사할 수 있다고 믿었다. 물론 전문지식이 필요한 경우가 아닐 때 말이다. 이와 달리 모자라는 덕성은 아무리 뛰어난 능력으로도 채울 수 없으므로, 그런 사람에게 공직을 맡기는 것처럼 위험한 일은 없다는 것이다. 타락했지만 능력이 뛰어난 사람이 대충 얼버무리고 변명을 늘어놓아 잘못을 크게 키우는 것보다, 도덕적인 사람이 잘 몰라서 저지른 실수가 사회에는 훨씬 덜 치명적이라는 것이다.

 비슷한 갈래로 신을 믿지 않는 사람은 어떤 공직도 가질 수 없다. 황제가 신의 대리인[3]이라 자처하고 있으므로 자신의 권위를 부정하는 사람을 공직에 둔다는 것은 말이 안 된다고 생각한 것이다.

 위에서 설명했던 법률이나, 앞으로 말할 법률은 본디 그 법률 자체를 얘기한 것이지 타락하기 쉬운 인간의 본성 때문에 벌어지는 악덕 행위로까지 이야기를 늘어놓을 생각은 없다. 이를테면 높이 맨 줄에서 춤을 잘 춘다는 이유로 높은 공직을 얻는다던지, 황제가 든 막대기를 뛰어넘거나 기어간다고 은총과 명예의 훈장을 받는 얼토당토않은 제도는 지금 황제의 할아버지[4]가

＊2 이것은 지은이의 평소 지론이었다.
＊3 스튜어트 가문의 왕들은 왕권신수설을 믿었다.

시작했다는 사실, 그 뒤 당파와 파벌이 많아지면서 지금과 같은 혼란스러운 상황이 되었다는 것을 독자 여러분이 알아주었으면 한다.

어떤 나라에서는 배은망덕이 사형에 속하는 중죄라는 내용의 책을 언젠가 읽은 적이 있는데, 릴리펏도 그러했다. 왜냐하면 은혜를 악으로 보답하는 사람은 공공의 적이나 마찬가지이므로 살아갈 자격이 없다고 보았기 때문이다.

부모와 자식 사이 의무에 대한 그들 생각도 우리와 너무 달랐다. 릴리펏 사람들은 남자와 여자가 서로 맺어지는 것은 동물과 마찬가지로 종족 번식을 위한 자연 법칙이며, 부모의 애정도 이러한 법칙에서 비롯된 것으로 자신을 낳고 길러준 부모에게 고마워할 필요가 없다고 생각했다. 게다가 고통과 슬픔으로 가득한 세상에 태어난 것만으로도 불행하며, 부모가 자식 생각을 하면서 사랑을 나눈 것도 아니다. 이러한 이유에서 작은 사람들은 자식을 부모가 교육하는 것은 옳지 않다고 생각했다.

릴리펏에는 도시마다 보육원이 있어서 농부와 노동자가 아닌 모든 부모들은 자식이 20개월만 되면(어느 정도 교육을 받을 나이가 되었다는 뜻이다) 성별을 가리지 않고 보육원에 보내 양육을 맡겨야 했다. 보육원은 신분과 성별에 따라 나눠진다. 보육원마다 부모의 신분과 아이 능력에 맞춘 생활을 할 수 있도록 알맞은 교육을 시켜주는 능숙한 교사들이 배치되어 있다. 먼저 사내아이들이 다니는 보육원에 대해 설명하고 여자아이들 보육원에 대해 얘기하도록 하겠다.

명문가 사내아이들이 다니는 보육원은 근엄한 학자와 그 학자에 딸려 있는 조교가 교사를 맡는다. 아이들의 옷과 음식은 평범하고 소박하며 그들은 명예와 정의, 용기, 겸손, 관용, 신앙, 애국심을 배우며 자란다. 식사시간과 취침시간은 매우 짧고 체육을 위한 놀이 한두 시간을 제외하면 늘 공부를 한다. 네 살이 될 때까지는 시녀들이 옷을 입혀주지만 그 뒤로는 아무리 지체 높은 집안 아이라도 스스로 옷을 입어야 한다. 여기서 시녀들이란 영국으로 치면 쉰 살쯤 되는 여인들로 그들이 허드렛일을 도맡는다. 아이들은 어떠한 경우에도 함부로 시녀들과 얘기해선 안 되며, 언제든 학자나 조교가 있는 곳에서 함께 놀아야 했다. 그렇게 함으로써 유럽 어린이들처럼 일찍부터 쉽사

---

*4 제임스 1세(James I, 1566~1625)를 가리킨다.

리 어리석고 나쁜 일에 빠져들지 않도록 조심하는 것이다. 부모는 1년에 두 번만 아이를 만날 수 있는데, 그마저도 한 시간 이내였다. 그리고 만났을 때와 헤어질 때만 아이에게 입맞춤을 할 수 있었다. 면회 시간 내내 교사가 옆에 서서 귓속말을 한다든지, 귀여워하는 몸짓을 하거나, 장난감, 사탕 같은 선물을 주지 못하도록 감시를 한다.

가정마다 아이들 교육비와 놀이보조금을 내야 하는데 이를 납부하지 않으면 관리들에게 강제 징수된다.

조금 차이는 있지만 서민이나 상인, 무역업자, 수공업자들을 위한 보육원도 위와 같은 방식으로 운영된다. 상업에 꿈을 가지고 있다면 열한 살에 견습생으로 보육원을 나가는 것이 허락되지만 신분이 높다면 열다섯(영국 나이로 치면 스물한 살)까지 보육원에서 공부해야만 한다. 물론 마지막 3년 동안은 통제도 점차 느슨해진다.

여자아이들이 다니는 보육원에서도 신분 높은 아이들은 사내아이들과 비슷한 교육을 받는다. 다만 다른 점이 있다면 다섯 살이 되어 혼자 옷을 입을 수 있게 될 때까지 교사가 지켜보는 앞에서 보모가 옷을 입혀준다는 것이다. 보모들은 우리나라 하녀들이 자주 들려주는 괴담이나 재미난 이야기, 시답잖은 짓으로 아이들을 즐겁게 해주려 해서는 안 된다. 잘못해서 들키면 사람들이 보는 앞에서 세 차례 채찍질을 당하고 1년 동안 옥살이를 한 뒤에 제국에서 가장 황폐한 곳으로 평생 쫓겨난다. 그래서 릴리펏의 소녀들은 사내아이들처럼 겁쟁이나 바보라고 불리는 것을 수치로 여겼고, 값비싼 사치품으로 몸을 꾸미는 것을 매우 싫어했다. 어쨌든 그들은 여성이라는 이유로 교육에 차별을 두지 않았다. 차이가 있다면 사내아이들처럼 격렬한 운동은 하지 않고, 배워야 할 생활규범이 몇 가지 더 있으며, 학과범위가 조금 제한되는 정도였다. 귀족계급 여성은 늘 이성적이고 감미로운 인생의 반려자가 되어야 한다는 것이 이곳의 신조였다. 여성도 언제까지나 젊지는 않기 때문이다. 아이가 열두 살이 되어 혼례를 치룰 나이가 되면 부모나 보호자가 와서 교사에게 고맙다는 인사를 건네고 아이를 집으로 데려간다. 이날만 되면 보육원은 떠나가는 소녀와 친구들의 눈물과 아쉬움으로 가득하다.

신분이 낮은 여자아이들은 자신의 성별과 신분에 맞춰 필요한 일을 배운다. 견습공으로 나갈 수 있게 되는 건 아홉 살이며 다른 아이들은 열세 살[*5]

이 될 때까지 보육원에 남는다.

　생활이 어려운 집안이라도 보육원에 자식을 보낸 이상 정해진 교육비와 수입의 일부 중 아주 적은 금액이라도 보육원 재정담당자에게 보내야만 했다. 이렇게 모인 금액은 나중에 자식에게 상속되는데, 이렇듯 릴리펏은 자식을 기르는 부모의 지출을 법률로 제한했다. 자신의 욕망에 따라 아이를 낳았으니 양육책임을 사회에만 떠맡겨서는 안 된다고 생각하기 때문이다. 물론 귀족들도 형편에 맞춰 일정한 금액을 내도록 되어 있다. 이렇게 모인 기금은 효율적이고 공정하게 관리된다.

　농부와 노동자들은 그들이 아이들을 집에서 키운다. 하는 일은 땅을 갈고 경작하는 것이어서 자녀들을 교육시킨다 해도 국가에서 중요시하지 않기 때문이다. 그러나 늙어서 병에 걸리면 요양원에 보내 치료를 받도록 하므로 릴

＊5 제2쇄부터 "……나갈 수 있게 되는 건 일곱 살로 다른 아이들은 열한 살……"로 바뀌었다.

릴리펏에는 거지가 없다.

이제 독자 여러분의 흥미를 돋우고자 내가 릴리펏에 머물렀던 9개월 13일 동안의 이야기를 풀어볼까 한다. 본디 손재주가 좋은데다 필요하기도 해서 나는 제국에서 가장 큰 나무를 몇 그루 베어 알맞은 식탁과 의자를 만들었다. 200명의 재봉사가 달려들어 내가 입을 셔츠와 내가 쓸 식탁보, 침대보를 만들어주었다. 가장 튼튼하고 두꺼운 옷감이라고는 하지만 론(올이 아주 얇고 성긴 프랑스산 리넨)보다 몇 배는 얇았던 탓에 아주 여러 겹을 겹쳐서 만들었다. 작은 사람들이 쓰는 리넨 옷감은 한 장의 크기가 길이 3피트, 너비 3인치였다. 재봉사들이 치수를 잴 수 있도록 바닥에 드러누워야만 했다. 목 언저리와 무릎 위에 선 두 사람이 서로 힘껏 줄을 잡아당기면 다른 사람이 1인치 자로 줄의 길이를 쟀다. 그리고는 엄지손가락 둘레를 재더니 이걸로 충분하다고 했다. 엄지손가락 둘레에 2를 곱하면 손목 둘레가 나오는데, 이런 식으로 목과 가슴둘레도 구할 수 있기 때문이라고 했다. 그리고 내 낡은 셔츠를 바닥에 펼쳐놓고 본을 뜨더니 내 몸에 딱 맞는 셔츠를 만들어주었다. 정장을 만드는 일에는 300명의 재단사가 동원되었다. 이번에도 매우 독특한 방법으로 치수를 쟀는데, 내가 무릎을 꿇고 있으면 내 목에 이르는 곳까지 사다리를 세워놓고 이것을 타고 올라온 사람이 옷깃 높이에서 실을 단 추를 바닥으로 던지는 것이었다. 이 높이가 바로 재킷 길이였다. 그러나 허리와 팔은 내가 직접 쟀다. 이 작업은 (이렇게 커다란 옷을 넣을 수 있는 집은 어디에도 없었으므로) 모두 나의 집에서 하기로 했다. 완성된 옷은 마치 영국 부인들이 천 조각을 이어서 만든 패치워크(조각누비) 같았다. 다른 점이 있다면 모두 같은 색깔로 되어 있다는 것이다.

내 식사를 준비하기 위해 300명의 요리사들이 나의 집 주변에 작은 오두막을 짓고 가족들과 함께 살고 있었다. 한 사람이 두 접시씩 요리를 했다. 나는 식사 때마다 스무 명의 웨이터를 식탁 위로 들어 올려주었다. 식탁 아래에서는 100명의 웨이터가 고기가 놓인 접시나 술통을 어깨에 메고 기다리고 있다가 나의 주문에 맞춰 마치 우물에서 물을 긷듯 재치 있는 방법으로 음식을 식탁 위로 올렸다. 고기 한 접시는 한 입에 넣을 정도였고, 술 한통은 한 모금 정도였다. 양고기는 맛이 없고 쇠고기는 매우 훌륭했다. 아주 드물기는 했지만 서로인[*6]을 세 입에 걸쳐 나눠먹은 적도 있었다. 하인들은 마

*6 소의 등심을 가리킨다. 원래 명칭은 로드 오브 비프이지만, 요리를 접한 영국의 황제 찰스 2세가 맛에 반해 등심을 뜻하는 로인(loin)에 경(Sir)이라는 작위를 내리면서 서로인(Sirloin)으로 부르게 되었다.

치 영국에서 종달새 다리를 먹는 것처럼 내가 소를 뼈째로 씹어먹는 것을 보고 놀라워했다. 거위나 칠면조도 모두 한입거리였지만 우리나라보다 훨씬 맛이 좋았다. 그보다 더 작은 새들은 식사용 나이프로 한 번에 스무 마리나 서른 마리씩 떠먹었다.

어느 날, 평소 내가 어떻게 지내는지 보고를 받은 황제는 가족들을 데리고 나와 함께 만찬을 드는 행복(이는 황제의 입버릇이다)을 누렸으면 좋겠다고 얘기했다. 그리하여 나는 황제의 가족들을 식사에 초대하여 나와 마주 보는 자리에 귀빈석을 차리고 주위에 호위병도 올려두었다. 재무대신 플립냅도 하얀 지팡이*7를 들고 참석했다. 그는 때때로 나를 아주 심술궂은 표정으로 쳐다보았지만, 나는 못 본 척하고 사랑하는 조국의 영예를 위해, 그리고 식사에 참석한 사람들을 놀래주기 위해 보통 때보다 더 많이 먹었다. 황제의 방문이 플립냅에게 나를 모함할 기회를 주었던 것 같다. 그렇게 생각하게 된 이유는 많다. 겉으로는 늘 친절한 척했지만 사실 그는 뒤에서는 나를 공격하는 적(敵)이었다. 그는 어려운 재무사정을 황제에게 털어놓은 것이 틀림없다. 비싼 이자를 주지 않고는 부족한 재원을 빌리기도 힘들고, 공채는 9% 가격에도 팔리지 않으며, 나를 먹여 살리는 데 벌써 150만 스프럭(릴리풋에서 가장 큰 금화로 우리나라 압정과 비슷한 크기다)이나 들었다는 것이다. 그러니 기회를 봐서 되도록 빨리 나를 추방하는 것이 폐하께 도움이 되는 길이라고 고한 것이다.

그런데 여기서 나 때문에 죄 없이 고통받았을 어느 귀부인의 명예를 위해서라도 한마디 하지 않을 수 없다. 플립냅은 자신의 부인이 나에게 뜨거운 연정을 품고 있다는 몇몇 모함꾼들의 말에 홀려 나를 질투했던 것이다. 얼마 전에는 그 부인이 몰래 내 침실에 왔었다고 소문이 퍼졌지만 신께 맹세코 이는 아무런 근거도 없는 헛소문이며, 근거라고 해봐야 부인이 순진한 마음에서 나를 친근하고 다정하게 대해주었다는 것밖에 없다. 부인이 이따금 나의 집을 찾아온 것은 사실이지만, 그것은 어디까지나 공적인 방문으로 반드시 셋 이상의 누이나 동생, 딸, 친구들을 데리고 왔다. 이는 다른 귀부인들도 흔히 했던 일이다. 나를 돌봐주는 하인들에게 물어보라. 지금까지 단 한 번

＊7 하얀 지팡이는 영국 재무대신의 상징이다.

이라도 누가 탔는지 모를 마차가 문 앞에 온 적이 있었느냐고 말이다.

 하인들이 손님이 도착했다는 소식을 전해주면 나는 문으로 다가가 정중히 인사를 건네고 늘 마차와 두 마리의 말을 조심스럽게 들어 (마차를 끄는 말이 여섯 마리면 마부가 미리 네 마리를 풀어두었다) 식탁에 올려두었다. 식탁 둘레에는 만약을 위해 5인치 높이 이동식 난간을 마련해놓았다. 어떤 때는 네 대의 마차와 말들이 한꺼번에 올라오기도 했다. 이처럼 손님이 오면 나는 고개를 숙이고 의자에 앉았다. 내가 한 마차의 손님들과 어울려 이야기를 나누고 있으면, 다른 마차는 조용히 식탁 위를 달리곤 했다. 나는 오후마다 이렇게 즐겁게 이야기를 나누며 보냈다. 나는 플림냅과 그의 밀고자 (그들이 뭐라고 하건 실명을 밝히도록 하겠다) 클러스트릴과 드런로에게 감히 요구하는 바이다. 앞서

6 릴리펏의 풍속, 법률, 관습 69

말한 것처럼 명령에 따라 비밀리에 찾아온 궁전대신 렐드레살을 빼고 남몰래 나를 찾아온 사람이 있었다면 증명해보라고 말이다. 이런 일을 길게 쓰고 싶지 않았지만, 나 자신의 명예보다 한 귀부인의 명예가 걸린 일이다보니 어쩔 수가 없다. 거기다 나에게는 **나르닥**이라는 영예로운 칭호가 주어져 있었지만 재무대신 플림냅은 그렇지 못하다. 그는 나보다 계급이 한 단계 낮은 **클럼글럼**, 영국으로 보자면 공작과 후작의 차이인 셈이다. 물론 나보다 직책이 높았다는 건 나도 인정한다. 나도 우연한 기회(여기에 밝히는 것은 좋지 못할 듯하다)로 들은 그 추문 때문에 플림냅은 한동안 부인은 물론이고 나까지 매우 험상궂은 얼굴로 바라봤는데, 나중에야 잘못을 깨닫고 부인과 화해했지만 그때는 이미 나에 대한 신뢰를 모조리 잃어버린 뒤였다. 곧이어 나에 대한 황제의 관심도 빠르게 식어갔는데, 그 정도로 황제는 플림냅에게 휘둘리고 있었다.

7
음모를 눈치채고 블레프스큐로 도피하다

지은이는 자신을 반역죄로 몰아넣으려는 음모를 눈치채고 블레프스큐로 도피한다. 블레프스큐는 지은이를 환대해준다.

드디어 내가 이 나라를 떠나게 된 전말을 밝히기에 앞서, 나를 모함하기 위해 두 달 전부터 진행되어온 음모부터 설명하는 것이 순서일 것이다.

워낙 출신이 낮았던지라 나는 궁전에 대해 전혀 모르고 있었다. 물론 군주와 신하의 기질에 대해 여러 번 들었으며 책에서 읽은 적도 있었다. 하지만 유럽과는 매우 다른 방식에 따라 통치되는 이토록 먼 이국에서, 변덕스러운 귀족의 무서움을 깨닫게 되리라고는 꿈에도 생각지 못했다.

블레프스큐를 방문하기 위한 채비를 하고 있을 때였다. 깊은 밤, 어떤 고위인사(황제의 노여움을 샀던 그를 내가 나서 도와준 적이 있었다)가 두텁게 커튼을 친 가마를 타고 몰래 찾아와서는 이름까지 숨겨가며 나를 만나기를 간청했다. 나는 가마꾼들을 내보내고 가마를 외투 주머니에 집어넣었다. 그리고 믿을 수 있는 하인에게 누가 찾아오거든 몸이 좋지 않아 잠자리에 들었다고 전하도록 지시하고는 문을 걸어 잠갔다. 나는 늘 하던 대로 가마를 식탁에 올려놓고 옆에 앉았다. 의례적인 인사가 끝나고 나는 근심으로 가득한 그의 얼굴을 보며 까닭을 물었다. 그는 나의 명예와 목숨이 달린 일이니 인내심을 갖고 이야기를 들어달라고 했다. 다음은 그가 떠나자마자 잊지 않기 위해 적어둔 것이다.

"먼저 최근까지 수차례에 걸쳐 극비리에 비밀위원회[1]가 소집되었고 그저

---
[1] 월폴을 필두로 위트레흐트 조약의 내막과 앤 여왕 탄핵을 위해 조직된 비밀위원회를 가리킨다.

께 폐하께서 최종결단을 내리셨다는 것부터 전해드려야겠군요. 이곳에 왔을 때부터 스키레슈 볼골람이 당신을 눈엣가시처럼 여겼다는 것은 잘 아실 겁니다. 왜 그렇게 당신을 증오하게 되었는지는 모르겠지만, 당신이 블레프스큐를 상대로 큰 승리를 거둔 뒤 그의 증오심은 더욱 커졌습니다. 아마 제독이라는 자신의 명성을 잃게 되었다고 생각했기 때문이겠지요. 그는 재무대신 플립냅(부인에 대한 일로 당신에게 적대감을 가지고 있었다는 건 모르는 이가 없을 겁니다)과 림톡 장군, 시종장 랄콘, 대법원장 발머프와 함께 반역과 여러 중죄를 저지른 혐의로 당신에 대한 탄핵 소원을 제출했습니다."

그동안 세운 내 공로와 결백함에 화가 난 나는 울분을 토해내려 했지만, 그는 아무 말 말고 가만히 들어달라고 부탁하더니 다음과 같은 이야기를 들려주었다.

"당신께서 베푼 은혜에 보답하고자 지금까지의 정보와 탄핵안 사본을 구해왔습니다. 제 목이 달아날 각오까지 하고서 말입니다."

퀸버스 플레스트린(산 같은 사람)에 대한 탄핵안

제1조 칼린 데파 플룬 폐하의 치세시에 제정된 법률에 따르면 궁전에 소변을 본 자는 지위고하를 막론하고 대역죄로 다스리라고 되어 있음에도 퀸버스 플레스트린은 왕후마마의 처소에 난 불을 끈다는 핑계로 괘씸하기 짝이 없는 대역무도한 짓을 저질렀다. 이는 매우 큰 범죄로 (중략) 제정된 법률과 이를 지킬 의무에도 위배되는 일이다. (하략)

제2조 퀸버스 플레스트린은 블레프스큐의 함대를 우리 항구로 노획한 다음, 남은 전함을 일망타진하여 블레프스큐를 식민지로 만들어 우리나라 총독이 통치하도록 하여 그곳으로 망명한 달걀을 큰 쪽부터 깨먹는 자들을 처단하고 그러한 이단행위를 계속하는 이들을 사형에 처하라는 칙령을 받았다. 그런데도 어질고 현명하신 폐하의 뜻을 저버린 반역자처럼 양심을 어기거나 무고한 사람들을 해할 수 없다는 핑계로 위 의무의 면제를 요청했다.

제3조 블레프스큐 사절단이 평화를 청하러 찾아왔을 때, 퀸버스 플레스트린은 그들이 얼마 전까지 엄연한 폐하의 적이었으며 전쟁을 일으킨 군주의 신하라는 사실을 잘 알고 있음에도 이들을 돕고 부추기고 위로하고 환대해주었다.

제4조 퀸버스 플레스트린은 충직한 신하가 지켜야 할 의무를 저버리고 블레프스큐 제국 궁전으로 건너갈 준비를 하고 있다. 허가는 어디까지나 폐하의 칙허뿐임에도 이를 허가받았다는 구실로 괘씸하게 최근까지 폐하와 전쟁을 치렀던 국가의 군주를 찾아가 그를 돕고 위로하고 선동하려 하고 있다.

"이 밖에도 다른 조항이 몇 가지 더 있습니다만 가장 중요한 조항들만 간추려 읽어드린 것입니다.

탄핵안을 놓고 여러 차례 논의*²가 이루어졌습니다. 물론 너그럽고 자비로운 폐하께서는 당신이 세운 공로를 강조하여 죄를 덜어주려 애쓰셨습니다. 하지만 재무대신 플림냅과 볼골람 제독은 깊은 밤에 당신 집에 불을 질러 참혹하고 고통스럽게 죽이자고 주장했고, 림톡 장군은 2만 병사를 이끌고 당신의 얼굴과 손에 독화살을 쏘겠다고 했으며, 심지어 하인들을 구슬려 당신 셔츠에 독을 발라 살을 찢는 참혹한 고통 속에 죽게 하자는 의견까지 나왔습니다. 장군도 그 의견에 동참하면서 한동안 의회는 당신에게 불리한 말들로 떠들썩했습니다. 하지만 되도록 당신을 살려주고 싶었던 폐하는 시종장을 설득해 자신의 의견을 따르도록 하는 데 성공했습니다.

그리하여 폐하는 당신의 진정한 친구 궁전대신 렐드레살의 뜻을 물어보라는 명령을 내리셨습니다. 그의 의견을 듣고 있자니 당신께서 그를 신뢰하는 이유를 알 수 있겠더군요. 그는 당신의 죄가 매우 크다는 것을 인정했습니다. 하지만 군주의 가장 훌륭한 덕목은 바로 자비이니, 폐하의 자비로우심을 천하에 모르는 사람이 없기에 폐하께서 자비를 베풀 여지는 아직 남아 있다고 했습니다. '저와 그의 우정은 이미 널리 알려져 있기에 위원회 여러분은 제가 치우친 판단을 내릴 것이라 생각하시겠지만, 저는 황제폐하의 명에 따라 제 생각을 거리낌없이 밝히도록 하겠습니다. 만약 폐하께서 그가 이룩한 공로를 헤아려 크나큰 자비를 베푸셔서 목숨이 아닌 두 눈만을 빼앗는 형벌*³을 내리신다면 그것만으로 단죄가 이루어질 것이며, 세상 사람들은 폐하의 자비로움과 위원회의 너그러움을 찬양할 것입니다. 눈을 잃더라도 그 힘은 여전할 테니 계속해서 폐하께 도움이 될 수 있을 것입니다. 그리고 앞이 보이지 않는다는 건 눈앞의 위험을 보지 못한다는 것이기에 더욱 용맹해질 것입니다. 적의 함대를 끌고 왔을 때도 그가 가장 걱정한 것은 눈을 다칠지도 모른다는 것이었습니다. 그러므로 그의 눈을 대신해줄 신하만 있으면 됩니다. 위대하신 군주들도 모두 신하의 눈을 통해 세상을 바라보기 때문입니다.'

---

*2 1715년 월폴의 비밀위원회에 탄핵된 할리 백작과 볼링브룩 자작(Viscount Bolingbroke, 1678~1751) 모습을 풍자했다. 두 사람은 걸리버가 블레프스큐로 도망간 것처럼 프랑스로 망명했다.

*3 프랑스로 망명했던 할리 백작과 볼링브룩 자작이 사형을 면제받고 재산몰수만을 당한 것을 가리킨다.

 그러나 이러한 렐드레살의 제안은 의회의 거센 반대에 부딪쳤습니다. 볼골람 제독은 화를 참지 못하고 일어서서 소리를 질렀습니다. '어찌 대신이라는 자가 감히 반역자를 살려주자는 말을 할 수 있는가? 당신이 말한 그의 공적도 우리나라의 올바른 잣대로 보자면 그의 죄를 한층 더 무겁게 할 뿐이오. 왕후마마 거처에 난 불을 소변으로 진압했으니 (그는 이 말을 하면서 치를 떨었습니다) 같은 방법으로 홍수를 일으켜 궁전을 물바다로 만들 수도 있으며, 적함을 끌고 온 것처럼 기분이 내키지 않으면 다시 함대를 끌고 돌아갈 수도 있소. 그가 속으로는 달걀을 큰 쪽부터 깨먹는 파벌을 편들고 있다고 생각하는 근거는 다분하며, 반역이란 행동으로 나타나기 전부터 이미 마음 속에서 시작되는 것이오. 따라서 저는 그를 반역자로 고발하고 사형에 처해야 한다고 주장하는 바입니다.' 재무대신도 같은 생각이었습니다. 그는 당신의 생활비 때문에 제국 재정이 얼마나 위험한 상태에 놓여 있는지를 설명했습니다. '얼마 지나지 않아 더는 감당할 수 없게 될 것입니다. 그리고 눈을 멀게 한다는 궁전대신의 방법은 오히려 사태를 더욱 악화시킬 것입니다. 아시다시피 어떤 새는 눈이 멀면 더 많은 모이를 더 빨리 먹어 금방 살이 쪄버립니다. 위대하신 황제폐하와 여기 모인 위원 여러분들 모두 속으로는 그의 유죄를 확신하고 계실 것입니다. 따라서 법률의 엄격한 규정에 따라 요구되는 형식적인 증거[*4]는 필요 없습니다.'

그러나 어떻든 사형만큼은 반대하던 폐하는 눈을 멀게 하는 형벌이 너무 가볍다면 또 다른 벌을 내리면 되지 않겠느냐고 했습니다. 발언권을 요청한 당신의 친구 렐드레살은 재무대신 말처럼 엄청난 비용이 문제라면, 재정을 맡고 있는 재무대신이 당신의 식사량을 조금씩 줄이면 문제는 쉽게 해결될 것이라고 했습니다. 제대로 식사를 못해 몸이 약해지고 식욕을 잃으면 몇 달도 안 돼서 뼈와 가죽만 남고 굶어 죽게 될 테니까요. 바짝 마른 시체는 악취도 심하지 않을 것이고 또 전염병이 돌지 않도록 죽은 지 사흘 안에 5, 6000명의 국민을 동원해 살을 발라 수레로 먼 곳으로 옮겨 묻고, 뼈는 후대를 위해 기념물로 남겨두면 되겠다고 했습니다.

이렇게 당신의 진정한 친구 덕분에 모든 일이 해결되었습니다. 당신을 조금씩 굶겨 죽인다는 계획은 비밀에 부쳐졌고, 눈을 멀게 한다는 판결만이 위원회 만장일치로 기록에 올려졌습니다. 다만 왕후마마의 심복인 볼골람 제독만이 끝까지 반대했는데, 반드시 당신을 사형에 처하라는 왕후마마의 명령 때문이었습니다. 왕후마마는 얼마 전 '괘씸하고 불법적인 방법으로' 화재를 진화했던 당신에게 큰 앙심을 품고 있습니다.

사흘 뒤면 폐하의 명을 받은 당신 친구 렐드레살이 찾아와 탄핵안을 낭독할 것입니다. 이렇게 눈만 잃게 되는 관대한 판결이 내려진 것은 폐하와 위원회의 자비 덕분이며, 폐하는 당신이 겸허히 판결을 받으리라 믿고 있다고 할 것입니다. 그리고 폐하와 스무 명의 의사들이 참석하여 수술을 진행할 것입니다. 수술이란 바닥에 누운 당신의 눈에 날카로운 화살을 쏘아 넣는 것입니다. 이제 어떻게 대처해야 할지 신중하게 생각하시기 바랍니다. 저는 의심

[*4] 지은이는 자신이 옹호하던 애터버리 주교가 혐의는 명백했지만 증거가 불충분한 상황에서 유죄판결을 받은 것을 들어 영국 법률을 꼬집고 있다.

을 받지 않도록 하기 위해, 찾아왔을 때처럼 몰래 돌아가도록 하겠습니다."

그가 돌아가고 홀로 남은 나는 대체 이게 어떻게 된 일인가 싶어 모든 것이 의심스럽고 혼란스러웠다.

이는 지금 황제와 의회가 만들어낸 관습으로, (내가 들은 바로는 전에는 전혀 없었다고 한다) 황제의 노여움이나 대신의 개인적 원한을 풀기 위해 의회에서 일부러 잔인한 형벌을 내리는 것이다. 그런 뒤 황제는 모든 대신들을 불러들여 온 세상 사람들이 알고 인정하는 자신의 너그러움과 자비를 보이기 위해 연설을 했다. 이 연설문은 제국 전체에 공표되었는데, 황제의 자비에 대한 찬사[*5]가 많으면 많을수록 사람들은 더 큰 공포에 휩싸였다. 그만큼 형벌이 무시무시했으며 도리어 그 사람이 무죄라는 사실을 증명해주었기 때문이다. 출신도 그렇고 대신이 될 만큼 마땅한 교육도 받지 못했기에 제대로 판단을 내릴 안목이 없던 나로서는 선고에 나온 황제의 관용과 자비라는 부분이 (내가 틀렸을지도 모르겠지만) 너무 가혹하게 느껴졌다. 나는 다시 재판을 받을까 하는 생각도 했다. 비록 탄핵안 조항들을 거부할 수는 없겠지만 어느 정도 정상을 참작해줄지도 모른다는 기대 때문이었다. 하지만 지금까지의 공판기록을 보면 판결이란 이미 정해진 판사의 결정대로 내려지는 법이다. 그제야 사태의 심각성을 깨달은 나는 이 강대한 적을 상대로 위험하기 그지없는 방법에 몸을 맡길 수는 없다고 판단했다. 한번쯤은 맞서고 싶은 강렬한 유혹이 들기도 했다. 이렇게 몸만 자유로우면 이 자그만 제국이 온 힘을 기울인다 해도 나를 굴복시키기 어려울 것이고 오히려 내가 쉽게 도성을 박살낼 수 있을 테니 말이다. 그러나 나는 곧바로 그 생각을 몰아냈다. 황제에게 했던 맹세와 지금까지 받은 호의, 그리고 하사받은 영예로운 칭호 **나르닥**이 떠올랐다. 거기다 지금까지 받았던 황제의 은총이든 뭐든 모두 날려버리고 싶을 만큼 대신들의 뜻이 혹독한 처사라고는 느끼지 못했기 때문이다.

마침내 나는 결정을 내렸다. 비난은 피할 수 없겠지만, 그렇돼도 할 수 없다. 생각해 보면 내가 이렇게 멀쩡한 두 눈과 자유를 지킬 수 있었던 것은 나의 경솔함과 경험부족 덕분이었다. 만약 그때 내가 다른 나라를 돌면서 깨

---

*5 1715년에 프랑스에 망명 중인 찰스 왕을 지지하는 반란이 진압되고 주모자가 모두 처형되었는데, 이때 왕의 자비를 찬양하는 포고문이 선포되었다.

7 음모를 눈치채고 블레프스큐로 도피하다

달은 황제와 대신들의 본성, 그리고 나보다 죄가 가벼운 죄수들을 다루는 법을 알고 있었다면 그 정도 형벌은 달게 받았을 것이다. 그러나 이미 나에게는 블레프스큐 방문 허가서가 있었고, 아직 어려서 성급했던지라 나의 친구 렐드레살에게 사흘이 가기 전에 다음날 아침 바로 블레프스큐로 떠날 것이라고 편지를 보냈다. 물론 답장은 기다리지도 않고 함대가 정박하고 있는 바닷가로 갔다. 나는 큰 군함을 하나 잡아서 뱃머리에 줄을 연결하고 닻을 올렸다. 그리고 옷을 모두 벗은 뒤 겨드랑이에 끼고 있던 담요와 함께 배에 실었다. 나는 걷거나 헤엄을 치면서 배를 끌고 블레프스큐 항구에 도착했다. 블레프스큐 사람들은 내가 오기만을 기다리고 있었다. 두 호위병이 나라이름과 똑같은 블레프스큐 도성으로 나를 안내했다. 나는 두 호위병을 양손에 들고 성문에서 2백 야드 떨어진 곳까지 간 다음, 한 호위병에게 내가 도착하여 황제의 명령을 기다리고 있음을 알리라고 했다. 한 시간 뒤에야 황제가 가족과 신하들을 거느리고 나를 맞으러 오겠다는 대답을 들을 수 있었다. 나는 100야드 정도 더 걸어갔다. 황제와 수행원들은 모두 말에서 내렸고, 황후와 귀부인들도 마차에서 내렸다. 누구 하나 나를 두려워하거나 걱정하는 얼굴이 아니었다. 나는 바닥에 엎드려 황제와 황후의 손에 입을 맞추었다. 약속을 지키고자 주군의 칙허(勅許)를 받아 이렇게 방문하여 위대하신 황제폐하를 만나 뵙는 크나큰 영광을 맞이하였으니 주군에 대한 충성에 크게 어긋나지 않는 범위 안에서 힘껏 돕도록 하겠다고 말했다. 내가 릴리펏에서 신임을 잃었다는 얘기는 하지 않았다. 나에게 공식적으로 전해진 판결도 없거니와, 아무리 릴리펏 황제라도 이치로 보아 자신의 힘이 미치지 않는 나라에 그런 비밀스러운 일이 있다는 얘기를 떠벌리지는 않으리라 생각했기 때문이다. 하지만 곧 내 생각이 틀렸다는 것을 알게 되었다.

 내가 블레프스큐에서 받은 호의(물론 그것은 위대한 황제의 너그러움에 걸맞은 것이었다)라든지, 집과 침대가 없어서 맨바닥에 담요만 덮고 자야 했다든지, 이런저런 이야기가 많지만 시시콜콜한 것들로 독자 여러분을 지루하게 하지는 않겠다.

8
블레프스큐를 떠나다

운 좋게 블레프스큐를 떠날 방도를 찾아낸 지은이는, 온갖 고생 끝에 무사히 고국으로 돌아간다.

블레프스큐에 온 지 사흘째 되던 날, 나는 북동쪽 바닷가를 산책하다 반 리그(거리 단위, 영·미에서 1리그는 약 3마일)쯤 떨어진 바다 위에 떠다니는 뒤집힌 보트처럼 보이는 것을 발견했다. 신발과 양말을 벗고 2, 300야드를 걸어간 나는, 파도에 쓸려 점점 가까이 다가오는 물체가 진짜 보트라는 것을 확인할 수 있었다. 폭풍에 휘말린 배에서 떨어진 것 같았다. 나는 곧바로 도성으로 돌아가, 빼앗기고 남은 전함 가운데 가장 큰 배 스무 척과 부제독이 지휘하는 병사 3000을 빌려달라고 황제에게 부탁했다. 함대가 섬을 돌아오는 동안 나는 지름길을 달려 보트를 발견한 곳으로 돌아왔다. 조류 덕분에 보트는 조금 전보다 더 가까이 와 있었다. 함대가 도착하자 나는 옷을 벗고 100야드 정도를 걸어간 다음 보트에 닿을 때까지 헤엄을 쳤다. 그리고 병사들에게 미리 나눠준 튼튼하게 꼰 밧줄의 한쪽 끝을 받아 보트 앞부분에 난 구멍에 묶고 다른 쪽 끝을 배에 연결하려고 했지만 발이 바닥에 닿지 않아 작업을 할 수가 없었다. 하는 수 없이 나는 헤엄을 치면서 한손으로 힘껏 보트를 밀었다. 다행히 조류가 도와준 덕분에 쉽게 발이 땅에 닿았다. 한숨을 돌리고 다시 보트를 밀자 어느덧 바닷물은 나의 어깨까지 닿았다. 이걸로 가장 힘든 일은 끝났다. 나는 전함에 쌓아두었던 밧줄을 집어 보트에 묶고 나를 따라온 아홉 척의 전함에 연결시켰다. 바람도 순풍이었고 병사들도 힘껏 노를 저어준 덕분에 보트를 바닷가에서 40야드 떨어진 곳까지 끌고 올 수 있었다. 나는 썰물로 물이 빠지기를 기다렸다가 보트가 있는 곳으로 걸어가 2000 병사들의 도움을 받으며 엎어진 보트를 바로 세웠다. 보트는 거의 멀쩡했다.

열흘이나 걸려 만든 노를 저으며 블레프스큐 항구까지 보트를 몰고 가면서 겪은 고초를 늘어놓았다간 독자 여러분이 지루해질 테니 넘어가도록 하겠다. 항구에 이르자 구름처럼 몰려든 사람들은 커다란 배를 보고 매우 놀라워했다. 나는 행운의 여신이 보트를 보내줘 내가 그리운 고향으로 돌아갈 수 있도록 해주었으니 출항허가와 보트 수리, 그리고 항해물자를 베풀어달라고 간청했다. 황제는 몇 마디 친절한 충고와 함께 기꺼이 승낙해주었다.

나는 릴리펏 황제가 나에 대한 문제로 아직까지 블레프스큐에 사신을 보내지 않았다는 사실이 무척이나 놀라웠다. 나중에 전해들은 바로는 릴리펏 황제는 내가 그 계획을 알고 있다고는 생각도 못하고, 그저 약속을 지키기 위해 칙허를 받아 블레프스큐를 찾아간 것(궁전에서도 널리 알려진 사실이었다)이라고만 여겼다. 그래서 방문이 끝나면 2, 3일 뒤에 반드시 돌아올 것이라 믿고 있었다는 것이다. 그러나 내가 오랫동안 돌아오지 않자 불안해진 황제는 비밀위원회를 소집한 끝에 사신을 통해 나를 탄핵하는 문서를 블레프스큐로 보내왔다. 사신은 블레프스큐 황제에게 두 눈을 멀게 하는 형벌로 만족한 릴리펏 황제의 위대한 관용에 대해 이야기하고, 재판을 피해 달아난 내가 두 시간 안에 돌아오지 않는다면 **나르닥** 칭호를 박탈하고 반역자로 선포할 것임을 알렸다. 그리고 서로의 평화와 우애를 위해서라도 블레프스큐 황제가 반역자의 손과 발을 묶어 릴리펏으로 돌려보내 처벌받을 수 있도록 해줄 것을 요청했다.

사흘 동안 대신들과 진지하게 논의를 거친 블레프스큐 황제는 정중한 사과의 말을 담은 답장을 썼다. '그를 포박하여 송환해달라는 요청이 불가능하다는 것은 한 형제인 폐하께서도 잘 아시리라고 생각합니다. 비록 그가 우리 블레프스큐의 함대를 빼앗아가기는 했지만, 조약을 맺는 데 힘써준 그의 호의에 큰 은혜를 입은 것도 사실입니다. 그러나 이제 안심하셔도 될 것입니다. 그가 탈 수 있을 만큼 커다란 보트를 바닷가에서 발견하였고 우리 블레프스큐의 전폭적인 협력 아래 지금 배를 고치고 있으니, 앞으로 몇 주 뒤에는 두 나라 모두 크나큰 부담에서 벗어날 수 있으리라 생각하는 바입니다.'

사신은 답장을 가지고 릴리펏으로 돌아갔다. 블레프스큐 황제는 그동안 있었던 일들을 들려주며 (이는 절대 비밀이라고 했다) 만약 이 나라에 계속 남아서 봉사해준다면 나를 보호해주겠다고 했다. 성심성의를 다한 말이겠지만

나는 두 번 다시 황제와 신하를 믿지 않겠다고 마음먹었기에, 황제의 호의에 감사의 뜻을 전하며 그 제의를 거절했다. 그리고 불행인지 다행인지 이렇게 배를 얻었으니, 위대하신 두 제국 사이에 불화의 씨앗이 되기 전에 모든 것을 하늘에 맡기고 바다로 떠나는 것이 좋겠다고 했다. 이런 나의 대답에 황제는 언짢아하지 않았고 게다가 거의 모든 신하들도 나의 결심을 매우 달갑게 여기고 있음을 우연한 기회에 알게 되었다.

그리하여 나는 예정보다 출발을 좀더 앞당기기로 했다. 내가 빨리 떠나기를 바랐던 블레프스큐 사람들은 기꺼이 도움을 줬다. 500명의 기술자가 달려들어 가장 튼튼한 천을 열세 폭이나 이어 보트에 달아맬 돛을 만들었다. 나는 가장 굵고 튼튼한 끈을 골라 열 줄, 스무 줄, 서른 줄씩 엮어 밧줄을 만들었다. 그리고 바닷가를 오랫동안 뒤져서 찾아낸 커다란 돌멩이를 닻으로 썼다. 소 300마리에서 짜낸 기름은 보트에 바르거나 그밖에 여러 곳에 유용하게 쓸 수 있었다. 가장 힘들었던 것은 노와 돛대를 만드는 일이었는데, 이 일에는 황실 목수들의 도움이 컸다. 내가 힘들여 베어온 나무를 대패질해두면, 황실 목수들이 깔끔하게 마무리를 해주었다.

모든 준비를 갖추기까지 한 달이 걸렸다. 나는 황제에게 사람을 보내 출국 허가를 내려달라고 요청했다. 황제는 가족들을 거느리고 나를 배웅하러 나와주었다. 나는 바닥에 엎드려 황제의 손등에 입맞춤을 했다. 그리고 황후와 황태자, 황녀의 손등에도 부드럽게 입을 맞추었다. 황제는 200스프럭이 들어 있는 돈주머니 쉰 개와 자신의 얼굴과 똑같은 크기인 초상화를 선물했다. 나는 초상화에 흠이 나지 않도록 한 쪽 장갑 속에 넣었다. 그밖에도 여러 의식이 있었지만 독자들이 지루해할까 봐 생략하기로 한다.

식량으로는 소 100마리와 양 300마리분 날고기와 많은 빵과 술, 그리고 400명의 요리사가 양념한 고기를 배에 실었다. 그리고 고향으로 돌아가서 키울 생각으로 살아 있는 황소 두 마리와 암소 여섯 마리, 그리고 같은 수의 암양과 숫양도 가져가기로 했다. 배에는 가축에게 먹일 건초와 보리도 한 주머니씩 실었다. 주민들도 열 명 정도 데려가고 싶었지만 황제는 결코 허락하지 않았다. 나의 주머니를 샅샅이 뒤지는 것으로도 마음이 놓이지 않았는지 백성들 중에 따라가고 싶다고 나서는 이가 있더라도 절대 데려가지 않겠다고 명예를 걸고 약속까지 하도록 했다.

이렇게 모든 준비를 마치고, 1701년 9월 24일 아침 6시에 출항했다. 남동풍을 타고 북쪽으로 4리그쯤 갔을 때, 북서쪽으로 반 리그 떨어져 있는 작은 섬을 발견했다. 오후 6시 무렵 그 섬의 바람이 불지 않는 곳을 찾아 배를 정박시켰다. 섬은 무인도인 듯했다. 나는 음식을 먹고 나서 이곳에서 쉬기로 했다. 아주 푹 자고 일어났는데 두 시간 뒤 날이 샜으니 여섯 시간 정도 잤던 것 같다. 아주 맑은 밤이었다. 나는 해가 뜨기 전에 아침을 먹고 닻을 올렸다. 다행스럽게도 순풍이 불어왔다. 나는 휴대용 나침반을 보면서 어제와 같은 방향으로 배를 몰았다. 되도록이면 반디멘스랜드 북동쪽에 있는 군도(群島)로 가고 싶었지만 그날은 아무것도 발견하지 못했다. 그러나 다음날 오후 3시쯤, 블레프스큐에서 24리그 정도 떨어진 곳에서 남동쪽으로 가는 범선을 발견했다. 그때 나는 동쪽으로 가고 있었다. 큰 소리로 불렀지만 아무런 대답이 없었다. 바람이 잦아들면서 점점 범선에 가까워졌다. 나는 돛을 활짝 펼쳤다. 30분 정도 지나자 그 배에서는 나를 알아봤는지 깃발을 흔들고 대포를 쏘았다. 나의 사랑하는 조국과 두고 온 가족들을 다시 만날 수 있다는 기대하지 않았던 희망이 이루어지는 순간이었다. 그때 내가 느낀 기쁨은 뭐라 표현할 수가 없다. 범선은 돛을 접어 속도를 늦춰주었다. 내가 겨우 범선을 따라잡은 것은 9월 26일 오후 대여섯 시 무렵이었다. 휘날리는 영국 국기를 보고 있자니 가슴이 뛰었다. 나는 소와 양을 외투 주머니에 넣고 식량 꾸러미를 챙겨 가지고 범선에 올랐다. 그 배는 영국 상선(商船)으로 일본에서부터 북해와 남태평양을 거쳐 돌아가는 길이었다. 선장은 뎁포드 출신의 존 비델 씨였는데 매우 친절하고 뛰어난 뱃사람이었다. 그때 우리 위치는 남위 30도였고, 배에는 쉰 명의 사람들이 타고 있었다. 나는 여기에서 옛 친구인 피터 윌리엄스를 만났다. 그는 나를 선장에게 잘 소개해주었고, 선장은 나를 친절하게 맞아주면서 그동안 어디를 갔다 왔으며, 또 어디로 가고 있는지 물었다. 나는 간단하게 대답해주었지만 그는 오랜 고생으로 내가 정신이 이상해져 헛소리를 한다고 생각했다. 그래서 나는 주머니에서 소와 양들을 꺼냈다. 깜짝 놀란 선장은 그제야 내 말을 믿어주었다. 나는 블레프스큐 황제의 초상화와 진귀한 물건들, 그리고 황제가 선물한 금화도 보여주었다. 선장에게 200스프럭이 들어 있는 주머니 두 개를 선물하고, 영국에 도착하면 새끼를 밴 암소와 양을 한 마리씩 선물하겠다고 약속했다.

우리는 1702년 4월 13일 다운스에 입항했다. 그 동안 항해는 매우 순탄했던 만큼 자세한 얘기는 생략하도록 하겠지만 한 가지 불행한 일이 있었다. 쥐가 양 한 마리를 물고 가버린 것이다. 잡혀간 양은 쥐구멍 속에서 깨끗이 뜯어 먹혀 하얀 뼈만 발견되었다. 하지만 나머지 가축들은 모두 무사했고, 나는 그리니치 볼링 그린에 가축들을 풀어두었다. 풀을 잘 뜯지 못할 거라는 염려와는 달리 가축들은 촘촘한 잔디를 아주 잘 먹었다. 그러나 만약 선장이 즐겨먹는 비스킷을 곱게 갈아 물에 섞어주지 않았더라면 긴 항해를 버텨내지 못했을 것이다. 나는 영국에 머물면서 귀족들에게 가축을 구경시켜주고 꽤 많은 돈을 벌었다. 그리고 두 번째 여행을 떠나기 전에 600파운드를 받고 그 가축들을 모두 팔아치웠다. 마지막 항해에서 돌아왔을 무렵에는 가축들이 엄청나게 불어나 있었는데, 그중에서도 양이 가장 많았다. 작은 양의 털은 섬세하고 부드러워서 앞으로 양모업계 발전에 큰 도움이 될 것이다.

내가 가족과 보낸 시간은 두 달밖에 되지 않았다. 다른 나라를 또 여행하고 싶다는 욕망 때문이었다. 나는 아내에게 1500파운드를 주고 레드리프에 있는 좋은 집으로 이사하게 했다. 그리고 남은 재산의 일부는 현금으로, 일

부는 상품으로 바꿔 내가 가져가기로 했다. 그것을 종자돈 삼아 재산을 늘려볼 생각이었다. 거기다 존 삼촌이 한 해에 30파운드씩 수입을 올리는 땅을 유산으로 남겨주신데다, 페터레인에 있는 '**블랙 불**' 건물 임대료로 해마다 30파운드를 받고 있어서, 이제 내가 없더라도 가족들이 굶주릴 염려는 없었다. 삼촌의 이름을 따서 조니라고 이름 지어준 아들은 그래머스쿨(아이들에게 라틴어나 그리스어를 가르키던 영국의 옛 중등교육기관)에 다닐 만큼 잘 자랐고, 이제 결혼해서 한 아이의 엄마가 된 큰딸 베티는 바느질을 배우고 있었다. 나는 눈물을 흘리며 아내와 아이들과 작별을 하고, 리버풀 출신 존 니콜라스라는 사내가 선장으로 있는 300톤짜리 상선 '**어드벤처**'호에 올라 수라트(인도 서부에 위치한 항구도시)로 떠났다. 이 항해에 대한 이야기는 나의 여행기 제2부에서 들려주겠다.

제2부
큰 사람들의 나라
브롭딩낵 기행

1
다시 항해에 나서다

엄청난 폭풍우를 만난다. 물을 구하기 위해 파견된 보트에 탔던 지은이는 브롭딩낵(거인국)을 발견한다. 바닷가에 홀로 남겨진 지은이는 거인에게 붙잡혀 농부의 집으로 끌려간다. 그곳에서 어떤 환대를 받았고 무슨 일이 벌어졌는지와 거인들의 모습에 대해 묘사한다.

성격과 팔자에 역마살이 낀 나는 돌아온 지 두 달 만에 고향을 뒤로 하고 1702년 6월 20일 다운스에서 수라트로 떠나는 콘월 출신 존 니콜라스 선장이 모는 '**어드벤처**'호에 올랐다. 순풍을 타고 희망봉에 도착한 우리는 상륙하자마자 신선한 물부터 구했다. 그런데 배에 물이 스며서 우리는 희망봉에 짐을 내리고 겨울을 나야만 했다. 선장이 말라리아에 걸리는 바람에 3월 말까지 그곳을 떠날 수가 없었다. 다시 출항한 우리가 마다가스카르 해협을 지날 때만 하더라도 모든 것이 순조로워 보였다. 그러나 섬의 북쪽 남위 5도 지점에 이르렀을 때부터 바람이 거세졌다. 이곳은 12월 초부터 5월 초까지 끊임없이 북서풍이 부는데 갑자기 4월 19일부터 엄청난 서풍이 몰아닥친 것이다. 바람은 20여 일 동안이나 계속 불었고 우리가 탄 배는 몰루카 제도 동쪽 지점까지 밀려갔다. 5월 2일 선장이 관측한 바에 따르면 우리가 있는 곳은 적도에서 북쪽으로 3도쯤 되는 지점이라고 했다. 이윽고 바람도 가라앉고 파도도 잔잔해져서 나는 무척이나 기뻤다. 하지만 이 지역 사정에 밝은 선장은 서둘러 폭풍우에 대비하라는 명령을 내렸다. 다음날 정말로 폭풍우가 몰려왔다. 몬순(동아시아, 인도 지방에서 부는 계절풍)이라고 부르는 남풍이 불어닥친 것이다.

*¹폭풍이 더 거세질 것 같아서 우리는 네모꼴 돛을 접고 앞쪽 돛까지 접을

---

*1 여기서부터 서술되는 내용은 당시 유행한 여행기에 상투적으로 등장하는 어려운 항해용어 패러디이다.

준비를 하고 있었다. 날씨는 점점 더 나빠져만 갔다. 우리는 대포를 단단히 고정시키고 미즌(배의 후미 돛대에 거는 삼각돛)까지 접었다. 그렇지 않아도 육지에서 멀리 떨어진 만큼 어설프게 떠다니는 것보다 바람을 타는 편이 낫겠다고 판단했다. 앞쪽 돛의 크기를 줄여 고정시키고 돛을 묶은 밧줄을 선미로 끌어당기자 키가 전혀 먹히지 않던 배도 멋지게 선회하여 바람을 등졌다. 그런데 앞쪽 내림밧줄을 단단히 빌레이*2해뒀는데도 돛이 찢어져버렸다. 우리는 하는 수 없이 활대를 내려 돛을 배 안으로 집어넣고 부속품도 모두 풀어버렸다. 엄청난 폭풍우였다. 파도는 미친 듯 이리저리 날뛰었다. 우리는 조타수를 도와 방향타 손잡이에 매단 밧줄을 힘껏 잡아당겼다. 중간 돛대는 그대로 세워두었다. 그러는 편이 배가 나아가기에 더 좋았고, 배를 조타할 여지가 있어 더욱 안전했다. 폭풍우가 그치자 우리는 먼저 앞쪽 돛과 으뜸돛을 펼쳐 진로를 바로잡았다. 그러고는 미즌과, 큰 돛대와 앞 돛대의 돛을 펼쳤다. 진로는 동북동쪽이었지만 바람은 남서풍인 탓에 배가 우현 쪽으로 나아갔다. 바람방향을 맞추는 아딧줄과 올림밧줄은 풀어진 지 한참 되었다. 우리는 반대쪽 아딧줄을 단단히 붙잡고 볼링밧줄만을 잡아당기거나 고정시키면서 돛을 조절하고, 미즌의 침로를 바람방향에 맞춰 되도록 역풍에 맞서 나아가게끔 했다.

폭풍우 말고도 강한 서남서풍까지 불어오면서 우리는 동쪽으로 5백 리그 거리까지 떠밀려갔던 듯싶다. 가장 노련한 선원도 지금 우리가 어디에 있는지 알지 못했다. 식량도 넉넉했고 함선과 선원들 모두 문제가 없었으나 다만 물이 너무 부족했다. 우리는 북쪽으로 배를 돌리는 것보다는 이대로 나아가는 편이 나을 거라 판단했다. 북쪽으로 계속 가다가는 거대한 타타르 대륙(동부 유럽에서 서부아시아 일대를 뭉뚱그려 부르던 지명)의 북서쪽을 지나 얼어붙은 바다*3로 들어서게 될지도 모르기 때문이었다.

1703년 6월 16일, 돛대에 올라가 망을 보던 어린 선원이 마침내 육지를 발견했다. 우리는 다음날이 되어서야 커다란 섬, 아니면 대륙(어느 쪽이 맞는지 몰랐지만)을 뚜렷이 볼 수 있었다. 너무 얕아서 100톤이 넘는 배는 들어갈 수 없었지만 남쪽으로 난 작은 곳에 물굽이가 보여 그곳에서 1리그 떨어진 곳에 닻을 내렸다. 마실 물을 구하기 위해 선장은 선원 열 명을 무장시켜 보트에

＊2 밧줄을 S자 모양으로 감거나 감은 밧줄을 못 같은 데에 고정시키는 것을 의미하는 항해용어.
＊3 북극해를 가리키는 것으로 보인다.

물동이와 함께 태웠다. 나는 선장에게 나도 함께 보내달라고 부탁했다. 어쩌면 새로운 것을 발견할 수 있을지 모른다는 기대감 때문이었다. 그러나 상륙해보니 물이 흐르는 강은커녕 샘도, 사람이 사는 흔적도 보이지 않았다. 모두들 깨끗한 물을 찾아 바닷가를 살피는 동안 나는 혼자 해안가를 따라 반대편으로 1마일을 걸어갔다. 그곳은 바위밖에 보이지 않는 황무지였다. 재미있는 것을 찾지 못해 슬슬 피곤해진 나는 터벅터벅 큰 물굽이가 있는 곳으로 돌아왔다. 바다가 보이는 곳에 이르렀을 때, 어떻게 된 일인지 벌써 보트에 올라 배를 향해 힘껏 노를 젓는 선원들 모습이 보이는 것이 아닌가. 부질없는 짓이라고 생각했지만 그들을 향해 크게 소리를 지르려고 할 때, 몸집 거대한 사람이 쿵쿵 소리를 내며 그들을 쫓아 바다로 들어가는 것이 보였다. 바닷물은 그의 무릎까지밖에 차오르지 않았고 보폭도 매우 넓었지만, 선원들이 반 리그 정도 앞선 데다 근처가 험악한 바위로 뒤덮여 있는 탓에 거대한 괴물은 보트를 따라잡지 못했다. 이 이야기는 나도 나중에서야 전해들은 것인데, 그때는 도저히 겁이 나서 지켜보고 있을 수가 없었다. 나는 허겁지겁 왔던 길로 달아나 가팔라 보이는 산을 기어 올라갔다. 그제야 주변 경관이 눈에 들어왔다. 매우 잘 경작된 농경지가 보였는데, 무엇보다 놀라웠던 것은 풀의 높이였다. 건초용으로 남겨둔 듯한 그 풀의 높이가 20피트를 넘었다.

  나는 큰길로 들어섰다. 그것은 보리밭 사이에 난 좁은 오솔길이었지만 그게 나에게는 무척이나 큰 길로 보였던 것이다. 한참을 걷는 동안 아무것도 보이지 않았다. 추수 때가 다가오면서 보리가 40피트 가까이 자라나 있었기 때문이다. 한 시간을 걸어간 뒤에야 적어도 높이 120피트쯤 되는 울타리가 세워진 밭 가장자리에 도착할 수 있었다. 나무들은 어찌나 키가 큰지 도저히 높이를 가늠할 수 없을 정도였다. 밭에는 이웃 밭으로 넘어갈 수 있도록 계단이 있었다. 계단은 한 단이 6피트나 되는데다 꼭대기에는 20피트도 넘는 큰 돌이 놓여 있어 도저히 올라갈 수 없었다. 울타리 사이에서 빈틈을 찾던 나는 보트를 뒤쫓던 거인과 비슷한 크기의 사람이 계단으로 다가오는 것을 보았다. 그는 마치 교회의 탑처럼 거대했으며, (눈대중이지만) 보폭도 10야드나 되었다. 나는 너무 놀라고 겁이 나서 보리밭으로 달려가 숨었다. 거인은 계단 꼭대기에 올라서더니 오른쪽 밭에 있는 사람들을 불렀다. 부르는 소리는 나팔 소리보다 몇 배는 더 컸다. 하늘에서 들려오는 이 소리를 듣고 처음에는 천둥이 치는 줄 알았다. 거인의 호통에 날이 여섯 배는 더 커 보이는 거대한 낫을 든 일곱 괴물이 나타났다. 거인보다 형편없는 옷차림인 데다 거인의 명령에 보리를 베러 온 것을 보면 그의 하인이거나 일꾼인 듯했다. 나는 최대한 그들과 멀리 떨어지려고 했지만 도망치는 것도 보통 일이 아니었다. 보리 줄기와 줄기 사이가 1피트도 되지 않아서 지나다니기가 힘들었기 때문이다. 그렇게 해서 나는 보리가 비바람에 쓰러진 곳까지 왔지만 거기서 더 이상은 한 걸음도 나아갈 수가 없었다. 기어들어갈 틈도 없을 만큼 줄기가 얽히고설킨데다 억새는 또 어찌나 단단하고 날카로운지 옷을 뚫고 들어와 살을 찔러댔다. 일꾼들이 보리를 수확하는 소리가 100야드도 떨어지지 않은 곳에서 들려왔다. 슬픔과 절망에 사로잡힌 나는 두 이랑 사이에 지친 몸을 누이고 앞으로 찾아올 나의 고달픈 삶의 마지막을 기다렸다. 과부가 될 아내와 아비 없는 자식 소리를 들을 아이들을 떠올리자니 눈물이 났다. 친구와 친척들의 만류를 무시하고 또다시 모험을 떠난 고집불통 같은 나의 어리석음을 한탄했다. 이 끔찍한 불안감 속에서도 나는 릴리펏을 떠올리지 않을 수 없었다. 작은 사람들은 나를 세상에서 가장 놀라운 존재로 올려다보았다. 적의 함대를 한 손으로 끌고 왔던 것을 비롯해 제국이 멸망할 때까지 역사에 길이길이 남겨질 기적을 나는 수없이 이루어냈다. 수백만 명의 사람들이 증언하더라도 그들의 후손들은 누구 하나 믿지 않을 것이다. 생각해보면 지금의 나는 영국에 온 콩알만 한 난쟁이나 다를 바가 없는 것이다. 여기서 그런 대접을 받게 될 것이라고 생각하니 너무나 굴욕적이었다. 그래도 생각해보면 그건 나은 편에 속했다. 인간이란 몸의 크기에 비례해서 더욱 야만적이고 잔인해지는 법이어서, 이 거대한 야만인들 손에 붙잡히기라도 했다간 한 입 거리가 될 것이 불 보듯 뻔했다. 크기의 개념은 상대적이라고 한 철학자[*4]의 말이 옳았다. 운명의 장난으로 내가 릴리펏을 발견한 것처럼, 릴리펏 사람들도 자기보다 훨씬 작은 사람들이 사는 나라를 발견할 수도 있을 것이다. 또 이 거대한 괴물들도 우리가 아직 가보지 못한 세상의 끝에서, 내 입을 다물지 못하게 한 자신들은 상대도 안 될 만큼 어마어마하게 큰 괴물을 만나게 될지도 모른다.

＊4 조지 버클리(George Berkeley, 1685~1753)는 1709년에 발표한 자신의 저서 《시각신론》에서 크기 판단의 상대성을 다루었다.

겁에 질려 정신이 없는 와중에도 나는 이런 생각들을 하고 있었다. 곧 낫을 든 거인이 내가 드러누운 이랑에서 10야드도 못되는 곳까지 다가왔다. 한 걸음만 더 다가와도 저 발에 깔려죽거나 휘두르는 낫에 두 동강이 날 것이다. 살아남을 희망은 없어 보였다. 그래서 거인이 발을 내딛으려는 그 순간, 나는 겁에 질려 살려달라고 외쳤다. 거인은 무심코 걸음을 멈추고 한참 동안 바닥을 살펴보다가 누워 있는 나를 발견했다. 우리가 흔히 족제비를 잡을 때 하듯, 물리지 않고 위험한 동물을 잡으려면 어떻게 해야 좋을지 거인

1 다시 항해에 나서다 91

은 신중하게 생각하는 것 같았다. 그리고 드디어 결심을 굳혔는지 엄지와 검지로 내 허리 뒤쪽을 잡더니 눈에서 3야드 거리까지 들어올렸다. 나를 좀 더 자세히 살펴보려는 듯했다. 어쨌든 살았다는 생각에 마음이 놓인 나는 60피트 높이에 매달린 동안에는 어쭙잖게 몸부림치지 않기로 했다. 다만 곤란한 것은 허리를 너무 세게 잡고 있었다는 것이다. 나는 그저 하늘을 향해 두 손을 모아 겸허하고 처량한 목소리로 기도할 수밖에 없었다. 혹시라도 그가 작고 기분 나쁜 동물을 죽일 때처럼 바닥에 내치지는 않을까 몹시 걱정되었지만 다행히도 내가 마음에 들었는지 또랑또랑하게 말(아마 이해하지는 못했겠지만)하는 것에 놀라워하며 호기심 어린 눈으로 나를 바라보고 있었다. 그동안 나는 신음을 하고 눈물을 쏟으며 그 억센 손가락에 얼마나 고통받고 있는지 알리기 위해 옆구리를 가리켰다. 그러자 그도 나의 뜻을 헤아렸는지 자신의 옷자락 위에 나를 살며시 올려놓고 서둘러 주인에게 달려갔다. 주인이라는 사람은 내가 밭에서 처음 보는 사람으로 매우 부유한 농부로 생각되었다.

   하인의 이야기를 듣고 난 농부는 (물론 두 사람 모습을 보고 짐작한 것이지만) 지팡이만큼 굵직한 지푸라기를 한 가닥 집어 들더니 그걸로 나의 외투자락을 들췄다. 내가 입은 옷이 몸에 달린 껍데기라고 여겨졌던 모양이다. 다음에는 내 머리카락을 입으로 불어 넘기고 나의 얼굴을 뚫어져라 들여다보더니 주변에 있는 하인들을 불러 모아 이토록 작은 동물을 밭에서 본 적이 있는지 (물론 나중에 들은 이야기이다) 물었다. 그러고는 내가 엎드린 자세가 되도록 조심스럽게 바닥에 내려놓았다. 나는 달아날 의사가 없음을 알리려고 주변을 느긋하게 걸었다. 그들은 내가 움직이는 모습을 자세히 들여다보고 싶었는지 주변에 빙 둘러앉았다. 나는 모자를 벗어 농부에게 공손히 머리를 숙였다. 다시 고개를 들고 무릎을 꿇은 다음, 두 팔을 하늘 높이 들고 크게 몇 마디 외치고는 금화가 든 지갑을 농부에게 바쳤다. 그러자 농부는 도통 모르겠다는 표정으로 손바닥에 올려둔 지갑을 (소매에서 꺼낸) 핀으로 이리저리 굴려댔다. 그래서 나는 몸짓으로 손을 바닥으로 내려 보라고 한 다음 지갑을 열어서 안에 있던 금화를 모두 꺼냈다. 4피스톨짜리 에스파냐 금화 여섯 닢과 작은 화폐 2, 30닢이었다. 농부는 새끼손가락에 침을 묻혀가며 피스톨 금화를 하나하나 들춰봤지만 끝내 뭔지 모르는 눈치였다. 그는 금화를 다시 주머니에 담으라는 몸짓을 했고, 나는 몇 번이고 금화를 주려고 했지만 결국

도로 주머니에 넣어야만 했다.

　그제야 농부는 내가 이성을 가진 인간이라고 확신했는지 몇 번이고 말을 걸었다. 그의 말은 물레방아처럼 쩌렁쩌렁 울리기는 했지만 확실하게 알아들을 수 있었다. 나도 최대한 목소리를 키워 대여섯 가지 언어로 대답했다. 하지만 나와 2야드 떨어진 곳까지 귀를 갖다댄 농부는 내 말을 전혀 알아듣지 못했다. 농부는 다시 하인들에게 하던 일을 계속하게 하고 주머니에서 손수건을 꺼내 한 번 접은 다음 손바닥에 올려놓더니, 손바닥을 땅에 놓고 나더러 올라타라는 손짓을 했다. 그의 손은 두께가 1피트도 되지 않아서 손쉽게 올라갈 수 있었다. 무엇보다 그의 말에 따르는 것이 낫겠다고 판단한 나는 떨어지지 않도록 손수건 위에 드러누웠다. 농부는 내가 떨어질까 걱정이 되었던지 내 머리까지 손수건으로 돌돌 말아 집으로 가져갔다. 농부는 집에 들어서자마자 아내에게 나를 보여주었다. 부인은 마치 영국 여인들이 두꺼비나 거미를 본 것처럼 소리를 지르며 달아나버렸다. 그러나 부인은 한동안 나의 모습을 관찰하던 끝에 내가 남편의 말을 잘 따른다는 것을 알고 점차 나를 귀여워해주었다.

　정오 무렵이었다. 하인이 요리를 가지고 들어왔다. 무려 24피트 크기의 접시에 커다란 고기만 올려놓은 것(소박한 농부의 살림에는 잘 어울렸다)이었다. 식탁에는 농부와 그 아내, 세 아이와 늙은 할머니가 함께 앉았다. 농부는 자신의 자리(높이가 자그마치 30피트를 넘었다)에서 조금 떨어진 곳에 나를 내려놓았다. 떨어질까 너무나 겁이 난 나는 되도록 가장자리에서 멀리 들어가 앉았다. 농부의 아내는 잘게 자른 고기와 빵가루를 가져다주었다. 나는 공손히 고개를 숙여 감사인사를 하고 가지고 있던 나이프와 포크로 음식을 먹었다. 식구들은 그런 내 모습을 보고 무척이나 즐거워했다. 농부의 아내는 하녀에게 아주 작은(3갤런*5을 담을 수 있을 정도로 컸지만) 잔을 가져오라고 하여 술을 따라주었다. 나는 두 손으로 겨우 잔을 들어 올리고는 영어로 크게 부인의 건강을 비는 정중한 축사를 외치며 건배를 했다. 이런 내 모습에 식구들은 또 웃음을 터뜨렸는데 하마터면 귀의 고막이 떨어져나갈 뻔했다. 술은 부드러운 사과주와 비슷했는데 맛은 그다지 나쁘지 않았다. 내가 잔을 비우자 농

---

*5 영미법 도량형 단위로 1영국 갤런은 약 4.5리터에 해당한다.

부는 자신의 나무접시 곁으로 오라고 손짓을 했다. 안 그래도 잔뜩 겁에 질려 있던 나는 그만 빵조각에 발이 걸려 넘어지고 말았다. 이러한 나의 실수를 너그러운 독자 여러분께서는 충분히 이해해주리라 생각한다. 다행히 다치지는 않았다. 금방 다시 일어섰지만 모두 내가 다친 것은 아닌가 걱정하고 있는 것 같아 모자(예의상 겨드랑이에 끼어두고 있었다)를 머리 위로 흔들며 세 번 만세를 불렀다. 그런데 내가 주인(앞으로는 주인으로 부르겠다) 곁으로 걸어가고 있을 때, 주인 옆에 앉아 있던 열 살 난 막내아들이 갑자기 나의 다리를 잡고 하늘 높이 들어올렸다. 내가 사시나무처럼 벌벌 떨고 있자 주인이 곧바로 나를 낚아채고 아이의 왼쪽 뺨을 힘껏 후려친 다음 식탁에서 물러나라고 호통을 쳤다. 어찌나 아이를 세게 때리던지 유럽 기병대 한 중대쯤은 가볍게 날려버릴 것 같았다. 나는 아이가 원한을 품지는 않을까 걱정이 되었다. 아이들이란 흔히 참새며 토끼, 새끼고양이, 강아지를 가지고 장난치기를 좋아하기 때문이다. 나는 무릎을 꿇고 소년을 가리키며 아이를 야단치지 말아달라고 주인에게 부탁했다. 주인은 내 뜻을 헤아렸는지 아들을 다시 식탁에 앉혔다. 나는 아이 곁으로 걸어가 손등에 입을 맞추었다. 주인은 아이의 손을 들어 나를 부드럽게 쓰다듬게 했다.

한창 식사를 하고 있을 때였다. 뒤에서 열 명 남짓한 양말 방직공이 모여 작업하는 것 같은 소리가 들려 뒤를 돌아보았더니 부인의 무릎에 애완고양이가 앉아 있었다. 부인의 귀여움을 받으며 음식을 받아먹고 있는 고양이의 앞발 크기로 봐서 암소보다 세 배는 클 듯했다. 나와 고양이는 50피트도 넘게 떨어져 있었고 내 쪽으로 펄쩍 뛰어와 앞발로 해치지 못하게 부인이 꼭 붙잡고 있었음에도 그 무시무시한 모습에 소름이 끼쳤다. 하지만 고양이는 전혀 위험하지 않았다. 주인이 나를 고양이의 코앞 3야드 되는 곳에 내려놓았으나 고양이는 나에게 전혀 신경 쓰지 않았다. 예로부터 맹수를 만났을 때 어설프게 달아나거나 두려워하는 모습을 보이면 쫓아와서 해친다고 했다. 오랜 여행에서 많은 경험을 해본 나는 아무리 위험해도 겁을 내지 않겠노라 결심을 했었다. 그래서 일부러 고양이의 코앞을 대여섯 번 정도 왔다 갔다 해 보았다. 반 야드까지 가까이 다가섰더니 오히려 고양이가 겁을 먹고 물러났다. 나는 개들에 대해서는 별로 걱정하지 않았다. 농가에서 개 서너 마리 키우는 것쯤이야 흔한 일이다. 한 녀석은 마스티프 종으로 코끼리 네 마리를

합쳐놓은 덩치였다. 그레이하운드 녀석은 키가 마스티프 녀석보다 더 컸지만 몸집은 그리 대단치 않았다.

 식사가 거의 끝나갈 무렵에 유모가 한 살 난 아기를 안고 들어왔다. 아기는 나를 보자마자 갖고 놀고 싶어 마구 울어댔다. 여느 아기와 다를 바 없는 응석이었지만, 아마 런던다리에서 울더라도 첼시에서 들을 수 있을 정도로 엄청나게 큰 울음소리였다. 응석에 약했던 부인은 나를 들어서 아기 앞에 놓아주었다. 신이 난 아기가 바로 내 허리를 붙잡더니 입 속으로 내 머리를 집어넣는 것이 아닌가. 내 비명에 놀란 아기가 나를 떨어뜨렸는데, 만약 부인이 앞치마로 받아주지 않았다면 분명 목이 부러졌을 것이다. 유모는 우는 아기를 달래기 위해 딸랑이를 흔들었다. 그건 커다란 드럼통에다 바위덩어리를 넣어둔 것으로 밧줄로 아기 허리에 묶여 있었다. 그것도 아기에게는 전혀 소용이 없었다. 유모는 마지못해 아기에게 젖을 물렸다. 솔직히 말해서 그 거대한 젖가슴보다 더 구역질 나는 것을 나는 본 적이 없다. 그 크기며 모양하

1 다시 항해에 나서다 95

며 색깔에 대해 호기심 많은 독자들에게 알려주고 싶지만 도무지 무엇에 견주어야 좋을지 모르겠다. 가슴팍에서 무려 6피트나 솟아오른 젖가슴의 둘레는 16피트나 됐다. 젖꼭지는 얼추 내 머리 절반만 했으며 젖가슴은 반점과 오돌토돌 돋아난 여드름으로 얼룩져 있어 그보다 더 구역질이 날 수 없을 지경이었다. 유모는 편안하게 젖을 먹이려 자리에 앉아 있었고 나는 식탁에 서 있었기 때문에 아주 자세히 바라볼 수 있었다. 나는 문득 영국 귀부인들의 살결이 떠올랐다. 으음, 매우 아름답다. 그러나 그건 우리와 크기가 같아서 추한 부분이 드러나지 않는 것일 뿐이다. 현미경을 가져다 살결에 한번 대어 보아라. 나는 벌써 실험을 통해 알고 있지만 깃털처럼 새하얀 살결도 거칠고 지저분하며 오돌토돌한 닭살에 지나지 않는다.

생각해보면 나는 릴리펏에 있을 때 작은 사람들의 살결을 세상에서 가장 희고 아름답다고 여겼었다. 이 현상에 대해 같이 얘기를 나눈 친한 학자는 가까이서 나를 볼 때보다 멀리 떨어져서 볼 때 내 얼굴이 더 희고 아름답게 보인다고 했다. 가까이서 처음 보았을 때는 정말로 충격적이었다. 수염은 멧돼지 털보다 열 배는 더 거칠어 보였고 커다란 구멍이 숭숭 난 피부는 얼룩덜룩해 보이기까지 했었다는 것이다. 내 입으로 얘기하기는 쑥스럽지만 사실 내 외모는 영국에서도 괜찮은 편이다. 더구나 항해를 하는 동안 많이 그을리지도 않았는데, 귀부인들이 늘 나더러 주근깨가 많으며 입과 코는 왜 그렇게 크냐고 물어대는 게 이해가 가지 않았다. 내가 이런 얘기를 늘어놓는 것은 혹시라도 여행기를 읽은 독자들이 거인들을 흉측한 족속이라고 오해하지는 않을까 싶어서이다. 거인들은 잘생긴 족속이었다. 특히 주인은 비록 농부였지만 내가 60피트 아래에서 올려다봤을 때 매우 훌륭한 용모를 하고 있었다.

식사가 끝나자 주인은 부인에게 뭐라고 단단히 이르더니 하인들이 일하는 밭으로 나갔다. 그 말투와 몸짓으로 미루어봤을 때, 아마 나를 잘 돌봐주라고 한 것 같았다. 몹시 피곤했던 나는 한숨 자고 싶었다. 부인은 내 마음을 알아챘는지 나를 자기 침대에 눕혀주고 깨끗하고 하얀 손수건을 이불처럼 덮어주었다. 손수건이라고는 했지만 군함의 으뜸돛보다도 큰 데다 매우 거칠었다.

두 시간쯤 잠들었던 나는 고향으로 돌아가 가족들과 함께 지내는 꿈을 꾸었다. 그런데 잠에서 깨어 너비가 2, 300피트, 높이가 200피트가 넘는 커다란 방에 놓인 20야드 침대에 홀로 누워 있다는 것을 깨닫자 무척이나 슬퍼졌다. 부인은 집안일을 보기 위해 문을 걸어 잠근 채 나가고 없었다. 침대에서 바닥까지 높이는 8야드나 되었다. 용변이 몹시 급했지만 소리를 질러 식구들을 부르자니 너무 창피했다. 거기다 내 목소리는 부엌에 있는 식구들 귀에까지 들리지도 않을 것이다. 이런 와중에 쥐 두 마리가 시트를 타고 올라와 쿵쿵대며 침대 위를 돌아다녔다. 한 녀석이 내 곁에 바싹 다가오자 나는 깜짝 놀라 단검을 빼들어 맞섰다. 이 무시무시한 야수들은 대담하게도 양쪽에서 공격해왔다. 한 놈의 다리가 옷자락을 스치기는 했지만 다행히도 나는 그놈들이 내게 무슨 짓을 저지르기 전에 단칼에 배를 베어버렸다. 한 놈이

내 발 밑에 쓰러졌다. 다른 놈은 친구의 최후를 목격하고 재빨리 달아나려 했다. 그 순간 나는 그놈의 어깻죽지를 베어버렸고 놈은 피를 흘리며 물러났다. 아슬아슬한 모험을 마친 나는 침대 위를 돌아다니며 숨을 돌리고 몸을 추슬렀다. 쥐라고 하긴 했지만 마스티프보다 더 큰 몸집에 비교할 수 없을 만큼 날쌔고 사나웠다. 만약 내가 허리띠를 풀어놓고 잤다면 갈기갈기 뜯어 먹혔을 것이 틀림없었다. 죽은 쥐의 꼬리 길이를 재어보았더니 2야드에서 1인치가 부족했다. 속이 울렁거리게도 쥐는 아직까지 피를 쏟아내고 있었다. 나는 놈이 아직 숨이 붙어 있는 것을 확인하고 목 깊숙이 칼을 꽂아 완전히 숨통을 끊어버렸다.

얼마 지나지 않아 부인이 방으로 들어왔다. 그녀는 내가 피투성이인 것을 보고 황급히 달려와 나를 집어들었다. 나는 쥐의 사체를 가리키고는 아무렇지도 않다며 미소를 지었다. 부인은 매우 기뻐하며 하녀를 불러 죽은 쥐를 집게로 집어 창밖으로 내버리도록 했다. 그리고 나를 식탁 위에 올려주었다. 나는 피 묻은 단검을 부인에게 보여주고 옷자락에 피를 닦은 다음 칼집에 집어넣었다. 그때 나는 누구도 대신해줄 수 없는 급한 용무 때문에 어쩔 줄을 몰랐다. 그래서 부인에게 바닥에 내려놓아 달라는 뜻을 전하려고 애썼다. 부인이 나를 바닥에 내려주었지만 부끄러워서 더는 설명할 수가 없었다. 그래서 문을 가리키며 몇 번이고 허리를 굽히는 시늉을 했다. 착한 부인은 그제야 내 뜻을 이해했는지 다시 나를 들어다가 정원에 내려놓았다. 나는 구석까지 200야드를 달려간 다음, 부인에게 훔쳐보거나 따라오지 말라는 몸짓을 하고서 괭이잎사귀 사이에 숨어 볼일을 봤다.

이런 사소한 이야기를 길게 늘어놓아서 정말 죄송할 따름이다. 그런데 이 이야기가 사소하게만 보인다면 그것은 당신의 부족함 때문이다. 늘 생각이 깊고 현명한 사람이라면 이런 이야기는 사고력과 상상력을 키워주고 나아가 사적, 공적으로 생활하는 데에 큰 도움이 될 것이다. 내가 이 여행기를 세상에 내놓는 것도 바로 이러한 이유에서이다. 따라서 나는 학식을 자랑하거나 가식적인 문체로 글을 치장하지 않고 오로지 진실만을 담기 위해 힘썼다. 특히나 모두 강렬하고 선명한 기억으로 남아 있어 도무지 생략할 것을 찾을 수 없었던 이번 항해기도, 여행기가 흔히 듣는 시시하고 지루하다는 비난을 피하기 위해 초고를 꼼꼼히 다시 살피면서 불필요한 문장은 모두 삭제했음을 밝혀둔다.

2
거인에게 붙잡혀 구경거리가 되다

농부의 딸에 대해 묘사한다. 시장으로 끌려간 지은이는 그 다음에 수도로 가게 된다. 그 여정에 대한 자세한 이야기가 펼쳐진다.

부인에게는 아홉 살 난 딸이 있었다. 나이에 비해 조숙했던 소녀는 바느질 솜씨가 좋아서 인형 옷을 잘 만들었다. 부인은 딸과 함께 아기 요람을 손보아서 내 침대를 만들어주었다. 그것을 쥐들이 올라오지 못하게 작은 찬장 서랍에 담아 선반 위에 올려두었는데, 얼마 동안 이곳이 내 잠자리가 되었다. 그 나라 말을 익히면서 원하는 것을 말할 수 있게 되었고 잠자리도 조금씩 좋아졌다. 손재주가 아주 좋았던 소녀는 한두 번 내가 옷을 갈아입는 모습을 보고 내 옷을 갈아입힐 수 있을 정도가 되었지만, 이 일은 혼자서도 할 수 있었으므로 소녀에게 부탁하지 않았다. 소녀는 자신이 구할 수 있는 옷감 중에서 가장 얇은 (얇다지만 즈크(동이나 천막에 사용되는 두껍고 거친 옷감)보다도 거칠었다) 옷감으로 일곱 장의 셔츠와 속옷을 만들어 주고 빨래까지 해주었다. 그 소녀는 나의 어학 선생님이기도 했다. 무엇이든 내가 손으로 가리키면 소녀는 큰 사람들 말로 대답해주어서 나는 며칠 만에 자유롭게 말할 정도가 되었다. 마음씨 착한 소녀는 나이에 비해 키가 작아 기껏해야 40피트쯤이었다. 나를 **그릴드릭**이라고 부른 것도 소녀였다. 나중에는 식구 모두가 나를 그릴드릭으로 불렀고 나중에는 온 나라에서 그렇게 부르게 되었다. 그릴드릭이란 라틴어로 **나눈쿨루스**, 이탈리아어로 **호문첼레티노**[*1] 그리고 영어로는 **작은 사람**이라는 뜻이다. 내가 이곳에서 목숨을 부지할 수 있었던 것은 모두 소녀 덕분으로 우리는 한시라도 떨어진 적이 없었다. 나는 소녀를 꼬마 유모라는 뜻에서 **글럼덜클리치**

[*1] 나눈쿨루스(nanunculus)와 호문첼레티노(homunceletino)는 지은이의 창작으로 실존하는 용어는 아니다.

라고 불렸다. 이 자리를 빌려서라도 그녀가 베풀어준 은혜에 대해 이야기하지 않는다면 나는 배은망덕한 놈일 것이다. 이 글이 그 은혜에 대한 보답이 되기를 진심으로 바라지만 혹시라도 그녀에게 피해를 주게 되지 않을까 걱정스럽다. 나의 염려에는 그럴 만한 이유가 있다.

얼마 지나지 않아 사람들의 입에 농부가 기묘한 동물을 발견했다는 소문이 오르내렸다. 크기는 **스플락녁**만 하지만 사람처럼 생겨서 사람하고 똑같이 흉내도 낼 수 있다, 자기네 말을 할 줄 아는데 지금은 우리말까지 배웠으며, 두 발로 걷고 온순해서 시키는 것이라면 무엇이든 잘 따른다, 팔다리가 매우 가늘고 살결이 하얗고 아름다운 것이 세 살 난 귀족영애보다 낫다는 등의 이야기이다. 이웃에 사는 농부의 친구가 소문을 확인하러 찾아왔다. 나는 곧바로 식탁 위로 올라가 주인의 명령에 따라 걷고, 칼을 뽑았다 집어넣은 다음, 공손히 고개를 숙여 꼬마 유모가 가르쳐준 인사말과 찾아와주어서 고맙다는 말을 했다. 나이 탓에 눈이 나빴던 그 친구는 더 자세히 보려고 안경을 꺼내들었는데 나는 참지 못하고 웃음을 터뜨렸다. 마치 두 창문에 비친 보름달 같았기 때문이었다. 식구들도 내가 왜 웃었는지 깨닫고는 함께 웃었다. 노인은 그게 무안했던지 얼굴을 붉히며 화를 냈다. 그는 마을에서 수전노로 평판이 자자했는데, 불행히도 그가 나의 주인에게 22마일 떨어진 (말을 타고 가면 30분 정도 걸렸다) 이웃마을 장터에 나를 구경거리로 내놓으면 돈이 될 것이라고 말했다. 주인과 노인이 가끔 나를 손가락질하며 한동안 얘기를 나누는 것을 보며 나는 뭔가 좋지 못한 일이 일어나고 있다는 것을 알아차렸다. 두려움 속에서 나는 두 사람이 나누는 대화를 알아들을 수 있을 것도 같았다. 그러나 모든 것은 다음날 글럼덜클리치의 얘기로 명백해졌다. 그녀는 어머니에게서 모든 것을 전해 들었다고 했다. 가엾은 소녀는 나를 가슴에 안고 모멸과 슬픔에 찬 눈물을 쏟아냈다. 야만스러운 사람들이 나를 눌러죽이거나 팔다리를 부러뜨릴지도 모른다는 염려와 사려 깊고 명예를 중요시하는 내가 받게 될 모욕을 걱정하는 것이었다. 부모님은 자신에게 그릴드릭을 주겠다고 약속했지만, 주겠다던 양을 살찌워 도살장에 팔아버린 작년 일을 되풀이 할 것이라고 말했다. 하지만 나는 사실 그렇게 신경 쓰지 않고 있었다. 반드시 자유의 몸이 될 것이라는 강한 희망을 갖고 있었으며, 더욱이 구경거리가 되어 이 나라를 떠돈다 해도 나를 아는 사람이 아무도 없으니, 영국에 돌아가더라도 누구도 비난하지 않을 것이다. 영국 국왕이라도 나와 같은 처지에 놓이게 된다면 나와 같은 꼴을 면치 못할 것이기 때문이다.

친구의 의견대로 주인은 장날이 되자 나를 상자에 넣어 이웃마을로 가지고 갔다. 드나들 작은 문 하나와 송곳으로 뚫어둔 공기구멍 몇 개를 빼면 상자는 사방이 막혀 있었다. 물론 글럼덜클리치도 함께였다. 자상한 소녀는 내가 누울 수 있도록 상자에 이불을 깔아주었다. 비록 30분밖에 걸리지 않았지만 심하게 흔들렸던 탓에 내 몸 상태는 말이 아니었다. 무엇보다 말이 한 걸음에 40피트를 내디뎠다. 그러다보니 발을 들 때마다 위아래로 흔들리는 것이 마치 배가 거대한 폭풍에 휘말린 듯한 느낌이었는데 그보다 더 자주 흔들렸다. 우리가 이동한 거리는 런던에서 세인트올번스[*2]보다 조금 더 멀었다.

주인은 자주 가는 여관에 들러 여관 주인과 잠시 이야기를 나누었다. 그리고 몇 가지 준비를 마치고 **그랄트럿**, 즉 광고장이를 고용해서 마을 전체에 알렸다.

"자, 여러분 세상에 보기 힘든 진기한 동물입니다. 크기는 **스플락닉**(이 나라에 서식하는 6피트 정도 크기의 멋지게 생긴 동물이다)만 한 것이 머리부터 발끝까지 사람을 쏙 빼닮아서 말도 하고 재미난 재주까지 부리는 아주 우스꽝스러운 녀석이랍니다. 자, 보고 싶으시면 '푸른 독수리' 여관으로 찾아와주십시오."

나는 넓이가 거의 300제곱피트는 되어 보이는 여관방 탁자 위에 놓였다.

---

*2 런던에서 세인트올번스까지는 약 20마일 정도 떨어져 있다.

글럼덜클리치가 식탁 옆에 작은 의자를 놓고 그 위에 올라서서 나를 돌봐주고 할 일을 지시했다. 주인은 너무 많은 사람들이 몰리는 것을 막기 위해 관객을 한 번에 서른 명으로 제한했다. 나는 소녀가 시키는 대로 식탁 위를 걸었다. 소녀가 내가 이해할 수 있도록 질문을 던졌고 나는 아주 크게 대답했다. 또 몇 번이고 구경꾼들에게 공손히 경의를 표하고 '와주셔서 감사합니다' 등 배워둔 인사말을 건넸다. 그리고 글럼덜클리치가 잔으로 쓰라고 준 골무에 술을 담아서 '모두를 위해!' 소리치며 건배를 하고 단검을 뽑아 영국 기사들이 펜싱을 하는 것처럼 검을 휘두르기도 했다. 글럼덜클리치가 지푸라기 한 가닥을 주면 젊었을 적에 배운 창술을 펼치기도 했다. 그날은 열두 번이나 공연을 한 탓에 이 같은 짓을 열두 번이나 되풀이해야만 했고, 결국 몰려오는 피곤과 짜증으로 끝내 뻗어버리고 말았다. 구경을 하고 간 사람들이 아주 재미난 볼거리라고 여기저기 소문을 낸 탓에 몰려드는 사람들로 문이 부서질 지경이었다. 다 돈벌이를 생각하고 한 일이었겠지만 주인은 글럼덜클리치 말고는 아무도 나를 건드리지 못하게 했다. 그리고 위험을 막기 위해 구경꾼들의 손에 닿지 않도록 탁자 주변을 의자로 둘러쌌다. 그럼에도 장난꾸러기들은 내 머리에다 개암나무 열매를 던졌다. 아슬아슬하게 비켜나갔기에 다행이지, 그 호박만 한 열매에 맞았다면 틀림없이 내 머리는 산산조각이 났을 것이다. 꼬마 악당들이 두들겨 맞고 쫓겨나는 것을 보니 속이 시원했다.

주인은 다음 장날에 다시 나를 구경시키겠다고 광고를 내고 그동안 좀 더 편한 탈것을 준비해주었다. 그도 그럴 것이 앞선 여행과 8시간 동안의 공연으로 내가 완전히 뻗어버렸으니 말이다. 사흘 뒤에 다시 일어서긴 했지만 나에 대한 소문을 듣고 백 마일도 넘는 곳에서 찾아온 사람들 때문에 편히 쉴 수가 없었다. 그들의 수는 대략 서른 명은 넘어보였는데, 부인과 아이들까지 거느리고 있었다(정말 많은 사람이 사는 나라였다). 주인은 집에서 구경하는 손님이 한 가족뿐이건 만원(滿員)이건 똑같은 요금을 받았다. 그렇다보니 나는 집에 있더라도 (수요일은 이 나라의 안식일이라 쉴 수 있었다) 쉴 틈이 없었다.

이것이 돈벌이가 된다고 생각했는지 주인은 큰 도시를 찾아다니기로 결정했다. 긴 여행에 필요한 준비와 집안일이 모두 정리되자 부인에게 작별인사를 하고 1703년 8월 17일(내가 이곳에 온 지 두 달이 지났다)에 3천 마일이나 떨어진 이 나라의 중심부, 도성을 향해 길을 떠났다. 주인은 말을 타고 글럼덜클리치를 자신의 뒤에 태웠다. 내가 담긴 상자는 글럼덜클리치의 허리에 끈으로 잘 매여 있었다. 글럼덜클리치는 상자 안쪽에 부드러운 천을 대고 푹신한 이불을 깐 바닥에는 인형 침대를 넣어주었고, 그 밖에도 온갖 필요한 것들을 넣어 나를 되도록 편안하게 해주려 애썼다. 우리와 동행한 사람은 집에서 일하던 소년 하나뿐이었는데, 그는 말 위에 짐을 싣고 뒤따라왔다.

주인은 도성으로 가는 도중에 마을마다 내려서 나를 구경시키고 돈을 벌 만한 곳이라면 50마일이 떨어져 있건 100마일이 떨어져 있건 개의치 않고 찾아갈 작정이었다. 우리는 되도록이면 하루에 70에서 80마일만 이동했다. 나를 염려해준 글럼덜클리치가 말을 타는 것이 피곤하다는 핑계로 조금씩만 가자고 아버지를 조른 덕분이었다. 글럼덜클리치는 내가 부탁하면 가끔 나를 상자에서 꺼내 바람도 쐬게 해주고 주변 풍경도 보여주었다. 그러면서도 내가 떨어지지 않게 줄을 꽉 잡고 있었다. 우리는 나일 강이나 갠지스 강보다 몇 배는 넓고 깊은 강을 여러 번 건넜다. 런던 교외를 흐르는 템스 강보다 얕은 강은 하나도 없었다. 여행을 떠난 지 10주가 지났다. 그동안 나는 마을과 저택뿐만 아니라 큰 도시 열여덟 군데를 돌며 재주를 부려야 했다.

10월 26일, 우리는 드디어 도성에 도착했다. 도성은 이곳 말로 **로브럴그러드**라고 하는데 우리말로 **세계의 자랑**이라는 뜻이다. 주인은 궁전에서 그리 멀지 않은 곳에 방을 잡고 전처럼 나의 모습과 재주에 대해 빼곡하게 적은 광고지를 붙였다. 그리고 3, 400피트 정도 되는 큰 방을 빌려서 지름이 60피트나 되는 탁자를 무대로 준비하고, 내가 떨어지지 않도록 가장자리에 3피트 높이의 목책을 둘렀다. 나는 하루에 열 번씩 공연을 했고 그때마다 사람들은 놀라워하면서도 즐거워했다. 이 무렵에는 내가 말도 꽤 능숙해져서 말을 전부 알아들을 수 있었다. 거기다 집과 여행길에서 글럼덜클리치가 틈틈이 가르쳐준 덕분에 큰 사람들의 알파벳도 익혀 문장을 구사할 수도 있게 되었다. 글럼덜클리치는 상송(17세기 프랑스의 지도제작자)의 지도책과 비슷한 크기의 책을 늘 주머니에 넣고 다녔는데, 어린 소녀들을 위해 이 나라 종교를 쉽게 설명해둔 그 책으로 소녀는 나에게 문자를 가르치고 단어도 설명해주었다.

3
왕궁에 넘겨지다

    지은이는 왕궁으로 가게 된다. 왕비는 농부에게서 지은이를 사들여 왕에게 선물한다. 지은이는 학자들과 논쟁을 벌이고 왕궁에는 지은이를 위한 거처가 마련된다. 왕비가 지은이를 매우 총애한다. 지은이가 조국을 옹호한다. 지은이는 왕비가 데리고 있는 난쟁이와 다툰다.

    날마다 쉬지 않고 몇 주간 공연을 계속하다 보니 나의 건강은 몹시 나빠졌다. 그러나 주인은 돈을 벌면 벌수록 더욱 욕심을 냈고, 나는 식욕마저 잃어 비쩍 야위어갔다. 주인은 내가 곧 죽을 것이라고 생각했는지 죽기 전에 최대한 돈을 짜내려고 했다. 그때 왕궁에서 슬라드럴(궁내관)이 찾아와서 왕비전하[*1]와 귀부인들의 오락을 위해 즉각 나를 데리고 입성하라는 명령을 전달했다. 벌써 내 공연을 보았던 몇몇 귀부인들이 내 외모와 행동, 지혜와 같은 흥미로운 이야기를 왕비에게 보고했던 것이다. 왕비와 시녀들은 나의 모습을 보고 매우 기뻐했다. 나는 그 자리에서 무릎을 꿇고 왕비의 발에 입맞추는 영광을 베풀어 달라 간청했고, 자비로운 왕비는 나에게 새끼손가락을 내밀었다(물론 그 전에 나를 탁자 위에 올려주었다). 나는 두 팔로 왕비의 손가락을 안고 매우 정중하게 입을 맞추었다. 왕비는 먼저 나의 조국과 여행에 대해 몇 가지 질문을 했고, 나는 되도록 간단하게 대답했다. 그러자 왕비는 나에게 궁중에서 지내고 싶은 마음이 있는지 물었고, 나는 탁자 바닥에 머리가 닿을 정도로 허리를 굽히며 대답했다.
    "저는 지금 주인의 종입니다. 그러나 만일 저에게 처우를 결정할 기회가 주어진다면 물론 영광을 갖고 왕비전하께 봉사하겠습니다."

[*1] 안스바흐의 캐롤라인(Wilhelmina Charlotte Caroline of Ansbach, 1683~1737) 즉 조지 2세의 왕비가 모델이라는 설이 있다.

왕비는 값을 후하게 치러줄 테니 나를 팔지 않겠느냐고 주인 농부에게 물었다. 한 달도 못 돼서 내가 죽을 거라고 생각했던 주인은 기꺼이 그러겠다며 금화 1000개를 요구했다. 왕비는 그 자리에서 값을 치렀다. 그 금화 하나는 모이도르(옛 포르투갈 금화로 당시 영국의 27실링에 해당한다) 금화 800개를 합쳐놓은 크기였지만 큰 사람들 나라의 물건과 유럽의 물건을 비교해본다면 아마 1000기니에 미치지 못하는 금액일 것이다.

"이제 왕비전하의 충실한 종이 되었으니, 지금까지 저를 친절하게 보살펴주어 저에 대해 가장 잘 알고 있는 글럼덜클리치를 함께 거두어주셔서 앞으로도 저의 유모이자 교사로 삼아주셨으면 합니다."

왕비는 즉각 나의 간청을 받아들였다. 딸이 왕성에 들어간다는 것은 농부도 바라 마지않던 일이었기에 기꺼이 승낙해주었다. 소녀는 기쁨을 감추지 못했다. 옛 주인은 잘 지내라고 인사를 하더니 이렇게 좋은 곳에 오게 된 것은 다 자기 덕분이라고 생색을 내며 돌아갔다. 물론 나는 잠시 허리를 굽혔을 뿐 달리 아무 말도 하지 않았다.

왕비는 냉담하게 주인을 떠나보내는 나의 모습을 보고 그 까닭을 물었고, 나는 거리낌 없이 대답했다.

"먼저 그가 저를 발견하고 이 가엾고 작은 생물을 밟아 죽이지 않은 것은 그의 은혜이지만, 그것을 제외하면 제가 감사할 이유는 없습니다. 더구나 그러한 은혜도 이 나라의 절반을 돌아다니며 구경거리가 되어 벌어들인 돈과 왕비전하께 저를 팔아서 받은 돈으로 충분한 보상이 되었으리라 생각합니다. 그만큼 제가 겪어온 시간은 저보다 열 배는 강한 동물도 죽어버릴 만큼 고된 것이었습니다. 온종일 저속한 사람들 앞에서 쉴 틈 없이 광대 노릇을 해야 했고, 그런 탓으로 제 건강은 아주 나빠졌습니다. 만약 그가 제 생명이 위태롭다고 생각하지 않았더라면 왕비께서는 이처럼 싼 가격에 저를 사지 못하셨을 것입니다. 그러나 이제는 그야말로 자연의 찬란한 빛이자 세상의 연인이며, 백성들의 기쁨이요, 만물의 불사조이신 위대하고 자비로운 왕비전하의 비호를 받아 학대에서 벗어나게 되었으니 옛 주인의 염려 따위는 근거 없는 것이 되었습니다. 지금 이렇게 왕비전하의 위용을 보고 있는 것만으로도 되살아나는 것만 같습니다."

이상이 내가 한 대답의 대략적인 내용인데 매우 두서없고 더듬거렸던 후반부는 왕궁에 오는 동안 글럼덜클리치에게 배운 이 나라 특유의 예법에 따라 말한 것이다.

비록 서툴기는 했지만 이토록 작은 동물에게 그런 지혜와 분별력이 있다는 사실에 왕비는 깜짝 놀랐다. 왕비는 나를 양손에 들고 처소에서 쉬고 있던 국왕을 찾아갔다. 무게 있고 근엄한 용모의 국왕은 처음에 나를 제대로 알아보지 못했는지, 대체 언제부터 스플락넉을 좋아했느냐고 냉담한 태도로 왕비에게 물었다. 왕비의 오른손에 엎드려 있던 나를 스플락넉으로 착각했던 것이다. 그래서 재치 있고 유머 감각이 뛰어난 왕비는 나를 책상 위에 살며시 올려놓더니 나보고 국왕에게 자기소개를 해보라고 했다. 나는 간단히 대답했다. 그때 방문 앞에서 기다리다 내가 보이지 않아 조바심이 난 글럼덜클리치가 허락을 받고 안으로 들어와, 내가 그녀의 집에 온 날부터 있었던 일들을 남김없이 설명해주었다.

왕국에서 누구보다 학식이 뛰어났던 국왕은 철학과 수학에 조예가 깊었는데, 나의 모습을 잘 관찰하고 말하기 전에 일어서서 걷는 모습을 보고 이것은 틀림없이 훌륭한 기술자가 만든 태엽인형(이 나라에는 태엽장치가 완벽에 가까울 만큼 발달해 있다)이라고 생각했다. 그러나 내 말소리를 듣고, 이야기가 논리 정연한 것에 매우 놀란 듯했다. 국왕은 어떻게 여기까지 오게 되었는지에 관한 나의 이야기를 도무지 납득할 수 없었는지, 글럼덜클리치와 그녀의 아버지가 나를 비싼 값에 팔기 위해 이야기를 지어내고 말을 가르쳤을 것이라 생각하고 꼬투리를 잡아내려 여러 질문을 던졌다. 질문을 받을 때마다 나는 아직 발음이 서툴고 문장을 완벽하게 구사하지 못하며, 농부에게서 말을 배운 탓에 예법에 맞지 않는 점을 제외하면 매우 조리 있게 대답했다.

국왕은 때마침 매주 정기모임(이 나라의 관습이었다)을 갖고 있던 뛰어난 학자 셋을 불렀다. 학자들은 한참동안 나를 살펴보고서 의견을 제시했는데, 의견은 모두 달랐다. 다만 한 가지 일치하는 것은 내가 정상적인 자연의 법칙으로 태어난 생물이 아니라는 것이었다. 날렵한 동작, 나무를 오르는 기술, 땅을 파는 재주 등 생명 유지에 필요한 능력을 전혀 갖추고 있지 않다는 것이다. 그들은 나의 치아를 세밀하게 관찰하고 내가 육식동물이라고 결론지었다. 그러나 네발달린 짐승들은 나에 비해 너무 강하고 설치류는 너무 재빠르니 기껏해야 달팽이나 작은 곤충을 잡아먹을 것이라고 했다. 그들은 여러 전문적인 논의 끝에 그것들을 실제로 내게 줘보고 나서야 먹지 않는다는 결론을 얻었다. 한 학자는 내가 태아이거나 낙태한 아이라고 주장했다고 한다. 하지만 이 의견은 다른 두 학자에게 즉각 반박당했다. 팔다리가 매우 튼튼하고 돋보기로 발견한 수염으로 미루어 보아 몇 년은 살아온 것이라고 확신했기 때문이다. 난쟁이도 아닐 것이다. 그러기에는 너무나도 작았기 때문이다. 지금 왕비의 총애를 받고 있는 난쟁이도 키가 30피트나 되었다. 결국 오랜 논쟁 끝에 학자들이 내린 결론은 **렐플럼 스칼카스**, 번역하자면 **자연의 장난**이라는 것이었다. 실로 근대유럽철학에서 기뻐할 만한 결론이었다. 예로부터 아리스토텔레스의 제자들이 무지(無知)를 감추고자 둘러대던 신비한 원인이라는 낡아빠진 발뺌을 멸시하며 온갖 어려운 문제를 단번에 해결해줄 놀라운 해답을 생각해 낸 것이다. 정말이지 지혜의 진보란 예측할 수가 없다.

이런 결론이 났으니, 나는 몇 마디 말할 기회를 달라고 간청하며 국왕에게 이렇게 말했다.

"저는 저와 비슷한 크기의 사람들이 수백만도 넘게 사는 나라에서 왔습니다. 그곳은 동물과 식물, 집들이 저처럼 작기 때문에 폐하와 이 땅의 백성들이 생활하는 것처럼 충분히 자신을 지키고 먹을 것도 구할 수 있습니다."

이로써 학자들의 논쟁에 충분한 대답이 되었으리라 생각했지만, 학자들은 경멸의 미소를 지으며 농부가 나를 아주 잘 훈련시켰다고 말하는 것이었다. 하지만 학자들보다 현명했던 국왕은 학자들을 물러가게 하고 농부를 불러오도록 했다. 다행히 아직 도성을 떠나지 않았던 농부를 심문하고 나와 소녀를 대면시킨 끝에 그는 내 말이 사실일지도 모른다는 생각을 하게 되었다. 국왕은 왕비에게 나를 잘 보살피라고 부탁하고, 글럼덜클리치와 내가 매우 사이가 좋은 것을 보고 이후로도 그녀가 나를 돌보게 했다. 글럼덜클리치를 위한 편안한 방이 마련되었고 그녀를 교육시킬 가정교사와 시중을 들어줄 시녀와 잡무를 맡을 두 하녀까지 배정되었다. 그러나 나를 돌보는 일은 모두 글럼덜클리치의 차지였다. 왕비는 나와 글럼덜클리치가 의논해서 정한 설계도에 따라 왕실 목수에게 내 침실로 쓸 상자를 만들라고 지시했다. 그 목수는 손재주가 매우 좋았다. 3주 만에 내가 지시한 대로 한 변의 길이가 16피트, 높이 12피트, 위아래로 여닫는 창문과 문, 그리고 벽장 두 개가 달려 있어 마치 런던의 침실과 흡사한 목조로 된 방을 만들어 주었다. 천장으로 쓴 판자

는 두 개의 경첩으로 이어져 있어 여닫을 수 있었는데, 그곳을 통해 목수가 미리 만들어둔 침대를 들여놓았다. 침대는 매일 아침 글럼덜클리치가 꺼내 햇빛에 말리고 깨끗이 정리해서 밤에 다시 집어넣고 지붕을 닫았다. 그리고 작고 진기한 물건을 잘 만들기로 유명한 직공이 상아 비슷한 재료로 등받이와 팔걸이가 있는 의자 두 개와 서랍 달린 탁자 두 개를 만들어주었다. 방은 바닥에서부터 천장까지 모두 누비이불을 발라두었는데, 나를 옮기다가 부주의로 떨어뜨려 일어날지도 모를 부상과, 마차를 타고 있을 때 흔들림을 막기

3 왕궁에 넘겨지다 111

위해서였다. 문에는 쥐가 들어오지 못하도록 자물쇠를 달아달라고 부탁했다. 대장장이가 몇 번 시도한 끝에 이 나라에서는 본 적도 없는 매우 작은 자물쇠를 만들었다. 어찌나 작은지 내가 어느 영국 부잣집에서 보았던 자물쇠가 더 컸을 정도였다. 혹시라도 글럼덜클리치가 잃어버릴 것을 염려해 열쇠는 내가 갖고 다니기로 했다. 다음으로 왕비는 되도록 얇은 비단으로 양복을 만들 것을 명령했지만 영국의 담요와 다를 바 없는 두께 탓에 너무 무거워서 익숙해지기까지에는 시간이 걸렸다. 모양새는 그 나라 양식에 맞춰져 있었는데, 페르시아 양식을 닮은 부분도 있었고 중국 양식 같은 부분도 있어 매우 위엄 있고 단정했다.

왕비는 내가 무척이나 마음에 들었는지 나 없이는 식사도 거를 정도였다. 그래서 왕비는 자신의 왼쪽 팔꿈치 옆에 나의 식탁과 의자를 가져다놓았다. 글럼덜클리치는 마루에 발판을 놓고 거기에 서서 내 시중을 들어주었다. 나에게는 은 접시와 필요한 식기들이 모두 마련되어 있었는데, 왕비의 식기와 비교해보면 런던의 장난감 상점에서 흔히 보던 소꿉놀이 장난감과 별반 다를 게 없었다. 글럼덜클리치는 이 식기들을 은으로 만든 상자에 담아 주머니에 넣고 다니다가 식사 때가 되면 필요한 것을 꺼내주고 쓰고 나면 깨끗이 씻어서 보관했다. 식사는 열여섯 살 난 언니와 열세 살에서 한 달이 지난 동생 공주가 함께 했다. 왕비가 나의 접시에 작은 고기 조각을 올려주면 나는 그걸 칼로 잘라 먹었다. 그들에게는 조그마한 내가 오밀조밀하게 먹는 모습이 보기만 해도 재미있었을 것이다. 반면에 왕비는 (적게 먹는 편이었지만) 농부 열두 명이 한 끼로 먹을 양을 한 입에 넣곤 했다. 그 모습이 이따금 역겨워 보였다. 거기다 종달새 날개를 뼈까지 오독오독 씹어 먹었다. 그 크기가 다 자란 칠면조 날개의 아홉 배에 달했고 빵 한 입은 12펜스짜리 빵 두 덩어리만 했다. 술은 금으로 만든 잔에 따라 마셨다. 한 모금이 대형 술통보다 더 많은 양이었다. 나이프는 대형 낫보다 두 배는 길었고, 스푼이나 포크 같은 식기들도 그만큼 컸다. 언젠가 글럼덜클리치가 호기심에 나를 데리고 궁중의 식탁을 보여 준 적이 있다. 이렇게 커다란 나이프와 포크가 열 개도 넘게 늘어선 모습만큼 무시무시한 광경을 본 적이 없었다.

매주 수요일에는 (앞서 얘기했지만 수요일은 이 나라의 안식일이다) 국왕과 왕비를 비롯해 왕자와 공주가 모두 모여 국왕의 거처에서 식사하는 것이 관례였다. 국왕의 총애를 받고 있던 내 작은 의자와 식탁은 국왕의 왼쪽 소금그릇 앞에 놓였다. 국왕은 나와 이야기하는 것을 무척 좋아해서 유럽의 풍습과 종교, 법률, 정치, 학문에 대해 이것저것 물어보았다. 나는 능력껏 물음에 대답했고, 이해력과 판단력이 뛰어났던 국왕은 아주 현명한 의견과 논평을 해주곤 했다. 한번은 우리 조국과 무역, 해상전투, 종교분열, 정당대립에 대해 자세히 설명했더니 국왕은 교육의 편견 탓인지 우스갯소리로 듣는 것 같았다. 국왕은 오른손으로 나를 잡고 왼손으로 부드럽게 쓰다듬으며 한바탕 크게 웃고 나서 나에게 '그대는 휘그당인가 토리당인가?' 하고 물었다. 그러더니 등을 돌려 '**로열 소버린**(1637년에 건조된 영국에서 가장 큰 군함)'호의 돛대만큼이나 높고 하얀 지팡이를 든 재무대신에게 말했다.

"이처럼 작은 벌레들도 흉내를 내는 인간의 위대함이란 실은 얼마나 하찮단 말인가! 이들에게도 나름대로의 관직이 있을 것이고, 작은 둥지나 땅굴을 만들어 집과 도시라 부르며 옷과 마차로 자신을 과시하려 들고, 연애하고, 싸우고, 논쟁하고, 속이고, 배신하겠지."

이런 식으로 국왕이 문무의 자랑이며 프랑스에 내려진 천벌이자 유럽의 중재자이고, 미덕과 경건함과 명예와 진실의 본고장이며, 세계의 자랑이자, 선망의 대상인 거룩한 나의 조국을 멸시하는 것을 듣고 나의 얼굴은 몇 번이나 붉으락푸르락했었다.

그렇지만 모욕을 당했다고 화낼 처지도 아니었던 데다가 냉정하게 생각해보니 내가 정말로 모욕을 당한 것인지 의심스럽기도 했다. 몇 달 동안이나 이 나라 사람들을 대하고 그만큼 커다란 물건들을 봐 왔기에 처음 그들에게 느꼈던 공포심은 많이 사라졌다. 만약 지금 화려하게 꾸민 영국 귀족들이 거만을 떨면서 점잖게 걷거나 허리 숙여 인사를 하거나 말하는 것을 보았다면, 솔직히 말해서 지금 이곳 국왕과 귀족들이 나를 보고 웃은 것처럼 나도 웃음을 터뜨리고 말았을 것이다. 그뿐 아니라 왕비는 종종 나를 손 위에 올려놓고 거울 앞에 서곤 했는데, 거울에 비친 내 모습이 그렇게 우스꽝스러울 수 없었다. 그럴 때마다 어쩌면 내가 원래 크기보다 몇 배는 더 줄어든 것은 아닐까 의심이 들기도 했다.

그런데 무엇보다 나를 화나고 기분 상하게 했던 것은 왕비의 난쟁이였다. 이 나라에서 가장 작았던 난쟁이(30피트가 채 못 되었다)는 자신보다 작은 사람이 나타나자 아주 거만해졌다. 이를테면 내가 왕비의 대기실 탁자에 서서 귀족들이나 귀부인들과 이야기를 나누고 있으면 보란 듯이 거들먹거리면서 지나가곤 했고, 나에게 늘 한두 마디씩 악담을 퍼부었다. 그때마다 나도 질세라 '이봐, 형씨! 어디 한 판 붙어볼래?' 하고 대꾸했다. 이런 말대꾸는 시종들 사이에서 늘 일어나는 일이었지만, 나의 대꾸에 화가 난 난쟁이는 어느 날 식사 도중 가만히 앉아 있던 나를 크림 그릇에 빠뜨리고는 재빨리 달아나 버렸다. 나는 거꾸로 떨어졌는데 헤엄을 잘 치지 못했더라면 매우 위험했을 것이다. 불행하게도 그때 글럼덜클리치는 멀리 떨어진 곳에 있었고 왕비는 너무 놀라 나를 돕지 못했다. 뒤늦게라도 글럼덜클리치가 달려와서 나를 구해주었지만 이미 나는 크림을 1쿼터[*2]도 넘게 마신 뒤였다. 글럼덜클리치는 나를 침대에 눕혀 주었다. 입고 있던 옷이 엉망이 된 것을 제외하면 다행히 별다른 피해는 없었다. 난쟁이는 벌로 호되게 매를 맞고 내가 빠진 그릇에 담긴 크림을 모두 마셔야만 했다. 거기다 왕비의 총애까지 잃고 어느 귀부인의 손에 보내지게 되었다. 심술궂은 그놈이 계속 궁전에 머물러 있었다면 나에게 무슨 짓을 저지를지 몰랐다. 참으로 다행스러운 일이었다.

　난쟁이는 전에도 내게 아주 고약한 장난을 친 적이 있었다. 왕비는 그 일을 보고 웃었지만 사실은 진심으로 화를 냈으므로 만약 내가 나서서 간청하지 않았다면 난쟁이는 진작 추방되었을 것이다. 그 일이란 다음과 같다. 어느 날 왕비가 정강이뼈를 집어다 골수를 빼먹고 다시 접시 위에 세워두었다. 글럼덜클리치가 잠시 선반 쪽으로 간 틈을 타서 난쟁이가 선반 의자를 밟고 올라와 내 두 다리를 꽉 잡고 허리까지 정강이뼈 속으로 집어넣었다. 나는 그렇게 우스꽝스러운 꼴로 꼼짝도 못하고 있었는데, 소리를 질러서 도움을 청하자니 자존심이 허락지 않았다. 그렇게 1분이 지나서야 모두들 내가 무슨 꼴을 당했는지 알게 되었다. 다행히 왕족들이 뜨거운 식사를 즐기지 않았던 덕분에 다리에 화상을 입지는 않았지만 양말과 바지가 형편없이 더러워졌다. 내가 선처를 호소하여 난쟁이의 처벌은 호된 매질에 그쳤다.

　나는 또 자주 겁쟁이라고 놀림을 받아야만 했다. 너희 나라 국민들은 모두 그렇게 겁쟁이냐고 왕비가 물었는데, 그건 다음과 같은 사건 때문이었다. 이

[*2] 영미법 도량형 단위로 1쿼터는 28파운드, 약 12.7킬로그램에 해당한다.

나라에는 여름만 되면 파리가 들끓었다. 던스터블 지방의 종달새만큼이나 커다란 이 역겨운 벌레는 식사 중 늘 귓가를 맴돌며 나를 불안하게 했다. 이따금 음식 위에 앉아 더러운 배설물을 내놓거나 알을 낳고 가버리기도 했다. 큰 사람들의 눈에는 보이지 않겠지만 미세한 것까지 다 볼 수 있었던 내 눈에는 확실하게 보였다. 뿐만 아니라 나의 코나 이마에 앉아서 콕콕 쏘아대거나 역겨운 냄새를 풍겼다. 과학자들이 말하기를 파리가 거꾸로 매달릴 수 있는 것은 끈적끈적한 분비물 덕분이라고 했는데 내 눈에는 그것까지 확실하게 보였다. 나는 이 끔찍한 곤충에게서 내 몸을 지키기 위해 한바탕 소동을 벌여야만 했다. 그 곤충이 얼굴 가까이 날아올 때면 깜짝깜짝 놀랐다. 난쟁이는 파리를 여러 마리 잡아와 내 코앞에다 풀어서 내 혼비백산하는 모습을 왕비에게 보여주는 것이 일과였다. 내가 할 수 있는 방어책이라고는 파리가 날아다닐 때 단검으로 찔러 죽이는 것뿐이었다. 그때마다 훌륭한 솜씨라고

칭찬도 받았다.

또 이런 일도 있었다. 어느 날 글럼덜클리치는 평소처럼 내가 들어가 있는 상자를 창가에 올려두었다. 날씨가 좋으면 늘 이렇게 바람을 쐬곤 했는데(새장을 못에 걸어 두는 것처럼 상자를 걸어 달라고 할 수는 없었기 때문에), 그날 나는 창문을 열고 식탁에 앉아 아침으로 달콤한 케이크를 먹으려 하던 중이었다. 그때 케이크 냄새에 이끌린 스물네 마리의 말벌이 백파이프(가죽 공기 주머니가 있는 스코틀랜드의 취주악기)보다 더 큰 소리를 내며 날아왔다. 그중 몇몇은 케이크를 조금 떼어 달아났지만, 정신을 쏙 빼놓는 소리와 독침으로 나를 위협하는 놈들도 있었다. 나는 용기를 내어 단검으로 말벌을 공격했다. 멋지게 네 마리를 죽였지만 나머지는 모두 달아나버렸다. 나는 서둘러 창문을 닫았다. 자고새만 한 벌의 몸에서 침을 빼보았더니 바늘처럼 날카롭고 길이도 1인치 반이나 되었다. 나는 벌침을 잘 간직했다가 유럽에 돌아온 후 여러 나라에서 가져온 다른 진기한 물건들과 함께 전시회를 열고, 영국으로 돌아와서는 그중 세 개를 그레셤 대학에 기증하고 남은 하나는 직접 보관하고 있다.

4
국내를 여행하다

지은이는 이 나라에 대해 설명하며 현대의 지도를 수정할 것을 제안한다. 왕성과 도성에 대한 설명과 지은이의 여행 방식, 최대의 사원에 대한 묘사가 이어진다.

이제 내가 여행해본 범위 내에서 이 나라에 대해 간단히 설명해보겠다. 여행해본 곳이라고 해봤자 대부분 도성인 로브럴그러드에서 2천 마일 주변이었다. 내가 모시는 왕비는 늘 국왕의 국경지대 순찰 때 함께 가면서도 그 범위 이상은 넘어가지 않고 국왕이 돌아올 때까지 기다렸기 때문이다. 영토는 길이가 6000마일, 폭은 3, 5000마일가량 되었다. 이로써 일본과 캘리포니아 사이에는 바다밖에 없다던 지리학자들의 주장은 틀렸다는 결론이 나온다. 나는 늘 타타르 대륙만 한 대지가 존재해야 지구가 균형을 이룬다고 생각했다. 따라서 지리학자들은 이 거대한 땅을 북부 아메리카 북서부에 붙여 넣어 세계지도와 해도를 수정해야 할 것이다. 물론 나도 기꺼이 협력할 것이다.

반도에 세워진 이 나라는 북동쪽에 위치한 30마일 높이의 산맥이 국경처럼 가로놓여 있다. 산이 전부 화산이다 보니 산맥을 지나다닐 수가 없어 아무리 학식이 높은 이들도 산맥 너머에 어떤 사람들이 사는지 알 수 없었다. 아니, 아무도 살지 않을 거라고 믿었다. 삼면이 바다였지만 항구는 단 하나도 없었다. 강물이 흐르는 해안가라도 암초가 많고 바닥이 거칠어 조각배조차 감히 바다에 나갈 엄두를 내지 못했다. 그래서 이곳은 어느 나라와도 교류를 맺고 있지 않았다. 대신 큰 강에는 배가 다닐 수 있었고 물고기가 가득했다. 큰 사람들은 바다에서 잡은 생선은 유럽에서 잡은 물고기와 비슷한 크기라 아무런 가치가 없었기 때문에 바다에서 물고기를 잡지 않았다. 이것만 보더라도 이처럼 커다란 동식물들은 이곳에서만 생겨나는 한정된 자연의 조화임이 분명했다. 그것에 대한 해답은 철학자들에게 맡기도록 하겠다. 이따금 바위에 머리를 부딪친 고래가 떠밀려오곤 했다. 큰 사람들은 그걸 잡아서 아주 맛있게 먹었다. 내가 봤던 고래 중에는 혼자서는 도저히 짊어지지 못할 정도로 큰 것도 있었다. 이런 것은 진귀한 것이라며 바구니에 담아 도성으로 보냈다. 또 한번은 국왕의 식탁에 고래 한 마리가 통째로 올려진 것을 본 적이 있다. 물론 진귀하다는 이유였겠지만 국왕은 그것을 그다지 달가워하지 않은 것 같았다. 아마도 저 끔찍한 크기 탓에 식욕이 아예 달아나버린 것이리라. 그런데 나는 그린란드에서 저것보다 더 큰 놈을 본 적이 있다.

이곳은 인구가 매우 많았다. 51개의 큰 도시와 성벽을 두른 100여 개의 마을과 촌락들은 수두룩했지만 여기서는 도성을 묘사하는 것만으로도 독자들의 호기심은 충분히 채워지리라 생각한다. 강을 중심으로 두 구역으로 나뉜 로브럴그러드에는 8만이 넘는 가구가 살고 있었는데, 길이는 **3글롬글렁**(영국식으로 약 54마일), 폭은 **2글롬글렁**이나 되었다. 이는 왕명으로 만들어진 지도를 가지고 내가 실제로 재어본 것이다. 측정을 위해 바닥에 펼쳐둔 지도는 길이만 해도 100피트나 되었다. 나는 발걸음으로 직경과 둘레를 몇 번씩 재어 비례척으로 정확한 크기를 계산해낼 수 있었다.

왕궁은 질서정연한 건물이 아니라 여러 건물의 집합체로 그 둘레만 7마일에 달했으며, 중요한 방은 대개 폭과 높이가 240피트나 되었다. 글럼덜클리치와 나에게는 자유롭게 쓸 수 있는 마차가 있었다. 가끔 가정교사가 글럼덜클리치를 데리고 외출을 나가거나 물건을 사러 갈 때도 그 마차를 썼다. 그럴 때면 나도 늘 상자 속에 들어가 함께 외출했다. 내가 거리와 사람들을 더 자세히 보고 싶어하면 글럼덜클리치는 나를 손 위에 올려주었다. 마차는 웨스트민스터 홀[*1]만 한 느낌이었지만(그보다는 좀 낮았다) 정확한 것은 아니다. 어느 날 가정교사가 몇몇 상점에서 멈춰서라고 마부에게 지시를 하자 그 틈을 타서 거지들이 주변으로 몰려들었다. 이게 또 영국에서는 상상도 할 수 없을 만큼 끔찍한 광경이었다. 어떤 여자의 가슴에 난 부스럼은 기괴하리만치 부푼 데다 구멍도 숭숭 나 있었다. 몇몇 구멍은 내가 들어갈 수 있을 정도로 컸다. 거기다 양모 다섯 자루를 합친 것보다 더 큰 혹을 목에 단 사내

[*1] 현재 영국 국회의사당의 일부로 가로 240피트, 세로 68피트의 홀이다.

에, 두 다리 모두 20피트나 되는 나무의족을 한 사내도 있었다. 가장 끔찍했던 것은 옷에 기어다니는 이였다. 해충의 다리와, 돼지처럼 바닥에 처박고 다니는 주둥이를 나는 현미경으로 보는 것보다 더 확실하게 볼 수 있었다. 이렇게 확실하게 본 것은 난생 처음이었다. 만약 마땅한 도구만 있다면 (안타깝게도 모두 배에 두고 왔다) 아무리 역겹고 구역질이 나더라도 해부해보고 싶었다.

왕비는 내가 여행하기 편하도록 가로세로 12피트에 높이 10피트의 작은 상자를 만들도록 했다. 지금까지 내가 타고 다녔던 상자는 글럼덜클리치의 무릎에 올려두기에는 너무 컸던 데다 마차에도 거추장스러웠기 때문이다. 작은 상자도 큰 상자를 만든 목수가 만들었는데, 설계는 내가 직접 했다. 이렇게 만들어진 여행용 상자는 정사각형이었다. 모든 벽에는 창을 내고 안전을 위해 밖에다 쇠줄로 만든 창살을 붙여두었다. 창을 내지 않은 벽에는 튼튼한 꺾쇠 두 개를 달았다. 글럼덜클리치가 말을 타고 이동할 때 상자를 허리띠에 끼워두기 위해서였다. 만약 글럼덜클리치의 몸 상태가 좋지 못할 때는 믿을 만한 하인이 대신 이 일을 맡아 국왕과 왕비의 행차에 동반하거나, 정원을 구경하거나, 지체 높은 귀부인과 대신들을 찾아가기도 했다. 그렇다, 나는 고위층 사이에 급속도로 알려지면서 존경받는 인물이 되어 있었다. 그것은 내가 잘나서라기보다는 국왕이 나를 총애했기 때문일 것이다. 여행을 하다 마차에 싫증이 나면 하인이 상자를 허리에 매고 자신의 방석 위에 나를 올려주었다. 그러면 벽에 난 세 개의 창을 통해 밖의 풍경을 훤히 볼 수도 있었다. 상자에는 야외용 침대를 놓고 천장에는 해먹을 달았으며, 흔들려도 움직이지 않도록 고정시킨 의자 두 개와 탁자도 넣었다. 바다에 익숙한 덕분인지 마차가 아무리 격렬하게 흔들려도 아무렇지 않았다.

외출할 때면 늘 여행용 상자를 이용했다. 글럼덜클리치가 상자를 무릎 위에 놓고 큰 사람들 나라 특유의 덮개 없는 가마에 오르면 네 명의 가마꾼이 가마를 메고 왕비의 종자 복장을 한 두 수행원이 뒤를 따랐다. 나에 대한 소문을 접한 호기심 많은 사람들이 가마 주변으로 몰려들곤 했다. 그럴 때면 친절한 글럼덜클리치는 가마를 세우고 사람들이 쉽게 볼 수 있도록 나를 손바닥 위에 올려놓았다.

나는 이 나라에서 가장 큰 성당에 있다는 제일 높은 첨탑이 보고 싶었다.

한번은 글럼덜클리치가 나를 그곳에 데려다주었는데 나는 몹시 실망하고 말았다. 가장 높다던 첨탑도 높이가 3000피트밖에 되지 않았기 때문이다. 우리 유럽인과 체격 차이를 고려해본다면 그렇게 높은 편도 아니었던 것이다. 비율로 보자면 (내 짐작으로) 솔즈베리 대성당*2 첨탑과도 상대가 되지 않을 것이다. 그렇다고 많은 신세를 진 나라의 국민들을 흠잡는 것은 옳지 못하기 때문에 높이는 보잘것없었지만 그 아름다움이며 튼튼함에 있어서는 부족함을 채우고도 남는다는 평을 해두도록 하겠다. 성당 벽은 두께가 100피트에 가깝고 너비도 40피트나 되는 돌들로 이루어져 있었다. 그리고 사방에는 움푹 들어간 곳마다 실물보다 크게 만든 여러 신(神)과 국왕의 대리석상이 장식되어 있었다. 때마침 석상에서 떨어진 새끼손가락이 부서진 조각더미에 파묻혀 있었는데 그 길이를 재어 보았더니 정확히 4피트 1인치였다. 글럼덜

---

*2 영국 윌트셔 주에 위치한 대성당으로 1258년에 완공되었다. 첨탑의 높이는 무려 123미터에 달하는데, 이를 걸리버의 말처럼 체격차이를 고려해 계산하면 약 4천8백 피트로 큰 사람들의 첨탑보다 훨씬 높다.

4 국내를 여행하다 121

클리치는 그 손가락을 손수건에 싸서 주머니에 집어넣었다. 그 나이 또래의 아이들이 대개 그렇듯 그녀도 보잘것없는 물건을 보물처럼 모으고 있었다.

궁전 주방은 아치형 천장에다 높이가 600피트나 되는 실로 고상한 건물이었다. 아궁이는 성 바오로 대성당의 둥근 지붕보다 열 발자국 정도 작아 보이는 거대한 것이었다. 이는 나중에 유럽으로 돌아가서 직접 재어보고 확인한 수치이다. 부뚜막과 무지막지하게 큰 냄비와 꼬챙이에 꿰어져 익어가는 고기들, 그 밖에 여러 가지에 대해서 이야기한다면 아무도 내 말을 믿지 않을 것이다. 간혹 저 성가신 비평가들이 여행기에서 흔히 볼 수 있는 과장이 내 이야기에도 들어갔다고 의심하곤 하는데, 나는 오히려 그런 비평을 걱정한 나머지 너무 작게 얘기하지는 않았을까 걱정스러울 지경이다. 만에 하나 이 책이 **브롭딩낵**(이것은 큰 사람들의 나라를 가리키는 일반적인 국호이다)에 번역 출판된다면 국왕과 국민들이 자신들을 왜소하게 묘사해서 체면을 손상시켰다고 불평을 늘어놓을 것이기 때문이다.

왕의 마구간에는 600마리 이상의 말을 들여놓는 일은 거의 없었다. 말들은 키가 44피트 내지는 60피트 정도였다. 기념식과 같은 행사 때 국왕이 외출하자면 500여 기의 기병들이 호위를 했다. 그것은 내가 전투대형을 취한 친위대를 보기 전까지 이 나라에서 보았던 가장 멋진 광경이었다. 군대에 대해서는 다른 기회에 이야기하도록 하겠다.

5
갖가지 위험

지은이는 수차례에 거쳐 위기에 직면하게 된다. 범죄자의 처형에 관한 묘사 등장. 지은이가 항해술을 선보인다.

이 자그마한 몸집 탓에 벌어진 우스꽝스럽고 성가신 사건들만 아니었다면 나는 이곳에서 무척이나 행복한 시간을 보냈을 것이다. 그럼 몇 가지만 이야기해보겠다. 종종 글럼덜클리치는 나를 정원에 놓아주곤 했는데, 한 번은 아직 쫓겨나지 않았던 난쟁이가 따라온 적이 있었다. 때마침 글럼덜클리치가 나를 내려준 곳에 작은 사과나무가 있었다. 이곳도 우리 영국처럼 작은 나무를 난쟁이라고 불러서 나는 참지 못하고 그만 말장난을 내뱉고 말았다. 화가 잔뜩 난 고약한 난쟁이는 복수할 기회만을 노리다가 내가 사과나무 밑을 거닐고 있을 때 나무를 흔들었다. 곧바로 열 개도 넘는 사과가 주위로 떨어졌다. 그런데 이게 또 브리스톨 술통만큼이나 커서 몸을 숙이자마자 하나가 내 등으로 떨어졌고 나는 그대로 바닥에 뻗어버리고 말았다. 다행히 크게 다치지는 않았지만, 원인을 따지자면 그를 놀린 내가 잘못한 것이어서 나의 선처로 난쟁이는 용서를 받았다.

또 어떤 날은 글럼덜클리치가 나를 부드러운 풀밭에 혼자 남겨두고 가정교사와 함께 조금 떨어진 곳으로 산책을 나갔다. 그런데 그때 갑자기 세찬 우박이 떨어지면서 바닥에 거꾸러지고 말았다. 마치 테니스 공으로 얻어맞는 것처럼 등 위로 우박이 인정사정없이 쏟아져 내렸다. 백리향 화단까지 엉금엉금 기어가 바짝 엎드려 겨우 피하긴 했지만, 머리부터 발끝까지 온통 멍이 들었던 탓에 열흘이나 누워 있어야 했다. 그러나 그리 놀라울 일도 아닌 것이, 브롭딩낵은 자연현상까지 모두 같은 비율로 되어 있어 우박 한 알도 유럽보다 1800배나 컸던 것이다. 워낙 궁금해서 저울에 직접 달아본 것이니 틀림없다.

그런데 그보다 더 위험한 사건이 또 정원에서 일어났다. 글럼덜클리치가 나를 안전한 곳에 두고 (나는 때때로 혼자 생각에 잠기고 싶을 때면 이런 부탁을 했다) 가정교사와 귀부인들과 함께 다른 곳으로 갔을 때의 일이다. 마침 그날은 평소에 타고 다니던 상자도 귀찮아서 집에 두고 왔다. 내가 부르더라도 듣지 못할 만큼 그녀가 멀어졌을 때에, 정원사가 기르는 하얗고 작은 스패니얼 사냥개 한 마리가 우연히 정원으로 들어와 내가 누워 있는 곳으로 다가왔다. 개는 냄새를 맡더니 곧장 나를 입으로 물어 꼬리를 흔들며 자신의 주인인 정원사에게로 달려가 살며시 내려놓았다. 그 개는 훈련을 잘 받았는지 이빨 사이로 물었는데도 나는 상처 하나 없었고 옷도 찢어지지 않았다. 나와 무척이나 친했던 정원사는 기겁을 하며 조심스레 나를 들어올려 괜찮으냐고 물었지만 사실 너무 놀라서 숨이 넘어갈 지경이었기에 아무 말도 할 수 없었다. 나는 몇 분이 지나서야 겨우 정신을 차리고 무사히 글럼덜클리치에게로 돌아갈 수 있었다. 글럼덜클리치는 아무리 찾아도 내가 보이지 않고 불러도 대답이 없자 무척이나 걱정을 하고 있었다. 그러다가 정원사를 보자마자 개를 잘 단속하지 않았다고 심하게 꾸짖었다. 그러나 그 이야기는 궁전까지 들어가지는 않았다. 왕비의 노여움이 두려웠던 글럼덜클리치와 정원사는 쉬쉬 입을 다물었고, 나 또한 이런 이야기가 알려졌다간 체면이 말이 아닐 것이기 때문이었다.

이 사건을 계기로 글럼덜클리치는 야외에서 내게 결코 눈을 떼지 않겠다고 결심했다. 그런데 사실 나는 걱정이 되었다. 내가 혼자 있을 때 있었던 작은 사건들을 숨겨두고 있었기 때문이다. 한번은 정원 위를 노닐던 솔개가 나를 노리고 날아온 적이 있었다. 만일 재빠르게 칼을 빼들고 울창한 과실나무 밑으로 달려가지 않았더라면 나는 솔개에게 잡혀갔을 것이다. 두더지가 파놓은 흙무더기를 타고 올라가다 실수로 구멍에 목까지 빠진 일도 있었다. 그래서 어쩌다 흙투성이가 되었느냐는 물음에 이제는 떠올리기도 싫은 시답잖은 변명을 둘러댔다. 그 밖에 조국을 떠올리며 길을 거닐다 달팽이 껍질에 걸려 넘어져 오른쪽 정강이가 부러진 적도 있었다.

그렇게 혼자 거닐 때면 작은 새들이 마치 주위에 아무도 없는 것처럼 1야드 주변에서 벌레나 먹을 것을 찾아다니는 모습을 볼 수 있었다. 그것이 좋은 일인지 나쁜 일인지는 알 수 없었다. 지금도 기억이 나는데 글럼덜클리치가 아침으로 준 케이크 조각을 새가 부리로 낚아채간 적도 있었다. 잡아보려고도 했지만 오히려 내게 맞서 손가락을 쪼려고 해서 가까이 다가갈 수가 없었다. 그리고 나서 그 새는 마치 무슨 일이 있었느냐는 듯 평소대로 먹을 것을 찾아다녔다. 한 번은 방울새에게 굵직한 몽둥이를 힘껏 내던진 것이 운 좋게 명중하면서 새를 잡았던 적이 있었다. 나는 의기양양하게 두 손으로 방울새의 목을 들고 글럼덜클리치에게 달려갔다. 그런데 이내 정신을 차린 방울새가 내 몸과 머리를 날개로 여러 번 거칠게 내리쳤다. 팔을 있는 대로 뻗어서 발톱에 다치지 않게 애를 쓰던 나는 그만 날려 보낼까 하는 생각을 수없이 했다. 다행히도 하인 하나가 달려와 새의 목을 비틀어주었다. 그리고

다음 날 저녁 왕비의 명령으로 맛있게 요리된 방울새를 먹게 되었다. 내가 기억하기론 영국의 백조보다 조금 더 컸던 것 같다.

시녀들은 이따금 글럼덜클리치를 자신들의 방으로 초대하곤 했다. 나를 구경하고 만져보고 싶어서였다. 그때마다 나를 발가벗겨서 품에 꼭 껴안았다. 나는 정말이지 그게 싫었다. 존경하는 숙녀들을 욕되게 하려는 것은 아니지만 그녀들의 몸에선 너무나도 역겨운 냄새가 났다. 지체 높은 귀부인들이 자기 애인이나 다른 사람들에게 불쾌한 냄새를 풍기지는 않았을 테니 아마 몸의 크기에 비례해서 내 감각이 예민해진 탓이었을 것이다. 거기다 차라리 원래의 체취가 낫지, 향수라도 뿌렸다가는 당장에라도 눈이 빙글빙글 돌면서 기절할 것만 같았다. 내가 릴리펏에서 더운 날 한창 운동에 열중하고 있는데, 친한 친구가 실례를 무릅쓰고 내 몸에서 지독한 냄새가 난다고 불평을 했던 적이 있었다. 그러나 나는 보통 남성들보다 체취가 오히려 약한 편이었다. 이것 역시 내가 이곳 사람들에게서 느끼는 것처럼 후각이 예민해졌기 때문일 것이다. 그리고 왕비와 글럼덜클리치의 명예를 위해서라도 확실히 밝혀두자면, 두 사람의 몸은 우리 조국의 어떤 귀부인 못지않게 향기로웠다.

내가 가장 기분 나빴던 일은 시녀들이 마치 내가 없는 것처럼 예의를 갖추지 않고 행동했다는 것이다. 시녀들은 내가 보는 앞에서 아무렇지 않게 알몸이 되어 옷을 갈아입었다. 화장대 위에서 올려다본 벌거벗은 시녀들의 모습은 유혹적이라기보다는 그저 역겨웠다. 가까이서 보니 피부는 거칠고 울퉁불퉁하며 얼룩덜룩한데다 여기저기 쟁반만 한 점들과 짐을 묶는 노끈보다 더 굵은 털이 나 있었다. 그러니 다른 부분에 대해서는 말할 것도 없을 것이다. 또 내가 곁에 있는 데도 거리낌없이 3턴은 넉넉하게 들어갈 요강에 2혹스헤드*1에 가까운 소변까지 보았다. 시녀들 가운데 가장 예쁘고 장난기 많은 쾌활한 열여섯 살 소녀는 때때로 나를 자기 젖꼭지 위에 걸터앉게 하거나 그 밖에 온갖 짓궂은 장난을 했지만 자세하게 이야기하고 싶지는 않다. 독자들은 이 점을 너그럽게 양해해주었으면 한다. 아무튼 너무 기분이 나빴던 나는 두 번 다시 그 소녀를 만나고 싶지 않다고 글럼덜클리치에게 애원했다.

한 번은 가정교사의 조카라고 하는 젊은 신사가 찾아오더니 함께 사형집행식을 보러 가자고 했다. 사형수는 신사의 절친한 친구를 죽인 살인범이라고 했다. 마음씨 고운 글럼덜클리치는 내켜하지 않았으나 끈질긴 설득에 결국 허락하고 말았다. 나도 이런 볼거리는 좋아하지 않았으나 한편으로는 좀처럼 보기 힘든 사형집행 광경에 대한 호기심이 생겼다. 사형수는 처형대 위에 놓인 의자에 묶여 있었다. 집행인이 40피트나 되는 칼로 내리치자 단번에 머리가 잘려나갔다. 동맥과 정맥에서 쏟아져 나오는 엄청난 핏줄기가 하늘 높이 솟구치는 광경은 베르사유 궁전의 분수대보다도 장관이었다. 거기다 처형대 바닥으로 떨어진 사형수의 머리가 얼마나 높이 튀어 오르던지, 반 마일도 넘게 날아가 떨어지는 것에 놀라서 펄쩍 뛰어오를 정도였다.

나의 모험담을 좋아하던 왕비는 내가 우울할 때면 기분을 풀어주기 위해 이런 얘기를 했다.

"돛과 노를 다룰 줄 안다면 운동삼아 배를 몰아보는 것은 어떻겠느냐?"

---

*1 '턴'이나 '혹스헤드' 모두 포도주를 담던 술통에서 온 부피단위로 1턴은 954리터에 해당하며 1혹스헤드는 238리터에 해당한다.

나는 물론 모두 훌륭하게 다룰 수 있다고 대답했다. 나의 본래 직업은 선상 의사였지만 위급할 때면 선원들과 마찬가지로 배를 움직였기 때문이다. 그러나 어떻게 이 나라의 배를 몰겠는가. 가장 작은 보트도 유럽에서 가장 큰 전함과 맞먹었고, 내가 몰 수 있을 만한 크기의 배는 이 나라 강에 띄웠다간 바로 뒤집히고 말 것이다. 왕비는 내가 설계만 해준다면 목수를 불러 배를 만들어 줄 것이고, 배를 띄울 장소까지 마련해주겠다고 했다. 솜씨가 매우 뛰어났던 목수는 내 설계대로 열흘 만에 모든 설비를 갖춘 8인승 유람선을 만들어주었다. 배가 완성되자 왕비는 크게 기뻐하며 치맛자락에 싸서 국왕에게로 달려갔다. 국왕은 물이 가득 찬 물통에 시험 삼아 배를 띄워보라고 했으나 물통이 너무 좁았던 탓에 노를 제대로 저을 수 없었다. 하지만 왕비에게는 다른 계획이 있었다. 목수를 시켜 길이 300피트, 너비 50피트, 깊이 8피트의 나무통을 만들도록 한 것이다. 물이 새지 않게 타르칠을 하고 궁전 바깥쪽 방 벽면에다 설치했다. 물이 더러워지면 버릴 수 있도록 밑에 구멍도 뚫었다. 물은 두 하인이 30분이면 채울 수 있었다. 나는 가끔 이곳에서 기분전환 겸 왕비와 시녀들을 즐겁게 해주기 위해 뱃놀이를 했다. 능숙하고 민첩하게 배를 움직이는 내 모습에 왕비와 시녀들은 매우 즐거워했다. 돛을 펼쳐두면 시녀들이 부채로 바람을 일으켜주어서 나는 키만 조종하면 되었다. 시녀들이 지치면 시종들이 입김을 불어주었고, 나는 내가 원하는 대로 배를 좌우로 움직이는 기술을 선보였다. 놀이가 끝나면 배는 글럼덜클리치가 침실로 가져가 못에 걸어서 물기를 말렸다.

그런데 이렇게 뱃놀이를 하다 목숨을 잃을 뻔했던 일이 있다. 시종이 물통에 배를 띄우자 글럼덜클리치의 가정교사가 쓸데없이 배 위에 올려주겠다며 나를 들어 올렸는데 그때 그만 손가락 사이로 미끄러지고 말았던 것이다. 이제 와서 생각해보면 천만다행으로 그녀의 가슴 장식에 달린 커다란 핀에 걸려 목숨을 건졌지만 만약 그렇지 못했다면 40피트 아래로 떨어졌을 것이다. 글럼덜클리치가 달려와서 셔츠와 허리띠 사이에 걸린 핀에 대롱대롱 매달린 나를 구해주었다.

또 한 번은 사흘마다 물을 갈아주는 하인이 부주의하게도 (물론 몰랐겠지만) 커다란 개구리를 물통 속에 집어넣었다. 물 속에 숨어 있던 개구리는 내가 배를 띄우자 쉴 만한 장소가 생겼다고 생각했는지 얼른 배에 매달렸다. 그

때문에 배는 크게 기울어졌고 나는 배가 뒤집히지 않도록 반대편에 체중을 실어 균형을 잡았다. 기어코 배 위로 올라온 개구리는 한 번에 배의 절반 정도 거리를 뛰더니 내 머리 위를 이리저리 뛰어다니며 얼굴과 옷에 찐득찐득하고 역겨운 점액을 묻혀댔다. 얼굴은 또 어찌나 크던지 이보다 더 추악한 동물은 없을 것이다. 그래서 나는 글럼덜클리치에게 나 혼자 이놈은 처리하겠다고 말하고는 한쪽 노로 한참 동안 두들겨 팼다. 마침내 개구리는 배 밖으로 뛰쳐나갔다.

내가 당한 고난 중에서 가장 힘들었던 것은 궁전 주방에서 키우던 원숭이 때문에 벌어진 사건이었다. 평소 글럼덜클리치는 자리를 비울 때 문을 잠그고 나갔지만 그날은 더운 날씨 탓에 창문을 활짝 열어둔 채였고, 나도 큰 상

자의 창문을 모두 열어두고 있었다. 의자에 앉아 조용히 생각에 잠겨 있는데 뭔가가 창문으로 뛰어 들어와 내 쪽으로 다가오는 듯한 소리가 들렸다. 겁이 났지만 용기를 내어 의자에 앉은 채 밖을 내다보았더니 장난꾸러기 원숭이 한 마리가 요리조리 뛰어다니고 있었다. 그러다 내가 들어 있는 상자를 발견하고 가까이 다가오더니 무척이나 재미있고 신기하다는 듯 문을 비롯해 창문 하나하나를 들여다보았다. 나는 방, 아니 상자 구석으로 물러났지만 사방에서 원숭이가 들여다보는 통에 정신이 없어 침대 밑에 숨을 생각도 하지 못했다. 원숭이는 한참을 들여다보며 히죽히죽 웃고 떠들어대다가 마침내 나를 발견하고 쥐를 잡으려는 고양이처럼 문으로 손을 쑥 집어넣었다. 나는 요리조리 잘 피했지만 웃옷 자락(명주 옷감으로 큰 사람들의 나라에서 만든 것이라 매우 두텁고 튼튼했다)을 잡히는 바람에 밖으로 끌려나오고 말았다. 나를 집어든 원숭이는 마치 어미 원숭이가 새끼에게 젖을 물리려는 것처럼 오른손으로 나를 껴안았다. 벗어나려고 몸부림치면 칠수록 더욱 세게 끌어안는 바람에 나는 가만히 있는 편이 낫겠다고 판단했다. 거기다 다른 쪽 손으로 내 얼굴을 쓰다듬는 것을 보면 나를 새끼로 오인하고 있는 것 같았다. 그렇게 원숭이가 매우 기분이 좋아졌을 때, 갑자기 문이 열리는 소리가 났다. 그러자 원숭이는 나를 안은 채 들어왔던 창문으로 뛰어올라 창틀과 홈통을 밟으며 건너편 건물 지붕으로 올라갔다. 원숭이가 나를 안고 간 것을 알게 된 글럼덜클리치는 큰 소리로 비명을 질렀다. 가엾게도 그녀는 거의 미칠 지경이었고, 궁전도 온통 소란에 빠졌다. 하인들은 사다리를 가지러 달려갔다. 한편, 원숭이는 수많은 사람들이 지켜보는 가운데 건물 지붕에 앉아서 한쪽 손으로 나를 새끼처럼 안고 다른 손으로는 한쪽 볼 주머니에서 뱉어낸 정체 모를 음식을 내 입에 밀어 넣었다. 내가 그것을 먹지 않으려고 하자 마치 어르는 것처럼 등을 두드리는 것이 아닌가. 구경하던 사람들이 그 모습을 보고 그만 웃음을 터뜨리고 말았지만 그들을 나무랄 수도 없었다. 나를 제외한 모든 사람들에게 그 광경은 무척이나 우스꽝스럽게 보였을 테니 말이다. 원숭이를 쫓아내려고 돌을 던지는 사람들도 있었지만 곧바로 제지당했다. 만약 말리지 않았더라면 내 머리는 분명 산산조각이 나고 말았을 것이다.

　사다리를 타고 몇몇 사내가 올라오자 자신이 포위되었다는 것을 깨달은 원숭이는 세 발로는 재빨리 달아날 수 없음을 깨달았는지 나를 지붕 위에 놓아둔 채 도망가버렸다. 500야드도 넘는 높이에 앉아 있는 나는 언제 바람에 날려가거나 정신을 잃고 처마까지 데굴데굴 굴러갈지 모르는 처지였다. 그때 글럼덜클리치의 충직한 하인 하나가 올라와 나를 바지주머니에 넣고 안전하게 내려주었.

　나는 원숭이가 억지로 쑤셔 넣어준 더러운 음식 탓에 숨이 막힐 지경이었다. 글럼덜클리치가 작은 바늘로 그 음식물을 하나하나 끄집어내주고 토악질까지 하고 나니 한결 편안해졌다. 그러나 꽤나 쇠약해진데다 역겨운 동물이 꽉 껴안았던 탓에 온통 멍이 들어서 보름 동안 침대 신세를 져야 했다. 국왕과 왕비, 그리고 모든 궁전 사람들이 매일 사람을 보내 안부를 물었고, 왕비는 몇 번이고 몸소 찾아와주었다. 그리고 나를 괴롭혔던 그 원숭이를 잡아 죽이고 다시는 그런 동물을 궁전에 두지 말라는 명령이 내려졌다.

몸이 회복되자 그간 염려해주었던 국왕에게 감사인사를 하기 위해 찾아갔다. 그런데 국왕은 이번에 일어난 일로 나를 놀리고 싶었는지 '원숭이의 품에 안겼을 때 무슨 생각을 했었나? 원숭이가 먹여 준 음식 맛은 또 어떻던가? 어떻게 떠먹여 주던가? 높은 지붕에서 마신 신선한 공기 덕분에 식욕이 살지는 않던가?' 온갖 질문을 던졌다. 그러더니 만약 유럽에서 이런 일이 벌어진다면 어떻게 대처하는지 알고 싶다고 했다. 무엇보다 명예를 중시했던 나는 당당하게 대답했다.

"유럽에는 외국에서 들여오는 것들을 제외하면 원숭이라고 부를 만한 짐승이 없습니다. 거기다 그놈들은 전부 애완용이라 크기도 아주 작기 때문에, 열 마리든 열다섯 마리든 한꺼번에 덤벼들더라도 혼자서 해치울 수 있습니다. 거기다 저를 골탕 먹였던 그 괴물(코끼리만큼이나 거대했었다)만 하더라도 제 방에 손을 들이밀었을 때, 제가 두려움에 못 이겨 허리춤의 칼을 뽑았더라면(그러면서 나는 사나운 표정으로 칼집에 손을 얹었다), 큰 상처를 입혀 물러나게 했을 수도 있습니다."

그러나 이러한 내 말은 웃음거리밖에 되지 않았다. 신하들은 어전(御前)이라는 사실마저 잊고 웃음을 터뜨렸다. 그제야 나는 자신보다 월등히 뛰어난 사람 앞에서 명예를 지키려 애쓰는 일이 얼마나 한심한 짓인지 깨달았다. 이런 일은 우리 영국에서도 빈번하다. 내세울 가문도, 인품도, 지식도 없는 망나니가 대영제국의 위인처럼 잘난 체하고 돌아다니는 꼴을 나는 본 적이 있다.

나는 이렇게 매일 궁전에 우스꽝스런 이야기를 제공하고 있었다. 나를 아끼던 글럼덜클리치도 장난기가 많아서 왕비께서 좋아할 이야기라고 생각되면 내가 저지른 어리석은 일들을 낱낱이 말했다. 감기에 걸린 글럼덜클리치를 위해 가정교사가 그녀를 데리고 마차로 한 시간 정도 (거리로 보자면 약 30마일) 걸리는 교외로 산책을 갔던 적이 있다. 오솔길이 난 들판 근처에 마차를 세우고 글럼덜클리치가 여행용 상자를 바닥에 내려주자 나는 밖으로 나와 산책을 했다. 하필이면 오솔길에는 쇠똥이 떨어져 있었다. 나는 하는 수 없이 껑충 뛰어넘어서 날쌘 몸놀림을 과시하려 했다. 그런데 안타깝게도 잘 건너뛰지 못했기 때문에 그야말로 쇠똥 한가운데에 넘어져 무릎까지 푹 빠지고 말았다. 겨우 빠져나오기는 했으나 온몸이 똥 범벅이었다. 시종 하나가 손수건으로 깨끗이 닦아주었고, 글럼덜클리치는 집에 돌아갈 때까지 나를 상자에서 나오지 못하게 했다. 글럼덜클리치는 곧바로 이 이야기를 왕비에게 전하고 하인들까지 궁전 전체에 퍼뜨리면서 며칠 동안 사람들은 나의 명예는 생각지도 않고 웃음꽃을 피웠다.

6
국왕과 왕비를 즐겁게 해주려 하다

지은이는 국왕과 왕비를 즐겁게 해줄 여러 장치를 만들고 음악의 재능을 선보인다. 국왕은 유럽의 정세에 관해 묻고 이에 지은이가 대답한다. 이에 대한 국왕의 논평이 이어진다.

나는 일주일에 한두 번씩 국왕을 찾아뵈어야만 했다. 그럴 때면 이따금 국왕이 이발사한테서 면도를 하는 모습을 지켜보기도 했는데, 처음에는 어찌나 무서웠는지 모른다. 면도날이 대형 낫보다 두 배는 컸던 것이다. 국왕은 습관에 따라 일주일에 두 번씩 면도를 했다. 나는 이발사에게 부탁을 하여 면도하고 난 거품을 구해, 그 속에서 뻣뻣한 수염 마흔 개를 골라냈다. 그리고 아주 섬세한 나무를 골라 빗 모양으로 깎고 글럼덜클리치한테서 얻은 가느다란 바늘로 간격이 같도록 구멍을 뚫었다. 그런 다음 칼로 수염을 깔끔하게 다듬어서 나무에 달았더니 쓸 만한 빗이 되었다. 때마침 쓰던 빗이 이가 다 빠져 거의 쓸 수 없게 되었고 브롭딩낵의 어떤 기술자도 이렇게 섬세하고 정교한 빗은 만들 수 없었던 만큼 참으로 적절한 보급품이 되었다.

그 무렵 나는 한가할 때면 물건을 만들며 시간을 때웠다. 나는 왕비의 시녀에게 왕비의 머리를 빗을 때 나온 머리카락을 모아달라고 부탁했다. 그렇게 해서 충분한 머리카락이 모이자 내가 쓸 작은 물건을 만들어주는 솜씨 좋은 목수에게 부탁해서 내가 쓰는 것과 비슷한 크기의 의자 틀을 두 개 만들어 등받이와 앉는 자리에 가느다란 송곳으로 작은 구멍을 뚫었다. 그리고 튼튼한 머리카락을 골라 구멍에 넣어 등나무 의자처럼 엮었다. 나는 완성된 두 개의 의자를 왕비에게 선물했다. 왕비는 의자를 진열장에 넣고 진귀한 보물처럼 사람들에게 자랑했는데, 의자를 본 사람들은 누구나 감탄을 했다. 왕비는 나에게 앉아보라고 했지만 왕비전하의 귀중한 머리카락에 가장 더러운 부위를 갖다댄다면 천 번 죽어 마땅한 짓이라며 단호히 사양했다. 나는 그 밖에도 5피트 길이의 자루(나는 본디 손재주가 좋았다)를 짠 다음 왕비의 허락을 구해 금실로 왕비의 이름을 수놓아 글럼덜클리치에게 선물했다. 그러나 의장용이다 보니 많은 무게를 버티지 못하여 글럼덜클리치는 소녀들이 좋아하는 작은 장난감만 넣어가지고 다녔다.

국왕은 음악을 좋아해 자주 음악회를 열었다. 나도 가끔 초청을 받아 탁자 위에 놓인 상자 속에서 연주를 감상했지만 어찌나 소리가 큰지 곡조를 구분할 수가 없었다. 군악대가 귓가에 대고 북과 나팔을 불어대더라도 이보다 요란하지는 않을 것이다. 그래서 가장 멀리 떨어진 곳에 상자를 놓아달라고 부탁하고 문과 창문을 닫고 커튼을 쳤더니 제법 들을 만했다.

나는 젊었을 적에 스피넷(근세유럽에서 애용된 건반식 발현악기)을 배웠던 적이 있었다. 글럼덜클리치의 방에도 스피넷이 있어서 일주일에 두 번씩 선생이 찾아와 수업을 했다. 내가 그 악기를 스피넷이라고 한 것은 유럽의 스피넷과 비슷해보였고 연주 방식도 같았기 때문이다. 그래서 이 악기로 영국의 음악을 연주해 국왕과 왕비를 즐겁게 해주고 싶었다. 그러나 결코 쉬운 일이 아니었다. 길이가 무려 60피트나 되었고 건반 하나만 해도 폭이 1피트나 되어서 두 팔을 다 벌려도 건반 다섯 개 이상은 치기 힘들었고, 건반을 치려면 주먹으로 있는 힘껏 내리쳐야만 했다. 너무 힘든데다 제대로 연주하지도 못할 것 같아 다음과 같은 방법을 떠올렸다. 두 개의 몽둥이를 준비해서 한 쪽 끝은 굵고 다른 쪽 끝은 가늘게 깎았다. 그런 다음 뭉툭한 쪽을 가죽으로 싸서 건반도 상하지 않으면서 부드러운 음색이 나도록 했다. 나는 건반보다 4피트 낮은 벤치를 갖다놓고 그 위를 재빠르게 뛰어다니며 몽둥이로 건반을 두드려 지그(17~18세기에 유행한 빠른 템포의 무곡)를 연주하여 국왕과 왕비의 박수를 받았다. 그것은 내가 지금까지 해본 가장 고된 운동이었다. 거기다 건반을 열여섯 개 이상 칠 수가 없어서 다른 연주가들처럼 고음과 저음을 함께 연주하지 못한다는 것이 내 연주의 치명적인 약점이었다.

앞서 얘기한 것처럼 무척이나 지혜로운 국왕은 때때로 내가 든 상자를 자신의 탁자에 올려놓았다. 그러고는 나를 자신과 3야드밖에 떨어져 있지 않은 선반 위에 앉혀 국왕의 얼굴과 비슷한 높이로 하고 여러 차례 대화를 나누었다. 어느 날 나는 용기를 내어 이렇게 말했다.

"전하처럼 훌륭한 인품을 갖추신 분이 유럽을 비롯한 바깥세상을 멸시하시는 것은 어울리지 않으십니다. 또한 이성은 몸집에 비례해서 좋아지는 것이 아닙니다. 저희 유럽에서는 오히려 키가 큰 사람들이 이성이 부족하다는 소리를 듣습니다. 동물들을 보더라도 꿀벌과 개미는 다른 커다란 동물보다 부지런하고 재치 있으며 영리하다는 평가를 받듯, 보잘것없는 저도 언젠가는 전하께 큰 도움이 되어드릴 수 있기를 바라옵니다."

국왕은 내 이야기에 귀를 기울였다. 그리고 전보다 나를 더 높이 평가하게 된 것 같았다. 국왕은 이렇게 말했다.

"영국 정치에 대해서 자세히 들려다오. 모름지기 군주란 자국의 관습에 집착하는 법이지만 (내가 전에 들려주었던 이야기에서 다른 군주들은 이러할 것이라고 추측한 것이다) 본인은 결코 그렇지 않다네. 본받을 것이 있다면 기꺼이 들어주겠네."

아, 내가 얼마나 데모스테네스[*1]나 키케로[*2]의 혀를 갖고 싶었는지 독자들도 상상할 수 있으리라. 그 혀만 있었어도 내 사랑하는 조국을 그 축복받은 가치에 어울리는 말솜씨로 찬미할 수 있었을 것이다.

"저희 왕국은 두 개의 섬에 유일군주를 따르는 강대한 세 왕국으로 (물론 아메리카 식민지에 대해서도 설명했다) 구성되어 있습니다."

이렇게 설명을 시작한 나는, 비옥한 토양과 온화한 기후에 대해 길게 늘어놓은 후 영국 의회에 대해 설명했다.

"의회는 상원과 하원으로 이루어져 있는데, 그중에서도 상원은 가장 고귀한 혈통과 유서 깊은 가문의 귀족들로 구성되어 있습니다. 그들은 태어나면서부터 문무를 겸비하기 위한 교육을 받게 됩니다. 그들은 국왕과 왕국의 조언자이자 입법부의 일원, 항소 없는 최고 고등법원의 일원이며, 용기와 충성심을 갖고 늘 앞장서서 국가를 지키는 기사들이기 때문입니다. 그들은 저희 조국의 꽃이자 성벽입니다. 고명하신 선조의 명망으로 얻은 명예를 한 번도 더럽힌 적이 없는 자랑스러운 후손들이지요. 이밖에 상원에는 주교라는 직함의 성직자들도 참가합니다. 그들은 국민들에게 널리 종교를 알리는 사제를 보살피는 일을 비롯해 종교와 관련된 문제를 담당합니다. 주교들은 국왕을 비롯한 현명한 고문관들이 가장 생활이 경건하고 학식이 깊은 성직자를 전국에서 골라내어 뽑은 분들로서, 그야말로 다른 성직자들과 국민들의 정신적 지주라고 할 수 있습니다. 끝으로 하원은 뛰어난 재능과 애국심을 가진 사람들로서 국민들이 직접 선출합니다. 이렇게 두 조직이 유럽에서 가장 권위 있는 의회를 구성하고 있으며 국왕과 함께 입법업무를 맡게 됩니다."

이어서 현명하고 존경받는 판사들이 악을 징벌하고 개인의 권리와 재산분쟁의 옳고 그름을 판단하여 죄 없는 사람들을 보호해주는 법원에 대해 설명

[*1] 데모스테네스(Demosthenes, BC 384~BC 322)는 반(反)마케도니아 운동에 앞장섰던 고대 그리스의 웅변가이자 정치가로 키케로는 그를 '완벽한 웅변가'라고 찬미했다.

[*2] 마르쿠스 툴리우스 키케로(Marcus Tullius Cicero, BC 106~BC 43)는 고대 로마의 철학가이자 변론가, 보수 정치가로 카이사르에 반목하다 정계에서 쫓겨나 문학에만 몰두했었다. 대표적인 저서로 《국가론》이 있다.

했다. 또 재무대신의 뛰어난 재정정책과 용맹한 영국군의 업적에 대해서도 얘기했다. 그리고 각 종교나 정당을 지지하는 수많은 사람들을 계산해서 산출한 우리나라의 인구를 비롯해 사냥과 오락까지, 조국의 명예를 드높일 수 있는 것이라면 하나도 빠뜨리지 않고 설명했다. 그리고 지난 한 세기 동안 있었던 역사적 사건들을 간추리는 것으로 끝을 맺었다.

다섯 번에 걸친 대화는 매번 오랜 시간이 걸렸지만 좀처럼 끝이 나질 않았다. 나의 이야기에 온 신경을 곤두세운 국왕이 질문하고 싶은 내용은 물론이고 나의 이야기까지 세심하게 메모했기 때문이다.

나의 긴 설명이 끝나자 국왕은 지금까지의 메모를 참고해가며 자신의 의심과 질문, 이의를 제기하는 여섯 번째 대화를 시작했다.

"그러면 젊은 귀족들은 몸과 마음을 단련하기 위해 어떤 방법을 쓰고 있는가? 인생에서 가장 적합한 배움의 시기에 그들은 먼저 어떤 교육을 받는가? 혹 귀족의 혈통이 끊어진다면 그 자리는 어떻게 보충하는가? 그리고 그러한 자리를 채우는데 군주의 변덕이나 뇌물을 받은 귀부인과 수상, 국익을 저버리면서까지 힘을 키우려는 당파의 음모가 뒤얽힌 적은 없었는가? 그러한 귀족들이 국민의 재산에 대한 최종판결을 내린다면 그들은 국법에 대해 얼마나 알고 있고 그것을 어떻게 배우는가? 귀족들이 탐욕과 집착, 욕망에서 벗어나 뇌물과 같은 부정부패를 저지르지 않는다고 보는가? 주교들은 종교적 지식과 청렴함에 따라 그 지위에 오른 것인가? 아니면 아직 배우는 사제였을 무렵에 적당히 현실과 타협했다든지, 노예처럼 귀족에게 꼬랑지를 흔드는 고용사제가 되어 의회에서 비굴하게 그들의 의견을 추종한 것은 아닌가?

또 하원의원은 어떤 방식으로 선출되는가? 매수된 선거인단이 지역지주나 덕망 있는 신사가 아닌 돈 많은 외지인을 당선시켜준 적은 없었나? 그리고 왜 그렇게 하원에 들어가려고 애쓰는 것인가? 막대한 돈과 노력이 필요하건만 봉급도 연금도 나오지 않아서 파산하는 일이 다반사라고 하지 않았나? 그런 일은 놀라우리만치 높은 덕망과 고결한 정신이 필요한 것인데, 그들이 늘 성실하게 지키리라고는 생각되지 않네. 아마도 그들은 어리석고 고약한 군주와 썩어빠진 내각과 협력하여 공공의 이익을 희생시켜서라도 자신이 들였던 돈과 노력을 보상받으려 할 것일세."

국왕은 그 밖에도 수많은 질문을 던졌다. 마치 내 머릿속을 체로 걸러내는 듯한 그 수많은 질문과 대답을 일일이 늘어놓는 것은 현명하지 못할 테니 생략하도록 하겠다.

국왕은 법원에 대해서도 몇 가지 의문점이 있다고 했다. 거기에 대해서는 나 자신이 대법원까지 가는 기나긴 소송에 휘말려 (승소하기는 했지만 항소비용 때문에) 파산할 지경에 이르렀던 경험이 있어서 자신 있게 답변할 수 있었다. 옳고 그름을 판결하는 데 시간과 비용은 얼마나 드는가, 변호사는 명백하게 부당하거나 남을 억압하는 소송을 변호해도 되는가, 재판에 종교나 당파가 영향을 끼치는가, 변호사는 형평법에 관한 일반적인 지식을 갖춘 사람들인가, 아니면 지방이나 지역 관습만을 익힌 사람들인가, 변호사와 판사들은 자기 마음대로 법을 해석할 수 있던데 법을 제정하는 일에 참여하기라도 하는 것인가, 같은 사건을 맡은 변호사가 어떤 때는 변호해주고 어떤 때는 반박하는 일은 없는가, 전혀 다른 의견을 증명하고자 판례를 인용하지는 않는가, 법조계는 부유한가 가난한가, 변론에 금전적 대가를 요구하지는 않는가, 그리고 무엇보다 변호사들은 왜 하원으로 선출되지는 않는지 궁금해했다.

다음으로 우리나라의 재정에 대해 얘기했다. 그러자 국왕은 내가 잘못 알고 있는 것이 아니냐고 했다. 그도 그럴 것이 한 해 거둬들이는 세금은 500에서 600만 파운드인데 뒤에 몇 번이고 얘기한 지출은 수입의 배가 넘었으니 말이다. 국왕의 말에 따르면, 영국의 재정운영이 큰 도움이 될지도 모른다는 생각에 이 점에 관해서는 매우 상세하게 메모를 해두었기에 절대로 계산이 틀릴 리가 없다는 것이다. 만일 그게 사실이라면 한 국가가 개인처럼 파산한다는 것인데 어떻게 그럴 수 있는지 모르겠다고 했다. 대체 누가 채권자*3이며, 그 돈은 어디로 갔느냐고 물었다. 내가 막대한 돈이 드는 전쟁에 대해 이야기하자 국왕은 매우 놀라워하며 우리가 싸우기를 좋아하는 민족이거나 틀림없이 고약한 나라와 이웃하고 있을 것이라며, 영국의 장군들은 국왕보다 더 큰 부자일 것*4이라고 했다. 그리고 무역이나 조약체결, 군함을 이끌고 국경을 지키는 일 외에 국외로 나가서 할 일이 뭐가 있느냐고 물었

---

*3 휘그당 정권은 많은 국채를 발행해서 전쟁 비용을 마련하고자 했지만 토리당은 극구 반대했다.

*4 말버러 장군을 꼬집는 말이다. 막대한 사비를 들여 블레넘 궁전을 지었던 그를 지은이는 사리사욕 때문에 프랑스와의 전쟁을 오래 끌었다고 했다.

6 국왕과 왕비를 즐겁게 해주려 하다 141

다. 평화로운 때에도 국민들은 돈으로 고용한 상비군*5을 둔다는 애기에 무척이나 놀라워했다. 국민들이 뽑은 대표자가 국민의 뜻에 따라 나라를 통치하는데, 대체 누구를 두려워하고 누구와 싸우려는 것인지 상상이 가질 않는다는 것이다. 더 많은 돈을 노리고 밤중에 가족의 목을 따버릴 수도 있을, 길거리에서 몇 푼에 고용한 놈들보다 자신이 직접 식구들을 지키는 것이 낫지 않겠느냐며 나의 뜻을 물었다.

또 국왕은 종파나 정당의 구성원을 계산해서 인구수의 통계를 내는 것은 기묘한 산술(국왕은 이렇게 표현했다)이라고 비웃었다. 또 위험한 사상을 가졌다고 해서 왜 억지로 바꾸라고 강요하는지 모르겠다, 그리고 그러한 견해는 마음속에만 꼭꼭 담아두는 것이 당연할 텐데 그러지 않는 이유를 모르겠다고 했다. 그것은 어느 정부라 하더라도 의견을 바꾸라고 강요하는 것은 압제이지만 마찬가지로 후자를 강요하지 못하는 것도 잘못이다. 왜냐면 벽장에 독약을 두는 거야 그럴 수도 있지만, 그것을 강장제라고 속여서 팔아서는 안 되는 것과 같은 이치라고 했다.

내가 귀족들과 신사들이 즐기는 오락에 대해 설명하다 도박에 관해 언급했더니 국왕은 그것에 주목했다. 대체로 몇 살 무렵에 시작해서 몇 살 때 그만두는가, 시간은 얼마나 소비하는가, 너무 몰두한 나머지 전 재산을 탕진하는 경우는 없는가, 비열하고 악덕한 자들이 묘한 기술로 배를 불리는 일은 없는가, 또 도박에 빠진 귀족들이 정신적으로 성장할 기회를 잃고 입은 손실을 만회하기 위해 더욱 비열한 기술을 익혀 남을 속이는 일은 없느냐고 물었다.

지난 세기 동안 우리 영국에서 있었던 역사적 사건들을 이야기하자 국왕은 경악했다. 그것은 음모, 반란, 살인, 학살, 혁명, 추방의 연속이며 탐욕, 편파, 위선, 불신, 잔인, 분노, 광기, 증오, 질투, 욕망, 악의, 야심이 빚어낸 최악의 결과라고 평했다.

그 다음에 알현했을 때 국왕은 내가 들려준 이야기를 요약하고, 또 그의 질문과 나의 답변을 서로 비교하더니 나를 손 위에 올려놓고 부드럽게 쓰다듬으면서 다음과 같이 애기했다. 나는 아직도 그가 들려준 이야기와 그때의 표정과 태도가 잊히지 않는다.

---

*5 토리당은 해군만으로 충분하다고 여겨 상비군과 육군을 반대했다.

"내 작은 친구 그릴드릭, 그대는 자신의 조국에 대해 아주 훌륭한 찬사를 보냈네. 특히 무지와 태만, 부도덕이 입법자의 자격조건이며, 법을 악용하고 왜곡시키는 데만 관심과 노력을 기울이는 자들이 법을 가장 잘 설명하고 해석하고 이용할 줄 안다는 것을 멋지게 증명했네. 그래, 그 제도들도 만들었을 당시에는 훌륭했겠지. 하지만 반은 부정부패로 빛이 바랬고, 반은 완전히 사라져버린 것이나 다름없더군. 그대가 하는 얘기를 듣고 있자니 그대의 조국에서는 어떤 지위건 덕망을 요구하지 않는 것 같네. 고결하고 유덕한 사람이 귀족이 되지 못하고, 신앙심과 학식 있는 성직자가 승진하지 못하고, 용감한 병사가 진급하지 못하고, 정직한 판사가 출세하지 못하고, 조국을 사랑하는 사람이 의원으로 선출되지 못하고, 지혜로운 자문관이 중용되지 못하고 있어. (국왕은 말을 계속했다) 그러나 삶의 대부분을 여행에 바친 그대는 조국의 악덕에 물들지 않았으리라 생각하네. 그대의 얘기와 내가 이끌어낸 대답으로 미루어 보건대, 그대의 동포들은 자연의 섭리에 따라 세상을 기어다니게 된 생명체 중에서 가장 해롭고 역겨운 해충이라는 결론을 내리지 않을 수가 없네."

7
정치에 대한 국왕의 무지

조국에 대한 지은이의 사랑이 드러난다. 국왕에게 더없이 유익한 제안을 하지만 정치에 무지한 국왕은 거절한다. 왕국의 불완전하고 제한적인 학문, 그리고 법률과 군대, 정당에 대해 설명한다.

이런 얘기들을 하나도 숨기지 않고 내가 털어놓았던 것은 무엇보다 나에게 진실을 사랑하는 마음이 있었기 때문이다. 내가 아무리 화난 표정을 짓더라도 소용이 없었다. 매사가 그저 놀림거리로 여겨졌기 때문이다. 그래서 나는 사랑하는 조국이 모욕당하더라도 그저 참아야만 했다. 나 또한 상황이 이렇게 된 것에 대해 독자들과 마찬가지로 유감스럽게 생각한다. 그렇다고 아무리 사소한 것이라도 모두 알고 싶어하는 국왕의 저 뜨거운 탐구심을 충족시켜주지 않는다면 내가 받은 은혜와 도리에 어긋나는 일이 되고 말 것이다. 굳이 변명을 하자면 나는 국왕의 질문을 교묘히 피했으며, 많은 점에 대해서 정확한 사실보다는 훨씬 듣기 좋게 대답해주었다. 왜냐하면 나는 할리카르나소스의 디오니시우스[1]가 역사가들에게 요구했던 '일방적인 애국심'을 갖고 있었기 때문이다. 그렇기에 정치에서의 우리 '어머니'의 흉터와 추한 점을 숨기고 미모와 덕성만을 보여주고 싶었다. 비록 실패하기는 했지만 이것은 내가 국왕과의 대화에서 가장 노력했던 점이기도 하다.

그런데 우리는 가장 먼저 그가 다른 세상과는 완전히 단절되어 살아가고 있었다는 점을 간과해서는 안 된다. 다른 문명의 관습과 견해를 알지 못하면 (우리 유럽 문명국가들은 그렇지 않지만) 편견에 사로잡히기 마련이다. 게다가 이

---

[1] 디오니시우스(Dionysius, BC 60~BC 7)는 할리카르나소스 출신의 그리스 역사가이지만 로마로 건너와 스무 권에 달하는 《로마 고대사》를 써내 그리스 역사가들이 간과하고 있던 로마의 위대함을 일깨웠다.

렇게 먼 나라에 사는 국왕이 가진 선악에 대한 생각을 모든 인류의 기준으로 삼는 것은 말도 안 되는 소리이다.

이 같은 사실을 뒷받침하고 고립된 교육의 결과가 얼마나 비참한지 보여주고자 독자들에게 믿기 힘든 일화를 하나 소개하겠다. 나는 좀더 국왕의 총애를 얻고 싶은 마음에 이런 얘기를 했던 적이 있다.

"지금으로부터 3, 400년 전에 발명된 화약이란 것이 있습니다. 이 화약뭉치에 눈에 보이지도 않을 만큼 작은 불꽃이라도 닿는다면 순식간에 천둥보다 더 큰 소리를 내며 폭발하여 산만한 것도 하늘 높이 날려버립니다. 놋쇠나 철로 만든 원통에 적절한 양의 화약, 납이나 철로 만든 포탄을 쑤셔 넣고 불을 붙인다면 그 무시무시한 힘과 속도를 이겨낼 것은 아무것도 없습니다. 포탄이 발사되면 삽시간에 부대가 궤멸되고, 견고한 성벽이 무너지며, 1000명도 넘게 탄 배가 바다 속으로 가라앉습니다. 또 포탄을 사슬로 연결시켜 놓으면 돛대나 줄은 물론이고 수백 명의 선원의 몸까지 찢어버리고 앞을 가로막는 모든 것들을 박살내버릴 수 있습니다. 저희는 때때로 속이 빈 포탄에 화약을 채워서 투석기로 포위 중인 도시에 쏘았습니다. 그러면 포탄이 터지면서 도로와 집이 파괴되고 주변에 있던 사람들의 머리가 산산조각납니다. 저는 화약의 성분(매우 값싼 것들이다)은 물론 제조법까지 잘 알고 있으니, 숙련된 기술자만 불러주시면 이 나라에 맞는 크기의 대포를 만들 수도 있습니다. 가장 큰 포신도 100피트면 충분하지요. 화약과 포탄을 채운 대포 2, 30문만 있으면 튼튼한 성벽도 몇 시간이면 무너뜨릴 수 있고, 감히 전하께 맞서는 무리가 있다면 그들의 도시 전체를 괴멸시킬 수도 있습니다. 저의 이런 제의는 전하께서 베풀어주신 각별한 은혜와 보호에 보답하고자 하는 작은 성의입니다."

그러나 국왕은 무시무시한 기계의 설명과 나의 제의를 듣고 기겁을 했다. 나처럼 힘없고 천한 벌레(정말로 그렇게 말했다)가 어떻게 그런 잔인한 발상을 할 수 있으며, 그 끔찍한 광경을 아무렇지도 않게 이야기할 수 있는지 놀랍다고 했다. 그리고 그 파괴적인 기계는 인류의 적인 사악한 악마의 발명품일 것임에 틀림없을 거라고 했다. 기술이나 자연에서 새로운 발견을 하는 것만큼 기쁜 일은 거의 없지만, 차라리 왕국의 반을 잃으면 잃었지 그런 비밀은 알고 싶지 않다고 했다. 그러더니 목숨이 아깝거든 다시는 그 이야기를 꺼내지도 말라고 명령했다.

좁은 도량과 짧은 생각에서 나온 기묘한 결과였다. 뛰어난 재능, 위대한 지혜, 깊은 학문과 놀라운 통치력을 갖추어 백성들의 칭송을 한 몸에 받는 국왕이 (우리 유럽에서는 상상도 할 수 없는 일이다) 쓸데없는 염려 때문에 백성들의 생명과 자유, 재산의 절대적 지배자가 될 기회를 어이없이 놓치고 만 것이다. 이 이야기 때문에 독자들이 훌륭한 군주를 얕잡아 볼지도 모르겠지만 나는 그러한 생각은 추호도 없다. 그들의 결함은 어디까지나 정치를 하나의 학문으로 만들지 못한 무지에서 비롯된 것이다. 한번은 내가 영국에는 정치에 관한 서적이 수천 권도 넘는다고 했을 때, (나의 생각과는 달리) 머리가 나쁘다고 경멸하던 국왕의 말이 생각난다. 군주이건 수상이건 어떤 비밀이나 술수, 음모도 혐오하고 배척해야 한다고 했다. 적국이며 경쟁국이란 것이 없다보니 국가기밀에 대해 모르는 것도 당연할 것이다. 그런데 그렇다보니 정치의 범위는 무척이나 좁아서 상식, 이성, 정의, 관용, 민사 및 형사소송의 신속한 판결, 그 밖에 너무나도 당연한 것들에만 한정되어 있었다. 말하자면 '보리와 풀이 한 포기밖에 자라지 못하는 땅에 두 포기가 자라게 하는 사람이 정치인들보다 더 가치 있고 조국에 봉사하는 사람이다' 하는 식이었다.

브롭딩낵의 학문은 매우 제한적이어서 윤리, 역사, 시(詩), 수학 네 가지뿐이었지만, 각 분야에 있어서는 매우 훌륭했다. 그러나 수학은 농업이나 기술개량처럼 실용적인 측면에 치우쳐 있어 우리 영국에 가져가더라도 크게 환영받지 못할 것이다. 개념이나 존재, 추상, 초월 같은 단어는 아무리 설명해도 이해시킬 수가 없었다[*2].

브롭딩낵의 법조문은 단어의 수가 알파벳 (겨우 22자이다) 수를 절대 넘어서는 안 된다고 한다. 실제로 스물두 단어가 넘는 법조문은 거의 없다. 매우 쉽고 단순하게 표현되어 있는데다, 브롭딩낵 사람들은 다양한 해석을 내놓을 만큼 융통성이 있지도 않다. 거기다 법조문에 멋대로 주석을 다는 것은 죽어 마땅한 중죄에 해당하고 민사와 형사 모두 판례가 매우 적다보니 뛰어난 수완을 자랑한다는 것은 생각할 수도 없었다.

브롭딩낵에는 중국처럼 오래전부터 인쇄술이 발달했지만 도서관은 그리

[*2] 지은이는 《나무통 이야기》를 통해 철학적이고 신학적인 어려운 단어의 사용을 비난했다.

크지 않았다. 가장 큰 왕실 도서관도 장서 수가 1000권을 넘지 않았다. 길이 1200피트의 회랑으로 된 도서관에서는 나도 자유롭게 책을 열람할 수 있었다. 왕비의 목수가 글럼덜클리치의 방에 놓인 높이 25피트, 계단 폭 50피트의 사다리처럼 생긴 장치를 만들어주어서 밑 부분을 벽에서 10피트 떨어진 곳에 놓으면 일종의 이동식 계단이 되었다. 읽고 싶은 책을 벽에 세운다. 그리고 먼저 계단 꼭대기로 올라가 맨 위에서부터 읽어 내려간다. 행을 따라 여덟 걸음이나 열 걸음 정도 이리저리 움직이다보면 읽던 곳이 시선보다 아래로 내려가게 되고, 그러면 다음 계단으로 내려가서 읽고, 또 다음 계단으로 내려가서 읽다가 결국 바닥으로 내려오게 된다. 그러면 다시 올라가서 다음 페이지를 같은 방법으로 읽고 페이지를 넘긴다. 페이지는 두 손으로 쉽게 넘길 수 있었다. 종이가 판지처럼 빳빳한데다 가장 큰 책의 높이도 20피트

7 정치에 대한 국왕의 무지 147

밖에 되지 않았기 때문이다.

　문체는 명확하고 남성적이어서 시원스럽게 읽혔다. 그것은 결코 화려하지는 않았으니 쓸데없는 말이며 다양한 표현을 싫어했던 까닭이다. 나는 수많은 책들을 탐독했다. 역사와 윤리에 관한 책을 많이 읽었다. 가장 흥미로웠던 것은 글럼덜클리치의 침실에 있던 작고 오래된 논문으로 가정교사(고상한 중년 부인으로 도덕과 신앙에 관한 책을 즐겨 읽었다)가 갖고 있던 책이었다. 그 책은 인간의 약점에 대해 다루고 있었는데, 아녀자나 서민들 외에는 거들떠보지도 않는다고 했다. 나는 이 나라의 지은이는 그 문제에 대해 어떻게 말하고 있을까 궁금했다. 지은이는 우리 윤리학자들과 똑같은 소리를 늘어놓더니, 인간이란 매우 작고 하찮고 무력한 동물로 험한 날씨와 사나운 맹수로부터 몸을 지키지도 못하고, 힘에서도 민첩함에서도 앞을 내다보는 능력과 근면함에서도 동물들에게 뒤처진다고 지적했다. 그러더니 종말에 가까워진 퇴화한 자연*3이 옛날에 비해 작고 불완전한 생물만을 탄생시키고 있다고 덧붙였다. 그렇기에 태초의 인간은 지금보다 훨씬 거대했을 것이 틀림없다고 주장했다. 그것은 역사와 전설을 통해서도 이어지고 있으며, 나라 안 여러 곳에서 발견되는 것도 뼈와 두개골이 현재보다 훨씬 큰 인간의 그것을 뒷받침해준다고 했다. 이러한 점으로 미루어보아 자연은 우리 인간을 위대하고 강인한 존재로 만들어 지붕에서 떨어진 기와나 아이가 던진 돌에 맞아서 죽는다든지, 개울에 빠져죽는 것처럼 실없는 일로 죽게 만들지 않았다는 것이다. 글쓴이는 이 과정에서 삶에 도움이 되는 유익한 교훈을 몇 가지 적어두었는데, 그것을 여기 소개할 필요는 없을 것이다. 나로서는 자연과 인간 사이의 갈등에서 하나의 도덕적 교훈(아니, 사실대로 말하자면 그저 분풀이와 푸념)을 이끌어내는 재간이 얼마나 보편적인가를 다시 생각해보게 되었다. 그러나 엄밀히 따지고 보면 이런 갈등에 어떤 근거도 없다는 것은 그들이나 우리나 마찬가지이다.

　끝으로 군비(軍備)에 대해서 말한다면, 그들은 자국의 군대가 17만 6000명의 보병과 3만 2000명의 기병으로 구성되어 있다고 자랑했다. 물론 도시 상인과 시골 농부들로 이루어진 병사에다 급료도 없이 지휘관을 맡은 귀족

＊3 17세기에는 인간의 원죄 때문에 자연이 점차 퇴화하고 있다는 생각과 과학 발전으로 오히려 진보하고 있다는 의견이 대립했었는데, 지은이는 이런 논쟁을 부질없는 짓으로 보았다.

과 지주들로 구성된 군대를 군대라고 한다면 말이다. 과연 그 군대는 훈련도 완벽하고 군기도 엄했지만, 그것은 전혀 놀랄 일이 아니다. 왜냐하면 농부들을 지휘하는 사람은 지주였고, 시민들을 지휘하는 사람은 베니스처럼 무기명 투표로 선출된 지도자들이었으니 엄격할 수밖에 없는 것이다.

나는 로브럴그러드의 민병대가 가로세로 20마일이나 되는 근교 연병장에서 훈련받는 것을 자주 보았었다. 기껏해야 보병 2만 5000에 기병 6000 정도였지만 그들이 서 있는 땅덩어리가 워낙 넓어서 정확한 수를 헤아릴 수가 없었다. 아무리 상상력을 동원한다 한들 그토록 웅장하고 경이로운 광경은 떠올리지 못할 것이다. 지휘관의 호령에 맞춰 키가 90피트는 되어 보이는 기병대가 일제히 칼을 빼들고 하늘을 향해 휘두르는 모습은 마치 만 개의 번갯불이 하늘을 한꺼번에 뒤덮은 것 같았다.

도대체 어느 나라와도 가깝지 않고 어디에서도 침범해올 길이 없는 나라를 다스리는 국왕이 왜 군대를 둘 생각을 했고, 왜 군사훈련을 시키는지 나는 몹시 궁금했었다. 하지만 그러한 의문은 사람들과 대화해보고 역사책을 읽으면서 풀렸다. 오랜 세월을 거치면서 그들도 다른 정부가 골머리를 앓는 것과 똑같은 병폐에 시달렸던 것이다. 귀족은 권력을 위해, 시민은 자유를 위해, 그리고 국왕은 절대 권력을 위해 서로 싸워왔다. 국법으로 다스린다 하더라도 그들은 제각기 법을 어기기 일쑤여서 수차례에 걸쳐 내란이 일어났었다. 그러나 다행히 현 국왕의 할아버지 시절에 있었던 내란을 끝으로 전반적인 타협이 이루어져 평화롭게 끝을 맺었다. 그 뒤 대중의 동의에 의해 민병대가 창설되었고 지금까지도 그것을 지켜오고 있다.

8
생각지도 못한 사건

국왕과 왕비가 변경지대로 행차하고 지은이도 동행한다. 지은이는 이 나라를 떠나는 과정을 상세히 서술하고 마침내 영국으로 귀국한다.

나는 늘 언젠가는 자유의 몸이 되고 싶다는 갈망을 품고 있었다. 하지만 그러려면 어떻게 해야 되는지 도저히 생각이 나지 않았고 조금이라도 가능성 있는 계획을 세우는 일도 불가능했다. 내가 타고 온 배가 이곳에 처음으로 나타난 배였던 데다, 혹시나 다른 배가 오더라도 육지로 끌어올려 그 안에 탄 사람들을 모두 로브럴그러드로 데려오라는 왕명을 내렸기 때문이다. 국왕은 내가 같은 크기의 여인을 만나 자손을 퍼뜨려주기를 바랐다. 그러나 자식들이 길들인 카나리아처럼 새장에 갇힌 채 귀족들에게 애완동물로 팔려나가는 치욕을 겪느니 차라리 죽음을 택할 것이다. 물론 국왕과 왕비가 친절하게 대해주었고 궁전에서는 귀여움을 독차지하지만, 그 어디에도 인간의 존엄성은 없었다. 나는 한순간도 조국에 두고 온 가족들을 잊지 못했다. 다시 동등한 위치에서 대화를 나눌 수 있는 사람들 속으로 돌아가, 개구리나 강아지처럼 밟혀 죽을 걱정 없이 거리와 들판을 걷고 싶었다. 그런데 자유는 의외로 빠르게, 또 매우 이상한 방식으로 찾아왔다. 지금부터 자세한 이야기로 그 상황을 충실하게 적어보려고 한다.

이곳에 온 지 2년이 지나 3년째가 되어 갈 무렵이었다. 나는 여느 때처럼 여행용 상자(앞서 말했듯이 가로세로 12피트 크기의 편리한 상자)를 타고 글럼덜클리치와 함께 국왕과 왕비의 남부해안 시찰에 따라나서게 되었다. 상자 천장에는 명주실로 만든 해먹(벽이나 기둥 사이에 달아 놓는 데 쓰는 그물)을 달아두었다. 상자를 든 하인이 말을 타고 달리더라도 흔들림이 덜하게 하기 위해서였다. 때때로 여행 중에는 해먹에서 잠을 자기도 했다. 해먹에서 조금 떨어진 천장에는 더위를 식혀줄

1피트 크기의 바람구멍이 있었다. 파놓은 홈에 달린 판자를 앞뒤로 당겨서 마음대로 그것을 여닫을 수 있었다.

마침내 목적지에 도착했을 때, 국왕은 얼마간 플란플라스닉(해안가에서 18마일 떨어진 도시였다) 근처에 있는 궁전에서 지내는 것이 좋겠다고 생각했다. 글럼덜클리치와 내가 너무 지쳐 있었기 때문이다. 나는 가벼운 감기에 걸린 정도였지만 가엾은 글럼덜클리치는 너무 아파 꼼짝없이 방에 누워 있어야만 했다. 나는 어떻게 해서든 바다가 보고 싶었다. 만약 탈출을 하려면 그곳이야말로 가장 적합한, 유일한 출구였다. 그래서 나는 꾀병을 핑계로 나를 잘 따르는 시종과 함께 신선한 바다 공기를 마시러 갈 수 있도록 허락해달라고 부탁했다. 무척이나 내키지 않아 하던 글럼덜클리치의 표정, 그리고 시동에게 나를 잘 돌보라고 엄격히 당부하면서도 무슨 일이 일어날 것을 예감이라도 하듯 눈물을 쏟아내던 그녀의 모습을 나는 평생 잊지 못할 것이다. 시동은 내가 들어 있는 상자를 들고 궁전에서부터 약 반 시간 거리에 있는 바다로 데려다주었다. 나는 바위 위에 상자를 내려달라고 하고는 서러움과 그리움으로 가득한 눈길로 창문 밖 바다를 바라보고 또 바라보았다. 조금 기분이 나빠진 나는 시동에게 해먹에 누워 잠시 쉬겠다고 했다. 내가 안으로 들어가자 시동은 찬바람이 들어가지 않도록 창문을 꼭 닫아주었다. 나는 곧바로 잠이 들어서 그 뒤에 무슨 일이 벌어졌는지 추측할 수밖에 없지만, 아마 시동은 내가 잠든 후에 아무 일도 없으리라 생각하고 새알을 찾아 바위틈을 돌아다녔을 것이다. 잠들기 전 창문 너머로 시동이 바위 사이를 오가며 새알을 줍는 모습을 보았기 때문이다. 하지만 그보다 나는 누가 (운반하게 편하도록 달아둔) 상자 고리를 세차게 잡아당기는 듯한 느낌에 잠에서 깨어났다. 그러더니 상자는 공중으로 들어올려져 매우 빠른 속도로 하늘로 날아갔다. 처음에는 얼마나 흔들리던지 해먹에서 떨어질 뻔했지만 점차 흔들림은 가라앉았다. 나는 몇 번이고 소리를 질렀지만 아무 일도 일어나지 않았다. 창밖으로 보이는 것이라고는 구름과 하늘뿐이었고 머리 위에서는 날개 치는 소리가 들렸다. 나는 곧바로 얼마나 위험한 상황에 빠진 것인지 깨달았다. 독수리가 내가 든 상자를 (껍질 속에 숨은 거북이처럼) 바위에 떨어뜨려 나를 꺼내먹으려 했다. 영리한 독수리는 뛰어난 후각 덕분에 먹이가 아무리 멀리 떨어져 있어도, 아무리 꽁꽁 숨더라도(나처럼 2인치 두께의 상자 속이라든지), 곧바로 찾아낼 수 있기

때문이다.

이윽고 날갯짓 소리가 매우 거칠어지더니, 마치 거센 바람이 몰아치는 날의 간판처럼 상자가 위아래로 마구 흔들렸다. 그러더니 뭔가가 쿵쿵하고 독수리(상자 고리를 물고 있었던 건 독수리가 틀림없다고 생각한다)와 부딪치는 소리가 들린 다음 갑자기 1분도 넘게 거꾸로 떨어져 내렸다. 얼마나 빠르던지 숨이 턱턱 막힐 지경이었다. 그 다음에는 첨벙하고 나이아가라 폭포보다 더 큰 소리와 엄청난 충격이 느껴지면서 추락도 끝이 났다. 거의 1분가량 칠흑 같은 암흑에 휩싸였다가, 점차 수면으로 떠오른 상자의 창문으로 햇빛이 들어오고 나서야 내가 바다에 떨어졌다는 것을 알 수 있었다. 상자는 나와 가구들, 상자를 더 튼튼하게 하려고 박아둔 철판의 무게 때문에 수면에서 5피트가량 잠긴 상태로 떠 있었다. 아마도 상자를 물고 가던 독수리가 먹이를 빼앗으러 온 독수리들과 싸우면서 상자를 떨어뜨린 것이 틀림없다고 추측했다(지금도 그렇게 생각하고 있다). 상자 바닥에 단 철판(이것이 가장 튼튼했다)이 추락할 때 균형을 잡아주었고 바다에 떨어졌을 때 상자가 부서지지 않도록 보호해주었을 것이다. 모든 이음새는 홈을 파서 붙인 것이었고, 문도 여닫이가 아닌 위아래로 여는 것이었기에 밀폐된 방에는 물이 거의 스며들지 않았다. 방에 공기가 부족해서 질식할 지경이었던 나는 앞서 설명한 천장 바람구멍을 열고 겨우 해먹에서 내려왔다.

그때 생각했던 것은, 한 번 더 글럼덜클리치를 보러 돌아가고 싶다는 것이었다. 한 시간 전만 하더라도 함께였건만! 나는 그 비참한 상황 속에서도 나를 잃어버린 슬픔에 여왕의 분노까지 사게 되어 장래를 망쳐버릴 가엾은 꼬마 유모를 떠올리며 가슴 아파했다. 탐험가는 세상에 수없이 많겠지만 나보다 더한 역경에 처했던 사람은 그리 많지 않을 것이다. 언제 상자가 부서질지 모르는데다, 심한 바람이며 파도라도 몰아닥쳤다간 바로 뒤집히고 말 것이다. 거기다 저 유리창만 깨져도 나는 죽게 된다. 유리창에는 충격으로 유리가 깨지는 것을 막기 위해 튼튼한 철사 창을 둘러친 것 외에 다른 장치는 없었다. 차츰 일부 틈새로 물이 (심하지는 않았다) 새어 들어 이를 최선을 다해 막아야만 했다. 아무리 해보아도 상자 지붕이 바로 서지 않았기 때문이다. 밖으로 나갈 수만 있었다면 이런 곳에서 죽음을 기다리지 않고 뛰쳐나갔겠지만, 어느 쪽이건 며칠 안에 추위와 굶주림으로 비참한 죽음을 맞이하기는 매한가지일 것이다. 그렇게 자포자기한 심정으로 죽음을 기다리며 네 시간 정도가 지났다.

앞서 설명한 것처럼 상자의 창이 없는 쪽에는 말을 탄 하인이 들고 다니기 편하도록 허리띠에 찰 수 있는 꺾쇠가 달려 있었다. 그런데 비참한 마음에 빠져 있던 나는 그 꺾쇠 쪽에서 삐걱대는 소리를 들었다. 아니, 들린 것 같았다. 그러더니 잠시 후, 뭔가가 상자를 세차게 잡아당기는 듯한 느낌이 들면서 창문에 크게 파도가 차오르며 방이 깜깜해지는 것이 어디론가 끌려가고 있는 것 같았다. 어쩌면 구조될지도 모른다는 희망이 솟아났다. 물론 '어떻게?'라는 건 전혀 생각하지 않았다. 나는 바닥에 고정시킨 의자의 나사를 풀고 몇 시간 전에 열어둔 바람구멍 밑으로 의자를 가져다 고정시켰다. 그리고 의자에 올라서서 구멍 가까이 입을 대고 큰 소리로 (내가 알고 있는 모든 언어로) 살려달라고 소리쳤다. 다음에는 언제나 가지고 다니던 지팡이에 손수건을 잡아매어 구멍 밖으로 내밀고 몇 번이나 흔들었다. 만약 근처에 배가 있다면 상자 속에 사람이 갇혀 있다는 것을 알릴 수 있다고 생각해서였다.

그러나 어떠한 대답도 들려오지 않았다. 상자가 계속 움직이고 있는 것은 분명했다. 한 시간, 아니 그보다도 더 많은 시간이 흘렀을 것이다. 갑자기 꺾쇠 달린 (창문이 없는) 벽 쪽에서 단단한 무언가와 부딪치는 쿵 소리가 나서 그저 암초에 걸렸다고만 생각했다. 그런데 흔들림이 더 심해지더니 상자 고리에 뭔가가 꿰어지는 것 같은 소리가 났다. 이어서 상자가 공중으로 3피트 정도 떠올랐다. 나는 다시 구멍 밖으로 손수건을 매단 지팡이를 흔들며 목이 쉬어라 살려달라고 소리쳤다. 그러자 커다란 고함소리가 세 번 들려왔다. 그것은 겪어본 사람이 아니면 누구도 상상할 수 없을 황홀한 경험이었다. 머리 위로 쿵쾅거리는 발자국 소리가 나더니 구멍 가까이서 (영어로 된) 목소리가 들렸다.

"안에 누가 있거든 대답하게!"

그래서 나는 운이 나빠 엄청난 재앙에 빠진 영국인이라고 대답하고, 제발 이 감옥 같은 상자 속에서 구해달라고 애원했다.

"안심하게나. 상자는 배와 잘 연결되어 있고 곧 목수가 와서 자네가 나올 만한 구멍을 뚫어줄 걸세."

나는 이렇게 대답했다.

"그러면 시간이 너무 많이 걸리니까 아무나 한 사람이 고리에 손가락을 걸어 상자를 들다 선장실로 옮겨주면 될 것 아니오?"

나의 황당무계한 소리에 (몇몇은 내가 미쳤다고 생각했다) 사람들은 소리내어 웃었다. 설마 나와 비슷한 크기에 힘도 같은 사람들이 와 있다고는 꿈에도 생각하지 못했다. 얼마 뒤 목수가 와서 몇 분 만에 톱으로 4피트 너비의 통로를 만들어주었고 그리로 작은 사다리가 내려왔다. 나는 사다리를 타고 밖으로 나왔고 선원들은 지쳐 있는 나를 선실로 데려다주었다.

선원들이 나에게 질문 세례를 퍼부었지만 일일이 대답해줄 마음의 여유가 없었다. 나도 이처럼 작은 사람들을 보고 당황했기 때문이다. 워낙 오랫동안 큰 사람들에게 익숙해져 있다 보니 그들이 난쟁이로밖에 보이지 않았다. 토머스 윌콕스 선장(슈롭셔 주 출신의 성실하고 훌륭한 사내였다)은 쓰러질 지경인

나를 보더니 선장실로 데려가 침대에 눕히고 코디얼*1을 주며 안정될 때까지 푹 쉬라고 했다. 나도 견딜 수 없이 졸리던 참이었다. 그런데 잠들기 전에 상자 속에는 잃어버리기에는 아까운 가구 몇 가지와 해먹, 보기 좋은 야외용 침대, 의자 두 개, 탁자와 캐비닛 하나, 그리고 벽에 걸린, 아니 누벼진 면과 비단천이 있다고 말했다. 선원 한 사람을 보내 상자를 선장실로 가져오면 내가 직접 물건들을 보여주겠다고 했다. 선장은 내가 헛소리를 한다고 생각했지만, 나를 달래기 위해서(라도) 원하는 대로 해주겠다며 갑판으로 나와 선원들을 상자로 들여보내 (나중에 들은 얘기지만) 가구며 벽지까지 모두 밖으로 꺼냈다. 고정시킨 것들을 억지로 뜯어내다보니 의자며 캐비닛, 침대가 많이 상하고 말았다. 배에 쓸 판자까지 쓸 만한 물건을 모두 챙기고 남은 잔해는 바다 속으로 던졌다. 바닥이며 벽이 구멍투성이가 되었던 탓에 상자는 곧바로 가라앉았다. 상자가 해체되는 광경을 보지 않은 것이 천만다행이었다. 만약 보았다면 잊고 싶은 옛 기억들이 떠올라 애절한 마음을 억누를 수가 없었을 것이다.

몇 시간 자는 동안, 이제는 떠나온 곳에서 겪었던 위험들이 꿈속에 나타나 악몽에 시달렸다. 잠에서 깨자 몸은 훨씬 좋아져 있었다. 시간은 저녁 8시 무렵이었다. 선장은 내가 오랫동안 아무것도 먹지 못했을 거라고 생각하고 당장 저녁을 준비하라고 명령했다. 이제 내가 표정도 험악하지 않고 터무니없는 소리도 늘어놓지 않자 선장은 나를 아주 친절하게 대해주었다. 그리고 단 둘이 되었을 때 선장은 어떻게 그 커다란 상자에 갇혀 바다에 표류하게 되었는지 들려달라고 했다. 그는 이렇게 말했다.

"그날 정오에 망원경으로 처음 상자를 발견했을 때만 하더라도 나는 그게 범선인 줄만 알았다네. 마침 비스킷이 동이 났던 터라 항로에서 멀리 떨어져 있지도 않아 비스킷을 구하려고 범선에 접근했지. 그런데 점차 가까워지면서 범선이 아니라는 것을 알아차리고 보트를 보내 무엇인지 알아오도록 시켰다네. 그런데 단단히 겁을 집어먹고 돌아온 놈들이 하는 소리가 바다에 집이 떠 있다는 것이었어. 나는 바보 같은 소리 하지 말라며 웃어넘겼지. 선원들에게 튼튼한 밧줄을 챙기라고 이르고는 직접 보트에 올라 상자를 보러 나

---

*1 과일을 원료로 만든 무척이나 맛이 단 농축액으로 심장과 위에 좋다하여 예로부터 의약품으로 사용했다. 보통 물이나 알코올에 희석해서 마시며 알코올이 들어간 것을 리큐어라고 부른다.

섰다네. 때마침 바람도 잔잔해져서 상자 주변을 몇 바퀴 돌아보았는데, 창문에다가 동여맨 쇠창살까지 있지 뭔가. 하지만 어디를 둘러보아도 꺾쇠 두 개를 제외하면 빛 한 줄기 들어갈 틈도 없이 판자로 덮여 있더군. 나는 보트를 상자(정말로 상자라고 했다) 가까이 댄 다음 꺾쇠에 밧줄을 매어 배로 끌고 갔다네. 배에 이르러서 지붕에 달린 고리에 줄을 매고 도르래로 끌어올리려고 했지만, 모두가 힘을 합쳐도 고작 3피트밖에 올리지 못했지. 바로 그때 구멍에서 손수건이 달린 지팡이가 나오지 뭔가. 그제야 그 안에 불운한 사람이 갇혀 있다는 것을 알게 되었다네."

나는 선장에게 상자를 발견했을 때 거대한 새들이 날아가는 것을 보지 못했느냐고 물어보았다.

"자네가 잠든 사이 선원들에게 자네의 일로 몇 가지 질문을 했었다네. 그런데 어떤 선원이 북쪽으로 날아가는 독수리 세 마리를 봤다지 뭔가. 그런데 그것이 특출나게 커 보이지는 않았다고 하더군."

그건 아마도 매우 높이 날고 있었기 때문이었을 것이다. 선장은 내가 무엇 때문에 그런 질문을 했는지 이해하지 못했다. 나는 배에서 가장 가까운 육지까지 거리가 얼마나 되느냐고 물었고, 적어도 100리그는 될 것이라고 대답했다. 내가 말했다.

"아닙니다, 그건 두 배는 더 많이 계산된 것 같군요. 제가 왕국을 벗어나 바다로 떨어질 때까지 두 시간도 채 걸리지 않았습니다."

그러자 선장은 내가 또 이상해졌다고 생각하고 넌지시 방을 마련해두었으니 가서 쉬는 것이 좋겠다고 했다.

"아닙니다, 선장님께서 이렇게 좋은 대우를 해주셔서 기운도 차렸고 정신도 멀쩡합니다."

그 얘기에 선장은 매우 진지한 표정으로 이렇게 물었다.

"미안하네만 혹시 자네 중죄인이라는 사실을 숨기려고 그러는가? 내가 알기로 어떤 나라에서는 중죄인을 물도 식량도 없이 물이 새는 배에 태워 바다로 흘려보낸다고 하더군. 만약 내가 악당을 도와준 것이라면 매우 유감스러운 일이지만 그렇더라도 처음 도착하는 항구까지는 안전하게 데려다주겠네."

그러더니 선장은 처음 상자를 끌어올렸을 때 내가 말했던 기상천외한 이야기며, 선실에서의 어처구니없는 이야기, 저녁을 먹으면서 보여준 기묘한 행동과 표정 때문에 의심이 더욱 깊어졌다고 덧붙였다.

나는 선장에게 그러지 말고 내 이야기를 끝까지 들어달라고 간청하고, 영국을 떠날 때부터 선장이 처음 나를 발견하게 된 순간까지의 이야기를 있는 그대로 빠짐없이 들려주었다. 도리를 아는 사람은 언젠가 진실을 알아주는 법이다. 어느 정도 학식도 있었던데다 매우 정직하고 훌륭한 선장은 내가 진실을 얘기하고 있다고 믿어주었다. 나는 내 이야기가 사실이라는 것을 뒷받침하기 위해 캐비닛을 가져다달라고 부탁했다(선원들이 그 방을 어떻게

했는지 이미 알고 있었다). 열쇠가 호주머니 속에 들어 있어서 나는 선장이 보는 앞에서 캐비닛을 열고 기구한 사연 끝에 떠나온 큰 사람들의 나라에서 모은 진기한 수집품들을 보여주었다. 그 안에는 앞서 내가 국왕의 수염으로 만든 빗과 왕비가 깎고 난 엄지손톱을 바탕삼아 국왕의 수염으로 만든 또 하나의 빗이 있었다. 또 1피트에서 반 야드 크기의 바늘과 핀, 목수들이 자주 쓰는 대갈못만 한 벌침 네 개, 왕비가 빗고 남은 머리카락, 그리고 호의를 베푸는 뜻에서 왕비가 자신의 새끼손가락에서 빼내 내 목에 걸어주었던 금반지도 있었다. 나는 선장이 베푼 호의에 대한 답례로 이 금반지를 선장에게 주려 했지만 그는 극구 사양했다. 다음으로 시녀의 발가락에서 내가 직접 떼어 낸 티눈을 보여주었다. 딱딱하게 굳은 티눈은 켄트 지방에서 자라는 사과만큼이나 컸는데, 영국에 돌아온 후 속을 파내 컵 모양으로 만들어서 은제 받침대에 꽂아두었다. 마지막으로 내가 입고 있는 쥐 가죽 바지도 보여주었다.

선장은 하인의 이빨 하나만을 겨우 받아주었다. 무척이나 신기한 듯 이리저리 둘러보는 모습이 아주 만족스러운 것 같았다. 아주 사소한 물건임에도

지나칠 정도로 고마워했다. 사실 그것은 글럼덜클리치의 하인에게서 뽑은 것으로, 이가 아프다고 외과의를 불렀지만 돌팔이였던지라 그만 멀쩡한 이를 뽑아버린 것이다. 나는 그것을 깨끗이 닦아 캐비닛에 넣어두었다. 길이가 1피트였고 지름이 4인치나 되었다.

  선장은 내 이야기를 있는 그대로 믿고 아주 만족스러워하면서 영국으로 돌아가거든 이 모험담을 책으로 펴내 세상에 발표해달라고 했다. 나는 여행기가 너무 판을 치다보니 진실보다는 허영심과 수익에만 정신이 팔린 지은이와 그저 흥미만을 좇는 독자 때문에 기상천외한 내용이 아니면 출판하기 어려울 것이라고 대답했다. 게다가 내 이야기는 다른 여행담처럼 이상한 식물이나 나무, 새를 비롯한 다른 동물과 야만인들의 풍속이나 우상숭배처럼 화려한 묘사도 없는 일상적인 것에 불과했다. 하지만 나는 선장의 좋은 의견에 경의를 표하고 한번 생각해보겠다고 약속했다.

  선장은 또 몹시 궁금한 것이 있다고 했다. 내가 그토록 큰 소리로 말하는 것은 전에 살던 왕국의 국왕과 왕비가 모두 귀가 어두웠기 때문이냐는 것이었다. 그래서 나는 이렇게 대답했다.

  "2년 동안 이렇게 말하는 것에 익숙해져 버렸습니다. 거기다 저도 선장님을 비롯한 선원들의 목소리가 속삭이는 것처럼 작은데도 똑똑하게 잘 들려서 깜짝 놀랐습니다. 전에 있던 왕국에서는 사람들이 저를 식탁 위나 손 위에 올려놓지 않으면, 마치 길거리에 서 있는 사람이 교회 첨탑 꼭대기에서 내려다보는 사람과 대화하는 것이나 마찬가지였으니까요. 한 가지 더 있습니다. 처음 이 배에 올라왔을 때 제 주위에 있던 선원들이 아주 작고 보잘것없는 생물로 보였다는 것입니다. 사실 저는 그곳에 머무는 동안 거울을 보지 못했습니다. 주위의 어마어마한 것들에 눈이 익다 보니 거울에 비친 제 모습이 너무 한심해보여서 참을 수가 없었기 때문이었지요."

  그러더니 선장은 내가 저녁을 먹으면서 놀란 눈으로 주위를 살피다가도 터지는 웃음을 간신히 참는 모습을 대체 어떻게 받아들여야 할지 몰라서 그저 나를 미쳤다고만 생각했다고 했다.

  "바로 그렇습니다! 3펜스 은화만 한 접시에 한 입도 안 되는 돼지다리, 호두 껍데기만 한 찻잔을 보고 어떻게 웃음을 참을 수 있겠습니까?"

  그 밖에도 나는 가구며 음식들까지도 모두 설명했다. 궁전에서 지내는 동안 내가 필요한 물건들을 왕비가 작게 만들어주었지만 나의 머릿속은 온통 보고 듣는 것에 사로잡혀, 흔히들 자신의 단점을 무시하는 것처럼 내가 작다는 사실을 애써 무시했던 것이다. 선장은 나의 재미난 대답이 마음에 들었는지 영국의 오랜 속담을 인용해 웃으면서 대답했다.

"아무래도 당신은 눈이 배보다 큰 모양이군요. 그렇게 굶었는데도 식욕이 없으신 것을 보니 말입니다."

그러더니 선장이 웃으며 말하길, 독수리가 내 집을 주둥이에 물고 하늘을 나는 모습이라든지, 내가 저 하늘 높이에서 곤두박질치는 모습은 100파운드를 내고라도 볼 만큼 아주 멋진 광경이었을 테니, 기록으로 남겨 후손에게 물려줄 가치가 있겠다고 했다. 그러면서 당연하게도 나를 파에톤*2에 비유했지만 나는 그 비유가 별로 마음에 들지 않았다.

선장은 통킹(지금의 베트남 수도 하노이의 옛 지명)을 떠나 영국으로 돌아가던 도중이었다. 배는 북동쪽으로 밀려 북위 44도, 동경 143도 지점에 있었다. 그런데 내가 배에 오르고 이틀 후 무역풍이 불어오면서 한동안 남쪽으로 항해하다 뉴홀란드*3를 지나면서부터는 서남서로 방향을 잡다가 다시 남남서로 방향을 틀어 희망봉을 돌았다. 항해는 매우 순조로웠던만큼 자세한 항해일지는 생략하도록 하겠다. 선장은 식량을 보충하려고 몇 번인가 다른 항구에 들러 보트를 내려보냈지만 나는 단 한 번도 배에서 내리지 않았다. 그렇게 브롭딩낵을 벗어난 지 9개월이 지난 1706년 6월 3일, 나는 영국 다운스에 도착했다. 나는 운임으로 소지품을 주고 가겠다고 했지만 선장은 한사코 사양했다. 우리는 진심으로 아쉬워하며 헤어졌고, 나는 선장에게 꼭 레드리프에 있는 우리 집에 찾아오라고 다짐을 받았다. 나는 선장에게서 빌린 5실링으로 한 필의 말과 안내인을 구할 수 있었다.

집으로 가는 동안 집과 나무, 가축, 사람들이 얼마나 작아 보이던지 릴리펏으로 다시 돌아왔다는 착각이 들었을 정도였다. 그래서 그들을 밟을까봐

---

*2 그리스 신화에 등장하는 태양신 헬리오스의 아들. 지상 가까이 태양마차를 몰고 갔던 탓에 제우스의 벼락을 맞고 에리다노스 강에 떨어져 죽었다.
*3 지금의 호주를 가리킨다. 1644년 처음 호주를 발견한 네덜란드의 탐험가 아벨 타스만(Abel Janszoon Tasman, 1603~1659)이 명명한 뉴홀란드라는 명칭은, 1824년 영국의 탐험가 매튜 플린더스(Matthew Flinders, 1774~1812)가 오스트레일리아라고 부를 것을 제안할 때까지 사용되었다.

만나는 사람마다 내 앞에서 비키라고 소리를 질렀다. 이런 엉뚱한 행동 때문에 나는 몇 번인가 머리를 얻어맞을 뻔했다.

  길을 물어가며 찾아 마침내 집에 도착하자 하인 하나가 문을 열어주었다. 나는 문틀에 머리를 찧지는 않을까 (대문 밑을 오가는 거위처럼) 허리를 숙였다. 달려나온 아내가 나를 안으려고 해서 나는 그녀의 무릎보다도 낮게 몸을 낮추었다. 그렇게 하지 않으면 아내의 입술이 내 입에 닿지 않을 것 같았기 때문이다. 딸이 무릎을 꿇고 자신에게도 축복을 내려달라고 했지만 나는 딸이 일어설 때까지 그녀를 바라볼 수 없었다. 머리를 꼿꼿이 세우고 60피트 위를 바라보던 습관 때문이었다. 나는 자칫하면 한 손으로 딸의 허리를 잡아 들어올릴 뻔했고, 집에 온 두 친구와 하인들을 마치 거인이 난쟁이를 들여다보는 것처럼 내려다보았다. 그리고 아내에게는 '당신과 딸이 너무 여윈 것을 보니 지나치게 절약을 하느라 아무것도 먹지 못했나 보군!' 하고 말했다. 이런 어이없는 행동을 보고 모두 (선장이 나를 처음 보았을 때처럼) 내가 정신이 나갔다고 생각했다. 내가 이런 얘기를 하는 이유는 습관과 편견의 힘이 얼마나 무서운지 보여주고자 함이다.

  얼마 지나지 않아 모든 오해가 풀렸고, 아내는 내가 두 번 다시 바다로 나서서는 안 된다고 했다. 그러나 나의 지독한 역마살 앞에서 아내의 부탁은 아무 소용도 없었다. 독자들도 차차 알게 되겠지만, 어쨌든 이것으로 나의 불행했던 두 번째 여행기를 끝맺도록 하겠다.

제3부
하늘을 나는 섬
라퓨타, 발니바르비, 럭낵, 글럽덥드립 그리고 일본 기행

1
라퓨타에 도착하다

세 번째 항해를 떠나다. 해적에 붙잡힌 지은이는 한 네덜란드인의 사악한 술수로 라퓨타 섬으로 들어가게 된다.

집으로 돌아온 지 열흘도 채 지나지 않았던 어느 날, 콘월 출신의 윌리엄 로빈슨 선장이 찾아왔다. 지금은 300톤 급 '**호프웰**'호의 선장이지만, 레반트로 가던 배(그는 배 소유권의 4분의 1도 갖고 있었다)의 선장을 맡았을 때 내가 선의(船醫)가 되어 주었던 적이 있었다. 선장은 늘 나를 부하가 아닌 형제처럼 대해주었는데, 내가 영국으로 돌아왔다는 소식을 듣고 찾아와준 것이다. 오래 떨어졌던 탓에 일상적 이야기 외에는 화젯거리가 없었던지라 처음에는 우정에서 찾아와주었다고만 생각했다. 그런데 그는 건강해서 정말 다행이라느니, 지금의 삶에 만족하냐느니, 자신은 두 달 뒤에 동인도 제도로 출항할 것이라는 등의 이야기를 점차 늘어놓더니, 정말 미안하지만 또다시 선의가 되어달라고 제의를 해왔다. 두 명의 조수에다 보조까지 붙여줄 것이며 급료도 두 배로 주겠다고 했다. 거기다 자신과 비슷한 항해 경험과 지식을 갖고 있으니 지휘에 대해서도 어떤 충고든 받아들이겠다고 했다.

그밖에도 여러 후한 조건을 제시했고, 그가 정직한 사람이라는 것을 알고 있었으므로 나는 그의 제안을 거절하지 못했다. 항해를 하면서 많은 불행을 겪었지만 가보지 못한 세상에 대한 호기심이 여전했기 때문이다. 유일한 난관은 아내를 설득하는 일이었다. 하지만 아이들에게 밝은 장래를 보장해줄 수 있다는 설명에 결국 아내도 허락해주었다.

우리는 1706년 8월 5일에 출항했다. 그리고 1707년 4월 11일에 세인트조지 항구(동인도회사가 세운 항구, 도시로 지금의 인도 첸나이)에 도착하여 병들고 지친 선원들을 달래기 위해 3주 정도 그곳에 머물렀다. 이윽고 통킹에 도착했지만 구입하려던 물건들이 아직 준비가 되어 있지 않아 한동안 그곳에 머물지 않을 수 없었다. 머무르는 동안의 경비라도 벌기 위해 선장은 범선을 하나 구입했다. 가까운 섬 사이에 교역하는 몇몇 상품들을 그 배에 싣게 하고 원주민 셋과 선원 열넷을 태우더니 나를 선장으로 임명하고 모든 거래의 권한을 나에게 맡겼다.[1] 자신은 이곳에서 두 달 동안 일을 보고 있을 테니 알아서 교역을 하라고 했다.

항해를 시작한 지 사흘도 되지 않아 큰 폭풍우를 만났다. 우리는 5일 동안 북북동으로, 다음에는 동쪽으로 떠밀려갔다. 날씨는 점차 좋아졌지만 아직도 이따금 서쪽에서 강한 돌풍이 몰아쳤다. 열흘째 되는 날, 우리는 두 척의 해적선을 만났다. 도망치려 했으나 짐이 많아 속도를 낼 수 없었고 또 우리 배는 아무런 방어수단도 갖춘 것이 없었다.

해적들은 두 척의 해적선에서 거의 동시에 우리 배로 올라왔다. 두목들은 무시무시한 기세로 앞장서서 달려들었다. 우리가 모두 얼굴을 갑판에 대고 엎드려 있자 (내가 그렇게 하라고 지시했다) 튼튼한 밧줄로 우리를 포박한 다음 파수꾼을 세워놓고 배를 뒤졌다.

그런데 해적들 중에 네덜란드인이 하나 있었다. 선장은 아니었지만 상당한 실력자 같았다. 그는 우리가 영국인이라는 것을 알아채고 네덜란드어로 욕설을 퍼부으며 두 사람씩 등을 맞대고 묶어 바다로 던져버리겠다고 말했다.[2] 네덜란드어를 할 줄 알았던 나는 우리가 같은 기독교인이며 긴밀한 동맹관계[3]에 있는 이웃임을 감안하여 다소나마 온정을 베풀어달라고 애원했다. 그러나 그는 오히려 더욱 화를 내며 협박을 늘어놓더니 무시무시한 표정으로 동료들에게 **크리스티아노스**(아마 일본어였을 것이다)라는 말을 반복했다.

두 해적선 중에서 큰 배의 선장은 일본인이었다. 그의 네덜란드어는 매우 서툴렀다. 그가 내게 와서 여러 가지 질문을 하기에 공손하게 대답했더니 일본인 선장은 우리를 죽이지 않겠다고 약속했다. 나는 큰절을 하고 네덜란드인을 바라보며 같은 기독교인보다 이교도의 자비심이 더 크다니 참으로 유감이라고 말했다. 그런데 얼마 지나지 않아 내가 얼마나 바보같은 소리를 했

---

[1] 포크너 판부터 "자신은 이곳에서 두 달 동안 일을 보고 있을 테니……"라는 내용은 삭제되었다.

[2] 당시 동양에서는 네덜란드인이 영국인을 박해하는 일이 잦았다.

[3] 영국과 네덜란드는 당시 프랑스에 대항하는 〈대동맹〉의 회원국이었다.

는지 깨달았다. 그 천벌 받을 놈이 나를 바다에 던져버리자고 설득해도 선장들이 듣지 않자 (이미 나를 죽이지 않겠다고 약속했기 때문이다) 바득바득 우겨서 죽음보다 무시무시한 벌을 내리기로 한 것이다. 나의 부하들은 각각의 해적선에 나눠 타게 되었고 우리가 탄 범선에도 선원이 새로 배치되었다. 그리고 나만은 나흘 치 식량만 남겨준 채 노와 돛이 달린 작은 카누에 실어 바다 위에 두고 가기로 결정되었다. 친절한 일본인 선장은 자신의 몫을 떼어 나흘

치 식량을 더 주고 누구도 내 소지품을 뒤지지 못하게 해주었다. 갑판에 서 있는 네덜란드인은 내가 카누에 타는 동안에도 쉬지 않고 온갖 욕설과 저주를 퍼부었다.

나는 해적선을 만나기 한 시간 전에 배의 위치를 측정했었는데, 그 자리는 북위 46도에 동경 183도*4였다. 해적선에서 어느 정도 멀어졌을 즈음 망원경으로 주변을 살피자 남동쪽으로 대여섯 개의 섬이 보였다. 때마침 순풍이 불고 있어 더 빨리 섬에 도착하기 위해 돛을 올렸다. 그리고 세 시간 만에 가장 가까운 섬에 도착했다. 섬은 온통 바위투성이였고 먹을 것은 새알밖에 없었다. 나는 되도록 식량을 아끼기 위해 마른 가지와 해초에 불을 지펴 구운 새알로 저녁을 해결한 후 바위 그늘에 관목을 깔고 잤다. 잠자리가 아주 편안했다.

이튿날은 다른 섬으로 가보았다. 다음에는 또 다른 섬, 그 다음 날에는 또 다른 섬으로 옮겨갔다. 돛을 쓰기도 하고 때로는 노를 젓기도 했다. 여기서 그런 고생담을 일일이 늘어놓기보다는 닷새가 되는 날 마지막 섬(이전 섬의 남남동쪽에 있었다)에 도착했다고 하면 충분할 것이다.

그 섬은 예상보다 훨씬 멀리 떨어져 있었다. 섬에 도착하는 데 다섯 시간이 넘게 걸렸다. 상륙할 곳을 찾기 위해 섬을 한 바퀴 돈 후에 카누보다 세 배 정도 넓은 작은 포구를 발견했다. 그곳은 군데군데 잡초나 향기 나는 허브가 자라 있을 뿐 온통 바위투성이였다. 섬에는 동굴이 무척이나 많았다. 나는 식량을 조금 꺼내 허기를 달래고 남은 것은 동굴에 보관해두었다. 그런 다음 바위틈에서 새알을 모아다가 마른 해초와 풀로 덮어두었다. 날이 밝으면 불을 붙여서 (나는 부싯돌에 성냥, 돋보기까지 불을 지필 도구를 늘 갖고 다녔다) 새알을 되도록 많이 구워둘 생각이었다. 밤에는 식량을 보관한 동굴에서 보냈다. 침대는 불을 지피려고 모아두었던 마른 풀과 해초더미를 썼다. 무척이나 고단했지만 불안한 마음에 거의 뜬 눈으로 밤을 지새웠다. 이런 무인도에서 어떻게 살아남을 것인가 하고, 비참한 최후를 떠올리다 보니 코가 빠져 도무지 힘이 나질 않았다. 겨우 기운을 차리고 동굴 밖으로 나오자 해가 이미 하늘 높이 떠 있었다. 나는 잠시 바위 사이를 걸었다. 구름 한 점 없이

---

*4 지금과는 달리 당시에는 경도를 그리니치를 시작으로 하여 동쪽으로 360도까지 셌다. 따라서 지금 쓰는 방식으로 표현하자면 서경 177도이다.

쨍쨍 내리쬐는 햇볕에 고개를 들 수가 없었다. 그때 갑자기 사방이 어두워졌다. 그 어둠은 구름이 해를 가렸을 때와는 너무나 달랐다. 고개를 들자 햇볕을 가린 거대한 불투명 물체가 섬을 향해 다가오고 있었다. 그 물체는 대략 2마일 정도 높이에 떠 있었다. 그것이 무려 6~7분 동안이나 태양을 가린 것이다. 그러나 더이상 쌀쌀해지지도 않았고 하늘도 깜깜해지지 않아 그저 산속 그늘에 있는 것 같았다. 점차 머리 위로 다가온 그것은 단단한 물체로 보였다. 거기다 평평한 바닥은 어찌나 매끈한지 해수면에 비친 햇빛을 반사해서 환하게 빛이 났다. 나는 바닷가에서 200야드 정도 떨어진 높은 언덕 위에 서 있었다. 커다란 물체는 점차 하강해 점점 나와 같은 높이가 되더니 채 1마일도 안 되는 거리까지 다가왔다. 망원경을 꺼내 그 물체를 자세히 살펴보았더니 기울어진 물체 가장자리에 수많은 사람들이 오르내리는 것이 뚜렷이 보였다. 다만 그 사람들이 무엇을 하고 있는지는 알 수 없었다.

어쩌면 저 무언가가 나를 무인도에서 구해줄지도 모른다. 그러자 순간적으로 살아날 수 있다는 희망이 샘솟고 내 가슴은 기쁨으로 떨렸다. 한편으로 저렇게 사람이 살고 있는 섬이 하늘을 날며 (아마도) 원하는 대로 섬을 띄우

1 라퓨타에 도착하다

거나 내리고, 앞으로 갈 수도 있는 광경에 내가 얼마나 놀랐는지 독자들은 상상하지 못할 것이다. 그러나 당시에는 그것에 대해 숙고해볼 경황이 없었다. 그보다는 멈춰 있는 듯한 저 섬이 어디로 움직일 것인지 바라보는 데에만 정신이 팔려 있었다. 걱정했던 것과는 달리 섬은 점차 가까이 다가왔고, 나는 하늘을 나는 섬의 옆모습을 볼 수 있었다. 옆에는 외부로 난 복도가 여럿 있었고 또 어느 복도에는 오르내릴 수 있는 계단이 일정한 간격으로 놓여 있었다. 가장 아래쪽 복도에는 몇몇 사내가 긴 낚싯대를 드리우고 있었고 그 옆에는 구경하는 사람들도 있었다. 나는 섬을 향해 테 없는 (테가 달린 모자는 오래전에 다 해어져버렸다) 모자와 손수건을 흔들었고, 좀 더 가까워지자 있는 힘껏 소리를 질렀다. 자세히 살펴보니 내가 보이는 방향에 한 무리의 사람들이 몰려 있었다. 더군다나 나를 가리키며 서로 손짓을 하는 것을 보니 내 고함소리에 답하지는 않았어도, 확실히 나를 발견한 것 같았다. 느닷없이 네댓 명의 사내가 황급히 계단을 뛰어올라가더니 그대로 사라져버렸다. 아마 지휘자의 지시를 받으러 갔으리라 추측했는데, 확실히 그러했다.

사람들이 많아졌다. 그리고 30분도 채 안 돼서 섬이 점차 떠오르더니 내가 서 있는 곳에서 가장 낮은 복도까지 100야드도 안 되는 곳까지 다가왔다.

나는 금방이라도 쓰러질 것처럼 머리를 숙이고 애절하게 간청했지만 역시 대답은 들려오지 않았다. 그들의 복장으로 보건대 내 정면에 서 있는 사람이 가장 지위가 높아 보였다. 그들은 이따금 나를 바라보며 서로 의논을 하더니 마침내 한 사람이 맑고 공손하면서 유창한 발음으로 말을 걸어왔다. 어쩐지 이탈리아어 같아서 나는 곧바로 이탈리아어로 대답했다. 어조만이라도 그들의 귀에 좋게 들렸으면 해서였다. 비록 서로가 하는 말을 이해하지는 못했어도 나의 뜻은 통했다. 내가 곤경에 처했다는 것쯤은 누가 보더라도 알 수 있었기 때문이다.

그들은 나에게 손짓을 하여 언덕에서 내려와 바닷가로 가라고 지시했다. 나는 시키는 대로 했다. 그러자 하늘을 나는 섬은 가장자리가 내 머리 위 만큼 높이 떠올랐다. 그러곤 가장 낮은 복도에서 의자 달린 사슬 하나가 내려왔고, 내가 의자에 앉자 도르래로 의자에 달린 사슬을 끌어올렸다.

1 라퓨타에 도착하다　173

2
라퓨타 사람들의 기질

라퓨타 사람들의 기질과 성향, 그리고 그들의 학문과 국왕, 궁전에 대해 설명한다. 국민들은 공포와 불안에 사로잡혀 있다. 여인들에 대한 설명.

의자에서 내리자 나는 순식간에 군중에 둘러싸였다. 그런데 가장 가까이 몰려든 사람들이 흔히 말하는 상류층 같아 보였다. 그들은 나를 무척이나 놀랍다는 듯 바라봤지만 그건 나도 마찬가지였다. 모습이며 차림새며, 얼굴까지 그토록 이상하기 짝이 없는 사람들은 이제껏 본 적이 없었다. 그들의 머리는 모두 왼쪽이나 오른쪽으로 기울어져 있고, 한쪽 눈은 안쪽을, 다른 쪽 눈은 하늘을 향하고 있었다. 그들의 옷에는 해와 달, 별을 비롯해 피들(중세시대에 바이올린을 부르던 옛 별명), 플루트, 하프, 트럼펫, 기타, 하프시코드처럼 유럽에는 잘 알려지지 않은 악기들이 수놓아져 있었다. 여기저기 하인 복장을 한 사내가 더러 있었는데, 그들은 모두 바람을 불어넣은 오줌통이 매달린, 도리깨처럼 생긴 짧은 막대기를 들고 있었다. (나중에서야 안 것이지만) 오줌통에는 말린 콩이나 자갈이 조금 들어 있어서 하인들은 그걸로 옆에 있는 사람의 입이나 귀를 쳤다. 물론 당시에는 그 이유를 알지 못했는데, 늘 깊은 생각에 잠겨 있는 탓에 발성기관이나 청각기관에 자극을 주지 않으면 말도 하지 못하고 다른 사람의 이야기도 들리지 않기 때문인 듯했다. 그래서 여유가 있는 사람들은 치기꾼(그들의 말로는 **클리메놀**) 하나씩을 두고 외출을 하거나 어딘가를 방문할 때면 빠뜨리지 않고 그들을 데리고 갔다. 치기꾼이 하는 일은 둘 이상의 사람이 모였을 때 이 오줌통으로 말하려는 사람의 입과 듣는 사람, 혹은 청중의 오른쪽 귀를 가볍게 쳐주는 것이다. 또 치기꾼은 외출한 주인을 부지런히 따라다니며 이따금 눈을 살짝 쳐주었다. 늘 생각에 빠져 있다 보니 절벽에서 떨어지고, 기둥에 머리를 부딪히고, 다른 사람을 밀치거나 또는 떠밀

려서 하수도에 빠질 위험이 도사리고 있었기 때문이다.

어쨌든 내가 이런 사실을 독자들에게 미리 알려두는 것은, 아무것도 모르는 채 사람들[*1]의 안내를 받아 섬 꼭대기에 있는 왕궁까지 가다가는 그 사람들의 행동에 나처럼 매우 당황하게 될 것이기 때문이다. 올라가는 동안에도 그들은 계속 자신이 뭘 하고 있었는지 잊어버렸다. 나를 두고 가다가 치기꾼이 깨워주고서야 정신을 차리곤 했다. 그들은 나의 독특한 복장이며 얼굴을 보고도, 또 서민들이 지르는 소리를 (그들의 마음에는 여유가 있었다) 듣고도 전혀 동요가 없었다.

드디어 왕궁에 도착해 접견실로 들어갔다. 국왕은 좌우에 귀족들을 거느리고 옥좌에 앉아 있었다. 옥좌 앞에는 커다란 탁자가 놓여 있었고 그 위에는 지구의며 천구의, 그밖에 여러 수학기구들로 가득했다. 온 궁전 사람들이 몰려든 통에 접견실은 매우 소란스러웠지만, 국왕은 어떤 문제 때문에 깊은 생각에 빠져 우리가 온 것을 전혀 알아차리지 못했다. 우리는 국왕이 문제를 해결할 때까지 한 시간 정도를 기다려야만 했다. 국왕의 양 옆으로는 앞서 말한 오줌통 막대기를 든 시종이 한 사람씩 서 있었다. 때마침 국왕이 생각을 끝내자 한 사람은 입술을 쳤고, 다른 사람은 오른쪽 귀를 막대기로 부드럽게 때렸다. 그러자 국왕은 잠에서 깨어난 사람처럼 정신을 차리고 우리를 바라보았고, 그제야 (사전에 보고 받은 대로) 내가 왔다는 것을 알아차린 것 같았다. 국왕이 몇 마디 이야기를 꺼내자 **치기채**를 든 사내가 다가와 내 오른쪽 귀를 두드렸다. 물론 나는 그럴 필요가 없다고 몸짓으로 알렸다. 나중에 알게 된 것이지만, 그 일 때문에 국왕과 궁전 사람들은 내가 바보라고 생각했다고 한다. 어디까지나 추측이지만 국왕이 계속 질문하고 있는 것 같아서 나는 알고 있는 모든 언어를 써가며 대답했다. 그러나 서로의 의사가 통하지 않는다는 것을 알게 된 국왕은 시종을 둘이나 붙여주고 궁전에 있는 방(이 국왕은 역대 국왕 중에서도 외국 손님을 맞아들이는 데 매우 후했다)으로 나를 안내해주라는 명령을 내렸다. 식사 시간이 되자 국왕 가까이에 있던 네 명의 대신이 함께 식사를 하는 영광을 베풀어주었다. 코스는 두 가지였는데, 코스마다 세 가지 요리가 나왔다. 첫 번째 코스에는 양의 정삼각형 어깨살, 마름모꼴

[*1] 뉴턴을 포함한 그 시대의 수학자들을 풍자하고 있다.

2 라퓨타 사람들의 기질 177

로 자른 쇠고기, 사이클로이드*2 모양의 푸딩이 나왔다. 두 번째 코스에는 피들 모양으로 구워 낸 오리 두 마리, 플루트와 오보에를 닮은 소시지와 푸딩, 하프 모양으로 된 송아지 갈비가 나왔다. 하인들이 나의 빵까지 원뿔이나 원통, 평행사변형 같은 도형 모양으로 잘라주었다.

식사 중에 나는 실례를 무릅쓰고 물건들의 이름을 물었는데, 귀족들은 (치기꾼의 도움을 받아가며) 기꺼이 대답해주었다. 아마 내가 그들의 말을 알아듣게 되면 자신들의 뛰어난 능력에 감탄할 것이라 생각했으리라. 덕분에 나는 얼마 안가서 빵이며 마실 것을 원하는 대로 주문할 수 있게 되었다.

식사가 끝나자 대신들은 돌아가고 국왕의 명령을 받았다는 한 사내가 치기꾼을 데리고 방으로 들어왔다. 그의 손에는 펜과 잉크, 종이, 그리고 서너 권의 책이 들려 있었는데, 몸짓으로 말을 가르치러 왔다고 알려주었다. 나는 네 시간 동안 공부를 하면서 수많은 단어를 종이에 옮겨 적고 옆에는 그 뜻을 적었다. 또 짧은 문장도 배울 수 있었다. 나는 선생이 시종들에게 물건을 가져오라든지, 뒤돌아서라든지, 절을 하라든지, 앉고 서라든지, 이리 오라는 식으로 내리는 명령들을 일일이 받아 적었다. 다음으로 그들은 책을 펼쳐서 해와 달, 별, 십이성좌, 회귀선, 극지방의 그림을 보여주고, 여러 가지 평면도형과 입체도형의 명칭을 가르쳐주었다. 이어서 모든 악기의 이름, 생김새와 함께 연주에 쓰이는 전문용어까지 가르쳐주었다. 수업이 끝나면 나는 배운 단어들을 뜻과 함께 알파벳순으로 정리했다. 그렇게 며칠이 지나자 나의 뛰어난 기억력 덕분에 하늘을 나는 섬의 언어를 어느 정도 이해할 수 있게 되었다.

여기서 내가 하늘을 나는 섬 혹은 떠다니는 섬으로 번역한 원래 단어는 **라퓨타**(laputa)*3라고 하는데 확실한 어원*4은 알려지지 않았다. 다만 일설에 의하면 지금은 쓰이지 않는 말인 높다는 뜻의 **랍**(lap)과 통치자를 가리키는 **운투**(untuh)의 합성어인 **라푼투**(lapuntuh)가 변해서 **라퓨타**(laputa)가 되었다고 한다. 그러나 너무 억지스러워서 동의할 수가 없었다. 그래서 나는 내

───────────

＊2 평면도에 그려진 원이 직선을 따라 구를 때 한 점이 그리는 곡선 그래프를 지칭하는 수학용어.
＊3 라 푸타(la puta)는 에스파냐어로 창녀를 뜻하는데, 걸리버가 책에서 에스파냐어에 능통하다는 표현이 등장하는만큼, 지은이는 라퓨타가 뜻하는 바가 무엇인지 알고 있었을 가능성이 크다.
＊4 당시 유명한 고전학자 리처드 벤틀리(Richard Bentley, 1662~1742)를 풍자하고 있다.

추측을 학자들에게 얘기해보았다. 즉, 라퓨타와 **랍 우테드**(lap outed)가 발음이 비슷하다는 것이었다. 여기서 **랍**은 물결에 반사된 햇빛을 가리키고, 우테드는 날개를 뜻했다. 물론 내 의견을 강요하는 것은 아니다. 모든 판단은 현명한 독자들에게 맡길 따름이다.

  시종들은 나의 꾀죄죄한 옷차림을 보더니 다음날 재단사를 불러 몸 치수를 재고 새 옷을 만들도록 했다. 재단사는 아주 독특한 방법으로 치수를 쟀다. 먼저 사분의로 키를 재고 자와 컴퍼스로 내 몸의 부피와 넓이를 계산해서 종이에 옮겨 적었다. 그렇게 해서 엿새 만에 옷이 완성되긴 했지만 내 몸에 맞지도 않고 제멋대로였다. 계산할 때 숫자가 틀렸기 때문[*5]이었다. 하지

[*5] 뉴턴의 논문에 태양과 지구 사이의 거리를 나타내는 수치가 인쇄소의 실수로 0이 하나 더 붙는 바람에 큰 소동이 빚어졌었다.

만 그런 실수야 빈번하게 일어나는 일이기 때문에 크게 상관하지 않아도 된다는 얘기를 듣고 안심했다.

입을 옷도 없는데다 몸 상태도 좋지 않아서 나는 엿새 가까이 방에만 머물러야 했고, 덕분에 내가 만드는 사전은 더욱 두툼해졌다. 다시 국왕을 만났을 때는 그의 말을 대부분 알아들을 수 있었고, 어느 정도 대답할 수도 있었다. 국왕은 북동동 방향으로 틀어서 라퓨타를 **라가도**(지상대륙에 있는 왕국의 수도) 바로 위로 이동시키라고 명령했다. 90리그나 떨어진 먼 곳이었지만 나흘하고 반나절밖에 걸리지 않았다. 나는 섬이 움직이고 있다는 것을 조금도 느끼지 못했다. 둘째 날 아침 11시 무렵의 일이었다. 국왕이 귀족과 신하, 관리들을 거느리고 모든 악기들을 조율하더니 세 시간 동안이나 직접 연주를 하는 것이었다. 그 엄청난 소음을 들으며 왜 이런 연주를 하는지 도무지 이해가 가지 않았다. 말을 가르쳐준 선생이 알려주기를 라퓨타 사람들의 귀에는 일정한 시간마다 천체의 음악[*6]이 들려오기 때문에, 궁전 사람들은 그 때에 맞춰 각자 자신 있는 악기를 맡아 연주를 한다는 것이었다.

국왕은 수도 라가도로 가면서 어떤 도시와 마을 상공에서는 섬을 멈추도록 명령했다. 국민들의 청원을 듣기 위해서였다. 작은 추를 단 줄을 내려 보내서 국민들이 청원서를 줄에 매달면 다시 끌어올리는 식이었다. 마치 아이들이 연줄에 달아놓은 편지 같았다. 때로는 포도주와 식료품을 보급받기도 했는데 그때는 도르래를 사용했다.

이 나라의 어법을 익히는 데는 내가 알고 있던 수학지식이 큰 도움이 되었다. 즉 그들의 말은 수학과 음악(나는 음악에 대해서도 꽤 알고 있었다)을 토대로 했고 개념은 대부분 선과 도형에 관한 것이었다. 이를테면 아름다운 여인이나 동물을 표현하려 한다면 마름모나 원, 나란히꼴, 타원과 같은 기하학 용어나 음악용어로 표현(여기서는 생략하도록 하겠다)하는 것이었다. 궁전 주방에도 수학기구와 악기들이 있었는데, 요리사들은 그 형태를 본떠 자른 고기를 식탁에 올렸다.

반면에 건축기술은 형편없었다. 벽이 기우는 등 어느 방이고 직각으로 된 곳이 없었다. 라퓨타 사람들은 응용기하학을 천박한 기술자들이나 쓰는 것이

[*6] 피타고라스가 상상했던 음악으로, 천체의 운행 때문에 인간의 귀에는 들리지 않는 음악이 생겨난다고 믿었다.

라며 경멸하여, 목수들의 머리로는 이해할 수 없을 만큼 난해한 지시를 내리다보니 늘 착오가 생겼다. 자와 연필, 컴퍼스를 써서 종이에 그리는 작업에는 매우 뛰어났지만, 실제 일상생활에서는 이보다 서툴고 어색하며 둔한 사람들은 본 적이 없었다. 수학과 음악을 제외한 문제에 있어서 매사에 이들처럼 느리고 쩔쩔매는 사람들도 없을 것이다. 조리 있게 설명할 줄 몰랐고, 의견이 일치(아주 드물었지만)하지 않으면 격렬하게 반대했다. 상상이나 공상, 창의력 같은 단어는 전혀 알지도 못했고, 그걸 표현하는 단어조차 없었다. 그야말로 그들의 정신과 마음은 수학과 음악에 완전히 갇혀 있었다.

창피해서 공공연하게 말하고 다니지 않지만 천문학자들은 대부분 점성술을 믿는데, 이곳 사람들도 그러했다. 그보다 더욱 놀랍고 이해할 수 없었던 것은 비상하리만큼 정치에 큰 관심을 갖고 있다는 것이다. 끊임없이 사회를 따지고, 국책을 비판하며, 정당의 의견에 대해 열정적으로 논쟁을 벌였다. 그러고 보면 내가 아는 유럽의 수학자들도 그런 경향이 있었다. 도대체 정치와 수학 사이에 어떤 유사성이 있는 것인지 나는 도무지 알 수가 없다. 어떻게 보면 원은 작든 크든 같은 각도를 갖고 있으니 세상을 통치하고 지배하는 것은 지구의를 굴리는 것과 다를 바가 없다고 생각한다면 그럴 수도 있겠지만 말이다. 하지만 나는 이러한 경향이, 자신과는 아무런 관계도 없고 자질도 없는 일과 학문에 더 많은 관심을 보이고 잘난 척을 하는 사람들의 공통적인 결점에서 나왔다고 생각한다.

이곳 사람들은 늘 불안에 떨며 한순간도 마음의 평화를 누리지 못했다.*7 그 이유는 다른 사람들이 보면 말도 안 되는 엉뚱한 천체변동에 관한 것이었다. 이를테면 태양이 점점 지구와 가까워져서 지구를 삼켜버리지는 않을까, 태양 표면이 점차 노폐물로 덮여 더 이상 빛을 내지 못하는 것은 아닐까 하는 따위의 걱정이었다. 또 얼마 전에는 혜성이 꼬리를 스치며 지나가 가까스로 충돌을 면했지만(안 그랬다면 지구는 분명 잿더미가 되었을 것이다), 31년 뒤에 오는 혜성은 틀림없이 인류를 멸망시킬 것이라고 했다. 혜성이 근일점*8에 오게 되어 태양과 가장 가까워진다면 (그들의 계산에 따르면 그럴 만한 근거가 있었다) 새빨갛게 달군 쇳덩어리보다도 만 배 이상 뜨거워져 태양에서 멀어지더라도 100만 마일에 이르는 불타는 꼬리가 생기게 된다. 그러니 만일 혜성의 핵, 그러니까 중심부가 지구에서 10만 마일 떨어진 거리를 지나가게 되면 지구는 불타는 잿더미가 되어버린다는 것이다. 또 생각해보면 태양은 매일 빛을 소모하고 있지만 어떤 연료도 공급받지 못하고 있으니 다 타서 없어질 것이고, 결국 햇볕을 받고 있던 지구를 비롯한 다른 행성들은 모두 멸망하게 될 것이라는 것이다.

그 때문에 그들은 아침부터 밤까지 걱정에 빠져 있어서, 잠도 제대로 이루지 못했고 평범한 삶의 즐거움을 누릴 여유도 없었다. 아침이 되어 이웃을 만나면 가장 먼저 묻는 것은 태양의 상태에 대해서였다. 태양이 뜨고 질 때의 모습은 어떠했고, 다가오는 혜성의 충돌을 피할 희망은 있는가 하는 것이었다. 마치 유령이나 악마가 나오는 무서운 이야기를 좋아하는 어린 소년이 재밌게 이야기를 듣고 나서 겁이 나 혼자 잠자리에 들지 못하는 것과 같았다.

---

*7 이러한 걱정은 실제 그 시대 사람들도 갖고 있었다. 1758년에 돌아온다는 헬리 혜성의 충돌설이나 지구가 태양에 삼켜질 것이라는 뉴턴의 주장이 그러했다.
*8 행성이나 혜성의 공전 궤도에서 태양과 가장 가까운 점을 뜻하는 천문학 용어.

2 라퓨타 사람들의 기질 183

반면 섬의 여성들은 무서우리만치 활기로 가득 차 있었다. 언제나 남편은 내버려둔 채 지상에서 올라온 외간 남자를 찾았다. 각 지자체의 공적 용무나 사적인 일로 지상 사람들이 궁전을 찾는 일이 많았는데, 그들은 섬사람들과 같은 재능이 없어서 천대받았지만 섬의 숙녀들은 이들 가운데에서 정을 통할 사람을 찾았다. 게다가 문제가 되는 것은 그녀들이 너무 태연하고 노골적으로 외간 남자와 놀아난다는 것이다. 남편은 낮이고 밤이고 사색에만 빠져 있으니 종이와 필기구를 치우고 치기꾼까지 물리친다면, 남편 앞에서 무슨 짓을 해도 상관없는 것이다.

나는 세상 어디를 가더라도 이보다 좋은 나라는 없다고 생각했으나, 부인과 소녀들은 섬에 갇힌 자신의 신세를 한탄했다. 라퓨타에서는 원하는 것이라면 무엇이든 가질 수 있지만 여인들은 더 넓은 세상을 보고 싶어했고, 특별허가 없이는 갈 수 없는 도성에서 즐겁게 놀아보고 싶어했다. 그런데 특별허가를 받는 것은 매우 어려운 일이었다. 그 이유는 지상으로 내려간 여인들을 다시 돌아오도록 설득하는 일이 매우 어렵기 때문이었다. 나는 이런 이야기도 들었다.

아이가 여럿 딸린 궁전의 귀부인이 (사실 그녀는 이 나라에서 가장 부자이며 매우 고상한 인물로 몹시 호화스러운 저택에 살며 부인을 무척이나 사랑해주었던 수상의 아내였다) 요양을 핑계로 라가도에 내려갔는데, 몇 달 동안이나 소식이 끊어졌다고 한다. 결국 국왕이 병사들을 보내 찾아보게 했더니, 몸도 성치 않은 어떤 심부름꾼을 위해 입고 있던 옷까지 팔고 누더기를 걸친 채 형편없는 음식점에서 일하고 있었다고 한다. 더군다나 그 심부름꾼은 매일 같이 그녀를 구타했는데도, 파견 병사들이 그녀를 설득하는 일은 매우 어려웠다고 한다. 그럼에도 남편은 조금도 비난하지 않고 다정하게 그녀를 맞이해주었다. 하지만 부인은 얼마 지나지 않아 보석까지 챙겨서 지상의 애인에게 다시 가버리더니 그 뒤로 영영 소식이 끊어졌다고 한다.

독자들은 왠지 이것이 먼 나라가 아닌 유럽이나 영국의 이야기처럼 느껴질 수도 있다. 하지만 여인들의 변덕이란 지역이나 민족에 한정된 것이 아니라 상상하는 것보다 훨씬 더 보편적이라는 사실을 고려해주었으면 한다.

한 달이 지나자 나는 이 나라 말에 매우 익숙해져서 국왕을 알현했을 때 그의 질문에 대부분 대답할 수 있을 정도가 되었다. 국왕은 내가 다녀본 다른 나라의 법률이나 정치, 역사, 종교, 관습보다는 오로지 수학에만 관심을 보였다. 또한 그마저도 양쪽에 선 치기꾼들의 도움을 받아가며 매우 경멸스럽다는 듯이 무관심하게 들었다.

3
'하늘을 나는 섬'의 이동방법

현대 철학과 천문학으로 해결된 어떤 현상에 대해 이야기한다. 라퓨타의 눈부시게 발달한 천문학과 국왕의 반란 진압법이 등장한다.

섬의 여러 가지 진기한 것들을 볼 수 있도록 허락해 달라고 간청했더니 국왕은 기꺼이 승낙하며 나의 개인교사에게 동행을 명령했다. 나는 무엇보다 하늘을 나는 섬이 어떤 기술, 혹은 어떤 자연적 원리에 따라 움직이고 있는 것인지 알고 싶었다. 이제부터 그에 대한 철학적 설명[*1]을 해보도록 하겠다.

하늘을 나는 섬 혹은 **떠다니는 섬**은 완벽한 원형으로 지름은 7837야드, 즉 약 4마일 반이며 넓이는 1만 에이커에 달했고 두께는 300야드였다. 밑바닥, 그러니까 밑에서 올려다보는 아래쪽 바닥은 평평한 암반으로 되어 있는데 두께가 약 200야드에 이르렀다. 그 위로는 여러 광물들이 단단한 순서로 덮여 있어 가장 윗부분인 10피트 내지 12피트 층은 부드러운 흙으로 덮여 있었다. 위쪽 표면은 바깥쪽에서 중심을 향해 경사져 있기 때문에 빗물이나 이슬은 작은 시내를 이루어 중심으로 모여드는데, 이렇게 모인 물은 중심에서 200야드 거리에 있는 둘레 1마일 크기의 네 개의 연못으로 흘러들게 된다. 연못은 햇볕에 끊임없이 증발되기 때문에 넘쳐날 염려도 없고, 국왕이 마음만 먹으면 구름과 수증기보다 높은 곳으로 섬을 띄워 비나 이슬을 피할 수도 있었다. 구름은 아무리 높더라도 2마일 이상은 떠오르지 않는다는 것이 과학자들의 공통된 견해였다. 적어도 이 나라에서는 그런 적이 없었기 때문이다.

섬의 중심부에는 지름 50야드 정도 되는 구멍이 있어서 천문학자들은 이곳을 통해 사원 안으로 들어간다. 사원은 **플란도나 가뇰레**, 즉 천문학자의 동굴[*2]이라고 부르는데, 금강석[*3] 표층에서 100야드 내려간 곳에 있다. 안에

[*1] 영국 왕립학회의 회의록을 우스꽝스럽게 풍자하려는 것.

는 항상 스무 개의 램프를 켜두었다. 금강석에 반사된 빛이 동굴의 구석구석을 밝혀주었다. 이곳에는 육분의(六分儀: 두 점 사이의 각도를 정밀하게 재는 광학기계)를 비롯해 사분의(四分儀), 망원경, 천체관측기와 같은 여러 천문학 기구가 있었다. 그중에서도 가장 흥미로웠던 것은 이 섬의 운명과 직결된 베틀의 북처럼 생긴 커다란 자석이었다. 길이는 6야드였고 가장 굵은 부분의 두께는 3야드나 되었다. 자석은 가운데를 꿰뚫은 아주 단단한 금강석 축으로 지탱되어 있어서, 그 축을 중심으로 아주 약한 힘으로도 손쉽게 자석을 이리저리 회전시킨다. 그 주변을 깊이와 두께가 얼추 4피트, 지름이 12야드인 금강석 원통이 둘러싸고 있었다. 그것을 높이 6야드의 금강석 기둥 8개가 수평이 되도록 받쳐준다. 오목한 부분 가운데에는 12인치 깊이의 홈이 파여 있고 이곳에 자석의 양쪽 끝이 꽂혀 있어 필요에 따라 돌릴 수 있도록 되어 있다.

 그 자석은 어떠한 힘에 의해서도 절대 그 자리에서 움직이지 않았다. 원동과 다리가 섬의 바닥을 이루는 금강석과 한 덩어리이기 때문이다.

＊2 실용성보다는 건축미를 우선시했던 왕립 '파리 천문대'에서 따왔다.
＊3 원문은 아다만트(adamant)로 실존하지 않는 상상의 금속이다.

섬은 이 자석의 힘을 이용하여 위 아래로 오르내리며 여기저기로 이동할 수 있는데*4, 자석의 한쪽 극은 지상의 영토를 끌어당기는 힘을 갖고 있고, 다른 한쪽은 밀어내는 힘을 갖고 있다. 따라서 끌어당기는 쪽을 지상을 향해 세우면 섬은 내려가고, 밀어내는 쪽을 아래로 두면 섬은 다시 떠올랐으며, 비스듬하게 두면 섬의 움직임도 비스듬해졌다. 자석의 힘은 항상 자석의 방향과 평행하게 움직이기 때문이다.

섬은 이 경사운동에 의해서 왕국영토 각지로 이동할 수 있다. 지금부터 그 운동방법에 대해 설명하도록 하겠다. 먼저 발니바르비 영토를 가로지르는 임의의 선 AB와 자석을 나타낼 변 cd를 설정한다. 여기서 d는 밀어내는 점이며 c는 끌어당기는 점이다. 지금 섬이 C에 있다고 하자. 밀어내는 점 d를 아래로 두어 변 cd가 그림처럼 된다면 섬은 D를 향해 비스듬히 상승하게 된다. D에서 축을 돌려 자석의 끌어당기는 점 c가 E로 향하게 하면 섬은 E를 향해 하강한다. E에서 다시 축을 돌려 밀어내는 점 d가 아래로 오면 섬은 선 EF를 따라 F를 향해 상승한다. 그곳에서 끌어당기는 점 c가 G를 향하게 하면 섬은 G를 향해 하강하고, 다시 G에서 H로 가고 싶다면 반발점이 아래로 향하게 하면 된다. 이렇듯 필요할 때마다 자석의 방향을 바꾸면 섬은 그때마다 비스듬히 상승하거나 하강하며 (그에 따른 경사범위는 무시할 수준이다) 섬을 국토 이곳저곳으로 움직일 수 있는 것이다.

하지만 섬은 지상영토를 벗어나는 것은 물론, 4마일보다 높게 떠오를 수는 없었다. 이 문제에 대해 천문학자(그들은 이 자석에 대해 체계적이고도 방대한 연구를 했다)들은 다음과 같은 이유를 들었다. 첫째 자석의 힘이 4마일 이상은 미치지 못한다는 것이며, 둘째 자석에 영향을 주는 광물이 지상과 해안에서 6리그 이내의 바닷속에만 존재한다는 것이다. 하지만 절대적으로 우세한 위치인 만큼 라퓨타는 자석의 힘이 미치는 범위의 영토라면 어디든 굴복시킬 수 있었다.

자석을 지평선과 평행하게 놓으면 섬은 멈춰 선다. 그때는 자석의 양극이 지상과 똑같은 거리에 있기 때문에 끌어당기는 힘과 밀어내는 힘이 같아져서 아무런 운동도 일어나지 않기 때문이다.

---

*4 자력을 이용한 섬의 움직임에 대한 지은이의 설명은 길버트의 저서 《자석에 관하여》를 바탕으로 했다.

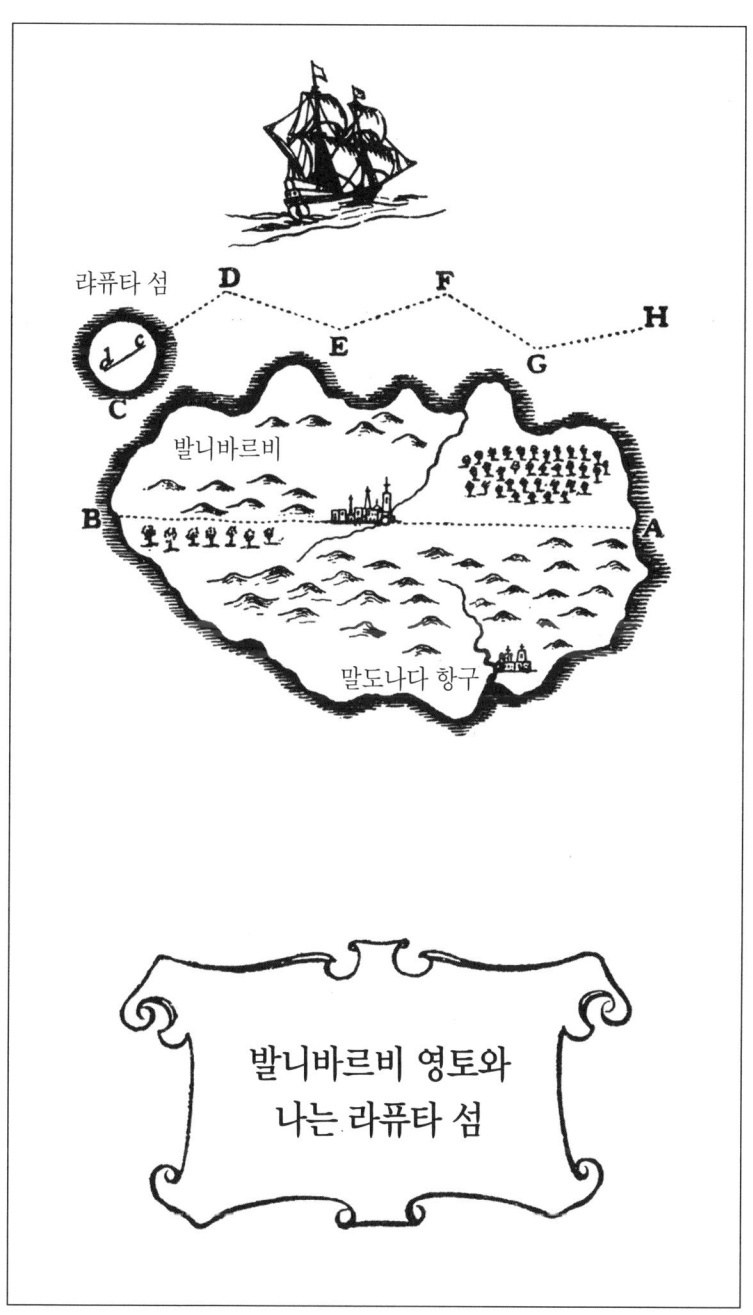

발니바르비 영토와
나는 라퓨타 섬

3 '하늘을 나는 섬'의 이동방법

몇몇 천문학자들이 그 자석을 관리하며, 국왕의 지시에 따라 자석의 방향을 바꾸었다. 그들은 삶의 대부분을 천체를 관측하며 보내는데, 우리보다 훨씬 성능이 좋은 망원렌즈를 사용한다. 그들의 망원경은 가장 긴 것도 3피트를 넘지 않지만, 100야드가 넘는 우리 망원경보다 더 멀리까지 볼 수 있어 더 정확하게 별을 관측할 수 있다.[*5] 그렇기 때문에 그들은 유럽의 천문학자들보다 더 많은 행성을 발견했으며, 그들이 만들어둔 목록만 하더라도 만 개가 넘어서 유럽에서 작성된 최다 목록의 세 배나 되었다. 또한 그들은 화성 주변을 공전하는 두 개의 위성을 발견했다. 화성의 핵을 중심으로 안쪽 위성은 화성 직경 세 배의 거리에서 공전하고 있었으며, 바깥쪽 위성은 다섯 배 거리에서 돌고 있었다. 공전주기는 안쪽 위성이 10시간, 바깥쪽 위성은 21시간 반이었다. 운행시간을 제곱해보면 거리의 세제곱과 같다는 것을 볼 수 있는데, 이러한 점으로 보아 두 위성은 다른 행성들이 받고 있는 중력의 법칙에 지배되고 있다는 것을 말해준다.

그들은 아흔세 개의 혜성을 관측했고 그 주기를 매우 정확하게 계산해냈다. 만약 이것이 사실이라면 (물론 그들은 자신 있게 주장하고 있지만) 꼭 그 관측기록을 발표해주었으면 한다. 그렇게만 된다면 불완전하고 결함투성이인 혜성에 관한 이론도 천문학의 다른 부분처럼 완전하게 구성될 수 있을 것이다.

만약 국왕이 내각을 설득해서 자신에게 협력하게 만들 수만 있다면 세상에서 가장 강력한 군주가 될 수 있을 것이다. 그러나 아무리 총애를 받더라도 그 자리가 위태롭다는 것을 잘 알고 있기 때문에 신하들은 결코 자신들의 지상영토를 국왕에게 귀속시키지는 않을 것이다.

만약 반란이나 내분, 납세를 거부하는 도시가 나타날 경우에 국왕은 그들을 굴복시키기 위해 두 가지 방법을 동원한다. 첫 번째는 온건한 방법으로, 섬을 도시나 주변지역에 머무르게 해서 그들에게서 햇빛과 비를 빼앗아[*6] 기근과 질병을 안겨주는 것이다. 죄의 경중에 따라서 하늘에서 돌을 던지기도 하는데, 그러면 아래에 있는 사람들은 지붕이 산산이 부서지는 동안 지하실

[*5] 초판에는 없던 내용으로 주석이 시작되는 부분에서 "……더 정확하게 별을 관측할 수 있다."까지는 포크너 판에서 추가되었다.

[*6] 햇빛과 비를 빼앗는다는 것은 아일랜드의 외국 교역을 제한한 영국 정책을 풍자한 것으로 보인다.

이나 동굴에 숨는 것 외에는 아무런 방도가 없다. 그래도 반항하거나 반란을 멈추지 않는다면 국왕은 최후의 수단인 두 번째 방법을 쓰게 된다. 바로 섬을 곧장 하강시켜 집과 사람들을 깔아뭉개는 것이다. 그러나 이런 극단적인 방법을 썼던 적은 거의 없었다. 국왕도 그런 방법까지는 쓰고 싶지 않았고, 시민들의 분노와 자기 영지의 (국왕은 자신의 영지가 섬이기에 아무 상관없지만) 막대한 피해를 감수해가며 그렇게 하자고 간청하는 신하들도 없었기 때문이다.

그러나 역대 국왕들이 그런 과격한 방법을 쓰지 못한 진짜 이유는 따로 있다. 형벌을 집행할 도시에 (처음부터 이런 재해를 피하기 위해서겠지만) 큰 바위산이 있거나, 높은 탑, 돌기둥이 늘어서 있다면 섬이 내려앉을 때 곤란한 문제가 발생한다. 두께 200야드의 섬 밑바닥이 심한 충격에 균열이 가거나, 아래에서 발생한 화재 때문에 (철이나 돌로 만든 굴뚝 내부처럼) 터져버릴지도 모른다는 것이다. 국민들도 이러한 위험성에 대해 알고 있어 자신들의 자유와 재산에 관련된 문제에서 어느 정도까지 반항해도 되는지 잘 알고 있다. 그래서 국왕도 단단히 화가 나서 이번에야말로 반드시 짓눌러버리겠노라 결심을 하더라도 아주 천천히 내려가라고 명령한다. 국민들을 사랑하기 때문이라고 변명하지만 사실은 섬 바닥이 부서질까 두렵기 때문이다. 그도 그럴 것이 철학자들의 의견에 따르면 한 번 밑바닥이 부서지면 자석은 섬을 지탱하는 힘을 잃고 모든 것이 바닥으로 추락하게 된다는 것이다.

[7]내가 이곳에 오기 3년 전의 일이었다. 당시 영토를 순찰하던 국왕은 하마터면 왕국에 종말을 가져올 수도 있었을 큰 사건에 휘말렸다. 그 사건은 아직까지도 이 나라에 영향을 끼치고 있다고 한다. 린다리노는 왕국에서 두 번째로 큰 도시인데, 국왕의 억압에 불만을 품고 있던 시민들이 국왕이 린다리노를 시찰하고 돌아간 지 사흘 후 도시를 봉쇄하고 시장을 감금했다. 그리고 재빨리 도시 귀퉁이마다 (도시는 정사각형 모양이었다) 도시 중심부에 위치한 뾰족한 바위와 같은 높이의 탑을 세우고 바위와 탑 꼭대기에 자석을 놓았다. 그리고 계획이 실패할 때를 대비해 가연성 높은 연료를 많이 준비해두었다. 만약 자석으로 섬을 물리치지 못하면 연료에 불을 붙여 섬 밑바닥을 태

---

*7 여기서부터 소개되는 이야기는 1735년에 나온 포크너 판부터 등장한 내용으로 휘그당 수상 월폴이 우드 기업을 통해 아일랜드에 파운드 화폐를 유통시키려던 것을 시민들이 성공적으로 저항한 것을 우화적으로 표현한 이야기이다.

워버릴 작정이었다.

  국왕이 린다리노에서 반란이 일어났다는 소식을 접한 것은 8개월 뒤였다. 매우 화가 난 국왕은 섬을 린다리노 시 상공에 띄워 며칠 동안 햇빛과 비를 차단시켰다. 그러나 이미 일치단결한 시민들은 많은 식량을 저장해두었고 강물이 도시 중심부를 가로지르고 있어서 누구도 살려달라는 청원서를 올려 보내지 않았다. 아니, 오히려 더 대담한 요구를 했다. 세금을 면제해달라든지, 불만을 들어달라든지, 의무를 면제해달라든지, 자신들이 시장을 선출하게 해달라는 등 극단적인 개혁을 요구했다. 국왕은 섬의 주민들에게 돌을 던지라고 명령했다. 하지만 린다리노 시민들은 이미 귀중한 재산들을 탑과 튼튼한 건물, 동굴 속에 피신시킨 뒤였다.

  국왕은 이 거만한 시위대를 깡그리 몰아내고자 바위와 탑 꼭대기에서 40야드 거리까지 섬을 하강시키라고 명령했다. 천문학자들은 하강 속도가 평소보다 빠르다는 사실을 깨닫고 자석의 방향을 바꾸어보았지만 섬은 안정될 기미 없이 자꾸 기울어져만 갔다. 그들은 이 소식을 즉시 국왕께 전해 섬을 다시 상승시킬 것을 간청했다. 국왕은 요청을 승낙하고 곧바로 내각회의를 소집했다. 자석관리인들도 소집되었는데 가장 연륜 있는 관리인이 나서서 실험을 해보았다. 먼저 끌어당기는 힘에서 벗어나는 높이까지 섬을 끌어올린 다음, 100야드 길이의 튼튼한 밧줄에 (섬의 바닥과 성분이 같은) 금강석 조각을 매달아 탑 꼭대기까지 천천히 내려 본 것이다. 밧줄은 4야드를 채 내려가지 못하고 아래로 빠르게 끌려갔는데, 도저히 다시 끌어올릴 수가 없었다. 다음으로 작은 조각을 던져보았다. 마찬가지로 모두 탑 꼭대기로 끌려가버렸다. 다른 탑과 바위 꼭대기에도 같은 실험을 반복했는데 결과는 모두 같았다.

  이제 국왕의 결단이 필요했다. 더 이상 그 어떤 수단도 없었던 국왕은 시민들의 요구를 모두 들어주었다. 나중에 어느 대신이 들려준 이야기로는 조금만 더 늦었다면 섬은 다시 떠오르지 못했을 것이고 국왕과 대신들은 모두 죽임을 당해 정부가 바뀌었을지도 모른다고 했다. 왕국의 기본법 때문에 국왕과 첫째, 둘째 왕자는 섬을 떠나도 좋다는 허락을 받지 못하며, 왕비도 더이상 아이를 낳을 수 없는 나이가 될 때까지는 섬을 떠날 수 없기 때문이다.*8

---

*8 1701년에 제정된 왕위 계승법에 따라 국왕은 의회의 허락 없이 영국을 떠날 수 없었다. 하지만 이 조항은 1715년 조지 1세에 의해 폐지된다.

4
발니바르비로 건너가다

지은이는 라퓨타를 떠나 발니바르비로 가서 그곳의 수도에 도착한다. 수도와 그 인근 지역에 대해 묘사한다. 지은이는 귀족의 접대를 받는다. 귀족과의 대화가 묘사된다.

사람들은 나를 함부로 대하거나 하지는 않았지만, 솔직하게 말하자면 그들은 나를 무척이나 깔보고 업신여겼을 것이다. 국왕을 비롯해 국민 모두가 수학과 음악에만 푹 빠져 있는데 나는 두 분야 모두 그들보다 훨씬 뒤떨어져 있었기 때문이다.

거기다 섬의 진기한 것들은 모두 봤고, 이곳 사람들에게도 싫증이 나서 당장에라도 섬을 떠나고 싶었다. 그들은 확실히 두 가지 분야(나도 어느 정도 알고 있었기에 그들의 수준을 높이 평가했다)에서는 아주 뛰어났지만 늘 멍하니 사색에만 몰두하다보니 상대하기가 지긋지긋했다. 그래서 나는 그곳에 머물렀던 두 달 동안 아낙네들이나 상인, 치기꾼, 하인들하고만 얘기를 나누었다. 이런 내 행동 때문에 나는 더욱 멸시를 받게 되었지만 나와 말이 통하던 이야기 상대는 그들뿐이었다.

꾸준히 공부한 덕분에 말문도 상당히 트이게 되었으나, 아무도 관심을 가져주지 않는 이런 나라에는 하루도 더 있고 싶지 않았다.

그런데 국왕의 가까운 친척이라는 이유만으로 사람들의 존경을 받는 대공(大公)이 있었다. 그는 궁전에서 가장 어리석고 무식한 사람으로 알려져 있을 만큼 음악감각이 형편없었고 간단한 증명을 이해하는 것도 힘들어했다. 하지만, 사실 그는 국왕을 위해 크고 많은 공을 세웠으며 천부적인 재능과 경험에서 우러난 능력은 물론 매우 뛰어난 충성심과 지조를 갖춘 인격자였다. 그는 나를 매우 친절하게 대해주었다. 가끔은 나를 찾아와서 유럽의 사정이나 내가 여행했던 나라들의 법률, 관습, 예절, 학문에 대해 알려달라고 했다. 그는 진지하게 내 얘기를 듣고 매우 뛰어난 의견을 들려주곤 했다. 위엄을 보이기 위해 두 명의 치기꾼을 데리고 있었지만 공식적인 자리 외에는 대동하지 않았고, 나와 단둘이 있을 때는 언제나 물러나 있도록 지시했다.

그래서 나는 대공에게 이곳을 떠날 수 있도록 국왕의 허락을 받아달라고 부탁했고, 그는 곧바로 부탁을 들어주었다. 그는 내가 떠나는 것이 무척이나 아쉬웠는지 몇 번이고 좋은 조건을 내걸며 남아 있으라는 제안을 했다. 나는 가능한 한 예의바르게 모두 거절했다.

2월 16일, 나는 국왕과 궁전 사람들에게 작별 인사를 했다. 국왕은 영국 돈으로 200파운드의 가치가 있는 선물을 주었고, 나의 보호자였던 대공은 그 두 배나 되는 선물을 주면서, 라가도에 사는 친구 앞으로 소개장까지 써주었다. 때마침 섬은 수도에서 2마일 정도 떨어진 산꼭대기를 지나고 있었고 나는 맨 아래층 복도를 통해 올라올 때와 마찬가지 방법으로 지상으로 내려갔다.

하늘을 나는 섬의 국왕이 다스리는 이 땅은 대체적으로 **발니바르비**라고 부르며 수도는 앞서 말했듯 **라가도**라고 부른다. 땅을 밟으니 한결 편안한 기분이었다. 복장도 비슷하고 말도 통했으므로 나는 아무 거리낌 없이 수도로 향했다. 소개장에 있는 집은 금방 찾을 수 있었다. 소개장을 건네자 대공[*1] (이름은 무노디라고 했다)은 매우 친절하게 맞이해주며 내가 묵을 방을 마련해주었고, 나는 그곳에서 아주 융숭한 대접을 받았다.

다음날 그는 나를 마차에 태우고 시내를 구경시켜주었다. 런던의 절반만한 크기였지만 집들은 매우 이상한데다 대부분 손질도 되어 있지 않았다. 지나다니는 사람들은 모두 급해 보였고 험상궂은 표정, 고정된 시선, 그리고 누더기 차림[*2]이었다. 우리는 성문을 가로질러 3마일 정도 떨어진 교외로 나갔다. 많은 농부들이 농기구를 들고 땅을 일구고 있었지만 대체 무엇을 하고 있는지 알 수 없었다. 비옥해 보이는 농지에는 어떤 곡식이나 작물도 재배되

---

*1 앤 여왕의 사망과 함께 실각하여 프랑스로 망명했던 토리당의 정치가이자 지은이의 친구였던 볼링브룩 자작을 묘사한 것이라는 설이 있지만 근거는 미약하다.

*2 1720년 영국에서 투기과열로 생긴 거품이 꺼지며 많은 사람들이 파산하고 자살했던 '남해 거품 사건'을 풍자했다. 이 사건을 계기로 거품경제라는 용어가 등장했다.

4 발니바르비로 건너가다 195

고 있지 않았기 때문이다.

"일궈낸 결과물도 없는데 저 많은 사람들은 대체 무엇 때문에 저렇게 바삐 일하는 것입니까? 저는 이렇게 처참한 농지와 괴상하고 황폐한 집, 그리고 얼굴은 물론이고 몰골까지 이토록 비참하고 가난한 사람들은 본 적이 없습니다."

도시는 물론이고 시골의 이상한 풍경에 놀란 나는 무노디 경에게 감히 이렇게 말했다.

무노디 경은 전에는 왕국 최고 실권자로 몇 년 동안 라가도 시장으로도 일했지만 대신들의 음모에 휘말려 무능하다는 이유로 쫓겨나게 되었다고 한다. 그러나 국왕은 그가 비록 무지하긴 하나 심성이 착하다며 친절하게 대해주었다고 한다.

이 나라와 국민들에 대한 나의 정당한 비평에 그는 이렇게 답했다.

"너무 성급하시군요. 나라마다 서로 다른 관습을 갖고 있는만큼, 이곳에서 얼마 지내지 않은 당신이 그런 판단을 내리는 건 옳지 못합니다."

그러나 집으로 돌아오자마자 이런 질문을 던졌다.

"당신은 이 집을 어떻게 생각하십니까? 부조리해보이지는 않습니까? 또 하인들의 옷과 표정에 대해서 하고 싶은 말씀은 없습니까?"

참으로 지당한 얘기였다. 그의 집은 모두 훌륭하고 정연했으며 매우 세련되었기 때문이다. 그래서 나는 이렇게 대답했다.

"경게서는 신중함과 지위, 재산이 있으셔서 그런지 다른 이들처럼 우매하고 비루한 모습에서 오는 문제점을 전혀 갖고 계시지 않으십니다."

그러자 그는 자신의 시골 별장까지 함께 가준다면 좀 더 편안하게 얘기를 나눌 수 있을 것이라고 했다. 그래서 나는 그렇게 하겠다고 대답했다. 우리는 다음 날 아침 출발했다.

길을 가면서 무노디 경은 농부들이 땅을 어떻게 일구는지 잘 보라고 했다. 듣고 보니 정말 이해할 수가 없었다. 한두 군데를 제외하고는 곡식 한 알, 풀 한 포기 찾아볼 수 없었다. 세 시간 정도 달리자 풍경이 확 달라졌다. 무척이나 아름다운 농촌풍경이 펼쳐졌다. 옹기종기 모여 있는 훌륭한 농가, 깔끔하게 정돈된 밭, 울타리를 친 포도밭과 목장까지, 이토록 즐거운 정경은 지금까지 본 적이 없었다. 밝아진 나의 표정에 무노디 경은 안도의 한숨을 내쉬며 이렇게 말했다.

"여기가 내 영지입니다. 별장에 도착할 때까지는 쭉 이런 풍경이 이어질 겁니다. 그런데 이 나라 사람들은 내가 형편없는 경영으로 국민들에게 나쁜 선례를 보이고 있다고 비웃고 멸시하고 있지요. 나와 같은 방식을 따르는 사람은 거의 없고, 혹시 있더라도 모두 나처럼 고집불통의 힘없는 늙은이들뿐입니다."

한참 후 드디어 별장에 도착했다. 실로 훌륭한 건축물로 모두 옛 건축방식에 따라 지어진 것이었다. 분수대, 정원, 산책로, 가로수길, 작은 숲까지 모든 것이 정확한 판단과 취향에 따라 배치되어 있었다. 나는 보이는 모든 것에 아낌없는 찬사를 보냈지만 무노디 경은 저녁식사가 끝날 때까지 내 말을 못들은 척했다. 식사가 끝나고 두 사람만이 남게 되자 비로소 무노디 경은 무척이나 우울한 얼굴로 이렇게 말했다.

"이 별장도 허물어서 현대식으로 새로 지어야 할 판입니다. 농장도 파괴해서 현재 방식대로 만들고 농부들에게도 다른 사람들과 똑같은 지시를 내리지 않으면, 나는 오만하고 이상하며 허례허식에 빠진 무지한 변덕쟁이라고 비난받을 것이고, 폐하마저 괘씸하게 여기실지도 모릅니다. 지금은 매우 감탄하고 계시지만 이제부터 내가 들려드리는 이야기를 듣고 나면 그 감탄은 사라져버리거나 차갑게 식어버릴 것입니다."

그의 이야기를 정리하자면 다음과 같다. 지금으로부터 40년 전에 어떤 사람들이 볼일이 있었던 건지 심심풀이였는지는 모르지만 라퓨타를 방문한 적이 있었다고 한다. 다섯 달 뒤에 돌아온 그들의 머릿속은 어설픈 수학지식과 하늘을 나는 섬 주민들의 변덕으로 가득해져 있었다. 그들은 곧바로 지금까지 해오던 모든 방식을 부정하고 예술과 과학, 언어, 기술을 모두 새로운 기반 위에 세우려는 계획[*3]을 세웠다. 그래서 먼저 국왕의 허락을 받아 라가도에 기획자 양성을 위한 학사원[*4]을 설립했다. 이 혁신적인 분위기는 국민들의 마음을 사로잡았고 이내 발니바르비에는 학사원이 없는 도시가 없을 정도로 우후죽순으로 늘어나게 되었다. 학사원 교수들은 새로운 농법과 건축

[*3] 18세기 초 영국에 유행했던 새로운 농업방식을 비꼬고 있다.
[*4] 영국학사원을 풍자하고 있다. 1710년에 지은이도 이곳을 방문했었는데 걸리버가 본 것과 비슷한 실험을 실제로 행하고 있었다.

양식, 그리고 여러 상공업에 유용한 신식기구 개발에 몰두했다. 그들이 말하기를 이것만 있으면 열 사람이 하던 일도 한 사람이 할 수 있고, 일주일이면 수리할 필요 없이 영원히 쓸 수 있는 궁전을 지을 수 있으며, 어떤 과일이든 원하는 계절에 열리게 할 수 있고, 지금보다 백배는 더 많이 수확할 수 있다는 등 원대한 이야기를 늘어놓았다. 다만 한 가지 불행한 일은 어느 것 하나 제대로 완성된 계획이 없다는 것이다. 그러는 동안 나라는 비참하리만치 황폐해졌다. 집은 폐허가 되었고 국민들은 헐벗고 굶주렸지만 교수들은 낙심하기는커녕 희망 반 절망 반의 심정으로 더욱 연구에 몰두했다. 그러나 공교롭게도 모험심이 강하지 않았던 무노디는 종래의 삶에 만족하며 조상들이 지은 집에서 새로운 것을 찾지 않고 관습대로 행동했다. 그와 같은 귀족이 두세 명 더 있었지만 그들 역시 학문의 적이요, 국가의 안녕보다 자신의 안락을 우선시하는 무지하고 모난 비국민으로 멸시와 냉대를 받게 되었다는 것이다.

"말씀을 더 해드렸다간 참관하실 때의 재미를 빼앗을 것 같군요. 딱 한 가지만 더 들려드리겠습니다."

그러더니 그는 3마일 정도 떨어진 산기슭에 있는 폐허를 가리키며 다음과 같은 이야기를 들려주었다.

"저는 원래 여기서 반 마일 떨어진 곳에 커다란 강줄기에서 끌어낸 물길로 움직이는 편리한 물레방아를 갖고 있었습니다. 저희 가족은 물론이고 소작농들까지 아주 유용하게 썼지요. 그런데 7년 전쯤 기획자들이 나타나 이 물레방아를 부수고 산기슭에 새 물레방아를 짓자고 하더군요. 능선을 따라 기다란 운하와 저수지를 만들어 파이프와 기계로 끌어올린 물을 흘려보내면 고지대의 바람 때문에 물이 잘 흐를 것이며, 경사가 있기 때문에 절반의 물로도 충분히 방아를 돌릴 수 있다고 했습니다. 당시 궁전과 사이가 좋지 못했던 저는 친구들의 강요에 못 이겨 그 제안에 동의하고 말았습니다. 하지만 정작 백 명의 인부를 동원한 2년의 공사는 실패로 돌아갔고 그 기획자들은 그대로 떠나며 모든 책임은 저에게 뒤집어씌우고 비난을 퍼붓더군요. 그 후에 다른 사람들을 찾아가서도 확실한 성공을 보장한다더니 결과는 같았습니다. 단지 실망만을 남겼을 뿐이지요."

며칠 뒤 우리는 다시 수도로 돌아왔다. 그러나 무노디 경은 자신의 좋지 못한 평판을 염려해 친구를 소개해주면서 그가 자기 대신 데려다 줄 것이라고 했다. 그는 내가 새로운 계획을 열렬히 찬양하는데다 호기심도 많고 쉽게 잘 믿는 사람이라고 했다. 나도 젊었을 적에는 일종의 기획자였으니 틀린 말도 아니었다.

5
기묘한 연구 I

지은이는 라가도 학사원을 견학하고 그곳에 대해 상세히 묘사하며 교수들의 연구에 대해 이야기한다.

*¹학사원은 전체가 하나의 건물이 아니라 양쪽 길을 따라 여러 채의 건물들이 늘어선 모습이었다. 폐허가 된 집을 사들여서 연구실로 쓰고 있었던 것이다.

나는 학사원장의 열렬한 환영을 받으며 며칠 동안 학사원을 들락거렸다. 각 방마다 기획자들이 한 사람씩은 있었는데 내가 가본 연구실만 하더라도 5백 개는 될 것이다.

처음 만난 사내는 매우 초라한 행색을 하고 있었다. 온통 재투성이에다 덥수룩하게 자라난 수염과 머리칼은 군데군데 불에 그슬린 흔적이 있었다. 옷도 셔츠도 피부도 모두 같은 빛깔이었다. 그는 무려 8년 동안이나 오이에서 햇볕을 추출하는 연구를 하고 있었다. 꺼낸 햇볕은 유리병에 잘 밀봉해두었다가 해가 잘 나지 않는 여름날에 열어서 공기를 따뜻하게 덥힌다는 것이다. 앞으로 8년만 더 있으면 시장(市長)의 정원에 상당한 햇볕을 공급할 수 있을 것이라고 장담을 하더니, 오이가 비싼 계절이라 남은 오이가 부족하다며 격려 차원에서 기부금을 달라고 졸라댔다. 나는 약간의 돈을 주었다. 방문객에게 구걸하는 관례를 잘 알고 있던 무노디 경이 미리 마련해준 것이었다.

나는 그 다음 방으로 들어갔다가 지독한 악취에 질식할 것 같아 뛰쳐나와버렸다. 안내인은 실례를 범하면 기획자들이 매우 화를 내니 제발 실례를 범하지 말아달라고 속삭이며 나를 다시 방으로 밀어 넣었다. 그래서 코도 막

---

*1 여기서부터의 묘사는 프랑수아 라블레(François Rabelais, 1483~1553)의 《팡타그뤼엘》 제5권 22장에 등장하는 여왕의 궁전 가신들을 묘사하는 장면에서 암시를 얻은 것으로 보인다.

지 못했다. 학사원에서도 최고참이었던 이 방 주인은 얼굴과 수염이 온통 그을려 있었고 손이며 옷은 오물범벅이었다. 안내인의 소개를 받고 그는 나를 와락 껴안았다(그런 인사는 제발 하지 않았으면 싶었다). 그는 사람의 대변을 음식으로 되돌리는 연구를 하고 있었다. 구성 물질을 분리해서 쓸개즙으로 밴 색을 제거하고, 냄새를 날려 보내고, 둥둥 떠오른 분비물을 걷어내는 일이었다. 그는 매주 브리스톨 술통만 한 용기에 대변을 공급받고 있었다.

어떤 기획자는 얼음을 태워서 화약으로 만드는 연구를 하고 있었다. 자신

이 쓴 불의 성질에 대한 논문을 보여주며 출판할 생각이라고 했다.

아주 독창적인 건축가도 있었다. 그는 새로운 건축공법을 기획하고 있었는데 먼저 지붕을 짓고 차차 아래로 내려와 기초를 다지는 것이었다. 실제로 두 종류의 똑똑한 곤충들, 즉 꿀벌과 거미는 이와 같은 방식으로 집을 짓고 있음을 강조했다.

태어나면서부터 장님이었던 기획자도 있었다. 그는 자신처럼 장님인 제자들을 거두어서 촉각과 후각만으로 색을 구별[*2]해 화가들이 쓸 물감을 조합하는 연구를 하는 중이었다. 내가 방문할 무렵에는 아직 완전히 익히지 못했는지 학생들의 실수가 잦았고 거의 맞히지 못하기는 기획자도 마찬가지였다. 그러나 그는 학사원에서도 상당한 존경과 격려를 받고 있었다.

[*2] 보일의 법칙으로 유명한 로버트 보일(Robert Boyle, 1627~1691)은 자신의 저서 《색채론》에 이와 같은 내용을 다루었다.

쟁기와 가축, 다른 노동력 없이 돼지만으로 밭을 가는 방법을 찾았다는 다른 방 기획자의 얘기는 무척이나 재밌었다. 이를테면 1에이커의 땅에 6인치 간격을 두고 8인치 깊이로 땅을 판 다음 도토리, 대추, 밤과 같이 돼지들이 좋아하는 열매를 적당히 묻은 후 600마리 정도의 돼지들을 이곳에 몰아넣는 것이다. 그러고 나서 며칠이 지나면 돼지들은 먹이를 찾느라 땅을 온통 파헤쳐 놓을 것이고, 돼지의 배설물 또한 좋은 거름이 되어줄 테니 파종하기 딱 알맞게 된다는 것이다. 실험 결과, 수확량은 비용과 노력에 비해 형편없었지만 누구도 이 발견이 혁신적인 진보를 이루리라 의심하지 않았다.

또 다른 방은 사람이 드나들 좁은 통로를 제외하면 벽이고 천장이고 온통 거미줄로 뒤덮여 있었다. 방에 들어서자마자 거미줄을 건드리지 말라는 큰 소리가 들려왔다. 그는 어느 집에나 있는 이 벌레를 두고 누에만 기르는 것은 크나큰 잘못이라 개탄했다. 거미는 실을 잣는 것은 물론이고 천을 짤 줄도 알기 때문에 누에보다 우수하다는 것이다. 그리고 거미를 쓰면 비단을 염색하는 수고도 덜 수 있다고 했는데,[3] 그 설명에는 나도 모르게 고개가 끄덕여질 정도였다. 그는 매우 아름다운 빛깔의 파리들을 보여주면서 거미가 이것을 먹으면 거미줄에 색이 물들게 된다고 했다. 거기다 거미줄을 튼튼하고 탄력 있게 만들어줄 고무나 기름, 접착물질을 발견하기만 한다면 당장에라도 사람들의 기호를 만족시켜줄 수 있을 것이라고 했다.

바람에 따라 이리저리 움직이는 시청 풍향계 위에 해시계를 설치해서 지구와 태양의 공전과 자전운동이 일치되도록 조절하려는 천문학자도 있었다.

그때 내가 갑작스런 복통을 호소하자 안내인은 나를 어떤 방으로 데려가주었다. 그곳은 한 가지 도구로 서로 상반되는 시술을 해서 병을 낫게 하기로 유명한 선생[4]이 살고 있었다. 그 도구란 상아로 만든 가느다란 주둥이가 달린 풀무였다. 먼저 주둥이를 항문에 8인치가량 집어넣어서 바람을 빼면 배는 마른 오줌통마냥 홀쭉해진다. 만약 그래도 병에 차도가 없으면 이번에는 반대로 바람을 가득 채운 풀무 주둥이를 입속에 넣어 몸에 바람을 집어넣는다. 다 집어넣은 후에는 주둥이를 빼서 다시 바람을 채운다. 물론 그동안 바람이

---

[3] 거미줄로 비단을 짜고 염료를 얻는다는 것은 모두 영국학사원 보고서에 실린 내용이라고 한다.
[4] 당시 우드워드라는 의사가 개를 상대로 한 실험을 근거로 구토치료를 제창한 적이 있었다.

새어나오지 않도록 엄지손가락으로 항문을 꼭 막아둔다. 이걸 서너 번 반복하면 (마치 펌프에 들어간 물처럼) 바람이 빠져나오면서 해로운 물질까지 끌어내 병이 치료된다는 것이다. 나는 의사가 개에게 이 두 실험을 하는 것을 지켜보았다. 첫 번째 실험이지만 두 번째 실험에서 개의 배가 터질 듯 부풀더니 개는 속에 있던 것을 모조리 쏟아내고 그 자리에서 죽어버렸다. 그 때문에 나와 안내인은 심하게 구역질을 했다. 우리는 똑같은 방법으로 개를 살리려 애쓰는 의사를 남겨두고 방을 떠났다.

 그 밖에도 많은 연구실을 방문했지만 무엇보다 간결한 것이 제일이다. 내가 본 것을 모두 늘어놓았다가는 독자들이 따분해질 것이다.

 내가 지금까지 본 곳은 학사원의 한쪽뿐이었는데, 다른 쪽은 사색적 학문을 연구하는 사람들에게 배당되어 있었다. 그들을 소개하기에 앞서 만능기술자라고 불리는 어떤 저명한 인물에 대해 얘기해보겠다. 그는 사람들의 삶을 개선하기 위해 30년 동안 사색에 몰두하고 있다고 했다. 만능기술자에게는 매우 흥미롭고 놀라운 것들로 가득한 두 개의 연구실이 있었다. 그곳에서는 쉰 명의 사람들이 연구를 하고 있었다. 증류한 질산칼륨으로 공기를 응결시켜 건조한 고체로 만드는 연구, 대리석을 부드럽게 만들어 베개와 바늘꽂이를 만드는 연구, 또 살아 있는 말의 발굽을 돌로 바꾸어 다리에 염증이 생기는 것을 막는 연구 등이었다. 그리고 만능기술자 선생은 거대한 두 가지 계획에 몰두하고 있었는데, 첫 번째는 왕겨를 재배하는 것이었다. 그는 왕겨에도 싹을 틔울 수 있는 힘이 있다고 하면서 몇 차례 실험을 통해 그것을 증명했지만, 나는 도무지 이해할 수가 없었다. 두 번째는 어린 양의 몸에 고무와 광물, 그리고 식물 혼합물을 발라서 털이 자라지 않도록 만드는 것으로 언젠가 온 나라에 털 없는 양을 번식시킬 수 있기를 바란다고 했다.

우리는 길을 건너서 반대쪽 학사원으로 갔다. 앞서 말했듯 이곳에는 사색적 학문을 연구하는 학자들이 머물고 있었다.

처음에 만난 교수는 매우 커다란 연구실에서 마흔 명의 학생들과 함께 있었다. 인사를 마친 내가 방을 온통 차지하고 있는 커다란 틀을 열심히 들여다보고 있자니 그가 말했다.

"사색적 지식을 촉진시켜야 할 학자가 이렇게 실질적이고 기계적인 작업을 하는 것을 보고 의아했을 것입니다. 하지만 곧 세상 사람들은 이것이 얼마나 유용한지 깨닫게 될 것입니다. 나는 지금까지 아무도 하지 못했던 훌륭한 생각을 떠올렸다는 사실을 자랑스럽게 생각하고 있지요. 과학과 학문을 통달하려면 얼마나 뼈를 깎는 노력이 필요한지 잘 알고 있을 것입니다. 그러나 내가 고안한 방법이면 아무리 무식한 사람이라도 값싼 비용과 적은 노력으로 천재나 연구의 손길을 빌리지 않고도 철학, 시, 정치학, 법률학, 수학, 신학에 관한 책을 쓸 수 있습니다."

그러더니 그는 학생들이 빙 둘러싸고 있는 틀로 나를 데려갔다. 방 한가운데에 놓인 틀은 한 면의 길이만 20피트나 되었다. 표면은 다소 차이는 있지만 대략 주사위 크기의 나무토막들로 이루어져 있었는데, 모두 가느다란 철사로 연결되어 있었다. 나무토막의 모든 면에는 종이가 붙어 있었고 종이에는 이 나라 언어의 단어, 문법, 시제, 어미변화들이 무질서하게 적혀 있었다. 교수는 기계를 작동시킬 테니 자세히 관찰해보라고 했다. 그의 지시에 따라 틀 주위에 달린 40개의 손잡이를 학생 한 사람이 하나씩 잡고 돌렸다. 그러자 단어의 배열이 완전히 바뀌었다. 교수는 36명의 학생들에게 틀에 나

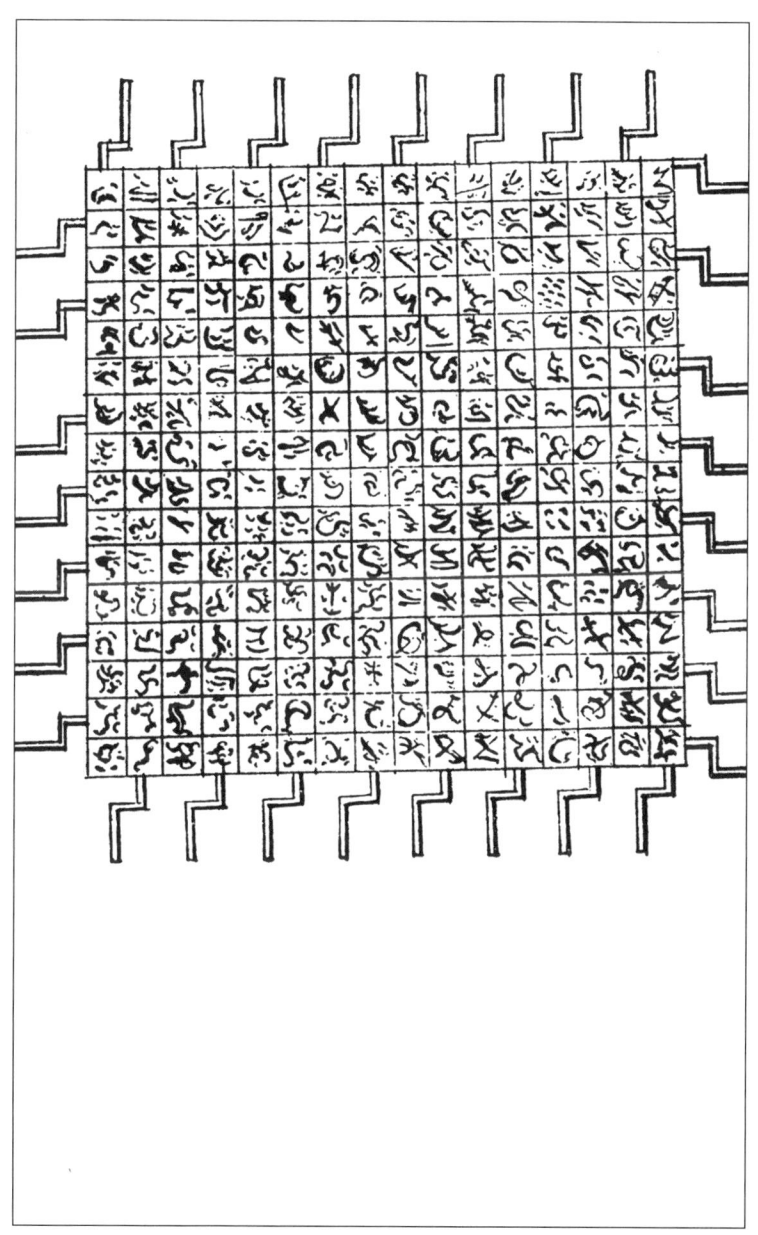

타난 단어들을 한 줄씩 조용히 읽어보라고 했다. 그리고 문장이 되는 단어들이 나오면 서기를 맡은 나머지 네 명의 학생들에게 받아쓰게끔 했다. 이런 작업이 서너 차례 반복되었다. 한 번 돌릴 때마다 단어가 적힌 나무 조각이 요리조리 움직이거나 뒤집히도록 되어 있었다.

학생들은 하루에 여섯 시간씩 이 작업을 하고 있었다. 교수는 지금까지 모은 문장조각이 담긴 스크랩북들을 보여주면서, (문장조각들을 이어 붙인) 이 풍부한 자료를 바탕으로 모든 학문을 집대성할 계획이라고 했다. 만약 막대한 기부금이 들어온다면 라가도에 이 기계를 500대 정도 설치할 수 있게 될 것이고, 그렇게 되어 각각의 관리인들이 수집한 자료를 제공받을 수 있다면 이 사업은 더욱 충실해지고 신속하게 진행될 수 있을 것이라고 했다.

그는 젊어서부터 이 장치의 발명에만 몰두해왔으며, 여러 책을 분석해 조사, 명사, 동사를 비롯한 모든 품사의 전체적 비율을 정확히 계산하여 모든 어휘를 이 틀에 집어넣었다고 했다.

나는 저명한 교수께서 어느 것 하나 숨기지 않고 설명해준 것에 찬사를 보냈다. 그리고 언젠가 귀국하면 이토록 훌륭한 기계를 혼자 발명한 사람으로 소개하고 싶으니 기계의 외형을 스케치해도 되겠느냐고 부탁하여 그린 것이 다음 페이지의 그림이다. 우리 유럽에서는 누가 발명한 것인지 가려내기 어렵도록 남의 발명을 가로채는 습관이 있지만, 철저하게 주의해서 당신의 독점적인 명예를 누구도 가로채지 못하게 하겠다고 약속했다.

다음으로 국문학자들을 찾아갔다. 여기서는 세 교수가 언어개선책을 놓고 논의하고 있었다. 첫 번째 안건은 우리가 떠올리는 것들은 모두 명사니까 다음절어(多音節語)를 단음절어(短音節語)로 바꾸고 동사와 분사를 생략해 대화문을 단축시키자는 것이었다.

두 번째 안건은 언어를 폐지시키는 것이 간편함과 건강을 위해서도 필요하다는 주장이었다. 말을 하게 되면 그때마다 허파가 깎여나가기 때문에 수명이 짧아진다는 것이다. 그래서 다음과 같은 방법이 나오게 되었다. 언어란 말하자면 사물의 이름[*5]이므로 말하려는 용건을 뜻하는 물건을 갖고 다니면 된다는 것이다. 만약 아낙네들과 저속하고 무지한 이들이 똘똘 뭉쳐 조상들

[*5] 당시 학자들은 언어가 더욱 간결해야 한다고 주장했다.

처럼 혓바닥으로 말할 자유를 허용해주지 않으면 반란을 일으키겠다고 나서지만 않았더라면, 이 계획은 반드시 실현되어 국민들의 건강과 생활에 큰 역할을 했을 것이다. 이처럼 과학의 철천지원수는 무지몽매한 사람들이다. 하지만 학식이 깊고 현명한 이들은 새로운 방식에 따라 생활하였으며, 한 가지 불편한 점이 있다면 용건이 많거나 다양할 경우(힘센 짐꾼 한둘을 데리고 다니지 않는다면)에는 커다란 보따리를 짊어지고 다녀야만 한다는 것이다. 때때로 나는 이 방법을 고집하는 두 학자가 마치 유럽 행상인들처럼 금방이라도 쓰러질 것처럼 무거운 보따리를 짊어지고 가는 것을 보았다. 그러다 길거리에서 마주치기라도 하면 내려놓은 보따리에서 물건을 꺼내 한 시간 동안 대화를 나누다가 다시 짐을 챙겨 서로 보따리를 짊어지는 것을 도와주고 헤어졌다.

짧은 대화라면 물건을 호주머니나 겨드랑이에 끼고 다니면 충분했고, 집에서는 이 대화법을 위해 모아둔 물건들로 가득했기 때문에 더욱 곤란할 일이 없었다.

이 방법의 가장 큰 장점은 모든 문명국가에 통용되는 공용어가 생겨난다는 점이다. 각 나라마다 사용하는 물건이나 생활용품들은 대강 비슷하기 때문에 이 방법을 쓰면 쉽사리 서로를 이해할 수 있다. 그러면 상대 국가의 언어를 모르더라도 대사들도 손쉽게 외국 군주나 대신들과 소통할 수 있을 것이다.

다음에는 수학교실로 가보았다. 유럽에서는 상상도 못할 방법으로 학생들을 가르치고 있었다. 먼저 뇌수(腦髓) 용액(溶液)으로 만든 잉크로 웨이퍼(알팍한 과자)에 명제와 증명을 쓰면 학생들은 그것으로 배를 채우고, 사흘 동안 빵과 물 외에는 아무것도 먹지 않는다. 그러면 웨이퍼가 소화되면서 용액이 머리로 올라가게 되고 따라서 명제와 증명공식도 머릿속에 들어가게 된다는 것이다. 그러나 아직까지 성공을 하지 못한 이유는 용액의 용량과 조제법의 착오, 그리고 말을 듣지 않는 학생들 탓이라고 했다. 공부방식이 너무 메스껍다 보니 용액이 몸에 흡수되기도 전에 빠져나와 모두 토해버리는데다 규정대로 금식을 하는 학생도 없었다는 것이다.

6
기묘한 연구 Ⅱ

학사원 이야기가 계속된다. 지은이는 몇 가지 개선책을 제시했는데 그것이 받아들여진다.

정치기획 연구소에서 미치광이 교수들에게 시달린 생각만 하면 늘 기분이 우울해진다. 이 가엾은 사람들은 어떻게 하면 국왕이 지혜와 능력, 덕망에 따라 신하를 선출하고, 대신들이 늘 공익을 염두에 두고 능력 있고 공을 세운 사람에게 걸맞은 보상을 내리며, 군주의 참된 이익은 백성의 이익이라는 것을 알리고, 사람을 채용할 때는 그 자리에 맞는 사람을 쓸 수 있을까 하는 허무맹랑한 공상을 하고 있었다. 그야말로 '아무리 터무니없고 미친 소리라도 옳다고 주장하는 학자는 반드시 있다'는 옛말에 틀린 것이 없었다.

그렇다고 학사원의 모두가 다 공상가였던 것은 아니다. 이를테면 정치의 본질, 체계를 구석구석까지 이해하고 있는 명의(名醫)가 있었다. 그는 자신의 전공지식을 매우 유용하게 활용하여 위정자를 부도덕하게, 시민을 방종하게 만든 정치행정의 병폐와 부패를 바로잡으려 했다. 만일 많은 학자와 이론가들이 말하듯 우리의 몸과 정치체계 사이에 정확하고 보편적인 유사성이 있다면, 인체와 정치체계의 건강유지법과 치료법은 같아야 한다는 것이다. 잘 아는 것처럼 상원이나 추밀원에서는 자주 과잉증에 다혈질, 그밖에 많은 증상 때문에 두통, 심장병, 격렬한 경련, 오른손에서 심하게 나타나는 양손 신경 및 근육 수축, 그밖에 우울증, 장의 팽창, 현기증, 정신착란, 악취 나는 고름으로 가득한 연주창, 종양, 시큼한 게거품이 나는 트림, 개 같은 식욕, 소화불량에 그밖에 말할 필요도 없는 수많은 질병이 나타난다. 그래서 의사는 의회가 열리는 처음 사흘 동안 일정한 수의 의사들을 참석시켜서 의회가 끝날 때마다 의원들의 맥박을 재자고 주장했다. 그런 다음 각각의 증세와 올바른 치료법을 심사숙고하고 나흘째 되는 날 약사에게 적절한 약을 준비시켜 의회에 참석한다. 의회가 시작되기 전에 의원들에게 진통제, 변비약, 세정제, 부식제(티눈처럼 불필요한 조직을 부식시켜 제거하는 약), 수렴제(염증을 치료하고 지혈, 설사를 막아주는 약), 해독제, 설사약, 두통약, 황달 치료약, 거담제(가래를 제거 하는 약물), 보청제 등을 각각의 증상에 따라 처방하여 다음 의회까지 이 약품이 앞서 설명한 질환에 어떤 효과를 보였는지에 따라 처방을 반복하거나 바꾸거나 생략하자는 것이었다.

이러한 계획은 국가적으로도 큰 비용이 들지 않으며, 나의 좁은 식견으로는 상원이 다소라도 입법권에 참여하고 있는 나라라면 업무 처리에 상당한 도움을 줄 것처럼 보였다. 의견 일치를 촉진시키고 논쟁을 줄이고, 늘 입을 다물고 있던 자들의 입은 열게 하고 늘 입이 열려 있던 자들의 입은 닫게 할 것이며, 젊은이들의 혈기를 진정시키고, 늙은이들의 옹고집을 꺾어주며, 어리석은 자를 일깨우고, 버릇없는 자들을 무릎 꿇게 할 것이다.

그리고 국왕의 충성스런 신하들은 기억력이 미약하고 무엇이든 쉽게 잊어버린다는 불평에 대해 의사는 이렇게 제안했다. 대신들을 만나면 용건은 아주 간결하게 설명하고 나올 때 코를 비틀어버린다든지, 배를 힘껏 걷어찬다든지, 티눈을 밟아준다든지, 양쪽 귀를 세 번 잡아당긴다든지, 바늘로 엉덩이를 찔러준다든지, 멍이 들 정도로 팔을 꼬집어서 절대로 잊지 못하게 하라는 것이다. 그리고 일이 처리될 때까지 만날 때마다 이러한 동작을 반복하면 된다고 했다.

또한 그는 국정회의에서 의견을 발표하고 변론한 상원들은 자신의 의견에 반대하는 의견에 투표하도록 하자고 주장했다. 이렇게만 한다면 사회적으로도 큰 이익을 얻을 수 있다는 것이다.

정당간의 알력으로 격렬해진 당파싸움을 조정할 수 있는 무척이나 놀라운 방법도 제안했다. 먼저 각 정당에서 100명의 지도자를 뽑아 머리 크기가 비슷한 사람끼리 짝을 지어 놓는다. 그런 다음 솜씨 좋은 두 외과의를 불러서 톱으로 후두부를 잘라내 뇌가 딱 반으로 나누어지게 한다. 이렇게 잘라 낸 후두부를 반대편 정당 사람의 머리에 붙인다. 정교함을 요구하는 작업이지만 실수 없이 수술을 끝마친다면 확실히 치료될 것이라고 의사는 확신했다. 그가 말하기를 절반씩 나눠 가진 뇌가 머릿속에서 논쟁을 벌이도록 내버려 두면 얼마 지나지 않아 서로를 이해하게 되고 건전하고 절도 있는 사고를 낳

게 될 뿐만 아니라, 자신은 세상을 다스리고 감독하기 위해 태어났다고 생각하는 자들의 머릿속에 올바른 사고의 항상성이 만들어진다. 무엇보다 정당 지도자들 사이의 뇌는 양적으로나 질적으로 차이가 있겠지만 의사가 말하기를, 자신의 학문에서는 그런 건 전혀 문제가 되지 않는다고 했다.

또 나는 국민을 괴롭히지 않고 세금을 거둘 수 있는 가장 간편하고 효과적인 방법을 찾고자 논쟁을 벌이는 두 명의 교수를 만난 적이 있다. 한 교수는 악하고 어리석은 행위에 세금을 붙이면 된다고 주장했다. 세율은 이웃사람들로 구성된 배심원이 공정하게 결정하면 된다고 했다. 그런데 다른 한 교수는 전혀 다른 의견을 내놓았다. 각자 자신에게 가장 중요한 가치를 가졌다고 생각하는 신체적, 정신적 장점에 세금을 매겨야 한다는 것이었다. 세율은 뛰어난 정도에 따라 결정하고 그 결정권은 개개인의 양심에 맡긴다는 것이다. 이성으로부터 사랑을 가장 많이 받는 사람이 가장 높은 세금을 내야 하며, 세율은 사랑받은 횟수와 성질에 따라 정해진다. 이때는 자신이 증인이 될 수도 있다. 영특함, 용기, 교양과 같은 성품에도 높은 세율을 적용하고, 마찬가지로 자기가 고백한 성품의 양에 따라 세금을 거둔다. 그러나 명예, 정의, 지혜, 학식은 제외한다. 왜냐하면 이러한 성품은 어느 누구도 인정하려 들지 않는다는 특이한 성질을 가지고 있어, 아무도 귀중하게 여기지 않기 때문이다.

여자들도 미모나 옷맵시에 따라 세금을 매긴다. 남자들처럼 자신의 판단에 따라 세율을 결정할 수 있는 특권이 있다. 그러나 절개, 정조, 기품, 성격에는 세금을 매기지 않는다. 그랬다가는 그 엄청난 세금을 견뎌내지 못할 것이기 때문이다.

또 상원의원이 언제나 왕실을 지지하게끔 다음과 같은 제안이 나오기도 했다. 상원에 빈자리가 생기면 왕실을 지지하는 사람만 지원자로 받아서 제비를 뽑을 기회를 주는 것이다. 만약 당첨이 되지 못하더라도 다음 기회라는 희망이 있기 때문에 아무도 불평을 품지 않고 모든 것을 행운의 여신 탓으로 돌릴 거라는 것이다. 과연, 그렇기에 행운의 여신의 어깨는 대신의 어깨보다 훨씬 넓고 튼튼한 것이다.

다른 교수는 정부에 대한 반란 음모를 사전에 발견하는 방법이 담긴 큰 서류를 보여주었다. 이 책에서 권고하는 바는 의심이 가는 사람이 있다면 먼저 먹는 음식을 조사하고 언제 식사를 하며, 어느 방향으로 침대에 눕고 어느 손으로 뒤를 닦는지 확인한 다음, 대변[1]을 엄밀하게 조사하여 색과 냄새, 맛, 그리고 소화가 잘 되었는지 검사하면 그들의 생각이나 계획을 알아낼 수 있다는 것이다. 사람은 변기에 앉으면 진지해지고 생각이 깊어지기 때문이다. 이것은 교수가 여러 차례 실험을 거쳐 발견했다고 한다. 변기에 앉아 (물론 실험을 위해서이다) 어떻게 하면 국왕을 암살할 수 있을까 생각했더니 대변은 녹색이 되었고, 단순히 내란을 일으켜 수도를 불바다로 만들 생각을 했더니 전혀 변화가 일어나지 않았다는 것이다.

그 논문은 실로 예리한 논문이어서 정치가들이 본다면 매우 흥미롭고 유용한 내용으로 가득 차 있었다. 그러나 아무래도 완벽해보이지는 않았다. 그래서 나는 지은이에게 과감히 몇 가지를 더 첨가하는 것은 어떻겠느냐고 말

---

[1] 애터버리 교주를 재판할 때 변기 속에서 발견되었다는 문서가 증거로 제출되었다.

했다. 그러자 보통 작가들이나 기획자들과는 달리 그는 매우 흔쾌히 나의 제안을 받아들였다.

거기서 나는 이런 애기를 했다.

"*2만약 음모와 모반으로 민심이 흉흉해지면 관리들은 그걸 이용하고자 먼저 폭로자, 목격자, 밀고자, 고발자, 기소인, 증인, 서약인과 자신들을 따르는 앞잡이를 키울 겁니다. 그런 다음 일을 잘 진행시켜줄 뛰어난 수완가 밑으로 보내지요. 이렇게 힘만 있다면 누구든 훌륭한 정치가 행세를 할 명성을 쌓을 수 있고, 정신 나간 정치판에 활기를 되찾아주고, 대중의 불만을 억누르거나 다른 데로 돌릴 수 있으며, 과징금으로 잇속을 채울 수 있고, 자기 사정에 맞춰 국채가격을 올릴 수도 내릴 수도 있습니다. 그러려면 먼저 반란 혐의를 뒤집어씌울 사람*3부터 정해야 합니다. 그런 다음 그를 감금하고 주고받은 편지와 문서를 모조리 압수하여 단어, 음절, 글자에서 숨겨진 뜻을 찾아내는데 도가 튼 전문기술자에게 넘기면 그들은 그 뜻을 해독해 어떤 의미든 마음대로 붙여줍니다. 원문의 취지나 본뜻은 아무 상관없습니다. 이를테면 체(篩)는 귀부인들, 절름발이 개는 침략자, 전염병은 상비군, 대머리 독수리는 대신, 중풍은 고위 성직자, 요강은 귀족위원회, 빗자루는 혁명, 쥐덫은 관직 자리, 깊은 구덩이는 재무부, 시궁창은 궁전, 방울달린 모자는 총애받는 신하, 부러진 갈대는 법원, 빈 술통은 장군, 고름이 나오는 종기는 정치행태라는 식으로 마음대로 뜻을 집어넣으면 됩니다.

그러나 이 방법으로도 잘 되지 않을 때에는 더 효과적인 수단이 있습니다.

---

*2 주석이 시작되는 부분에서부터 "그러려면 먼저 반란 혐의를 뒤집어씌울 사람부터 정해야 합니다"까지의 본 내용은 이후 포크너 판에 다음과 같이 수정된다. "저는 트리브니아 왕국을 여행하다 랭던(각각 브리튼과 런던의 애너그램)족을 만나 그곳에 잠시 머물렀던 적이 있습니다. 그들은 온통 폭로자, 목격자, 밀고자, 고발자, 기소인, 증인, 서약인에 관리를 뒤따르는 앞잡이들뿐이더군요. 이 나라 정치인이 하는 일이라곤 그저 자신의 명성을 쌓고, 정치판에 활기를 되찾고, 대중의 불만을 억누르거나 다른 데로 돌리고, 과징금으로 잇속을 채우고, 사정에 맞춰 국채가격을 좌우지하는 것뿐이었습니다. 그들은 먼저 의심쩍은 자를 어떤 반란죄로 규탄할지부터 정합니다."

*3 1722년 재커바이트가 일으키려다 불발된 반란에 관한 풍자이다. 남해 거품 사건으로 실각한 선더랜드와 가톨릭 로체스터 교주 애터버리가 조지 1세를 몰아내고 제임스 2세를 옹립하려 했지만, 갑작스럽게 사망한 선더랜드의 자택에서 반란계획이 담긴 편지가 발각되면서 대대적인 재커바이트 사냥이 벌어진다. 가까운 사이였던 토리당은 그들을 동정했고, 지은이는 시종일관 애터버리의 무죄를 주장했다.

학자들이 **글자맞추기**(acrostic)나 **애너그램**(anagram)이라고 부르는 것들이지요. 각 단어의 머리글자를 정치적 의미로 해석하는 무척이나 똑똑한 사람도 있습니다. 다시 말해 N은 음모, B는 기병대, 그리고 L은 함대와 같은 방식이지요. 아니면 수상해 보이는 문장의 알파벳 순서를 바꿔 불만에 찬 정당의 음모를 밝혀낼 수도 있습니다. 이를테면 제가 친구에게 보낸 편지의 '우리 형 톰이 치질에 걸렸어(Our brother Tom has just got the piles)'라는 문장에서도 해독 능력이 뛰어난 사람은 '항전해라, 음모가 발각되었다, 여행(Resist, a plot is brought home, the tour)'이라는 의미를 찾아낼 수 있답니다. 이것이 바로 애너그램입니다."

이러한 나의 의견에 교수는 매우 고마워하며 논문에 꼭 내 이름을 언급하겠다고 약속했다.

이제 더는 이 나라에 머물 이유가 없어졌다는 생각이 들어 재차 고국으로 돌아가고 싶어졌다.

7
글럽덥드립(마법사의 섬)

지은이는 라가도를 떠나 말도나다에 도착한다. 배가 준비되지 않아 잠깐 글럽덥드립에 머무르며 족장의 환대를 받는다.

발니바르비 왕국이 위치한 대륙은 동쪽으로 뻗어서 아메리카 대륙의 알려지지 않은 부분, 아마도 캘리포니아 서쪽까지 이어진 듯했다. 북쪽은 태평양과 이어져 있었는데 수도 라가도에서 150마일 거리에 있었다. 태평양 연안에는 훌륭한 항구가 있었다. 그 항구는 그곳에서 북서쪽으로 북위 29도, 동경 140도 지점에 있는 럭냅과의 교역으로 매우 분주했다. 럭냅은 일본에서 남동쪽으로 약 100리그 떨어진 곳에 위치한 섬으로, 일본 황제와 럭냅 국왕 사이에는 굳은 동맹이 체결되어 있어 양국 사이에는 왕래가 잦았다. 나는 유럽으로 돌아가기 위해 이 길을 택하기로 했다. 그래서 얼마 안 되는 짐도 옮기고 길안내도 받을 겸 노새 두 마리를 가진 안내인을 고용했다. 무노디 경에게는 여러 가지로 큰 신세까지 졌는데 떠날 때도 많은 선물까지 받아 깊은 감사 인사를 했다.

여행하는 동안 특별한 사건이나 모험은 없었다. **말도나다**(라는 이름이었다) 항구에 도착했지만 공교롭게도 럭냅으로 가는 배편이 없는데다 당분간 배편이 나올 것 같지도 않았다. 도시는 포츠머스의 반만 한 크기였다. 나는 곧 친구 몇 명을 사귀게 되었고 그들한테서 후한 대접을 받았다. 한 친구는 마을에서도 유명한 신사였다. 그는 럭냅으로 떠나는 배가 한 달 뒤에나 나올 테니 남서쪽으로 5리그 거리에 있는 글럽덥드립이라는 작은 섬을 여행해보는 것이 어떻겠냐고 했다. 그는 작고 편리한 소형 범선까지 마련해서는 친구와 함께 동행해주겠다고 했다.

글럽덥드립이라는 이름은 대강 **요술쟁이** 혹은 **마법사의 섬**이라는 뜻이다.

크기는 와이트 섬(영국해협에 위치한 면적 380km의 섬)의 3분의 1정도지만 땅이 매우 비옥했다. 섬은 어떤 종족의 족장이 통치하고 있었으며 그 종족은 모두 마법사였다. 그들은 다른 종족과는 결코 결혼하지 않았고 가장 나이가 많은 사람이 왕, 그러니까 족장을 맡았다. 족장은 웅장한 궁전과 20피트 높이의 돌담을 두른 3000에이커의 정원을 갖고 있었다. 가축을 키우거나 농사, 원예를 위해 구역을 잘게 나누었다.

족장과 가족들은 매우 특이한 하인을 두고 있었다. 그는 강령술로 마음에 드는 사자(死者)를 불러내 하루 동안 (그 이상은 할 수 없다) 시중을 들게 할 수 있었다. 대신 특별한 경우가 아니라면 석 달 이내에 같은 사람을 다시 부를 수는 없다.

우리가 섬에 도착한 것은 오전 11시 무렵이었다. 앞서 얘기한 신사 친구는 곧바로 족장을 찾아가 한 이방인이 족장님을 알현할 영예를 누리고자 하니 부디 허락해달라고 간청했다. 곧바로 허락이 떨어져 우리 세 사람은 궁전 대문으로 들어섰다. 양옆에는 매우 고풍스러운 복장을 한 무장 근위병들이 늘어서 있었다. 그들은 하나같이 무시무시한 표정을 하고 있어 공포를 느꼈다. 우리는 몇 개의 방을 더 지나갔지만, 여기도 똑같이 생긴 하인들이 양쪽으로 늘어서 있었다. 접견실에 도착한 우리는 세 번 절을 하고 통속적인 질문 몇 가지를 받고 나서야 가장 아랫단에 놓인 의자에 앉을 수 있었다. 추장은 발니바르비 말을 (글럽덥드립에서는 다른 언어를 썼다) 유창하게 구사했는데, 나의 여행 이야기가 듣고 싶다고 했다. 그는 허물없이 나를 대하고 싶었는지 손가락을 움직여 주위에 있던 사람들에게 물러날 것을 명했다. 그러자 놀랍게도 마치 모두가 꿈이었던 것처럼 한순간에 사라져버렸다. 나는 한동안 정신을 차릴 수가 없었다. 그러나 나에게 조금도 해를 끼치지 않을 것이니 안심하라는 추장의 말과, 이러한 접대에 익숙해진 것인지 아무렇지도 않아 하는 두 친구의 모습에서 용기를 얻어, 나는 추장에게 모험담들을 간단하게 들려주었다. 얘기를 하면서도 유령이 있던 자리에 계속 시선이 갔다. 나는 추장과 함께 저녁을 들었다. 이번에는 다른 유령들이 와서 음식을 나르고 시중을 들었다. 그래도 처음 보았을 때만큼은 무섭지 않았다. 해가 저물자 추장은 우리에게 궁전에서 머물라고 요청했지만 정중하게 거절했다. 우리는 (이 작은 섬의 수도였던) 이웃마을에서 밤을 보내고 추장의 의견대로 아침에 다시

궁전을 찾았다.

 이렇게 우리는 열흘 동안 섬에 머물렀다. 나는 하루의 대부분을 추장과 함께 보냈고 밤이 되면 숙소로 돌아와 쉬었다. 점차 유령들에게도 익숙해지면서 세 번째인가 네 번째부터는 아무렇지도 않았다. 그렇다고 두려움이 모두 사라진 것은 아니지만 두려움보다는 호기심이 더 컸던 것이다. 추장은 이 세상이 생겨난 뒤부터 오늘날까지 죽은 사람 중에서 내가 보고 싶은 사람이라면 그게 누구든, 몇 사람이든 불러줄 것이며, 무엇을 물어보더라도 (다만, 그들이 살던 시대에 한해서) 대답하게 해주겠다고 했다. 그리고 그들의 얘기는 모두 믿어도 좋다고 했다. 저승에서 거짓말은 아무 소용도 없기 때문이다.

 나는 이같은 호의를 베풀어 준 족장에게 깊은 감사를 표했다. 때마침 정원이 훤히 내려다보이는 방에 있던 참이라, 화려하고 장엄한 광경이 보고 싶었던 나는 아르벨라 전투*¹를 끝내고 군대의 선두에 선 알렉산드로스 대왕을 만나고 싶다고 했다. 추장이 손가락을 까딱하자 우리가 서 있던 창문 아래 넓은 정원에 알렉산드로스 대왕이 나타났다. 추장은 그를 방으로 불렀다. 나의 그리스어 실력이 형편없었던 탓에 그의 말을 이해하는 것은 매우 어려웠다. 하지만 그가 말하기를, 자신은 독살이 아니라 과음으로 생긴 열병으로 죽었다며 명예를 걸고 단언했다.

다음에는 한니발이 알프스를 넘어가는 모습을 보았다. 그는 자기 진영에 식초*²가 한 방울도 없다고 했다.

그 다음으로는 카이사르와 폼페이우스가 선두에 서서 막 전투를 시작하려는 광경이 보였다. 그리고 카이사르의 마지막 승리도 보았다. 나는 로마의 원로원을 큰 방에, 오늘날의 의회를 작은 방에 나타나게 해달라고 부탁했다. 원로원은 영웅과 반신들의 모임처럼 보였고, 반면 의회는 봇짐장수와 소매치기, 강도, 건달 집단처럼 보였다.

족장은 나의 바람대로 카이사르와 브루투스를 우리가 있는 곳으로 불렀다. 나는 브루투스의 모습을 보고 깊은 존경심에 사로잡혔다. 그의 얼굴에서 고결한 인격, 굳건한 의지, 조국에 대한 진심어린 사랑, 인류에 대한 깊은 애정을 뚜렷이 찾아볼 수 있었다. 무엇보다도 사이좋은 두 사람의 모습은 나를 흐뭇하게 했다. 카이사르는 자신의 위대한 업적도 자기 목숨을 앗아간 브루투스의 영광에는 미치지 못한다고 솔직하게 고백했다. 나는 영광스럽게도 브루투스와 많은 이야기를 나눌 수 있었다. 그는 자신의 조상인 유니우스를 비롯해 소크라테스, 에파미논다스, 작은 카토, 토머스 모어, 그리고 자신까지*³ 늘 함께하는 6인당(六人黨 : sextumvirate)을 만들었는데 동서고금을 막론하고 일곱 번째 사람은 없을 것이라고 했다.

나의 지칠 줄 모르는 호기심으로 얼마나 많은 역사 속 인물들을 불러냈는지 일일이 소개했다가는 무척이나 지루해질 것이다. 나는 주로 독재자나 반

---

*1 BC 331년 10월 마케도니아의 알렉산드로스 대왕이 이끄는 헬라스 동맹군과 페르시아의 다리우스 3세가 이끄는 페르시아군(軍)이 가우가멜라 평원에서 벌인 전투. 가우가멜라 전투라고도 부른다.
*2 알프스를 넘던 한니발은 길을 가로막은 바위를 불로 달구고 식초를 부어 갈라버렸다고 한다.
*3 모두 공익을 위해 지조를 굽히지 않고 헌신한 사람들이다.

역자들을 물리쳤거나, 탄압받던 국민들을 해방시켜준 인물들을 만나보았다. 그때마다 내가 느꼈던 만족감을 독자들에게 표현하기는 불가능하다.

8
여러 유령과 만나다

글럽덥드립에 대해 계속 이야기한다. 고대사와 근대사가 잘못되었다며 수정한다.

다음으로 지성과 학문으로 이름을 떨친 위인들을 만나고 싶어 미리 하루를 잡아두었다. 나는 호메로스와 아리스토텔레스에게 주석자들을 모두 데리고 와달라고 부탁했다. 그런데 그 수가 어찌나 많던지 수백 명이 궁전 안팎에서 기다려야만 했다. 그런데 그 속에서도 단번에 알아볼 수 있을 만큼 호메로스와 아리스토텔레스는 단연 돋보였다. 호메로스가 조금 더 키가 크고 남자다웠으며, 나이에 비해 꿋꿋한 걸음걸이와 총기를 잃지 않은 눈동자는 이제까지 본 적이 없을 정도였다. 반면에 아리스토텔레스는 등이 많이 굽은 데다 지팡이를 짚고 있었다. 거기다 얼굴은 여위었고 머리는 벗겨졌으며 목소리에는 힘이 없었다. 그런데 두 사람은 자신들의 주석자와는 한 번도 만난 적이 없으며 이름도 모른다고 하는 것이 아닌가. 그러자 이름을 밝히지 않은 어떤 유령이 나에게 이렇게 속삭였다.

"위인의 뜻을 후대에 왜곡해서 전했다는 사실이 부끄럽고 죄스러워 그들과 가장 멀리 떨어진 지하실에서 지내기 때문입니다."

나는 디디무스와 유스타티우스[1]를 소개하면서 능력은 따지지 말고 잘 대해달라고 했지만, 그들의 그릇은 시인의 정신을 이해하기에 너무 작다는 것을 이미 눈치채고 있었던 호메로스에게 너무 뻔뻔한 부탁이었다. 그리고 아리스토텔레스에게는 스코투스와 라무스[2]를 소개해주며 그들에 대한 이야기를 들려주었는데, 무척이나 화를 내더니 다른 녀석들도 모두 이들처럼 엄청

---

[1] 디디무스(Didymus, 313~395)는 기원전 알렉산드리아의 고전학자, 유스타티우스는 12세기 말의 테살로니카의 대주교였다. 두 사람 모두 호메로스에 대한 주석을 저술했다.

난 바보냐고 물었다.

나는 추장에게 부탁해 데카르트와 가셍디*3를 불러내 자신들의 체계를 아리스토텔레스에게 설명해줄 수 없겠느냐고 물었다. 그러자 위대한 철학자는 자신이 물리학에서 실수를 범했다는 것을 순순히 인정했다. 모든 사람들이 그렇겠지만 추측으로 문제를 풀었기 때문이다. 그는 에피쿠로스 이론을 입맛에 맞게 해석했던 가셍디도 데카르트의 소용돌이설*4도 모두 논파당했음을 알게 되었고, 오늘날 과학자들이 열광적으로 지지하고 있는 인력설(引力說)도 분명 똑같은 운명을 맞이할 것이라고 예언했다. 그러면서 자연현상을 이

---

*2 스코투스는 유명한 13세기 스콜라 철학자로 아리스토텔레스 주석은 그의 최고 걸작이다. 라무스는 16세기 프랑스 철학자로 아리스토텔레스와 그의 전통적 해석에 반대했다.

*3 데카르트, 혹은 피에르 가생. 17세기 프랑스 철학자. 에피쿠로스 철학을 근세에 맞게 다시 일으켰다.

*4 데카르트는 중력을 설명하기 위해 우주를 구성하는 에테르 입자가 소용돌이처럼 축을 중심으로 회전하고 있다고 주장했지만 뉴턴의 만유인력으로 대치된다. 글에서 만유인력을 운운하는 것은 뉴턴에 대한 풍자이다.

해하는 새로운 체계는 한 순간의 유행에 지나지 않으며 시대에 따라 변화한다는 것이다. 새로운 체계를 수학적 원리로 증명할 수 있다고 떠들어봤자 잠깐 빛을 발할 뿐이지, 정작 결과가 나올 무렵이면 기억 속에서 잊힌다는 것이다.

나는 고대의 학자들과 얘기를 나누며 5일을 보냈다. 로마 초기 황제들도 대부분 만나보았다. 나는 추장에게 엘라가발루스*5의 요리사를 불러내 만찬준비를 하게 해달라고 했지만 재료가 부족했던 탓에 제대로 실력발휘를 하지 못했다. 아게실라오스*6의 노예는 스파르타식 브로스(물이나 육수에 고기, 생선, 채소를 넣고 약한 불로 끓여 낸 수프의 일종)를 끓여주었으나 한 숟갈을 먹고 나니 도무지 손이 가질 않았다.

나를 안내해준 두 친구는 사정이 생겨 사흘 뒤에는 돌아가야만 했다. 나는 사흘 동안 근대의 위인, 즉 영국이나 유럽의 지난 2, 300년 전의 훌륭한 인물들을 만나보았다. 거기다 역사 깊은 유명 혈통을 열렬히 찬양했던 나는 추장에게 스무 명의 국왕들을 8대 내지는 9대 선조들과 함께 불러달라고도 했다. 그러나 결과는 매우 실망스러웠다. 나는 왕관을 쓴 고귀한 행렬이 이어질 것이라고 생각했는데, 바이올린 악사 두 명, 말쑥한 궁전대신 세 명, 이탈리아 성직자가 한 명 나타났을 뿐이다. 다른 가문에서는 이발사 한 명, 수도원장 한 명, 거기다 추기경이 두 사람이었다. 앞서 말했듯 나는 왕족을 존경하므로 민감한 문제를 잡고 늘어지는 것은 삼가도록 하겠다. 하지만, 공작과 같은 귀족가문은 얘기가 다르다. 흔히 얘기하는 가문 대대로 유전되는 특징을 내 눈으로 직접 확인했을 때, 얼마나 재미있었는지 모른다. 이를테면 어떤 가문은 모두 턱이 길었고, 또 어떤 가문은 두 세대 동안 악당들만 태어나더니, 다음 두 세대 동안은 바보만 태어났다. 또 다른 가문은 정신병자투성이에, 또 다른 가문에서는 사기꾼들뿐이었다. 나는 왜 폴리도어 버질*7이 어떤 위대한 가문을 놓고 '강인한 사내 하나 없고, 순결한 여인 하나 없다'고 얘기했는지 비로소 알 수 있었다. 몇몇 가문은 잔인함과 위선, 소심함이 문장처럼 가문을 나타내는 특징이 되어 있었고, 또 어떤 명문가에서는 림프선 종양이 자자손손 유전되고 있었다. 거기다 처음으로 매독을 가져온 사람

---

*5 3세기 초반 고대 로마의 황제로 누워서 술과 식사를 했을 만큼 궁중생활이 문란했다.
*6 기원전 4세기 무렵에 스파르타를 다스렸던 국왕.
*7 16세기 이탈리아 역사가. 법왕의 명에 따라 영국에 파견된 적이 있다.

이 누구인지도 알 수 있었다. 그러나 이러한 귀족 가문들에 시종이나 하인, 몸종, 마부, 도박꾼, 두목, 소매치기의 핏줄이 섞여 있음을 감안하면 그리 놀라운 일도 아니다.

가장 역겨운 것은 현대의 역사였다. 이유를 알고 싶다면 지난 백 년간 궁전에 있었던 저명인사들을 철저하게 조사해보라. 매춘부 같은 작가들이 엉터리 글로 사람들을 속이고 있다. 겁쟁이가 전쟁에서 가장 큰 공훈을 세운 사람이 되고, 바보가 현명한 조언자가 되었으며, 아첨꾼들은 성실하게, 매국노들은 로마인처럼 덕망 있게, 무신론자는 경건하게, 남색을 밝히는 자는 순결하게, 밀고자들은 진실 되게 만들었다. 얼마나 많은 무고하고 뛰어난 사람들이 부패한 판사와 당파의 알력싸움을 이용한 대신의 음모로 사형을 당하거나 추방당했던가. 얼마나 많은 악당들이 신임, 권력, 권위, 이익이 보장되는 자리에 올라갔던가. 궁전, 추밀원, 의회라는 각 기관의 의사진행과 의사(議事)

에 얼마나 많은 뚜쟁이와 창녀, 포주, 아첨꾼, 광대들이 큰 발언권을 요구했던가. 세계의 위대한 사업과 혁명들이 성공한 것이 실로 사소한 우연 덕분이라는 얘기를 들었을 때, 나는 인간의 지혜와 성실성을 경멸하게 되었다.

여기에서 나는 일화, 그러니까 비화 등을 쓴다는 자들의 거짓과 무식을 발견했다. 그들은 자기 마음대로 수많은 왕을 독약 한 잔으로 무덤에 보냈고, 단 한 명의 증인도 없이 국왕과 수상 사이에 있었던 이야기를 마구 얽어 써 냈으며, 툭하면 대사나 대신들의 속마음과 비밀금고를 파헤쳤다고 하지만 모두 빗나갔으니 이걸 어찌해야 하겠는가. 나는 여기서 세상을 깜짝 놀라게 할 여러 큰 사건의 진상을 알 수 있었다. 이를테면 한 창녀가 배후 인물을 좌지우지하면서 추밀원을 장악했고, 추밀원을 통해 원로원까지 자기 뜻대로 할 수 있었다는 것을 알았다. 또 어떤 장군은 나에게 자신이 얻은 승리는 순전히 겁을 먹고 잘못된 지휘를 내린 덕분이라고 고백했으며, 어떤 제독[*8]은 정확한 정보가 없었던 까닭에 원래 아군의 함대를 넘겨주려던 적 함대를 그만 쳐부숴버렸다고 했다. 거기다 세 국왕[*9]은 자신들의 치세 기간 동안 우수한 인재를 등용한 적은 단 한 번도 없었으며, 만약 있었다면 그건 실수거나 믿었던 대신에게 속았기 때문이며 자신들이 다시 태어나더라도 결과는 같을 것이라고 단언했다. 또한 도덕성에서 우러나는 단호하고 자신만만하며 고집 센 성격은 정치에 있어 매번 걸림돌이 되기 때문에 왕위를 유지하려면 부정부패가 필수라고 주장했다.

다음으로 나는 많은 사람들이 가장 명예로운 지위와 막대한 재산을 어떻게 획득한 것인지 알고 싶었다. 나는 되도록 근대의 인물에게만 질문하기로 했다. 아무리 외국인이라도 지금 살아 있는 인물의 감정을 상하게 하고 싶지는 않았기 때문이다(당연한 이야기지만 지금 하려는 얘기는 우리나라와는 전혀 관계가 없다). 관련된 사람들이 불려나왔다. 아주 짤막한 얘기가 오갔음에도 어찌나 극악무도한지 지금 생각해도 소름이 끼친다. 그들이 고백한 위증, 협박, 매수, 사기, 뚜쟁이 따위는 어느 정도 정상을 참작한다면 눈감아줄 수 있는 것들이다. 그러나 남색과 근친상간으로 명성과 재산을 얻었다든지, 아내와 딸

[*8] 당시 제독이었던 에드워드 러셀 경을 풍자했다. 1692년 라오그 해전에서 보여준 그의 행동 때문에 의심의 눈초리를 샀다.
[*9] 찰스 2세, 제임스 2세, 윌리엄 3세를 가리킨다.

을 매음시켜 직위와 재산을 얻었다든지, 국가와 국왕을 배신했다든지, 독살을 했다든지, 무고한 사람들을 모함해서 막대한 재산과 명성을 누렸다는 고백을 듣고 있자니, 우리 같은 아랫것들은 숭고한 귀족의 위엄에 존경심을 가지고 대해야 마땅하다고 생각하던 나조차도 그들에 대한 존경심이 사그라질 지경이었다.

국가나 국왕에게 충성을 다했던 충신들의 이야기를 자주 접했던 나는 그런 사람들을 만나보고 싶다고 부탁했다. 그런데 놀랍게도 그들 대부분은 역사에 이름을 올리지 못했다는 것이다. 역사에 기록되더라도 형편없는 악당이거나 반역자일 뿐이고 이름을 들어본 적도 없는 사람들도 있었다. 하나같이 낙심한 표정에 초라한 몰골을 하고 나타난 그들은, 자신들은 가난과 멸시 속에서 죽어갔으며 형장의 이슬로 사라진 사람들도 있다고 얘기했다.

그런데 그중에 조금 독특한 사정이 있는 사내가 (열여덟 정도 되어 보이는 청년도 함께였다) 있었다. 그의 말에 의하면 자신은 오랫동안 함장을 맡은 사람으로 악티움 해전*10에서도 멋지게 적진을 돌파하여 주력 전함 세 척을 격침시키고 한 척을 노획했으며, 그 덕분에 안토니우스가 꽁지가 빠져라 달아나는 바람에 자국이 승리할 수 있었다고 했다. 그런데 그 대가로 (옆에 서 있던 청년을 말하는 것이었다) 자신의 외동아들이 전사하고 말았다. 전쟁이 끝나자 자신은 혁혁한 전공을 세웠다고 생각해, 로마로 돌아간 후 자신의 배보다 더

---

*10 기원전 31년에 안토니우스와 옥타비아누스(훗날 아우구스투스) 간에 로마의 패권을 두고 겨룬 해전.

큰 배의 함장이 죽었으니 그 배의 지휘권을 맡겨달라고 아우구스투스 황제에게 청원했다. 그러나 그의 청원에도 불구하고 그 자리는 바다라고는 본 적도 없는 풋내기(그는 황제의 첩의 시중을 드는 리베르티나(노예에서 해방된 여인)의 자식이었다)의 차지가 되었고, 정작 자신은 직무태만 죄로 원래의 전함마저 부사령관 푸블리콜라[*11]가 아끼는 시동에게 빼앗겼다는 것이다. 그리하여 결국 그는 로마에서 멀리 떨어진 농장에서 생을 마감했다. 나는 그가 들려준 이야기가 사실인지 확인하고 싶어서 족장에게 아그리파[*12]를 불러달라고 부탁했다. 아그리파는 그 이야기가 모두 사실이라고 확인해주었을 뿐만 아니라 그에게 유리한 증언도 해주었다. 매우 겸손한 사람이었던 함장은 자신의 공적을 대부분 숨기거나 대단치 않은 것처럼 얘기했다.

당시 로마의 부정부패가 이렇게까지 극에 달했다는 사실이 어찌나 놀랍던지 다른 나라(모든 종류의 악덕이 더 오래전부터 성행해서 아무 권한도 없는 사령관이 모든 것을 독차지했었다)의 비슷한 예를 보고도 아무렇지도 않을 정도였다.

나는 불러낸 사람들의 (모두 생전의 모습으로 나타났다) 모습을 보면서 우리 인류가 지난 수백 년 동안 얼마나 퇴화했는지를 깨닫고 우울한 마음을 감출 길이 없었다. 온갖 증상을 보이는 어떤 전염병 때문에 우리 영국인들의 생김새는 모두 바뀌어버렸다. 체격은 왜소해지고, 신경은 해이해졌으며, 근육은 쇠약해지고, 안색은 어두워졌으며, 살은 물컹이고 역겹게 변했다.

나는 계급을 낮추고 낮추어서 끝에는 옛 기질이 남아 있는 영국 자작농을 몇 사람 불러달라고 부탁했다. 소박한 관습과 생활양식, 공정한 일처리, 진정한 자유정신, 용기와 조국애로 이름 높았던 사람들 말이다. 하지만 이제 죽고 없는 이들의 순수하고 고유한 미덕은 후손들의 손에 의해 몇 푼에 팔려버렸다. 투표권을 팔아치우고 선거 조작까지 하는 그들의 모습을 보니 궁전의 온갖 악덕과 부정부패가 여기까지 전염되었다는 사실에 마음이 뒤숭숭해졌다.

---

*11 누구인지 분명하지 않은 지은이의 허구로 보인다.
*12 마르쿠스 비프사니우스 아그리파(Marcus Vipsanius Agrippa, BC 62~BC 12)는 로마의 장군으로 카이사르의 함대를 지휘해 악티움 해전을 승리로 이끌었다.

9
럭낵 왕국

지은이는 말도나다로 돌아와 럭낵으로 떠난다. 그곳에서 구금되지만 궁전에서 그를 마중나온다. 국왕을 알현하는 방식과 신하에 대한 국왕의 자비에 대해 이야기한다.

마침내 떠날 날이 되어 나는 글럽덥드립의 추장에게 작별인사를 하고 두 친구와 함께 말도나다로 돌아왔다. 여기서 2주가 지난 후 럭낵으로 가는 배가 준비되었다. 두 친구를 비롯해 몇몇 사람들이 친절하게도 나의 여비를 마련해주고 배까지 마중을 나와주었다. 항해는 한 달 정도 걸렸다. 한 번은 심한 폭풍우를 만나는 바람에 진로를 서쪽으로 돌려 60리그에 걸친 무역풍의 영향권 속으로 피신해야 했다. 1708[*1]년 4월 21일, 우리는 럭낵의 동남부에 있는 항구도시 클루멕닉으로 들어섰다. 항구에서 1리그 떨어진 곳에 닻을 내리고 항구에 항해사들을 요청했다. 30분도 안 돼서 두 항해사가 찾아왔고, 우리는 그들의 안내를 받으며 얕은 여울과 암초를 피해 깊은 내항으로 들어갔다. 성벽에서 1케이블밖에 안 되는 거리에도 함대 하나가 안전하게 정박할 수 있을 정도였다.

그런데 선원 하나가 일부러 그랬는지 실수였는지, 내가 여행 경험이 풍부한 외국인이라고 안내인에게 말해버리고 말았다. 안내인은 그것을 세관원에게 보고했고 나는 럭낵에 도착하자마자 매우 엄격한 조사를 받았다. 세관원은 발니바르비 말을 쓰고 있었다. 두 나라 사이에 교역이 활발하다보니 이곳 세관원이나 뱃사람들 사이에서도 발니바르비 말이 통용되고 있었다. 나는 지금까지의 일들을 간단하게 설명하면서도 국적은 네덜란드라고 속였다. 내가

[*1] 초판본에는 1711년으로 되어 있었지만 제2쇄에서 1709년으로, 포크너 판부터 1708년으로 수정된다.

가려던 일본은 네덜란드인만 입국을 허락했기 때문이다. 나는 발니바르비 해안에서 조난당했다가 라퓨타에 구조되었으며, 고국으로 돌아갈 배편을 구하기 위해 일본으로 갈 예정이라고 했다. 세관원은 궁전에서 명령이 올 때까지 나를 구금해두겠다고 하고 나에 대해 작성한 서류를 궁전으로 보냈다. 답신은 아마 보름 뒤면 올 것이라고 했다. 나는 가까운 숙소로 옮겨졌다. 보초가 있었지만 정원을 자유롭게 산책할 수 있었고, 모든 비용은 국왕이 댄다고 했다. 몇몇 사람들이 찾아오기도 했는데 아마도 들어보지도 못한 먼 나라 사람이 왔다는 소문이 퍼지면서 호기심이 통한 것이 틀림없다.

나는 같은 배를 타고 왔던 청년을 통역으로 고용했다. 그는 럭낵이 고향이었지만 몇 년을 말도나다에서 살아 두 나라 말에 능통했다. 나는 청년의 도움을 받아 나를 찾아온 사람들과 대화를 나눌 수 있었다. 대화라고 해봐야 그들의 질문에 내가 대답하는 것뿐이었지만 말이다.

예상했던 시기에 궁전에서 사신이 왔다. 그는 우리 일행을 기병 10인이 호위하여 **트랄드럭덥** 혹은 **트랄드럭드립**이라는 곳(내가 기억하기로 두 가지로 발음했다)으로 데려오라는 영장을 가지고 온 것이다. 일행이라는 것은 통역을 맡은 청년을 말하는 것이었기에, 나는 그에게 함께 갈 것을 부탁했고 두 사람이 탈 노새를 빌렸다. 우리는 떠나기 반나절 앞서 전령을 보내 출발을 알리고 언제 국왕의 발판을 핥을 영광을 가질 수 있는지 날짜와 시간을 알려달라고 했다. 궁전에서 흔히 쓰는 표현이지만 이것이 결코 형식적인 말이 아님을 곧 알게 되었다. 이틀 뒤 그곳에 도착했을 때 나는 배를 바닥에 대고 땅을 기면서 바닥을 핥아야만 했던 것이다. 그런데 외국인이라는 이유로 바닥은 깨끗이 치워져 있어 먼지라 할 것도 없었다. 이것은 아주 특별한 처분으로 국빈급 인사가 찾아올 때가 아니면 허용되지 않는다고 한다. 만약 찾아온 사람의 정적(政敵)이 궁전에 있으면 일부러 바닥에 먼지를 뿌려두기도 한다는 것이다. 나는 국왕의 앞까지 기어갔다. 그새 입 안에 가득 찬 먼지 탓에 한마디도 말하지 못한 고관을 본 적도 있다. 국왕을 찾아온 사람이 어전에서 침을 뱉거나 입을 닦는 것은 사형에 해당하는 중죄이기 때문에 어쩔 도리가 없었던 것이다. 이밖에도 선뜻 좋게 볼 수 없는 관습이 하나 있었다. 만약 국왕이 어떤 귀족을 은밀하고 자비로운 방법으로 죽이고 싶다면 바닥에 치명적인 독을 지닌 갈색가루를 뿌려 두라고 명령하는 것이다. 단 한 번이라도

핥았다간 하루 안으로 사망하는 치명적인 독이다. 그러나 넘쳐나는 관대함과 신하들을 생각하는 깊은 마음(이 점에 대해서는 유럽의 군주들도 배웠으면 한다)을 지닌 국왕의 명예를 위해 얘기해두겠다. 사형을 집행하고 나면 국왕은 바닥에 묻은 독을 깨끗이 닦아내라고 시종에게 명령을 내린다. 만약 일을 게을리 했다간 국왕의 모진 분노를 사게 된다. 전에 어떤 시종이 태형 선고를 받았는데, 사형집행이 끝난 뒤에 바닥청소를 해야 했던 그가 무슨 생각에서인지 그 일을 건너뛰었다는 것이다. 그 때문에 장래가 촉망되는 젊은 귀족이 (국왕은 그를 죽일 생각이 전혀 없었다) 국왕을 알현한 뒤에 안타깝게도 독을 먹고 죽게 되었다. 그런데 마음이 너그러운 국왕은 다시는 똑같은 잘못을 되풀이하지 않겠다는 시종의 맹세에 처벌을 면제해주었다.

이야기가 좀 벗어났지만, 나는 왕좌에서 4야드가 채 안 되는 곳까지 기어가서 무릎을 꿇었다. 그러곤 조심스럽게 몸을 일으켜 이마를 일곱 번 땅에 찧고 전날 배운 문장을 말했다. **"익플링 글로후스롭 스쿠트세룸 블리옵 믈라슈날트 즈윈 트노드발크호 슬리오파드 거들럽 아슈트"** 국왕을 방문한 사람이면 누구나 해야 하는 국법에 규정된 인사말이었다. 우리말로 옮기자면 하늘보다 고귀하신 전하께서 태양보다 열한 달하고 보름을 더 오래 사시기를 바란다는 뜻이다. 이 같은 인사말에 국왕이 뭐라고 대답을 했다. 그 말을 알아들을 수는 없었지만 미리 가르쳐준 대로 대답했다. **"플루프트 드린 얄레릭 드울딤 플라스트라드 머푸쉬"** 직역하자면 저의 혀는 제 친구의 입속에 있다는 뜻으로 통역을 쓸 수 있도록 허락해달라는 의미를 가지고 있다. 앞서 얘기한 청년이 들어오자 그를 통해 나는 한 시간 정도 국왕의 질문에 대답했다. 내가 발니바르비어로 대답하면 통역을 맡은 청년이 럭낵어로 통역해주었다.

국왕은 내 이야기가 매우 마음에 들었는지 **블립머클럽**, 즉 시종장을 불러서 나와 통역을 한 청년에게 궁전에 숙소를 정해주고 매일 식사와 커다란 자루에 든 황금을 용돈으로 지급하라고 명령했다.

나는 국왕의 뜻에 따라 석 달 동안 럭낵에 머물렀다. 그동안 국왕은 아주 큰 호의를 베풀어주었을 뿐 아니라 몇 번이고 매우 영예로운 자리를 제안하기도 했다. 그러나 나는 여생을 가족들과 함께 보내는 것이 더 현명하고 도리에 맞는 일이라고 생각했다.

10
불멸자를 만나다

럭낵 사람들을 칭찬한다. 스트럴드브럭에 관한 자세한 설명과 그 문제를 놓고 지은이와 저명인사들이 나눈 여러 대화가 소개된다.

럭낵의 국민들은 예의바르고 너그러웠다. 동양인 특유의 오만함이 조금 있기는 했지만 이방인, 특히나 궁전에 머무는 이방인에게는 더욱 친절했다. 나는 지체 높은 이들과도 교제를 갖게 되었는데, 물론 늘 통역이 따라다녔기에 대화에 큰 불편은 없었다.

어느 날의 일이었다. 여러 사람들과 함께 얘기를 나누는 중에 어떤 관리가 갑자기 **스트럴드브럭**, 다시 말해 불멸자(죽지 않는 사람)를 본 적이 있는지 물었다. 나는 아직 본 적이 없다고 대답하면서 필멸자인 인간에게 어떻게 그러한 명칭이 붙을 수 있는지 그 까닭을 들려달라고 했다. 그러자 그는 이렇게 말했다.

"아주 드문 경우이지만 왼쪽 눈썹 위에 붉고 둥근 점이 있는 아이가 태어나는데, 그것이 바로 불멸자의 표시라네. 처음에는 3펜스 은화만 한데 시간이 갈수록 점차 색과 크기가 변하게 되지. 열두 살에는 녹색, 스물다섯에는 짙은 파랑, 그리고 마흔다섯이 되면 1실링 은화만 한 크기가 되어 석탄처럼 검게 변하는데, 그렇게 되면 더 이상 변하지 않는다네. 하지만 매우 드문 일이다보니 스트럴드브럭은 럭낵을 통틀어 남자와 여자를 합해 1100명을 넘지 않는다네. 그중 50명이 도성에 살고 있는데 3년 전에 태어난 여자아이도 그 속에 포함되어 있다네."

또 이런 아이는 특정 가문에 한정되어 태어나는 것이 아니라 우연의 결과이기 때문에, 스트럴드브럭 사이에서 태어난 아이도 평범한 수명을 갖고 있다고 했다.

솔직히 말해 이 이야기를 듣고 얼마나 기뻤는지 모른다. 더구나 스트럴드브럭에 대해 얘기해준 관리가 발니바르비 말을 할 줄 알아서, 나는 무심코 당치도 않은 소리를 내뱉고 말았다.

"세상에 태어나는 모든 아이가 불멸의 축복을 받을 기회를 가지고 있다니 행복한 국민들이로군요! 살아 있는 본보기를 통해 고대의 미덕과 옛 시대의 지혜를 전수해줄 스승이 있다니 정말 행복하겠습니다! 아니, 누구보다도 행복한 사람은 스트럴드브럭이겠군요. 태어나면서부터 따라다니는 재앙에서 벗어난 자유로운 마음은 죽음의 공포에서 해방되어 정신적 중압감도 우울증도 모르겠지요. 그런데 궁전에서 이토록 위대하신 분들을 전혀 보지 못했으니 어떻게 된 노릇입니까? 이마에 난 검은 점처럼 눈에 띄는 특징을 놓쳤을 리가 없을 터이고 지혜로운 국왕이 그들을 자신의 고문으로 두지 않았을 리가 없지 않습니까? 아아, 어쩌면 고귀하신 현인들의 덕망이 타락하고 방탕한 궁전에 어울리지 않았을 수도 있고, (경험해봐서 다들 잘 알겠지만) 독단적이고 경박한 젊은이들이 연장자의 건전한 충고를 받아들이려 하지 않았기 때문일 수도 있겠군요. 폐하께서 저를 특히 거리낌 없이 대해주시니 과연 들어주실지 모르겠지만 솔직한 의견을 (물론 통역의 도움을 받아가며) 전해봐야겠습니다. 그런 다음 폐하의 호의(국왕은 자주 럭낵에 정착하라며 권유했었다)를 감사히 받아들여 그들만 허락한다면 스트럴드브럭과 많은 이야기를 나누며 여생을 보낼 생각입니다."

내가 발니바르비어로 이렇게 얘기하자 (앞서 말했듯 그는 발니바르비 말을 할 줄 안다) 그는 마치 어리석은 사람들을 동정하는 듯한 미소를 띠며 이렇게 대답했다.

"그런 부탁이라면 내 기꺼이 들어줄 수 있네만, 자네가 얘기한 것들을 그쪽에 먼저 설명해주어도 괜찮겠나?"

나는 상관없다고 대답했다. 그러자 그는 스트럴드브럭과 잠시 동안 얘기를 나누었는데 럭낵 말이어서 전혀 알아들을 수가 없었다. 그들의 표정을 보아도 나의 의견이 어떤 인상을 주었는지 짐작할 수가 없었다. 잠시 뒤 관리가 다시 말을 꺼냈다.

"저기 자네 친구들(그는 이렇게 얘기하는 것이 옳다고 생각한 듯싶었다)은 불멸의 행복과 이익에 대한 자네의 의견이 무척이나 마음에 든다더군. 그래, 만약 자네가 스트럴드브럭으로 태어난다면 어떤 삶을 살 것인지 들려줄 수 있겠나?"

나는 이렇게 대답했다.

"그토록 심오하고 흥미로운 주제라면 하루를 떠들어도 부족하겠군요. 저는 흥미삼아 국왕이나 장군, 대공이 된다면 무엇을 할 것이며, 불멸의 삶을 얻는다면 어떤 일을 하며 어떻게 시간을 보낼 것인지에 대해 몇 번이고 상세한 계획을 세워보았습니다.

제가 만약 스트럴드브럭으로 태어나 삶과 죽음의 차이를 이해하고 자신의 행운을 깨닫는 시기가 온다면, 먼저 수단과 방법을 가리지 않고 재산을 모을 것입니다. 그렇게 절약과 합리적인 경영을 계속 한다면 200년 뒤에는 왕국에서 제일가는 부자가 될 것입니다. 다음으로 어릴 적부터 학문에 매진할 것입니다. 그러다보면 언젠가 이 나라에서 제일가는 학자가 되겠지요. 그리고 마지막으로 이 나라에서 일어나는 중대한 사건을 상세하게 기록하고 국왕과 대신들의 기질을 치우침 없이 객관적으로 기록할 것입니다. 그리고 관습, 언어, 유행, 복장, 음식, 오락의 변천사도 낱낱이 기록해둘 것입니다. 그러면 저는 살아 있는 지식의 보물창고가 될 것이고 국민들에게 신탁을 주는 자가 될 수 있겠지요.

예순을 넘기면 결혼생활을 접고 안락하고 알뜰한 삶을 살면서 유망한 청년들을 올바른 길로 이끌어주는 것도 즐거운 일이겠습니다. 이를테면 나의 기억과 경험, 관찰을 통해 얻은 비길 데 없는 지혜로 덕성이 공적으로도 사적으로도 얼마나 유용한지 가르쳐줄 것입니다. 그러나 누구보다 함께 하고 싶은 사람은 불멸자 형제들입니다. 가장 나이가 많은 사람부터 저와 비슷한 나이까지 열두 명을 골라 함께하고 싶군요. 만약 그들 중에 생계가 곤란한 사람이 있다면 제 소유지에 안락한 숙소를 마련해줄 것입니다. 그리고 식사 때가 되면 몇 명을 초대하여 함께 식사를 할 것이고, 평범한 사람들 중에서도 가장 뛰어난 사람하고만 어울릴 것입니다. 그러다보면 사람들의 죽음에 무뎌지게 될 것이고 그들의 후손이 죽어나갈 때도 전혀 슬퍼하지 않겠지요. 해마다 정원에 피는 패랭이꽃이나 튤립을 바라보면서도 지난해에 시든 꽃을 생각하며 슬퍼하지 않는 것처럼 말입니다.

그리고 오랜 세월 동안 세상을 관찰하고 기록해온 다른 스트럴드브럭과 의견을 나누어 부정부패가 어떻게 나타나는지 확인하고, 인류에게 끊임없는 경고와 교훈을 던져 부패를 막아낼 것입니다. 저희처럼 모범적인 본보기가 있다면 시대를 막론하고 개탄의 씨앗이 되고 있는 인간성의 끊임없는 타락도 막을 수 있으리라 생각합니다.

여러 국가 사이에서 일어나는 이러저러한 혁명과 사회변화, 폐허가 되어가는 오랜 도읍과 도성이 되어가는 이름 없는 시골마을, 얕은 개울로 변해버린 유명한 큰 강, 메마른 해안가와 바다 속으로 가라앉은 해안가, 알려지지 않았던 많은 나라들, 야만성으로 몰락하는 문명대국, 문명화되는 야만족까지 온갖 상전벽해(桑田碧海)를 관람하는 것도 매우 즐거울 것입니다. 거기다 경도측정법, 영구 운동, 만병통치약 같은 위대한 발명품이 탄생하는 것도 지켜볼 수 있겠지요.

또 우리가 예측한 날까지 살아서 다시 돌아오는 혜성과 태양, 달, 별들의 움직임을 관측할 수만 있다면 놀랄 만한 천문학적 발견을 해낼 수 있을 것입니다."

그 밖에도 불로불사와 세상의 행복이라는 인간 본연의 소망에서 떠올릴 수 있는 다른 문제에 대해서도 이야기했다. 그렇게 이야기를 끝마치자 통역을 해주던 신사가 다른 이들에게 럭낵의 말로 내가 말한 것 중에서 요점만을 전해주었는데, 몇몇은 (매우 실례가 되는 일이었음에도) 크게 웃음을 터뜨리기도 했다. 통역해주던 관리는 내게 이런 얘기를 했다.

"먼저 자네가 인간의 어리석음 때문에 저지른 몇 가지 잘못을 정정해주어야겠군. 스트럴드브럭은 우리 럭낵에서만 볼 수 있는 것으로 일본과 발니바르비에는 존재하지 않는다네. 나는 일전에 영광스럽게도 두 나라에 대사로 파견된 적이 있었지. 두 나라 사람들 모두 그런 일은 있을 수 없다며 믿지를 않더군. 처음 스트럴드브럭 이야기를 들려주었을 때 자네도 역시 믿지 않았지(깜짝 놀란 표정에서 알았다고 했다). 앞서 말한 두 나라에 머무르며 많은 이야기를 나누었어. 오래오래 사는 것이 많은 이들의 보편적인 소망이라는 것을 알게 되었다네. 한쪽 발이 무덤에 빠진 사람은 예외 없이 다른 쪽 발을 무덤에 넣지 않으려 안간힘을 쓰지. 아무리 나이가 많아도 죽음을 가장 두려워하며 하루라도 더 살기를 바라지. 죽음을 두려워하는 것은 인간의 천성일세. 그런데 매일 스트럴드브럭을 접하는 럭낵 사람들은 삶에 대한 집착이 그렇게 강하지 않다네.

말하자면 자네가 생각하는 그러한 삶은 분별이 없고 불합리하다는 걸세. 왜냐하면 그것은 어디까지나 영원한 젊음과 건강, 활력이 있다는 전제 하에서나 가능한 얘기인 까닭이야. 바보가 아니라면 누구도 그렇게 분수에 넘치는 소원은 빌지 않을 걸세. 따라서 문제는 언제까지나 청춘을 누리며 건강하고 부유한 삶을 살겠느냐는 것이 아니라, 노년과 함께 찾아오는 온갖 불편을 이겨내며 불멸의 삶을 누릴 수 있느냐는 것일세. 물론 이런 악조건을 감수해가며 불멸의 삶을 살고 싶어하는 사람은 없을 것 같지만 일본이나 발니바르비에서는 조금이라도 죽음에서 벗어나거나 죽음을 늦추려고만 하지, 기꺼이 죽음을 받아들이는 사람(고통이나 슬픔 때문에 자살하는 것은 제외하고)이 있다고는 들어본 적이 없네. 어떤가? 자네가 여행한 나라들과 자네 조국도 그렇지 않은가?"

이렇게 먼저 서론을 늘어놓더니 그는 이 나라의 스트럴드브럭에 대해 상세한 설명을 들려주었다.

"서른 살까지만 하더라도 그들은 여느 사람과 다를 바가 없다네. 하지만 점차 우울해지고 의욕이 없어지는데, 이러한 증상이 여든 살까지 계속되지. 이러한 사실은 그들의 고백을 통해 밝혀졌다네. 100년에 두세 명밖에 태어나지 않다보니 일반적인 관찰을 하기에는 그 수가 너무 부족하거든. 거기다 여든 살(이 나이는 럭낵에서 삶의 한계로 받아들여지고 있었다)이 되면 평범한 노인네들처럼 노망이 드는데, 절대로 죽지 못한다는 무시무시한 절망감 때문에 더 많은 결점이 생겨나지. 옹고집에, 푸념과 욕심이 늘고, 허영주머니가 늘어나고, 말도 많아지지. 남과 함께하는 법도 잊어버리면서 아들과 손자 외에는 따스한 정을 느끼지 못하게 되어버린다네. 그렇다보니 그들의 마음은 질투와 이루어질 수 없는 욕망으로 가득 차게 된다네. 그들은 주로 젊은이의 방탕함과 늙은이의 죽음을 시기하는데, 젊은이에게서는 자신들이 어떤 쾌락도 맛볼 수 없다는 것을 깨닫기 때문이고 늙은이의 장례식에서는 자신들은 영원한 안식처로 갈 수 없다는 것을 한탄하기 때문이라네. 그들은 젊은 시절이나 중년의 나이에 배우고 본 것 외에는 잘 기억하지도 못한다네. 혹시 기억하더라도 얼마나 불완전한지 기억을 떠올리는 것보다 전설을 듣는 것이 더 낫다네. 그렇다보니 스트럴드브럭 중에서는 아무것도 기억하지 못하는 자가 그나마 낫다네. 다른 스트럴드브럭의 나쁜 성품이 없기 때문에 더 많은 동정과 도움을 받을 수 있지."

만약 스트럴드브럭끼리 결혼했다면 젊은 쪽이 여든 살이 되었을 때 그들은 이혼하게 된다. 아무 잘못도 없이 영원히 살아야만 한다는 저주를 뒤집어 쓴 자들에게 부부라는 짐까지 덧씌운다는 것은 너무 가혹하다고 하여 시행되는 국가의 예우조치인 셈이다.

여든 살이 되면 스트럴드브럭은 법적으로 사망한 것으로 처리되어 즉시 후손에게 유산상속이 이루어지고, 국가에서 충당하는 생계비만이 그들의 유일한 수입이 된다. 여든 살 이후로는 신용과 이익에 관한 어떤 일도 할 수 없는 것으로 간주되어 땅을 구입하거나 임대할 수 없으며, 민사이건 형사이건, 경계선을 정하는 일이라 하더라도 재판에 증인으로 설 수 없다.

아흔 살이 되면 치아와 머리가 빠지고 미각을 잃어버려 맛과 식욕과는 상관없이 아무거나 닥치는 대로 먹게 된다. 항상 병을 앓고 있지만 그렇다고 병이 악화되거나 호전되지도 않는다. 일상적인 물건이나 사람의 이름(아무리 친한 친구나 친척이더라도 마찬가지다)도 쉽게 잊어버리다보니 독서는 꿈도 꿀 수 없다. 한 문장만 넘어가도 앞 문장이 무슨 내용이었는지 기억하지 못하기 때문이다. 그렇기에 그들은 유일하다 할 수 있는 미각도 누릴 수가 없다.

럭낵의 언어는 항상 변화하고 있기 때문에, 한 세대 전의 스트럴드브럭과 다음 세대의 스트럴드브럭은 서로 말이 통하지 않는다. 그렇다보니 두 세기가 지나면 이웃과 제대로 이야기도 (흔히 쓰는 몇몇 단어는 제외하고) 나눌 수 없어 조국에 살면서도 마치 외국에 온 것과 같은 불편을 겪게 된다.

이것이 내가 기억하는 스트럴드브럭에 관한 이야기의 전부이다. 그 뒤로도 친구들이 스트럴드브럭을 데리고 계속 찾아와주어서 나는 세대가 다른 대여섯 명의 스트럴드브럭을 만날 수 있었다. 가장 어린 스트럴드브럭은 아직 200살이 채 되지 못했다. 그들은 내가 세상 구석구석을 돌아본 위대한 탐험가라는 얘기에도 별다른 흥미를 보이지 않고 아무런 질문도 하지 않았다. 다만 **슬럼스쿠다스크**, 기념품을 달라고 했다. 말이 기념품이지 사실 구걸이다. 사실 스트럴드브럭에게는 국가에서 지급되는 미미한 연금이 있기 때문에 구걸이 엄격하게 금지되어 있다.

사람들은 모두 스트럴드브럭을 기피하고 미워한다. 스트럴드브럭이 태어

나는 것을 불길한 징후로 보기 때문에 출생에 관한 상세한 기록이 남겨져 그것을 통해 나이를 파악한다. 하지만 기록은 1000년을 넘기기 힘들었고, 또한 나라가 혼란할 때면 분실되기 일쑤였다. 그래서 보통 스트럴드브럭의 나이를 확인할 때는 어떤 왕이나 인물을 기억하는지 물어보고 역사를 조사해 보면 된다. 스트럴드브럭들이 마지막으로 기억하고 있는 국왕은 그들이 여든 살이 되기 이전에 즉위했을 것이기 때문이다.

　실제로 나는 그렇게 구역질나는 것을 본 적이 없다. 여자는 남자보다 더욱 추악했다. 나이가 들면 으레 추해져가지만 그들은 한층 더 추악했다. 모여 있는 대여섯 스트럴드브럭 중에서 (나이 차이는 100에서 200년밖에 되지 않지만) 누가 가장 나이가 많은지 금방 알아낼 수 있을 정도였다.

　스트럴드브럭을 보면서 영생에 대한 나의 거친 욕망이 단숨에 꺼져버렸다는 것을 독자들은 쉽게 알 수 있을 것이다. 마음속에 그려왔던 즐거운 상상이 무척이나 부끄러워졌다. 잔혹한 폭군이 고안한 제아무리 무시무시한 사형법이라도 이같은 삶에서 벗어날 수만 있다면 달게 받아들일 것이다. 나와 친구들 사이에서 오고 간 이야기를 모두 전해들은 국왕은 크게 웃으면서 놀리듯 말했다.

　"자네 나라 사람들을 죽음의 공포에서 해방시켜줄 수 있도록 스트럴드브럭을 몇 사람 정도 영국으로 데려가 보는 것은 어떻겠나?"

　하지만 그것은 럭낵의 법률로 금지되어 있었다. 그렇지만 않았다면 나는 기꺼이 그들을 영국으로 데려왔을 것이다.

　스트럴드브럭에 대한 이 나라의 법률은 아주 합리적인 근거를 두고 제정된 것으로, 다른 나라에서 이와 같은 일이 생긴다면 똑같이 하지 않을 수 없을 만큼 훌륭한 법률이라는 것을 나는 인정하지 않을 수 없었다. 나이가 들면 탐욕이 찾아오므로 스트럴드브럭들은 나라 전체를 자신의 것으로 만들어 권력을 차지할 것이다. 그러나 그들에게는 관리능력이 없기 때문에 국가와 사회는 틀림없이 파탄이 날 것이다.

11
일본으로 건너가다

지은이는 럭낵을 떠나 일본으로 향한다. 그곳에서 네덜란드로 가는 배를 타고 암스테르담을 거쳐 영국으로 돌아간다.

스트럴드브럭 이야기는 매우 흥미로웠을 것이다. 내가 지금까지 읽어본 많은 여행기에서도 이토록 독특한 이야기는 찾아볼 수 없었다. 만약 비슷한 이야기가 있다 하더라도 그것은 어디까지나 같은 나라를 여행했기 때문이지, 그것을 굳이 베꼈느니 표절했느니 비난당할 이유는 없다고 생각한다.

럭낵과 대일본제국[*1] 사이에는 끊임없이 교역이 이루어지고 있으므로, 일본작가가 스트럴드브럭에 대해 글을 쓴 것이 있을 법도 했다. 그러나 내가 일본에 머문 기간이 매우 짧았던데다 일본어를 전혀 몰랐기 때문에 그러한 사실이 있는지는 알아볼 수 없었다. 따라서 누구든 내 여행기를 읽은 네덜란드인이 있다면 내가 빠뜨린 부분을 보충할 수도 있을 것이다.

국왕은 나에게 중요한 직책을 맡아보라고 여러 번 설득했다. 그러나 고국으로 돌아가려는 나의 굳은 결심을 알고는 기꺼이 떠나도록 허락해주었으며, 일본 황제에게 보내는 친필 추천장까지 써주었다. 그리고 커다란 금화 444개(이 나라 사람들은 짝수를 좋아했다)와 붉은 다이아몬드 한 개를 선물로 주었는데, 그 다이아몬드는 영국으로 돌아가서 1100파운드에 팔았다.

1709년 5월 6일, 나는 국왕과 친구들에게 공손히 작별을 고했다. 너그러운 국왕은 호위병까지 붙여서 럭낵의 서남쪽에 있는 항구도시 **글란젠스탈드**까지 나를 전송했다. 엿새가 지나자 일본으로 가는 배편이 나왔고 항해에는 보름이 걸렸다. 우리는 일본 동남쪽에 위치한 **자모스키**라는 작은 항구도시

[*1] 1726년 당시 일본은 에도막부 체제에 무사계급 최고지위자인 쇼군이 다스리던 시기였지만 지은이는 일본을 황제가 다스리는 나라(the great Empire of Japan)로 묘사했다.

에 상륙했다. 이곳은 북쪽으로 팔처럼 뻗은 좁은 해협에 위치했는데, 그 팔의 북서쪽에 해당하는 곳에 도성인 에도(지금의 도쿄)가 있었다. 나는 배에서 내리면서 세관원들에게 럭낵 국왕의 친서를 보여주었다. 세관원들은 럭낵 국왕의 옥새를 알아보았다. 내 손바닥 크기만 한 옥새에는 **절름발이 거지를 걷게 하는 왕**이라고 새겨져 있었다. 내가 친서를 들고 왔다는 소식을 전해들은 관리들은 나를 국빈으로 대접해주었다. 마차와 시종은 물론이고 에도까지 가는 경비도 대주었다. 에도에 도착하여 황제의 알현이 허락되어 친서를 봉정했다. 친서는 화려한 예식과 함께 개봉되었고 통역관이 그 내용을 번역해 황제에게 설명했다. 그러자 나에게 무엇이든 바라는 것을 말해보라, 짐의 형제나 다름없는 럭낵 국왕을 위해서라도 어떤 부탁이든 들어주겠다는 황제의 하명을 통역관이 통역해주었다. 통역관은 네덜란드 교역을 위해 고용된 사람이었는데, 내 얼굴을 보고 유럽인이라고 생각했는지 곧 왕명을 네덜란드어로 옮겨주었다. 정말이지 나는 운이 좋았다. 나는 미리 생각해두었던 대로 얘기했다.

"사실 전 머나먼 세상의 끝에서 조난을 당한 네덜란드 상인입니다. 이곳저곳을 거치다 럭낵까지 오게 되었고, 거기서 배를 얻어 타고 일본으로 왔습니다. 여기라면 저희 동포들이 교역을 하러 가끔 찾는 곳이니 어쩌면 유럽으로 돌아갈 기회가 있을지도 모른다고 생각했기 때문이지요. 그러니 부디 무사히 **낭가삭***2까지 갈 수 있도록 선처해주십시오."

그리고 여기에 한 가지 부탁을 더 했다.

"제 후원자이신 럭낵 국왕폐하를 보셔서라도 부디 저희들에게 내리신 십자가 짓밟기 의식*3을 면제해주십시오. 저는 순전히 운이 나빠서 이곳에 오게 된 것이지 교역을 하러 온 것이 아니지 않습니까."

나의 마지막 탄원이 통역되자 황제는 약간 놀라워하면서 무척이나 의외라는 표정을 지었다. 그러더니 이렇게 말했다.

"지금까지 그 일에 신경 쓰는 네덜란드인은 자네가 처음일세. 그래서인지

---

*2 오늘날의 나가사키(長崎)를 가리킨다. 당시 교역을 했던 네덜란드의 무역기지가 이곳에 있었다.

*3 후미에(踏繪)를 가리킨다. 기독교를 금지했던 에도 막부는 기독교 신자를 색출하기 위해 나무나 금속판으로 기독교 성물이 들어간 발판을 만들어 밟고 지나다니도록 했다.

진짜 네덜란드인인지 의심스럽군. 그래, 크리스천이 틀림없겠어?"

 하지만 내 이야기가 어느 정도 타당성이 있다며(그보다는 나에게 호의를 베풀어 럭낵 국왕을 만족시키는 것이 진짜 목적이겠지만), 나의 기묘한 부탁을 들어주겠다고 했다. 그러나 이 일은 비밀리에 처리되어야 하므로 관리들에게는 의식 이행을 깜빡한 것처럼 넘어가도록 지시해두겠다고 했다. 만에 하나라도 이 일이 네덜란드인들에게 알려졌다간 바다 위에서 목이 달아날 각오를 하라고도 했다. 나는 통역을 통해 이교도에게 호의를 베풀어줘서 정말로 감사하다는 뜻을 전했다. 때마침 낭가삭으로 떠나는 부대가 있어서 황제는 곧바로 지휘관을 불러 나를 낭가삭까지 무사히 호위하도록 명령했다. 그밖에 십자가를 짓밟는 의식에 관한 상세한 지시도 덧붙였다.

 1709년 6월 9일 나는 길고 따분한 여행 끝에 낭가삭에 도착했다. 나는 암스테르담에서 출항한 450톤급 **'암보니아'***4호 선원들과 친해질 수 있었다.

11 일본으로 건너가다 245

나는 레이던에서 공부를 하느라 네덜란드에 머무른 적이 있었으므로 네덜란드어가 유창했다. 선원들은 내가 어디에서 왔는지 알고 곧바로 지금까지의 여정과 생활에 대해 물어보았다. 나는 되도록 짧고 그럴듯하게 대답했고 중요한 이야기는 숨겼다. 나는 네덜란드에 아는 사람들이 많아서 부모님의 이름까지도 꾸며낼 수 있었다. 선원들에게는 헬데를란트 주(州)에 사는 미천한 신분의 사람이라고 둘러댔다. 나는 선장(테오도루스 반그룰트라는 사내였다)이 원하는 만큼 뱃삯을 치르려고 했지만 그들은 내가 의사란 것을 알고 선의로 일해 준다면 반값으로 해주겠다고 했다. 배를 타기 전부터 선원들은 나에게 몇 번이고 앞서 말한 의식을 치렀는지 물었다. 나는 황제와 신하들에게 잘

---

*4 1623년 인도네시아 암보이나(현 명칭은 암본)의 향신료 상권을 둘러싸고 영국과 대립하던 네덜란드가 멋대로 영국인과 일본인을 처형시킨 사건을 연상시키려고 한 것으로 보인다.

보였기 때문에 별다른 어려움은 겪지 않았다는 식으로 얼버무리려 했지만, 이 선장이라는 놈이 참으로 고약해서 곧장 관리에게 달려가 내가 아직 의식을 치르지 않았다고 일러바쳤다. 그러나 관리는 이미 나를 통과시켜주라는 지시를 받았기 때문에 오히려 선장이 대나무 장대로 스무 번이나 어깨에 곤장을 맞았다. 그 후로는 아무도 그런 질문으로 나를 곤란하게 하지 않았다.

항해 중에는 특별히 언급할 만한 일은 일어나지 않았다. 우리는 순풍을 타고 가다 희망봉에 들러 신선한 물을 구했다. 항해 도중 세 명이 병으로 사망했고, 기니 해안에서 얼마 떨어지지 않은 바다에서 한 선원이 돛대에서 떨어져 바다에 빠졌지만 우리는 4월 6일 무사히 암스테르담에 도착했다. 거기서 나는 곧바로 작은 배를 타고 영국으로 출항했다.

1710년 4월 16일, 배는 다운스에 입항했고 나는 다음날 상륙하여 5년하고도 6개월*5 만에 다시 고국의 모습을 볼 수 있었다. 나는 곧바로 레드리프로 갔고 오후 2시 무렵 집에 도착해 건강한 모습의 아내와 아이들을 만날 수 있었다.

---

*5 지은이의 착각으로 보인다. 제3부 1장에 나온 출항일은 1706년 8월 5일이었으니 3년 6개월이 맞다.

제4부
말들의 나라
후이넘 기행

1
후이넘에 들어서다

지은이는 선장이 되어 항해에 나서지만, 선원들의 반란에 휘말려 감금되었다가 미지의 땅 어느 해안가에 놓이게 된다. 그곳을 여행하던 지은이는 야후라고 불리는 이상한 동물과 두 후이넘을 만난다.

나는 다섯 달을 집에서 머무르며 가족과 더불어 행복한 시간(그때 내가 행복했다는 것에서 무언가 교훈을 얻을 수 있었더라면 좋았을 텐데)을 보냈다. 그런데 나는 임신한 아내와 가엾은 자식들을 남겨두고 350톤 규모의 튼튼한 상선 '어드벤처'호의 선장이 되지 않겠느냐는 유리한 제안을 다시금 수락하고 말았다. 나는 항해술이라면 꽤나 자신이 있었다. 거기다 선의(船醫) 일에는 싫증이 나서 (하고 싶으면 언제든지 할 수 있다.) 로버트 퓨어포이라는 젊고 유능한 외과의를 선의로 받아들였다. 1710년 9월 7일[*1] 우리는 플리머스(영국 남서단에 위치한 데번 주의 항구도시)에서 출항했다. 14일에는 테네리페(아프리카 북서부 해안 카나리아 제도에 위치한 섬)에서 캄파체만(멕시코만 곡부 남쪽에 위치한 만)에 목재를 구하러가는 브리스톨 출신의 포코크 선장을 만났지만 16일에 불어 닥친 폭풍우 때문에 헤어지게 되었다. 나중에 돌아와서 들은 이야기로는 배가 침몰해서 선실 사환 하나만 빼고 모두 익사했다고 한다. 그는 정직하고 훌륭한 선원이었지만 고집이 셌던 것이 신세를 망치고 말았다. 만일 그가 내 충고를 따랐더라면 지금쯤은 나와 마찬가지로 집에서 가족들과 행복하게 지내고 있었을 것이다.

한편, 나의 배에서도 열병으로 선원이 많이 사망하여 바베이도스와 리워드 제도(서인도제도에 위치한 섬으로 바베이도스의 북쪽에 있다)에서 새 선원을 모집해야 했다. 이 섬에 들렀던 것은 순전히 나를 고용한 상인들의 지시 때문이었는데 나는 곧 이를 크게 후회

[*1] 초판과 제2쇄에서는 8월 2일로 나오지만 포크너 판부터 9월 7일로 정정된다. 제3부 마지막에 4월 중순 귀국한 걸리버가 다섯 달을 영국에서 보냈다고 묘사했기 때문이다.

하게 되었다. 나중에 알게 된 사실이지만 새로 모집한 선원 대부분이 해적이었던 것이다. 배의 선원은 50명이었다. 나는 그 선원들을 데리고 남대서양 인디언과 교역을 하고 많은 발견을 해오라는 명령을 받았지만, 새로 고용한 악당들은 다른 선원들까지 끌어들여 배를 빼앗고 나를 감금할 음모를 꾸몄다. 어느 날 아침, 그들은 빠르게 행동에 착수했다. 선장실로 달려 들어와서는 나의 손발을 묶고 저항하면 바닷속으로 던져버리겠다고 위협했다. 이미 포로가 된 나는 뭐든 시키는 대로 하겠다고 했다. 그들은 나에게 맹세를 강요했고 그러고 나서야 겨우 줄을 풀어주었다. 그러나 한쪽 다리를 사슬로 침대에 묶고 문밖에는 총을 든 보초까지 두어 만약 내가 탈출을 시도하거든 쏴 죽이라고 명령했다. 음식은 가져다주었지만 모든 권한은 그들에게 넘어갔다. 그들의 계획이란 배를 해적선으로 바꿔 에스파냐 선박을 약탈하는 것이었다. 그런데 그러려면 더 많은 인원이 필요했다. 그래서 놈들은 화물을 처분하고 마다가스카르로 가서 사람들을 더 모집하기로 했는데 내가 감금되어 있던 동안에도 몇 사람이 더 죽었기 때문이다. 그들은 몇 주 동안 항해를 하며 인디언들과 교역을 했다. 하지만 나는 배가 어떤 항로로 가고 있는지 전혀 알 수가 없었다. 배 안에 꼼짝없이 갇혀 있던데다 툭하면 협박을 해대는 바람에 죽을지도 모른다는 두려움에 아무 생각도 할 수 없었다.

1711년 5월 9일, 제임스 웰치라는 사람이 내 선실로 내려와서 새로운 선장의 명령에 따라 나를 바닷가에 내려놓고 갈 것이라고 했다. 그를 설득하려 했지만 소용이 없었다. 그는 새로운 선장이 누구인지조차 알려주지 않은 채 나를 강제로 보트에 태웠다. 내 옷은 아직 새것이나 다름없었지만 한 벌뿐인 외출복으로 갈아입게 했고, 다른 물건이라고는 리넨 보따리 하나와 무기로 쓸 단검 한 자루뿐이었다. 그런데 전 재산과 필수품 몇 가지가 들어 있던 호주머니만은 묘하게도 예의를 차리며 뒤지지 않았다. 그들은 1리그 정도 노를 저어 가더니 나를 얕은 바닷가에 내려주었다. 대체 이곳은 어느 나라인지 그것만이라도 알려달라고 했지만, 사실은 그들 역시 이곳이 어디인지 몰랐다. 다만 그들의 말에 의하면 선장은 화물을 처분하고 나서 제일 처음 보이는 육지에 나를 버리기로 했다는 것이다. 그러더니 보트는 언제 밀물에 휩쓸릴지 모르니 서두르라는 말과 함께 황급히 노를 저어 떠나가 버렸다.

그렇게 처량하게 버려진 나는 하는 수 없이 걷기 시작했고 얼마 지나지 않아서 단단한 땅에 올라섰다. 나는 잠시 둑에 앉아 휴식을 취하며 이제부터 어떻게 하면 좋을지 생각했다. 조금이지만 기운을 차린 나는 더 안쪽으로 걸어갔다. 혹 야만인이라도 만나면 팔찌에 유리반지, 그밖에 잡동사니(뱃사람이라면 누구나 가지고 다녔으며, 물론 나도 있었다)를 건네주고 목숨을 건져볼 생각이었다. 이곳은 줄기줄기 늘어선 가로수(인위적으로 심은 것이 아닌 자연적으로 자란 나무였다)로 나뉘어져 있었다. 온통 잡초투성이였지만 군데군데 귀리도 보였다. 나는 갑자기 누가 달려들거나 활을 쏘지 않을까 겁이 나서 무척이나 조심스럽게 걸었다. 그러다 밟아서 다져진 길이 나왔는데, 사람 발자국과 소의 발자국이 더러 보였지만 말 발자국이 대부분이었다. 드디어 밭이 보였다. 안에는 대여섯 마리의 동물이 있고, 같은 종류의 동물 한두 마리가 나무 위에 올라가 있었다. 그런데 어찌나 괴상하고 흉측하던지 나는 소스라치게 놀라 수풀에 몸을 숨기고 그것들을 더 자세히 관찰했다. 마침 몇 마리가 내가 숨어 있는 곳으로 가까이 다가왔다. 나는 동물들의 모습을 더 자세히 살펴볼 수 있었다. 머리와 가슴은 짙은 털(곱슬곱슬한 털과 곧은 털이 섞여 있었다)로 덮여 있고, 염소수염에, 등에서부터 발목까지 긴 털이 나 있었다. 그러나 나머지 부분에는 털이 없어 옅은 갈색 피부가 엿보였다. 꼬리는 물론이고 엉덩이에도 털이 없었는데, 대신 항문 주변에는 털이 많았다. 아마도 바닥에 앉거나(가장 자주 하는 자세였다), 눕거나, 두 발로 서 있을 때, 엉덩이를 보호하기 위해 자연스레 변한 것 같았다. 그들은 마치 다람쥐처럼 날쌔게 나무를 탔다. 그것은 앞발과 뒷발의 발톱 끝이 뾰족하고 튼튼한 갈고리 모양이었기 때문이다. 그들은 용수철처럼 가볍게 껑충껑충 뛰어올랐다. 암컷은 수컷보다 작고 곧게 뻗은 긴 머리카락을 갖고 있었으며, 항문과 음부를 제외하고 온몸에 잔털이 나 있었다. 앞발 사이에 젖이 달려 있어서, 네 발로 걸어다닐 때면 젖꼭지가 바닥에 닿곤 했다. 털색은 암수 모두 갈색, 빨강, 검정, 노랑 등 색이 다양했다. 나는 지금까지의 여행에서 이토록 구역질나고 반감이 드는 동물은 본 적이 없었다. 보고 있자니 경멸과 혐오의 마음이 가득해져, 나는 다시 일어나 가던 길을 계속 갔다. 그러면서 이 길이 나를 인디언의 집으로 인도해주기를 바랐다. 그런데 얼마 가기도 전에 아까 보았던 것과 같은 동물이 나타나 내 앞으로 다가왔다. 추한 동물은 나를 보자마자 얼굴을 이리저리 찡그리더니 난생 처음 보는 물건이기라도 한 듯 뚫어져라 쳐다보았다.

그러고는 더욱 가까이 다가와서 앞발을 치켜든다. 호기심에서 그러는 것인지 나를 해하려는 것인지 알 수가 없어, 나는 재빨리 단검을 뽑아 칼등(날이 있는 쪽은 인디언들이 자신들의 가축을 죽이거나 해쳤다고 노여워할까 걱정이 되어 쓰지 못했다)으로 멋지게 일격을 가했다. 그 놈은 한 방 먹더니 엉겁결에 뒤로 물러나 크게 울부짖었다. 그러자 옆에 있던 들판에서 적어도 40마리는 되어 보이는 무리가 무시무시한 얼굴로 으르렁거리며 몰려들었다. 나는 나무가 있는 곳으로 달려가 나무에 기댄 채 칼을 휘두르며 놈들의 접근을 막았다. 그런데 몇 놈이 뒤에 있던 가지를 붙잡고 나무 위로 올라가더니 내 머리 위로 배설물을 싸댔다. 나무줄기에 몸을 기대 어떻게 피하긴 했지만 주변에 떨어진 배설물의 악취로 질식할 것만 같았다.

이렇게 봉변을 당하고 있는데, 갑자기 동물들이 있는 힘을 다해 줄행랑을 쳤다. 그래서 나는 나무에서 몸을 떼고 무엇이 그들을 달아나게 만든 것일까 궁금해하며 길을 따라 걸었다. 그때 문득 왼쪽을 바라보다 사뿐사뿐 들판을 거니는 말을 발견했다. 조금 전까지 나를 괴롭히던 놈들도 말을 보고 달아났으리라. 말은 나를 보고 놀란 듯했지만 곧 침착을 되찾고, 내 얼굴을 신기하다는 듯 바라보았다. 내 주변을 빙빙 돌면서 손과 발을 관찰했다. 내가 무시하고 앞으로 가려고 하면 그때마다 앞을 가로막았는데, 전혀 화난 기색 없이 온화한 표정이었다. 그렇게 서로 쳐다보다 나는 용기를 내어 흔히 기수들이 처음 보는 말을 다룰 때처럼 휘파람을 불며 목을 쓰다듬어 주려고 했다. 그러나 말은 나의 애정 어린 손길이 경멸스러운 듯 머리를 흔들고 눈썹을 찡그리며 앞발을 들어서 나의 손을 뿌리쳤다. 그리고 서너 번 울부짖었다. 내가 알고 있던 말 울음소리와 억양이 너무 달라 마치 말이 자신들만의 언어로 얘기를 하고 있다고 생각될 정도였다.

우리가 그러고 있는 사이, 다른 말이 다가왔다. 그 말은 먼저 온 말에게 아주 공손하게 인사를 했다. 그리고 오른쪽 발굽을 내밀어 서로 가볍게 두드리더니 번갈아 가며 몇 차례 울음소리를 냈다. 그런데 그 높낮이가 계속 바뀌는 것이 마치 얘기를 나누는 것처럼 들렸고, 대여섯 걸음 정도 물러나 이리저리 같이 걸어다니는 모습이 꼭 중요한 얘기를 나누는 사람들처럼 보였다. 그러는 동안에도 종종 나를 쳐다보는 것이 내가 도망가지는 않나 감시하는 것 같았다. 아무튼 나는 짐승들이 이러한 행동을 보이는 것에 매우 놀랐

다. 만일 이곳 주민들이 말들에 비례한 이성을 갖고 있다면 그들은 세상에서 가장 현명한 사람들일 거라고 결론을 내렸다. 제멋대로 내린 결론이었지만 그렇게 생각하자 왠지 안심이 되었다. 그래서 나는 두 말이 서로 이야기하도록 내버려두고 집이나 마을, 혹은 인디언을 만날 때까지 나아가보기로 했다. 그러나 먼저 보았던 말(흔히 회색 돈점박이라고 부르는 말이었다)이 내가 슬며시 빠져나가는 것을 알아채고 아주 뚜렷한 의미가 담긴 울음소리를 내었다. 나조차 그 뜻을 알 수 있을 정도였다. 나는 되도록 두려움에 찬 표정이 드러나지 않도록 조심하면서 회색 말의 곁으로 돌아가 다른 지시를 기다려보았다. 사실 이때 나는 속으로 이 야릇한 이야기가 어떤 결말로 끝날 것인지 무척이

1 후이넘에 들어서다 255

나 걱정스러웠고, 내가 이 상황을 달가워하지 않았으리라는 것은 독자들도 쉽게 짐작할 수 있을 것이다.

두 마리의 말은 바싹 다가와서 나의 손과 얼굴을 유심히 바라보았다. 그러더니 회색 말이 앞발굽으로 내 모자를 어찌나 비벼대던지 마구 구겨지는 통에 벗어서 매만진 다음 다시 써야만 했다. 그런데 아무래도 회색 말과 그의 친구(그는 갈색 말이었다)는 상당히 놀란 것 같았다. 이번에는 갈색 말이 코트 깃을 만져보았다. 그리곤 그것이 내 몸에 가볍게 걸쳐져 있다는 것을 알고 또다시 놀란 표정을 지었다. 이어서 나의 오른손을 어루만지며 그 부드러움과 빛깔에 감탄하는 것처럼 보였다. 그런데 그는 발굽과 발목 사이로 너무 세게 조인 탓에 나는 나도 모르게 비명을 질렀다. 덕분에 그 이후부터는 나를 만질 때 아주 조심스럽게 행동했다. 그들은 나의 구두와 양말에 대해서도 매우 신기해하며 몇 번이나 다시 만지고 서로 울부짖으며 다양한 몸짓을 교환했다. 마치 처음 보는 난해한 현상에서 해답을 찾고자 하는 철학자 같았다.

대체적으로 동물들의 행동이 매우 질서정연하고 이성적이어서 나는 이들이 마법사임에 틀림없다는 결론을 내렸다. 어떤 목적이 있어 모습을 바꾸고 길을 가다 낯선 사람을 만나 장난을 치거나, 아니면 이곳 사람들과 전혀 다른 옷차림, 생김새, 피부색을 보고 정말 놀란 것일지도 모른다. 그렇게 생각한 나는 다음과 같은 말을 했다.

"여러분, 제가 믿고 있는 것처럼 여러분이 마법사라면(아니, 그렇게 생각할 수밖에 없었다), 만약 그렇다면 여러분에게는 어떤 언어라도 통하겠지요. 그래서 한 가지 부탁을 드리겠습니다. 사실 저는 영국인입니다. 불행하게도 조난을 당해 이곳까지 오게 되어 지금 매우 곤란한 상황입니다. 두 분 중에 어느 분께서 말처럼 저를 등에 태우고 도움을 받을 수 있는 마을까지 안내해주시면 이 칼과 팔찌를 드리겠습니다."

그러면서 나는 칼과 팔찌를 주머니에서 꺼냈다. 내가 얘기하는 동안 그들은 신중히 듣고 있는 것처럼 가만히 서 있었다. 내 이야기가 끝나자 중요한 이야기라도 나누듯 서로 몇 번이나 울부짖었다. 듣고 있자니 그들이 쓰는 단어는 감정을 아주 잘 표현하는 것 같았고 중국어보다도 쉽게 알파벳으로 바꿀 수 있을 것 같았다.

그런데 그들이 나누는 대화 속에서 **야후**라는 말이 몇 번이고 귓가에 들렸다. 물론 그 뜻까지는 추측할 수 없었지만 두 마리 말이 서로 대화하는 동안 나는 이 낱말을 혓바닥으로 연습해보았다. 그리고 그들이 이야기를 마치자 나는 가능한 말 울음소리와 비슷하게 큰 목소리로 야후라고 발음했다. 그들이 깜짝 놀란 것이 느껴질 정도였다. 회색 말이 나에게 정확한 악센트를 가르쳐주려는 듯 같은 단어를 두어 번 반복해서 소리냈다. 따라서 흉내를 내는 사이 비록 완전하지는 않지만 현저하게 좋아지는 것을 알 수 있었다. 그러자 이번에는 갈색 말이 다른 단어를 말했다. 이것은 무척이나 발음하기 어려웠는데, 굳이 영어로 옮기자면 **후이넘**이라고 할 수 있을 것이다. 야후처럼 잘 발음할 수는 없지만 두세 번 연습을 하고 나니 자연스럽게 발음할 수는 있었다. 그들은 나의 능력에 깜짝 놀란 듯했다.

그리고 나서 둘은 나에 관한 이야기를 조금 더 나누더니 만났을 때와 마찬가지로 발굽을 두드리며 작별인사를 했다. 회색 말은 나더러 앞서 가라는 의사표시를 했다. 나는 누구든 좀 더 나은 안내인을 만날 때까지는 잠자코 따르는 것이 낫겠다고 생각했다. 내 걸음이 늦어지면 **흐응, 흐응**하고 울음소리를 냈는데, 나는 회색 말의 뜻을 알아차리고 너무 피곤해서 더 빨리 걸을 수 없음을 이해시켰다. 그러면 말은 잠시 멈춰 쉬어갈 수 있게 해주었다.

2
후이넘과 야후

지은이는 한 후이넘의 안내로 그의 집으로 간다. 집의 묘사, 지은이가 받은 접대 그리고 후이넘의 음식이 묘사된다. 지은이는 고기를 구할 수 없어 고생하다 마침내 적당한 음식을 찾아낸다. 지은이의 식사가 소개된다.

우리는 3마일 정도를 걸어 목조로 된 긴 건물이 보이는 곳에 이르렀다. 건물은 목재를 땅에 박아 넣고 사이사이를 나뭇가지나 밀짚으로 엮어 만든 것으로, 지붕은 매우 낮고 짚으로 덮여 있었다. 이제 다소 마음이 놓인 나는 인디언들에게 주기 위해 갖고 다니던 잡동사니들을 몇 개 꺼냈다. 이걸로 나를 대하는 태도가 조금은 부드러워졌으면 해서였다. 회색 말은 나에게 먼저 들어가라는 의사표시를 했다. 안은 커다란 방이었는데 바닥엔 부드러운 진흙이 깔려 있었고, 한쪽 벽을 따라 선반과 여물통이 자리잡고 있었다. 망아지 셋과 암말 두 마리가 있었다. 그것들은 여물을 먹는 것도 아닌데도 엉덩이를 바닥에 대고 앉아 있었다. 나는 몹시 놀랐지만 무엇보다 놀라웠던 것은 다른 말들이 집안일을 보고 있다는 것이었다. 평범해 보이는 가축들을 이렇게 잘 교육시킨 사람들이야말로 세상에서 가장 현명한 사람들임에 틀림없다는 내 추측은 점차 확신이 되었다. 다른 말들이 나를 무례하게 대할 수도 있었지만 곧바로 회색 말이 들어와서 그런 일은 일어나지 않았다. 회색 말은 위엄 있게 몇 차례 울부짖고, 다른 말들은 알겠다는 듯 대답했다.

그 방 건너편에는 세 개의 방이 있었다(방은 그게 다였다). 가장 안쪽까지 가려면 세 개의 문을 통과해야만 했다. 두 번째 방을 가로질러 세 번째 방으로 들어서려는데 회색 말이 나에게 기다리라는 의사표시를 하더니 먼저 안으로 들어갔다. 나는 두 번째 방에서 기다리며 주인 부부에게 선물할 단도 두 개와 모조 진주로 만든 팔찌 세 개, 손거울, 구슬 목걸이 등을 준비했다.

먼저 들어간 회색 말의 울음소리가 들려오기에 그에 답하는 사람 목소리를 기다렸지만 회색 말보다 좀 더 날카로운 말 울음소리밖에 들려오지 않았다. 주인을 만나는데 이렇게 많은 절차가 필요하다니, 어쩌면 이곳은 여기에서도 대단히 지체 높은 귀족의 집일지도 모른다는 생각을 하게 되었다. 하지만 그렇게 고귀한 위인이 말을 거느리고 살아간다니 도무지 이해할 수가 없었다. 지금까지 겪은 고난과 불행 탓에 내 머리가 좀 이상해진 것은 아닐까 하는 생각마저 들었다. 나는 마음을 가다듬고 홀로 남겨진 방 안을 둘러보았다. 더 우아하게 꾸며져 있을 뿐, 첫 번째 방과 다를 바가 없었다. 몇 번이고 눈을 비벼보았지만 보이는 것은 똑같았다. 혹시나 내가 꿈을 꾸고 있는 것은 아닐까 싶어 팔과 옆구리를 꼬집어보기도 했다. 결국 이건 모두 환상을 보여주는 마법임에 틀림없다고 결론을 내렸다. 그러나 골똘히 생각할 시간도 없었다. 밖으로 나온 회색 말이 나에게 따라 들어오라는 신호를 했기 때문이다. 안으로 들어가자 아주 예쁜 암말이 망아지와 함께 짚으로 매우 정교하고 깔끔하게 짠 돗자리에 엉덩이를 대고 앉아 있었다.

　내가 들어오자 암말은 자리에서 일어났다. 그리고 가까이 다가와 내 손과 얼굴을 물끄러미 바라보며 몹시 경멸스러운 표정을 지었다. 그러고는 나를 안내해준 말과 '야후'라는 말을 몇 번이나 반복했다. 그 말은 내가 처음 배운 말이었지만 뜻을 전혀 알지 못하다가, 얼마 뒤 그 뜻을 알고 나자 잊으려야 잊을 수 없는 실로 불쾌한 의미였다. 앞서 길에서 했던 것처럼 회색 말이 나에게 머리를 흔들며 '흐응흐응' 소리를 반복했다. 이건 아마 따라오라는 뜻일 거라 생각하고 따라나서자 마당 같은 곳이 나왔다. 안채와 약간 떨어진 곳에 또 다른 건물이 있었다. 안으로 들어가자, 세상에나! 이 나라에 와서 처음으로 만났던 그 혐오스러운 동물 서너 마리가 나무뿌리와 어떤 동물의 고기(나중에서야 안 것이지만 그건 나귀나 개, 혹은 사고나 질병으로 죽은 소의 살점이었다)를 먹고 있는 것이 아닌가. 모두 버드나무 가지로 목이 기둥에 묶여 있었다. 거기다 앞발로 먹이를 움켜쥐고 이빨로 뜯어먹고 있었다.

　주인 말은 하인인 감색 말에게, 이 동물들 중 가장 큰 놈을 풀어서 마당으로 데려오라고 명령했다. 두 마리의 말은 나와 그 짐승을 나란히 세워놓고 자세히 살피면서 비교했는데 몇 번이고 야후라는 말을 했다. 이 흉측한 동물이 완전한 인간의 모습을 갖추고 있는 것을 알았을 때 내가 받은 충격과 공

포는 이루 말할 수가 없다. 둥글넓적한 얼굴에 납작한 코, 두꺼운 입술, 커다란 입은 야만인들에게서 흔히 볼 수 있는 것이었다. 그들은 아이가 기어다녀도 내버려두고 등에 업을 때도 등에 얼굴을 밀착시켜서 얼굴이 흉하게 일그러지는 것도 그대로 두었다. 야후의 앞발과 내 손의 차이점이라고는 손톱의 길이와 거친 갈색 손바닥, 그리고 손등에 난 수북한 털뿐이었다. 구두와 양말 때문에 말들이 알아차리지 못했을 뿐, 발도 거의 같았다. 그야말로 몸에 난 털과 피부색을 제외하고 야후와 나는 별반 차이가 없었다.

하지만 아무리 봐도 내 몸의 여러 부분들이 야후와는 확연히 달랐으니 그들은 도무지 이해할 수가 없었다. 그것은 바로 내가 입은 옷 때문이었다. 그들은 옷에 대해 전혀 알지 못했다. 갈색 말은 발굽과 발목 사이에 쥐고 있던 (그들은 이렇게 물건을 잡았는데 이에 대해서는 나중에 설명하겠다) 나무뿌리를 나에게 주었다. 나는 그것을 손으로 받아서 냄새를 맡고는 공손하게 되돌려주었다. 그러자 이번에는 야후 우리에서 나귀의 살코기 한 점을 가져왔는데, 어찌나 불쾌한 악취가 나던지 무심코 얼굴을 돌렸을 정도였다. 그걸 야후에게 던져주었더니 게걸스럽게 먹어치웠다. 다음으로 건초 한 다발과 관절 사이에 끼워둔 귀리 한 움큼을 보여주었다. 나는 그것도 먹을 수 없다는 의사표시로 고개를 흔들었다. 이렇게 되자, 만약 이대로 사람을 만나지 못하면 굶어죽을 수밖에 없지 않을까 하는 걱정이 되었다. 당시 나는 나보다 인류를 사랑한 사람은 없으리라고 자신했음에도 이 추악한 야후만큼 혐오스러운 생물은 본 적이 없었다. 이 나라에 머무르는 동안 그것들과 가까이 지내면 지낼수록 더욱 역겨워졌다. 이러한 내 사정을 집주인 말도 알아차렸는지 야후들을 우리로 돌려보냈다. 그러더니 자신의 앞발을 입에 갖다댔는데(너무 자연스럽고 편안하게 행동해서 매우 놀라웠다), 무엇을 먹을 수 있는지 물어보는 것 같았다. 하지만 어떻게 해야 알아듣게 설명할 수 있고, 만약 그가 알아들었다 하더라도 어떻게 그 음식을 구해줄지 전혀 감이 잡히질 않았다. 이러는 사이 암소 한 마리가 지나갔다. 나는 그 암소를 가리키며 우유를 짜달라는 몸짓을 했다. 그게 통했는지 그는 나를 다시 집안으로 데려가더니 하녀에게 어떤 방을 열라고 시켰다. 그곳에는 많은 양의 우유가 나무와 도자기 용기 안에 담겨 깔끔하게 정돈되어 있었다. 암말은 커다란 그릇에 우유를 가득 채워주었다. 나는 꿀꺽꿀꺽 한 잔을 비우고 나서야 살아난 기분이 들었다.

정오 무렵 네 마리의 야후가 썰매처럼 생긴 수레를 끌고 집 쪽으로 오는 것이 보였다. 수레에는 상당히 신분이 높아 보이는 늙은 말이 앉아 있었다. 수레에서 내릴 때 뒷다리부터 내리는 모습을 보아하니 사고로 왼쪽 앞다리를 다친 듯했다. 그는 이 집의 회색 말과 식사를 하러 방문한 것이었는데 훌륭한 방에서 매우 정중한 대접을 받으며 식사를 했다. 두 번째 코스는 우유에 끓인 귀리로 늙은 말은 따뜻하게 데워 먹었고 다른 말들은 차갑게 식혀 먹었다. 그들은 방 가운데 여러 칸으로 나누어진 여물통을 원형으로 놓고 그 주변에 짚으로 만든 돗자리를 깔고 앉았다. 가운데에 있던 선반에서 여물통의 각 칸으로 건초와 우유로 끓인 귀리죽이 떨어지도록 되어 있어, 말들은 매우 깔끔하게 건초와 귀리죽을 먹을 수 있었다. 망아지들의 거동은 매우 겸손했으며, 손님을 대하는 주인부부의 태도는 밝고 공손했다. 회색말이 나를 곁으로 불렀다. 손님들은 틈틈이 나를 바라보면서 **야후**라는 말을 반복했는데, 아무래도 나에 관해 이야기를 주고받는 듯했다.

그때 나는 장갑을 끼고 있었다. 회색 말은 그게 무척이나 신기했는지 대

체 그 앞발이 어떻게 된 것이냐는 듯 놀라운 표정을 지었다. 그는 앞발로 장갑을 서너 번 만지는 것이 아무래도 본디 모습으로 돌려보라는 뜻 같았다. 나는 곧바로 장갑을 벗어 주머니 속에 집어넣었다. 그게 또 흥밋거리가 되었는지 그들은 내 행동에 매우 만족스러워하며 더 많은 이야기를 주고받았다. 먼저 내가 알고 있는 단어를 말해보라고 했다. 그러더니 식사하는 동안 주인은 나에게 귀리, 우유, 불, 물, 그밖에 몇몇 것들의 이름을 가르쳐주었다. 어려서부터 말을 배우는 데는 자신이 있었기에 금세 그를 따라 쉽게 발음했다.

식사가 끝나자, 주인은 나를 가까이 불러 내가 먹을 만한 것이 없어서 몹시 걱정스럽다는 뜻을 몸짓과 말로 알렸다. 후이넘 말로 귀리는 **흘룬**이라고 하는데, 나는 그것을 두세 번 발음했다. 처음에는 거절했지만 곰곰 생각해보니 그것으로 빵을 만들 수 있을 것이고, 게다가 우유까지 있으니 언젠가 이곳을 벗어나 다른 나라에 가서 같은 인간을 만날 때까지 목숨을 부지할 수 있을 것 같았기 때문이다. 나의 요청으로 회색 말은 하인인 하얀 암말을 시켜 나무쟁반에 귀리를 가득 담아주었다. 나는 귀리를 불 위에 충분히 데운

후 문질러서 껍질을 벗겨 낟알만 남겼다. 그런 다음 그 낟알을 돌 사이에 넣어서 가루를 내고 물로 잘 반죽했다. 그리곤 불에 구워 따뜻할 때 우유와 함께 먹었다. 유럽 여러 지방에서 흔히 볼 수 있는 빵이었다. 처음에는 맛이 형편없었지만 점차 참고 먹을 수 있게 되었다. 게다가 이미 고난에는 익숙해져서 환경에 적응하는 것쯤은 아무 일도 아니었다. 그리고 특기할 만한 일은 이 나라에 머무는 동안 한 번도 병에 걸리지 않았다는 것이다. 때로는 야후의 털로 만든 덫으로 토끼나 새를 잡기도 하고, 약초를 모아서 익히거나 샐러드로 만들어 빵에 끼워 먹기도 했다. 어떤 때는 별미로 버터를 조금 만들거나 유장(젖에서 지방과 단백질을 빼고 남은 성분)을 마시기도 했다. 처음에는 소금이 절실히 필요했지만 점차 익숙해지니 소금 없이도 만족하게 되었다. 우리가 소금을 자주 쓰는 것은 어디까지나 사치이며, 오랜 항해에 나서는 배나 시장에서 멀리 떨어진 곳에 고기를 오랫동안 보관하기 위해 필요한 것으로, 처음에는 그저 술을 마시기 위한 촉진제에 불과했었다. 실제로 사람 외에 소금을 좋아하는 동물은 본 적이 없고, 나도 이 나라를 떠난 후로 소금이 든 음식을 참고 먹을 수 있게 되기까지 오랜 시간이 걸렸다.

 식사 이야기는 이만하도록 하겠다. 대부분의 탐험가들은 자신들의 이야기가 독자들의 생활에 직접 관련이 있는 것처럼 음식 이야기로 책을 가득 메우곤 한다. 내가 이 문제를 다룬 것은 사람들이 혹시라도 이런 나라의, 특히 저런 주민들 사이에서 내가 3년 동안이나 목숨을 부지했다는 것은 말도 안 된다고 생각할 수도 있기 때문이다.

 저녁이 되자 주인은 잠자리를 마련해주었다. 그곳은 안채에서 6야드 떨어져 있었고 야후가 있는 우리와는 멀리 떨어져 있었다. 나는 바닥에 짚을 깔고 누워서 옷을 덮고 푹 잤다. 나의 생활에 대한 자세한 이야기는 곧 하게 되겠지만, 나는 얼마 지나지 않아 더 나은 대접을 받게 되었다.

3
후이넘의 언어를 배우다

지은이는 자신의 주인 후이넘의 도움을 받아 이 나라의 언어를 배운다. 언어에 대한 설명. 신분 높은 후이넘들이 호기심에 지은이를 만나러 온다. 지은이는 주인에게 자신의 여정을 간략하게 설명한다.

내가 무엇보다 노력했던 일은 말을 배우는 것이었다. 나의 주인(이제부터 이렇게 부르도록 하겠다)과 가족, 그리고 모든 하인들까지 기꺼이 내게 말을 가르쳐주었다. 아마도 그들이 볼 때는 같은 짐승이 이성적인 특징을 보이는 것이 무척이나 놀라웠을 것이다. 나는 먼저 보이는 대로 손으로 가리키며 이름을 물어보았다. 그리고 혼자 있을 때면 그것을 수첩에 적어두고 서툰 발음은 몇 번이고 가족들에게 들어 교정했다. 특히나 잔심부름꾼인 갈색 말은 언제나 기꺼이 도와주었다.

듣고 있자니 그들은 거의 코와 목으로만 소리를 내고 있었다. 그것은 내가 알고 있는 유럽 언어 중에서도 북부 네덜란드어와 독일어에 가까웠지만 그보다 훨씬 우아하고 함축성이 있었다. 황제 카를 5세*1는 만일에 자신이 말과 얘기를 한다면 독일어를 쓸 것이라고 한 적이 있는데, 아마도 비슷한 관찰을 하지 않았을까 싶다.

나의 주인은 어찌나 호기심이 많고 성질이 급한지 나를 가르치는 일에 많은 시간을 할애했다. (이건 나중에 들은 이야기지만) 그는 내가 **야후**가 틀림없다고 확신했었다고 한다. 그런 한편 내가 학습능력이 뛰어나고 예의바르며 청결하다는 사실에 놀라움을 금치 못했다. 이러한 성질은 야만스런 야후에게

---

*1 신성 로마 제국의 황제이자 에스파냐의 국왕이었던 카를 5세(Karl V. 1500~1558)는 "하느님께는 에스파냐어, 여자에게는 이탈리아어, 남자에게는 프랑스어, 내 애마에게는 독일어로 말한다."고 한 적이 있다.

서는 전혀 찾아볼 수 없기 때문이다. 하지만 가장 이해할 수 없었던 것은 바로 나의 옷이었다. 나는 주인과 가족들이 잠들기 전에는 절대 옷을 벗지 않았고, 아침에도 역시 그들이 깨어나기 전에 다시 챙겨 입었던 탓에 주인은 옷이 내 몸의 일부라고 생각하는 것 같았다. 주인은 내가 어디에서 왔고 또 이성적인 행동은 어디에서 배웠는지 직접 듣고 싶어했는데, 날이 갈수록 향상되는 나의 언어능력과 발음을 지켜보며 어서 그날이 오기를 바랐다. 언어를 익히는 데 도움이 되고자 나는 배운 단어를 알파벳으로 옮겨두고 해석을 달아두곤 했다. 그러다가 얼마 후 나의 주인이 보는 앞에서 해본 적이 있었다. 그는 내가 무엇을 하고 있는지 전혀 이해하지 못해 설명하는 데 몹시 애를 먹었다. 후이넘에게는 책이나 문학이 전혀 존재하지 않았기 때문이다.

10주가 지나자 나는 주인의 질문을 대부분 이해할 수 있었고, 석 달이 지나자 어느 정도는 대답도 할 수 있게 되었다. 주인은 무엇보다도 내가 어디에서 왔고, 이성적인 행동을 흉내내는 법은 어디에서 배웠는지 몹시 궁금해했다. 야후라는 놈들은(주인이 말하기를 그들은 머리는 물론이고 손이며 얼굴까지 나와 꼭 닮았다는 것이다) 교활하고 악독한 성질을 갖고 있으며, 학습능력조차 없어 길들이기 힘든 짐승으로 알려져 있다고 했다. 나는 다음과 같이 답했다.

"나는 먼 나라에서 많은 친구들과 함께 나무줄기로 만든 속이 텅 빈 상자를 타고 바다를 건너왔소. 그들은 나를 억지로 바닷가에 상륙시키고 그대로 떠나버렸다오."

이 정도의 얘기를 하는데도 주인을 이해시키기 위해 손짓발짓까지 동원해야 했다. 주인은 이렇게 대답했다.

"그건 아마 너의 착각이거나 **있지도 않은 사실**(이곳에는 거짓말이나 허위와 같은 표현이 없기 때문이다)을 말하는 것이 틀림없다. 바다 저편에는 어떤 나라도 존재하지 않는다. 만약 있다 하더라도 어떻게 짐승들이 나무로 만든 상자를 마음대로 움직이는 능력이 있단 말인가. 어떤 후이넘도 그런 상자를 만들 수 없으며, 만든다고 하더라도 누가 **야후**에게 그것을 조종하라고 맡긴단 말인가."

여기서 **후이넘**이란 **말**(馬)이라는 뜻으로 자연의 완전한 창조물에서 온 말이다. 나는 주인에게 지금은 표현하기 곤란하니 빨리 표현력을 길러 깜짝 놀랄 만한 이야기를 들려줄 수 있게 되기를 바란다고 대답했다. 주인은 나의

말에 무척이나 기뻐하며 가족과 하인들에게 틈이 날 때마다 나를 가르치라고 지시하고 자신도 매일 두세 시간씩 나에게 말을 가르쳐주었다. 후이넘처럼 말할 줄 알고 이성적인 말과 행동을 보이는 신기한 야후가 있다는 소문에 몇몇 지체 높은 말들 내외가 우리 집을 찾아오게 되었다. 그들은 나와 얘기하는 것을 아주 좋아해서 많은 질문을 하면 나는 할 수 있는 한 성의껏 대답했다. 덕분에 나의 언어실력은 눈에 띄게 늘어 이곳에 온 지 다섯 달 만에 무슨 말이든 이해할 수 있었고 꽤 자유로운 의사표현이 가능해졌다.

나를 보러 찾아온 후이넘들은 내가 다른 야후들과는 겉가죽이 전혀 달라 진짜 야후인지 의심했다. 머리와 얼굴, 양손을 제외하고 털이나 피부가 전혀 보이지 않는 것에 무척이나 놀랐다. 이 비밀은 보름 전에 우연히 일어난 사건으로 주인에게 들켜버리고 말았다.

앞서 말한 것처럼 나는 밤마다 주인과 가족들이 잠든 후에 옷을 벗어서 덮고 잤다. 그런데 어느 날 아침 일찍 일어난 주인이 나를 데려오라고 갈색 말을 보낸 일이 있었다. 갈색 말이 왔을 때 나는 곤히 잠들어 있었는데, 외투는 한쪽으로 나가떨어져 있고 셔츠는 허리까지 내려와 있었다. 내가 무슨 소리에 잠에서 깨자 갈색 말은 매우 허둥대며 주인이 오라는 말을 전했다. 그러고는 어찌나 놀랐던지 주인에게 돌아가 횡설수설 자신이 봤던 것을 설명했던 모양이다. 나는 이 사실을 금방 알게 되었는데, 옷을 입고 주인에게 인사를 드리러 찾아가자 바로 이렇게 말했기 때문이다.

"하인 녀석이 그러기를 너는 자고 있을 때 평상시의 모습과 전혀 다르다고 하더구나. 무엇보다 부분에 따라서 빛깔이 희거나(아니 그렇게 하얗지는 않다), 노랗거나, 갈색이라고 하던데 대체 이게 무슨 소리냐?"

지금까지는 저주스러운 야후들과 최대한 구별되기 위해서라도 옷의 비밀을 숨겨왔지만 이제는 아무 소용이 없었다. 더구나 옷도 구두도 낡아서 거의 다 해져가고 있어 곧 야후나 다른 짐승의 가죽으로 기워 입는 수밖에 없을 텐데, 그러면 자연스레 비밀이 탄로날 수밖에 없었다. 그래서 나는 솔직하게 말했다.

"우리나라에서는 모두 어떤 동물의 털로 몸을 감쌉니다. 그것은 몸을 가혹한 더위와 추위에서 지켜주고 예의를 갖추게 해줍니다. 주인나리께서 명령하신다면 당장 한 치의 거짓 없는 제 몸을 보여드리겠습니다. 다만 자연이 우리에게 숨기라고 가르쳐 준 부분만큼은 제외해주셨으면 합니다."

그러자 주인이 말했다.

"너의 이야기는 너무 이상하구나. 특히 마지막 이야기는 더욱 그러하다. 자연이 우리에게 준 것을 왜 감추라고 하는 것인지 납득이 가지 않는다. 나는 물론이고 우리 식구들 중에 누가 자신의 몸을 부끄러워하더냐. 하지만 네 생각이 정 그러하다면 네 뜻대로 하여라."

그래서 나는 단추를 풀고 먼저 코트와 조끼를 벗었다. 이어서 신고 있던 구두와 양말, 바지도 벗었다. 셔츠는 먼저 허리까지 내린 다음 옷깃을 끌어올려 허리 주변에 끈처럼 둘러매어 알몸이 되는 일만큼은 막았다.

그런 내 모습을 주인은 시종일관 무척이나 흥미롭다는 듯 감탄하며 바라보더니 벗어놓은 옷을 발굽과 발목 사이로 한 벌, 한 벌 들어서 자세히 관찰했다. 그런 다음 내 몸을 부드럽게 쓰다듬거나 여러 번 둘러보더니 내가 완전히 야후임에는 틀림없지만 피부가 희고 부드러우며 매끄럽고, 군데군데 털이 없으며, 손톱과 발톱의 모양이 다르고 길이가 짧다는 것, 그리고 늘 두 발로 걸어다니려 한다는 점에서 야후와는 다른 족속이라고 했다. 그는 더 보고 싶지 않다고 했다. 그러더니 추위에 벌벌 떨고 있는 나를 보며 다시 옷을 입으라고 했다.

나는 말했다.

"제게도 매우 불만스러운 점이 한 가지 있습니다. 그것은 언제나 저를 야후, 야후라고 부르신다는 겁니다. 제가 저 역겨운 동물을 얼마나 증오하고 싫어하는지 모르실 겁니다. 그러니 제발 앞으로 저를 그렇게 부르지 말아주십시오. 가족분들과 나를 보러 오는 친구분들에게도 역시 그렇게 전해주셨으면 합니다. 그리고 제가 몸을 가리고 있는 이 덮개에 대해서도 (이 옷이 다 해질 때까지는) 비밀로 해주십시오. 나리께서 분부하신다면 갈색 말도 입을 다물어줄 겁니다."

주인은 아주 너그럽게 나의 부탁을 들어주었다. 이로서 나의 비밀은 이모저모 고심하며 (이 이야기는 나중에 하겠지만) 완전히 너덜너덜해진 옷 대신 걸칠 것을 마련해야 했을 때까지 지켜지게 되었다. 주인은 그동안 최선을 다해 언어를 배우라고 했다. 나의 모습보다, 겉가죽이 있고 없는 것보다, 언어능력과 이성이 있는 것이 더욱 놀랍기 때문이라고 했다. 그래서 전에 약속했던 놀랄 만한 이야기를 꼭 들려달라고 했다.

그 뒤로 주인은 나를 가르치는 일에 더욱 박차를 가했다. [*2]모임만 생기면 늘 나를 데리고 갔고, 친구들에게는 나를 정중하게 대해달라고 부탁했다. 그래야 내가 신이 나서 재미난 이야기를 쏟아낸다고 말이다. 주인은 매일 나와 함께 하며 말을 가르쳐주었고 틈만 나면 질문을 했다. 최대한 노력해서 대답하다보니 불완전하기는 했지만 대략적인 말의 개념을 잡을 수 있게 되었다. 어떻게 회화가 숙달되어갔는지, 어떤 이야기를 나누었는지 설명하는 것은 매우 지루할 테니, 처음으로 논리정연하고 길게 설명했던 나에 대한 이야기를 들려주도록 하겠다.

"전에도 얘기했습니다만, 저는 아주 먼 나라에서 저와 같은 동족 50명과

[*2] 주석이 시작되는 부분에서부터 "……함께 하며 말을 가르쳐주었고"까지는 초판본에 없는 내용으로 이후 추가된 부분이다.

함께 이곳에 오게 되었습니다. 우리는 나리의 집보다 더 큰 나무상자를 타고 바다를 여행했습니다(배에 대해 자세하게 설명해주고, 배가 어떻게 바람을 받아 앞으로 나아가는지 손수건까지 써가며 설명했다). 그런데 싸움이 벌어져 저는 이곳 바닷가에 버려져서 이곳저곳을 헤매다 저주스런 야후들의 습격을 받게 된 저를 주인님께서 구해주신 것입니다."

그러자 주인은 그 배라는 것은 누가 만들었고, 너희 나라의 후이넘들은 어떻게 짐승들이 배를 움직이도록 맡겨둘 수 있느냐고 물었다.

"이 이상 얘기하려면 나리께서 명예를 걸고 결코 화내지 않겠다고 약속해주셔야 합니다. 약속하신다면 전에 자주 말씀드렸던 놀라운 이야기를 들려드리겠습니다."

주인이 나의 말에 동의하여 나는 계속해서 이야기를 들려주었다.

"배를 만든 것은 저와 같은 동족들입니다. 저희는 늘 저희 조국만이 아니라 지금까지 제가 여행해온 모든 나라를 지배하는 유일한 이성적 동물이었습니다. 제가 이곳에 와서 가장 놀랐던 것은 후이넘이 이성적 동물처럼 행동하는 것이었습니다. 나리와 나리의 친구분께서 야후라고 부르는 인간에게서 이성을 발견하고 깜짝 놀라셨던 것처럼 말입니다. 확실히 야후는 저와 무척 닮았더군요. 하지만 어째서 저렇게 끔찍하게 퇴화된 것인지는 알 수가 없습니다. 어쩌다 운좋게 제가 다시 고국에 돌아가 후이넘에 대한 이야기를 하더라도 (물론 그럴 작정이지만) 사람들은 있지도 않은 사실, 그러니까 지어낸 이야기라고 할 것입니다. 저는 나리와 나리의 가족, 친구분들을 진심으로 존경하지만 절대 화내지 않겠다고 약속하셨기에 감히 말씀드리겠습니다. 제가 사는 곳에서는 아무도 후이넘이 사회의 지배자이며 야후가 가축이라는 얘기를 믿지 않을 것입니다."

4
주인에게 자신의 처지를 들려주다

참과 거짓에 대한 후이넘의 생각. 주인은 지은이의 의견을 반박한다. 지은이는 자기 자신과 자신의 항해 여정에서 있었던 일을 더 자세히 이야기한다.

내 얘기를 듣고 있는 주인의 얼굴에는 매우 곤혹스러운 표정이 떠올랐다. 그것은 이 나라에서는 의심한다든지 믿지 않는다는 개념이 없어서 어떻게 대처해야 좋을지 알 수 없었기 때문이다. 지금도 기억나는 것은 주인과 내가 세계 곳곳 인간들의 본성에 대해 자주 얘기한 것이다. 그때마다 거짓말이나 허위표현 같은 문제도 다루었는데 무척이나 판단력이 뛰어났던 주인도 그 말을 이해하기 힘들어했다. 그는 이렇게 말했다.

"언어란 서로 뜻을 전하고 사실에 관한 정보를 얻기 위해 쓰는 것이다. 그런데 만약 있지도 않은 것을 말한다면 그러한 목적은 실패하게 된다. 진정으로 상대를 이해할 수도 없고, 정보를 얻기는커녕 하얀 것은 검다고, 긴 것은 짧다고 믿게 될 것이니 아무것도 모르는 것보다 더욱 나쁘다."

인간사회에서 모르는 사람이 없는 거짓말의 능력에 대해 그가 떠올릴 수 있는 생각은 오로지 이것뿐이었다.

이야기에서 조금 벗어났지만 아무튼 우리나라에서는 야후가 유일하게 사회를 지배하고 있다고 하자, 주인은 도저히 상상도 할 수 없는 일이라며 우리나라에 후이넘은 없는지, 있다면 무슨 일을 하고 있는지 알고 싶어했다. 그래서 나는 이렇게 답했다.

"무척이나 많이 있습니다. 여름에는 목장에서 풀을 뜯고, 겨울에는 집안에서 건초와 귀리를 먹으며 지냅니다. 야후의 하인들이 피부를 부드럽게 문질러주고 갈기를 빗고 발굽에 낀 흙을 털어주고, 여물과 잠자리를 챙겨줍니다."

그러자 주인은 이렇게 말했다.

"무슨 말인지 잘 알겠다. 네 말을 듣고 나니 너희 야후들이 아무리 이성이 있다고 자부하더라도 후이넘이 너희 주인이라는 사실은 변치 않는구나. 우리 야후들도 그렇게 온순하면 좋으련만."

나는 주인에게 더 이상 이야기하지 않겠다고 했다. 그가 듣고 싶어하는 이야기는 무척이나 불쾌할 것이기 때문이었다. 하지만 그는 좋은 이야기건 나쁜 이야기건 모두 알고 싶다며 전혀 물러서지를 않았다. 나는 주인이 원하는 대로 하겠다고 하고 다음과 같이 솔직하게 얘기했다.

"저희가 말이라고 부르는 후이넘은 우리나라에서 가장 훌륭하고 아름다운 동물로 매우 강하고 아주 빠릅니다. 귀족의 소유물이 되어 여행용 마차나 전차를 끌거나 경마 같은 일을 하는 동안에는 매우 정성스러운 대우를 받지만 병에 걸리거나 다리를 못 쓰게 되면 팔려나가 평생토록 온갖 고생을 하게 됩니다. 그러다가 죽으면 가죽은 벗겨서 팔고 시체는 개나 독수리가 먹도록 내버려둡니다. 그러나 보통의 후이넘은 이런 행운조차 누리지 못합니다. 농부나 마부처럼 미천한 사람들 손에서 길러지며 더 고된 일을 하고 형편없는 먹이를 먹어야 합니다."

나는 말을 타는 방법, 그러니까 고삐와 안장, 박차, 채찍, 마구와 마차바퀴의 모양과 사용법에 대해 설명했다. 그리고 철이라는 딱딱한 물질로 만든 편자를 발바닥에 붙이는데, 이것은 자갈길을 돌아다닐 때 발굽이 부서지지 않도록 보호하기 위함이라고 설명했다.

주인은 어떻게 감히 야후들이 후이넘의 등에 올라탈 수 있느냐며 무척이나 화가 난 표정을 지었다. 주인은 자신의 가장 약한 하인이라도 가장 힘센 야후를 손쉽게 흔들어 떨어뜨릴 수 있고 등으로 깔아뭉갤 수 있다고 했다. 그래서 나는 다음과 같이 말했다.

"우리나라의 후이넘들은 서너 살이 되면 사용할 용도에 맞는 훈련을 받게 됩니다. 성질이 고약하다면 짐마차를 끌게 되고, 버릇이 나쁘면 어릴 때부터 혹독한 매질을 당하게 되고, 일반적으로 타고 다닐 목적으로 쓸 수말은 기를 죽이고 온순하고 얌전하게 만들기 위해 생후 두 살이 되면 거세를 합니다. 나리께서 염두에 두셔야 할 것은, 그들은 상벌을 구분할 줄은 알지만 이 나라의 야후들만큼의 이성도 없다는 것입니다."

나는 주인에게 정확한 의미를 전하기 위해 번번이 힘겹게 말을 빙빙 돌려야만 했다. 그들의 언어는 무엇보다 표현이 다양하지 못한데, 그들은 욕망과 감정이 우리보다 훨씬 적기 때문이다. 그럼에도 우리나라에서 후이넘 종족에게 가해지는 온갖 학대, 번식을 막고 더 많은 일을 시키기 위한 거세에 관한 설명을 듣자 주인의 분노는 여기에 도저히 표현할 수가 없을 정도였다.

주인이 말했다.

"만일 야후만이 이성을 가진 나라가 있다면 당연히 그들이 사회를 지배하는 동물이 되겠지. 한동안은 이성이 짐승 같은 성정을 통제할 수 있을 테니까. 하지만 너의 골격과 육체를 보아라. 너와 비슷한 크기의 생명체 중에서도 일상생활에서 이성을 사용하기에 그토록 불편한 동물은 없다고 생각한다. 대체 너의 동포들은 너를 닮았느냐, 아니면 이곳에 살고 있는 야후를 닮았느냐?"

나는 대답했다.

4 주인에게 자신의 처지를 들려주다

"내 또래라면 나와 비슷하지만 더 젊거나 여성이라면 더 부드럽고 유연하며, 특히나 여성의 피부는 우유처럼 하얗다."

그러자 주인이 말했다.

"옳거니, 너는 다른 야후와는 다르구나! 무척이나 청결할 뿐이지만, 살아가는 데 있어서는 네가 훨씬 불편할 것이다. 먼저 너의 발톱은 앞발이든 뒷발이든 아무 쓸모도 없다. 특히 앞발은 발이라고 할 수 있을까 싶을 만큼 앞발로 걷는 것을 본 적이 없다. 땅을 밟고 다니기에는 너무 부드럽지. 그런데도 아무것도 덮지 않고 다니더구나. 뭔가를 덮더라도 뒷발과는 모양이 다르고 튼튼하지도 않다. 걷는 모습도 매우 불안하다. 뒷발 하나라도 미끄러지면 당장에라도 넘어질 것이다."

그러더니 주인은 나의 다른 부분에 대해 흠을 잡았다. 얼굴은 평평하고, 코는 툭 튀어나왔고, 눈은 정면에 붙어 있어 고개를 돌리지 않으면 옆을 볼 수 없고, 앞발을 입가에 가져오지 않으면 먹을 수도 없다는 것이다. 그렇기에 자연은 우리에게 관절을 주었으니 손발의 작게 갈라진 갈래는 대체 무어란 말이며, 또 발바닥은 너무 물렁물렁해서 단단한 돌밭이나 가시밭길을 거닐려면 짐승가죽으로 만든 덮개가 필요하며, 더위와 추위로부터 몸을 지킬 수단이 없어 매일 귀찮게 덮개를 입고 벗어야 하는 것을 도저히 이해할 수 없다고 했다. 또 그가 말하길, 이 나라의 모든 동물들은 본능적으로 야후를 싫어한다. 약한 동물은 피해 다니지만 강한 동물은 야후를 쫓아내버린다. 그렇기에 아무리 인간들이 이성을 가지고 있다 하더라도 동물들이 가진 반항심을 어떻게 극복할 수 있으며, 어떻게 다른 동물을 길들일 수 있었는지 알 수가 없다고 했다. 그러나 그는 더 이상 이 문제에 대해 말하지 않았다. 그보다는 내가 지금까지 겪어온 이야기와 조국, 그리고 이곳에 오게 된 사연을 듣고 싶어했다.

"저도 바라던 바입니다. 무엇이든 만족하실 때까지 다 설명해 드리겠습니다. 다만 도저히 표현할 수 없는 내용이 다소 있을 것이기에 제가 알맞은 말을 찾지 못하면 도움을 주셨으면 합니다."

그러자 주인은 기꺼이 그렇게 해주겠다고 약속했다.

다음은 나의 이야기이다.

"저는 머나먼 영국이라는 섬에서 훌륭한 부모님 밑에서 태어났습니다. 그곳이 얼마나 먼가 하면 나리의 하인 중 가장 힘 센 후이넘을 보내더라도 태양이 지구를 한 바퀴 돌아야만 겨우 도착할 정도입니다. 저의 직업은 의사로 사고나 폭력으로 생긴 상처를 치료하는 일을 했습니다. 우리나라는 여자 인간이 다스리고 있는데 저희는 그녀를 여왕이라고 부릅니다. 저는 재산을 모으기 위해 우리나라를 떠났습니다. 돌아가서 가족들을 부양하기 위해서이지요. 이번 항해에서 저는 선장을 맡아 50명의 야후를 부하로 데리고 있었습니다. 그러나 그들 대부분이 항해 중에 죽었기 때문에 하는 수없이 여러 나라 야후들로 보충해야만 했습니다. 항해 도중에 배는 두 번이나 침몰할 뻔했습니다. 한 번은 거대한 폭풍 때문이었고, 또 한 번은 암초에 걸렸기 때문이었지요."

주인은 나의 말을 가로막고 그렇게 동포가 죽고 위험한 일을 당했는데 어떻게 다른 나라 사람들을 설득해서 함께 여행을 할 수 있었는지 물었다. 나는 그들이 가난하거나 죄를 저질러 고향에서 도망친 절망적 운명을 타고난 사람들이라고 대답하고 계속 이어서 말했다.

"소송에 휘말려 파산했다든지, 음주, 매음, 도박으로 재산을 탕진했다든지, 반역을 꾀하다 도피 중이라든지, 살인, 절도, 독살, 강도, 위증, 위조를 하여 도주 중이든지, 강간이나 남색을 했다든지, 탈영이나 적군에 투항한 사람들이었습니다. 그들 대부분은 탈옥한 경험이 있어서 돌아가면 교수형을 당하든가 굶어죽을 때까지 투옥될 것이 분명하니 고향으로 돌아갈 엄두를 내지 못하는 것입니다. 그렇기에 다른 곳에서 생계를 꾸리게 된 것이지요."

주인은 내 이야기를 들으면서 몇 번이고 말을 중단시켰다. 내가 선원들이 고향을 등져야만 했던 죄악을 너무 완곡하게 표현했기 때문이다. 그 탓에 주인이 나의 말을 완전하게 이해하기까지 대화는 며칠 동안 계속되었다. 주인은 죄를 저지르는 이유와 필요성을 전혀 이해하지 못했다. 그래서 나는 권력욕, 탐욕, 정욕, 무절제, 증오, 질투가 가져다주는 무시무시한 결과에 대해 어느 정도 개념을 잡아주고자 노력했다. 이런저런 예시나 가정(假定)을 들면서 설명할 수밖에 없었다. 그러자 주인은 지금까지 한 번도 듣지도 보지도 못한 것을 보고 들은 사람처럼 눈을 부릅뜨고 경악과 분노를 드러냈다. 그들의 언어에는 권력, 정부, 전쟁, 법률, 사형과 같은 것을 설명할 용어가 없어서, 그 뜻을 전하는 데에는 말로 표현할 수 없는 어려움이 있었다. 하지만 이해력이 뛰어난 주인은 사색과 대화를 이어가며 마침내 우리 인간들이 어떤 능력을 갖고 있는지를 이해하고, 내가 유럽이라고 부르는 곳과 나의 조국에 대해 이야기를 들려달라고 했다.

5
영국과 유럽에 대해서 I

지은이는 주인의 지시대로 영국에 대해 설명한다. 유럽의 군주들이 전쟁을 하는 이유와 영국 헌법에 대해 이야기한다.

다음 이야기는 나와 주인이 2년 동안 수차례에 걸쳐 나누었던 대화 중에서 가장 중요한 문제만을 요약 발췌한 것이라는 사실을 미리 밝혀두는 바이다. 내 언어 실력이 점차 향상되면서 주인은 더 많은 얘기를 듣고 싶어했고, 나도 최선을 다해 유럽 사정에 대해 설명했다. 상업과 공업, 예술, 학문을 비롯한 여러 가지 이야기에 주인이 질문하면 내가 대답하는 식이었는데, 도무지 끝이 보이지 않았다. 그렇기에 이 자리에서는 나의 조국에 대해 말했던 것 중 매우 중요한 내용만을 차근차근 적어보도록 하겠다. 당연히 사실을 있는 그대로 기록할 것이지만, 이야기를 나누었던 순서나 이유에 대해서는 제외하겠다. 다만 내 능력이 부족한 탓에 야만스런 언어인 영어로 번역하는 과정에서 주인의 논점이나 표현을 잘못 전달하지는 않을까 걱정스러울 따름이다.

나는 주인의 지시에 따라 오렌지공이 일으킨 혁명[*1], 그리고 그의 치세에 시작되어 지금 왕위를 이어받은 여왕까지 이어지고 있는 프랑스와의 기나긴 전쟁에 대해 이야기했다. 기독교를 믿는 강대국들이 참전한 전쟁은 아직까지도 계속되고 있으며 약 100만 마리의 야후가 살육되고 100개가 넘는 도시들이 점령되었으며, 그 세 배에 달하는 배가 불타거나 가라앉았다고 했다.

주인은 나라끼리 전쟁을 하는 원인이 대체 무엇인지 물었다.

"수없이 많지만 몇 가지만 언급하도록 하겠습니다. 첫째는 군주의 야심

---

*1 1688년 오렌지공 윌리엄 3세(William III of Orange, 1650~1702)가 영국의회와 협력해서 제임스 2세를 몰아내고 왕위를 차지한 명예혁명을 가리킨다. 이 혁명을 계기로 어떤 왕조도 의회에 권력을 휘두르지 못했고 영국 민주주의의 시발점이 되었다.

때문입니다. 그들은 결코 자신이 다스리는 땅과 국민만으로 만족할 줄을 모릅니다. 둘째는 부패한 내각 때문입니다. 그들은 자신들의 실정에 반대하는 국민들의 분노를 억누르거나 다른 곳으로 돌리기 위해 전쟁을 일으키지요. 하지만 그보다 더 광포하고 참혹하며 오래가는 것은 사소한 의견 차이로 벌어지는 전쟁입니다. 그 사소한 의견 차이 때문에 수백만이 목숨을 잃습니다. 예를 들면 살코기인지 빵인지, 어떤 과실의 즙이 포도주인지 피(血)인지, 휘파람이 악덕인지 미덕인지, 말뚝에 입을 맞추는 것이 옳은지 아니면 불속에 집어넣는 것이 옳은지, 외투는 검정이 좋은지 흰 것이 좋은지 빨강이 좋은지 회색이 좋은지, 또 옷자락이 길어야 하는지 짧아야 하는지, 지저분한 것이 좋은지 깨끗한 것이 좋은지, 그런 이유들로요.

때로는 누구도 권리가 없는 제3의 영토를 놓고 전쟁이 벌어지기도 하고, 혹시 누가 쳐들어올지도 모른다고 지레 겁을 먹고 전쟁을 선포하기도 하지요. 강대국이어서 전쟁이 벌어지기도 하지만 반대로 너무 약소국이라 전쟁이 일어나는 일도 있습니다. 또 서로가 탐하는 것을 노리고 빼앗기 위한 전쟁이 벌어지기도 합니다. 만약 기근이 들었거나 전염병이 돈다든가 정치판이 혼란에 빠졌다면 정당한 전쟁 사유가 됩니다. 마찬가지로 가장 가까운 동맹국일지라도 우리에게 매우 유리한 지점에 도시가 있다면 침략해도 됩니다. 또 어떤 군주가 군대를 보내 가난하고 무지한 국민들을 개화시켜 야만적인 생활방식에서 벗어나게 해준다는 명분을 내세운다면 그 나라 사람들의 절반을 죽이고 노예로 만들어도 됩니다. 공격을 당해 도움을 청하는 군주가 있을 때 침입자를 몰아내준 후 도움을 청한 군주를 죽여 그 영토를 차지하는 것은 매우 군주답고 명예로운 일입니다. 혈연이나 결혼으로 맺어진 동맹도 군주들 사이에선 전쟁 원인이 되기에 충분합니다. 오히려 가까우면 가까울수록 충돌 위험은 커지고, 가난한 나라는 더욱 궁핍해지고, 부유한 나라는 더욱 교만해집니다. 궁핍과 교만이 만나면 전쟁이 일어나는 법이지요. 그렇기에 군인은 가장 명예로운 직책으로 간주됩니다. 군인들은 자신들에게 해를 끼친 적이 없는 자신의 종족을 아무렇지 않게, 되도록 많이 살해하기 위해 고용되는 야후이기 때문이지요.

또 유럽에는 비렁뱅이 같은 특이한 군주도 있습니다. 전쟁을 할 능력이 되지 못하므로, 한 명당 얼마씩에 자신의 군대를 부유한 나라에 빌려주고[2] 그대가의 4분의 3을 챙기는데, 그게 국가수입의 대부분입니다. 북유럽에는 이런 군주들이 부지기수지요."

(그러자 주인이 말했다) "오호라, 전쟁에 대한 너의 이야기를 듣고 있자니 너희가 갖고 있다는 이성이라는 것이 얼마나 대단한지 잘 알 것 같구나. 그나마 다행인 점은 너희의 부끄러운 일에 뒤따르는 실질적 위험이 적고, 또 자연이 너희를 커다란 해악을 저지르지 못하게 만들었다는 것이겠군.

너희의 입은 얼굴 가까이 붙어 있어 동의를 구하지 않고서는 아무리 깨물어도 큰 해가 되지 않을 것이고, 발톱은 너무 짧고 부드러워 우리나라 야후 한 마리만 있어도 너희 유럽인 열 명은 몰아낼 수 있을 것이다. 그렇기에 네가 전장에서 사라져갔다고 말한 자들의 수는 **있지도 않은 사실**이라고밖에 생각할 수 없구나."

아무것도 모르는 주인을 보고 나는 고개를 저으며 웃지 않을 수 없었다. 전쟁에 관한 한 문외한은 아니었기에 대포와 칼버린(15~17세기에 사용된 대포로 가늘고 긴 포신이 특징), 소총, 기병총, 권총, 탄환, 화약, 칼, 총검, 포위, 후퇴, 공격, 참호, 포격, 해전, 1000명의 선원과 함께 가라앉은 배, 적군과 아군의 2만의 사망자, 죽는 자의 비명, 하늘에 날아다니는 팔다리, 연기, 소음, 혼란, 말에 밟힌 사람, 도망, 추격, 승리, 늑대와 독수리가 여기저기 널린 시체를 뜯는 전장, 약탈, 강탈, 능욕, 방화, 파괴 등에 대해 자세히 설명해주었다. 그리고 내가 사랑하는 동포들의 용맹함을 이렇게 알렸다.

"저는 그들이 100명이 넘는 적을 포위해서 단번에 가루로 만드는 것을 본 적이 있으며, 100명의 선원이 탄 배가 산산조각이 나는 것을 본 적도 있습니다. 자욱한 연기를 뚫고 조각이 난 살덩어리들이 떨어지는 모습에 구경꾼들은 즐거워하며 소리를 질렀습니다."

좀 더 자세하게 얘기하려 하자 주인은 갑자기 그만두라고 명령했다.

"야후의 본성을 아는 자라면 누구든 네 얘기가 틀림없는 사실이라고 믿겠지. 하지만 그건 어디까지나 그들의 힘과 지혜가 악한 마음과 함께 했을 때의 이야기다."

하지만 야후에 대한 혐오감이 극도에 달한 주인은 여지껏 경험해보지 못

---

*2 조지 1세(George Ⅰ, 1660~1727)가 하노버 영토를 지키기 위해 독일인을 용병으로 썼던 것을 가리킨다.

한 불안감에 휩싸였다. 이런 고약하기 짝이 없는 이야기를 매일같이 듣다 보니 점차 그런 얘기에 익숙해져 혐오감이 약해진 것은 아닐까 하는 것이었다. 지금까지는 아무리 야후를 혐오하더라도 그것이 그 구역질나는 성질 때문이라고 비난하지는 않았다. 마치 (맹금류의 일종인) **냐이**가 성질이 잔인하다고, 날카로운 돌에 발굽을 다쳤다고 그것을 비난할 수 없는 것과 같은 맥락이다. 그러나 소위 이성적 존재라고 자처하는 동물이 그런 잔인한 짓을 할 수 있는 것을 보면, 이성의 타락이란 야수성보다도 더욱 나쁜 것인지도 모른다는 두려움이 들었다. 따라서 주인은 마치 거친 물살에 비친 모습이 더욱 크고 흉하게 일그러져 보이는 것처럼, 우리는 이성이 아니라 타고난 악덕을 조장하는 자질만을 갖고 있을 뿐이라고 확신했다.

주인은 이어서 다음과 같이 말했다.

"이번 이야기도 그렇고, 지난번에도 그랬다만 이제 전쟁 이야기는 지긋지긋하구나. 그런데 아무래도 알 수 없는 의문점이 하나 있다. 너는 일부 선원들이 법률 때문에 패가망신하고 조국을 떠나왔다고 했는데, 그 법률이 무엇인지 설명을 듣고도 도무지 이해할 수가 없다. 사람을 지키겠다고 만든 것이 어떻게 사람들을 파멸로 이끈단 말이냐? *3 그러니 내가 납득할 수 있도록, 네가 말하는 법률의 의미와 법을 시행하는 사람들에 대해서 네 조국의 현행법에 따라 설명해주었으면 한다. 만약 너희가 자처하는 것처럼 인간이 이성을 가진 동물이라면, 본성과 이성에 따라 무엇을 해야 하며 무엇을 해서는 안 되는지 결정해두었을 테니 말이다."

나는 대답했다.

"법률은 제가 접해보지 못한 학문입니다. 부당한 일을 당한 적이 있어서 모처럼 변호사를 고용했지만 아무런 도움도 되지 않았던 일밖에 겪어보지 않았습니다만, 제가 아는 범위 내에서 설명을 드리도록 하겠습니다."

다음은 내가 한 설명이다.

"우리나라에는 한 집단의 사람들이 있는데 그들은 어릴 적부터 보수에 따라 하양은 검정, 검정은 하양이라고 증명하는 기술(그 목적을 위해 전문용어까지 만들었다)을 배우며 자라난다. 다른 사람들은 말하자면 그 집단의 노예나 다

---

*3 주석이 시작되는 부분에서부터 5장의 끝부분까지 포크너 판에 따랐다. 초판과는 다소 다른 점이 있다.

를 바가 없습니다. 이를테면 제 이웃이 저의 소를 탐한다면 그는 소를 빼앗기 위해 변호사를 고용해서 자신이 소를 가질 권리가 있다는 것을 증명하려고 합니다. 그러면 저는 제 권리를 지키기 위해 어쩔 수 없이 변호사를 고용해야만 합니다. 자기 자신을 변호하는 것은 위법이기 때문이지요. 그런데 이렇게 되면 정당한 소의 주인인 저에게 불리한 점이 두 가지 생깁니다. 첫째로 본디 변호사라고 하는 놈은 태어날 때부터 거짓으로 변호하게끔 훈련받은 놈들이라 올바른 일을 맡게 되면 물 밖에 나온 고기가 돼서 (나쁜 뜻은 없겠지만) 형편없는 실력을 보이니 기가 막힐 노릇이지요. 다른 하나는 일을 매우 조심스럽게 진행해야 한다는 것입니다. 안 그러면 법률업무를 방해한다며 판사들의 꾸중을 듣고 동료들의 미움을 사게 되지요. 소를 지키려면 두 가지 방법밖에 없습니다. 첫 번째는 두 배의 보수를 치러서 상대 변호사를 매수하는 것이지요. 그러면 자신의 의뢰인에게 공교롭게도 이쪽 주장이 더 정당하다고 하며 넌지시 배신해줄 것입니다. 다른 방법은 반대로 제 변호사에게 부탁해서 이 소가 상대의 것이라고 말하면서 되도록 자신의 소송이 부당하게 보이도록 하는 것입니다. 잘만 되면 이 방법으로 틀림없이 판사들의 동정을 얻어낼 수 있습니다.

　여기서 판사란 형사재판을 비롯해 재산을 둘러싼 분쟁까지 해결하도록 임명된 사람을 말합니다. 가장 노련한 변호사 가운데서 선출되지만, 늙다리에 게을러터진데다 어려서부터 진리와 공정함에 편견을 가지도록 교육받았기 때문에 숙명적으로 거짓과 위선, 압제를 두둔하게 됩니다. 실제로 정당한 쪽에서 보낸 뇌물은 자신의 본성과 직무에 어울리지 않아 장사를 망친다며 오히려 깔끔하게 거절해버리기도 한다더군요.

　변호사들 사이에선 한 번 했다면 또 해도 된다는 불문율이 있습니다. 그래서 변호사들은 모든 사회정의와 이성에 반하여 내린 판결을 매우 세심하게 기록해둡니다. 그들은 이것을 판례라고 부르며 부당하기 짝이 없는 의견을 정당화하는 근거로 사용하고, 판사들은 이것에 따라 판결을 내리게 됩니다.

　변호를 할 때는 사건의 핵심인 옳고 그름은 따지지 않고 상관도 없는 정황만을 요란하고 격렬하며 지루하리만큼 오랫동안 늘어놓습니다. 아까도 말했듯 법률분쟁에서는 상대가 무슨 근거로 자신에게 권리가 있다고 주장하는지 알려고 하지 않고, 다만 붉은 소인지 검은 소인지, 뿔이 긴지 짧은지, 목장이 둥그런지 네모난지, 소가 병에 걸렸는지 아닌지 그런 것만 강조합니다. 말은 판례를 찾는다고 하지만 이런 이야기를 늘어놓다가 정작 중요한 판결은 10년, 20년 어쩌면 30년이 걸리게 되는 것이지요.

　한 가지 깜빡한 것은, 그들은 특유의 전문용어와 은어를 구사하기 때문에 다른 사람들은 전혀 알아들을 수가 없습니다. 법률 자체도 이런 용어로 쓰여 있는데, 그들은 그러한 용어를 더 늘리려고 노력하고 있습니다. 그렇게 해서 진실과 거짓, 옳고 그름에 대한 판단을 뿌리부터 흔들어 놓으려는 것이지요. 그렇기에 6대에 걸쳐 조상이 물려준 이 밭이 과연 나의 것인지 아니면 3백 마일 떨어진 곳에 사는 새빨간 남의 것인지 판결하는 데 30년이나 걸리게 되는 것이지요.

　하지만 반역죄로 기소된 사람의 심문 방법은 얼마나 간결한지 모릅니다. 권력자들의 생각만 알아두면 판사는 자기 마음대로 그 사람을 살리든 죽이든 할 수 있습니다. 겉보기에는 제대로 된 형식을 밟는 것처럼 보이면서요."

　여기서 주인이 한 마디 했다.

　"네 말대로라면 변호사라는 족속들은 그토록 대단한 지혜를 타고 났으면서도 왜 사람들의 본보기가 되려 하지 않는지 안타깝구나."

주인의 얘기에 나는 자신 있게 대답했다.

"그들은 자신의 업무를 제외하면 가장 무식하고 어리석은 족속이기 때문입니다. 평범한 대인관계를 멸시하고, 학문이나 지식과는 담을 쌓았지요. 거기다 무슨 얘기를 하더라도 자신들의 직업에서처럼 인간이라면 누구나 갖추고 있는 이성을 일부러 왜곡합니다."

6
영국과 유럽에 대해서 Ⅱ

지은이는 계속해서 영국의 정세에 대해 설명한다. 그리고 여왕의 치세와 수상은 과연 필요한 것인지[1], 유럽 각국의 수상의 직무에 대해 논한다.

하지만 주인은 이 법률가라는 족속이 결국 동족에게 피해만 입힐 뿐임에도 뭐가 좋다고 자처해서 스스로를 난처하고 불안하며 지치게 만들면서까지 부정을 저지르는지 전혀 이해하지 못했다. 나는 그 모든 것이 돈 때문이라고 설명했지만, 주인은 그것마저도 이해하지 못했다. 그래서 나는 매우 힘들었지만 돈의 용도와 재료, 그 가치에 대해 설명해주었다.

"이 귀중한 물질을 많이 가진 야후일수록 좋은 옷과 훌륭한 집, 넓은 땅, 값비싼 요리와 술, 그밖에 원하는 것이라면 뭐든 가질 수 있고, 아름다운 여자도 고를 수 있습니다. 이렇게 돈만 있으면 뭐든 할 수 있기에 탐욕스럽고 낭비벽까지 있는 저희 야후들은 써도 써도 부족하고, 모아도 모아도 만족하지 못하는 것이지요. 이런 부자들은 가난한 사람들에 비하면 1000분의 일밖에 되지 않지만 가난한 이들이 일궈놓은 것에서 가장 맛있는 부분만을 떼어먹고 있습니다. 야후들은 이런 소수의 행복을 위해 하루하루 값싼 급료를 받아가며 비참한 생활을 하고 있지요."

이러한 점을 비롯해 그밖에 비슷한 주제에 대해 이야기를 해주었지만 주인은 여전히 이해하지 못했다. 주인은 땅에서 나는 것들은 모든 동물들이 (다른 동물을 지배하는 동물이라면 더더욱) 나누어가질 의무가 있다고 믿고 있었기 때문이었다. 그렇기에 그 값비싼 요리란 대체 무엇이며, 왜 그것을 갖지 못하는 자가 있는 것인지 설명하라고 했다. 그래서 나는 먼저 머리에 떠오르는

---

[1] "여왕의 치세와 수상은 과연 필요로 한 것인지" 이 부분은 포크너 판에서 삭제되었다.

요리의 이름과 조리법을 설명했다. 그리고 여기에 쓰이는 술이나 소스, 식기들은 세계 여러 나라를 돌아야 구할 수 없다는 것도 설명했다. 이를테면 우리나라의 신분 높은 암컷 야후 하나는 아침을 먹기 위해, 아니면 식사에 쓸 식기 하나를 구하기 위해 적어도 지구를 세 바퀴는 돌아야만 합니다. 그러자 주인은 국민이 먹을 것도 제대로 마련해주지 못하는 나라라니 참으로 불쌍하다고 했다. 무엇보다도 놀라워했던 것은 내가 얘기한 것처럼 넓은 대지에 신선한 물 하나 없어 국민들이 마실 물을 구하지 못해 바다 너머까지 배를 보내야만 한다는 것이었다. 그래서 나는 이렇게 대답했다.

"물론 (제 사랑하는 조국) 영국에서는 국민들이 소비하는 것보다 세 배나 많은 식량을 생산할 수 있습니다. 거기다 곡물에서 추출하거나 어떤 종류의 과일을 짜서 만든 술(이건 정말이지 훌륭한 음료다)을 비롯한 다양한 일용품도 마찬가지이지요. 하지만 수컷 야후들의 사치와 무절제, 암컷들의 허영심을 채우기 위해 이 필수품의 대부분을 다른 나라에 보내고 그 대신 질병과 우환을 만드는 재료를 들여와서 소비합니다. 결국 대부분의 국민들은 구걸, 강도, 절도, 사기, 중매, 위증, 아첨, 매수, 위조, 도박, 거짓말, 아양, 공갈, 비평, 글 팔기, 망상, 독살, 매음, 위선, 비방, 사상선동 등과 같은 방편(이 모든 것을 이해시키기 위해 무척이나 고생을 했다)에 기댈 수밖에 없습니다.

또 주류를 다른 나라에서 구해오는 것은 결코 물이나 술이 부족하기 때문이 아닙니다. 그저 이 액체를 마시면 모든 것을 잊고 유쾌한 기분이 되어 우울한 마음이 진정되고 머릿속에는 허황된 상상이 솟아나 희망이 생겨나고 불안은 사라지고, 얼마 동안 이성도 그 기능이 멈추어 손발도 말을 듣지 않다가 끝내는 깊은 잠에 빠지기 위해서 마시는 것입니다. 하지만 잠에서 깨면 숙취가 남아 있고 과용하면 온갖 병이 생겨나 결국에는 생명마저 단축되는 것도 이 액체 덕분이지요.

하지만 많은 사람들이 부자를 위해, 혹은 서로에게 필수품을 공급하는 것으로 생계를 꾸리고 있습니다. 이를테면 제가 집에서 신분에 어울리는 옷차림을 한다면 기술자 100명이 애쓴 작품을 걸치고 있는 것이며, 집을 짓고 가구를 만드는 데는 더 많은 사람이 필요하고 제 아내를 치장시키는 데는 그 다섯 배나 되는 사람이 필요합니다."

무엇보다 전에 내가 몇 번이고 선원들이 병으로 죽었다고 얘기했던 만큼,

나는 다음으로 한 종류의 인간, 즉 환자를 돌봐서 생계를 유지하는 사람에 대해 이야기할 생각이었다. 하지만 주인에게 그 뜻을 전하는 것은 무척이나 어려운 일이었다. 물론 주인도 후이넘들이 죽기 며칠 전이면 몸이 약해져서 나른해지고 다리를 저는 것은 알고 있었지만, 모든 것을 완전하게 만드는 자연이 우리의 몸에 고통을 준다는 것을 도저히 받아들이지 못했다. 그는 대체 그런 알 수 없는 재앙이 존재하는 이유를 들려달라고 했다. 나는 이렇게 대답했다.

"저희는 정말이지 다양한 음식을 먹고 있는데, 이 모든 것들이 서로 상반되는 작용을 하게 됩니다. 거기다 저희는 배도 고프지 않은데 식사를 하고, 목도 마르지 않은데 술을 마시고, 때로는 며칠이고 밤을 지새우고, 아무것도 먹지 않고 독한 술만 찾습니다. 그러니 정신은 게을러지고 몸에선 열이 나고 당연히 소화는 되지 않고 몸은 약해집니다. 몸을 파는 암컷 야후가 병에 걸리면 관계를 가진 수컷 야후들의 뼈가 썩어 들어갑니다. 그리고 병은 다른 수많은 질병과 함께 후세까지 전해지고, 그 때문에 복잡한 병에 걸린 사람들이 태어나게 되는 것입니다. 야후의 몸에 생기는 질병의 목록을 늘어놓았다간 끝이 없을 것입니다. 팔다리와 관절에 생기는 것만 하더라도 5, 600가지가 넘을 것입니다. 요컨대 저희의 몸은 안팎으로 질병을 갖고 있기 때문에 그러한 환자들을 치료하는 일을 업으로 삼는 사람, 물론 그러는 척만 하는 사람도 있습니다만, 아무튼 그런 사람을 육성하게 됩니다. 다행히 저도 어느 정도 기술을 갖고 있으니 나리의 은혜에 보답하기 위해서라도 저의 모든 비법을 전부 알려드리도록 하겠습니다."

의사들은 모든 질병이 포식에서 비롯된다고 보았으므로, 자연적인 출구를 이용하든지 아니면 위쪽 입을 이용해서 몸 안을 대대적으로 배설시켜야 한다고 결론짓는다. 그래서 그들은 약초, 광물, 고무, 기름, 조개껍질, 소금, 수액, 해초, 배설물, 나무껍질, 뱀, 두꺼비, 개구리, 거미, 죽은 사람의 뼈와 살, 날짐승, 물고기 같은 것들을 조합해서 냄새는 물론이고 맛까지 구역질이 날 만큼 혐오스럽고 고약한 혼합물을 만든다. 물론 위장은 이 역겨운 물질을 곧바로 배출해버리는데, 그들은 이것을 구토라 부른다. 이마저도 안 된다면 여기다 독한 재료를 섞어 만든 더 역겨운 약을 위쪽이나 아래쪽 구멍에 (이건 의사의 마음이다) 밀어 넣는다. 그러면 뱃속의 긴장이 풀리면서 먹은

것들을 전부 아래로 밀어낸다. 의사들은 이것을 설사약, 혹은 관장약이라고 부른다. 다시 말해 자연은 (이것은 의사들의 주장이지만) 고형물과 유동물을 섭취하기 위해 위쪽에 구멍을 만들었고, 그것을 배출하기 위해 아래쪽에 구멍을 만들었다는 것이다. 거기다 모든 질병은 자연이 제자리를 벗어났기 때문에 오는 것이므로 제자리를 찾아주기 위해서는 정반대의 치료, 다시 말해 앞서 말한 두 구멍의 역할을 바꾸어서 고형물과 유동물을 항문에 억지로 집어넣고 입으로 배설하게 만들면 된다는 것이다.

하지만 우리는 이렇게 실존하는 질병 외에 상상 속의 질병에도 걸리는데 의사들은 그러한 병을 낫게 할 가상의 치료법을 찾아냈다. 이런 병에도 제각기 이름과 적절한 약이 있는데, 우리나라의 암컷 야후들은 내내 이 병에 걸려 있다.

이런 의사 족속도 한 가지 탁월한 능력이 있는데, 진짜 병이 걸리면 어떻게 될 것인지 알아맞히는 (결코 빗나가지 않는다) 예진이라는 기술이다. 불치병에 걸린 환자를 치료하는 것은 불가능하지만 자기들 마음대로 죽음의 문턱에 이르도록 할 수 있는데, 만약 사형선고가 빗나가더라도 이 모든 것이 적절한 처방 덕분이라고 하면 비난당하기는커녕 오히려 자신들의 명석함을 떨칠 기회가 되는 것이다.

이러한 방법은 서로에게 싫증난 부부나 장남, 장관, 그리고 때로는 국왕도 유용하게 쓰고 있다.

나는 일반적으로 정치라는 것의 성격과 특히 우리나라의 우월한 헌법에 관하여 이전에 주인과 이야기한 일이 있었다. 그것은 가히 전 세계의 경의와 선망의 대상이기 때문이다. 그때 우연히도 수상이란 말을 입에 담았었는데, 얼마 뒤에 주인은 그 명칭이 어떤 야후를 뜻하는 것인지 가르쳐달라고 했다.

그래서 나는 이렇게 말했다.

"*2저희의 여성통치자, 다시 말해 여왕폐하께서는 권력을 키워 이웃나라를 침략한다든지, 국민들을 위험에 빠뜨릴 야심이나 의도를 털끝만큼도 갖고 계시지 않기에 사악한 계획을 추진하거나 은폐하기 위해 부패각료를 두

＊2 주석이 시작되는 부분부터 "……대략적으로 다음과 같이 설명을 드릴 수 있겠습니다." 까지의 내용은 포크너 판에서 "그러면 국무총리, 즉 수상에 대해 한 말씀드리도록 하겠습니다."로 바꾸었다.

시지 않습니다. 통치 목표를 국민의 행복으로 삼고, 법으로 정해두셨기 때문이지요. 그뿐만이 아닙니다. 행정을 맡은 모든 관리들은 의회의 심의를 받으며 법에 복종하므로 폐하께서는 신하에게 모든 권력을 맡겼던 적이 없으셨지요. 얼마 전까지만 하더라도 저희 영국에서는 군주가 (대부분의 유럽 국가들은 아직까지도 그렇지만) 쾌락에 빠져 국정을 내팽개쳤었습니다. 그렇게 되면 앞서 얘기한 행정관, 다시 말해 국무대신, 즉 수상이라고 부르는 자들이 등장합니다. 이에 대해서는 실제 행동을 비롯해 편지, 회상록, 그밖에 직접 발표한 저서(물론 진위에 대해서 논의의 여지가 없는 것뿐이지만)를 통해 대략적으로 다음과 같이 설명해 드릴 수 있습니다. 수상은 기쁨을 비롯해 슬픔, 사랑, 증오, 동정, 분노까지 (물론 재산, 권력, 신분상승에 대한 강한 욕망은 제외하고) 어떠한 감정도 갖고 있지 않습니다. 얘기를 할 때도 결코 본심을 드러내지 않지요. 거짓이라고 믿게 만들려고 진실을 말하고, 진실이라고 생각하게 만들고자 거짓을 말합니다. 그가 뒤에서 험담을 한다면 좋게 보고 있다는 뜻이고, 몹시 칭찬을 한다면 그건 버림받았다는 것과 마찬가지입니다. 만일 맹세까지 해가며 약속을 했다면 그날로 끝이라는 의미로, 은퇴해서 모든 희망을 버리는 것이 현명할 것입니다.

수상이 되는 방법은 세 가지가 있습니다. 첫째는 아내나 딸, 여동생을 잘 활용하는 것이고, 둘째는 선임자를 배반하거나 헐뜯는 것이며, 셋째는 공공 집회에서 궁정의 비리를 맹렬하게 공격하는 것입니다. 만약 국왕이 현명하다면 세 번째 사람을 고용하겠지요. 그렇게 열정적인 사람은 반드시 군주의 사상에 순종적이기 때문입니다. 무엇보다 수상은 관직 임용권을 갖고 있기 때문에, 대부분의 상원과 의회를 매수하여 치밀하게 권력을 유지합니다. 거기다 면책법(이것이 무엇인지 설명해주었다)이라는 편리한 법령에 따라 추징금을 면제받고 국민에게서 짜낸 혈세로 개인의 잇속을 채운 후 사회에서 유유히 은퇴하는 것입니다.

수상의 사택은 말하자면 동업자들을 키워내는 양성소나 마찬가지입니다. 시종이며 하인, 문지기가 주인의 행동거지를 보고 배우다 보니 마치 자기가 수상인 것처럼 굴고 수상의 삼대요소인 오만과 거짓, 뇌물에 대해서도 매우 해박해집니다. 그렇다 보니 귀족에게 얻어낸 돈으로 자신만의 작은 궁전까지 마련하게 됩니다. 그리고 그 뻔뻔함과 교활함으로 입신양명하여 멋지게 주인의 후계자가 되는 것이지요.

　수상들은 보통 부패한 창녀나 신임하는 하인의 손에 놀아나기 때문에 그들이 내려준 은혜가 수상의 손을 통해 이루어지게 됩니다. 그렇다면 그들이야말로 진정한 이 나라의 지배자가 아니겠습니까?"

　어느 날 얘기를 나누다 영국 귀족에 대한 언급이 나왔는데, 주인은 무슨 이유에서인지 도가 지나치리만치 나를 칭찬했다.

　"용모는 물론이고 빛깔하며 청결함까지, 이 나라의 야후를 뛰어넘는 그 모습으로 보아 너는 귀족 출신임에 틀림없구나. 비록 야후보다 힘과 민첩함이 떨어지기는 하지만 그건 아마 너희가 짐승과는 다른 생활을 해서 그럴 것이다. 거기다 너는 말도 하고 다소나마 이성을 갖추고 있으니, 내 친구들 사이에서 하나의 경이(驚異)로 간주되고 있다."

　주인은 거듭 나에게 말했다.

　"너도 이미 알고 있겠지만 같은 후이넘이라도 흰색, 갈색, 회색과 적갈색, 얼룩무늬, 검은색은 모습도 다르지만 선천적으로 지적능력과 진보능력에서도 차이를 보인단다. 그렇기에 그들은 자신의 신분을 받아들이고, 높은 신분을 꿈꾸며 무리를 벗어나려고 하지 않지. 이 모든 것이 너희 나라에서는 아주 이상한 일이겠구나."

　나는 주인이 나를 높이 평가해준 것에 겸손하게 감사인사를 전했다. 하지만 나는 낮은 가문 출신이며, 평범하고 정직한 부모님은 나에게 최소한의 교육밖에 해주지 못했다고 설명했다. 그리고 계속해서 다음과 같이 설명했다.

　"귀족이란 나리께서 생각하시는 것과는 확연히 다릅니다. 젊은 귀족들은 어릴 때부터 나태와 사치 속에서 자라나, 나이가 들면 음탕한 여자에게 정력을 소모하고 고약한 병까지 얻습니다. 재산을 거의 탕진하고 나면 자신들이 그렇게 증오하고 경멸했던 비천한 태생의 못생기고 건강도 나쁜 여인과 돈 때문에 결혼하게 됩니다. 그렇게 태어난 아이들은 부스럼을 앓고 꼽추가 되거나 기형이 됩니다. 그렇기 때문에 가문의 부인이 나서서 건강한 이웃이나 지인들 중 아버지가 될 사람을 찾아 품종을 보존하고 개선하지 않으면 3대를 지탱하지 못합니다. 병약한 몸과 여윈 얼굴, 누렇게 뜬 피부가 귀족이라는 혈통의 표시입니다. 건강하고 훌륭한 외모는 수치입니다. 그랬다간 그의 진짜 아버지가 시종이나 마부라며 손가락질을 받으니까요. 특히나 삐뚤어진

정신이 깃들어 있다면 더더욱 병약한 육체를 갖게 되는데, 그러니까 우울, 우둔, 무지, 변덕, 호색, 교만 덩어리가 아주 제격이지요.

*3귀족이라는 이 훌륭한 계급의 승낙 없이는 어떠한 법률도 제정하거나 폐지할 수 없고, 개정될 수도 없습니다. 또한 그들은 우리 재산에 대한 결정권을 갖고 있는데, 우리는 거기에 대해 어떤 항소도 할 수 없습니다."

---

*3 이 마지막 단락은 초판본에 없다가 포크너 판에 추가되었다.

7
인간과 야후의 비교

조국에 대한 지은이의 크나큰 사랑이 나온다. 지은이는 유사한 사례와 비유를 들어가며 영국의 헌법과 행정에 대해 설명하고 그의 주인이 논평한다. 또한 인간의 본성에 관해서도 논평한다.

어떤 독자들은 이상하게 생각할지도 모르겠다. 무엇보다 내가 이곳 야후들과 무척이나 닮았는데, 종족 전체에 부정적인 견해를 갖고 있는 후이넘들에게 어떻게 이렇게나 거리낌없이 우리 종족에 대해 표현할 수 있었는지 말이다. 솔직히 고백하자면, 타락한 인류에 비해 우월한 네발동물의 수많은 미덕을 보며 나의 눈이 뜨였고 이해의 폭이 넓어졌다. 그래서 나는 인간의 행위와 감정을 전혀 다른 시각에서 바라보게 되었고 나와 같은 종족의 명예에는 아무런 가치도 느낄 수 없게 되었다. 그뿐만이 아니다. 판단력이 예리한 나의 주인 앞에선 그런 척할 수도 없었다. 주인은 매일 나의 단점을 수없이 지적했고, 나는 그것이 옳다고 느꼈다. 전에는 단 한 번도 결점이라고 느끼지 못했고 인간들 사이에서는 약점으로 간주되지도 않았던 것들이었다. 나는 주인처럼 거짓과 기만을 철저히 혐오하게 되었다. 그리고 소중한 진실을 위해서라면 무엇이든 아낌없이 희생하겠노라 결심했다.

그리고 내가 아무런 거리낌 없이 영국에 대해 얘기할 수 있었던 것도 다른 이유가 있었음을 독자들께 밝힌다. 이곳에 온 지 1년도 되지 않았지만 주민들을 매우 경외하게 된 나는 영국으로 돌아가지 않고 악덕의 본보기도 없고 유혹도 없는 이곳에서 덕을 쌓고 선행을 실천하며 여생을 보내고자 했었다. 그런데 나의 끈질긴 운명이라는 적은 내가 그러한 행복을 누리도록 내버려두지 않았다. 그러나 이제 와서 생각해보면 내가 내 동포에 대해 얘기할 때, 엄격한 검사관 앞에서 가급적 우리의 결점을 완화하고 사정이 허락하는 한 좋은 표현을 쓴 것은 정말 다행이었다. 솔직히 자기 조국의 편을 들어주지 않을 사람이 어디 있겠는가?

나는 영광스럽게도 주인과 함께하는 시간의 대부분을 이야기를 나누며 보냈다. 그 대화문의 핵심적인 내용은 앞서 모두 다루었다. 다만 너무 길어서 상당 부분 생략했음을 밝혀두는 바이다.

주인은 자신의 질문에 대한 나의 상세한 대답으로 호기심이 완전히 충족되었는지 어느 날 아침 일찍 나를 불러 가까이에 앉으라고 하곤 (일찍이 베푼 적이 없던 영광이었다) 이렇게 말했다.

"나는 네가 들려준 이야기, 그중에서도 너와 너의 나라에 대해 곰곰 생각해보았다. 무슨 까닭인지는 모르겠지만 너희는 우연히도 발톱의 때만큼 작은 이성을 갖게 된 동물인 것 같구나. 그런데 너희는 그것을 악용하여 타고난 부정을 악화시키고 천성에는 없던 새로운 악덕까지 배우고 있어. 자연이 모처럼 준 작은 능력은 내던져버렸으면서 타고난 결함을 키우는 능력 하나는 참으로 대단하더구나. 그런데 그걸 또 메우겠다고 평생을 바쳐가며 헛된 발명에 매달리고 있으니. 너만 놓고 얘기해보더라도 야후들처럼 힘이 세지도 않고 날렵하지도 않아. 거기다 걸음걸이는 불안하고 손톱과 발톱은 아무 짝에도 쓸모가 없으며 햇빛과 비바람을 막아줄 수염도 사라졌다. 거기다 한 가지 더, 너는 이곳에 사는 너의 동포들(주인은 이렇게 표현했다)처럼 재빠르게 달리지도 못하고 나무에 오르지도 못한다."

그는 또 이렇게 말했다. 정치와 법률 제도라는 것은 말하자면 너희의 이성, 다시 말해 덕성에 중대한 결점이 있다는 것을 보여준다. 왜냐하면 이성적인 동물을 통치하는 데는 이성만 있으면 된다. 그런데 네가 들려준 너와 너의 나라에 대한 설명으로 판단하건대 너희에게 도저히 이성이 있다고는 판단할 수 없다. 내가 동포들을 좋게 보이게 하려고 자잘하면서도 많은 사실은 숨기고 있지도 않은 사실을 말한 것을 그는 꿰뚫어본 것이다.

주인이 더욱 확신을 굳혔던 것은 내가 야후와 무척이나 닮았기 (물론 힘이라든지 민첩함, 움직임, 짧은 발톱처럼 선천적으로 다른 부분은 제외하고) 때문이었는데, 거기다 내가 들려주었던 영국인의 생활이며 습관, 행동거지까지도 야후와 다를 바가 없다고 했다.

"보통 야후는 자기 동족을 무척이나 싫어해서 (이는 다른 동물에서는 볼 수 없는 특징이다) 자주 다투는데, 그것은 바로 자신들의 모습이 역겹기 때문이다. 그래서 나도 처음에는 저 역겹기 짝이 없는 몸뚱이를 덮개로 싸두는 것도 나쁘지 않겠다고 생각했지. 하지만 지금 생각해보면 그건 엄청난 착각이구나. 이곳의 야후들은 너희 영국인들이 전쟁을 벌이는 것과 똑같은 이유 때문에 싸우고 있어. 다섯 야후에게 쉰 명이 먹고도 남을 고기 조각을 던져줘 보거라. 그들은 사이좋게 나눠 먹지 않고 모두가 서로 고기를 독차지하려고 싸우려 들 것이다. 그래서 야후에게 먹이를 줄 때는 하인이 옆에서 지켜보거나 따로따로 묶어놓아야만 한다. 어디서 늙고 다친 암소가 죽기라도 하면 후이넘들이 (자기 집 야후의 먹이로 쓰려고) 사러 오기도 전에 야후들은 고기를 차지하려 몰려든다. 그러고는 네가 얘기했던 것처럼 날카로운 발톱으로 서로를 할퀴는 전쟁이 시작되지. 서로의 상처가 깊기는 하지만 다행히도 너희가 발명한 것과 같은 간편한 살육도구가 없다보니 목숨을 잃는 일은 별로 없지. 때로는 같은 지역 야후들끼리 싸움이 벌어지기도 한단다. 어떤 지역 야후는 같은 지역 야후를 기습하려고 항상 기회를 엿보고 있기도 해. 그러다 그 계획이 실패하면 자신들의 영토로 돌아와서 네가 말한 것과 같은 내란을 일으키지.

후이넘의 어느 지방 들판에는 여러 가지 빛깔의 반짝이는 돌이 있는데 야후들은 그 돌을 미친 듯이 좋아한단다. 흔히 땅에 반쯤 묻혀 있는 그 돌을 발견하면 아침부터 밤까지 며칠 동안 발톱으로 땅을 파서 자신의 굴로 가져가 동료들이 와서 훔쳐가지는 않을까 두리번대며 숨겨두지. 왜 야후에게 이런 탐욕이 있고, 저 돌이 무슨 쓸모가 있는 것인지 나는 이해를 할 수가 없었어. 그런데 이제 와서 보니 그것이 네가 설명해주었던 인간의 습성이었어. 나는 한 번 시험삼아 하인에게 야후가 숨겨둔 돌을 한 움큼 정도 가져오게 해보았단다. 그러자 저 탐욕스런 동물은 보물을 잃었다고 크게 울부짖으며 몰려든 동족들을 물어뜯더니 먹지도, 자지도, 일하지도 않고 맥이 빠져 있었단다. 그래서 다시 하인에게 빛나는 돌을 원래 자리에 돌려놓으라고 했더니 즉시 기운을 차린 야후는 매우 기뻐하며 말도 잘 듣게 되었지. 그리곤 더 찾기 힘든 곳으로 돌을 옮겨두더구나."

주인은 계속해서 말했다. (이것은 나도 목격한 것이지만) 이러한 빛나는 돌이 많이 널려 있는 들판에서는 다른 지역 야후들의 끊임없는 침입으로 거친 싸움이 빈번하게 일어난다고 했다.

이를테면 두 마리의 야후가 들판에서 빛나는 돌을 발견하고 서로 가지려고 다투다 그 사이에 나타난 다른 야후에게 뺏기는 일은 흔하다면서 그것이 마치 우리나라의 소송과 비슷하지 않느냐고 했다.

너무 엄청난 과대평가라고 생각했지만, 주인이 평가한 대로 두는 것이 우리에게는 더 좋을 것이라고 생각했으므로 부정하지 않았다. 만약 실제로 그런 판결이 내려진다면 원고도 피고도 잃는 것은 돌뿐인데, 우리나라의 법정에서는 두 사람 모두 무일푼이 되는 순간까지 소송이 계속되니 실제 많은 재판보다 훨씬 더 공정하다.

주인은 이야기를 계속했다. 야후의 가장 역겨운 점은 풀이건 나무뿌리건, 열매건, 썩은 고기건, 이 모든 것이 뒤섞인 것이건 가리지 않고 먹어치우는 그들의 식욕이다. 거기다 집에서 마련해주는 좋은 음식보다 일부러 먼 곳까지 가서 빼앗거나 훔친 음식을 더 좋아하니 참으로 특이한 기질이라고 생각한다. 그렇게 먹이가 많으면 배가 터질 때까지 먹고나서, 자연이 선사해 준 어떤 나무뿌리를 먹고 전부 다 배설해버린다.

또한 즙이 아주 많은 나무뿌리도 있는데, 이게 또 보기 드문 것이어서 야후들은 혈안이 되어 열심히 뿌리를 찾아내 빨아먹는다. 그것은 우리 포도주와 비슷한 효과를 낸다. 그래서 그것을 먹고는 서로 껴안거나 물어뜯고 울부짖거나 이를 내보이며 웃다가 재잘거리고 비틀거리다 쓰러져 진흙탕 속에서 잠이 든다.

야후는 이 나라에서 유일하게 병에 걸리는 동물이다. 병이라고 하더라도 우리가 기르는 말보다 훨씬 드물었으며 학대를 받아서가 아니라 탐욕과 불결함 때문에 걸리는 것이다. 그래서 이 나라에서는 그러한 병을 총칭하는 하나의 이름밖에 없었다. 그것도 야후라는 동물명을 따서 **흐니어 야후**, 다시 말해 '야후의 화'라고 불렀다. 이러한 병의 치료법은 그들의 똥과 오줌을 섞어서 목구멍에 집어넣는 것이다. 이 약은 나도 몇 번인가 먹어보았는데, 정말로 포식에서 오는 병의 특효약으로 공익을 위해 조국 동포들에게 간곡히 추천하는 바이다.

학문, 정치, 예술, 공업 등에 대해서는 이곳의 야후와 우리 야후 사이에 닮은 점이 없음을 주인도 인정했다. 왜냐하면 주인은 두 야후 사이의 닮은

점만을 보고 싶었던 것이다. 물론 개중에는 호기심 많은 후이넘도 있어서 들은 얘기가 있다고 한다. 즉, 야후 무리를 관찰해보면 대체적으로 (마치 영국의 공원마다 지배하는 수사슴이 있는 것처럼) 두목으로 보이는 야후가 한 마리씩 있다는 것이다. 그런데 다른 야후들에 비해 못생겼고 성질도 나쁘다. 이 두목 노릇을 하는 야후는 자신과 가장 닮은 야후를 총애한다. 그놈의 역할은 두목의 발과 엉덩이를 핥아주고 암컷을 두목의 거처로 데리고 오는 것이다. 가끔 그 보상으로 나귀 고기를 받게 된다. 물론 총애를 받는 야후는 무리 전체의 미움을 사기 때문에 몸을 지키기 위해서라도 늘 두목의 곁을 떠나지 않는다. 그렇게 자신보다 더 추악하게 생긴 야후가 나타날 때까지 자리를 보전하지만, 그러다 버림받게 되면 곧바로 후임자가 남녀노소를 가리지 않고 지역 야후들을 모두 몰고 와서 머리끝에서 발끝까지 배설물 범벅으로 만들어 버린다. 그리고 이 방식이 우리나라의 법정과 총신, 대신들에게 어떻게 적용될 수 있는지는 내가 잘 알고 있을 것이라고 했다.

나는 이 악의적인 비유에 어떤 대답도 할 수 없었다. 무엇보다 인간의 오성을 사냥개만도 못하다고 얕보고 있는 것인데, 사실 사냥개도 우두머리의 울음소리를 구분하고 따라다닐 줄 알기 때문이다.

주인은 또 야후에게는 보기 드문 특징이 있지만, 그것은 내가 설명하면서 제외했거나 거의 다루지 않았을 것이라고 했다. 야후들도 다른 동물들처럼 암컷을 서로 공유하면서도 다른 점이 있다면 임신 중에도 암컷이 수놈을 받아들인다는 점이다. 또 암컷들은 수놈을 상대로 싸울 때 마치 수컷처럼 격렬하게 싸운다. 이러한 야수성은 감수성 있는 동물이라면 도저히 할 수 있는 일이 아니라는 것이다.

또 하나 몹시 놀랐던 점은 동물들은 본능적으로 깨끗함을 좋아하는데, 야후는 불결하고 더러운 것을 좋아하는 기묘한 성질을 지녔다는 것이다. 나는 앞서 들었던 두 가지 비난에 대해 변호하고 싶었지만, 아무리 생각해도 적절한 말이 떠오르지 않아 아무 말도 하지 못했다(물론 방법만 있었다면 기꺼이 그렇게 했을 것이다). 그러나 두 번째 비난, 즉 괴상한 성향에 대해서는 이 나라에 돼지만 있었다면 (아쉽게도 없었다) 쉽사리 변호할 수 있었을 것이다. 그래도 돼지가 야후보다 더 귀여운 동물일지도 모르겠지만 아무리 생각해도 청결하다고는 할 수 없다. 그러므로 주인도 돼지의 불결한 식사며 진흙 속에서 뒹굴며 잠자는 습성을 보았다면 돼지보다는 야후가 그래도 조금은 깨끗하다고 인정해주었을 것이다.

또 주인은 하인들이 야후에게서 발견한 특징 중 도저히 이해할 수 없는 게 있다며 다음과 같은 이야기를 들려주었다.

"때때로 미친 것처럼 구석에 드러누워 울부짖거나 신음을 내다 누가 다가오면 발로 뺑 차버리는 야후가 있더구나. 아직 나이도 어린데다 건강한 야후였지. 배가 고픈 것도 아니었기 때문에 하인들은 도대체 무엇이 원인인지 도무지 알 수가 없었단다. 이런 경우에 유일한 치료법은 힘든 일을 시키는 것이었지. 그랬더니 제정신을 차렸단다."

나는 아무 말도 (역시 같은 동족의 편을 들어줄 수밖에 없었기에) 하지 않았지만 게으르고 사치스러운 부자만 걸린다는 우울증의 참된 원인이 바로 여기에 있었다. 아마 그들에게도 같은 치료법을 처방한다면 반드시 완쾌될 것이다.

또 주인이 들려준 얘기에 따르면, 암컷 야후들은 둑이나 덤불에 숨어서 젊은 수컷이 나타나기만을 기다린다고 한다. 그러다 수컷이 나타나면 암컷은 야릇한 몸짓과 표정을 지으며 나타났다 다시 숨기를 반복하는데, 이때 암컷에게서는 코가 삐뚤어질 만큼 고약한 냄새가 난다고 한다. 그러다 수컷이 점차 다가오면 암컷은 공포에 사로잡힌 표정으로 슬금슬금 물러나는데, 그때마다 뒤를 살펴 수컷이 잘 따라오는지 확인하며 한적한 곳으로 달아난다.

때론 낯선 암컷이 나타나면 암컷들이 몰려와 쳐다보며 재잘거리다 이를 드러내고 웃거나 냄새를 맡아보고 경멸스러운 표정을 지으며 돌아가 버린다.

이러한 이야기는 주인이 직접 보았거나, 다른 후이넘에게서 들은 것이었다. 그보다 나는 음탕하고 아양을 떨며, 남을 헐뜯고 흉보는 여성들의 습성이 천성이었다는 사실이 매우 놀랍고 개탄스러웠다.

그런데 나는 주인이 금방이라도 이 부자연스러운 욕정에 대해 비난할까 봐 마음이 조마조마했다. 이것은 우리 인간들의 남녀 사이에서는 진귀한 일이 아닌 일상사이기 때문이다. 하지만 천성도 그렇게 유능한 스승은 아닌 듯했다. 그런 왕성한 쾌락은 지구 어디에서도 우리에게만 있는 기교와 이성의 산물이었던 것이다.

8
야후의 악덕과 후이넘의 도덕

지은이는 야후의 몇 가지 특성에 대해 언급한다. 후이넘의 미덕과 자녀 교육, 훈련에 대해 설명하고 그들의 대회의에 대해 이야기한다.

나는 인간성에 대해 (주인이 아무리 많이 알고 있더라도) 그보다 훨씬 잘 알고 있었기에 주인이 들려준 이야기를 나와 동족들에게 적용시켜보는 것은 손쉬운 일이었다. 하지만 내 눈으로 직접 관찰한다면 더 많은 것을 발견할 수 있을지도 모른다는 생각이 들었다. 그래서 주인에게 자주 야후 무리를 구경시켜달라고 부탁했다. 그때마다 주인은 흔쾌히 허락해주었다. 저토록 야후를 혐오하고 있으니 가까이 다가가더라도 악영향을 받지 않으리라 확신했기 때문일 것이다. 주인은 강하고 정직하며 착한 갈색 말을 호위로 붙여주었는데, 사실 갈색 말이 없었더라면 이 같은 모험은 꿈도 꾸지 못했을 것이다. 내가 이 나라에 와서 저 역겨운 동물들에게 얼마나 시달렸는지 독자들도 잘 알고 있을 것이다. 그 뒤로도 (하필이면 단검을 챙기는 것을 깜빡했다) 하마터면 놈들의 손아귀에 붙잡힐 뻔했던 적이 서너 번은 더 있었다. 그들은 아무래도 내가 같은 동족이라고 생각하는 것 같았는데, 소매를 걷고 가슴을 풀어헤친 내 모습(갈색 말이 호위해줄 때면 이렇게 하고 다녔다)을 보자 그렇게 확신하는 듯했다. 야후들은 내게 가까이 다가와서는 원숭이처럼 내 흉내를 내면서 못마땅하다는 듯 노려보았다. 그것은 아마 사람 손에 길들여진 갈까마귀가 모자와 양말을 신고 야생의 무리로 돌아갔다 구박당하는 것과 같은 이치일 것이다.

야후는 어릴 때부터 무척이나 민첩하다. 한 번은 세 살 난 수컷 야후를 잡은 적이 있었다. 길들여보겠다고 이리저리 달래보았지만 꼬마 악귀가 어찌나 사납게 울부짖으며 물어뜯으려는지 결국 놓아줄 수밖에 없었는데, 정말 잘한 일이었다. 그 울부짖는 소리를 듣고 부모 야후가 곧바로 무리를 이끌고

몰려왔던 것이다. 하지만 어린 야후가 (곧장 도망쳤기에) 무사했고 갈색 말이 곁에 있었기에 내게 함부로 다가오지는 못했다. 어린 야후에게서는 참을 수 없을 정도로 역겨운 냄새가 났는데 족제비나 여우보다도 지독했다. 그러고 보니 깜빡했는데 (사실 이 내용은 제외하더라도 독자여러분도 헤아려주었겠지만) 어린 야후를 붙잡았을 때, 녀석이 내 옷에 누런 배설물을 갈겨놓았다. 다행히 가까이에 냇가가 있어 깨끗이 빨 수 있었지만 냄새가 심하게 배어서 한동안 주인 가까이 다가가지 못했다.

내가 보기에도 야후를 훈련시킨다는 것은 불가능해 보였다. 그들이 할 수 있는 일이라고는 기껏해야 짐을 끌거나 운반하는 것 정도였다. 생각해 보면, 아마 이러한 결점은 그들의 반항적이고 삐뚤어진 기질 때문인 것 같다. 그들은 심술궂고 교활하며 배반을 잘하고 앙심이 깊다. 건장하고 튼튼한 몸을 가졌지만 얼마나 겁이 많은지 모른다. 거기다 거만하고 야비하고 잔혹하다. 털이 붉은 것은 암수를 가리지 않고 음탕하고 간악했으며 힘도 좋고 활발했다.

대체로 야후는 집에서 조금 떨어진 헛간에서 기르며 일을 시키지만, 다른 야후들은 모두 들판에 풀어두었다. 그들은 들판에서 나무뿌리를 캐먹거나, 풀을 뜯어먹거나, 썩은 고기를 찾아다니거나, 족제비 혹은 **루이무**(들쥐의 일종이다)를 잡아먹었다. 야후는 선천적으로 언덕진 땅의 옆구리를 파서 만든 깊은 굴에서 생활하는 법을 알고 있었다. 암컷은 굴을 더 크게 파서 새끼들과 함께 생활했다.

야후는 어릴 적부터 개구리처럼 헤엄을 잘 치고 오랫동안 잠수할 수 있어 암컷들은 물고기를 사냥해서 집으로 가져가 새끼들에게 먹인다. 여기서 한 가지 내가 경험한 이상한 사건에 대해 말하고자 한다.

어느 날, 나는 앞서 말한 갈색 말의 호위를 받으며 산책을 갔었다. 무척이나 더운 날씨 탓에 나는 강에서 목욕을 하게 해달라고 부탁했다. 허락이 떨어지자 나는 곧바로 벌거벗고 천천히 물속으로 들어갔다. 그런데 젊은 암컷 야후 하나가 둑 위에서 나의 행동을 지켜보고 있다가 (아마 나와 갈색 말이 추측하기로는) 욕정에 사로잡혀 전속력으로 달려와 내가 있던 곳에서 5야드도 안 되는 물속으로 뛰어들었다. 그렇게 겁이 난 적은 난생처음이었다. 위험한 일은 없으리라고 생각했던 갈색 말은 조금 떨어진 곳에서 한가로이 풀을 뜯고 있었다. 암컷 야후는 나를 아주 음탕하게 껴안았다. 내가 힘껏 비명을 지르자 갈색 말이 달려왔다. 그런데 암컷은 미련이 남은 듯 반대편 둑으로 뛰어올라가 내가 옷을 입는 내내 나를 보며 으르렁거렸다.

이 사건은 주인과 가족들에게는 재미난 이야깃거리였지만 나에게 있어서는 크나큰 치욕이었다. 암컷이 나를 동족으로 생각하고 성충동까지 느꼈으니 내 몸과 용모가 야후라는 사실을 부정할 수가 없었기 때문이었다. 만약 암컷의 털색이 붉은색이었다면 (그것이 과도한 성욕의 원인이라고) 둘러댈 수도 있었을 테지만, 공교롭게도 자두처럼 검은 빛깔이었고 아직 열한 살을 넘지 않아서 그런지 생김새도 그렇게 추하지 않았다.

아무튼 내가 이곳에 온 지도 3년이 넘었기에 독자들은 내가 다른 여행자들처럼 후이넘의 풍습이나 습관에 대해 설명해주기를 바랄 것이다. 사실 바로 그것이 나의 가장 큰 연구과제였다.

애당초 후이넘은 선천적으로 도덕적 성향을 갖고 태어나기에 어째서 이성적인 피조물에 악(惡)이 생겨나는 것인지 전혀 알지 못했다. 그들의 위대한 원칙은 이성을 길러 첫째도 둘째도 이성에 따라 행동하라는 것이다. 그들의 이성은 우리처럼 감정이나 이해관계가 얽히면서 흐릿해지고 변색되어 그럴듯한 쟁점이나 만들어내는 정체를 알 수 없는 무언가가 아닌 하나의 신념이다. 아직도 기억이 나는데, 그 때문에 나는 주인에게 의견, 다시 말해 문제를 둘러싸고 왜 논쟁이 일어나는지 설명하는 데 무척이나 애를 먹었다. 후이넘은 확신이 있을 때만 이성이 긍정하거나 부정하도록 시켰기 때문에, 모르는 일에는 긍정도 부정도 하지 않았기 때문이었다. 그래서 틀렸거나 알 수 없는 명제를 놓고 싸움이나 논쟁, 토론, 판단을 내린다는 것은 후이넘에서는 있을 수 없는 일이었다. 자연과학 원리에 대해 설명했을 때도 주인은 소위 이성을 가졌다고 자처하는 동물이 다른 사람의 억측(만약 그게 사실이더라도)처럼 아무 쓸모도 없는 것을 가지고 안다고 자랑하는 것은 웃기는 일이라고 했다. 그런데 생각해보니 이건 플라톤이 말한 소크라테스의 의견과 완전히 일치[*1]하는 것이었다. 내가 이 이야기를 하는 것은 철학자의 왕 소크라테스에게 영예를 돌리고자 함이다. 그 일이 있은 후 나는 자주, 만약 이 원칙을 널리 퍼뜨린다면 유럽 도서관은 얼마나 참담한 결과를 맞을 것이며 학계에서는 얼마나 수많은 명성의 길이 가로막히게 될지 상상했다.

　우정과 사랑은 후이넘의 두 가지 주요 미덕이다. 그럼에도 불구하고 그것은 일정한 대상에 국한되지 않고 종족 전체를 대상으로 한다. 그러기에 아무리 멀리서 찾아오더라도 이웃과 같은 대우를 받았고, 어디를 가더라도 제 집과 같은 대접을 받았다. 그처럼 늘 최대한의 예의를 갖추기는 하지만 격식이라는 것은 알지 못했다. 제자식이라고 해서 맹목적으로 사랑하지도 않았다. 자식교육도 이성에 따라 이루어지는 것이다. 나는 주인은 이웃집 아이들에게도 자기 자식과 똑같은 애정을 쏟았다. 주인은 후이넘이 천성적으로 종족 구성원 모두를 사랑하기 때문이라고 했다. 다만 덕망이 매우 뛰어난 후이넘이 있다면 특별대우를 하기도 하는데, 그것 또한 이성의 지시에 따른 것이다.

　후이넘에서는 남녀별로 자식을 하나씩 낳고 나면 부부는 더 이상 정을 통하지 않는다. 다만 사고로 자식이 죽은 경우라면 예외적으로 다시 정을 통하지만 나이가 들어 임신을 하지 못한다면 다른 부부가 그들에게 자식을 내어

---

*1 플라톤이 쓴 《국가》 제5권 20장에서 지식과 의견을 구별한 것을 가리킨다.

주고 다시 자식을 낳는다. 이것은 인구가 지나치게 늘어나는 것을 막기 위해서이다. 하지만 자라서 하인이 되는 후이넘들은 엄격한 제한을 받지 않는다. 남녀별로 셋씩 낳을 수 있고 자라나면 모두 지체 높은 가문의 하인으로 보내진다.

결혼을 할 경우에는 흉한 잡종이 나오지 않도록 배우자의 털색을 신중하게 선택한다. 남성은 힘이 존중되고 여성은 미모가 존중되는데 애정 때문이 아니라 종족의 퇴화를 막기 위해서이다. 그래서 만약 여성이 강한 힘을 갖고 있다면 아름다운 남성을 선택한다. 이곳에는 구혼, 연애, 선물, 과부, 재산, 예물 같은 것은 전혀 없으며 그것을 뜻하는 단어조차 없다. 결혼도 부모나 친구들이 짝지어주는데, 후이넘에서는 이것이 관습이며 이성적 존재로서의 의무로 여겼다. 그러나 간통이나 다른 불륜행위에 대한 이야기는 들어본 적이 없었다. 후이넘은 배우자를 다른 후이넘과 똑같은 사랑과 우정으로 대하기 때문에 질투나 맹목적인 사랑, 부부싸움, 불만은 찾아볼 수도 없다.

자식을 교육시키는 방식은 우리가 본받아야 할 만큼 매우 훌륭했다. 아이들은 열여덟 살이 될 때까지 특별한 날을 제외하고 귀리는 한 알도 먹지 못한다. 우유도 좀처럼 마시지 못한다. 여름에는 아침과 저녁 두 시간 동안 풀을 뜯는데, 이 규칙은 그들의 부모도 함께 지킨다. 하인들에겐 풀을 뜯는 시간이 한 시간밖에 허용되지 않지만 먹을 풀을 집으로 가져와 일하는 틈틈이 편한 시간에 먹을 수 있다.

후이넘에서는 남녀를 불문하고 모든 젊은이에게 절제, 근면, 운동, 청결을 가르친다. 주인은 우리가 남녀를 구별하며 여성에게만 가사를 가르치는 것을 아주 이상하게 생각했다. 그랬다간 주인의 말대로 영국 국민의 절반이 아이를 낳는 일 외에는 아무 쓸모도 없는 존재가 되어버린다. 거기다 그런 쓸모없는 동물에게 아이를 맡긴다는 것은 더욱 야만스러운 짓이라는 것이다.

하지만 후이넘은 자식들에게 힘과 민첩함, 인내력을 키워주고자 험준한 산과 거친 돌밭을 뛰어다니게 한다. 그렇게 땀에 흠뻑 젖으면 연못이나 강에 뛰어들게 한다. 그리고 한 해에 네 번씩 지역 젊은이들이 모여 달리기나 도약으로 지금까지 단련해온 힘과 날렵함을 겨룬다. 여기에서 우승하면 그를 기리는 노래를 들을 수 있다. 축제날 하인들은 후이넘들이 먹을 건초와 귀리, 우유를 야후들에게 싣고 들판으로 가져온다. 물론 흥을 깨지 않기 위해

일이 끝난 야후들은 즉시 쫓아낸다.

또 4년에 한번 춘분을 기해 전국에서 대표자 회의가 열린다. 장소는 우리 집에서 20마일 정도 떨어진 평원이었는데, 5, 6일 동안 계속되었다. 회의에서는 각 지방의 상황, 이를테면 건초와 귀리, 소, 야후는 충분한지, 또는 부족하지는 않은지 조사한다. 그래서 만약 부족한 것이 있다면 (그런 일은 거의 없지만) 늘 만장일치로 갹출해서 보충한다. 이때 같은 방식으로 산아조절도 실시된다. 이를테면 두 아이 모두 사내아이인 집에서는 두 아이가 계집아이인 집안과 아이를 하나씩 바꾸고, 임신을 하지 못하는 후이넘이 사고로 자식을 잃었다면 어느 집안에서 자식을 낳아줄 것인지 결정하는 것이다.

9
후이넘의 정치와 학문

대표자 회의에서 벌어지는 토론, 그리고 그 결의 방법에 대해 이야기한다. 후이넘의 학문과 주거환경, 장례법, 그리고 언어의 결함에 대해 언급한다.

이 대회의는 내가 이곳에 머무른 동안 한 번, 이 나라를 떠나기 석 달 전쯤 열렸는데, 마침 주인이 지역 대표로 참석했다. 이번에도 전부터 이어져온 논쟁, 그렇다기보다는 이 나라가 생긴 이래 유일한 논쟁이 계속되었다. 주인은 돌아와서 그것에 관해 상세히 들려주었다.

문제의 논쟁이란 야후들을 이 세상에서 말살해야 할 것인가에 대해서였다. 찬성하는 후이넘은 다음과 같은 내용을 주장하며 힘차고 무게 있는 논쟁을 시작했다.

"야후는 자연이 만든 수많은 동물 중에서도 가장 지저분하고 냄새나며 추악한 동물이오. 거기다 아주 반항적이고 불순하며 심술궂지. 그래서 늘 몰래 소의 젖을 빨고 고양이를 잡아먹고, 감시가 소홀하면 귀리와 풀밭을 짓밟고 수도 없이 나쁜 짓을 저지른단 말이오."

그러더니 널리 알려진 어떤 전설을 이야기했다.

"야후들은 본디부터 이 땅에 있었던 것이 아니오. 그런데 어느 날 갑자기 산꼭대기에 두 마리의 야후가 나타났소. 햇빛을 받아 썩어버린 진흙 속에서 솟아난 것인지, 바닷속 진흙거품에서 생겨난 것인지는 알 수 없지만 야후는 순식간에 번식을 하면서 어느새 엄청나게 늘어나 온 나라에 들끓게 되었소. 그래서 후이넘들은 이 재앙을 없애고자 대대적으로 야후 사냥을 벌여 나이든 야후는 죽이고 어린 야후들은 한 쌍씩 우리에 가두어 길렀지. 그렇게 고약한 천성을 가진 동물을 더 이상 순하게 할 수 없을 정도까지 길들여 수레를 끌거나 짐을 옮기는 데 썼소. 내가 보았을 때 이 전설은 사실에 가깝소.

후이넘뿐만이 아니라 모든 동물들이 야후에게 격렬한 증오심을 품고 있는 것을 보면 **일느흐니암시**(이 땅의 원주민이라는 뜻)일 턱이 없소. 악독한 기질 때문에 미움을 피할 수는 없겠지만 일느흐니암시였다면 그렇게까지 미움받지는 않았을 것이오. 온통 야후를 길들이는 데 빠져서 우리는 나귀를 너무 소홀히 했소. 나귀는 야후보다 날렵하지 않지만 훨씬 보기도 좋고 온순해서 말도 잘 들을뿐더러 고약한 냄새도 없고 힘든 일도 잘 해낼 수 있소. 나귀 울음소리가 듣기 좋지는 않지만 소름끼치는 야후의 울부짖음보다는 훨씬 낫소.”

이어서 다른 대표들도 같은 뜻을 밝혔다. 그때 주인은 한 가지 방편을 제시했는데, 바로 내 이야기에서 힌트를 얻은 것이었다. 먼저 주인은 앞서 발언한 후이넘의 전설 이야기를 긍정하며 다음과 같이 말했다.

"이 나라에서 처음 발견된 두 야후는 바다를 건너온 것이 분명합니다. 동포들에게 버림을 받아 이곳에 오게 되어 하는 수 없이 산 속으로 들어갔을 테지요. 하지만 세월이 흐르면서 점차 퇴화하여 선조들보다 더욱 미개하고 야만적인 모습으로 변하게 된 것입니다. 그 증거로 지금 제가 데리고 있는 놀라운 야후(이 말은 나를 의미하는 것이다)를 들 수 있겠군요. 그 야후에 대해 소문을 접해본 이도 계실 것이고 직접 눈으로 보신 분도 계시겠지요.”

그러면서 주인은 나를 처음 발견했을 때의 상황, 당시 내가 다른 동물의 가죽과 털로 만든 가공품으로 몸을 덮고 있었다는 것, 자신들만의 언어를 가진 데다 후이넘의 언어까지 완벽하게 구사할 수 있게 되었다는 것, 내가 이 나라에 오게 된 사정, 몸을 덮고 있는 것을 걷어냈더니 몸 전체가 하얗고 털이 적으며 발톱이 짧은 것을 제외하고는 모든 부분이 야후와 같다는 것 등을 말했다. 주인은 다음과 같이 덧붙였다.

"이 야후가 살았던 나라에서는 야후만이 유일한 이성적 지배자로 후이넘들을 노예처럼 부리고 있다고 주장했소만, 내가 보기에 그들은 평범한 야후와 다를 바가 없었소이다. 다소나마 이성을 갖추고 어느 정도 문명을 이룩했다고는 하지만, 우리 후이넘에 미치지 못한다는 점에서 야후와 다를 바가 없다는 것이지요. 그 야후는 여러 가지 것들을 얘기해주었는데, 그들 나라에서는 후이넘을 길들이기 위해 어릴 적에 거세하는 관습이 있다고 하오. 매우 안전하고 간단한 수술이라고 하더군요. 우리가 개미에게서 부지런함을 배우고, 제비에게서 (리안느라는 새를 번역한 것으로 사실은 제비보다도 훨씬 크다) 건축술을 배우듯 동물의 지혜를 빌리는 것은 결코 부끄러운 일이 아니오. 그러니 우리도 어린 야후들에게 거세를 실시해본다면 야후들은 온순하고 다루기 편해질 것이고 한 세대가 지나면 죽이지 않고서도 야후가 소멸되는 것을 볼 수 있을 것이외다. 우리는 그동안 나귀를 기르는 일에 힘써야 할 것이오. 나귀는 모든 면에서 야후보다 가치 있는 짐승일 뿐 아니라 열두 살이 되어야 일을 시킬 수 있는 야후와는 달리 다섯 살이면 일을 시킬 수 있기 때문이지요."

대회의에서 다루어진 내용에 대해 주인이 얘기해준 것은 이것뿐으로, 그는 사실 나와 관련된 한 가지 사실을 감추고 있었다. 나중에 서술하겠지만 그것은 머지않아 내게 불행한 결과를 가져왔고, 그 뒤로 평생을 따라다니는 불행의 시작이었다.

후이넘에는 문자가 없어서 모든 지식은 구전으로 전승된다. 그러나 그들처럼 단결이 잘 되고 천성적으로 도덕적 경향이 강하며 모든 것이 이성에 지배되며 다른 나라와의 교류가 없는 후이넘에게 이렇다 할 사건은 일어나지 않으므로, 역사라고 해봐야 기억력에 큰 부담 없이 잘 보존되고 있다. 그들에게는 병이 없어 의사가 필요 없다는 사실은 앞서 밝혔다. 다만 날카로운 돌 때문에 발목을 베이거나 발굽이 상했을 때 쓰는 약초로 만든 약은 매우 훌륭했다.

후이넘은 해와 달의 회전을 보고 1년을 계산하는데 우리처럼 주일로 나누지 않는다. 거기다 해와 달의 운행을 잘 알고 있어 일식과 월식의 성질도 이해하고 있었지만, 그들의 천문학 지식은 그게 다였다.

시(詩)에 있어서는 그들을 따라갈 자가 없다. 적절한 비유와 정확하면서도 세밀한 묘사는 타의 추종을 불허한다. 후이넘의 시는 일반적으로 우정과 선행에 대한 고양된 정서를 강조하거나, 경주나 다른 시합에서 우승한 후이넘을 칭송하는 문장으로 가득했다. 집은 매우 투박하고 단출했지만 불편하기는커녕 추위와 더위를 잘 막아주었다. 이 나라에는 수령이 40년이 되면 느슨해진 뿌리가 거센 바람을 이기지 못해 쓰러져 버리는 나무가 있다. 후이넘들은 날카로운 돌(후이넘은 쇠를 다룰 줄 몰랐다)로 매우 곧게 자라는 나무의 끝을 뾰족하게 다듬어서 말뚝처럼 10피트 간격으로 땅에 박는다. 그 사이에는 짚이나 나뭇가지를 엮어두는데, 지붕과 문도 마찬가지다.

후이넘은 우리가 손을 쓰는 것처럼 앞발의 발목과 발굽 사이의 움푹한 부분을 사용하는데 내가 생각한 것보다 훨씬 섬세하게 사용했다. 주인집의 하얀 암말 같은 경우 관절만으로 바늘(이를 위해 일부러 빌려주었다)에 실을 꿰는 것을 보여주었는데, 이러한 방식으로 암소의 젖을 짜고 귀리를 수확한다. 후이넘에는 단단한 재질의 차돌이 많아서 이 돌을 갈아 쐐기며 도끼, 망치 구실을 할 도구를 만들었다. 들판에서 자생하는 건초며 귀리를 수확하는 것도 역시 이 차돌로 한다. 수확한 곡식을 단으로 엮어 수레에 실으면 야후가 끌어서 집으로 운반하고, 하인들이 창고에서 곡식을 밟아 낟알을 가려내 저장한다. 매우 투박한 질그릇과 나무그릇도 만들었는데, 질그릇은 햇볕에 널어 말렸다.

후이넘들은 불의의 사고만 없다면 노령으로 죽는다. 죽은 후이넘은 되도록 눈에 띄지 않는 외딴 곳에 매장된다. 임종이 가까워지면 친구나 가족들은 기뻐하지도 않지만 슬퍼하지도 않는다. 세상을 떠나는 후이넘도 마치 이웃을 방문했다가 집에 돌아가는 것처럼 아무 미련을 보이지 않는다. 언젠가 중요한 용무로 주인이 한 친구의 가족을 집에 초대했던 적이 있다. 그러나 약속한 날 친구는 오지 않고 부인과 자녀들만 아주 늦게 도착했다. 부인이 말하길, 오늘 아침에 남편이 **슈느운**을 했다는 것이다. 이 말은 후이넘에서 매우 의미심장한 표현이라 번역하기가 쉽지 않다. 그것은 **태초의 어머니에게 귀의한다**는 뜻이다. 부인은 죽은 남편을 어디에 안치할지 하인들과 의논하느라 늦어졌다고 했다. 거기다 부인은 우리 집에서 (내가 보기에) 매우 즐겁게 행동했지만 석 달 뒤에 세상을 떠났다.

후이넘은 보통 일흔에서 일흔다섯까지 살며 여든까지 사는 경우는 드물다. 죽음이 찾아올 무렵이 되면 2, 3주 전부터 몸이 쇠약해지지만 고통스럽지는 않다. 이 시기에는 친구들의 방문이 많아진다. 평소처럼 가뿐히 외출하지 못하기 때문이다. 그리고 세상을 떠나기 열흘 전(그 날짜 계산은 틀리는 법이 거의 없다)이 되면 야후가 끄는 썰매(그 밖에 나이를 먹었거나, 먼 곳으로 떠난다든가, 사고로 다리를 다쳤을 때도 쓴다)를 타고 가까운 이웃에 답례를 하러 간다. 그런데 이웃을 찾아가 작별인사를 하는 모습이 마치 여생을 보내기 위해 한적한 시골로 떠나는 것 같다.

 이런 얘기를 해도 될지 모르겠지만, 후이넘에는 사악하다는 의미를 표현하는 단어가 없다. 만일 표현한다면 야후의 추악한 모습이나 나쁜 점에서 빌려온다. 그래서 어리석은 하인, 게으른 아이, 다리를 다치게 만든 돌, 악천후나 계절에 맞지 않는 날씨를 표현할 때는 야후라는 형용사를 붙여서 **흐음 야후, 우나호름 야후, 인름드월마 야후**와 같이 표현하는 것이다. 제대로 지어지지 않은 집은 **인름즈로올리우 야후**라고 부른다.
 이 우월한 주민들의 예절과 풍속에 대해 좀더 설명하고 싶지만 가까운 시일에 이 문제에 대해 자세히 다룬 책을 출판할 예정이니 독자들은 그 책을 참조하기 바란다. 이제 이야기는 내게 닥쳐올 재앙으로 넘어간다.

10
후이넘을 떠날 것을 종용받다

후이넘에서의 지은이의 생활과 행복한 삶이 언급된다. 후이넘과 함께 지내면서 지은이의 덕성이 향상된다. 주인은 지은이에게 이곳을 떠나라는 통보를 하고, 지은이는 슬픔으로 정신을 잃지만 결국 주인의 말에 따른다. 지은이는 동료 하인의 도움을 받아 카누를 만들어 바다에 띄운다.

소박하긴 해도 나는 나름대로 행복한 삶을 보내고 있었다. 우선 주인이 자신의 집에서 6야드 정도 떨어진 곳에 후이넘의 방식에 맞는 집을 지어주었다. 나는 직접 벽에 진흙을 바르고 바닥에는 역시 내 손으로 엮은 멍석을 깔았다. 나는 야생으로 자란 삼을 잘라 이불보를 만들고, 야후의 머리카락으로 만든 덫으로 잡은 새의 깃털로 속을 채웠다. 고기는 훌륭한 식재료가 되어주었다. 그리고 거칠고 힘든 일은 갈색 말이 많이 도와주어서 나는 작은 칼로 두 개의 의자도 만들었다. 입고 있던 옷이 많이 해지자 토끼 가죽과 **누우노**라고 부르는 토끼와 비슷한 크기에 부드러운 솜털로 덮인 귀여운 동물가죽으로 옷과 양말을 만들었다. 구두 밑창에는 나무를 대고 가죽을 덧댔는데, 가죽이 해지면 햇볕에 말린 야후 가죽을 썼다. 가끔은 속이 빈 나무에서 가져온 꿀을 물에 타서 마시기도 하고 빵에 발라 먹기도 했다. **자연적인 욕구는 쉽게 만족시킬 수 있으며, 필요는 발명의 어머니**라는 두 개의 값진 격언이 뼈저리게 느껴졌다. 나는 이렇게 건강하고 평화로운 나날을 보냈다. 친구의 배신이나 변절을 고민할 필요도 없고, 겉으로나 안으로 쏟아지는 적의 비난을 두려워할 필요도 없었다. 환심을 얻기 위해 뇌물을 주거나 아첨할 일도, 사기나 압박에 마음을 쓸 필요도 없었다. 이곳에는 나의 건강을 해치는 의사도, 파산시키는 변호사도, 언행을 감시하며 죄를 날조하는 밀고자도 없었다. 비웃는 사람도, 비난하는 사람도, 뒤에서 헐뜯는 사람도, 소매치기도,

날치기도, 도둑도, 변호사도, 뚜쟁이도, 광대도, 도박꾼도, 정치가도, 부자도, 지루한 연사도, 논쟁가도, 강간범도, 살인자도, 대신도, 그리고 정당이나 파벌을 이끄는 사람도, 따르는 추종자도 없었다. 말로든 행동으로든 악덕을 조장하는 자도 없었다. 감옥도, 도끼도, 교수대도, 처형대도, 형틀도 없었다. 값을 속이는 상인도, 직공도 없고, 자만도, 허영도, 허세도, 치장도 없었다. 깡패도, 주정뱅이도, 매춘부도, 매독도, 말 많고 음탕하며 낭비벽 심한 여인네들도 없으며, 어리석고 콧대만 높은 사이비 학자도 없었다. 머릿속은 텅 빈 주제에 허구한 날 싸우고 자랑만 늘어놓으며 큰소리만 뻥뻥 치는 성가신 친구도 없었다. 악덕으로 출세한 악당도 없고, 악덕으로 몰락한 귀족도 없다. 영주도, 연주가도, 판사도, 춤을 가르치는 교사도 없었다.

주인은 그를 찾아온 후이넘들과 함께하는 식사자리에 나를 불러주었다. 때로는 주인의 옆자리에서 얘기를 경청하는 영광도 누렸는데, 가끔 주인과 손님들이 질문을 던지면 내 이야기를 들려주기도 했다. 때로는 주인을 따라 다른 후이넘의 집을 찾아가는 일도 있었지만, 묻는 말 외에는 대답할 수 없어서 대화를 통한 수양의 시간을 빼앗긴 것만 같아 너무나 안타까웠다. 하지만 한편으로 후이넘의 대화를 들을 수 있어서 매우 기뻤다. 나는 줄곧 듣는 쪽이었지만 그럼에도 충분히 만족스러웠다. 아무튼 군더더기 하나 없는 간결하고 유익한 대화만이 오갔으며 딱딱한 격식은 없었지만 서로에 대한 예절을 지켰다. 말하는 쪽도 듣는 쪽도 서로 즐겁게 얘기를 나누었다. 아무도 가로막지 않았고, 지루해하지 않으며, 화내지 않고, 자기 의견만 내세우지 않았다. 그들은 또 짧은 침묵이 대화에 흥을 돋우어준다는 것도 잘 알고 있었다. 그건 정말이다. 새로운 생각이란 대화가 끊어진 틈을 타 콸콸 솟아나는 법이기에 침묵으로 인해 대화가 활기 있게 살아날 수 있다. 후이넘들은 자주 우정과 사랑, 질서, 절제에 대해 이야기했으며, 때때로 가시적인 자연의 움직임이나 옛 전통, 덕성의 한계, 이성의 올바른 법칙, 다음 의회에서 나눌 사안에 대해 얘기하기도 했는데, 가끔은 시의 여러 가지 우수성에 대해 다루기도 했다. 절대 자랑하는 것은 아니지만 그렇게 내가 자리에 있는 것만으로도 그들의 대화는 더욱 풍족해졌다. 주인은 이것을 좋은 기회로 보고 다른 후이넘들에게 나의 생애, 영국의 역사에 대해 자세히 들려주었다. 그렇게 후이넘들은 오랫동안 의견을 주고받았다. 그러나 그 내용이 우리 인간에게 있어 그렇게 명예로운 것은 아니므로 여기서 다루지는 않겠다. 다만 내가 무척이나 놀랐던 사실 하나만 얘기하려 한다. 주인은 세계 각국 야후들의 성질을 나보다 더 잘 알고 있는 것 같았다. 주인은 인간의 모든 악덕과 어리석음을 들추어냈는데, 거기에는 내가 얘기하지 않았던 많은 결점도 들어 있었다. 그러니까 그것은 만약 이 나라 야후들에게 아주 조금이라도 이성이 있었다면 어떻게 되었을 것인가라는 가정에서 출발한 이야기였다. 무척이나 추악하고 가엾은 동물이 될 것이라는 게 주인의 결론이었다.

솔직히 말해 내가 가진 몇 안 되는 유익한 지식은 모두 주인이 들려준 교훈이나 그가 친구와 나누는 대화 속에서 얻은 것이다. 그것은 유럽에서 손꼽히는 지식인들의 회담에 귀 기울이는 것보다 훨씬 더 훌륭한 것들이었다. 나는 후이넘의 힘과 아름다움, 속도를 존경했다. 성자와도 같은 그들이 덕성까지 갖추고 있다는 사실을 생각하면 할수록 경외심이 샘솟았다. 사실 야후를 비롯한 모든 짐승들이 품고 있는 이러한 감정이 처음부터 있었던 것은 아니었다. 그런데 그것은 놀라우리만치 빠르게 커져갔고, 내 경우, 나를 야후들과 다르게 대해주는 그들의 모습에서 사랑과 감사의 마음까지 더해졌다.

나는 내 가족을 비롯해 친구들, 동포들, 아니 인간 전체가 겉모습하며 기질까지 야후로 보였다. 이곳 야후들과는 달리 개화되고 말하는 재간을 타고났을지는 몰라도 그들은 이성을 타고난 악덕을 키우고 늘리는 데 쓰고 있다. 저절로 얼굴이 찡그려지는 물에 비친 내 모습보다 이곳의 야후를 바라보는 편이 훨씬 나을 지경이었다. 후이넘들을 바라보며 얘기를 나누는 것이 점점 즐거워지면서 드디어 나는 그들의 걸음걸이와 몸짓을 따라하게 되었고 이제는 완전히 습관이 되었다. 그래서 가끔은 걷는 꼴이 말 같다고 핀잔을 듣기도 하지만 나는 오히려 그것이 대단한 찬사라고 생각한다. 거기다 대화를 나누다 별안간 후이넘의 목소리와 말투가 튀어나와 조롱당하기도 하지만 솔직히 말하자면 내게 그것은 크나큰 칭찬이다.

이처럼 행복한 시간을 보내던 나는 이곳에 완전히 정착할 생각이었다. 하지만 어느 날 아침, 주인이 평소보다 이른 시간에 나를 불렀다. 그런데 주인의 얼굴은 어떻게 말을 꺼내야 좋을지 모르겠다는 듯 난처한 기색으로 가득했다. 한동안 침묵이 흐른 후 그는 내가 어떻게 받아들일지 모르겠다면서 다음과 같은 이야기를 꺼냈다.

 "지난 의회에서 야후 문제가 논의되었을 때 다른 대표자들이 내게 불만을 늘어놓더구나. 야후(나를 가리키는 말이었다)를 짐승이 아닌 후이넘처럼 대하며 대화를 통해 이득과 쾌락을 꾀하는 모습은 이성과 천성을 거스르는 일이라며 비난을 쏟아냈다. 그래서 의회는 내게 너를 다른 야후처럼 노역을 시키거나 왔던 곳으로 헤엄쳐 돌려보내라고 **권고**를 내렸단다. 그런데 너를 다른 야후와 함께 노역을 시키라는 권고는 너를 만나본 적이 있는 후이넘들의 의견으로 무산되었다. 그것은 타고난 야후의 악덕과 약간이나마 이성을 가진 네가 만나면, 네가 선천적으로 일을 싫어하고 뭐든 게걸스럽게 먹는 야후들을 이끌고 숲이나 산으로 들어갔다가 깊은 밤 몰래 내려와 가축을 습격할 수 있기 때문이라고 하더구나."

 주인은 계속해서 말했다.

 "실은 의회의 권고를 당장 실행하라는 압박이 매일같이 들어오고 있어 더는 미룰 수가 없다. 하지만 네가 전에 다른 나라까지 헤엄쳐서 간다는 것은 불가능하겠지. 그러니 네가 전에 얘기한 바다를 건너는 그릇을 만들어보는 것은 어떻겠느냐? 우리 하인은 물론이고 이웃들에게도 하인을 빌려달라고 부탁해보마."

그러더니 주인은 끝으로 어리석고 우둔한 야후이지만 후이넘을 따라 나쁜 습관과 기질을 고쳐나가는 나를 평생 곁에 두고 지켜보고 싶었다고 했다.

여담이지만 후이넘에서는 의회결정을 **흐느로아인**이라고 부른다. 가장 가깝게 번역하자면 **권고한다**는 뜻인데, 이성을 가진 동물에게 **충고나 권고가 아닌 강요**를 한다는 것은 있을 수 없기 때문으로, 권고에 따르지 않는다는 것은 이성적 동물이라는 권리를 스스로 포기하는 일이 된다.

주인의 이야기에 슬픔과 절망에 사로잡힌 나는 충격을 이기지 못하고 정신을 잃고 그의 발밑에 쓰러졌다. 다시 정신을 차리고 보니, 주인은 내가 죽은 줄 알았다고 했다(후이넘에는 기절이란 있을 수 없는 일이기 때문이다). 나는 힘없는 목소리로 대답했다.

"아닙니다, 차라리 죽는 것이 훨씬 나았을 것입니다. 회의에서 결정된 권고와 다른 후이넘들의 뜻을 비난하려는 것은 아니지만, 어리석고 부족한 제 머리로 생각해보더라도 좀 더 관대한 조치를 내려주실 수는 없으셨습니까? 여기서 가장 가까운 섬이라도 100리그는 될 텐데 제가 헤엄칠 수 있는 거리는 1리그가 한계입니다. 거기다 배를 만들자니 이곳에는 필요한 재료가 전혀 없습니다. 그래서 불가능한 일이라는 것은 알지만 이미 죽은 목숨이나 다름없기에 나리의 명령대로 한 번 만들어 보도록 하겠습니다. 비명횡사할 것은 뻔한 이치지만 어떻게 되든 상관없습니다. 운좋게 살아남더라도 저를 올바른 길로 이끌어줄 모범은 사라지고 저 야후들과 함께 여생을 보내야만 할 것이 아닙니까? 제 삶은 또다시 부패하고 타락할 텐데 어떻게 제정신으로 있을 수 있겠습니까?"

그러자 현명한 후이넘은 이렇게 대답해주었다.

"모든 결정은 확실한 근거에 따라 이루어졌다. 너도 잘 알겠지만 보잘것없는 야후에 불과한 너의 항의로 달라질 만한 일이 아니란다. 그보다는 내가 너에게 배 만드는 일을 도와줄 하인을 빌려주마."

나는 주인의 친절에 깊은 감사를 올리고, 배를 만드는 것은 매우 어려운 일이므로 충분히 여유를 달라고 간청하며 이렇게 말했다.

"보잘것없는 목숨이지만 어떻게든 부지해서 고국으로 돌아간다면, 고명하신 후이넘 여러분들을 찬미하고 야후들이 그 뛰어난 덕성을 본받도록 제창하며 제 동포들을 위해 봉사하는 것만이 제 희망입니다."

주인은 간결하지만 무척이나 고마운 대답을 들려주었다. 그리고 두 달의 말미와 함께 배 만드는 일을 도와줄 하인으로 내 친구 (이제 멀리 떨어지게 되었으니 감히 이렇게 부르도록 하겠다) 갈색 말을 붙여주었다. 내가 갈색 말의 도움만 있으면 충분하다고 얘기했기 때문인데, 그는 나에게 무척이나 호의를 가지고 있었다.

우리는 먼저 반란을 일으킨 선원들이 나를 강제로 상륙시켰던 바닷가로 가보기로 했다. 언덕에 올라 주변을 살펴보니 북동쪽으로 어렴풋이 섬이 보이기에 망원경으로 확인해보았더니 틀림없는 섬(거리를 측정해보니 5리그 정도였다)이었다. 그러나 갈색 말의 눈에는 푸른 구름으로 밖에 보이지 않았다. 저 너머에 다른 나라가 있다고는 꿈에도 생각지 않았던 후이넘은 바다 멀리 떨어진 물체를 식별하는 것이 바다에 익숙한 우리처럼 능숙하지 못했다.

이제 섬을 찾았으니 망설일 수 없었다. 나는 모든 것을 운명에 맡기고 그 섬으로 가기로 결심했다.

나는 집으로 돌아와서 갈색 말과 의논하여 약간 떨어진 숲으로 갔다. 나는 칼, 그리고 갈색 말은 나무자루에 날카로운 차돌을 독특한 방법으로 달아둔 연장을 가지고 지팡이만 하거나 그보다 조금 굵은 참나무 가지를 잘라냈다. 여기서 상세한 작업과정을 늘어놓았다가는 매우 지루해질 테니, 그저 갈색 말의 도움과 뼈를 깎는 노력으로 6주 뒤에는 인디언 카누처럼 생긴 조금 큰 배가 완성되었다는 것만 밝혀두겠다. 나는 삼으로 만든 실로 엮은 야후 가죽으로 배를 감싸고 돛도 만들었다. 늙은 야후 가죽은 두껍고 딱딱해서 가급적 어린 야후 가죽을 썼다. 마찬가지로 노도 네 개를 만들었다. 그리고 약간의 삶은 토끼고기와 새고기, 우유와 물이 든 항아리를 챙겨두었다.

주인의 집 근처에 있는 연못에서 띄워보면서 잘못된 부분은 고치고, 구멍 난 곳은 야후의 지방으로 빈틈없이 메우자 카누는 나와 짐의 무게를 견딜 수 있을 만큼 튼튼해졌다. 충분한 수리가 끝나자 나는 갈색 말과 다른 하인의 도움을 받아 카누를 수레에 싣고 야후들에게 끌도록 해 바닷가로 옮겼다.

　모든 준비가 끝나고 드디어 떠나야 하는 날이 되었다. 나는 눈물을 쏟으며 찢어지는 마음으로 주인 부부에게 작별을 고했다. 그러나 주인은 호기심 때문인지 아니면 다정한 마음에서 우러난 행동(그렇다고 자랑하는 것은 아니다)인지 내가 배를 타고 떠나는 것을 배웅해주겠다며 이웃에 사는 친구들을 데리고 와주었다. 밀물을 기다리느라 한 시간을 허비하기는 했지만 때맞춰 순풍이 불어왔다. 나는 주인에게 다시 작별인사를 건넸다. 내가 주인의 발굽에 입 맞추려 몸을 엎드렸을 때, 주인은 조용히 나의 입 높이까지 발을 들어주었다. 이 이야기를 했을 때 얼마나 많은 비난이 쏟아졌는지 모른다. 하나같이 그렇게 훌륭한 덕성을 갖춘 후이넘이 나처럼 열등한 동물에게 그런 영광을 베풀어주었을 리가 없다고 주장했다. 물론 여행가라는 족속이 찾아간 곳에서 받은 대우를 과장해서 자랑한다는 것은 모르는 바가 아니다. 그러나 나를 비난하는 이들이 조금이라도 후이넘의 고상하고 정중한 기질을 이해한다면 곧바로 생각을 바꾸게 될 것이다.
　나는 주인과 함께 나와 준 후이넘들에게도 정중히 인사를 건네고 카누에 올라 해안을 떠났다.

11
포르투갈 선박에 구조되다

지은이는 위험한 항해를 거쳐 뉴홀란드에 도착하고 그곳에 정착하기를 희망한다. 원주민의 화살에 맞아 부상을 입고 붙잡혀 포르투갈 선박으로 끌려간다. 선장은 매우 정중하게 맞이해주었고, 지은이는 영국으로 돌아간다.

1714년[*1] 2월 15일 아침 9시, 나는 절망적인 항해에 나섰다. 바람은 순풍이었다. 처음에는 노를 저으면서 나아갔지만, 금세 지쳐버릴 수도 있고 풍향이 바뀔지도 몰라 작은 돛을 올렸다. 나는 조류의 도움을 받아가며 30분 동안 시속 1리그 반 정도의 속도로 나아갔다. 주인과 친구들은 내가 보이지 않게 될 때까지 바닷가에 서서 배웅을 해주었다. 때때로 (나를 무척이나 사랑해주었던) 갈색 말이 **흐누이 일라 니하 마이야 야후**(몸조심해라, 착한 야후야)라고 소리치는 것이 들려왔다.

나의 계획은 혼자 힘으로 생활에 필요한 것들을 충분히 마련할 수 있는 작은 무인도를 찾는 것이었다. 그럴 수만 있다면 유럽 어느 왕국의 수상이 되는 것보다도 행복할 것이다. 다시 야후들의 사회로 돌아가 야후 정부의 지배를 받으며 산다는 것은 생각만 해도 끔찍했다. 그러나 내가 바란 고독한 삶 속에서라면 나의 종족들의 악덕과 타락에 물들 걱정 없이 명상을 즐기고 저 비할 데 없는 후이넘의 미덕을 회상할 수 있을 것이다.

독자들은 앞서 내가 선원들의 반란에 휘말려 선실에 갇혔던 일을 기억할 것이다. 몇 주 동안이나 갇혀 있었던 탓에 배가 어느 항로로 가고 있었는지 알지 못했다. 게다가 진실인지 거짓인지 모르겠지만 선원들도 보트를 타고

[*1] 옛 영국 달력은 새해의 시작을 3월 25일로 보았기 때문에 1714년이라고 표기했지만 1월 1일을 새해의 시작으로 보면 1715년이 된다. 영국에서 1월 1일을 새해의 시작으로 삼게 된 것은 1752년부터이다.

배에서 내렸을 때 이곳이 어디인지 맹세코 모른다고 했었다. 그러나 나는 선원들의 이야기를 들으며 마다가스카르로 가려다가 바람에 떠밀려 동남쪽으로 가게 되면서 희망봉에서 남쪽으로 10도, 그러니까 남위 45도 지점에 있을 것으로 생각했다. 어디까지나 추측에 불과했지만 아무튼 진로를 동쪽으로 돌렸다. 그렇게 하면 뉴홀란드 남서쪽 해안이나 서쪽에 위치한 섬에 도착하리라는 희망을 품고서. 바람은 서풍이었다. 저녁 6시까지는 적어도 동쪽으로 18해리는 왔다고 짐작했다. 그때 반 해리 떨어진 곳에 있는 섬을 발견하고 그곳에 카누를 정박했다. 그런데 그 섬은 커다란 암초에 불과했고, 그저 비바람에 깎여 만들어진 아치 모양의 작은 만이 있을 뿐이었다. 그곳에 보트를 댄 나는 암초 꼭대기까지 올라가보았고, 동쪽에 남북으로 펼쳐진 육지가 있음을 보았다. 나는 카누에서 밤을 지새우고 아침 일찍 일어나 그쪽으로 항해를 계속했다. 그리고 일곱 시간 뒤, 뉴홀란드 동남단[*2]에 도착했다. 이러한 사실은 내가 오래 전부터 주장해오던 의견(지도며 해도에 표기된 뉴홀란드의 위치가 실제보다 적어도 3도 정도는 동쪽으로 엇나갔다는 것)이 옳았다는 것을 확신시켜주었다. 나는 몇 년 전부터 이 의견과 그 이유를 친구 헤르만 몰[*3]에게 설명해주었건만, 그는 여전히 다른 지은이의 의견만을 따랐다.

상륙한 곳에는 사람 그림자도 보이지 않았으나 무기도 없는 맨몸으로 안쪽 깊숙이 들어갈 용기는 없었다. 바닷가에서 조개를 주웠지만 불을 피우면 원주민의 눈에 띌까 봐 겁이 나서 굽지도 않고 날로 먹었다. 그리고 식량을 아끼기 위해 굴과 조개만으로 사흘을 버텼는데, 다행히 깨끗한 물이 흐르는 시내를 발견하여 식수 문제는 안심할 수 있었다.

나흘째 아침, 나는 용기를 내서 평소보다 멀리 떨어진 곳까지 탐색을 나섰다가 우연히 500야드도 안 되는 언덕 위에 20~30명의 원주민들이 있는 것을 발견했다. 그들은 남녀노소 할 것 없이 벌거벗고 있었고 연기가 피어오르는 것으로 보아 모닥불을 둘러싸고 있는 듯했다. 한 사람이 나를 발견하고 곧 다른 사람들에게 알렸고, 여자와 아이들은 불가에 남겨둔 채 다섯 사내가 다가왔다. 나는 필사적으로 해안으로 돌아와 보트를 타고 도망쳤다. 원주민

[*2] 서남단이 아닌지 의심스럽다.
[*3] 헤르만 몰(Herman Moll, 1654~1732)은 네덜란드인으로 1698년 무렵 영국에 머무르며 지도 및 지리 서적을 출판했다.

들은 내가 도망가는 것을 보고 재빠르게 쫓아와 달아날 틈을 주지 않고 화살을 쏘아댔다. 그중 화살 하나가 왼쪽 무릎에 박혔다(이 흉터는 내가 죽을 때까지 남을 것이다). 독화살은 아닐까 걱정이 되어 화살이 날아오지 못할 거리까지 노를 저어가서 (바람은 불지 않았다) 상처를 빨아내고 재주껏 붕대를 감았다.

다시 상륙지점으로 돌아갈 수도 없어 어찌할 바를 몰랐던 나는 북쪽으로 노를 저었다. 약하긴 해도 북서풍이 불어왔던 탓에 그쪽으로 노를 저어갈 수밖에 없었다. 안전한 상륙지점을 찾던 중 북북서 방향에서 커다란 돛이 보였다. 그 배는 점점 이쪽으로 다가오고 있었다. 처음에는 그대로 배를 기다려보려고 했었다. 그러나 점차 망설여졌고 역겨운 야후들을 생각하니 도무지 참을 수가 없어 달아나기로 했다. 나는 닻을 올리고 뱃머리를 돌려 다시 남쪽으로 노를 저어 아침에 떠났던 해안으로 되돌아왔다. 저 유럽의 야후들과 함께 사느니 야만인들과 지내는 것이 훨씬 낫다고 생각했기 때문이다. 나는 카누를 뭍으로 끌어올리고 앞서 말한 맑은 물이 흐르는 시냇가에 몸을 숨겼다.

범선은 내가 있는 포구에서 반 해리 거리까지 다가와 식수를 구하려는지 보트를 내려 보냈다(이곳은 선원들 사이에 잘 알려진 곳이었던 모양이다). 하지만 선원들이 기슭에 닿을 때까지 나를 전혀 눈치채지 못했으나 이제 와서 은신처를 바꾸기에는 너무 늦었다. 섬에 상륙한 선원들은 카누를 발견하고 이리저리 뒤집어보더니 카누의 주인이 멀리가지는 못했으리라 짐작했다. 무장을 한 사내 넷이 여기저기 틈이라는 틈, 구멍이라는 구멍은 샅샅이 뒤진 끝에 결국 바위 뒤에 납작 엎드려 있는 나를 발견했다. 그들은 거친 가죽 외투, 나무를 덧댄 구두, 털가죽으로 만든 양말을 신은 기묘한 나의 옷차림에 놀라워했지만 이곳 원주민들은 옷을 입지 않기 때문에 내가 이곳 원주민이 아님을 알아챘다. 한 선원이 나에게 포르투갈어로 일어서라고 명령하더니 누구냐고 물었다. 나는 포르투갈어를 잘 알고 있었기에 일어서서 후이넘에서 쫓겨난 가엾은 야후라고 하면서 제발 나를 못 본 척해달라고 부탁했다. 그들은 내가 포르투갈어로 대답한 것에 몹시 놀라워했지만 내 피부색을 보고 유럽인이라는 것을 알아보았다. 그러나 그들은 야후니 후이넘이니 뜻을 알 수 없는 단어와 말울음 소리 같은 말투에 웃음을 터뜨렸다. 그 동안에도 나는 공포심과 혐오감에 떨고 있었다. 나는 다시 한 번 나를 놓아달라고 부탁하고 카누가 있는 곳으로 걸어가려 했지만 선원들은 나를 붙잡고 어느 나라 사람이며 어디에서 왔느냐고 질문을 퍼부었다. 그래서 나는 영국인으로 5년 전에 그곳을 떠나왔다고 대답하고, 영국과 포르투갈은 서로 사이좋은 나라이니 해코지할 생각은 없으며, 그저 불행했던 삶의 막바지를 보낼 외딴 곳을 찾아다니는 가련한 야후에 불과하다고 했다.

선원들이 말을 시작했을 때, 나는 이처럼 괴상한 것은 보도 듣도 못했다. 마치 영국에 사는 소와 개들이 말을 하거나, 후이넘의 야후들이 입이 트여 애기를 하고 있는 것처럼 기괴한 느낌이었다. 또한 포르투갈 선원들도 나의 이상한 옷차림과 기묘한 말투(하지만 말은 알아들었다)에 나만큼이나 놀란 것 같았다. 그들은 매우 친절하게도 자신들 배의 선장이 아무 대가도 받지 않고 나를 리스본으로 데려다 줄 것이며, 그러면 조국인 영국으로 돌아갈 수 있을 것이라고 했다. 그러려면 두 사람이 배로 돌아가서 선장에게 보고를 하고 자

세한 지시를 받아야 하니 그동안 달아나지 않겠다고 맹세를 하라고 했다. 그렇게 하지 않겠다면 강제로 붙들어 두겠다고 했다. 나는 선원들의 말에 따르는 수밖에 없었다. 선원들은 나의 이야기를 무척이나 듣고 싶어했지만 나의 대답은 그들을 만족시켜주지 못했다. 그들은 내가 고생 끝에 미쳐버렸다고 생각했다. 두 시간이 지나 물을 싣고 갔던 보트가 돌아와 나를 데려오라는 선장의 명령을 전했다. 나는 무릎을 꿇고 제발 놓아달라고 애원했지만 아무 소용이 없었다. 선원들은 나를 밧줄로 묶어 보트에 태웠다. 배에 도착하자 그들은 나를 선장실로 끌고 갔다.

　선장은 **돈 페드로 데 멘데스**라는 사람이었다. 그는 매우 친절하고 관대한 사람이었는데 지금까지 무슨 일이 있었는지 들려달라고 하며, 또 먹고 싶은 것은 없는지 묻고, 자신과 동등한 대우를 받을 것이라며 매우 친절하게 대해주었다. 나는 야후에게 이런 면이 있으리라고는 상상도 하지 못했기에 무척이나 놀랐다. 그러나 나는 무뚝뚝하게 침묵을 지켰다. 사실 그들의 악취 때문에 당장이라도 쓰러질 것 같았기 때문이다. 결국 나는 카누에 있는 식량을 가져다 달라고 했지만 선장은 닭고기 요리와 고급 포도주를 차려주고, 매우 깨끗한 방이 있으니 그곳에서 편히 쉬라고 했다. 나는 옷을 벗기 싫다고 했다. 그래서 옷을 입은 채로 침대에 누워 있다가 30분 정도 지나서 선원들의 저녁 식사 시간을 틈타 몰래 빠져나왔다. 이런 야후들과 함께 지내느니 차라리 바다에 뛰어들어 목숨이 다할 때까지 헤엄을 칠 각오로 뱃전까지 왔건만 공교롭게도 선원에게 들켜버렸고, 이 사실을 보고받은 선장은 나를 선실에 묶어두게 했다.

식사를 마친 돈 페드로 선장이 나를 찾아와 대체 왜 그런 무모한 짓을 한 것이며, 자신이 할 수 있는 일이라면 무엇이든 도와주겠노라고 아주 친절하게 얘기했다. 그래서 나는 선장을 어느 정도 이성을 가진 인간으로 대하기로 했다. 나는 처음 항해를 시작했을 때부터 선원들의 반란 때문에 낯선 나라에 버려져 3년 동안 지냈던 이야기까지 간략하게 설명해주었다. 선장은 내 이야기를 꿈이나 환상으로만 여겨서 나는 몹시 화가 났다. 나는 야후들의 고질적인 습성인 거짓말에 대해 모두 잊어버린 탓이다. 그들은 기질상 같은 동족의 말을 의심할 수밖에 없었다. 나는 선장에게 말했다.

"당신 나라에서는 **있지도 않은 사실**을 말하는 것이 관습이오? 난 이미 거짓이라는 낱말의 뜻을 거의 잊어버렸소. 후이넘에서는 1000년을 살더라도 가장 하찮은 하인의 입에서조차도 단 한마디의 거짓말도 들을 수 없소. 당신이 나의 말을 믿든 안 믿든 간에, 호의에 대한 보답과 인간이라는 당신의 천성적 결함을 생각해서 궁금한 것이 있다면 뭐든 답해드리겠소. 그러면 쉽게 진실을 알게 될 것이오."

선장은 매우 현명한 사람이었지만 나의 이야기에서 꼬투리를 잡지 못하고 결국 내 얘기가 모두 사실인 것을 믿게 되었다. *4게다가 그는 네덜란드 선장한테서 들었던 비슷한 이야기를 떠올렸다. 언젠가 다섯 선원을 이끌고 항해를 하던 네덜란드 선장이 신선한 물을 구하러 뉴홀란드 남쪽에 위치한 어

---

*4 본문은 초판본에 따른 내용으로 주석이 시작되는 부분에서 "……염두에 두지 않았었다고 했다." 까지는 포크너 판에서 삭제되었다.

떤 섬(혹은 대륙)에 상륙했는데, 어떤 말 한 마리가 내가 설명해준 야후와 꼭 닮은 짐승 대여섯 마리를 데리고 사라지는 것을 보았다는 것이다. 네덜란드 선장은 그밖에 여러 가지 이야기를 들려주었지만 그때는 그저 새빨간 거짓말이라고 생각했기에 별로 염두에 두지 않았었다고 했다. 그러더니 내가 그렇게 진실을 사랑한다면 한 가지만 약속을 해달라고 했다. 자신과 함께 항해하는 동안 두 번 다시 목숨을 버리는 모험을 되풀이한다면 리스본에 도착할 때까지 전처럼 감금해두겠다고 했다. 나는 별 수 없이 그러겠다고 약속했지만 돌아가서 야후들과 함께 사느니 어떤 고난이라고 달게 받을 것이라고 못 박았다.

항해는 특별한 일 없이 순조롭게 이어졌다. 나는 이따금 선장의 간청에 못 이겨 (친절한 선장의 은혜에 보답하고자 하는 마음도 있었다) 함께 이야기를 나누곤 했다. 그때마다 인류에 대한 혐오감을 참지 못하고 드러내고 마는 일이 자주 있었기에 (하지만 돈 페드로 선장은 그걸 못 본 척해주었다) 나는 선원들을 피해 선실에만 머물렀다. 선장은 자주 이런 소리를 했다.

"이제 그만 그 야만스러운 옷을 벗지 그러시오? 특별히 내 옷 중에서 가장 좋은 옷을 빌려주겠소."

하지만 야후의 몸뚱이를 감쌌던 것으로 몸을 덮는다는 것은 도저히 견딜 수 없는 일이어서 나는 딱 잘라 거절했다. 다만 셔츠 두 벌만 빌려달라고 했다. 셔츠라면 선장이 입고 깨끗이 세탁했을 터이니, 몸이 많이 더러워지지 않을 것이라고 생각했기 때문이다. 나는 셔츠를 이틀에 한 번씩 갈아입었고, 세탁도 직접 했다.

1715년 11월 5일 리스본에 도착했다. 배에서 내릴 때, 선장은 구경꾼들이 몰려들지 않도록 나에게 자신의 외투를 걸쳐주었다. 선장은 나를 자신의 집으로 데려가 나의 부탁에 따라 맨 위층의 안쪽 방으로 안내해주었다. 나는 선장에게 후이넘에 대한 이야기는 아무에게도 하지 말아달라고 부탁했다. 조금이라도 새어나갔다간 많은 군중들이 몰려들 것이고, 자칫하면 종교재판에 회부되어 감금되거나 화형을 당할 수도 있기 때문이었다. 결국 나는 선장의 설득에 못 이겨 새 옷을 마련하기로 했다. 그러나 치수를 재겠다고 내 몸을 건드리는 것은 거절을 하여, 돈 페드로 선장의 치수에 맞춰 (그는 나와 체격이 비슷했다) 옷을 만들었는데 나에게 무척이나 잘 맞았다. 선장은 그밖에 필요한 것들을 모두 마련해주었지만, 야후 냄새가 배어 있던 탓에 하루 동안 밖에 널어둬야만 했다.

선장에게는 아내가 없었다. 시중을 드는 하인은 셋 있었지만 누구도 식사 때에 함께하지 못했다. 이처럼 선장이 무척이나 이해심 많고 친절하여 굳어졌던 내 마음도 조금씩 풀어져갔다. 그의 설득 덕분에 나는 차츰 창밖을 내다볼 수도 있게 되었다. 그리고 다른 방에 들어가기도 했다. 그러다가 한 번은 거리를 내다보다가 겁이 나서 바로 고개를 쏙 집어넣고 말았다. 그렇게 일주일이 지나자 결국 선장은 나를 문 앞까지 끌고 왔다. 야후에 대한 나의 두려움은 거의 사라졌지만 증오와 경멸은 더욱 심해졌다. 마침내 나는 선장과 함께 거리로 나설 만큼 대담해졌지만, 늘 코를 루타(남부 유럽에서 나는 향이 강한 약초)나 코담배로 막아두어야만 했다.

앞서 선장에게 내 가족에 대해 이야기한 바 있었는데, 열흘이 지나자 그는 내게 고향으로 돌아가 가족과 함께 지내는 것이 양심과 명예를 지키는 일이라고 했다. 때마침 영국으로 떠나는 배편이 있으니 필요한 것들은 모두 준비해주겠다고 했다. 그의 설득과 나의 반대 의견을 일일이 늘어놓았다간 매우 지루해질 테니 생략하겠지만, 아무튼 선장은 내가 바라는 무인도를 찾아내는 일은 거의 불가능하지만 내 집으로 돌아가면 마음대로 지낼 수 있으니 그 집에서 은둔생활을 하면 되지 않겠느냐고 나를 설득했다.

더 나은 방법을 찾을 수도 없어 선장의 말에 따르기로 했다. 1715년 11월 24일 나는 리스본을 떠나는 영국 상선에 올랐지만 선장이 누구인지 알아보지도 않았다. 돈 페드로 선장은 배 앞까지 배웅을 나와 20파운드의 돈까지 빌려주었다. 그는 헤어지면서 부드러운 작별인사와 함께 포옹을 했는데, 나는 그것을 가까스로 참아냈다. 항해 중에는 아프다는 구실로 선실에 틀어박혀 아무와도 만나지 않았다. 1715년 12월 5일 아침 9시, 배는 다운스 항에 닻을 내렸고, 나는 오후 3시 무렵 로더히스(레드리프와 동일. 런던의 지명)에 있는 집에 도착했다.

내가 죽었을 것이라고 생각했던 아내와 가족들은 무척이나 기뻐하며 맞이해주었다. 그러나 솔직히 나는 그들의 모습을 보며 단지 증오와 혐오, 경멸만을 느낄 뿐이었고, 내 가족이라는 생각이 들자 더욱 그러했다. 후이넘에서 추방당하고 여러 야후를 만나고 돈 페드로 선장과 함께 하기도 했지만 여전히 내 마음은 고상한 후이넘의 미덕과 사상으로 가득했던 것이다. 거기다 내

가 야후 일족과 교배해서 많은 야후를 낳은 아버지라는 생각에 극도의 수치심과 당혹감, 공포가 밀려들었다.

집에 들어서자마자 아내는 나를 양팔로 껴안고 입을 맞추었다. 하지만 몇 년 동안이나 이 역겨운 동물과 접촉하지 않았던지라 나는 한 시간 동안이나 정신을 잃었다. 내가 이 여행기를 쓴 것도 마지막 여행에서 돌아온 지 5년이 지나서이며, 처음 1년 동안은 가족들과 함께 있는 것조차 (역겨운 냄새 때문에) 견딜 수가 없었다. 그렇다보니 함께 식사하는 것은 물론이고 그들이 내 빵에 손을 대거나 같은 잔으로 물을 마시거나 내 손을 잡거나 하는 것도 허락하지 않았다. 나는 모아둔 돈으로 가장 먼저 어린 수말 두 마리를 사서 훌륭한 마구간에서 키우고 있다. 내가 가장 좋아하는 사람은 마부인데, 그들에게서 나는 마구간 냄새를 맡노라면 힘이 솟는다. 말들은 내가 하는 말을 잘 이해했다. 우리는 매일 네 시간씩 이야기를 나누고 있다. 나는 아직까지 말들에게 고삐나 안장을 얹은 적이 없다. 우리는 매우 친밀하게 지내며 사이좋게 살고 있다.

12
이 책의 집필의도

지은이의 진실성. 그는 책을 쓰게 된 동기에 대해 이야기하고 어떤 사악한 의도도 없음을 밝힌다. 또한 진실을 왜곡하는 탐험가들을 비난하고 반대의견에 답한다. 식민지를 개척하는 방법에 대해 이야기하고 조국을 찬양한다. 지은이는 자신이 묘사한 나라에 대한 국왕의 권리는 정당하며 정복하는 것은 어렵다고 이야기한다. 지은이는 작별을 고하고 자신의 계획과 독자에게 보내는 충고를 보내며 끝을 맺는다.

친애하는 독자 여러분, 이로서 16년하고도 7개월에 걸친 나의 장대한 모험도 끝을 맺는다. 나는 아름다운 문장보다는 오로지 진실만을 다루어 여행 체험을 있는 그대로 이야기했다. 사실 허무맹랑한 이야기로 여러분을 깜짝 놀라게 해드릴 수도 있었지만, 이 글은 어디까지나 진실을 전하고자 한 것이지 흥밋거리를 제공하려던 것이 아니다.

영국인, 아니 유럽인들은 가보지도 못한 머나먼 나라를 찾아다니는 탐험가들에게서 바다와 육지에 서식하는 독특한 동물들을 상상하는 것쯤은 손바닥 뒤집듯이 쉬운 일이다. 그러나 탐험의 참된 목적은 사람들을 현명하게 만들고 여러 나라에서 체험한 장점과 단점을 본보기 삼아 정신을 향상시키는 데 있다.

그렇기에 나는 책을 조금이라도 더 팔아보겠다는 일념으로 무지한 독자들을 이용해 터무니없는 허구를 써대는 일부 지은이들의 행태를 막기 위해서라도, 모든 탐험가들은 자신의 여행기를 출판하기에 앞서 대법원장에게 지금 발표하려는 이야기가 모두 진실이라고 맹세해야 하는 법률이 제정되기를 진심으로 바라는 바이다. 나는 어렸을 적부터 여행기를 무척이나 좋아했지만, 직접 세상을 돌아보고 나서 그 모든 것이 허구라는 사실을 깨닫고 여행기에 대한 격한 혐오감과 두꺼운 낯짝으로 순박한 사람들을 이용하는 자들의 모습에 분노가 치밀었다. 그렇기에 나는 (이 부족한 노력을 친구와 지인들은 조국에 도움이 된다고 생각해주었다) 오랫동안 나를 이끌어준 주인의 가르침과 모범적인 모습을 떠올리며 진실만을 다룰 것을 철칙으로 삼고, 부정하거나 왜곡시키는 잘못을 결코 범하지 아니했다.

**사악한 운명이 또다시 나, 시논을 비탄의 늪에 빠뜨리더라도,
허황된 거짓을 입에 담지는 않으리라**[*1]

천재성이니 학식, 재능도 없이 오로지 바른 기억과 솔직한 항해일지만으로 써내려간 책으로 어떤 명성을 얻을 수 있겠는가. 여행기를 쓴다는 것은 사전을 편찬하는 것과 같다. 선발주자는 점차 후발주자에 떠밀려 잊힌다. 이 책에 소개된 나라들을 여행한 사람이 오류(만약 있다면)를 수정하고 새로운 발견을 덧붙인 여행기를 발간한다면, 나는 순식간에 뒤로 밀려나 책을 냈다는 사실마저 사람들의 기억 속에서 사라지게 될 것이다. 만약 공명심 때문에 책을 냈다면 그것은 크나큰 고통이겠지만, 어디까지나 나의 목적은 공익이기에 실망하는 일은 결코 없다. 앞서 밝혔듯이 위대하신 후이넘들의 훌륭한 미덕을 접한다면 누구나 (특히 이성을 가진 이 나라의 지배자라고 자처하는 동물들은) 악덕한 자신의 모습에 수치심을 느낄 것이다. 같은 야후지만 저 멀리 떨어져 있는 나라, 이를테면 브롭딩낵처럼 악덕과 부정부패를 모르는 그들의 도덕과 정치에 대한 격언을 지킨다면 우리도 행복해질 수 있을 것이다. 긴 말은 하지 않겠다. 그저 현명하신 독자들께서 스스로 의견을 제시하고 판단해주었으면 한다.

　우선 나를 비난할 사람이 없을 것이라고 생각하니 그저 마음이 흐뭇하다. 무역이며 교섭도 할 수 없을 만큼 멀리 떨어진 나라에 대해서 현재 있는 사실만을 말한 나를 누가 비난할 수 있겠는가. 다른 탐험가들이 쉽게 비난받는 잘못을 나는 교묘하게 피했다. 거기다 어떠한 정당과도 상관없기에 어떠한 개인이나 집단에 어떠한 감정도, 편견도, 악의도 없이 글을 썼다. 바꿔 말하

[*1] 베르길리우스의 《아이네이스(Aeneid)》 제2장 79~80. 시논은 이렇게 말함으로 트로이 사람들을 속였다.

자면 인류를 계몽시키고 교육시킨다는 가장 고귀한 목적을 위해 펜을 잡은 것이다. 오랫동안 완성된 덕성을 갖춘 후이넘과 교제하며 많은 것을 습득해 누구보다 우월해진 나를 누가 오만하다고 비난할 수 있겠는가. 나는 결코 물질적 이익이나 공명심을 바라고 글을 쓰지는 않았다. 신경질적인 독자의 눈에 거슬리는 비난이나 능멸적인 표현도 다루지 않았다. 그러니 어떤 비난도 받지 않을 것이라고 장담해도 과언이 아닌 것이다. 아무리 반박하고 검토하고 고찰하고 비난하고 탐색하고 비평하더라도 허공의 노젓기일 뿐이다.

그런데 내게 이런 귀띔을 한 사람이 있었다. 여행하다 발견한 모든 것은 영국왕실의 소유이니 상세한 보고서를 수상에게 제출하는 것이 국민의 의무라는 것이었다. 하지만 앞서 다룬 나라들을 정복한다는 것이 에르난 코르테스*2가 벌거벗은 아메리카 토착민을 정복한 것처럼 그리 손쉬운 일일까? 복속시킬 가치도 없는 릴리펏은 남겨두고, 브롭딩넥을 정복한다는 것이 과연 신중하고 안전한 판단인지 의심스럽다. 거기다 머리 위로 떠다니는 섬 앞에서 영국군이 느긋하게 있을 수 있을까? 그러면 후이넘은 어떨까? 전쟁을 모르고 살아온 후이넘은 어떠한 준비도 되어 있지 않다. 특히 대포처럼 쏘는 무기에는 무방비하다. 그러나 내가 국무대신이라면 후이넘을 정복하자고 진언하지는 않을 것이다. 그러한 부족한 전쟁기술 따위는 신중하고 용맹하며 출중한 애국심으로 똘똘 뭉친 후이넘에게 아무 문제도 되지 않을 것이기 때문이다. 이를테면 2만의 후이넘들이 유럽 군단의 중심으로 돌진해서 무시무시한 발길질로 전열을 흐트러뜨리고 전차를 뒤엎고 병사들의 얼굴을 엉망진창으로 만들어버리는 모습을 상상해보라. 그야말로 **몸을 지키고자 뒷발질을 할 것이라***3는 아우구스투스 황제의 명성에 걸맞은 모습이지 않은가. 후이넘을 정복하는 것보다는 유럽 계몽에 필요한 사람들을 보내 명예, 정의, 진실, 절제, 도덕, 충성, 순결, 우정, 사랑, 절개의 근본원리를 배워 유럽문화를 (그들에게 그럴 마음이 있다면) 발전시켰으면 한다. 우리의 언어에는 이처럼 아

---

*2 에르난 코르테스(Hernán Cortés, 1487~1547)는 1519년 유카탄 반도에 상륙하여 아스테카 문명을 멸망시킨 에스파냐의 정복자이다.
*3 호라티우스의 풍자시 제2권 제1절 20번째 줄 "혹시라도 그것을 섣불리 만지려고 했다간, 완벽하게 몸을 지키고자 뒷발질을 할 것이다(말의 은유)"에서 가져온 문장으로 아우구스투스와는 전혀 관계가 없다.

직 덕성을 가리키는 단어가 남아 있다. 나는 독서량은 얼마 되지 않지만 근대를 비롯해 고대 저서에서도 이러한 단어를 찾아볼 수 있다.

그런데 내가 발견한 새로운 땅을 국왕의 영토에 복속시키는 일을 내켜하지 않았던 것에는 또 다른 이유가 있다. 솔직히 말하면, 과연 군주들이 주장하는 공평한 분배가 이루어질 것인지 의심스러웠다. 이를테면 폭풍에 휘말린 해적들이 정처 없이 떠돌다 돛대에서 망을 보던 소년이 드디어 육지를 발견하면 약탈을 위해 상류한다. 아무 죄도 없는 주민들은 그들을 극진히 대접하지만 해적들은 그 땅에 새로운 이름을 붙이고 썩은 판자나 돌을 기념비 삼아 세워두고 국왕의 영토로 선언한다. 그것이 끝나면 20~30명의 원주민을 학살하고 한 무리의 남녀를 포로로 잡아 본국으로 귀국하는데, 그러면 모든 죄가 용서*4된다. 이로서 신께서 하사하신 권리에 따라 새로운 영토원정이 시작된다. 곧바로 군대를 파견하여 원주민들을 내쫓거나 학살하고, 추장을 고문하여 그가 가지고 있던 보물을 모두 빼앗는다. 이런 식으로 모든 비인간적이고 탐욕스러운 짓이 아무렇지 않게 저질러지고 대지는 원주민들의 피로 붉게 물든다. 경건한 원정 속에서 이루어지는 이 저주받은 학살이 바로 우상숭배를 하는 야만인을 개종 또는 계몽시킨다는 식민지의 실상이다.

그렇다고 영국을 비난하자는 것은 아니다. 오히려 영국이야말로 세계의 모범이다. 식민지를 경영하는 모습은 지혜롭고 주도면밀하며 매우 공정하다. 종교와 학문을 증진시키기 위해 아낌없이 투자하고, 기독교를 전도하고자 믿음이 깊고 유능한 목사를 파견한다. 또 식민지 각지에서 폭넓게 공정한 정치가 이루어지게끔 분별력이 뛰어난 사람을 파견하는 것이 가장 큰 관심사이기에 지역관리 자리에는 가장 유능하고 청렴한 관리를 임명한다. 하지만 무엇보다도 식민지 주민들의 안녕과 군주의 명예 외에는 안중에도 없는 우수하고 덕망 있는 총독만을 파견한다는 점이 가장 훌륭하다.

그러나 내가 소개한 나라들은 이주민에게 정복되어 학살당하고 추방당하는 것을 원치 않았으며, 그곳에는 금이나 은, 설탕, 담배와 같은 자원도 풍족하지 않아 나의 좁은 소견으로도 그곳은 결코 우리의 열정과 용기, 관심의 정당한 대상이 될 수 없었다. 만약 나와 의견을 달리하는 이들이 많아 정당한 절차에 따라 소환을 받게 된다면, 나는 기꺼이 출두해서 나보다 먼저 그곳을 찾은 유럽인은 없었다(어디까지나 원주민들의 말에 따라)고 증언할 것이다. [*5]하지만 지금의 그 역겨운 야후의 시조라고 일컬어지는 (아직 논란의 여지는 있지만) 후이넘 산꼭대기에서 발견된 두 야후를 떠올려본다면 얘기가 달라진다. 후손의 얼굴이 확실히 변하기는 했지만 누가 봐도 영국인처럼 생겼기 때문이다. 이러한 사실에서 어떻게 영유권을 주장해야 좋을지는 식민지 법률학자에게 맡기도록 하자.

거기다 폐하의 이름을 앞세워 정복선언을 말한다는 것은 생각하지도 않았고, 생각했다 하더라도 바람 앞에 놓인 등불 같았던 상황 속에서는 신중하게 다른 기회를 엿보는 것이 가장 현명한 대처법이었다.

[*4] 영국의 해적이었던 프랜시스 드레이크(Francis Drake, 1540~1596)는 노략한 30만 파운드 상당의 재화를 국왕에게 바쳐서 해적의 죄를 용서받고 영국 제독이 되었다.
[*5] 주석이 시작되는 부분에서 "……식민지 법률학자에게 맡기도록 하자."까지는 포크너 판에서 삭제되었다.

　이로서 예상되는 물음에는 모두 답을 한 것 같다. 이제 나는 마지막 인사를 올리고 레드리프에 있는 작은 정원으로 돌아가 사색을 즐기며 후이넘에게 배운 뛰어난 덕성을 실천하며 내 가족 야후들(그들이 과연 순종적일지는 모르겠다만)에게도 가르쳐줄 것이고, 거울을 들여다보며 인간의 모습에 익숙해지도록 노력할 것이다. 영국에 사는 후이넘들이 한낱 짐승에 불과하다는 사실이 개탄스럽지만 고결한 나의 주인과 그의 가족, 친구들을 비롯한 모든 후이넘의 명예를 위해서라도 결코 천대할 수 없는 노릇이다. 지능은 퇴화했지만 그들의 외모는 후이넘들과 전혀 다를 바가 없기 때문이다.

　지난주부터 나는 가까스로 기다란 식탁의 끝자리에 앉아 나의 질문에 아주 간단하게 답하는 조건으로 아내에게 함께 식사하는 것을 허락해주었다. 하지만 여전히 그녀가 풍기는 지독한 야후 냄새만큼은 어쩔 수가 없어 루타나 라벤더, 코담배로 코를 틀어막아야만 했다. 만년의 나이에 습관을 고친다는 것은 힘든 일이겠지만 언젠가는 이웃 야후들의 이빨과 발톱을 두려워하지 않고 함께 할 수 있게 될 것이다.

　생각해 보건대 만일 야후들이 악덕과 어리석은 천성에만 빠져 있었다면 좀 더 쉽게 화해할 수 있었을지도 모른다. 천성에 따라 행동하는 이들, 그러니까 변호사, 소매치기, 대령, 광대, 귀족, 도박꾼, 정치가, 뚜쟁이, 의사, 증인, 위증자, 법정대리인, 반역자는 아무리 봐도 아무렇지 않다. 하지만 몸도 마음도 썩어문드러진 병균덩어리 주제에 교만에 빠져 우쭐대는 꼴을 보고 있노라면 참을 수가 없다. 어떻게 저 추악한 짐승이 이다지도 교만할 수 있단 말인가? 이성적 동물이라는 표현이 가장 잘 어울리는 덕망 높은 후이넘에는 이러한 악덕을 나타내는 표현이 없는데(있다고 해봐야 야후의 추태를 표현하는 것들뿐이다), 아마 인간성을 제대로 파악하지 못한 탓에 (야후가 지배하는 나라만큼 노골적으로 드러나지 않아서) 교만하고 혐오스러운 악덕을 알아채지 못했기 때문일 것이다. 그런데 인간성에 대한 이해가 깊었던 나는 야생 야후들 사이에서 미약하나마 자만심의 흔적을 찾아볼 수 있었다.

그러나 언제나 이성의 순리에 따라 살아가는 후이넘은 결코 자신의 덕망을 자랑하지 않는다. 그것은 마치 튼튼한 팔다리가 있다고 콧대를 세우고 다니지 않는 것과 같다. 팔다리가 없다면 매우 비참하겠지만, 그렇다고 자신의 팔다리를 뽐내고 다니는 사람이 어디에 있겠는가? 내가 이렇게 장황한 여행기를 쓴 것도 악덕으로 가득한 영국 야후들의 사회를 더 나은 방향으로 바꾸려는 희망에서이다. 그러니 조금이라도 악덕에 물들어 있다면 내 앞에 절대로 나타날 생각은 하지 말아주었으면 한다.

걸리버 선장이 사촌 심프슨에게 보내는 편지[*1]

　본인은 당장 다음 사실을 공개할 것을 요구하는 바이오. 이 산만하고 엉터리 같은 여행기를 당신은 세 번이나 출판하자고 종용했었소. 또한 사촌 댐피어[*2]가 자신의 《세계일주 항해》를 출판하기에 앞서 본인이 충고해준 것처럼 케임브리지, 옥스퍼드 대학의 젊은 학자들을 초빙하여 원고를 정리하고 교정을 의뢰하자는 제안까지 했었소. 그러나 본인은 본문 내용을 삭제한다든지 말도 되지 않는 문구를 집어넣어도 된다고 허락하지는 않았소. 따라서 아무리 본인이 앤 여왕폐하께 깊은 경의와 영광을 갖고 있더라도 그와 같은 언급[*3]은 본인이 책임질 수 없소. 아니, 애당초 본인이 주인나리 앞에서 야후와 같은 짐승들을 기리어 칭찬한다는 것은 본인의 뜻에 맞지 않으며 온건치 못한 짓이라는 것을 당신과 개찬자(改竄者)께서 깨달아주었으면 좋겠소. 더군다나 그것은 사실과 맞지 않소. 본인이 영국에 머문 동안에 여왕폐하께서는 한 명, 아니 두 명의 수상(처음은 고돌핀 경이었고, 그 다음은 옥스퍼드 경[*4]이었소)을 두셨소이다. 따라서 당신은 있지도 않은 사실을 본인의 입을 빌려 말한 것이나 마찬가지요. 그밖에도 학사원에 관한 이야기나 본인이 후이넘과 함께 나눈 대화처럼 중요한 내용을 삭제해버리거나 왜곡시켜 전혀 알아볼 수 없게 만들었소. 당신은 서면(書面)으로 말하길, 이 책의 내용이 세상에

[*1] 편지라는 형식을 빌린 이 글을 통해 지은이 스위프트는 원문 훼손에 대한 출판인 벤저민 모토에 대한 불평과 자신에게 어떠한 책임이 없다는 것을 밝히고 있다.
[*2] 윌리엄 댐피어(William Dampier, 1651~1715)는 최초로 두 번의 세계 일주를 달성한 영국의 탐험가이자 해적으로서, 1691년 처음 세계 일주를 마치고 1697년에 《새로운 세계일주 항해》를 출간했다.
[*3] 초판의 제4권 6장에 펴낸이가 멋대로 앤 여왕을 찬양하는 문장을 집어넣었다.
[*4] 앤 여왕의 치세기간(1702~1714)동안 시드니 고돌핀 백작(Sidney Godolphin, 1645~1712)은 1702년부터 1710년까지, 옥스퍼드 경(로버트 할리 백작 : Robert Harley, 1661~1724)은 1711년부터 1714년까지 수상으로 재임했다.

물의를 일으킬 수도 있으며 출판물에 대한 검열을 강화시켜 아무리 해명을 하더라도 풍자(아마 당신은 이렇게 부르겠지만)로 보이는 것들은 모두 처벌받게 될 것이라고 했소. 하지만 지금으로부터 십몇 년 전에, 그것도 이곳에서 5000리그도 넘게 떨어진 다른 나라의 전(前) 국왕에 대한 본인의 말이 어찌 만물의 영장이라고 불리는 야후들에게 해당된단 말이오?

더구나 그것은 본인이 다시 야후의 통치를 받게 될 줄은 꿈에도 모르던 시대에 했던 얘기라는 것을 기억해주었으면 좋겠소. 마치 후이넘들이 짐승이고 야후가 이성적인 존재인 것처럼 마차를 탄 야후들이 후이넘에게 마차를 끌게 하고 있으니 어찌 분통이 터지지 않겠소? 본인이 이렇게 은퇴를 한 것도 그 무시무시하고 역겨운 광경을 보고 싶지 않아서라오.

여기까지가 당신과 당신에게 주었던 본인의 신뢰에 대해서 꼭 하고 싶었던 이야기였소.

한 가지 더 얘기해보겠소. 본인은 당신과 같은 몇몇 사람들의 간절한 부탁과 교묘한 사탕발림에 넘어가 마음에도 없는 출판을 하도록 허락한 것을 매우 후회하고 있소. 공익을 위해 출판해달라는 당신의 요청을 본인이 몇 번을 재고해보라고 촉구했는지 떠올려주었으면 좋겠소. 야후는 교훈과 범례만으로 변화를 일으킬 수 있는 동물이 아니오. 바로 현실이 이를 잘 증명해주고 있지 않소. 하다못해 이 작은 섬나라*5만이라도 악습과 폐단이 근절되지는 않을까 기대했소만 여섯 달이 지난 지금까지도 본인이 뜻했던 바는 하나도 이루어지지 않았소이다. 본인은 당신에게 정당과 당파가 사라진다든지, 판사들이 박식하고 공정해진다든지, 변호사들이 다소나마 상식을 갖추고 정직하고 겸손해진다든지, 스미스필드*6에 법전을 쌓아놓고 불사른다든지, 어린 귀족들의 교육이 바뀐다든지, 의사들이 추방된다든지, 암컷 야후들이 절개와 명예, 진실, 지혜를 갖춘다든지, 궁전과 재상의 접견실에 돋아난 잡초가 제거된다든지, 유능하고 현명한 이에게 걸맞은 보상이 내려진다든지, 산문을 가리지 않고 글을 모독하는 자들에게 코튼지(목면에 야황산펄프를 섞은 두껍고 부드러운 서적용 종이)만으로 허기를 채우고 잉크로 목을 축이는 응당한 벌이 내려지는 날이 오게 되면 나에

＊5 자신의 고국인 영국을 가리킴.
＊6 옛 런던의 북서쪽 교외에 위치했던 광장으로 16세기 무렵 이곳에서 이교도들을 불태워 죽였다.

게 편지 한 통만 보내달라고 부탁을 했었소. 본인은 일곱 달 정도면 책에서 얻은 교훈으로 야후들의 천성에 도덕과 지혜가 더해져 모든 부도덕과 어리석음을 근절시켜 이토록 수많은 개혁이 이루어지리라 믿어 의심치 않았소이다. 그런데 당신이 보내온 편지는 본인의 기대를 저버렸소. 본인을 비방하거나 비난하고, 해설과 회고록, 속편을 요청하는 쓸데없는 편지로 친애하는 배달부의 배낭을 채웠을 뿐이었소. 게다가 편지에 의하면 본인이 고의로 대국민(大國民)을 비방하고 인간성(그들은 아직도 이런 자만심을 갖고 있었소)을 격하시켰으며 여성을 모욕했다고 비난했소. 하지만 편지를 쓴 자들도 의견이 엇갈렸는지 어떤 자는 내게 이 책의 지은이가 아니라고 했고, 어떤 자는 본인과 전혀 관계없는 책을 본인이 썼다고 모함하기도 했소.

그리고 또 당신 인쇄소의 부주의로 항해일자가 잘못되었거나 아예 다른 연월일로 쓰인 것이 있었소. 내가 보낸 원고는 책을 출판하고 파기해버렸다고 들었소만, 내게는 그 사본조차 남아 있지 않소. 아무튼 본인으로서는 도저히 참을 수가 없으니 모쪼록 현명한 독자들을 위해서라도 재판(再版)을 낼 때 보내준 자료로 다소나마 수정해주었으면 하오.

또 들리는 바에 의하면, 어떤 바다야후는 본인이 쓴 항해용어가 더러 맞지 않거나 오래됐다고 비난했다고 들었소이다. 허나 그건 어쩔 수가 없소. 본인이 젊어서 배에 올랐을 때 나에게 배를 가르치고 용어들을 알려준 선원이 배에서 가장 나이가 많았기 때문이오. 듣자하니 바다야후들도 육지의 야후들처럼 유행하는 말을 즐기는 탓에 해마다 말이 바뀐다고 하오. 항해를 마치고 돌아왔더니 쓰던 말들이 모두 사라지고 새로운 말들이 생겨나 하나도 알아들을 수가 없었던 일이 기억나는구려. 때때로 호기심에 본인을 찾아오는 런던 야후들과 대화를 나눠보면 우리는 서로의 생각을 전혀 전할 수가 없었소이다.

본인은 이런 비난에 답해줄 것이라곤 불만밖에 없소. 그들은 뻔뻔스럽게도 후이넘과 야후를 유토피아[7]의 주민들처럼 내가 꾸며낸 허구라고 했소.

그러나 사실 릴리펏과 브롭딩낵(브롭딩낵은 철자가 잘못된 것으로 이것이 맞는 표현이오), 라퓨타에 대해 그들의 존재와 본인의 서술에 의심을 품고 있다는 야

---

[7] 어디에도 없는 곳이라는 뜻으로 영국의 정치가 토머스 모어(Thomas More, 1478~1535)가 1516년에 발표한 공상과학소설.

후의 이야기는 들어보지 못했소. 말하자면 모든 독자들이 그들의 진실성을 인정하고 있다는 것이오. 그렇다면 왜 후이넘과 야후에 관한 내 설명을 믿지 못하는가? 그것은 아마 야후라는 존재가 너무나 명백하기 때문일 것이오. 이 마을만 하더라도 수천, 수만의 야후가 있소. 후이넘의 동포들과 다른 점이라고 해봐야 알아먹지도 못할 말을 지껄이고 알몸으로 돌아다니지 않는다는 것뿐이오. 본인은 이런 그들을 개심시키고자 책을 쓴 것이지 명예를 원했던 것이 아니오. 제아무리 야후들이 한 목소리로 나를 칭찬하더라도 그건 본인의 마구간에 있는 퇴화한 두 후이넘의 울음소리보다 못할 것이오. 퇴화했다지만 부도덕함이 섞이지 않은 그 순수한 미덕에서 배울 점이 적지 않기 때문이오.

도대체 이 비열한 야후들은 본인이 본인의 서술의 진실성을 옹호할 만큼 타락했다고 생각하는 거요? 그렇소, 본인도 야후이오. 허나 본인은 후이넘에서 존경하는 주인의 교훈과 모범 아래에서 2년 동안 (솔직히 말하자면 무척이나 힘들었소) 남을 속이고 기만하며 거짓을 늘어놓고 얼버무리는 우리 야후, 특히 유럽인의 영혼 가장 깊은 곳에 뿌리내린 나쁜 습관을 없애버렸다는 것쯤이야 누구나 다 알고 있소.

실은 아직 하고 싶은 얘기가 많소만 더 이상은 본인이나 당신의 마음을 어지럽히기만 할 뿐이니 그만두도록 하겠소. 솔직히 말하자면 내가 귀국한 뒤로 어쩔 수 없이 몇몇 야후들, 그러니까 본인의 가족들과 얘기를 나누면서 야후의 본질적 부패가 다소나마 되살아나고 있소. 그렇지 않고서야 어찌 이 나라의 야후들을 개심시키겠다는 그런 멍청한 생각을 떠올렸겠소? 이제는 그런 허황된 상상은 전혀 떠올리지 않게 되었소이다.

1727년 4월 2일*8

---

*8 걸리버가 이 편지를 쓴 날짜는 1727년으로 나오지만 실제로 지은이가 책에 편지를 실은 것은 1735년 포크너 판 이후부터이다.

A Tale of a Tub
통 이야기

존 소머스 경*¹ 각하께 드리는 글

　제가 장문의 헌정사를 쓰기는 했지만 그것은 알현할 영광을 얻을 수 있을지도 모를 왕세자 전하께 드리는 글입니다. 제가 알기로 그분은 근대작가들이 전혀 고려에 두지도 않으시고 저도 다른 출판업자처럼 지은이의 변덕에 속박되지도 않습니다. 그러다 보니, 주제넘은 줄은 아오나 저는 각하께 이 작품을 바쳐서 비호를 바라는 것이 현명하다고 생각했습니다. 이 작품의 득실에 대해서는 주님과 각하께서 잘 아실 것입니다. 저 자신으로 말씀드리자면 이러한 일에는 철저히 문외한이기에. 그래서 다른 사람들이 저처럼 무지하더라도 그 때문에 이 책이 팔리지 않을 걱정은 조금도 하지 않습니다. 각하의 존함이 책 첫머리에 대문자로 쓰여 있으면 언제라도 초판이 다 팔려나갈 것은 틀림없을 것이고, 제가 시참사의원이 되는데 도움이 되리라는 점에서도 각하께 혼자서만 헌정사를 바치는 특권을 허락해주시기를 바라는 것보다 큰 바람은 없습니다.
　저는 헌정사를 드리는 자로서 각하의 갖가지 높은 덕을 들어서 눈에 들거나, 동시에 각하의 겸양한 마음에 상처를 입히고 싶지 않습니다. 그중에서도 저는 재능은 많지만 가난한 사람들에 대한 각하의 관용을 칭송하고, 나아가 그것을 말하는 것도 저 자신을 의중에 둔 일이라고 헤아려주시기를 바랍니다.—통상적인 방법에 따라 100 내지는 200개의 헌정사를 섭렵하고 각하께 맞게 발췌하려던 차에 어떤 일에 주의가 쏠리고 말았습니다. 바로 이 이야기 표지에 다음 두 단어가 대문자로 새겨져 있는 것을 우연히 발견한 것입니다—DETUR DIGNISSIMO. 이것은 뭔가 중요한 의미를 지니고 있을지도 모릅니다. 그런데 공교롭게도 가게에 고용한 작가들 중에 누구도 라틴어를 할 줄 몰랐습니다(가끔 라틴어 번역을 맡기는 사람들입니다만). 하는 수 없이 교

---

*¹ 스위프트의 친구이자 문인이었던 영국의 정치가 존 소머스 남작(John Somers, 1651~1716)을 가리킨다.

구 부목사님께 부탁을 드렸더니, "가장 어울리는 자에게 이것을 바쳐야 한다"라고 번역해주었습니다. 그리고 지은이가 그 작품을 기지, 학문, 판단, 변설, 지혜라는 관점에서 당대 최고의 천재에게 바치고 싶다는 의미라고 설명해주셨습니다. 그래서 저는 가까운 골목에 사는 시인(가게 일을 하는 사람입니다만)을 찾아가 이 번역문을 보여주고, 작가는 누구를 말하는 것일까 그의 의견을 물었습니다. 시인은 잠시 생각하더니 자신도 자만심을 싫어하지만 아무래도 이 글귀에서 보건대 작가가 의도한 사람은 바로 자신이라고 생각한다고 말했습니다. 그러고는 자기 자신에게 바치는 헌정사를 공짜로 집필해주겠다는 친절한 제안까지 했습니다. 하지만 저는 두 번째로는 누구겠느냐고 물어보았습니다. 시인은 이렇게 대답했습니다. "글쎄요, 제가 아니라면 소머스 각하시겠지요." 그 뒤에 저는 친한 다른 지식인 몇 명을 찾아가느라 엄청나게 많은 컴컴하고 구불구불한 계단을 오르내리며 적지 않은 위험을 만나 녹초가 되었습니다만, 어디에 가더라도 얘기는 같았습니다. 즉 소머스 각하이거나 자기 자신이라는 것이었습니다. 그런데 각하게 밝혀두고 싶습니다만, 이것은 전혀 제가 발명한 방법이 아니었습니다. 만인이 인정하는 두 번째 인물이야말로 의심할 여지없이 첫 번째 자격을 갖춘 사람이라는 격언이 있다고 어디선가 들었기 때문입니다.

이리하여 저는 각하야말로 지은이가 의도한 인물이라는 확신을 얻었지만, 저는 헌정사의 문체와 형식에 전혀 문외한인지라 앞서 얘기한 몇 명의 지식인을 고용해서 각하의 높은 덕목을 찬양하는 문장을 작성하기 위해 참고자료를 제출시켰습니다.

이틀 뒤에 앞뒷면을 꽉 채운 열 장의 원고를 가지고 왔습니다. 소크라테스, 아리스티데스, 에파미논다스, 카토, 키케로, 아티쿠스, 그밖에 지금은 생각도 나지 않는 까다로운 이름을 가진 사람들의 위인전을 두루 섭렵했다고 했습니다. 그런데 그들이 제가 아무것도 모른다는 약점을 이용한다는 정황이 포착되었습니다. 그들이 모아온 것을 읽어보니, 저나 다른 누구나가 알고 있는 것만 쓰여 있었기 때문입니다. 저는 왠지 속아 넘어간 기분이 들고, 제가 고용한 사람들은 세상 누구라도 알고 있는 이야기에서 한 글자 한 문장을 베껴 왔다고 생각하게 되었습니다. 그래서 헛되이 50실링을 손해 보았다고 체념하게 되었습니다.

제목을 바꿔서 같은 소재를 다른 헌정사에도 사용(이것은 선배들이 해 온 일입니다만)하는 일이 가능하다면 손해를 메우는데도 도움이 되겠지만, 사실은 몇 명인가에게 이 원고를 여기저기 골라 읽게 했더니 모두들 세 줄도 읽기 전에 이것은 소머스 각하 외에는 절대로 해당하지 않는다고 확실하게 보증하는 것이었습니다.

한 군대 장군으로서의 무용, 요새의 무너진 틈으로 들어가 성벽을 타고 오르는 불굴의 용기, 오스트리아 가문 직계 후손으로서의 영광스런 계보, 의상과 무도에서 보이는 발군의 실력, 대수학, 형이상학, 동방언어에 대한 해박한 지식, 이러한 것들에 관한 것은 실제 저도 예상하고 있었습니다. 그러나 이러한 흔해빠진 고리타분한 이야기―기지, 웅변, 학문, 지식, 정의, 교양, 공명정대, 어떠한 경우에서도 흐트러진 모습을 보이지 않는 침착함, 인재를 발견하여 비호하는 안목과 통찰력, 그 밖에 그러한 종류의 진부한 이야기로 세상 사람들에게 케케묵었다는 인상을 주다니―솔직히 그런 뻔뻔스러운 심장을 저는 가지고 있지 않습니다. 공과 사라는 두 가지 미덕 모두에게 각하 자신이 세상 사람들의 눈앞에 멋들어지게 전개되지 않았던 것은 단 하나도 없었으니 말입니다. 게다가 그것을 발휘할 기회가 없었기에 각하의 편이 눈치채지 못하고 놓쳐버린 미덕이 있다 하더라도 각하의 적의 비난이 결국 그러한 미덕의 존재를 명백하게 해주는 결과가 되었기 때문입니다.

각하의 높은 덕목의 찬란함이 후대에 전해지지 못하는 것은 그 자신을 위해서도 각하를 위해서도 정말이지 유감천만입니다. 특히나 선왕*2 치세의 역사를 장식하기 위해서 반드시 필요한 것이기 때문에 더욱 그렇습니다. 각하의 높은 덕목을 여기에 함부로 늘어놓는 것을 피한 이유도 하나는 거기에 있습니다. 어느 지식인들에게서 들은 것입니다만, 최근 몇 년 동안 책 헌정사의 경향을 보건대 앞으로 훌륭한 역사가는 인물을 찾는 데에 헌정사를 그다지 의존하려 하지 않게 된다는 것입니다.

여기에 헌정사를 바치는 저희가 태도를 고쳐야 한다고 생각하는 점이 한 가지 있습니다. 후견인의 관대함을 칭송하는 것만이 아니라 후견인의 강한 인내심을 찬양하는 것도 좋지 않겠느냐는 것입니다. 저로서는 이 졸문을 뵈

---

*2 윌리엄 3세(William Ⅲ, 1650~1702)를 가리킨다. 국왕이 죽자 소머스 경은 상원에서 국왕을 비난한 노팅엄 백작에 대한 대답으로 선왕을 옹호하는 연설을 한 적이 있다.

드림으로써 각하가 인내심을 발휘하실 충분한 기회를 제공했다고 생각하는 바, 각하의 강한 인내력을 찬양하는 수단으로서 이보다 우수한 것은 없다고 어리석은 생각을 하게 됩니다. ─하지만 이 졸문을 용서해주셨다고 해서 그것이 특별히 각하의 공적으로 간주한 것은 아닙니다. 지금까지 이에 못지않은 무의미하고 따분하기 짝이 없는 장황한 이야기에 익숙해지셨을 각하이시니, 졸문을 용서하시는 것쯤은 쉬운 일이겠지요. 특히 이것을 바치는 자가 다른 누구도 아닌 저라는 것을 생각해주신다면 더욱 그러하시리라 생각합니다.

각하께 지극한 복종을 맹세하는 충직한 종
출판인 바침

출판인이 독자에게

제가 이 원고를 손에 넣은 것은 지금으로부터 6년 전의 일입니다. 1697년 탈고를 목표로 집필에 들어갔다는 첫 번째 이야기[*1]의 머리말이라든지 그 무렵에 쓴 것으로 보이는 몇몇 구절들이 두 번째 이야기 곳곳에서 보이는 것으로 보아 쓰기 시작한 지 1년이 조금 넘은 뒤 같습니다.

지은이에 대해 독자 여러분께서 만족하실 만한 말씀은 무엇 하나 해드릴 수 없지만, 이 원고가 출판되었다는 사실을 지은이가 모른다는 것만은 자신 있게 얘기할 수 있습니다. 지은이는 원고를 누군가에게 빌려주었다가 그 사람이 사망하면서 다시는 원고를 되찾을 수 없게 되었다고 생각하고 있기 때문이지요. 거기다 이 작품이 지은이의 마지막 가필을 받았는지, 빠진 부분을 채울 심산은 있었는지는 알 길이 없습니다.

제가 어떤 우연한 경로로 이 원고를 손에 넣었는지 얘기하면, 요즘처럼 의심 많은 시대에 책방의 상투적인 상업수단이나 판에 박힌 문구에 불과하다고 여겨질 것 같으니 지은이나 제 자신을 위해서라도 쓸데없는 수고는 생략하도록 하겠습니다. 하지만 어려운 문제가 남아 있습니다. 왜 지금 출판하게 되었느냐는 겁니다. 지금까지 출판을 미뤄왔던 이유는 첫째 수중에 더 나은 작품이 있다는 어리석은 생각을 했던 것, 둘째 지은이와 연락이 닿아 지도를 받을 희망이 없지도 않았다는 것입니다. 그런데 저는 최근에 비밀서적의 정보를 얻고 깜짝 놀라고 말았습니다. 어떤 거물 선생께서 새롭게 고쳐주셨는데 현대 작가들의 말로는 '시대의 취향에 맞춘' 것으로 이미 돈키호테, 보카리니, 라브뤼예르를 비롯한 여러 작가들에 대해서도 즐겨 사용한다는 것입니다. 하지만 저는 모두 본디 상태 그대로 보여드리는 것이 옳다고 생각했습니다. 어느 누구라도 작품의 어려운 부분을 해설해주실 분이 계시다면, 그

[*1] 첫 번째 이야기란 이 작품인 《통 이야기》를 말하며 두 번째는 《책들의 전쟁(The Battle of Books)》이다.

호의에 깊은 감사의 말씀을 올리며 그것만 별도로 인쇄해서 덧붙일 생각입니다.

후손 왕자전하께 올리는 헌정서한

　세상사 바쁜 와중에 의회는 오랫동안 열리지 않고 해외소식은 뜸하고 연이은 장맛비로 따분하고 무료함을 이기지 못하는 틈틈이 막연하게 써내려간 글을 이렇게 희작(戱作)과는 거리가 먼 일에 종사하는 사람이 왕자전하께 바칩니다. 그런 고로 외람되오나 이 작품은 전하의 후원을 받기에 충분한 자격이 있습니다. 세상의 모든 덕목을 겸비하신 전하는 이미 후세의 왕의 귀감으로 존경받으시는 분입니다. 아직 어리시지만 이미 세상의 학자들은 전하의 명령에 송구히 따르기로 굳게 결의했으며, 문학적이고 고상하며 재능이 풍부한 근대작가들은 자신들의 작품의 유일한 심판자이자 운명을 결정할 사람으로 결정했습니다. 때때로 이렇게 심판을 바라며 찾아오는 청원자는 평범한 심판자라면 놀라서 당황하기에 충분한 수입니다. 그런데도 이러한 영광스러운 심판을 방해하고자, 전하의 부육(傅育: 애지중지 하면서 기름)을 맡은 (것으로 여겨지는) 자(시간)는 전하가 왕세자로서 응당 보셔야 할 근대문학의 성과에서 눈을 돌리게 하기로 결의했습니다(라는 누설을 접했습니다).
　이 시대가 완벽할 정도로 무식해서 어떠한 주제에서도 단 한 명의 작가도 배출하지 못한다고 공공연하게 전하께 가르치고 있는 그자의 뻔뻔함에는 혀를 내두를 지경입니다. 전하께서 보다 연륜을 쌓으셔서 고전문학을 마치신다면 학구열이 깊어져서 근대작가들의 연구를 멀리할 리가 없으시겠지요. 그럼에도 이 뻔뻔스런 작자가 전하의 귀에 근대작가의 수를 입에 담기도 부끄러울 정도로 빈약하게 얘기하려는 그 수작은 떠올리는 것만으로도 저 자신만이 아니라 우리 거대한 작가 집단의 명예 때문에 화가 나고 울분이 터져 속이 부글부글 끓습니다. 제 오랜 경험으로 보건대 그자가 제게 특별한 악의를 품고 있음은 명백합니다.
　언젠가 전하께서는 지금 제가 쓰고 있는 이 내용을 접하시고 이를 근거로 그자를 훈계하고 근대작품을 내보이라고 명령하시겠지요. 하지만 그자는 대답 대신에 전하께 반문을 할 것입니다(그의 저의는 이미 알고 있습니다). "그런 작품이 어디에 있습니까? 다 어떻게 되었습니까?" 그러면서 지금은 찾을 수 없다는 사실을 처음부터 없었다는 증거로 내세울 것입니다. 더는 찾을 수 없다! 그러면 찾을 수 없는 곳에 놓은 것은 누구입니까? 심연의 나락으로 가라앉아버린 것일까요? 그것들이 본디 영원히 표면에 떠다닐 만큼 가볍다는 것은 명백합니다. 그렇다면 잘못은 발꿈치에 추를 달아서 중심부로 가라앉힌 자에게 있습니다. 참된 본질마저도 사라졌습니까? 그렇다면 없애버린 것은 누구입니까? 설사약을 탐닉하다 내장이 호된 꼴이라도 당했습니까? 그렇다면—의 엉덩이에 준 것은 누구입니까? 전하께서도 이 대대적인 파괴행위를 저지른 장본인의 정체를 아셨으면 하는 마음에서 바라옵건대, 전하의 사부가 늘 갖고 다니는 무시무시한 대형 낫을 봐주십시오. 그의 길고 강하며 날카롭고 튼튼한 이빨과 손톱에 주목하십시오. 내뱉는 입김에는 끔찍한 독성이 있어 병을 전염시키고 물건을 부식시켜 생명과 물질을 손상시킵니다. 그러니 이승의 잉크와 종이가 이에 저항할 수 있겠습니까? 아아, 전하께서 언젠가 저 찬탈을 꾀하는 maitre du palais*1(궁정 재상)의 손아귀에서 저 무시무시한 무기를 빼앗아 조국을 hors de page(독립)시키시기를!

전하의 사부가 저지른 근대작품에 저지른 온갖 학대와 파괴에 대해서 얘기하자면 끝이 없습니다. 그 뿌리 깊은 악의는 거침이 없어 이 이름 높은 도시에서 해마다 생겨나는 수천 가지의 작품이 해가 바뀌기도 전에 소식이 끊어질 정도입니다. 가엾은 아이여, 자비를 구걸하는 말조차 배우지 못했거늘 대부분이 무참하게 살해당하고 맙니다. 요람에서 목이 졸린다든지, 겁을 집어먹고 급사해버린다든지, 산채로 껍질이 벗겨지거나 사지가 갈가리 찢깁니다. 몰록*2의 제물로 바쳐지는 일도 부지기수고, 또는 독한 숨결을 맞고 결핵에 걸려 쇠약해져서 죽습니다.

그러나 제가 가장 걱정되는 것은 근대시인 집단입니다. 그들은 지금 제 곁에서 전하께 보낼 진정서를 준비하고 있으며, 거기에는 136명의 일류 시인들의 서명이 담길 예정이지만, 그들의 불후의 명작도 아마 전하께 닿기를 못

---

*1 프랑크 메로빙거 왕조 말기 무위왕(les rois fainéants) 시대에 궁중의 실권은 재상이 잡고 있었다. 마지막 재상이었던 카를 마르텔(Charles Martel, 686~741)은 끝내 왕위를 찬탈했다.

*2 Moloch. 고대 페니키아인이 섬겼던 불의 신으로, 아이를 제물로 바쳤다.

하겠지요. 한 명도 빠짐없이 모두가 흠정시인이 되고자 조심스레 열망하며 자신의 자격을 증명하기 위해 대형 정장판 시집을 들고 찾아뵙지만, 전하의 사부는 그들의 불멸의 업적을 비켜날 수 없는 죽음의 손길에 넘기고 말았습니다. 그래서 전하께서는 근대를 한 명의 시인조차 배출하지 못한 불명예스러운 시대로 여기게 된 것입니다.

저희는 '불멸'을 위대하고 강력한 여신이라고 믿지만, 전하의 사부가 사제장 자리에 앉아 비할 데 없는 야심과 탐욕으로 저희가 바치는 공물을 모두 가로채는 한 그 여신에게 헌신하고 제물을 바치는 것은 모두 헛수고일 뿐입니다.

지금이 어떤 작가도 배출하지 못하는 무지한 시대라는 잘못된 주장은 대담하기 짝이 없는 폭언입니다. 반론의 여지 없는 증거로 그 반대를 증명해야 한다고 진작부터 생각했지만, 작가의 숫자만큼이나 많은 수의 작품들이 무대에서 빠르게 자취를 감추어 어느 틈엔가 기억 속에서 사라지는 것도 사실입니다. 처음 이 헌정시를 쓰기로 생각했을 때, 제 주장의 명백한 증거로서 책 제목을 나열한 방대한 목록을 작성하여 전하께 드릴 참이었습니다. 그 책들은 대문과 길모퉁이마다 전단지를 붙여놓아도 몇 시간 뒤면 모두 벗겨지고 다른 전단지가 붙어 있었습니다. 책들의 행방을 독자와 서점에 물어보아도 모두 헛일이고, 기억마저 사라져 어디로 갔는지 아무도 알지 못했습니다. 질문을 하는 저는 멍청하고 정취도 교양도 없는 학자에 최근 정세와 궁정 상류사회 소식에 깜깜한 얼간이 취급을 받았습니다. 이렇기에 근대작가들은 학문과 재치가 산더미처럼 많다고 막연하게 얘기하는 것이 고작인 것입니다. 구체적인 이야기를 하는 것은 제 빈약한 능력으로는 버겁습니다. 바람이 강하게 부는 날, 제가 전하께 이렇게 말씀드리겠습니다. 수평선 가까이에 곰 모양의 큰 구름이 있고, 하늘에는 당나귀 머리모양 구름, 서쪽에는 용의 발톱 모양 구름이 있다고. 그러면 전하는 몇 분이 지나 제 얘기의 진위를 확인하겠지만, 구름은 그 순간에도 모양과 위치가 바뀌고 새로운 구름이 생겨납니다. 그곳에 구름이 있었음은 사실이라 치더라도 동물모양과 위치에 대해서는 제가 큰 잘못을 저지른 꼴이 됩니다.

그럼에도 전하의 사부는 여전히 고집을 피우며 다음과 같은 질문을 할 것입니다. "책을 만드는 데는 막대한 종이가 필요하다. 그렇다면 그 많은 종이는 어떻게 되었는가? 그 역시 파괴되어 자네가 말한 것처럼 홀연히 사라졌

단 말인가?" 이런 악의적인 의견에 뭐라고 대답해야 좋을까요? 전하께서 책의 운명을 직접 확인하시도록 뒷간과 솥, 기방의 창문과 지저분한 등불로 전하를 데려가는 것은 전하와 저 사이에 적절하지 못할 것입니다. 책은 자신을 만드는 사람처럼 이 세상에 태어나는 방법은 한 가지이지만, 세상에서 사라져서 영영 돌아오지 못하게 되는 길은 무수히 많음을 기억하십시오.

성심을 다해 전하께 고백하지만, 저는 지금까지 이 글을 쓰면서 단 한 글자도 거짓을 말하지 않았습니다. 하지만 전하의 손에 넘겨질 때 어떤 변화가 일어날지는 보증할 수 없습니다. 그러니 전하, 바라옵건대 이들을 근대학문과 교양, 재치의 본보기로 인정해주십시오. 그럼 성심성의껏 얘기해보겠습니다. 지금도 실존하는 존 드라이든[3]이라는 시인은 베르길리우스라는 책을 번역하고 대형 2절판 정장으로 출판했습니다. 세심하게 찾아본다면 아직 찾을 수 있을지도 모릅니다. 또 네이험 테이트[4]라는 시인이 있는데, 그는 자신이 막대한 쪽수에 달하는 시집을 출판했다고 맹세하면서 자신은 물론이고 서점에서도 (정당한 수속을 거쳐 요구한다면) 진본을 제출할 수 있다고 했습니다. 대중들이 이 사실을 왜 그렇게 비밀로 하는지 의아할 따름입니다. 또 톰 더피[5]라는 이름 난 시인은 박식하고 다재다능하고 학식이 깊은 인물입니다. 모두 조예 깊은 비평가로 알려진 라이머[6] 선생과 데니스[7] 선생도

---

[3] 영국의 시인이자 비평가인 존 드라이든(John Dryden, 1631~1700)이 번역한 베르길리우스의 저서는 1697년, 즉 스위프트가 이 헌정사를 썼다고 주장하는 때보다 다섯 달 전에 출판되었다. 드라이든은 스위프트의 먼 친척이었지만 뭔가 불만이 있었는지 (일설에는 스위프트가 젊었을 적에 드라이든이 그의 시를 헐뜯었기 때문이라고 한다) 기회가 있을 때면 그를 조롱했다.

[4] 네이험 테이트(Nahum Tate, 1652~1715)는 드라이든의 풍자시 《압살롬과 아히도벨》 제작에 협력한 적이 있으며 셰익스피어를 개작하기도 하고 구약성서의 《시편》의 원문 번역을 하기도 했다.

[5] 극작가이자 시인인 톰 더피(Thomas D'Urfey, 1653~1723)의 극작품은 소실되었지만 《위트와 웃음, 다른 이름은 우울을 날려주는 약(Wit and Mirth, or Pills to Purge Melancholy)》이라는 제목의 가요집이 항간에 유행하기도 했다.

[6] 영국의 수사학자 토머스 라이머(Thomas Rymer, 1638~1713)는 그 방면의 저서도 있지만 여기서 스위프트가 그를 풍자의 대상으로 삼은 것은 주로 라이머가 고대와 근대 학문에 관한 논쟁에 대해 옥스퍼드의 크라이스트 처치의 문인을 공격하는 소책자를 썼기 때문이다.

[7] 시인이자 극작가인 존 데니스(John Dennis, 1657~1733)는 가혹한 비평가로 당시 문인들의 풍자대상이었다. 알렉산더 포프의 《우졸 위인전(The Dunciad)》에도 나오는 거물이다.

있습니다. 비평가 벤틀리 박사*8께서는 자신과 출판업자 사이에서 벌어진 매우 중요한 어떤 논쟁*9에 대한 진상을 해박한 지식을 가지고 천 페이지에 달하는 책으로 매우 충실하게 집필하셨습니다. 무한한 재치와 해학을 가진 벤틀리 씨, 우아하면서 활기찬 문체로 남을 조롱하는 것에 있어서는 그를 따라갈 자가 없습니다. 더 나아가 전하께 맹세컨대 저는 신학자 윌리엄 위튼*10을 두 눈으로 똑똑히 보았습니다. 그는 전하의 사부의 친구*11를 공격하는 상당한 분량의 책을 써냈습니다(따라서 유감스럽게도 전하의 사부는 이 선생을 그다지 좋게 여기지 않을 것이 확실합니다). 우아하고 은근하기 짝이 없는 그야말로 품격을 갖춘 문장이라는 점, 진기하고 유익하며 귀중하기까지 한 발견으로 가득하다는 점, 예리하고 적절한 재치와 특색으로 꾸며져 있다는 점에서, 앞서 소개한 벤틀리 씨와 어울리는 친구라 말씀드리는 바입니다.

당대 문인들을 찬사하는 말을 모두 써내려면 책 한 권은 필요할 테니 이쯤에서 마치고, 다음 책에서 다루도록 하겠습니다. 거기서는 우리나라 근대작가들을 비평하고, 그들의 외모에 대해서는 상세하게, 재능과 식견에 대해서는 간략하게 다룰 예정입니다.

우선은 예술과 학문 전반의 충실한 요점만을 골라서 전하께 참고로 드리고자 합니다. 어느 나라 왕세자 분들께서 면학을 위해 많은 근대서적을 읽으

---

*8 캠브리지 대학 출신 학자이자 비평가인 리처드 벤틀리(Richard Bentley, 1662~1742)는 찰스 보일(Charles Boyle)과 고대, 근대 학문의 우열에 대해 논쟁을 벌이다 윌리엄 템플과 스위프트를 적으로 돌리게 되면서 《통 이야기》를 비롯한 《책들의 전쟁》에서 시종일관 조롱거리가 되었다. 본문에서는 벤틀리의 이름을 알아보지 못하게 모두 'B—tl—y'로 써두었지만 편의를 위해 모두 '벤틀리 박사'로 수정한다.

*9 근대학문과 고전학문 사이의 우열을 겨루었던 신구문학논쟁(Querelle des Anciens et des Modernes)을 말한다.

*10 캠브리지 대학의 학자였던 윌리엄 위튼(William Wotton, 1666~1727)은 조숙한 천재로 어학에 능했다. 1694년에 《고대와 근대 학문에 대한 고찰》을 써냈고 앞서 설명한 벤틀리와 함께 근대문학의 우월성을 주장하다 스위프트의 집요한 비아냥거림과 조롱을 받게 되었다. 참고로 그는 《통 이야기》가 스위프트의 작품이란 것을 모르고 거기에 주석을 달았다. 마찬가지로 본문에서는 모두 'W-tt-n'으로 알아보지 못하게 되어 있지만 전부 '위튼'으로 수정한다.

*11 윌리엄 템플 경(Sir William Temple, 1628~1699)을 말한다. 그가 《팔라리스의 편지에 대한 논문》을 칭찬한 것에 대한 벤틀리의 비평이 위튼의 《고대와 근대 학문에 대한 고찰》 2쇄에 나오게 되었다.

시는 것*12처럼 전하께서도 세심하게 이 졸문을 읽고 많은 것을 얻으셨으리라 저는 믿어 의심치 않습니다.

   전하께서 쌓여가는 연륜과 함께 지식과 덕성도 향상되어 선조를 뛰어넘는 명군이 되시기를 날마다 기도하겠나이다.

1697년 12월
전하의 충직한……

---

*12 프랑스에서 왕세자 교육을 위해 많은 서적을 출판한 것을 가리킨다.

머리글

오늘날 작가들이 그 수가 많고 저 혓바닥 또한 예리하기 짝이 없으니 오랜 태평의 틈을 타서 종교와 정치의 약점에다 구멍을 뚫어대지는 않을까 교회와 국가의 높으신 분들은 심각하게 염려하고 있는 것 같다. 그래서 이 무시무시한 비판자들이 이 미묘한 문제에 혀를 휘두르는 것을 막고 그 힘을 약화시킬 방법을 논의하는 회의가 얼마 전에 열렸었다. 그 결과 어떤 방법이 정해졌는데, 이를 완성시키려면 비용과 약간의 시간이 필요할 것으로 보인다. 그런데 한편으로 위험성은 나날이 커져서, 신진 작가들이 펜과 잉크, 종이로 각각 무장하여 (그 위험성은 상당하다) 한 시간이면 소책자 작성과 같은 여러 공격무기를 즉시 동원할 가능성이 엿보이기에, 이 계획이 완성될 때까지 당장 쓸 대책을 마련할 필요가 있다고 판단되었다. 이 때문에 얼마 전 최고위원회에서 어느 세심하고 면밀한 관찰자가 다음과 같은 중대한 발견을 해냈다—예로부터 뱃사람들은 고래를 만나면 빈 통을 장난감으로 던져주어서 통에 마음을 빼앗긴 고래가 배에 난폭한 짓을 하지 못하게 했다는 것이다. 이 이야기에 즉시 신화적 해석이 더해지면서 고래는 홉스의 《리바이어던》*1이 되었다. 리바이어던은 종교와 정치조직을 뒤흔들고 농락한다. 이들은 그야말로 건조하고 텅 빈 소리를 내는 나무통이나 마찬가지이기에 굴러다니기 쉽다. 이 고래야말로 가공할 현대 작가들이 무기를 빌려오는 (것으로 여겨지는) 원천인 리바이어던인 것이다. 늘 위험에 직면하는 배는 예로부터 전해지는 원형인 국가를 나타낸다는 것은 쉽게 알 수 있었다. 하지만 나무통을

---

*1 토머스 홉스(Thomas Hobbes, 1588~1679)가 1651년에 쓴 서적으로 자신의 논리와 국제학설을 집대성하여 인간성악설에 근거, 군주권력설을 주장했다. 원래 리바이어던은 바다의 괴물을 뜻하던 페니키아어 레비아탄에서 온 것으로 용이나 고래, 악어 등을 의미했다. 스위프트는 홉스의 《리바이어던》이 그 종교공격과 군주전제의 구가(謳歌)로 종교와 국가를 위기로 내몰고 있으며 그것을 뱃사람을 위협하는 고래로 표현하여 현대작가의 원조로 비유했다.

어떻게 해석해야 하는지가 문제였다. 연구와 토론을 거듭한 끝에 문자 그대로의 뜻을 보존하기로 했고, 리바이어던들이 (그 자체만으로도 흔들리기 쉬운) 국가를 뒤흔들고 농락하는 것을 막고자 '통 이야기'로 정신을 흩뜨리기로 결정했다. 그리하여 다행히도 내 재능이 그 방면에 적당하다는 평가를 받아 이야기를 꾸미는 영예를 안게 되었다.

이것이 다음 이야기를 발표하게 된 진짜 취지로, 저 불온한 패거리를 즐겁게 해주어 대업이 완성될 때까지 몇 개월이란 시간을 버는 데에 도움이 되리라 기대한다. 그런데 그 계획에 대해서 독자 여러분께서 그 비밀을 조금 누설하더라도 나쁘지 않을 것이다.

바로 9,743명을 수용할 거대 학술원 창설계획이다. 내부에서 추정하기로 이 수는 현재 우리나라 작가들의 숫자와 거의 비슷하다. 이들이 학술원 곳곳에 배치되어 각자의 재능에 걸맞은 연구에 종사하게 된다. 조만간 계획 담당자가 발표할 것이니 호기심 많은 독자 여러분들은 그때 자세한 내용을 듣도록 하고, 우선은 중요한 몇몇 학교를 들어보도록 하겠다. 먼저 프랑스인과 이탈리아인 선생이 있는 거대한 남색(男色)학교가 있다. 그리고 철자법 학교, 이곳도 무척이나 큰 건물이다. 그밖에 거울 학교, 욕설 학교, 비평가 학교, 군침 학교, 목마 학교, 시가(詩歌) 학교, 팽이 학교, 심술 학교, 도박 학교 등등 일일이 열거하자면 귀찮을 정도이다. 이들 학교에 입학하려면 작가라는 사실을 증명해줄 보증인 두 명의 서명이 필요하다.

다시 본론으로 돌아가자. 나는 머리말의 중요한 임무를 잘 알지만 그 역할을 다할 재능이 내게는 없을지도 모른다. '상상'으로 창작의 세계를 세 번이나 여행하고 왔지만 번번이 빈손으로 돌아오고 말았다. 내 창조력은 본문 줄거리를 떠올리는 사이에 고갈되어버린 모양이었다. 그러나 위대한 근대작가들 중에 그런 엉성한 사람은 단 한 명도 없다. 머리말이나 헌정사라는 좋은 기회를 어이없이 날려 버리는 일은 결코 없으며, 눈부신 일격(一擊)으로 처음부터 독자들을 놀래주고 이어서 무엇이 나올 것인지 두근거리며 기대하게 만든다. 어떠한 새로운 구상을 떠올리고자 머리를 싸매는 자신을 사형집행인으로, 후원자를 사형수로 빗댄 영리한 시인이 이를 잘 말해준다. 이것이야말로 insigne, recens, indictum ore alio(전대미문의 진기한 사건). 서문을 훑어보는 꼭 필요하고 고상한 연구를 하면서 나는 운 좋게도 우수한 작품을 종종 접했다. 하지만 굳이 그것을 옮겨와 필자에게 상처를 주는 일은 피하고자 한다. 재치 넘치는 근대 작품만큼 다루기 어렵고 옮기는 동안에 훼손되기 쉬운 것도 없기 때문이다. 오늘—빈속으로—여기에서—8시에—술을 마시며—아무개의 입에서—여름날 아침에—재치 넘치는 뛰어난 글이 나왔다 해도 자리를 조금이라도 바꾸면 완전히 엉망이 되어버린다. 재치에도 자신만의 분야와 무대가 있기에 머리카락 한 올 만큼이라도 벗어난다면 끝장이 날 염려가 있다. 작가들은 이런 가벼운 엉덩이를 솜씨 좋게 붙잡아서 시간과 장소와 사람에게 얽어맸다. 코번트 가든을 벗어나면 안 될 농담이 있고, 하이드 파크*2 구석 외에서는 통하지 않는 농담이 있다는 것이다. 내 이야기의 멋진 구절 역시 지금의 상황변화와 맞물려 곧 시대에 뒤처진 폐물이 될 것이라고 생각하면 슬프긴 하지만 아무래도 이것이 순리라고 생각해야 할 것이다. 이전 세대가 우리를 위해 아무런 볼거리도 남겨주지 않았는데 우리만이 다음 세대를 위해 재치를 제공해줘야 할 이유는 없기 때문이다. 이것은 내 개인적인 생각이 아니라 가장 최근의, 따라서 가장 정통적인 논자(論者)의 견해이다. 그러나 1697년 8월 현재, 재치의 묘미를 기다리는 독자 여러분께서 이 작품 전반을 통해 숭고함의 참된 의미를 깨달아주기를 진심으로 바라기에 여기서 다음과 같은 보편적 원칙을 얘기하는 것이 적절하리라 믿는다. 작가의 사상을 잘 이해하고 싶은 독자가 있다면, 작가의 펜에서 중요한 문구가 나오는 그 순간 작가가 놓인 상황과 처지에 서보는 것이 가장 좋다. 그러면 독자와 작가 사이에 의견의 유사성과 관념의 일치가 이루어진다. 이 미묘한 문제에 도움을 주기 위해 최대한 간략하게 내 이야기를 들려주자면, 이 작품에서 가장 신경을 쓴 대목은 다락방 침상에서 떠올렸었다. 때로는 (내가 가장 잘 알고 있는 이유에서) 뱃속을 비워서 창의력을 예민하게 만드는 것도 적절하다고 생각했다. 거의 이 작품은 연속적인 약물복용과 매우 돈에 쪼들리는 상황에서 집필되고 완성되었다. 그러니 분명히 얘기해두지만, 이 작품의 몇몇 멋진 대목을 공감하기 위해서는 이해하기 힘든 부분이 나왔을 때 독자 여러분께서도 앞서 제시한 대로 만반의 준비를 갖춰주는 것이 반드시 필요하다. 이것을 주요한 요건으로서 말해두는 바이다.

---

*2 둘 다 런던에 있지만 앞서 말한 코번트 가든(Covent Garden)은 성대한 시장이 열리고 극장이 위치한 광장이지만 하이드 파크(Hyde Park)는 공원이다.

내가 근대 형식을 충실하게 지키는 사람이라고 선언한 이상, 여기서 내게 비난의 목소리를 올리는 작가도 있으리라 생각한다. 머리말을 여기까지 쓰면서 작가의 수가 너무 많은 것에 공격적인 말을 한 번도 하지 않은 것은 습관에 어긋나기 때문이다. 작가의 수가 많은 것을 그 수많은 작가들은 한결같이 지극히 당연하게 생각하면서도 한탄의 소리를 하고 있다. 이제 막 수백 편에 이르는 머리말을 모두 읽었는데, 실제로 작가들은 가장 먼저 불만을 독자들에게 호소하고 있었다. 기억나는 대로 몇 가지 예시를 여기에 적어보도록 하겠다.

이러한 것이 있었다.

출판계가 많은 사람으로 붐비는데 작가로 입신하려는 것은…….

또,

종이에 세금을 부과해도 삼류작가는 줄어들지 않는다. 그들은 날마다 시끄럽게…….

또,

변변찮은 놈들이 작가랍시고 너도나도 펜을 잡는 시대에는 논쟁을 벌이는 것도 쓸데없는 짓이다…….

또,

졸작이 넘쳐나는 출판계를 보면…….

또,

제가 감히 대중 앞에 나서려는 것도 오직 선생님의 지시에 따르기 위해서입니다. 그렇지 않다면 누가 그런 변변찮은 삼류작가들 사이에 끼려고 하겠습니까…….

그럼, 나에 대한 비난에 두 가지 변명을 해보도록 하겠다. 첫째로 나는 이 작품 곳곳에서 역설하는 바와 같이, 그 수가 너무 많다고 해서 작가들이 우리나라에서 성가신 존재는 아니라고 생각한다. 둘째로 작가가 너무 많다는 비난이 도무지 납득이 가지 않는다. 이런 품위 있는 머리말은 대부분 그들 손에서 만들어졌을 뿐만 아니라 가장 많은 책을 내고 있는 사람들이 쓴 것임을 알기 때문이다. 이와 관련된 짤막한 이야기 하나를 들려주겠다.

레스터필스에서 사기꾼이 사람들을 불러 모으고 있었다. 그런데 어떤 뚱

뚱한 사내가 인파에 짓눌리며 끊임없이 소리를 질러댔다. 왜 이렇게 사람이 많아. 좀 비켜 줘. 것 참. 뭐하자고 이렇게 많이 모인 거야. 젠장, 그렇게 밀지 마. 이봐, 팔꿈치를 좀 치워. 그러자 옆에 서 있던 직조공이 참다못해 소리를 질렀다. 시끄러워, 이 뚜룩뚜룩 살찐 게으름뱅이야. 이게 다 너 때문이라는 것을 모르겠어? 멍청한 놈, 네 몸집이 다섯 명 자리를 차지하고 있잖아. 너만을 위한 특별석이 아니라고. 제기랄, 그 불뚝 배를 정상 크기로 집어 넣으면 우리 모두가 편히 들어갈 자리가 생길걸.

 작가들에게는 어떠한 공통의 특권이 있고, 그러한 특권으로 혜택을 누리고 있음은 의심할 여지가 없다. 특히 사람들은 작가가 한 말이 이해하기 어려우면 그 이면에 유익하고 심오한 뜻이 숨겨져 있다고 결론짓고, 다른 글자체*3로 인쇄된 단어나 문장에는 어떤 특별한 재치가 넘쳐난다든지 숭고함이 들어 있다고 판단해버린다. ―이것이 작가의 특권이다.
 나는 이유를 불문하고 자주 자화자찬을 하는데, 여기에 대해서는 몇 가지 예시에 충분한 권위가 인정된다면 변명할 필요가 없으리라 생각한다. 여기서 주의할 점은 찬사는 본디 사람들이 작가에게 주는 연금이라는 것이다. 그런데 근대작가들은 연금 모으는 것이 귀찮다며 최근에 무조건상속부동산권을 사들였으니 이제 찬사를 할 권리는 전적으로 우리 작가들에게 있다. 때문에 작가들은 자화자찬을 하면서 자신의 권리를 주장하는 일정한 형식, 즉 "자랑은 아니지만"이라는 말을 예사로 쓴다. 이것만 보더라도 자화자찬이 정당한 권리문제임은 명백하다. 이 자리에서 딱 한 번만 단호하게 얘기해두겠는데, 본문에서 이런 표현들과 마주칠 때마다, 앞서 설명한 형식이 쓰였다고 생각해주길 바란다. 몇 번이고 같은 말을 되풀이할 수고를 덜기 위해 지금 말해두는 바이다.
 나에게 가장 큰 위안은 이렇게 정성을 쏟은 유익한 작품에 단 하나의 풍자도 섞지 않았다는 점이다. 이는 내가 우리나라의 저명한 작가들에게 감히 이의를 제기한 유일한 점이기도 하다. 내가 보기에 풍자작가들이 대중을 대하는 태도는 벌을 받는 개구쟁이의 엉덩이를 때리는 선생님과 같다. 먼저 죄상

---

*3 바로 위에서 소개한 짤막한 이야기가 그러하다.

을 애기한 다음 벌을 받을 충분한 이유가 있음을 설명할 때마다 매질을 한다. 그런데 선생들께서는 (내게 인체에 대한 상당한 지식이 있다고 인정하신다면) 비난과 처벌을 삼가는 것이 좋으리라 생각한다. 발로 차고 매질을 하더라도 엉덩이만큼이나 단단하고 무감각한 것은 삼라만상 어디에서도 찾아볼 수 없기 때문이다. 또 근대 풍자작가 대부분은 쐐기풀이 사람을 찌를 특권이 있는 것처럼 다른 잡초 역시 마찬가지라고 생각하는 것 같다. 이러한 비유로 훌륭한 작가들을 깎아내리려는 생각은 추호도 없다. 잡초가 다른 식물에 비해 월등한 성질을 갖고 있다는 것은 신화학자들 사이에서도 유명한 이야기다. 그렇기에 취향도 판단력도 뛰어났던 품위 있는 우리나라 초대 국왕*4께서는 현명하게도 훈장 장식에서 장미를 뿌리째 뽑아버리고 한층 고상한 꽃으로 엉겅퀴를 그 자리에 심었다. 그렇기에 우리나라에 만연한 풍자적인 경향은 본디 트위드 강 너머에서 건너온 것이라고 역사가들은 추측한다. 우리나라에서 오래도록 번성하기를! 풍자의 매질에 무감각해진 대중의 둔감함 못지않게 태연히 세상의 모욕을 무시하고 번성하기를! 작가는 자신의 우둔함에도 동료의 어리석음에도 기죽지 말고 소신을 지킬지어다. 그저 잊지 말라—풍자는 면도날과 같아서 날이 무뎌졌을 때 가장 상처입히기 쉽다. 또 이가 썩어서 씹지 못하는 사람은 그 대신에 누구보다도 지독한 입 냄새를 풍길 자격을 얻게 된다.

나는 세상 사람들처럼 자신에게 미치지 못한 재능을 질투하고 헐뜯는 사람이 아니다. 따라서 영국풍자문학의 높으신 분들에게 느끼는 것은 참된 존경심 외에는 없다. 이런 찬사가 그분들의 귀에 상처를 내는 일은 없을 것이다. 남을 향한 찬사가 아니기 때문이다. 자연의 구조는 잘 짜여 있어서 명성과 존경은 두뇌의 다른 어떤 산물보다도 풍자에 의해 한층 값싸게 살 수 있다. 인간의 사랑과 마찬가지로, 찬사를 받는 최고의 지름길은 매를 휘두르는 것이다. 옛날 작가도 문제인데, 헌정사를 제외한 추종언어는 케케묵은 신탁만을 늘어놓아 조금도 신선미가 없고 독자를 괴롭히고 질리게 만들므로 (빨리 막지 않으면) 나라 전체에 혼수(昏睡)병을 창궐시킬 것이다. 그런데도 풍자

---

*4 제임스 1세(James Ⅰ, 1566~1625)를 말한다. 그는 스코틀랜드의 국왕이었지만 영국왕위를 계승해서 스튜어트 왕조의 시조가 되었다. 스코틀랜드의 국화(國花)는 엉겅퀴며 제임스 1세가 즉위하기 전의 튜더 왕가의 문장은 장미였다.

는 지금까지 없었던 신선함을 반드시 갖고 있다. 어째서일까? 전자의 원인은 그런 문장을 쓰는 작가의 창조력 결여에 있다고 흔히 생각하지만, 이는 몹시 부당한 견해일 것이다. 더욱 자연스러운 해석을 쉽게 할 수 있다. 찬사의 소재는 수가 적기에 빨리 바닥난다는 것이다. 건강은 하나로 늘 똑같지만, 병은 무수하고 매일 새로운 것이 늘어난다. 인류의 온갖 덕은 손가락으로 꼽을 정도밖에 없지만, 우행과 악덕은 무수하고 시간이 지나면서 늘어난다. 그런데 시인이 할 수 있는 것은 기껏해야 주요덕목을 암송해서 주인공과 후원자에게 아낌없이 쏟아내는 정도이다. 아무리 손을 바꾸고 물건을 바꾸고 말에 변화무쌍한 기교를 덧붙여 설명하더라도 소스가 조금 바뀌었을 뿐으로 모두 돼지고기라는 것을 독자는 금방 눈치챈다. 상상을 초월하는 미사여구를 만들어낼 수는 없다. 상상이 다하면 미사여구도 고갈되는 것은 당연하다.

하지만 찬사의 소재가 풍자의 제목과 마찬가지로 풍부하다 하더라도 후자는 늘 전자보다 환영받을 것이다. 그 이유는 무엇인가? 찬사는 한 번에 한 사람 또는 몇 명에게만 주어지기 때문에, 그 축복을 받지 못한 자가 질투를 일으키고 악담을 하게 되기 때문이다. 그런데 풍자는 모두에게 향한 것이므로 결코 누구도 화내지 않는다. 저마다 남의 일이라고 생각해, 자신이 짊어져야 할 짐을 세상의 어깨에 실어버린다. 세상의 어깨는 충분히 넓고 무거운 짐도 견딜 수 있기 때문이다. 여기에 대해서 아테네와 영국의 차이를 나는 누차 생각한 적이 있다. 아테네에서는 어떤 위인(클레온, 휴페르보루스, 아르키비아데스, 데모스테네스 등등)이라도 상관없이 그 이름을 들어서 사람들 앞에서 소리 높여 조롱하고 무대에서 공격하는 일은 시민과 시인의 특권, 타고난 권리로서 용서받았다. 그에 반해 일반시민을 대상으로 조금이라도 비난이 담긴 말을 흘리면 곧바로 문제삼아, 그 말을 한 인물이 성격과 공적상 아무리 중요한 인물이더라도 복수가 치러졌다. 영국은 정반대이다. 버젓이 온갖 욕설로 사람들을 공격하더라도 지장이 없다. "모든 인간은 타락했고 선행을 하는 사람은 한 명도 없다. 현대는 그야말로 말세이다. 악행과 불신이 역병처럼 만연하며 정직함은 아스트라이아[*5]와 함께 지상을 떠났다."— 그 밖에 뭐든 새로운 표현을 splendida bilis(화풀이) 겸 토해내더라도 전혀

[*5] 아스트라이아(Astræa)는 그리스 신화에 등장하는 정의의 여신으로 황금시대의 말기에 지상으로 내려왔다 하늘로 올라가 처녀자리(Virgo)가 되었다.

상관없다. 청중은 화를 내기는커녕 유익하고 귀중한 진리를 들었다고 감사한다. 한발 더 나아가 크게 질책할 셈이라면 코번트 가든에서 허례허식과 간통 등을 욕하고, 화이트홀*6에서 오만과 허위와 뇌물을 공격하고, 법학원*7 예배당에서 강탈과 불의를 폭로하고, 시내 설교단에서 탐욕과 위선과 착취를 매우 맹렬하게 공격하더라도 전혀 상관없다. 이리저리 쳐 넘기는 공에 불과해서 각자가 가진 라켓으로 반대편 동료를 향해 날려 보낸다. 이에 반해 일의 본질을 오해하여 사람들 앞에서 이런 일을 조금이라도 흘렸다고 치자―이를테면 누구누구는 함대의 반을 굶어죽이고 반을 독살했다, 누구누구는 사랑과 명예를 중시하는 신념에서 비롯한 계집질과 도박만 아니라면 빚을 지지 않을 것이다, 어느 누구는 성병에 걸려 몸을 망쳤다, 주노와 비너스에게 매수당한 파리스*8가 어느 쪽의 기분도 상하게 하고 싶지 않아서 재판 내내 잠만 잤다, 어느 연설가가 상원에서 한 긴 연설은 내용은 많고 의미는 거의 없으며 요령은 전혀 얻을 수 없다―말하자면 이런 세세한 것을 구태여 말하려면, scandalum magnatum(관료비방)죄로 감옥에 보내지든지, 결투장을 받게 되든지, 명예훼손으로 고발당하든지, 법원으로 끌려가든지, 이런 것들을 각오해야 한다.

아무래도 분수에 맞지도 않는 문제를 주절주절 떠들어댔던 것 같다. 나는 풍자 같은 것은 할 줄도 모르고 좋아하지도 않기 때문이다. 풍자는커녕 현재 세상만사가 만족스럽기에 몇 년 전부터 〈세상에 바치는 찬사〉라는 제목의 글의 소재를 준비했을 정도이다. 또 〈고금을 막론하고 떠들어대기를 좋아하는 사람들의 언동변호론〉이라는 글을 제2부로 붙일 셈이었다. 이 두 가지를 이 책의 부록으로 해서 발표할 생각이었지만 비망록 소재 모으기가 기대에 못 미치게 느려서 이 두 가지는 다른 기회에 양보하는 편이 낫다고 생각했다. 게다가 공교롭게도 집안에 불상사가 생기는 바람에 계획에 방해를 받기도 했다. 그 상세한 사정을 독자 여러분에게 알려드리는 것은 시기상 매우

---

*6 런던 중심가로 의회와도 가깝고 정부기관이 늘어서 있는 영국정치의 중심지이다.
*7 영국에서 변호사 자격을 따려면 법학원(Inns of Court)을 반드시 졸업해야만 한다.
*8 소문이 확실하다면 주노와 비너스는 각각 재물과 계집으로 판사에 대한 유력한 뇌물을 상징한다는 비난이 당시에 들끓었던 것으로 기억하지만 지금 여기서는 누구를 가리키는 것인지 확실하지 않다. (원주)

적절하고 대단히 근대적인 방식이며 짧은 본문에 비례해 서문을 길게 늘이는 요즘 관행에 따르는 데도 큰 도움이 되는 셈이지만, 이 이상 독자 여러분을 현관에서 초조하게 기다리게 만드는 것은 그만두겠다. 서론으로써 독자 여러분께서 마음 준비를 단단히 하시도록 해두었으니 이제부터 숭고하고 신비한 이야기를 들려 드리도록 하겠다.

1
서론

군중에게 자신의 얘기를 들려주고 싶거든 밀치고 내지르고 올라타고 기어오르는 부단한 노력으로 사람들보다 높은 위치까지 몸을 높여야 한다. 그러면 아무리 빽빽이 사람이 들어찬 곳도 머리 위에는 늘 빈 공간이 있다는 사실을 깨닫게 된다. 그런데 문제는 어떻게 그곳에 도달하는가이다. 지옥과도 같은 군중에게서 벗어나기란 어려운 일이다.

──Evadere ad auras,
Hoc opus, hic labor est.[*1]

이를 위해서 예로부터 철학자들은 공중누각을 세웠다. 소크라테스는 사색을 위해 바구니에 들어가 허공에 매달려 있었다고 하는데, 이 소크라테스의 바구니를 비롯한 이런 구조물은 과거에 아무리 유용하고 평판이 자자했으며 지금도 그러하더라도 두 가지 불편한 점이 있다고 생각한다. 첫째는 기초가 너무 높은 곳에 있어서 종종 잘 보이지도 않고 말소리도 들리질 않는다는 것이다. 둘째로 자재가 너무 취약하다보니 특히 이런 북서부 지방에서는 혹독한 기후 때문에 곤란을 겪는 일이 많다는 것이다.

그러므로 이 대업을 바르게 수행하기 위해서는 세 가지 방법밖에 없다. 여기에 대해 잘 아는 지혜로운 선조들은 대망에 불타는 젊은이를 장려하려면 아무런 방해도 받지 않고 호기롭게 연설하고 싶은 자가 세 가지 목제구조물

[*1] 베르길리우스의 《아이네이드(Aeneid)》 Ⅵ, 128~129. Facilis descensus Averno, Noctes atques dies patet atri ianua Ditis, Sed revocare gradum superasque evadere ad auras, Hoc opus, hic labor est.(지옥으로 떨어지는 것은 쉽고, 명계의 왕 플루톤의 세계로 가는 문은 밤낮으로 열려 있다. 그러나 온 길을 되돌아가 하늘로 도피하는 것은 힘든 일이다)

을 만드는 것이 적절하다고 생각했다. 바로 연단과 사다리, 유랑무대이다. 나무 난간도 같은 자재로 만들어졌고 용도도 같지만 네 번째가 될 영광은 허락되지 않는다. 평탄하고 낮은 높이 때문에 끊임없이 같은 자리 동료에게 방해받을 우려가 있기 때문이다. 벤치 자체는 적당한 높이로 올려져 있지만, 누가 뭐라건 벤치 역시 네 번째가 될 수 없다. 그 구조의 본디 취지를 조사하고 그 취지에 따르는 부속 사정과 장치를 보면, 현재 사용 목적이 처음 설립 목적과 똑같이 일치하며 양쪽 모두 이 명칭의 어원에도 꼭 맞는다는 것을 금세 알 수 있다. 벤치라는 단어는 페니키아어에서는 중요한 의미를 지니는데, 문자 그대로 해석하면 '잠자는 곳'이지만, 일반적인 뜻으로는 통풍에 시달리는 노인이 팔다리를 쉬기에 알맞은 푹신푹신하고 부드러운 자리를 뜻한다. senes ut in otia tuta recedant이다.[*2] 인과응보의 원칙에도 딱 들어맞는 셈으로, 과거에는 남이 잠든 동안 주절주절 떠들었으니 이제 남이 얘기하는 동안에 오랫동안 잠드는 것이다.

나무 난간과 벤치를 연설장치 목록에서 제거할 논거가 전혀 없더라도 이것들을 더하면 수가 달라지므로 곤란하다고 하면 불만은 없을 것이다. 그 수만큼은 아무리 논의에 진담을 빼더라도 절대로 변경하지 않을 결심이다. 철학자와 위대한 지식인들의 현명한 방법을 흉내냈기 때문인데, 그들의 주요 분류법은 이렇다. 즉 상상으로 신성화한 어떤 신비한 수를 맹신하여 자연의 온갖 부분에 억지로 그것을 끼워 맞춘다. '속(屬)'이건 '종(種)'이건 강제로 붙이거나 막무가내로 쫓아내서 그 수를 맞춘다. 수많은 숫자 중에서도 이 심오한 수 '3'이야말로 내게 아주 숭고한 사색을 가장 많이 요구하며, 무한한 기쁨을 선사해주는 수이다. 이 숫자를 예찬한 내 논문이 지금 인쇄 중(다음 번에 출판될 것이다)이다. 거기에서 나는 유력한 증거를 동원하여 오감과 인간으로서의 모든 도리를 그 '3'이라는 깃발 아래에 따르게 했을 뿐만 아니라, 두 강적 '7'과 '9'의 진영에서 탈주한 다수를 아군으로 받아들였다.

이 연설 장치 중에서 으뜸은 지위로 보나 존엄성으로 보나 연단이다. 우리나라에는 여러 종류의 연단이 있지만 나는 이 나라의 풍토에 가장 맞는 sylva Caledonia(칼레도니아의 숲)[*3]에서 난 목재로 만든 것만을 귀하게 여긴

[*2] 호라티우스의 《풍자시》 I, i, 31, 노년의 편안한 은퇴를 다루고 있다.
[*3] 칼레도니아란 스코틀랜드를 가리키는 옛 명칭으로 스코틀랜드 신교도를 조롱하는 말이다.

다. 음향을 전하기 위해서도, 점차 얘기하겠지만 다른 여러 이유에서도, 썩어 있다면 더욱 좋다. 모양과 크기는 폭이 좁고 장식이 적으면 좋다. 무엇보다도 뚜껑이 없는 것이 중요하다(오랜 관습상, 연단을 사용하려면 어떤 집회에서건 뚜껑 없는 통을 사용해야 한다). 그러면 목 형틀과 똑같은 모양이 되어 사람들의 귀에 지대한 영향을 끼친다.

사다리는 따로 설명할 필요가 없을 것이다. 우리나라가 이 장치를 다른 나라보다 잘 사용하고 이해한다는 것은 외국인들 입에서 나온 말이므로 정말이지 조국의 영광이다. 사다리에 오른 연사는 유쾌한 이야기로 청중을 즐겁게 해줄 뿐만 아니라 진작부터 그 연설문을 출판하여 온 세상을 기쁘게 하고 있다. 영국식 웅변에 관한 귀중한 자료로서 내가 아끼는 것으로, 듣자 하니 출판업자이며 마을의 명사인 존 던튼*4 씨는 이것을 꼼꼼하게 공들여 편집한 다음 조만간 동판삽화가 들어간 2절판 12권짜리 책으로 출판할 예정이라고 한다. 실로 유익하고 흥미로운 이 선생에게 어울리는 작품이다.

마지막 연설 장치는 유랑무대로, 이것은 매우 현명하게도 sub Jove pluvio, in triviis et quadriviis(삼거리나 사거리 같은 야외)에 세워진다. 앞서 말한 두 장치를 양성해내는 거대한 학교에서 이 연사는 공적에 따라 그 둘 중 하나로 승진한다. 이렇게 셋 사이에는 늘 긴밀한 교류가 있다.

이상 정확한 추론에서 보듯이, 사람들이 경청하게끔 하기 위해서는 주위보다 높은 위치가 반드시 필요함이 명백하다. 그런데 흔히 이 점은 인정하면서도 그 원인에 대해서는 거의 의견의 일치를 보지 못한다. 이 현상의 진실을 자연스럽게 해결해낸 철학자는 매우 드문 듯하다. 지금까지 들은 중에서 잘 고찰된 깊이 있는 이것이다—공기는 무거운 물체이고 (에피쿠로스의 설에 따르면) 끊임없이 하강하므로 말의 무게로 짓누르면 더욱 하강할 것이다. 말이 우리 마음에 남기는 깊은 인상을 보면 명백하듯이 말 또한 무게를 지닌 물체이다. 그렇기에 적절한 높이에서 입 밖으로 나와야 한다. 그렇지 않으면 목표에 정확하게 떨어지지도 않거니와 충분한 힘으로 낙하하지도 못한다.

---

*4 런던에서 서점과 출판업을 겸하고 있었지만 너무 야심찬 계획 탓에 사업에 실패했던 존 던튼(John Dunton, 1659~1733)은 기서(奇書)《던튼의 생애와 오해》를 펴내기도 했다.

Corpoream quoque enim vocem constare fatendum est,
Et sonitum, quoniam possunt impellere sensus.—Lucr. lib. 4.
말과 소리도 물체도 인정해야 한다. 감각기관을 두드릴 수 있으니까. — 루크레티우스 《사물의 본질에 관하여》

이 추측에 나도 찬성하고 싶다. 다음과 같은 사실이 흔히 관찰되기 때문이다. 변사가 나오는 집회에서 청중은 누가 가르쳐준 것이 아닌데도 한결같이 입을 헤 벌린 채 펼쳐진 수평선과 평행하게 위를 보고 선다. 그러면 하늘 꼭대기에서 지구 중심으로 이르는 수직선과 입이 교차한다. 이렇게 되면 청중이 아무리 밀집해 있다 하더라도 모두가 연설 내용 중 자신의 몫을 챙겨 집으로 돌아가게 된다. 버려지는 내용은 거의 또는 전혀 없다.

근대극장의 설계구조는 더욱 교묘하다. 첫째로 일층 좌석은 무대보다 낮다. 이것은 앞서 말한 이치를 충분히 고려한 방식으로, 무대에서 무거운 것(납이나 금)이 전달되면 그 아래에서 입을 쩍 벌리고 기다리는 연극 비평가들(그들은 자신들이 이렇게 불린다고 생각한다)의 입 속으로 쏘옥 떨어지는 구조이다. 다음으로, 무대와 같은 높이에서 주위를 에워싸도록 만들어진 박스석이다. 이것은 숙녀들에 대한 경의의 표시이다. 낯간지러움과 웅기를 일으키고자 계획된 재치의 대부분은 방사형으로 곧장 퍼진다고 여겨지기 때문이다. 푸념 섞인 정열과 위축된 기발한 발상은 그 경박함 때문에 조용히 떠올라 2층 객석으로 향했다가, 거기에 앉은 관중들의 냉랭한 이해심 때문에 얼어붙어 고정되어버린다. 본디 높고 가벼운 성질을 지닌 허풍과 익살은 가장 위까지 날아오른다. 따라서 현명한 건축가가 선견지명을 가지고 높은 곳에 제4의 장소, 즉 12펜스까지 입석을 만들어 놓지 않았다면 지붕으로 올라가 사라져 버렸을 것이다. 그곳에 자리잡은 관중들은 그 앞을 지나가는 허풍과 익살을 탐욕스럽게 가로챘다.

이 연설 도구 또는 장치라는 자연논리학적 체계는 거대한 신비를 품고 있다. 즉, 거창한 작가의 작품세계 및 작가가 속세에서 벗어나 높이 올라갈 때 쓰는 방법과 관련된 형태, 신호, 표상, 전조, 상징이다. 연단은 불순하고 비속한 감각과 인간이성에 혼을 불어넣음으로써 오히려 둔화한 영국 근대 성자의 작품을 상징한다. 재료는 앞서 말한 썩은 나무이다. 그 이유는 두 가지이다. 어둠 속에서 빛을 발하는 것이 썩은 나무의 특징이라는 것, 그리고 그 썩은 구멍에 벌레들이 들끓는다는 것이다. 이는 천칭으로도 상징*5될 수 있는데, 저울의 양쪽은 연사의 두 가지 주요 자질과 그 작품에 동반하는 두 가지 다른 운명이다.

사다리는 파벌과 시의 상징인데, 수많은 훌륭한 작가들은 이 두 가지에서 명성을 얻는다. 파벌의 상징인 이유는……Hiatus in MS(원문 누락)*6……시의 상징인 이유는 세 가지이다. 즉, 노래로 perorare(연설하기) 때문이며, 점점 올라가다가 꼭대기를 코앞에 두고 어김없이 운명에 떠밀려 곤두박질치기 때문이며, 소유권을 양도*7하거나 meum와 tuum(자기 물건과 남의 물건)을 혼동함으로써 성공하기 때문이다.

유랑무대에는 사람들을 즐겁고 기쁘게 하는 작품이 들어간다. 이를테면 《6펜스 위트 모음》, 《웨스트민스터 농담집》, 《우스개 이야기 모음》, 《완벽한 농담가들》 등등이다. 그럽 거리*8에 포진한 지은이들은 이 작품들 덕택에 최근들어 멋지게 '시간의 신'을 무찌른 형세이다. 그 날개를 꺾고 발톱을 자르고 이를 뽑고 모래시계를 뒤집고 큰 낫의 날을 무디게 하고 신발 바닥에서 징을 뽑아버렸다. 이들 부류에 이 작품도 끼게 할 생각이다. 얼마 전에 나도 이 찬란한 그럽 거리 작가협회에 회원 자격을 수여받는 영광을 얻었으니까.

그럽 거리 작가들의 작품이 최근 각종 편견에 시달리기에 이르렀다는 것을 알고 있다. 기지와 학문의 세계에서 이 단체 및 그에 속한 작가들이 그들

---

*5 광신적인 설교자의 두 가지 자격은 내면의 빛과 망상(maggots)으로 가득한 두뇌로 그 두 가지의 다른 운명은 구워지든가 벌레에게 먹히는 것이었다. (원주) 또한 maggots는 구더기를 의미한다. 구더기가 들끓는 머리란 변덕으로 가득한 두뇌로 따라서 벌레 먹힌 상징이 된다.

*6 군데군데 이렇게 원고 누락이 보인다. 설명이 곤란하거나, 문제를 다룰 마음이 없거나, 별로 중요하지 않은 내용이거나, 독자에게 웃음을 줄 목적으로 일부러 끼워 넣은 것이다(스위프트는 이것을 좋아했다), 또 조금 풍자적인 의도를 담은 내용일 때 지은이가 쓰는 상투적인 수법이다(원주).

*7 표절과 부정투성이의 시문단 실정을 비꼰 것. 스위프트의 신랄한 조롱은 《통 이야기》의 하나의 특징이다.

*8 Grub street. 런던 크리플게이트의 중심가 이름(1830년 이후로는 밀턴 거리로 불린다). 삼류문인이 사는 곳으로, 포프나 스위프트는 종종 이곳을 풍자의 대상으로 삼았다. 존슨 박사 사전에는 다음과 같이 실려 있다. "저급한 역사, 사전, 유행만을 노리는 시인이 많이 사는 런던의 마을 이름. 그래서 저급한 서적을 통틀어 '그럽 스트리트'라고 칭한다."

이 차지하는 지위에 어울리지 않는다며 조소하는 애송이 작가들이 있다는 사실도 모르는 바가 아니다. 누구를 지칭하는지는 양심에 물으면 쉽게 알 것이다. 세상은 그렇게 물정에 어두운 방관자가 아니다. 그레셤 대학*9과 윌커피점*10에 본거지를 둔 사람들이 우리 단체를 쓰러뜨려 자신의 명성을 드높이려고 부단히 노력한다는 것쯤은 이미 알고 있다. 그들의 수법이 부당하고 배은망덕하며 무례할 뿐만 아니라 이치에도 맞지 않음을 볼 때, 정의와 감정이라는 두 측면 모두에서 실로 통탄을 금치 못하겠다. 이 두 단체가 모두 우리가 심고 물을 주어 키운 단체라는 사실을 세상은 물론이요 그들 자신조차 어찌 잊으랴(이 점을 완벽하고 명료하게 밝힌 우리 쪽 기록에 대해서는 말할 필요도 없다). 이 두 숙적이 최근 연합하여 우리에게 시비를 걸어, 양측에서 펴낸 책의 수와 무게를 비교해 보자는 도전을 해왔다는 소식을 들었다. 거기에 대해 (우리 협회 회장님의 허락을 얻어) 두 가지 답변을 제시하겠다. 첫째, 이 제안은 아르키메데스가 가장 사소한 문제에 대해 했던 제안*11 만큼이나 실행불가능하다. 그 무게를 감당할 만큼 커다란 저울과, 그 수를 헤아릴 능력이 있는 수학자를 대체 어디에서 찾아낸단 말인가. 둘째, 우리는 도전에 응할 마음은 충분히 있지만 거기에는 조건이 있다. 중립적인 제3자를 지정하고, 각 저서, 논문, 소책자가 어느 단체의 소유물인지는 그 제3자의 공평한 판단에 맡기자는 것이다. 지금으로서 이 문제가 명확히 판명된 바 없다는 것은 하느님께서도 아신다. 우리 협회의 저서로 인정받아 마땅한데도 이 배은망덕하고 최신 유행이나 좇는 작가들의 것으로 여겨지는 작품을 수천 가지는 늘어놓은 목록을 언제라도 보여드리겠다. 적들의 중상모략과 술책 때문에 우리 쪽에서 탈당이 잇따르고 그 대다수는 이미 적의 진영으로 들어갔으며, 우리와 친한 친구들마저도 우리의 권위를 인정하기가 다소 부끄럽다는 듯이 우리를 멀리하는 형편이다. 이러한 사실로 볼 때, 문제 해결을 작가 자신에게 일임해야 한다는 주장은 무척 신중하지 못한 어리

---

*9 Gresham College는 Royal Society(1662년 런던에 설립된 자연과학 연구학회)의 집회장이었던 곳. 스위프트는 틈만 나면 당시 과학자들을 비꼬았다.
*10 Will's Coffee-house. 런던 코벤트 가든에 위치한 카페로, 이전에는 시인들이 모이는 장소였다. 지금은 신선한 곳이나 몇 년이 지나면 잊혀서 설명이 필요해질지도 모르겠다(원주).
*11 아르키메데스가 지렛대의 원리를 발견하고 "나에게 지렛대를 놓을 장소만 준다면 지구라도 들어보이겠다"라고 말한 것을 가리킨다.

석은 생각이다.

　이런 배은망덕하고 우울한 문제에 대해 이 정도까지가 내가 이야기하도록 허락받은 범위이다. 우리로서는 논쟁에 불을 붙이고 싶지 않기 때문이다. 논쟁을 지속하면 우리 모두에게 치명적인 결과가 초래될 것이다. 따라서 오히려 모든 일이 원만하게 해결되기를 바란다. 이 두 탕아가 그 쥐엄열매와 창녀(지금 그들이 하고 있는 짓거리에 가장 어울리는 평가라고 생각한다[*12])를 버리고 돌아오고 싶어한다면 언제든 기꺼이 두 팔 벌려 그들을 맞이하고, 너그러운 아버지처럼 사랑과 축복을 계속해줄 준비가 되어 있다.

　그러나 우리 협회 작가들의 작품이 한때는 세상에서 꽤나 환영받다가 (지상 모든 것의 덧없는 운명과도 같이) 큰 시련을 맞이하게 된 데에는 지금의 대다수 독자 여러분의 경솔함 탓도 크다. 사물의 표면이나 껍데기만 보고 내면을 보려 하지 않는 것이다. 그러나 지혜는 여우처럼 끝까지 고되게 쫓다가 땅을 파내야만 얻을 수 있다. 지혜는 치즈와 같아서, 품질이 좋으면 좋을수록 껍질이 두껍고 볼품없고 딱딱하며, 미식가들은 구더기가 꾄 것을 최상품으로 친다. 또한 술이 들어간 우유죽과 같아서 밑바닥으로 갈수록 단맛이 난다. 지혜는 암탉과 같다. 그 울음소리에는 달걀이 딸려오므로 매우 존중해서 들어주어야 한다. 마지막으로 지혜는 호두와 같아서 신중하게 고르지 않으면 이가 상한다. 게다가 자칫 벌레 먹은 것을 고를 수도 있다. 지혜에 관한 이와 같은 중대한 진리를 고려한 결과, 그립 거리의 현자들은 자신들이 전달하고자 하는 교훈과 학문을 상징과 우화라는 수레에 담아 옮기는 것을 관례로 삼았다. 그런데 이 수레를 필요 이상으로 공들여 장식하는 바람에, 지나치게 화려하게 칠하거나 금박을 입힌 마차와 같은 운명에 빠지고 말았다. 즉, 어쩌다가 이것을 본 사람은 눈부신 겉모습에 눈이 멀고 상상력에 사로잡혀, 그 안에 탄 주인의 몸이나 재능을 생각할 여유를 잃은 것이다. 이는 실로 불행한 결과이지만, 피타고라스, 이솝, 소크라테스 등등의 선조들과 공통된 운명이라고 생각하면 조금은 위안이 된다.

　그러나 세상 사람들도 우리 자신도 이런 오해에 시달리지 않게끔 해달라는 친구의 간청을 모른 체할 수 없어, 나는 고심 끝에 우리 협회의 주요작품

───────────
*12 누가복음 15장 11 이하 참조. "그들이 하고 있는 짓거리"란 과학자들의 전문적인 실험과 시인의 근대희극을 가리킨다.

을 대략 연구한 논문을 완성했다. 작품들은 모두 표면 지향적인 독자를 만족시키기 위해 화려한 외관을 지닌 동시에 온갖 학문과 기술의 매우 완벽하고 정교한 체계를 은근하면서도 심오하게 내포하고 있었다. 그 체계를 풂으로써 겉으로 드러내고, 안에서 밖으로 밀어냄으로써 수면 위로 떠오르게 하고, 절개함으로써 전개해나갈 수 있음을 믿어 의심치 않는다.

이 대업은 몇 년 전 우리 협회의 저명한 회원의 손에서 시작되었다. 먼저 그는 《여우 레이너드 이야기》*13를 썼지만 책이 출판되는 것을 보지 못하고 죽는 바람에 이 유익한 기획을 더 진행하기가 불가능해졌다. 정말이지 애석한 일이다. 그가 발견해서 친구에게 전달한 사실들은 지금 널리 인정받고 있다. 이 유명한 논문이 시민지식의 집대성이며, State Arcana(국가 비밀)의 묵시록이라기보다는 계시록임을 의심하는 학자는 없으리라. 그런데 내 논문은 그보다 훨씬 진보한 것이며, 이미 수십 편에 이르는 작품에 주석 작업을 마쳤다. 내가 의도하는 결론에 도달하기까지에 필요한 범위 내에서 그 일부분을 독자들에게 공개하겠다.

내가 작업한 첫 번째 작품은 《엄지동자 톰》이다. 작가는 피타고라스학파의 철학자이다. 이 은밀한 이야기는 윤회설의 모든 체계를 비롯한 영혼의 변화 단계를 설명한다.

다음은 《포스터스 박사》*14이다. adeptus(비약을 먹고 1000살까지 살았다고 알려진 전설상의 연금술사)로 bonæ notæ(유명한) 아르테피우스가 쓴 작품으로, 그가 984세*15 때에 발표되었다. 이 작가는 via humida(물로써)

---

*13 Reynard the Fox. 이 부분은 지은이가 착각을 한 것 같다. 나는 몇 백 년 전에 《여우 레이너드 이야기》의 라틴어판을 본 적이 있으며, 그것이 원본이었다고 생각한다. 어떤 풍자적 의도가 담긴 것이라고 생각하는 사람도 많다(원주). 12세기 유럽에서는 여우 레이너드를 중심으로 한 동물서사시가 생겨나 네덜란드, 독일, 프랑스로 퍼졌는데 특히나 프랑스에서 유행하여 봉건제도에 대한 풍자의 의미를 갖게 되었다. 영국에서는 13세기에 전해져 제프리 초서, 윌리엄 캑스턴에서도 이 설화를 볼 수 있다.

*14 Dr. Faustus(Faust). 16세기 독일 학자로, 다양한 민간전설의 중심인물. 끝없는 지식욕과 속세의 쾌락에 대한 집착이라는 상반된 모습이 이야기의 기조를 이루는데, 후반에는 영혼 구원 문제가 더해진다. 영국의 말로, 독일의 괴테가 쓴 작품이 유명하다. 단, 이 대목 이하에 나오는 작품들은 모두 가공의 것으로, 삼류문인의 싸구려 희작을 조롱하고 자신의 박식함을 자랑함으로 세상의 현학을 웃음거리로 만드는 것이 목적이다.

*15 그는 1000살까지 살았다(원주).

reincrudation(원재료를 다시 자연 상태로 되돌리는 방법으로) 펜을 움직인다. 포스터스와 헬렌의 결혼은 암수 용들의 밀회를 뚜렷이 상징한다.

《휘팅턴과 그의 고양이》[16]는 저 신비한 유대 율법학자 예후다 하나시가 쓴 작품이다. 예루살렘판 미슈나와 게마라[17]의 변호를 비롯하여, 통속적인 견해에 반박하여 미슈나가 바빌론 법전보다 우수하다는 의견이 서술되어 있다.

《암사슴과 표범》은 유명한 현존작가의 걸작[18]이다. 스코투스[19]에서 벨라르민[20]에 이르는 스콜라 철학자 160명의 이론을 발췌하여 모은 것이다.

《토미 포츠[21] 이야기》도 같은 작가의 작품으로, 앞서 말한 작품을 보충하기 위해 쓴 것으로 추정된다.

부록이 붙어 있는 《고담의 현자들》[22]은 매우 박식하고 강한 어조로 쓰인 작품으로, 고대인의 자부심, 오만함, 무지를 헐뜯고 근대인의 학문과 재치를 올바르게 변호하기 위해 쓰였다. 영국과 프랑스 사이에서 벌어지고 있는 논쟁의 원본이자 근거라 할 작품이다. 이 작품에서 이 미지의 작가가 문제의 핵심을 철저하게 파헤쳤기 때문에, 통찰력 있는 독자라면 이후 그가 이 논쟁에 대해 쓴 작품들이 단순한 반복에 지나지 않음을 쉽게 간파할 수 있을 것이다. 최근 우리 협회의 한 명망 높은 회원이 이 작품을 발췌[23]하여 출판했다.

---

[16] 런던의 어떤 상인의 집에서 일하는 Dick Whittington이라는 시골 고아 이야기. 주인의 배에 그의 유일한 재산인 고양이를 상품으로 실었는데 그 고양이가 모로코에서 쥐를 퇴치하여 왕에게 상을 받았고, 그것을 기반으로 큰 부자가 되어 세 번이나 런던 시장으로 선출되었다는 전설. 난해한 법률 서적에 대한 조롱으로 보인다.

[17] Mishna, Gemara. 유대교 법전인 탈무드에는 예루살렘 탈무드와 바빌론 탈무드 두 가지가 있는데, 예루살렘 탈무드는 다시 미슈나(Mishna)와 게마라(Gemara)로 나뉜다. 예후다 하나시(Jehuda Hanasi)의 편저라고 알려진 미슈나는 유대 민법 관습을 모은 것이며, 게마라는 그 해설본이다.

[18] The Hind and Panther, a Defence of the Roman Church(1687)의 지은이 존 드라이든을 가리킨다. 《통 이야기》가 집필된 1697년에 드라이든은 살아 있었다.

[19] Duns Scotus(1266~1308). 영국 스콜라 철학자.

[20] Bellarmin(Bellarmino, Roberto, 1542~1621). 이탈리아 신학자.

[21] Tommy Potts. 오래된 민요집으로 당시 민간에서 유행했으며, 지금은 그 고딕체 인쇄를 노리고 수집가들이 군침을 흘리고 있다(스코트 주).

[22] Wisemen of Gotham. '얼간이 시골촌놈'을 뜻한다.

[23] William Wotton의 《Reflections Upon Ancient and Modern Learning(고대와 근대 학문에 대한 고찰)》을 비꼰 것.

간단하게나마 목록을 기술했으니, 박식한 독자 여러분이라면 이 작품의 전모라 할 윤곽과 취지를 이해하셨을 것이다. 지금 나는 이 작품 저술에 생각과 연구를 모두 쏟아 붓고 있다. 죽기 전에 이것을 완성할 수 있다면, 내 불행한 생애의 처량한 만년*24이 헛되지만은 않았다고 생각하게 될 것이다. 하지만 이런 기대를 하는 편이 무리일는지 모르겠다. 무엇보다 졸필을 휘둘러 조국에 대한 충성, 천주교의 음모, 곡식가루 통 사건,*25 배척법안,*26 절대복종, 생명과 재산에 관한 청원, 특권, 소유권, 양심의 자유, 친구에게 보내는 편지 등등을 쓰는 데 지쳐버렸다. 이해력과 양심은 내내 돌려 써먹느라 만신창이가 되었다. 반대 당파의 불순분자한테 머리가 백 군데나 깨졌으며, 매춘부와 의사를 믿은 탓에 이상한 부스럼이 도무지 낫지를 않아 몸도 쇠약해졌다. (나중에 안 일인데) 바로 이들이 나와 정부의 공공연한 적이었다. 당파의 원한을 내 코와 정강이에 풀었던 것이다. 나는 세 분의 국왕께서 통치하시는 동안 소책자 91편을 썼으며, 36*27개 당파를 위해 일했다. 하지만 이제 조국이 나와 내 펜을 필요로 하지 않는 것을 안 이상, 기꺼이 은퇴하여 철학자에 걸맞은 문장을 쓰는 데에 전념하려 한다. 긴 생애를 양심에 한 점 부끄럼 없이 살아온 것은 이루 말할 수 없는 위안이다.

본론으로 돌아가자. 앞서 제시한 실례를 고려한다면, 우리 협회의 다른 작품들도 명백하게 질투와 무지에서 생겨난 비방들에서 쉽사리 벗어나리라 믿는다. 재치와 재미있는 문장 말고는 인류에 일절 도움이 안 되며 아무런 가치도 없다는 평가를 받지만, 그런 반대파들조차 재치와 문장의 재미만큼은 인정한 셈이다. 특히 심오하고 신비한 대목을 쓸 때는 물론이요 이 작품을 통틀어 나는 재치와 문체라는 두 가지 측면에서 가장 좋은 평가를 받는 원본

---

*24 여기서 지은이는 레스트랭, 드라이든 등처럼 악덕과 당파싸움과 허위로 생애를 보내면서도 뻔뻔스럽게 도덕과 결백과 고난을 주절댈 셈인 것 같다(원주).
*25 meal-tubs. 찰스 2세 당시, 곡식가루가 담긴 통 속에서 장로파의 음모가 발견된 사건으로 큰 소동이 빚어졌었다(원주).
*26 Exclusion Bill. 1679년 가톨릭교도라는 이유로 요크 공의 영국왕위 계승을 배척하는 법안. 1680년에 하원을 통과했지만 상원에서 기각되었다.
*27 재미있는 사실은 이 숫자들이 30년 뒤 《걸리버 여행기》에서 그대로 반복된다는 점이다. 소인국의 대장장이가 쇠사슬 91개를 가져와 걸리버의 왼쪽 다리에 자물쇠 36개로 채웠다(스코트 주).

을 본보기로 이 글을 썼다. 더욱 만전을 기하기 위해 충분히 고려하고 고심한 결과, 주요 표제(궁정과 민간의 일상 회화에서 쓰이도록 의도해서 붙였다)도 우리 협회 특유의 양식에 따라 붙였다.

사실 표제가 조금 많을지도 모른다[28]는 생각은 한다. 그러나 그것은 아주 존경받는 작가들 사이에서 표제를 거창하게 늘어놓는 일이 크게 유행하는 것을 보았기 때문이다. 또한 실제로 저서는 두뇌가 낳은 자식이므로, 귀족의 갓난아기처럼 세례명을 잔뜩 가지는 명예를 주는 것도 부자연스럽지 않다고 생각한다. 유명한 드라이든 씨는 한 발 더 나아가 수많은 대부[29]까지 소개하려고 애썼다. 훨씬 유익하게 개선된 방식임은 명백하다. 그런 훌륭한 분이 선례를 보여주셨으니 이 훌륭한 발상을 지금쯤 모든 이들이 모방하고 있어야 하는데도 뜻밖에 아무도 여기에 주목하지 않는다는 사실은 유감스럽다. 나로서도 이 유익한 본보기를 따르고자 노력을 아끼지 않았다. 그러나 대부라는 역할에 성가신 일이 부수되는 것은 불가피한 모양인지라, 당연할지 모르나 나는 그것을 완전히 잊었다. 아무튼 뭐가 문제인지 정확히 모르겠으나, 숙고와 노고를 아끼지 않은 이 작품을 40개 장으로 나누고 내가 잘 아는 귀족 40명에게 이름을 빌려주십사 요청했는데, 모두들 양심에 관한 문제라며 거절의 말을 보내왔다.

---

[28] 원본 표지가 훼손되었기 때문에 지은이가 이 부분에서 말하는 많은 표제를 재현하기란 불가능했다(원주).

[29] 베르길리우스의 번역 등을 보라(원주). 번역본의 원문이 대부에 해당한다고 보고, 드라이든이 번역한 베르길리우스에서 그가 베르길리우스에게 보낸 찬사를 조롱한 것.

2
통 이야기

옛날에 부인과 세 아들[*1]을 둔 사람이 있었다. 아들들은 한날 한시에 태어났으므로 산파조차도 누가 맏이인지 구별하지 못했다. 셋이 아직 어릴 때 아버지가 죽었는데, 그 임종 자리에 아이들을 불러서 이렇게 말했다.

"나에게는 사둔 땅도 물려줄 재산도 없어서 너희에게 유산으로 무엇을 물려주면 좋을까 전부터 생각해왔다. 결국 고민 끝에 많은 돈을 들여 새 외투[*2] 한 벌씩을 마련했단다(여기에 있는 것이 그것이다). 그런데 잘 들어라. 이 외투에는 두 가지 특징이 있단다. 첫 번째는 잘만 입으면 평생 깨끗함을 유지하고 해어질 염려도 없다는 점이고, 두 번째는 너희가 성장함에 따라 이 옷도 함께 자라나서 언제나 몸에 꼭 맞을 거라는 점이다. 자, 내가 죽기 전에 입은 모습을 한 번만 보여 다오. 그래, 좋구나. 더러워지지 않도록 솔질도 잘 해다오. 내 유언장[*3](이것이 그것이다)에 이 외투를 입는 법과 다루는 법을 자세히 써 두었다. 그것을 잘 지켜야 한다. 방법을 어기거나 손질을 게을리 하면 벌을 받도록 되어 있으니까. 앞으로 너희가 행복할지 불행할지는 오로지 거기에 달려 있다. 또 유언장에 너희가 같은 집에서 사이좋은 형제로 지내도록 지시해두었다. 그렇게 하면 분명 행복해지겠지만, 그렇지 않으면 불행한 꼴을 당할 것이다."

이야기에 내려오는 바로는 이 아버지는 죽고, 세 아들은 나란히 출셋길을 찾아 집을 나섰다.

처음 7년 동안[*4] 아들들이 만난 사건을 구구절절 늘어놓아서 여러분을 지

[*1] 세 아들 피터, 마틴, 잭은 각각 가톨릭, 영국국교회, 개신교를 의미한다.
[*2] 종교의 지혜로써 모든 때와 장소와 상황에 적용하도록 만들어진 그리스도교의 교리와 신앙을 의미한다.
[*3] 신약성서를 가리킨다.

겹게 하지는 않겠다. 다음 사항은 기록해두는 데에 그치도록 하겠다. 세 아들은 아버지의 유언을 잘 지켰다. 외투는 망가지지 않도록 신경 썼다. 여러 나라를 돌며 거인을 만나고 나쁜 용을 퇴치하는 일도 제법 했다.

세상에 얼굴을 내밀어도 좋을 나이가 되자 세 아들은 도시로 가서 귀부인들, 특히 당시 평판이 자자했던 세 숙녀인 아르젱 공작부인, 드 그랑 티트르 부인, 오르궤이유 백작부인*5과 연애했다. 이곳에 막 도착했을 때는 세 사람 모두 심한 대접을 받았지만, 영리한 젊은이답게 곧 그 이유를 알아채고 재빨리 도시의 미풍을 익히기 시작했다. 글을 쓰고, 조롱하고, 시를 짓고, 노래를 부르고, 이야기하고, 침묵을 지키고, 술을 마시고, 싸움을 하고, 계집질을 하고, 자고, 욕설을 내뱉고, 코담배를 피웠다. 새 연극이 나오면 첫날 보러 가고, 초콜릿 가게의 단골이 되고, 야간 경비병을 때리고, 가게 진열대에서 자고, 성병에 걸렸다. 삯마차 마부를 속이고, 상인에게 돈을 빌리고, 그의 아내와 놀아났다. 집행관을 살해하고, 바이올린 악사를 계단에서 발로 차서 떨어뜨리고, 로케즈 주점에서 식사를 하고, 윌 커피점에서 빈둥거렸다. 한 번도 가본 적 없는 접견실에 대해서 소문을 떠벌렸다. 한 번도 만나본 적 없는 영주와 식사를 함께 했다. 한 번도 얘기 나눈 적 없는 공작부인과 속삭였다. 세탁부가 쓴 쪽지를 각별한 분의 연예편지라고 자랑하고 다녔다. 언제나 궁정에서 막 나왔다고 떠벌렸지만, 궁정은 본 적조차 없었다. 왕을 알현했다고 자랑했지만, sub dio(공개) 알현이었다. 어떤 모임에서 귀족의 이름을 잔뜩 외워두었다가 다른 모임에서 무척이나 잘 아는 사이처럼 소문을 냈다. 그중에서도, 회의장에서는 한 마디도 못하지만 찻집에서는 열을 올리는 의원들의 모임에는 반드시 참석했다. 그 의원들은 밤마다 찻집으로 회의장을 옮겨 정치토론의 되새김질을 했는데, 그러면 제자들이 그 찌꺼기를 얻어 먹기 위해 그 주변을 빙 에워싸고 기다렸다. 너무 성가시니 하나하나 들지는 않겠지만, 삼형제는 이밖에도 그 비슷한 자격을 마흔 가지나 얻어 도시에서 가장 출중한 인사로 인정받게 되었다. 그럼에도 아직 만족스럽지 못한지, 앞

---

*4 기원후 7세기 동안을 의미한다.
*5 각각 탐욕, 야심, 오만을 상징한다. 이들은 그리스도교 부패의 첫 번째 현상으로서 옛날 장로들이 비판한 세 가지 악덕이다. 프랑스어로 Argent은 돈, Grand Titres는 작위, Orgueil는 오만을 뜻한다.

서 말한 숙녀들은 여전히 요지부동이었다. 이 점을 명료하게 하기 위해, 독자 여러분의 허락과 끈기를 바라며, 당시 작가들도 충분히 설명하지 못한 어떤 중요한 문제를 다루어야겠다.

이 무렵 한 종파가 출현해*6 그 교리가 널리 퍼지기에 이르렀다. 특히 상류사회와 유행을 좇는 사람들 사이에서 그러했다. 그들은 어떤 우상*7을 숭배했는데, 교리에서 말하는 그 우상이란 날마다 인간을 만들어내는 일종의 제조공정이었다. 이 우상은 집의 가장 높은 곳에 설치된 높이 3피트짜리 제단 위에 모셔져 있으며, 페르시아 황제처럼 두 다리를 꼬고 앉아 있었다. 이 신의 기치는 goose*8였다. 카피톨리노의 주피터*9가 이 신의 기원이라고 주장하는 학자가 있는 이유가 여기에 있다. 제단의 왼쪽 아래에는 우상이 만드는 생물을 잡아먹으려는 듯이 지옥(Hell)*10이 입을 벌리고 있었고, 그것을 막기 위해 여러 명의 사제가 아직 형체도 없는 자투리와 때로는 이미 생명이 붙은 팔다리를 끊임없이 던져 넣는다. 그러면 그 끔찍한 입이 탐욕스럽게 삼켜 넘기는 모습은 보기만 해도 섬뜩한 광경이다. 거위도 하위 신, 곧 deus minorum gentium(하급 신)으로 섬겨진다. 그 신전 앞에는 인간의 생피를 주식으로 하며, 이집트의 긴꼬리원숭이가 즐겨먹는 것으로 유명한 동물이 산 제물*11로 바쳐진다. 몇 백만에 이르는 숫자가 이 탐욕스러운 신의 공복을 채우기 위해 매일같이 도살된다. 주신인 우상 또한 yard*12와 바늘의 발명자로서 숭배받았다. 뱃사람들의 신으로서도 숭배받았는지, 다른 신비한 속성을 지녔는지는 아직 밝혀진 바가 없다.

이 신을 믿는 신도는 일종의 신앙체계를 지니는데, 다음에서 드는 근본관념이 그 기초인 것 같았다. 우주는 만물을 감싸는 거대한 옷이다. 대지는 공

---

*6 옷과 유행을 풍자한 것으로, 이야기의 다음 줄거리를 이끌어내기 위해 삽입되었다.
*7 재단사를 말한다. 만들어진 '인간'이란 옷을 뜻한다.
*8 goose. 거위의 목을 닮았다는 점에서 재단사가 쓰는 '다리미'라는 이중의미를 지닌다.
*9 로마 카피톨리노 언덕에 있는 주피터 신전은 거위 울음소리 덕분에 야만인의 습격을 피했다는 전설이 있다.
*10 Hell. '지옥'과 재단사의 '쓰레기통'이라는 이중의미를 지닌다.
*11 이집트인은 원숭이를 숭배하고 원숭이는 이를 즐겨먹는다. 사람의 생피를 주식으로 하는 동물이란 이를 말한다.
*12 yard. '활대'와 재단사의 '자'라는 이중의미를 지닌다.

기에 감싸지고, 공기는 별들에게 감싸지며, 별은 primum mobile(제10천구)*13에 감싸져 있다. 지구를 보면 완벽한 최신 유행 의상임을 알 수 있다. 육지라고 부르는 것은 녹색으로 겉치장한 훌륭한 외투. 바다는 물결무늬 비단으로 만든 조끼. 더 나아가 각각의 삼라만상을 보면 자연이 얼마나 꼼꼼한 기술로 식물이라는 멋쟁이를 꾸며주고 있는가를 깨닫는다. 너도밤나무의 머리는 세련된 가발로 꾸며져 있다. 자작나무는 훌륭한 흰색 새틴 재킷을 걸친다. 인간도 소상의(小上衣)*14라기보다는 오히려 장식을 잔뜩 단 한 벌의 옷 아닌가. 육체는 논란의 여지가 없을 것이며, 잘 살펴보면 정신적 특성도 각각 한 벌의 의상을 완성시키는 역할을 다하고 있다. 하나하나 예를 들지는 않겠지만, 종교는 망토, 정직은 진흙탕에 신고 나가는 구두, 자애심은 외투, 허영은 셔츠, 양심은 바지이다. 이 바지는 더러운 일과 음탕한 일을 숨기기 위해 입지만, 이 두 가지 일을 해치우기 위해 쉽사리 벗겨진다.

이상의 전제가 인정된다면, 부당하게도 사람들이 습관처럼 옷이라고 부르는 것이 실은 지극히 고상한 동물이라는 당연한 추리 결과가 나온다. 더 나아가 말하자면, 이성을 지닌 동물, 즉 인간이다. 그 옷이 살아 움직이며 말하고 인간생활에서 존재하는 온갖 활동을 영위하는 것은 명료한 사실 아닌가. 아름다움이며 지혜며 태도며 예의, 이 모든 것이 옷과 떼려야 뗄 수 없는 특성 아닌가. 요컨대 우리가 보는 것은 옷뿐이며, 듣는 것도 옷뿐이다. 옷이 거리를 거닐고, 의원, 찻집, 극장, 매춘굴을 가득 채우고 있지 않은가. 사실, 흔히 옷 또는 의복이라고 불리는 이 동물은 구조에 따라 갖가지 다른 이름을 갖는다. 금줄, 빨간 가운, 하얀 지팡이, 튼튼한 말(馬)로 치장하면 시장님 소리를 듣는다. 담비가죽 등이 특정 부위에 붙어 있으면 그것을 판사라고 부른다. 한랭사와 검은 공단이 특정한 모양으로 짜여 있으면 감독목사라는 명칭이 부여된다.

학설의 큰 틀에는 동조하면서도 세부적으로는 한층 고상한 학설을 주장하

---

*13 primum mobile(문자상 뜻으로는 "first moving thing"). 가장 바깥쪽에 있다고 여겨졌던 천구(sphere)로, 중세 때 프톨레마이오스의 천문학에 추가되었다. 지구 주위를 동쪽에서 서쪽으로 24시간에 한 번 회전하며, 그 안에 아홉 개의 천구를 포함한다.

*14 micro coat microcosm(소우주)에서 따와 스위프트가 만들어낸 단어. 인간을 대우주(macrocosm)의 축소판으로 보고 '소우주'라고 부르는 것이 예부터 철학자들의 관례였다.

는 학자들이 있다. 즉 인간은 두 벌짜리 옷으로 이루어진 동물이라는 것이다. 자연의 옷과 천상의 옷, 즉 육체와 영혼이다. 이들은 영혼이 겉옷이며, 육체가 속옷이라고 주장했다. 육체는 ex traduce(부모에게서 물려받은 것)이지만, 영혼은 날마다 만들어져 채워진다. 이들은 성전을 통해 이를 증명했는데, 즉 영혼이 있기에 우리는 살아 움직이고 존재한다는 것이다. 철학을 통해서도 증명했는데, 즉 영혼은 삼라만상에 존재하며 모든 개별 부분에도 존재한다는 것이다. 또한 육체와 영혼을 떼어놓으면 육체는 그저 무감각하고 불쾌한 시체가 된다. 이러한 점들로 미루어보아 명백히 알 수 있듯이 겉옷은 영혼이어야 한다.

이 종교 논의에 뒤이어 세세한 학설들이 속속 등장하여 엄청난 인기를 끌었다. 이를테면, 정신적 자질을 이런 식으로 추론한 학자가 있었다. "자수는 순수한 지혜, 황금 장식 술은 즐거운 대화, 금줄은 재치 넘치는 대답, 크고 긴 가발은 해학, 파우더를 바른 외투는 교묘한 우롱이다. 이러한 것들을 잘 다루려면 풍부한 finesse(기교)와 delicatesse(섬세함)이 필요하며, 시대와 유행을 엄밀하게 따라야 한다."

엄청난 수고를 들여 고서를 섭렵한 결과 이 철학적 신학설의 개요를 정리할 수 있었는데, 이 학설은 고금의 여러 학설과는 성향을 매우 달리 하는 사상으로 이루어진 것처럼 보인다. 그런데 내가 이 학설을 제시하는 것은 단순히 독자 여러분의 호기심을 충족시켜주기 위해서가 아니라, 다음에 이어질 이야기에 등장하는 여러 사건에 대한 이해를 돕기 위해서이다. 먼 옛날의 시대사조나 상황을 안다면, 그 결과로 일어난 중요한 사건을 잘 이해하실 수 있기 때문이다. 그러므로 앞서 설명한 문제를 거듭 숙독하시고 철저히 음미하시기를 권해드리는 바이다. 이제 여담은 그만하고 본디 줄거리로 돌아가기로 하자.

궁정 및 시민 상류층에 이러한 사상과 그 실천이 퍼져 있었는데, 당시 그들이 처한 상황 때문에 삼형제는 어찌할 바를 모르고 있었다. 그들이 사모하는 세 숙녀(이름은 앞서 밝혔다)는 유행의 선두에 서 있었으며, 유행에서 조금이라도 벗어나는 것을 매우 싫어했다. 그런데 아버지의 유언장에는 명확한 명령이 없다면 실오라기 한 올조차 외투에 더할 수도 줄일 수도 없다는 것이 주요 계율로 들고 있고, 그 계율을 어길 때는 무거운 벌을 받게 되리라는 문구가 정확히 적혀 있었다. 아버지의 유품인 외투는 확실히 매우 좋은 옷감으로 만들어진 것이었고, 재봉도 아주 꼼꼼히 되어 있어서 천의무봉으로 보일 정도였다. 그러나 지나치게 수수해서 장식이 거의 없었다. 세 사람이 도시에 온 지 한 달도 되지 않았을 무렵, 마침 커다란 견장*15이 유행했다. 즉시 너도나도 견장 장식을 달았다. 견장을 달지 않은 사람은 귀부인의 ruelles(아침 접견실로 쓰는 침실)에 접근할 수조차 없었다. 사람들이 "저 얼빠진 놈 좀 보게. 견장은 어디 간 거야?"라고 호통을 쳐댔기 때문이다. 날마다 갖은 모욕과 멸시를 당하다 보니, 세 사람은 자신들의 몸에 빠진 것이 있다는 것을 금세 알아차렸다. 연극을 보러 가면 안내인이 12펜스짜리 입석으로 안내했다. 나룻배를 부르면 뱃사공이 "나는 평범한 사공들하고는 격이 다르오"라고 말했다. 한잔 하러 술집에 들어가면 급사가 "맥주는 안 파는뎁쇼"라고 주의를 주었다. 귀부인을 방문하러 가면 현관에 나온 하인이 "용건을 전달해 드리겠습니다"라고 말했다. 이 불행한 사태를 맞이한 삼형제는 즉시 아버지의 유언장에서 조언을 얻고자 몇 번이고 되풀이해 읽어보았지만 견장에 대해서는 일언반구도 없었다. 어찌 해야 좋을까? 어떤 마음을 가져야 한단 말인가? 복종은 절대로 필요했고, 견장도 꼭 필요했다. 여러모로 생각한 끝에, 삼형제 가운데 가장 학식이 있는 한 명이 좋은 방법을 찾아냈다고 말했다. 유언장에는 과연 totidem verbis(똑같은 단어로) 견장이라는 단어가 등장하지 않지만, 포괄적으로는 totidem syllabis(같은 음절로) 등장할 거라는 것이었다. 이 생각에 나머지 형제도 곧바로 찬성했고, 그들은 다시 유언장을 검토했다. 그런데 운 나쁘게도 첫 번째 음절이 도무지 찾아지질 않았다. 모두들 실망하던 차에 아까 그 한 명이 용기를 내어 말했다. "아직 희망은 있네. '똑같은 단어'로도 '같은 음절'로도 찾을 수가 없지만 tertio modo (세 번째 방법), 즉 totidem literis(같은 철자)는 분명히 찾을 수 있을 거야." 이 발상도 대찬성을 얻었다. 일동은 즉시 다시 조사에 들어갔고, 견장 (shoulder-Knot) 중에서 S, H, O, U, L, D, E, R는 찾아냈다. 그러나 재앙을 일으키는 나쁜 별자리라도 타고 태어났는지, K가 도무지 보이질 않았다. 큰 난관에 봉착한 것이다. 그런데 앞서 기발한 발상을 해냈던 한 사람이 (나중

---

*15 교회(특히 가톨릭)가 과장스러운 의식이나 불필요한 장식을 처음 도입한 것을 아름답지도 않고 실용적이지도 않은 견장에 비유해 풍자한 것.

에 이름을 밝히겠지만) 친숙하고 교묘한 논증을 통해 어떤 사실을 증명해냈다. K는 학문이 융성했던 과거에는 알려지지 않아 고대 어느 문서를 뒤져도 찾을 수 없으며, 따라서 근대 위법 글자라는 것이다. "고문서에서 Calendae(초하루)가 K로 시작하는 예가 종종 있는 것은 사실이지만, 그건 잘못이야. 훌륭한 문서에서는 늘 C로 시작하지. 그러니 영어에서도 Knot가 K로 시작되는 것은 큰 잘못이야"라고 말하며, 앞으로는 자신도 그 단어 첫 글자를 C로 쓰도록 주의하겠다고 덧붙였다. 이로써 문제는 모두 해결되었다. 견장은 명료하게 jure paterno(아버지의 계율에 따른다)는 것이 판명되었다. 삼형제는 최대한 커다란 견장을 여봐란 듯이 달고는 뽐내며 거리를 누볐다.

사람의 행복은 덧없는 것이며, 그 행복을 좌우하는 인간의 유행도 그 시절에는 마찬가지였다. 견장은 전성기를 맞이했으며, 이제 몰락을 예상하지 않을 수 없었다. 그때 파리에서 돌아온 한 귀족이 당시 파리 궁정에서 유행하던 패션을 모방하여 웃옷에 50야드나 되는 금줄을 달고 나타났다. 단 이틀 만에 온 세상 사람이 금줄로 몸을 칭칭 감은 꼴을 하고 다녔다. 그 끈을 달지 않은 채 외출할라치면 영 체면이 안 섰으며, 숙녀들은 벌레 보듯이 혐오했다. 이 중대한 일을 맞아 삼형제는 어떻게 행동해야 좋을까? 이미 견장 문제로 그들은 꽤나 억지를 부렸다. 아무리 유언장을 들여다보아도 있는 것이라고는 altum silentium(깊은 침묵)뿐이었다. 견장은 허술하고, 빠져나갈 구멍이 많았으며, 상황에 따라 변화의 여지가 많았다. 그런데 금줄은 확실한 근거 없이 변경시키기에는 너무나도 중대해 보였다. 그것은 aliquo modo essentiae adhaerere(본질적인 문제와 관련되어 있기에) 명백한 논지가 필요했다. 이 무렵 우연히 앞서 말한 박식한 형제가 《아리스토텔레스의 변증법》, 그중에서도 그 훌륭한 《de Interpretatione(해석에 대하여)》 편을 읽었다. 모든 사물에서 의의를 발견하는 법을 가르쳐주는 책이었다. 원전의 한 음절도 이해하지 못하면서 예언자라도 된 양 묵시록에 주석을 달았던 사람처럼 그가 말했다. "자네들에게 가르쳐줄 것이 있네. 유언에는 duo sunt genera(두 종류가 있다는 거지). 구두유언[16]과 유언장 말일세. 여기 있는 이 유언장에는 금줄에 대한 언급이 전혀 없어. conceditur(그래, 바로 그렇지). 그러나

---

[16] 천주교에서 성경과 같은 권위를 갖는 구전을 가리킴.

si idem affirmetur de nuncupatorio, negatur(구두유언도 그러냐 하면, 전혀 그렇지 않다는 말씀이야). 자네들도 기억할 걸세. 장식 끈을 살 돈을 벌게 되거든 웃옷에 금줄을 달도록 아들들에게 권할 셈이라고 아버지가 말했던 것을 들었다고 아버지의 하인이 말했던 것을 들었다고 우리가 어렸을 때 어떤 사람이 말했던 것을 들은 적이 있잖은가." "아, 그랬지, 사실이야." 한 형제가 소리치자 또 한 명이 맞장구쳤다. "나도 기억하네." 이제 그들은 거리낄 것 없이 교구에서 가장 커다란 금줄을 달고 귀공자라도 된 양 거리를 활보했다.

 그 뒤 얼마 지나지 않아 불꽃처럼 빨간 아름다운 새틴 안감[17]이 유행했다. 포목상이 그 견본을 직접 삼형제에게 들고 와서 말했다. "C 님과 J.W 경[18]께서 어제 저녁에 이것과 똑같은 안감을 사가셨습니다. 무척이나 잘 나가는 상품이라서 내일 아침 10시면 제 마누라에게 바늘꽂이를 만들어줄 만큼도 남지 않을 것입니다." 삼형제는 또다시 유언장을 뒤지기 시작했다. 이번에도 명백한 논지가 필요했다. 안감은 웃옷의 중요한 요소라는 것이 정설로 여겨지기 때문이었다. 그러나 한참을 조사했지만, 이 문제에 대해 어떠한 것도 결정할 수 없었다. 단, 불을 조심하고,[19] 자기 전에 촛불을 쓰라는 아버지의 짤막한 충고를 찾았을 뿐이다. 이것도 꽤나 쓸모 있고 자신들의 과오를 자각하는 데 큰 도움이 되는 문구였으나 하나의 명령으로 보기에는 부족해 보였다. 또한 이 이상 갈팡질팡하지 말고, 앞으로 있을지 모를 비난의 원인도 없애두자는 마음에서 앞서의 그 학자 형제가 이렇게 말했다. "유언장에는 첨서라는 것이 붙어 있다는 말을 어디서 읽은 기억이 있네. 이것도 유언의 일부로, 그 내용은 본문과 같은 권위를 가지지. 그런데 우리 앞에 있는 이 유언장 말이네만, 내 여러모로 생각해 봤지만 이건 완전한 유언장이라고 볼 수가 없어. 첨서가 없지 않은가. 그래서 적당한 자리에다가 한 가지를 덧붙이고자 하네. 전부터 준비해둔 것이 있거든. 할아버지의 개 조련사[20]가

---

*17 연옥을 비유한 것.
*18 C 님과 J.W 경은 각각 Lord Cutts와 Sir John Walters를 야유하기 위해 사용된 것.
*19 지옥을 조심하고, 그를 위해 정욕을 억제하고 삼가라는 뜻.
*20 성경 외경(Apocrypha)에서 '토비트와 개' 이야기가 나오는 부분을 가리키는 것이라고 생각한다(원주). 토비트서는 유대교와 개신교에서는 정경으로 받아들이고 있지 않지만 가톨릭에서는 정경으로 받아들이고 있다.

작성한 것인데, (다행스럽게도) 이 불꽃 색깔 새틴에 대해서 잔뜩 쓰여 있지." 이 제안에 다른 두 형제는 즉시 찬성했다. 낡은 양피지 두루마리가 첨서로서 감쪽같이 덧붙었으며, 삼형제는 새틴을 사서 안감으로 해 입었다.

이듬해 겨울에 술 장식 제조업자 조합에 고용된 어떤 배우가 온몸을 은색 술 장식으로 치장하고서 신작 희극에 출연했다. 그는 칭찬할 만한 관습대로 새 유행의 선구자가 되었다. 형제가 아버지의 유언장을 확인하자 놀랍게도 이런 구절이 보였다. "또한 나는 세 아들에게 이 외투에 은색 술 장식을 달지 말 것을 명령한다……." 또 명령을 어겼을 때 받게 될 벌에 대해서도 쓰여 있었는데, 너무 길어지니 여기서는 생략하겠다. 한참 침묵이 흐른 뒤, 박식함 덕분에 지금까지 몇 번이나 이야기에 등장했던 그 형제가(그는 비평에도 꽤나 통달한 인물이었다) 말하기를, 어떤 학자(이름은 말하지 않는 편이 좋겠다고 그가 말했다)에 따르면 유언장에서 술 장식이라고 부르는 단어에는 '빗자루'라는 의미가 있으니 이 구절도 그 뜻으로 해석해야 옳다고 했다. 그러자 다른 형제가 반박했다. '은색'이라는 형용사를 빗자루에 쓰는 것은 올바른 단어 사용법이라는 관점에서 볼 때 억지스럽다는 것이었다. 그 형용사는 신화적, 풍유적 의미로 해석해야 한다는 대꾸가 돌아왔다. 형제는 아버지가 외투에 빗자루를 달지 말라고 명령하셨을 리가 없다, 그런 경고는 부자연스럽고 적절하지도 않다고 재차 반박하려 했다. 그러자 신비에 대해 불경한 말을 지껄이지 말라는 호된 질책이 돌아왔다. 신비란 매우 유익하고 의미심장한 것이긴 하지만 너무 깊이 파고들거나 지나친 억지를 부려서는 안 된다는 것이었다. 요컨대 이제는 아버지의 권위도 꽤나 실추되어서, 아들들이 은색 술 장식을 마음대로 달고 다니기 위한 이 편법이 합리적인 조치로 인정받게 되어버렸다.

그로부터 얼마쯤 지나, 인도인 남녀와 아이의 인물 모양[*21] 자수라는 해묵은 유행이 부활했다. 삼형제는 모두 아버지가 이 유행을 늘 마땅치 않게 여겼다는 것을 기억했다. 그 유행을 증오하는 의미로서, 유언장에도 아들들이 옷에다 그런 모양을 수놓는다면 아버지의 영원한 저주를 받게 되리라고 여러 번에 걸쳐 언급되어 있었다. 그럼에도 며칠이 지나자 삼형제는 도시의 누

[*21] 가톨릭에서 쓰는 성자와 성모와 아기예수 상을 가리킴.

구보다도 유행으로 무장한 모습을 하고서 나타났다. 이런 식으로 문제를 해결한 것이다. 이 모양은 유언장에 언급된 옛 자수와 똑같은 것이 아니며 아버지가 금하신 의미로 쓰이는 것도 아니다. 칭찬할 만한 관습이며 사회에 매우 유익하기 때문[22]이다. 유언장에 적혀 있는 엄중한 문구도 조금 에누리하여 유리하게 해석할 필요가 있다. cum grano salis(어느 정도 참작해서) 이해해야 한다.

유행이 급속도로 변화하던 시대였으므로, 이 학자는 그때마다 핑계거리를 찾거나 모순을 해결하는 일에 진절머리가 났다. 따라서 무슨 위험을 감수하고라도 세간의 유행에 따르기로 결심하고서 삼형제는 머리를 맞대고 논의했다. 아버지의 유언장은 그리스인가 이탈리아(어느 쪽이었는지 나는 잊어버렸다)에서 가져온 금고에 집어넣고서,[23] 앞으로는 적당하다고 생각되는 때에만 그것을 참조하자는 데에 삼형제의 의견이 일치했다. 따라서 얼마 뒤에 각종 은장신구를 잔뜩 달고 다니는 유행이 널리 퍼지자 이 학자가 ex cathedra(권위를 가지고서)[24] 천명했다. 다들 기억하듯이 장신구는 분명히 jure paterno(아버지의 계율에 따르는 것이다). 유언장에 직접 언급된 장신구보다 많은 종류가 유행하는 것은 사실이다. 하지만 totidem verbis(문자 그대로의 의미를) 유언장에서 추정해낼 수는 없을지라도, 아버지의 법정상속인으로서 우리는 공익을 위해 몇 개의 조항을 만들어서 추가할 권리가 있다. 그러지 않으면 multa absurda sequerentur(불합리한 일이 너무 많이 일어난다). 이 의견은 정당한 것으로서 인정되었으며, 다음 일요일 삼형제는 장신구를 잔뜩 달고서 교회에 나타났다.

지금까지 수차례 이야기에 나온 박식한 형제는 그가 사는 마을은 물론이

---

[22] 가톨릭교는 성상숭배를 우상숭배가 아니라 그 성상이 상징하는 인물들을 경외하기 위함이라고 변명했다.

[23] 가톨릭에서는 신도들에게 모국어로 된 성경을 쓰지 못하도록 금지했었다. 그래서 피터는 아버지의 유언장을 그리스인가 이탈리아에서 가져온 금고에 넣은 것이다. 이 두 나라가 언급된 것은 신약성서가 그리스어로 쓰여 있고, 가톨릭에서 정식 성경으로 쓰는 라틴어 번역판은 고대 이탈리아어이기 때문이다(우턴 주).

[24] 로마교황은 대대로 교황령이나 교서를 자의대로 해석하여 설교하는 것을 허가했는데, 오늘날 가톨릭교회에서는 이런 설교가 공인되어 있다. 그 때문에 본디 성경에는 실려 있지도 않고 초기 교회에서는 알려지지도 않은 내용이 많은 것이다. 이 문장은 그것을 풍자하고 있다(우턴 주).

요 이웃마을에서도 가장 뛰어난 학자로 인정받고 있었다. 그래서 돈에 조금 쪼들리게 되자 그는 어떤 귀족*25에게 빌붙어 그 저택에 아이들 가정교사로 들어갔다. 그 뒤 그 귀족이 죽자 그는 오랜 세월 아버지의 유언장을 다루면서 익숙해진 경험을 살려, 그 저택을 자신과 자신의 자손에게 양도한다는 증서를 교묘하게 위조했다. 그런 다음 저택을 자기 것으로 삼고,*26 귀족의 자식들은 쫓아내고 대신에 두 형제를 살게 했다.

---

*25 그리스도교에 귀의한 초기 로마황제 콘스탄티누스 대제(272~337)를 가리킨다. 역대 교황들은 성 베드로 성당의 영토와 재산을 대제가 기증했다고 말했다.
*26 처음에 황제의 호의를 얻어 로마에서 특권을 누렸던 로마 교황은 나중에 황제와 그 가족을 수도에서 내쫓고, 자신의 행위를 정당화하기 위해, 콘스탄티누스 대제에게서 증여받았다고 말했다.

3
비평가들에 대한 에피소드

지금까지 나는 근대 대가의 작품에 본보기로 제시된 문장 규칙과 글쓰기 방법을 엄밀하게 지키려고 늘 세심한 주의를 기울여왔다. 그러나 선천적으로 기억력이 나쁜 탓인지 잘못을 하나 저질렀다. 그 과오에서 해방되지 않고서는 이 책의 본론을 제대로 진행할 수가 없다. 부끄럽지만 고백하자면, 여기까지 펜을 움직여오면서 비평가 어르신들과 충분히 의논하여 간언한다든지 부탁드린다든지 고견을 청하지 않은 것은 뭐니 뭐니 해도 용서받기 힘든 실수이다.

이 무거운 태만죄를 속죄하기 위해 어떤 시도를 하려 한다. 주제넘지만 비평가 어르신들과 그 비평 기술에 대해서 짤막하게 언급하고, 우리 작가들 사이에서 일반적으로 이해되는 '비평가'란 단어의 기원과 발달을 살펴본 뒤, 비평에 관한 고대 및 현대 상황을 간략하게 고찰해보려는 것이다.

고서적들을 읽고 느낀 바로는, 오늘날 온갖 담화에 빈번하게 등장하는 비평가라는 단어에는 매우 다른 세 종류의 인간이 구분되어 있는 것 같다. 첫째는 자기 자신과 세상 사람들을 위하여 규칙을 만들고 제안하는 사람들이다. 그 규칙을 지키면 세심한 독자들은 숭고하고 훌륭한 작품에서 참된 묘미를 느끼는 감식안을 갖게 되며, 내용과 문체의 아름다움을 모방 작품들에서 가려낼 수 있게 된다. 이런 비평가들은 보통 책을 읽으며 오류와 결함, 역겨운 내용, 불쾌한 내용, 우둔한 내용, 터무니없는 내용을 골라낸다.

거기에는 아침에 에든버러를 산책하는 사람과 같은 조심스러움이 있다. 신중하게 눈을 빛내며, 발치에 떨어져 있는 오물을 찾아내려는 것이다. 배설물의 색과 형태를 관찰하거나 크기를 재려는 것이 아니다. 손가락으로 만지거나 맛보려는 것은 더더욱 아니다. 그저 최대한 몸을 더럽히고 싶지 않기 때문이다. 이들은 (매우 잘못된 견해이지만) 비평가라는 명칭을 글자 그대로의 의미로 해석하는 것 같다. 즉 비평가의 주된 역할이 칭찬과 용서라고 생각하는 것이다. 또한 이들은 오로지 비난과 공격의 근거를 찾기 위해 책을 읽는 비평가는 심리를 받으러 오는 사람을 모조리 교수형에 처하기로 결심한 재판관처럼 야만스런 패거리라고 생각하는 것 같다.

둘째로 비평가라는 단어는 원고의 얼룩과 묘지와 먼지더미에서 고대학문을 부활시키는 사람들을 의미했다.

이 두 종류의 비평가가 절멸한 지 이미 오랜 세월이 흘렀으므로 이들에 대해 이 이상 논하는 것은 내 취지에 맞지 않다.

가장 훌륭한 유형인 세 번째는 '참된 비평가'로서 셋 중 가장 오랜 기원을 지닌다. 참된 비평가들은 모무스*1와 히브리스의 혈통을 이어받은 타고난 영웅이다. 이 두 신이 조일루스*2를 낳고, 조일루스가 티겔리우스*3를 낳았으며, 티겔리우스가 에세트라 1세*4를 낳았다. 또 그에게서 차례로 벤틀리, 라이머, 우턴, 페로,*5 데니스, 에세트라 2세가 태어났다.

모든 시대의 학계가 이들에게서 엄청나게 많은 은혜를 입었다. 따라서 그 예찬자들은 감사한 나머지 그들의 기원이 하늘나라에 있다고 주장하며 그들을 헤라클레스, 테세우스, 페르세우스*6 등과 같이 인류를 구한 위대한 공로자 반열에 올리고 숭상했다. 그러나 영웅들의 덕행도 독설가의 험담은 비켜날 수 없는 모양인지 이런 반대론이 제창되었다—수많은 거인과 독 품은 용과 도적과 싸운 것으로 이름 높은 고대 영웅들은 오히려 그들이 무찌른 괴물들 못지않게 그들 자신이 인류에게 큰 폐가 되는 존재였다. 따라서 진정으로 인류에게 고마운 존재가 되려면, 해로운 괴물들을 모두 없앤 뒤에는 마지막으로 자기 자신을 없애는 조치를 취했어야 마땅했다. 이러한 점에서 헤라클레스*7가 가장 훌륭했기에 다른 영웅들보다 많은 신전이 세워졌으며 신봉자

---

*1 Momus. 그리스 신화에 나오는 조롱과 비난의 신.
*2 Zoilus. 호메로스의 시를 혹평한 것으로 유명한 기원전 4세기 무렵의 그리스 문법학자.
*3 Tigelius(Hermogenes). 호라티우스의 시를 비판한 것으로 유명한 로마의 비평가.
*4 Etcætera(=and the others). '어디에나 있다'라는 뜻의 라틴어를 사람 이름으로 쓴 것.
*5 Perrault(Charles, 1628~1703). 프랑스의 동화 작가. 그가 쓴 장편 시 《루이14세 시대》는 고대인과 근대인의 우월함을 논하는 신구논쟁의 신호탄이 되었다. 그것이 영국으로 옮겨와 템플, 보일, 스위프트 대 벤틀리, 우턴의 논쟁으로 번졌다.
*6 Hercules, Theseus, Perseus. 그리스 신화에 등장하는 영웅들.

들도 많다는 것이다.

다음과 같은 일을 상상한 사람이 있었던 연유도 그런 점에 있다고 생각된다. 참된 비평가는 자신에게 주어진 일을 끝마치면 곧바로 독을 삼키든지 목을 매든지 적당히 높은 장소에서 뛰어내려야 하며, 이런 일을 완수하지 않으면 아무리 참된 비평가라고 으스대더라도 결코 인정하지 말아야 한다. 이렇게 정해놓으면 학계에 이바지하는 바가 매우 클 것이다.

비평이 이처럼 하늘에서 유래하며 영웅의 덕행과 많이 흡사하다면, 노련한 비평가의 올바른 임무를 규정하기란 손쉬운 일이다. 즉, 광대한 저술의 세계를 유랑하며 서적 속에 들어 있는 괴이한 결함들을 모조리 사냥하는 것이다. 동굴 안의 카쿠스*[8]처럼 숨어서 히드라*[9]의 머리처럼 그 수를 늘리는 오류들을 끄집어내어 아우게이아스*[10]의 외양간 배설물처럼 긁어모아야 한다. 스팀팔로스의 괴물 새*[11]처럼 지혜 나무의 귀한 가지들을 약탈하려는 못되고 위험한 새들을 쫓아버려야 한다.

이상의 추리에서 참된 비평가의 정확한 정의를 얻을 수 있다. 즉 그들은 작가의 결점을 발견하고 수집하는 사람들이다. 더 나아가 다음 설명은 반박의 여지를 없애준다. 앞서 언급한 고전 작가들이 이 세상에 선물한 저작물들의 전체 맥락과 취지를 검토해보면 금세 다음 사실을 알 수 있다. 지은이의 생각이 다른 작가들의 결점, 흠, 실수, 오류로만 가득 차 있다는 것이다. 논의 문제가 무엇이건 그들의 사상은 남의 펜이 빚어낸 결점으로 가득하며, 따라서 그 결점의 좋지 못한 핵심이 그들의 펜에도 녹아들어 있다. 때문에 그들이 쓴 비평서들은 그들 자신이 비평한 책들을 발췌한 것이나 다름없어 보인다.

이상 비평가라는 단어를 가장 고상하게 보편적인 의미로 해석하고 그 기

---

*[7] 헤라클레스는 에트나 산에서 스스로 쌓은 장작 위에 몸을 눕히고 분신자살했다고 전해진다.

*[8] Cacus. 로마 신화에 나오는 거인. 불카누스의 아들. 헤라클레스의 소를 훔쳐 동굴에 감춰놓았다가 발각되어 헤라클레스에게 죽임을 당한다.

*[9] Hydra(그리스 신화). 레르네 지방 진흙탕에 사는 머리 아홉 달린 뱀으로, 헤라클레스에게 죽임을 당한다. 머리 하나를 자르면 두 개가 새로 자라났다고 한다.

*[10] Augeas(그리스 신화). 엘리스의 왕 아우게이아스는 소 3천 마리를 길렀는데, 30년 동안 외양간을 청소한 적이 없었다. 헤라클레스는 그 외양간을 하루 만에 청소했다.

*[11] Stymphalian birds(그리스 신화). 스팀팔로스 인근 호수에 사는 괴물 새. 헤라클레스에게 죽는다.

원과 의무를 간단하게나마 고찰해보았다. 이제부터는 작가 쪽의 침묵과 무관심을 논거로 하는 반대 주장을 반박해보겠다. 그 주장이란 비평받는 쪽에선 작가들이 예로부터 굳은 침묵을 지켜온 것을 이용한 것으로, 현재 행해지는 앞서 말한 비평 기술 자체가 근대의 소산이며 따라서 영국과 프랑스의 비평가들은 앞서 언급된 고전적이고 훌륭한 기원을 요구할 자격이 없음을 증명하는 것이다. 그런데 참된 비평가의 인격과 임무에 대해 앞서 규정한 것과 완벽하게 일치하는 정의를 고대 작가가 상세하게 기술했다는 사실을 역으로 밝힐 수만 있다면, 작가의 침묵을 논거로 삼는 이 과장된 반대 이론도 순식간에 근거를 잃게 될 것이다.

사실을 고백하자면 나도 오랫동안 이 일반적 오류에 한몫 끼었었다. 또 근대의 위대한 작가들[*12]의 도움이 없었다면 이 오류에서 해방되지도 못했을 것이 틀림없다. 나 자신의 수양과 조국을 위해 나는 그들이 쓴 유익한 저술을 밤낮 가리지 않고 읽고 있다. 그들은 모두 끈기 있게 피나는 노력을 기울여 고대 작가들의 약점을 조사하고 그것을 포괄적인 표[*13]로 만들어 보여준다. 뿐만 아니라 다음의 사실을 반박의 여지없이 증명해주기도 했다. 즉 예부터 전해 내려오는 최고의 작품들도 후대 작가들이 오랜 세월 다듬은 덕분에 빛을 보게 되었으며, 고대 작가들이 했다는 예술과 자연에 관한 위대한 발견도 모두 이들 현대 작가들의 탁월한 정신이 낳은 산물이라는 것이다. 또한 이로써 알 수 있듯이 고대 작가들이 정당하게 주장할 수 있는 가치는 실로 미미하며, 불행하게도 현대 작품을 접할 기회가 없었던 변두리 사람들이 고대 작가들에게 바치는 맹목적인 숭배를 그만두어야 하는 이유가 바로 이것이라는 것이다. 나는 이러한 점을 심사숙고하고 인간 본성 전반을 참작하여 다음 결론에 이르렀다.

자신에게 수많은 결점이 있음을 깊이 자각한 이들 고대 작가는 자기 작품의 특정 대목에서 비판적인 독자들을 아예 없애거나 달래거나 관심을 돌리고자 노력했으며, 그러기 위해 근대 작가 선생들을 본받아 비평가들에게 풍

---

*12 고대 학문과 근대 학문의 우열을 비교하여 근대 작가의 우수성을 주장한 이른바 근대주의자(앞서 나온 벤틀리, 우턴 등)를 풍자한 것.
*13 우턴의 《Reflections Upon Ancient and Learning(고대와 근대 학문에 대한 고찰)》(1694)를 가리킨다.

자나 찬사를 바치는 방법을 썼으리라는 것이다. 나는 오랜 세월 서문과 머리말을 연구한 덕에 풍자와 찬사라는 이 두 가지 흔해빠진 형태에 대한 풍부한 지식을 가지게 되었다. 따라서 고대작가, 특히 고대 초기를 논한 작가들의 작품을 부지런히 정독하여 이 두 가지를 최대한 많이 찾아보기로 결심했다. 그런데 나는 놀라운 점을 발견하게 되었다. 고대 작가들은 공포나 희망이 지시하는 바에 따라 그때그때 참된 비평가를 다른 모습으로 묘사했는데, 그런 일로 펜을 움직일 때는 아주 신중하고 세심한 주의를 기울여 신화와 비유보다 앞서 나가는 표현은 절대로 하지 않았다는 것이다.

이 점이 표면 지향적인 독자들에게 지은이의 침묵을 빌미로 참된 비평가의 역사를 부정하는 근거를 준 게 아닌가 싶다. 사실 고대 작가들이 사용한 상징이 너무나도 뻔하고 그 사용 방법이 필연적이고 자연스럽기 때문에, 근대적인 시각과 취향을 지닌 독자들이라면 결코 간과할 리가 없다. 이에 수많은 예 중에서 몇 가지만 들어보도록 하겠다. 그로써 이 문제는 논의의 여지가 없어지리라 확신한다.

먼저 주목할 만한 사실은 고대작가가 이 문제를 수수께끼처럼 다루면서 자신들의 기호나 재치에 따라 이야기의 줄거리를 바꾸기는 했으나 흔히 쓰이는 비유는 그대로 두었다는 점이다. 첫째로 파우사니아스[*14]는 올바른 문장을 완벽하게 쓸 수 있는 것은 비평가라는 존재 덕분이라고 생각했다. 다음 설명을 보면 여기서 말하는 비평가가 '참된 비평가'라는 의미에서 벗어나지 않음이 명백해진다.

"비평가는 책의 쓸데없는 부분이나 쓸모없는 부분을 갉아먹기 좋아하는 사람이다. 학자들도 마침내 그것을 깨닫고, 자기 작품에서 마른 가지, 죽은 가지, 지나치게 뻗은 가지 등 쓸데없는 가지들을 쳐내려고 알아서 조심하기에 이르렀다." 파우사니아스는 이것을 교묘하게 다음과 같은 풍유 속에 감추어놓았다. "아르기아의 노플리아인은 당나귀[*15]가 어린 포도나무 가지를 씹으면 그 나무가 더 우거지고 좋은 열매를 맺는다는 사실을 관찰하고서 가지치기를 배웠다." 헤로도토스[*16]는 같은 비유를 써서 더욱 명료하게 거의 in

---

[*14] Pausanias. 150년 무렵에 활동한 그리스의 여행가이자 지리학자. 그리스 전 국토를 여행하며 보고 들은 것을 《그리스 순례기》라는 10권짜리 책으로 펴냈다.
[*15] Ass. 당나귀는 어리석은 사람을 의미한다. 당연히 비평가를 조롱하는 표현이다.

terminis(명확한 어구로) 말했다. 그는 대담하게도 참된 비평가의 무지와 악의를 비난하며 "리비아 서쪽에 뿔 난 당나귀[17]가 살고 있다"고 공공연하게 말했다(이 정도로 노골적인 표현은 없을 것이다). 이 점에 관해 크테시아스[18]는 한 술 더 떠서, 인도에 사는 같은 동물을 얘기하며 다음과 같이 덧붙였다. "다른 당나귀는 모두 쓸개가 없지만, 이 뿔 난 녀석은 쓸개가 너무 커서 고기가 지독하게 쓰기 때문에 먹을 것이 못 된다."

그런데 고대 작가들은 어째서 비평가라는 주제를 표상과 비유로밖에 다루지 않았을까? 당시의 비평가처럼 권력 있고 무시무시한 집단을 공공연하게 공격할 용기가 없었기 때문이다. 많은 작가들이 그 목소리만 듣고도 겁에 질려 벌벌 떨며 펜을 떨어뜨렸다. 헤로도토스는 이에 대해 다른 책에서 분명하게 말했다. "스키타이인[19] 대군은 당나귀 울음소리를 듣더니 까닭도 없이 공포에 휩싸여 도망쳤다." 이런 이유에서 어떤 박식한 언어학자는 영국 작가들이 참된 비평가를 몹시 경외하는 것은 스키타이 조상에서 물려받은 기질이라고 상상했다. 결국 이 공포가 세계로 퍼져나갔다. 이후 시간이 지남에 따라 각 시대의 작가들은 자기들 시대의 참된 비평가를 표현하면서 더 자유롭게 감정을 드러내고 싶어졌다. 그런데 기존의 당나귀 비유가 너무나도 노골적으로 변했으므로 부득이 그 표현을 버려야 했다. 대신에 그들은 더 신중하고 신비로운 표현을 제안했다.

디오도로스[20]는 같은 의미의 말을 하면서도 겨우 이렇게 말하는 데에 그쳤다. "헬리콘 산[21]에 자라는 어떤 풀은 지독한 악취를 풍기는 꽃을 피우는데, 그 냄새를 맡은 자는 그 독기에 중독되고 만다." 루크레티우스[22]도 똑같은 말을 했다.

---

*16 Herodotus(484~425 B.C.). 그리스의 역사가.
*17 Libya. 지금은 아프리카 북부의 이탈리아령을 가리키는 명칭이지만, 고대 그리스에서는 아프리카 북부 일대를 가리켰다. Horns. 스위프트는 '뿔'이라는 단어를 질투, 무지, 어리석음, 악의 등의 의미를 담아 조롱할 때 자주 사용했다.
*18 Ctesias. 기원전 4세기 무렵 그리스의 의사이자 역사가. 헤로도토스를 비난하여 문제를 일으켰다.
*19 Scythians. 고대 흑해 북쪽 해안에 있었던 스키타이국 사람들. 미개하고 몽매한 사람을 의미한다.
*20 Diodorus Siculus. 기원전 1세기 무렵 그리스의 역사가. 40권에 달하는 《세계사》를 썼다.
*21 Helicon. 고대 그리스의 산. 풍광이 아름다우며, 뮤즈가 사는 곳으로 알려져 있다.

Est etiam in magnis Heliconis montibus arbos, Floris odore hominem tetro consuera necare

헬리콘 산 근처 배움의 언덕 주변에 향기로 사람을 죽이는 꽃을 피우는 나무들이 있다.

앞서 인용했던 크테시아스는 훨씬 대담했다. 그 시대 비평가들에게 가혹한 대접을 받았던 그는 그들에게 복수의 일격을 단 한 번이라도 날렸다는 증거를 후세에 남기지 않고는 참을 수가 없었다. 그 표현이 하도 노골적이어서, 참된 비평가의 역사를 부정하는 사람들이 어째서 그 표현을 못보고 지나쳤는지 의아할 정도이다. 크테시아스는 인도에 사는 기묘한 동물을 설명하는 척하며 다음과 같은 놀라운 말을 했다.

"그중에 이빨이 없어서 물지 못하는 뱀이 있는데, 그 토사물(구토하는 것이 이 뱀의 버릇이다)에 닿은 부분은 썩어 들어간다. 뱀은 보석이 자라나는 산 속에 많이 살며, 자주 독액을 내뿜는다. 사람이 그 독을 마시면 뇌수가 콧구멍으로 흘러내린다."

고대에는 또 다른 종류의 비평가도 있었다. 전자와 종류는 같아도 성장과정이 달라 초학자나 신인 정도로 여겨지지만, 하는 일이 다르다는 점에서 종종 개별 일파로 여겨지기도 한다. 이 신인들은 대개 종일 극장에 가서 각본에서 결점을 찾아내고 그 결점들을 적어 와서 스승에게 논리적으로 보고하는 것이 일이었다. 늑대새끼처럼, 이 사소한 사냥놀이에 익숙해지면 이윽고 날렵함과 체력이 붙어 더욱 큰 먹잇감을 쓰러뜨릴 수 있게 되었다. 예로부터 알려진 것처럼, 참된 비평가는 매춘부나 시의원과 공통점이 있다. 즉 한번 알려진 이름과 본성을 절대로 바꾸지 않는다. 백발의 비평가도 한때는 틀림없이 풋내기 비평가였을 것이고, 노년에 완성된 학식은 젊은 시절의 재능이 진보한 것에 불과하다. 어느 박물학자가 대마[*23]는 씨앗을 입 안에 넣어도 호흡곤란을 일으킬 위험이 있다고 말했는데, 그들은 이 대마와 비슷하다. 서

---

*22 Lucretius(95~55 B.C.). 로마의 시인이자 철학자. 그가 쓴 《De Rerum Natura(자연에 관하여)》라는 시는 과학적 자연관으로 유명하다.

*23 Hemp(대마). 대마에서 뽑은 섬유로 밧줄을 만드는데, 교수대에서 쓰는 밧줄을 속칭 Hemp라고 불렀다.

론이 발명된 것은, 적어도 그 서론이 발전한 것은 이 젊은 학자들 때문이리라 생각한다. 테렌티우스*24는 종종 그들을 malevoli(악한 정신)이라는 이름으로 부르며 경의를 표했다.

확실히 참된 비평가라는 존재가 학계에는 절대적으로 필요했다. 모든 인간행동에는 테미스토클레스*25와 그 일당과 똑같은 구별법이 적용되는 모양이어서, 어떤 사람은 바이올린을 켤 줄 알고, 어떤 사람은 작은 마을을 대도시로 만들 줄 알며, 이도저도 아닌 사람은 이 세상에서 쫓겨나야 한다. 이 추방이라는 벌을 피하기 위해 만들어진 것이 비평가 단체라는 사실에는 의심할 여지가 없다. 이것은 그들을 은밀하게 비방하는 자들에게 다음과 같은 발언 근거도 만들어주었다.

"참된 비평가는 재봉사와 마찬가지로 아주 적은 비용으로 장사도구와 재료를 마련하여 개업하는 일종의 기술자이다. 이들이 사용하는 도구와 재능은 많은 점에서 비슷하다. 재봉사의 쓰레기통은 비평가의 비망록을 상징하며, 비평가의 기지와 학문은 재봉사의 다리미이다. 비평 한 편을 쓰는 데 많은 물건이 필요한 것처럼 한 사람*26을 완성하는 데도 많은 물건이 필요하다. 둘 다 비슷한 정도의 용감함이 필요하며, 무기의 크기도 거의 같다."

이런 괘씸한 비난에 대해 답할 내용은 산더미처럼 많다. 먼저 이 비방은 거짓부리라고 확실하게 말할 수 있다. 비용이 들지 않기는커녕, 비평가들 반열에 끼기 위해 무엇보다도 막대한 투자가 필요하다는 것은 분명한 사실이기 때문이다.

아무리 부자가 되기를 바라는 사람이라도 진짜 거지가 되려면 마지막 한 푼까지 탈탈 털어 내놓아야 한다. 같은 이치로, 참된 비평가를 개업하려면 그동안 익힌 훌륭한 자질을 모조리 내버려야 한다. 더 쓸데없는 것을 사기 위해 수지맞지 않는 거래를 한다고 생각될 정도이다.

이상으로 비평의 역사를 증명하고 그 초기 상황을 설명했으니, 이번에는

---

*24 Themistocles(=Terence, 194~159 B.C.). 로마의 희극시인.
*25 Themistocles(514~449 B.C.). 아테네 해군을 강화시키고, 기원전 480년 살라미스에서 페르시아 함대를 무찔러 바다의 패권을 장악하지만, 기원전 471년 공금횡령과 친 페르시아 주의자 혐의를 받고 추방된다.
*26 여기서 말하는 '사람'이란 옷을 말한다. 자세한 내용은 제2장을 참조.

현황을 검토하고 그것이 고대의 모습과 잘 부합하는지 밝혀보겠다. 어떤 작가[27]가 (그 작품은 모두 아주 오래전에 사라지고 없지만) 자신의 작품 제5권 8장에서 "비평가의 작품은 학문의 거울"이라고 말했다. 이것을 문자 그대로 해석하자면, 완벽한 작가를 희망하는 사람은 비평가의 작품을 면밀히 살핀 뒤, 거울에 비추듯 자신의 창작물을 그 비평서에 따라 수정해야 한다. 그런데 고대의 거울은 sine mercurio(수은을 사용하지 않고) 놋쇠로만 되어 있다고 생각하는 사람이 있다고 치자. 이윽고 이들은 참된 근대 비평가가 지닌 두 가지 주요 자격을 생각해내기에 이를 것이며, 이 두 가지는 지금까지처럼 앞으로도 영원불변하리라는 결론에 반드시 도달할 것이다. 놋쇠는 내구력의 상징이며, 잘 닦기만 하면 뒷면에 수은[28]을 칠하지 않아도 표면에 사물을 잘 비춰내기 때문이다. 참된 비평가가 지녀야 할 다른 자질에 대해서는 말할 필요가 없을 것이다. 모두 이 두 자질에 포함되어 있으며, 이 두 가지로 쉽게 환원되기 때문이다. 마지막으로 세 가지 원리를 얘기해두고자 한다. 참된 근대 비평가와 가짜를 구별하는 특징으로서 편리하게 이용할 수 있으며, 비평이라는 유익하고 훌륭한 예술에 종사하시는 위대한 분들에게도 도움이 될 것이기 때문이다.

첫째, 비평은 다른 지적 작용들과 달리 비평가의 마음에서 불현듯 튀어나오는 것이 가장 진실하고 좋은 것이라고 여겨진다. 사냥꾼들은 첫 사격을 가장 확실하다고 생각하며, 두 번째까지 기다리면 어김없이 목표물을 놓친다고 생각하는 법이다.

둘째, 참된 비평가는 가장 뛰어난 작가 주변으로 모여드는 능력이 있느냐 없느냐로 가려낼 수 있다. 최고급 치즈에 모여드는 쥐새끼나 달콤한 과일에 꼬여드는 꿀벌과 마찬가지로 그들은 그런 작가들에게 단순히 본능적으로 이끌린다. 왕이 말에 걸터앉았을 때는 일행 중에서 가장 더러운 사람이다. 왕을 가장 기분 좋게 하는 사람은 왕에게 가장 많은 아첨을 해대는 사람이기 때문이다.

---

[27] 벤틀리의 저서에서 자주 보이는 버릇을 비꼬기 위해 이런 인용방식을 사용했다.

[28] 이 빈정거림을 이해하기 위해서는 mercury(수은)가 발랄한 재치와 활기 넘치는 정신을 의미한다는 것을 염두에 둘 필요가 있다.

셋째, 책을 읽을 때 참된 비평가는 만찬 자리의 개와 같다. 머리도 위장도 손님들이 던져주는 음식 생각으로 가득해서, 뼈다귀를 적게 던져주면 가장 심하게 으르렁댄다.

이상으로 나의 후원자인 참된 비평가들에게 바치는 인사말은 충분하리라 믿는다. 지금까지 침묵했던 데에 대한 보상도 되고, 지금부터 얘기하게 될지도 모를 내용에 대한 변명도 되리라 생각한다. 비평가 여러분께서 나의 이런 공로를 인정하시어 너그러운 처분을 내려주시기를 바라는 바이다. 이 기대에 힘입어, 앞서 너무나도 행복하게 시작한 이야기의 줄거리를 대담하게 이어나가도록 하겠다.

4
통 이야기

엄청난 노력과 수고를 들여 여기까지 독자 여러분을 안내해왔지만, 여기서 부득이 큰 변화를 들려드려야겠다. 지금까지 누차 이야기에 등장했던 그 박식한 한 형제가 따뜻한 집을 갖게 되자마자 거드름을 피우며 으스대기 시작한 것이다. 독자 여러분께서 그에 대한 인식을 새로이 하지 않으면 앞으로 이 이야기의 주인공과 맞닥뜨리더라도 그를 알아보지 못하는 사태가 벌어지지 않을까 걱정이 될 정도이다. 그 정도로 그는 행동도 복장도 태도도 바뀌어버렸다.

그는 두 형제에게 자신을 맏형으로, 따라서 아버지의 후계자로 생각해달라고 말했다. 좀 더 지나서는 이제 형이라고도 부르지 말고 '피터 님'이라고 부르라고 했다. 다음에는 피터 아버지라고 부르게 하고, 때로는 피터 경이라고 부르게 했다. 이렇게 훌륭한 지위에 오르고 보니, 이제 가지고 태어난 fonde(자격)만으로는 체면을 유지하기에 부족하다는 생각이 들기 시작했다. 여러모로 생각한 끝에 그는 사업가나 발명가가 되기로 마음먹었으며 마침내는 큰 성공을 거두었다. 오늘날 세상에서 널리 쓰이는 유명한 발견과 계획과 기계는 모두 피터 경이 발명한 것이다. 그중 중요한 몇 가지에 대해 내가 모을 수 있었던 가장 그럴듯한 이야기를 여기에 소개하겠다. 세상에 나온 순서는 그다지 고려에 두지 않겠다. 그 점에 대해서 다른 작가들의 의견이 분분하기 때문이다.

이 이야기가 앞으로 외국어로 번역된다면(자료수집에 들인 수고, 서술의 충실함, 내용의 공익성 등을 고려할 때 그런 영광을 받기에 충분하다고 말하더라도 뻔뻔스럽다는 비난은 받지 않으리라 생각한다) 외국, 특히 프랑스와 이탈리아의 학술원에 계신 높으신 분들은 세계 지식증진을 위해 그 하찮은 선물들을 기쁘게 받아주시리라 믿는다. 또한 동방으로 포교를 떠나시는 선교사님들께 다음과 같은 점을 알려드리고자 한다. 내가 오로지 그들을 위해서 동방제국의 언어, 특히 중국어로 쉽게 번역할 수 있는 단어와 어구를 사용했다는 점이다. 이러한 노력을 들인 이 작품 덕택에 지구 전체가 얼마나 큰 이익을 얻게 될지를 상상하며 크나큰 만족감을 가지고 얘기를 계속해보겠다.

피터 경이 처음으로 한 일은 최근 Terra Australis Incognita(미지의 남방대륙)에서 발견된 거대한 토지를 사들인 것이다.[*1] 그는 엄청난 돈을 투자하여 이 땅을 발견자에게서(실제로 그곳에 갔었는지는 의심스럽다고 말하는 사람들도 있지만) 직접 사들인 뒤 몇 개 주로 나누어 상인에게 팔아넘겼다. 상인들은 이민자들을 실어 나르려 했지만, 항해 도중에 난파되어 모두 죽고 말았다. 피터 경은 상인들에게 팔았던 토지를 다른 상인에게 되팔았으며, 그것을 몇 번이고 계속 반복하고 그때마다 이익을 챙겼다.

둘째로 거론하고 싶은 것은 그가 고안한 (특히 비장에 사는) 기생충 치료 특효약[*2]이다. 환자는 사흘 밤을 저녁식사 후에 아무것도 먹어서는 안 된다. 잠자리에 들면 곧바로 옆으로 누웠다가 그 자세에 지치면 반대편으로 돌아 눕는다. 양쪽 눈으로 한 가지 사물을 쳐다봐야 한다. 명백한 이유 없이 트림과 방귀를 동시에 방출해서는 안 된다. 이러한 지침을 충실히 지키면 기생충이 뇌로 올라가 땀이 되어 부지불식간에 배출된다.

세 번째 발명은 공익을 위한 귓속말실[*3]의 설치이다. 우울병 환자, 급경련통에 시달리는 환자, 산파, 군소 정치가,[*4] 사이가 틀어진 친구, 표절시인, 사랑에 빠진 남녀, 실연으로 괴로워하는 남녀, 포주, 추밀 고문관, 시동, 식객, 아첨꾼 등 요컨대 생각을 말하지 못해 배가 부풀어 올라 터지기 일보직전인 사람들을 돕는 곳이다. 적당한 곳에 당나귀 머리가 놓여 있는데, 환자는 당나귀의 어느 한쪽 귀에 입을 대고 귓속말을 할 수 있다. 일정시간 딱 붙이고 있으면 당나귀 귀 특유의 휘발성 기능이 작용하여 트림, 구역질, 구

[*1] Purgatory(연옥) 신앙을 비꼰 것.
[*2] Penance(속죄) 의식을 우롱한 것.
[*3] whispering-office. 가톨릭교회에 있는 고해실(confessional)을 가리킨다. 구두고해(auricular confession)를 조롱한 것으로, '당나귀 머리'란 고해를 들어주는 성직자를 뜻한다.
[*4] 초판본에는 '남의 비밀 얘기를 엿듣는 사람(eavesdroppers)'이라는 설명이 곁들여 있었다.

토 같은 즉각적인 혜택을 받을 수 있다.

피터 경이 기획한 또 다른 매우 유익한 사업은 담배 파이프, 근대적 광신도, 시집, 그림자 그리고 강물을 대상으로 화재보험회사*5를 설립하고, 이러한 것들이 불 때문에 손해를 입지 않도록 한 것이다. 오늘날 공제조합은 이 원형을 본 뜬 것에 지나지 않음을 명료하게 알 수 있다. 둘 다 회사에 유익할 뿐만 아니라 장의사에게도 큰 이익을 가져다준다.

피터 경은 꼭두각시 인형*6과 만화경을 발명한 사람이라고도 알려져 있다. 이것들이 무척이나 유익하다는 것은 주지의 사실이므로 자세한 이야기는 하지 않겠다.

그러나 그를 매우 유명하게 만든 발견은 따로 있다. 그 유명한 만능 식초*7이다. 가정주부가 쓰는 평범한 식초는 고기나 각종 채소의 보존 이외에는 쓸 데가 없다. 이를 본 피터는 엄청난 돈을 들여 집, 정원, 마을, 남자, 여자, 아이, 소 등에게 쓸 수 있는 식초를 고안했다. 이 식초에 절이면 이러한 것들을 호박(琥珀) 속의 벌레처럼 온전하게 보존할 수 있다. 이 식초는 맛도 향도 겉보기에는 평범한 고기나 버터나 청어 등에 쓰는 식초와 전혀 다를 바가 없어 보이지만(그런 것들에 써도 어느 정도 효과는 있었다), 여러 특수한 효능이 있다는 점에서는 전혀 달랐다. 피터가 핌퍼림 핌프라는 가루*8를 일정량 집어넣으면 절대로 효능을 의심할 수 없게 된다. 식초를 뿌려 절이는 작업은 달이 뜬 시간에 이루어졌다. 절여지는 대상이 집이라면 거미나 쥐, 족제비를 틀림없이 막아준다. 개라면 옴, 광견병, 굶주림에 시달리지 않게 된다. 온갖 부스럼, 이, 어린아이의 머리 딱지를 깨끗이 없애주며, 환자의 잠을 설치거나 식욕을 감퇴시키지도 않는다.

---

*5 로마교황의 허가를 받아 곳곳에 설치되었던 면죄부(Indulgences) 발행처를 가리키는 것으로 추정된다. 돈을 받고 면죄부를 남발하면서 그 폐해는 끊이지 않았고, 결국 루터 종교개혁의 한 원인이 되었다(원주). 지옥 불에 불타는 것을 막아주니까 화재보험회사라는 표현을 쓴 것. 공제조합에 가입했을 때와 마찬가지로 사후 걱정 없이 안심하고 죽을 수 있고, 장례비용은 조합에서 보증해줄 테니 장의사에게도 이익이라는 뜻.
*6 가톨릭교도의 수도원 생활과 행렬예배에 대한 빈정거림이다.
*7 universal pickle. 가톨릭교에서 의식에 사용하는 성수(Holy water)를 풍자한 것이다.
*8 powder pimperlimpimp. 평범한 물이 하느님에게 바쳐질 때면 바로 성수가 되는 것을 비꼬고 있다.

그러나 피터가 자신의 귀중한 발명품들 가운데서도 가장 아꼈던 것은 한 쌍의 황소(bulls)*9였다. 황금 양털*10를 수호했던 황소의 직계 후손으로, 운 좋게도 그 종이 보존된 것이었다. 그러나 면밀하게 관찰해보면 완전한 순수 혈통이라고는 보기 어려웠다. 어떤 특성은 조상보다 뒤떨어지며 다른 피도 섞여 있어 아주 다른 성질을 지니게 되었다고 주장하는 사람도 있었다. 콜키스의 황소는 놋쇠 발을 가지고 있었다고 기록되어 있지만, 먹이가 부족해서 이리저리 돌아다녔기 때문인지, 다른 혈통의 부모가 섞이거나 비밀 교배로 나쁜 피가 들어왔기 때문인지, 조상의 약점이 번식력을 저해한 것인지, 오랜 세월을 거치며 필연적인 퇴화를 맞아 본디 성질이 후세에 와서 쇠퇴하기 시작한 것인지, 원인이 어디에 있건 간에, 피터 경의 황소는 금속 발에 녹이 슬어 심하게 손상되었으며 지금은 아예 납*11이 되고 말았다. 그러나 이 혈통 특유의 무시무시한 포효와 콧구멍에서 불을 뿜는 능력은 그대로 남아 있었다. 단, 그것을 비난하는 사람들은 그런 재주는 묘기에 불과할 뿐 보기만큼 무섭지 않으며, 평소 불꽃과 폭죽*12을 주식으로 삼은 결과에 불과하다고 말했다. 그런데 이 황소들은 이아손의 황소와는 매우 다른 두 가지 특징을 갖고 있었다. 호라티우스*13의 괴물묘사 이외의 어디에서도 본 적이 없는 특징이었다.

Varias inducere plumas ; Atrum definit in piscem.

---

*9 로마교황의 교서(bull)를 황소(bull)라는 단어로 풍자하고 있다.
*10 the Golden Fleece(그리스 신화)를 말한다. 왕명으로 그리스 용사 50명과 함께 아르고 호를 타고 흑해 동부 연안 국가인 콜키스로 원정을 떠난 테살리아의 이아손은 아레스 숲으로 황금 양털을 가지러 간다. 황금 양털은 떡갈나무에 걸려 있으며, 용 한 마리가 밤낮으로 지키고 있었다. 콜키스 왕 아이에테스는 발은 놋쇠로 되어 있고 입에서는 불을 뿜는 황소 두 마리에 쟁기를 달면 황금 양털을 주겠노라고 약속한다. 이아손은 왕의 딸인 메데이아의 도움을 받아 그 일을 해내고 황금 양털을 손에 넣는다.
*11 common lead. 로마교황의 교서는 납으로 봉인하는데, 그 봉인을 bull이라고 부르며 그렇게 봉인된 교서 또한 bull이라고 부른다. 납 봉인에는 그물을 거두는 어부 성 페테로의 모습을 담은 인장이 찍힌다.
*12 squibs and crackera. 로마교황이 마음에 들지 않는 왕과 제후들에게 틈만 나면 저주를 퍼붓고, 파문하겠다고 위협한 것을 풍자했다.
*13 Quintus Horatius Flaccus(Horace, 65~8 B.C.). 로마의 시인.

괴물의 깃털이 달리고, 꼬리는 검은 물고기와 같았다.

물고기의 꼬리가 달려 있었으며, 때에 따라서는 어떤 새들보다도 빠르게 하늘을 날 수 있었기 때문이다. 피터는 이 황소를 여러 용도로 써먹었다. 그들을 포효하게 하여 말썽꾸러기*14 꼬마들을 겁주어 입을 다물게 했다. 중요한 심부름을 시키기도 했다. 이것은 너무도 기묘한 이야기여서 신중한 독자들은 쉽게 믿지 못할지도 모르겠다. 그들은 황금 양털의 수호자였던 위대한 조상에게서 대대로 이어받은 appetitus sensibilis(감각적 욕망)을 지닌지라 지금도 황금을 매우 좋아하는 것이다. 피터가 그들을 밖으로 내보내면, 그냥 인사만 하고 돌아오면 되는 심부름일 때도 그들은 황금 한 조각을 던져주기 전까지는 울부짖고, 침을 뱉고, 트림하고, 오줌을 갈기고, 방귀를 뀌고, 코에서 불을 내뿜는 등 난리법석을 부렸다. 그러나 pulveris exigui jactu(아주 작은 조각이라도 던져주면) 이내 새끼 양처럼 얌전해졌다. 요컨대 주인의 은밀한 묵인과 부추김 때문에, 또는 그들 자신의 황금에 대한 욕심 때문에, 또는 그 양쪽 때문에, 확실히 그들은 억세고 오만하기 짝이 없는 거지나 다를 바가 없었다. 끝내 금을 얻어내지 못하면 임신부를 유산시키고 아이에게 경기를 일으킨다. 그래서 아이들은 오늘날까지도 요괴며 도깨비를 bull-beggars(괴물)이라고 부른다. 마침내 인근 지역에까지 피해를 주자 북서부 지방에 사는 몇몇 신사가 영국토종 불도그*15를 한 쌍 길러서 황소들에게 맹렬하게 덤벼들게 했다. 그 뒤로는 그들도 조금은 느낀 바가 있는 것 같다.

아주 특이하며, 피터 경의 역량을 최대한으로 이끌어내고 발명에 뛰어난 재능이 있음을 명확히 보여준 사업을 한 가지 더 언급하지 않을 수 없다. 피터 경은 뉴게이트 감옥에 갇힌 악당이 교수형을 선고받으면 그들에게서 일정 금액을 받고 사면장을 발행해주겠노라고 선언했다. 가엾은 죄수가 애써 마련한 돈을 보내오면 피터 각하는 다음과 같은 서식의 편지*16 한 통을 보

---

*14 naughty boys. 교황의 노여움을 산 각 나라의 왕과 제후들을 가리킨다.
*15 English bull-dogs. 영국 국왕 헨리8세가 로마교황과 충돌하면서 영국국교회로 독립한 사실을 풍자하고 있다.
*16 로마교황이 발행하는 사면장을 풍자한 것. in articulo mortis(임종) 면죄와 cameræ apostolicæ (교황청에 바치는) 세금을 조롱하고 있다. 또한 교황은 보통 servus servorum Dei(주님의 충실한 종 중의 종)이라고 서명한다.

내주었다.

 모든 시장, 주지사, 교도소장, 경찰관, 집행관, 사형집행인, 그밖에 관계자들은 볼지어다. 아무개가 사형선고를 받고 그대의 처분을 기다리고 있다는 소식을 들었노라. 이 서한을 보는 즉시 위 죄인을 집으로 돌려보낼지어다. 살인, 남색, 강간, 신성모독, 근친상간, 반역, 불경죄 등 그 죄상이 무엇이건 상관없다. 바로 이 서한이 충분한 보증이 되리라. 이를 게을리 할 시에는 그대와 그대의 일가친척들에게 하느님의 저주가 내리고, 영원히 지옥으로 떨어지리라. 진심으로 그대의 번영을 기원하며 작별인사를 보내노라.

 주님의 충실한 종 중의 종
 피터 황제

 가엾은 죄수는 이 편지를 믿었다가 목숨도 잃고 돈도 잃었다.
 후세 학자들 중에서 이 공들인 논문의 주석자가 될 사람들에게 바란다. 다소 모호한 점들에 대해서는 세심한 주의를 기울여 주석을 달아달라는 것이다. verè adepti(진짜로 능숙한 사람)이 아니라면 섣부른 결론을 내릴 위험이 있기 때문이다. 특히 신비한 구절을 쓸 때는 내용을 간결하게 하기 위해 약간의 arcana(비밀)을 함축시켜 놓았는데, 주석을 달 때는 그것을 구별해야 한다. 내가 이렇게 고맙고 유익한 innuendo(암시)를 사용한 것에 대해 후세 예술가 여러분들은 내게 반드시 크게 감사하리라 믿어 의심치 않는다.
 이러한 수많은 훌륭한 발견이 세간의 호평을 받았음을 독자 여러분은 쉽게 믿을 수 있을 것이다. 그럼에도 여기서 소개한 것은 극히 일부에 불과하다. 애당초 내가 생각하기에 대중이 모방해서 가장 도움이 될 만한 것, 발명자의 역량과 재치를 가장 잘 나타낼 수 있는 것만을 골라서 얘기할 셈이었기 때문이다. 그러므로 피터 경이 이 무렵 엄청난 부자가 되었다고 해도 의심할 필요가 없을 것이다. 그런데 애석하게도, 너무 오랫동안 과격하게 혹사당한 탓에 끝내 그의 두뇌가 진저리를 치고 기분전환을 찾아 나섰다. 즉 오만함, 온갖 사업 구상, 협잡질 때문에 가엾게도 피터는 머리가 돌아버려 기묘하기 짝이 없는 상상을 하기 시작했다. 발작이 일어나면 (오만함 때문에 미쳐버린 자들에게 흔히 있는 일이다) 그는 자신을 "전지전능한 신"이라고 불렀고, 때로는 "세상의 왕"이라고도 불렀다. 그가 머리에 높은 모자를 세 개나 겹쳐 쓰고,*17 커다란 열쇠꾸러미를 허리춤에 달고, 낚싯대를 손에 들고 있는 것을 보았다(고 원지은이는 말했다). 그런 차림으로 피터는 누가 악수를 청해 오면 잘 훈련된 스패니얼처럼 얌전하게 발을 내밀었다.*18 이것을 무례하다고 나무라는 자가 있으면 발을 상대방의 턱 높이까지 올리고 얼굴을 호되게 차버렸다. 나중에는 그것이 경례라고 불리기에 이르렀다. 인사를 하지 않고 그의 옆을 지나가는 자가 있으면 무시무시하게 센 입김을 불어서 상대방의 모자를 흙바닥에 나뒹굴게 했다. 한편 그의 가정은 엉망진창이었으며, 두 형제는 비참하게 살고 있었다. 그가 저지른 첫 번째 boutade(돌발행동)은 두 동생의 아내*19와 자신의 아내를 어느 날 아침 집에서 내쫓은 것이었다. 그 대신 그는 방랑 여인을 발견하는 즉시 세 명을 데리고 오라고 명령했다. 그로부터 얼마 안 있어 그는 지하창고에 못질을 해서*20 동생들로 하여금 식사 때 술 한 방울도 입에 대지 못하도록 했다. 어느 날 시의원의 집에서 식사를 할 때, 이 의원이 자신의 동생들과 함께 소 옆구리 살을 입에 침이 마르도록 칭찬하는 것을 보게 되었다. 지혜로운 의원이 말하길 쇠고기는 고기 중의 왕이며, 그 안에 자고새, 메추라기, 사슴, 꿩, 건포도가 든 푸딩, 커스터드의 진수가 다 들어 있다고 했다. 집으로 돌아온 피터는 이 논법을 적당히 꾸며서 써먹기로 했는데, 소 옆구리 살이 없었으므로 검은 빵에다 응용했다. 그는 동생들에게 이렇게 말했다. "빵은 생명의 근원이네. 빵 속에는 쇠고기, 양고기, 송아지 고기, 사슴고기, 자고새 고기, 건포도가 든 푸딩, 커스터드의 진수가 모조리 들어 있지. 적당한 수분까지 들어 있으니 완전무결이라 할 수 있어. 물은 맛이 없지만 효모가 그 밍밍한 맛을 바로잡아주지.

---

*17 three old high-crowned hats, etx. 각각 교황의 삼중관(triple crown), 교회 열쇠(the Key of the church), 어부의 인장(fisher's ring)을 가리킨다. 교회 열쇠는 천국 열쇠를 상징하며(마태오복음 16 : 19), 인장에 있는 어부는 성 페테로를 나타낸다(마태오복음 4 : 18).
*18 가톨릭에서 로마교황은 매우 독재적인 절대군주로, 옛날 신도들은 교황 발치에 엎드려 신발 앞코에 입을 맞추어야 했다.
*19 결혼을 해서는 안 되는 가톨릭 성직자에 대한 풍자이다.
*20 교황은 성찬식 때 속세의 음주를 금하고, 그리스도의 피는 빵에 들어 있고 빵은 그리스도의 참된 육체라고 주장했다.

물이 발효해서 훌륭한 술이 되어 빵 전체에 스며들어 있다네." 이 결론에 따라 다음 날 오찬에는 도시에서 열리는 대연회처럼 격식을 차려 검은 빵이 식탁에 나왔다. 피터가 "자, 두 사람 모두 사양 말고 들게나. 여기 맛있는 양고기[*21]가 있네. 아니, 기다리게. 익숙한 내가 나누어주겠네"라고 말하면서 사뭇 거들먹거리는 손놀림으로 칼과 포크를 움직여 빵을 두껍게 두 조각 썰어 접시에 담고 두 동생에게 내밀었다. 피터 경의 말이 잘 이해가 가지 않았던 첫째 동생이 매우 정중한 말투로 이 비밀을 따져보기 시작했다. "각하, 아무래도 저는 각하께서 뭔가 착오를 하신 것 같은 생각이 드는데요." 피터가 말했다. "뭐라고? 농담을 하려는 게냐? 좋다, 그렇게 얘기하고 싶은 농담이라면 들어주마. 얘기해 보아라." "농담이라니 당치도 않습니다. 분명히 각하께서는 조금 전에 양고기라고 말씀하신 것 같습니다만. 가능하다면 꼭 그 양고기를 받고 싶어서 그럽니다." 피터가 깜짝 놀란 얼굴로 말했다. "뭐라고? 도통 무슨 소리인지 모르겠군." 둘째 동생이 대화에 결론을 내리고자 입을 열었다. "각하, 제 생각에 형님은 배가 고프다고 말씀하시는 것 같군요. 그래서 각하께서 대접하겠노라고 약속하신 양고기를 빨리 달라는 것입니다." "조금 더 알아듣기 쉽게 얘기해주지 않겠나? 자네들이 제정신이 아니거나 농담이 조금 지나친 것 같은데. 그 부위가 마음에 들지 않으면 내 것과 바꿔주마. 그 부위가 어깨살 중에서 가장 맛있는 부위인데 왜 그러는지, 원." 첫째 동생이 대꾸했다. "아니 그럼 이것이 처음부터 양의 어깨살이었단 말입니까, 각하?" 피터가 말했다. "자, 자, 식사를 들게. 잘난 입은 그만 놀리고 말이야. 지금은 그런 이야기를 들을 기분이 아니네." 그러나 첫째 동생은 피터의 일부러 진지한 척하는 표정에 화가 나서 참을 수가 없었다. "하지만 각하, 저로서는 이렇게 말씀드릴 수밖에 없겠군요. 눈으로 보나 손으로 만져보나 입으로 깨물어보나 코로 맡아보나 이것은 빵조각으로밖에 생각되지 않습니다." 둘째 동생도 거들었다. "저도 지금까지 한 조각에 12펜스 하는 빵조각과 이렇게나 닮은 양고기는 본 적이 없습니다." 피터가 붉으락푸르락하며 소리쳤다. "잘 들어라, 네놈들은 사리 분별을 못하고 건방지고 무식하고 고집불통인 개들이다! 영 모르겠다면 똑똑히 말해주마. 신께 맹세코

---

[*]21 Doctrine of Transubstantiation(화체설 교리)에 대한 우롱이다.

이것은 틀림없는 진짜 최고급 양고기이다. 레든홀 시장에서조차 흔히 구할 수 없는 귀한 고기라고! 이걸 보고 양고기가 아니라니, 괘씸한 놈들! 천벌 받을 놈들!" 이렇게까지 맹렬하게 주장하자 동생들은 감히 더 대들지 못했다. 두 불신자는 황급히 자신들의 실수를 수습하기 시작했다. "오호라, 신중하게 다시 생각해보니" 첫째 동생이 말하기 시작하자 둘째 동생이 도중에 형의 말을 끊고 말했다. "다시 생각해보니 각하의 말씀도 일리가 있는 것 같습니다." 피터가 말했다. "그럼 됐네. 자, 적포도주를 한 잔 따라주게. 자네들을 위해 축배를 들지." 두 동생은 형이 화를 푼 것을 보고 매우 기뻐하며 깊은 감사의 말을 전했다. 자신들도 각하의 건강을 기원하며 건배하고 싶다고 제안했다. 피터가 "그거 좋군. 합당한 요구라면 결코 거절하지 않지. 술도 도를 넘지 않으면 약이네. 자, 한 잔씩 따라주겠네. 이건 진짜 포도즙이야. 변변찮은 양조업자가 만든 술하고는 차원이 다르지"라고 말하면서 두 동생에게 커다랗고 퍼석퍼석한 빵을 한 덩이씩 더 주고 "쭉 들이켜게나. 사양할 것 없네. 해롭지 않을 걸세"라고 말했다. 또다시 난처한 지경에 빠진 두 동생은 한참 동안 피터 경의 얼굴과 서로의 얼굴을 번갈아 쳐다보았다. 그러나 문제를 제기했다가는 어떤 사태가 벌어질지 짐작이 갔으므로 긁어 부스럼을 만들지 않도록 형님 말에 져주기로 결심했다. 그 광기어린 발작이 시작된 참이었으므로 이 이상 반항하면 지금의 백배는 더 손쓸 수 없는 사태가 벌어지리라는 것을 알고 있었기 때문이다.

이 훌륭한 대화를 매우 세세하게 다룬 것은 이 대화가 마침 비슷한 시기에 형제들 사이에서 벌어졌다가 아직까지도 화해의 길을 찾지 못한 저 유명한 불화[*22]의 주요 원인이 되었기 때문이다. 그 이야기는 다른 장에서 상세하게 다루도록 하겠다.

아무튼 사실 피터 경은 제정신일 때에도 일상적인 대화에 음탕한 단어를 섞어 쓰는 버릇이 있었다. 또한 엄청나게 제멋대로이고 거만해서 자신의 잘못을 인정할 바에야 차라리 죽을 때까지 토론을 계속하겠다는 식이었다. 게다가 시도 때도 없이 그럴싸한 허풍을 내뱉는 나쁜 버릇이 있었다. 신께 맹세코 사실이라고 주장할 뿐만 아니라, 조금이라도 믿기를 망설이는 기색을

＊22 great and famous rupture. 종교개혁(the Reformation)을 의미한다.

보이는 사람이 있으면 그 자리에 모인 모든 사람에게 과격한 저주를 퍼부었다. 언젠가는 집에 암소 한 마리가 있는데 한 번 젖을 짜면 교회 3000개를 채울 정도로 젖이 나오고,*23 더욱 신기한 것은 그 우유는 결코 맛이 변하지 않는다고 주장했다. 또 어떤 때는 아버지의 재산이었던 낡은 이정표*24에 대해 얘기하며, 거기에는 대형전함 열여섯 척을 건조하기에 충분한 못과 목재가 있다고 말했다. 어느 날은 매우 가벼워 산도 넘을 수 있는 중국의 짐마차에 대해 얘기하며 이렇게 말했다. "뭐 그렇게 놀랍니까? 석탄과 돌로 된 거대한 집*25이 바다를 건너고 육지를 넘어 (식사를 위해 때때로 쉬기는 했지만) 2000리그도 넘게 여행한 것을 저는 똑똑히 봤습니다." 이야기하는 내내 자신은 태어나서 지금껏 거짓말을 한 번도 하지 않았다고 단언한 것이 매우 유효했다. 한 마디 할 때마다 "여러분, 저는 사실만을 말합니다. 제 이야기를 믿지 않는 자는 지옥의 불구덩이에 떨어질 것입니다"라고 말하는 것이었다.

간단히 말하자면, 피터의 해괴한 말과 행동이 도를 넘기 시작하자 이웃들도 "저놈은 악당이나 다를 바가 없다"고 거리낌 없이 말하고 다녔다. 두 동생도 형의 학대에 넌덜머리가 났으므로 마침내 형과 헤어지기로 결심했다. 하지만 그 전에 먼저 오래전부터 보관한 채로 내버려두었던 아버지 유언장의 사본을 달라고 요구했다. 그러나 피터는 이 요구를 받아주기는커녕 갈보의 자식들, 악당 놈들, 반역자 놈들 등등 갖은 상스러운 욕지거리를 동생들에게 퍼부었다. 그러던 어느 날 피터가 사업상 볼일을 보러 외출한 사이였다. 기회를 엿보던 두 동생은 가까스로 유언장의 copia vera(진짜 사본)*26을 얻었다. 그것을 보자 자신들이 지금까지 얼마나 심한 꼴을 당해왔는지 곧바로 알 수 있었다. 아버지는 세 사람을 동등한 상속자로 보고, 소유물 일체는 세 사람의 공동소유로 하라고 엄중하게 명령했었던 것이다. 그 명령에 따라

---

*23 성모마리아의 젖에 대한 가톨릭교도의 신앙심을 가리킨다.
*24 old sign-post. 구세주 그리스도의 십자가를 가리킨다.
*25 a large house of lime and stone. Santa Casa(=Holy house) of Loretto를 가리킨다. 로레토는 이탈리아의 마을 이름이며, 그곳에 있는 Santa Casa는 작은 석조 건물로 가톨릭 신자들의 순례지로서 유명하다. 나사렛에서 성모 마리아가 살던 집인데, 천사들이 로레토로 옮겨왔다는 전설이 있다.
*26 라틴어 성경을 모국어로 번역한 것을 말한다.

두 사람이 가장 먼저 한 일은 지하창고 문을 부수고 들어가 고급술을 조금 들이켜서 기운을 차리고 유쾌해진 것*27이었다. 유언을 옮겨 적으면서 발견한 또 한 가지 명령은 매춘, 이혼, 별거의 금지였다. 이에 따라 두 사람이 다음에 한 일*28은 첩들을 내쫓고 본처를 다시 불러들인 것이었다. 이런 소동이 한창 벌어지는 와중에 뉴게이트에서 변호사가 찾아와, 내일 교수형에 처해질 도적에게 피터 경이 사면장을 써주었으면 한다고 부탁했다. 두 동생은 그 도적보다 훨씬 교수형에 처해져야 마땅한 자에게 사면장을 요구하는 것은 멍청한 짓이라고 말했다.

그러고는 앞서 얘기한 피터의 사기행각을 모조리 까발리고, 왕에게 사면을 청하도록*29 도적에게 권하라고 변호사에게 충고했다. 이 혼란을 틈타 피터가 한 부대의 용(龍)*30을 이끌고 난입했다. 은밀하게 이루어지던 모든 일의 진상을 수집한 피터와 그 부대는 (크게 중요하지는 않으므로 여기서는 반복하지 않겠다) 온갖 욕설과 상소리를 퍼부은 끝에 무력으로 두 동생을 문 밖으로 추방*31했다. 그날부터 오늘날에 이르기까지 두 번 다시 두 사람을 집 안으로 들이려고 하지 않고 있다.

---

*27 성찬식에서 속세의 포도주 마시는 것을 허락한 것을 말한다.
*28 성직자의 결혼을 허가한 것.
*29 돈으로 사는 사면장과 면죄부에 기대지 말고 주님의 자비를 바라라는 것. 오직 주님을 통해 참 구원을 얻을 수 있다고 가르친 것이다.
*30 종교개혁을 탄압한 어리석은 가톨릭 제후들이 이끄는 군대를 가리킨다.
*31 로마교황이 모든 이단자를 교회에서 쫓아낸 것을 가리킨다.

5
근대작가에 대한 여담

근대작가라는 영광스러운 칭호를 세상 사람들에게서 부여받은 우리가 영원한 기억과 불멸의 명성을 얻겠다는 크나큰 목적을 달성하기 위해서는 우리의 노력이 인류의 보편적 이익에 커다란 도움이 될 필요가 있다. 아아, 세계여! 그대의 비서인 나의 위대한 바람도 인류의 이익이로다.

> Quemvis perferre laborem
> Suadet, et inducit noctes vigilare serenas.
> 그는 내게 무슨 일이든 하도록 권했으며 밤을 지새우라고 종용했다.

이 목적을 위해 나는 전보다 많은 노력과 기량을 쏟아 인간 본성이라는 시체를 해부했다. 그리고 인간 본성이 포함한 부분과 포함된 부분에 대해 수많은 유익한 강연을 해왔지만, 마침내 시체 썩는 내가 코를 찌를 지경에 이르러 더는 보존할 수 없게 되었다. 그래서 구조와 균형을 무너뜨리지 않고 모든 골격을 다시 조립하는 일에 큰 수고를 들였다. 따라서 호기심 많은 독자 여러분께 골격해부도를 하나에서부터 열까지 보여드리는 일쯤이야 식은 죽 먹기이다. 그러나 여담 안에 다시 여담을 끼워 넣는 일은 그만두겠다. 겹겹이 포개 넣는 상자처럼 여담을 거듭하는 작가도 있지만, 그다지 좋은 방법은 아니기 때문이다.

그러므로 결론을 말하자면, 나는 인간 본성을 주의 깊게 해부한 결과 기묘하고 새로운 중대 발견을 했다. 인류의 보편적 이익은 교훈과 오락이라는 두 가지 방법으로 성취된다는 것이다. 또한 앞서 말한 수차례 강연에서 (언젠가 이 강연이 세상에 선보이는 날이 올지도 모르겠다. 단, 내가 친구에게 그 원고를 훔쳐내라고 설득하거나, 내게 끈질기게 청하도록 나의 추종자들에게 설득할 수 있다면 말이다) 나는 지금 인류에게는 배우기보다 즐기기에서 얻는 이익이 훨씬 크다는 것을 증명했다. 괴팍함과 게으름과 연발하는 하품이 인류를 덮치는 전염병인 지금 상황에서 기지와 학문의 일반 영역에는 가르칠 소재가 거의 남지 않았기 때문이다. 그러나 어차피 논의할 거라면 완전무결한 논지를 펴는 편이 좋으므로, 예로부터 내려오는 권위 있는 가르침에 따라 이 우수한 논문 전반에 걸쳐 교훈과 오락을 교묘하게 반죽하고 utile(유익)과 dulce(오락)을 층층이 겹쳐쌓았다.

위대하신 근대주의 작가들[*1]이 얼마나 철저하게 고대작가들의 미약한 광명을 지우고 그들을 시류 밖으로 쫓아냈는지, 학식으로 둘째가라면 서러운 동네작가들조차 고대작가라는 것이 과연 존재했었는지 여부를 진지하게 의심할 정도이다. 이에 관해서는 저 유명한 근대파 학자 벤틀리 박사가 공들여 쓴 유익한 작품을 읽어보신다면 한없는 만족을 얻으실 것이다. 그러나 다음 사실들을 생각하면 나는 슬픔을 금할 길이 없다. 인생에서 알아야 하고 믿어야 하고 상상해야 하고 실천해야 하는 모든 일을 취합하고 정리하여, 들고 다닐 수 있는 작은 책 한 권으로 쓰려는 시도를 한 근대 작가가 한 명도 없다는 사실이다.

단, 오 브라질[*2]의 한 위대한 철학자가 몇 년 전에 그런 시도를 했다는 사실은 인정하지 않을 수 없다. 그가 제안한 방법은 어떤 신비한 처방전으로 만든 비약으로, 그가 요절한 뒤 유서 안에서 발견되었다. 근대 학자들에 대한 깊은 사랑에서 여기에 그 비방을 공개하고자 한다. 언젠가 이 비방을 사용하는 용감한 양반이 나타나리라 믿어 의심치 않는다.

[*1] 앞서도 나왔듯이, 프랑스의 페로에서 비롯된 근대 학문과 고대 학문의 우열논쟁은 한때 영국에서도 유행하게 되었다. 벤틀리, 우턴 등이 근대 작가의 우월성을 주장한 데 반해 템플, 보일 등은 고대 작가의 우수성을 주장했다. 이 신구논쟁이 스위프트의 풍자소설 《책들의 전쟁》을 태어나게 한 계기가 되었다. 스위프트는 《통 이야기》를 비롯한 다른 작품에서도 틈만 나면 근대주의자들을 조롱하고 우롱했다. 이 책의 제5장은 전체가 근대주의자에 대한 풍자로 보인다.
[*2] O. Brazil. 아란 섬(스코틀랜드 클라이드 협만에 있는 섬)의 주민들은 특정 시기가 되면 환상의 섬을 볼 수 있다고 믿었는데, 그것을 '오 브라질'이라고 불렀다. 《브라질의 역사》의 지은이 사우디에 따르면 이것은 일종의 신기루 같은 착시현상으로, 나폴리 만에 나타나는 환상의 궁전(Fata Morgana)과 같은 것이라고 한다(월터 스코트 주).

종류와 언어를 불문하고 근대기술과 학문을 다룬 온갖 서적 중에서 송아지 가죽으로 아름답게 장정되고 표지에 멋진 글자가 박힌 책 몇 권을 꺼낸다. 이 책들을 양귀비 진액 적정량과 Lethe(망각의 강물) 3파인트(이 두 물품은 약국에서 구할 수 있다)를 넣은 balneo Mariae(가마솥)에 집어넣고 증류시킨다. sordes(불순물)과 caput mortuum(찌꺼기)를 꼼꼼히 제거하고 휘발성분은 모두 증발시킨다. 그러면 첫 번째 추출물만이 남는다. 이것을 다시 증류시키기를 열일곱 번 반복하면 남는 양은 약 2드램*3이 된다. 이것을 유리병 안에 넣어 밀봉한 뒤 21일 동안 저장한다. 그런 뒤에 위대한 논문을 집필하기 시작한다.

즉, 매일 아침 (먼저 병을 잘 흔든 다음) 이 영약 세 방울을 덜어 콧구멍으로 강하게 흡입한다. 그러면 14분 만에 뇌수(이것이 존재한다면)로 퍼져서 곧 뇌리에서 알아채게 된다. 이로써 발췌, 개요, 줄거리, 문집, 선집, excerpta quædams(요약본), florilegias(사화집) 등등 수많은 글들이 즉시 종이에 옮겨 적을 수 있도록 가지런히 배열된다.

impar(무능)한 내가 이 어마어마한 집필 작업에 용감하게 손을 대게 된 것도 이 비약 덕분임을 고백해야겠다. 이 작품의 집필이 얼마나 어마어마한 일인가 하면, 여태껏 호메로스라고 불리는 어떤 지은이 이외에 누가 이 논문을 완성하거나 시도했다는 이야기를 들은 적이 없을 정도이다. 이 호메로스라는 인물은 고대작가치고는 제법 천재적인 재능을 지녔지만, 이 사람의 작품에서도 큰 오류가 많이 발견된다. 그의 시체가 아직도 존재한다면, 그 시체조차도 용서할 수 없는 오류이다. 호메로스는 인간적, 신적, 정치적, 기계적인 지식의 전반을 작품에 담아내려고 계획했다지만,*4 그가 완전히 무시한 분야도 있으며 여전히 불완전한 분야도 있음은 명백하기 때문이다. 첫째로 그의 제자들은 그를 유명한 cabalist(비법가)라고 말하지만, 그런 것치고 그의 opus magnum(대작)의 저술은 무척이나 빈약하고 불완전하다. 센디보거스,*5 베므,*6 《신학적 인류철학》*7 등도 수박 겉핥기식으로밖에 읽지 않은

---

*3 dram. 약재를 재는 단위. 1드램은 8분의 1온스로 3.844그램.
*4 Homerus omnes res humanas poematis complexus estXenoph. in conviv(호메로스의 시에는 온갖 인간적인 사물이 내포되어 있다. 크세노폰 《향연》) (원주).

듯하다. 또 sphæra pyroplastica(불타는 천체)에 대해서는 큰 오류를 저질렀는데, 이것은 어떤 방법으로도 되돌릴 수 없는 부주의한 실수이다. (독자 여러분께서 이런 격렬한 비난을 용서하신다면) vix crederem autorem hunc unquam audivisse ignis vocem(나는 불의 목소리를 들은 적이 있다는 이 지은이의 말을 거의 믿지 않는다). 기계학 전 분야에서도 그의 결점은 두드러진다. 여느 근대 작가들처럼 나는 아주 부지런하게 그의 작품들을 독파했지만, 저 쓸모 있고 편리한 촛대의 구조에 대한 언급은 단 한 마디도 찾을 수가 없었다. 근대 작가들이 도움의 손길을 뻗지 않았더라면, 이 결함 때문에 우리는 아직도 어둠 속을 배회하고 다녔을는지 모른다.

이 학자를 비난할 만한 더욱 두드러진 결점이 한 가지 더 있다. 즉, 영국의 관습법*8이나 영국교회의 교리와 계율에 완전히 무지하다는 점이다. 이 결함 때문에 호메로스를 비롯한 모든 고대 작가는 내 덕망 있고 총명한 친구인 신학자 우턴 씨에게 그의 비길 데 없이 훌륭한 저서 《고대와 근대 학문》에서 비난을 받게 되었다.

아마 이만큼 들어 마땅한 비난도 없을 것이다. 참고로 우턴 씨의 이 저서는 지은이의 변화무쌍하고 풍부한 재치, 파리와 침에 관한 숭고한 발견과 그 유익함, 난해한 웅변체 등등 어느 모로 보나 아무리 그 가치를 인정하더라도 지나침이 없는 명저이다. 나는 이 논문을 쓰는 내내 그의 이 빼어난 대작에서 많은 도움과 자극을 받았다. 이에 이 자리를 빌려 지은이에게 감사의 뜻을 표하지 않을 수 없다.

호메로스의 작품을 꼼꼼히 검토하다 보면 위에서 거론한 실수 외에 꼭 그의 책임이라고만은 볼 수 없는 결점이 몇 가지 눈에 띈다. 모든 지식 분야는 그의 시대 이후에 놀라운 진보를 이룩했으며 특히 최근 3년 사이에 현저하게 발전했다. 따라서 그의 옹호자들이 주장하는 것처럼 그가 근대의 발견에

---

*5 Sendivogus(1566~1646). 유명한 연금술사.
*6 Behme(Jakob Böhme, 1575~1624). 독일의 신비로운 자연철학자.
*7 Anthroposophia Theomagica. 약 50년 전 캠브리지 대학 한 웨일스 출신 학자의 대표작. 본(Vaughan)이라는 이름의 학자였던 것으로 기억한다. 헨리 모어 박사가 쓴 답문에 그의 이름이 나와 있다. 이 작품은 세상에서도 보기 드문 허풍투성이 문장이다(원주).
*8 우턴이 신구논쟁에서 근대 작가가 고대 작가보다 우월한 지식 분야로서 신학과 법률을 든 것을 비꼰 것이다.

완전히 통달하는 일은 불가능하다.

그가 나침반, 화약을 발명했으며 혈액순환을 발견했다는 점은 기꺼이 인정한다. 그런데 그의 숭배자들에게 묻고 싶다. 그의 어떤 작품에 비장에 대한 완벽한 설명이 쓰여 있는가? 있다면 보여 달라. 또 그는 우리에게 정치적 도박에 대해 전혀 가르칠 것이 없는 것은 아닌지? 차(茶)에 관한 그의 긴 논문만큼 불완전하고 불충분한 것이 있는지? 또한 최근 매우 유명한 그의 "수은[*9] 없이 침 흘리는 방법"은 (내 지식과 경험으로 볼 때) 전혀 근거 없는 설이다.

내가 펜을 들라는 오랜 간청을 받아들인 이유도 이 중대한 결함을 보충하기 위함이었다. 감히 약속드려도 좋다. 내가 인생에서 위기의 순간에 도움이 되는 것이라면 무엇 하나 소홀히 다루지 않았음을 현명한 독자라면 찾아내실 것이다. 또한 이 논문에는 가장 높은 곳에서 가장 낮은 곳까지 인간의 상상력이 닿는 범위에 있는 세상만사가 빠짐없이 들어 있을 것이다. 특히 학자 여러분께는 남들이 모르는 새로운 발견에 대해 한 번 읽어보시라고 권하는 바이다.

그 수가 상당히 많지만, 그중에서 다음 몇 가지만 골라 소개해보겠다《어설픈 지식인을 위한 새로운 비법서—깊게 배우고 얕게 읽는 기술》, 《쥐덫에 대한 새로운 착상》, 《도리의 일반법칙, 또는 (세상을) 나누는 자습서》. 매우 쓸모 있는 올빼미 포획장치도 있다. 이 모든 것이 이 논문 도처에서 중요하게 다루어지고 있는 것을 현명한 독자라면 찾아내실 것이다.

집필 중인 글의 미점과 장점을 최대한 확실히 밝히는 것은 작가된 자의 의무이며, 고상하고 박식한 현대 일류 작가 사이에서 호평받는 방식이다. 그들은 이 방식을 써서 비평가의 악의를 바로잡고 무지한 독자를 가르치려 든다. 최근 출판된 유명 시집이나 산문 중에도 이런 작품이 잔뜩 있다. 세상 사람들을 사랑하는 깊은 정에서 지은이가 작품에 들어 있는 고상한 점이나 훌륭한 점을 상세하게 설명해주지 않았더라면, 우리가 과연 둘 중 어느 한 쪽이라도 찾아낼 수 있었을지 의문스럽다.

나 자신에 대해서 말하자면, 여기에 쓴 내용은 머리말에서 다루는 편이 적

[*9] 매독 치료요법에 수은이 쓰였다. 수은에 중독되면 침을 흘리게 되는데, 그렇게까지 하면서 매독에 걸렸다는 사실을 감추려는 위선을 비꼰 것으로 보인다.

당하고 형식상으로도 보통은 머리말로 배치하는 편이 옳다는 것은 부정할 수 없다. 하지만 여기서 최신 작가라는 명예로운 특권을 주장하더라도 부당하지는 않을 것이다. 최신 근대인으로서의 절대 권리를 주장하고, 거기에 따라 기존 모든 작가에 대한 독재적 권능을 부여받을 것이다. 그 자격에 근거하여, 머리말을 책의 목차에 넣는 나쁜 관행을 근본적으로 부인하고 반대를 선언하는 바이다.

도깨비와 요괴를 보여주고 돈을 받는 장사꾼들이 실물 크기로 그린 그림에 유창한 설명문을 덧붙인 간판을 천막 입구에 걸어두는 것은 경솔하기 짝이 없는 짓이라고 나는 늘 생각해왔다. 그 간판을 보고 입장료 3펜스를 아낀 일이 수두룩한 것이다. 간판만 봐도 호기심은 십분 충족되어 들어가고 싶은 마음조차 들지 않는다. 문간에 서서 뛰어난 언변을 늘어놓는 호객꾼이 사람들의 마음을 사로잡는 뻔한 문구를 늘어놓으며 "자, 오세요, 오세요! 지금 막 시작됩니다, 시작돼요!"라고 아무리 소리쳐도 소용이 없다. 오늘날 머리말, 서한, 광고, 서론, 서문, 해설, 독자에게 바치는 글 따위의 운명이 바로 그러하다. 물론 이것도 처음에는 좋은 방법이었다.

저 유명한 드라이든 선생 등은 오래전부터 이 방법을 이용해서 놀라운 성공을 거두었다. 선생이 누차 은밀하게 흘려준 바로는, 사람들이 선생을 그토록 위대한 시인으로 생각하게 된 것은 그 사실을 의심하거나 잊는 일은 있을 수 없는 일이라고 서문에서 집요하게 반복하여 확신시켰기 때문이다. 가능한 이야기이다.

그런데 드라이든 선생의 이 가르침은 불리한 쪽에서 효과를 드러냈다. 선생이 예상치 못했던 방면으로 대중이 현명해지도록 가르친 것이다. 보는 것만으로도 개탄스러운 광경이지만, 오늘날 많은 독자가 하품을 하면서 깨나른하고 경멸스럽게 손가락 끝으로 머리말과 서문 마흔다섯 쪽(근대 작품들의 일반적인 서문 분량이다)을 라틴어로 쓰여 있다는 듯이 넘겨버린다. 단, 그 반면에는 머리말과 서문 외에는 아무것도 읽지 말고 비평가며 작가를 칭하는 사람들이 다수 있다는 것도 인정해야 한다. 현대 독자는 이 두 집단 중 한 쪽으로 반드시 분류된다.

나는 전자 쪽이라고 분명히 밝혀둔다. 따라서 작품의 미점을 설명하고 이야기의 요점을 과시하는 근대적 성향은 충분히 가지고 있으나 그것을 본문

안에서 하는 편이 좋다고 생각하는 바이다. 그렇게 하면 지금 보시는 바와 같이 책의 분량도 퍽 늘어난다. 이것 또한 솜씨 있는 작가라면 결코 무시할 수 없는 기교 중 하나이다.

  이상으로 현대 신인 작가들의 기존 관행에 충분한 경의와 감사를 표시하고자 뜻밖에 긴 여담과 까닭 없는 비난을 늘어놓았다. 또 많은 노고를 들이고 솜씨를 발휘하여 내 작품의 탁월함을 설명하고 남의 결함을 폭로함으로써 나 자신에게는 정당한 비판을, 남에게는 공정하고 명백한 판단을 내릴 수 있었다. 이제 독자 여러분과 필자 모두의 한없는 만족을 위하여 즐거운 마음으로 다시 이야기의 본 주제로 돌아가도록 하겠다.

6
통 이야기

앞에서 피터 경이 두 동생과 불화에 빠졌던 부분까지 얘기했다. 두 사람은 형네 집에서 쫓겨나 의지할 곳도 전혀 없이 드넓은 세상에 던져졌다. 이로써 이제 이 두 사람은 필자의 펜이 동정을 쏟기에 어울리는 주제가 되었다. 불행한 장면이야말로 파란만장한 이야기 가운데서도 최고의 고비이다. 이런 대목에서는 너그러운 작가의 진심과 세속의 일반적인 우정과의 차이도 드러난다. 세속의 친구는 남이 잘 될 때는 친하게 지내지만 역경에 빠지면 냉큼 떠나는 것이 예사이다. 이에 반해 너그러운 작가는 똥 더미에서 찾아낸 주인공을 차차 왕좌에까지 올려놓고, 자신의 노고에 대한 감사의 말조차 기대하지 않은 채 곧바로 물러난다. 이런 본보기를 모방하여 필자는 피터 경을 훌륭한 저택에 살게 하고 작위를 주었으며 돈을 쥐어주었다. 잠시 그곳에 피터를 남겨놓고, 자비가 이끄는 대로 지금 몰락의 구렁텅이에 빠져 있는 두 동생을 도우러 돌아가겠다. 그러나 어떤 일이 일어나고 어떤 결과가 벌어지더라도 나는 진실을 한 발 한 발 더듬어야 할 역사가로서의 자격을 결코 잊지 않을 것이다.

운명과 이해관계를 완전히 같이 했던 두 추방자는 한 집에 같이 살게 되었다. 한가해지자 과거의 수많은 불행과 고난을 회상하기 시작했지만, 어떠한 잘못된 행동 때문에 그런 꼴을 당해야 했는지 당장은 판단이 서지 않았다. 한참을 생각한 끝에 두 사람은 앞서 다행스럽게도 손에 넣었던 아버지의 유언장 사본을 떠올렸다. 곧바로 꺼내어 확인한 뒤, 지난 잘못은 모두 고치고 앞으로는 유언장이 지시하는 대로 엄중히 따라 행동하기로 굳게 다짐했다. 유언의 대부분은 (독자 여러분께서도 쉽게 잊지는 않으셨을 것이다) 외투 입는 법에 관한 훌륭한 계율로 이루어져 있었다. 한 문장이 끝날 때마다 거기에 담긴 명령과 자신들의 실제 행동을 비교한 두 사람은 그 둘 사이에 이보다 큰 차이가 있을 수는 없다는 사실을 깨달았다. 철두철미하고 끔찍한 위배 행위를 저질렀던 것이다. 두 사람 모두 망설이지 않고 모든 일을 아버지의 지시대로 원상복구하기로 결심했다.

그런데 여기서 작가가 충분히 준비를 마치기도 전에 무작정 이야기의 결말을 알고 싶어 안달하는 성질 급한 독자 여러분께 잠시만 발을 멈춰달라고 요구해야겠다. 이쯤부터 두 형제가 이름으로 구별되게 되었다는 사실을 기록해두어야 하기 때문이다. 한 사람은 마틴[*1]이고, 다른 한 사람은 잭[*2]이라고 부른다. 고통을 함께 나누는 사람들이 그렇듯 이 두 사람은 큰형 피터의 압제 하에서는 무척 사이가 좋았다. 불행한 사람은 어둠 속에 있는 사람과 같아서 색을 구분하지 못한다. 그런데 두 사람이 세상 밖으로 나와 밝은 곳에서 서로의 모습을 마주보게 되자 자신들의 얼굴색이 크게 달라 보였다. 그 둘이 지금 처한 상황이 이 사실을 발견할 기회를 갑작스레 제공한 것이다.

그런데 여기서 엄한 독자라면 나를 기억력이 나쁜 작가라고 정당하게 비난하실지 모르겠다. 분명히 나쁜 기억력은 참된 근대 작가에게는 어느 정도 필연적인 결함이다. 기억은 지나간 일에 대한 정신 작용이므로, 찬란한 현대에서 사는 학자에게는 전혀 필요하지 않은 능력이다. 현대 작가들은 창의력만으로 일하며, 자기 자신 안에서 또는 동료끼리의 충돌을 통해 사물을 파악하기 때문이다. 그러므로 건망증이란 풍부한 기지와 별 관계없는 현상이라고 해도 결코 무리가 아닐 것이다. 순서로 따지자면 50여 페이지 앞쪽에서 독자 여러분께 보고 드렸어야 했지만, 피터 경은 유행했던 장식은 뭐든 가리지 않고 외투에 달자고 동생들을 설득했었다. 한번 단 것은 유행이 끝나더라도 절대로 떼어내지 말고 다 달아두자는 것이었다. 세월이 흐르면서 장식이 쌓이자 상상을 초월할 정도로 괴상하고 조잡한 꼬락서니가 되었다. 세 사람이 다투고 헤어졌을 무렵에는 본디 외투 옷감은 실오라기 하나 보이지 않을 정도였다. 레이스며 리본, 주름장식, 자수, 장식 술만 수두룩했다(장식 술은 은 장신구[*3]로 고정시킨 것 말고는 모두 떨어져나갔다). 이 중요한 묘사는

[*1] 영국국교회를 풍자한 것으로 Martin Luther에서 따왔다.
[*2] 개신교 신도를 풍자한 것으로 John Calvin에서 따왔다. Jack은 John의 통칭.
[*3] "은 장신구로 고정시킨 장식 술"은 교회의 부와 위대함을 증진시키는 교리로, 특히 가톨릭의 본체에 깊이 꽂혀 있다(원주).

이 부분에 더 잘 어울리므로 앞에서 깜빡 잊고 쓰지 않은 것은 오히려 행운이었다 하겠다. 지금 두 형제가 아버지의 유언장에 따라 외투를 본디 모습으로 되돌리려는 참이기 때문이다.

두 사람은 합심하여 외투와 유언장을 번갈아 비교하며 이 대대적인 사업[*4]에 착수했다. 마틴이 먼저 외투에 손을 댔다. 장식 술을 한 움큼 그러쥐고 홱 뜯어내고, 다음으로 120야드에 달하는 주름장식을 잡아 뜯었다.[*5] 여기서 잠시 그는 망설였다. 아직 해야 할 일이 잔뜩 있다는 것은 잘 알고 있었지만 처음의 열기가 식자 걱정도 가라앉았던 것이다. 다음 작업은 조금 차분하게 하기로 결심했다. 조금 전에도 장식 술을 뜯어낼 때 하마터면 외투를 심하게 찢어버릴 뻔했던 것이다.[*6] 장식 술은 (앞서 말한 것처럼) 은 장신구가 떨어지지 않도록 꼼꼼한 수선업자가 이중박음질을 해두었기 때문이다. 어마어마한 양의 금줄을 떼어내기로 결심한 그는 신중하게 솔기를 따라 실을 한 땀 한 땀 떼어냈다. 꽤나 시간이 걸리는 작업이었다. 이어서 남자, 여자, 아이 모양의 인도식 자수 문양을 떼는 작업에 착수했다. 이것은 앞서 그 장면에서도 다룬 것처럼 아버지의 유언장에 매우 세세하고 엄격하게 금지된 것이었다. 마틴은 이것을 낑낑대며 솜씨 좋게 떼어내고 없애버렸다.[*7] 자수가 너무 촘촘하게 박혀 억지로 뜯어내면 옷감이 상할 것 같은 부분이나, 수선업자가 계속 만지작거린 탓에 옷감이 약해진 것을 자수가 오히려 숨기거나 보강하고 있는 부분은 그대로 두는 편이 현명하다고 결론지었다. 아무튼 외투 자체는 절대로 손상시키지 않겠다고 결심했고, 그것이 아버지 유언의 올바른 취지에 맞는 최선의 방법이라고 생각했다. 이상이 이 대개혁 때 마틴이 취한 행동에 대해 내가 수집한 대략적인 이야기이다.

동생 잭은 마틴과는 다른 생각과 별개 정신으로 이 문제에 착수했다. 그의 놀라운 생활상이 앞으로 이 이야기의 대부분을 차지하게 될 것이다. 피터 경 한테서 받은 학대의 기억이 낳은 격한 증오와 원한이 아버지의 유언을 존중

[*4] 외투의 복구, 즉 종교개혁을 말한다.
[*5] 성직자 소유의 땅을 몰수한 데서 비롯한 영국 종교개혁 운동을 가리킨다.
[*6] 에드워드6세 시대에 수도원 해체를 원인으로 종종 반란이 일어나 큰 소동이 빚어진 것을 가리킨다.
[*7] 성도 숭배 폐지가 영국 종교개혁의 제2단계였다.

하는 마음보다 그의 마음을 훨씬 강렬하게 자극했다. 기껏해야 후자는 전자에 비해 이차적이고 부수적인 성격에 불과하다고 생각했다. 이 대립되는 감정에 그럴싸한 이름을 주고자 고심한 그는 "열광(zeal)"이라는 멋진 이름을 붙였다. 그 어느 언어에도 없을 만큼 의미심장한 단어였다. 이는 이 문제를 다룬 내 우수한 분석적 논문에서 이미 충분히 증명되었다. 해당 논문에서 나는 열광의 역사학적·신학적·자연과학적 설명을 시도했으며, 그것이 먼저 관념에서 말로 이어지고 뒤이어 어느 무더운 한 여름에 유형의 물질로까지 성숙하는 과정을 밝혔다. 2절판 책 세 권으로 된 이 책은 조만간 '예약금모집'이라는 근대적 방법으로 출판될 예정이다. 내 작품에 이미 충분한 안목을 보유하신 우리나라 귀족 및 신사 여러분께서 절대적 지원을 보내주시리라 믿어 의심치 않는다.

이야기를 이어가겠다. 이 불가사의한 화합물로 마음이 가득 찬 잭은 피터의 압제를 돌이켜보자 분노를 풀 길이 없었다. 또한 마틴의 의기소침한 태도에 화가 나서 다음과 같은 말로 결심을 얘기했다. "참나, 술 창고에 자물쇠를 채우고, 우리 아내들을 내쫓고, 우리 재산을 가로채고, 빵조각을 양고기라고 우기고, 끝끝내 우리를 집에서 쫓아낸 놈을 따라할 필요가 어디 있지? 게다가 녀석은 마을에서도 험담을 늘어놓지 않는 사람이 없을 정도로 악당인데." 이렇게 마음에 불을 지피고 화를 돋운 결과, 개혁을 시작하기에는 그럴싸한 미묘한 심정으로 당장 일에 착수했다. 그리고 마틴이 세 시간 걸려 한 것보다 많은 일을 단 3분 만에 신속하게 해치웠다. (독자 여러분께서도 아시겠지만) 열광은 무엇을 찢어발기는 작업을 가장 좋아하기 때문이다. 그리고 지금 그런 기분에 흠뻑 빠져든 잭은 그 열광이 마음껏 날뛰도록 풀어놓았다. 결국 금술을 다소 급하게 뜯어낸 바람에 외투가 그만 위에서 아래로 쭉 찢어지고 말았다. 바느질은 그다지 능숙하지 못했기에 노끈과 꼬챙이로 꿰어두는 수밖에 없었다. 자수를 뜯기 시작하면서 (쓰는 것만으로도 눈물이 난다) 사태는 더 악화되었다. 손재주도 참을성도 없는 잭은 실을 뜯기에 어지간히 섬세한 손놀림과 침착함이 필요한 무수한 솔기를 보더니 폭발해버렸다. 벌컥 화를 내며 옷감이고 뭐고 모두 다 찢어발기고는[*8] 하수구 속에 처

[*8] 스코틀랜드의 장로교회가 기도형식과 불필요한 교회의식을 폐지하면서 성경에 근거한 의식까지 폐지하는 극단에 다다른 것을 풍자했다.

넣어버렸다. 이런 광폭한 짓을 계속하면서 잭이 말했다.
"아아, 마틴 형님! 주님의 사랑을 위해, 제가 하는 것처럼 형님도 해주십시오. 모조리 잡아 뜯고, 째고, 당기고, 찢고, 떼어내서 저 피터 녀석과 최대한 닮지 않게 해야지요. 이웃 사람들이 보고 저를 그런 녀석과 형제간이라고 여길 만한 것은 100파운드를 준대도 지니고 싶지 않습니다."
이때 무척이나 침착하고 냉정해져 있던 마틴은 이런 외투는 다시는 구할 수 없으니 외투를 절대로 손상시키지 말라고 동생을 달랬다. 그리고 동생에게 다시 생각해보라며 다음과 같이 말했다. 피터가 괘씸하다고 해서 홧김에 행동할 것이 아니라 아버지께서 유언으로 정하신 계율에 따라 행동해야 한다. 과오나 불법행위가 있었다 하더라도 피터는 여전히 우리의 형제임을 잊지 말아라. 그러니 좋건 싫건 피터에 대한 반감을 내세워 계획을 세우겠다는 생각은 반드시 피해야 한다. 과연 아버지의 유언은 외투 착용법에 대한 세세한 설명이지만, 마찬가지로 엄중하게 벌칙까지 정해서 우리 삼형제의 화합과 우애와 친애를 명하고 있다. 유언을 왜곡한 것은 용서받지 못할 일이지만, 우리 셋의 단합을 증진시키는 목적이라면 용서받을 수 있을 것이다. 불화를 조장하기 위해 사용해서는 안 된다.
마틴은 시종일관 진지한 얼굴로 이야기했다. 그대로 계속했더라면 자못 훌륭한 도덕 강론이 되어 독자 여러분의 몸과 마음의 휴식(이것이야말로 도덕의 궁극적이고 참된 목적이다)에 공헌하는 바가 컸을 것이다. 그러나 잭은 조금 전부터 인내심의 한계를 넘어버렸다. 학자들끼리의 논쟁에서 답변자의 학자연하는 침착한 태도만큼 반대론자의 울화를 돋우는 것은 없다. 두 논쟁자의 관계는 무게가 다른 두 천칭 접시와 같아서 한쪽 무게가 다른 쪽의 가벼움을 부각시키며, 가벼운 쪽은 저울대에 부딪칠 만큼 점점 올라간다. 지금이 딱 그런 상황이었다. 마틴의 주장이 지닌 무게가 잭의 경솔함을 고조시켰고, 잭은 격노하여 형의 온화한 태도에 대들었다. 요컨대 마틴의 인내심이 잭을 화나게 한 것이다. 하지만 잭이 가장 분한 것은 마틴의 외투는 거의 본디의 깨끗한 상태로 돌아왔는데, 자기 것은 갈가리 찢겨 셔츠가 내다보이고, 난폭하게 잡아뜯어내지 않은 부분은 여전히 피터가 만들어놓은 꼴 그대로라는 사실이었다. 깡패에게 강탈당한 술 취한 멋쟁이 신사, 채무불이행으로 잡혀 들어온 뉴게이트의 신참 죄수, 런던증권거래소의 가게 여주인들[*9]에게 뭇 매질을 당한 좀도둑, 구경꾼들 손아귀에 떨어진 낡은 벨벳 페티코트차림의 매춘부. 불행한 잭의 모습이 꼭 그랬다. 즉 누더기와 레이스와 찢긴 곳과 주름장식이 뒤엉킨 잡동사니나 다를 바가 없는 모습이었다. 그는 자기 외투가 마틴의 외투처럼 깨끗했다면 물론 기뻐했겠지만, 마틴의 외투를 자기 외투와 똑같이 무참한 상태로 만들 수 있다면 더욱 기뻐했을 것이다. 그런데 그 어느 쪽도 불가능해보였으므로 생각을 정반대로 바꾸었다. 즉 어차피 별 수 없는 일이라면 당당하게 하기로 한 것이다. 꼬리 잘린 여우의 지혜*10를 모방하여 생각해낼 수 있는 모든 교활한 궤변을 늘어놓아 마틴에게 사물의 이치를 깨닫게 하려고 했다는 것이 그의 변명이고, 속내는 꼬리 잘린 여우인 자신처럼 마틴도 누더기차림으로 만들려는 것이었다. 그러나 모두 수포로 돌아갔음을 안 가엾은 잭이 할 수 있는 것이라고는 형에게 온갖 상스런 욕설을 퍼붓다가 울화와 증오와 초조함 때문에 미쳐버리는 것뿐이었다. 요컨대 두 형제의 불화가 시작된 것이다. 잭은 곧바로 하숙집을 옮겼는데, 며칠 뒤에는 그가 미치광이가 되었다는 소문이 퍼졌다. 얼마 뒤에 그는 모습을 드러냈는데, 미쳐버린 두뇌에서 나오는 기상천외하고 변덕스러운 언동은 소문이 사실임을 증명해주었다.

이제 동네 아이들은 갖가지 별명으로 잭을 부른다. 대머리 잭,*11 등불을 든 잭,*12 네덜란드인 잭,*13 프랑스인 휴,*14 거지 톰,*15 북쪽의 폭군 잭*16

---

*9 Exchange women. 예전에는 런던증권거래소 복도에 가게들이 늘어서 있었고, 가게 주인은 여자였다.
*10 덫에 꼬리가 잘린 여우는 자신의 비참한 처지를 감추기 위해 모든 여우에게 꼬리는 쓸모없으니 잘라버리자고 제안했다.
*11 Jack the blad. 장 칼뱅(John Calvin, 1509~1564)을 가리킨다. 라틴어로 calvus는 대머리를 뜻한다.
*12 Jack with a lantern. 내면의 광명을 주장한 신교도를 풍자했다.
*13 Dutch Jack. 재침례파(Anabaptist)의 광신도였던 네덜란드 라이든 출신의 요한 복켈손(Johann Bockelson, 1510~1536)을 가리킨다.
*14 French Hugh. 프랑스의 Huguenots(위그노교도, 16~17세기 프랑스 신교도의 일파)를 풍자했다.
*15 Tom the beggar. 16세기 스페인의 지배에서 벗어나려고 반란을 일으킨 벨기에 플랑드르 지방의 신교도 일파가 Gueuses라고 불린 것을 가리킨다. Gueuses(=Les Gueux)는 거지를 뜻한다.

등등. 이중 한 가지 또는 몇 가지 또는 모든(가짓수는 박식한 독자 여러분의 판단에 맡기겠다) 이름을 가지고 그는 저 유명한 유행종파인 풍신파(Æolists)*17를 일으켰다. 이 종파에 속한 사람들은 지금도 그를 기리기 위해, 유명한 잭을 창시자이자 교주로서 인정하고 있다. 이 풍신파의 기원과 교리에 대해서는 다음 장에서 상세한 설명을 통해 모든 이의 기대에 부응하고자 한다.

    Mello contingens cuncta lepore.
    (모든 내용을 달콤한 재치로 다루겠노라.)

---

*16 Knocking Jack of the north. 스코틀랜드의 종교개혁자 존 녹스(John Knox, 1505~1572)의 이름을 비튼 것이다.
*17 아이올로스(Æolus)는 그리스 신화에 나오는 바람의 신으로, 바람이 불면 알아서 연주되는 하프를 Æolian harp(lyre)라고 한다. 스위프트는 이것을 비틀어, 하늘에서 주는 영감을 존중하며 주장하는 광신적인 신교도 유파를 풍신파(Æolistes)라고 불렀다. 제8장에서 자세히 나온다.

7
여담을 찬양하는 여담

호두껍데기 속 일리아드[*1]에 대해 들어본 적이 있는데, 나는 일리아드 속 호두껍데기를 본 일이 더 많았다. 인간의 삶이 이 양쪽에서 막대한 이익을 얻는다는 사실은 의심하지 않지만, 어느 쪽의 은혜가 더 큰가는 연구할 가치가 있는 문제로서 호사가들에게 맡겨두겠다. (일리아드 같은) 대작 창조라는 점에서 학계는 주로 여담의 근대적 진보에 빚지는 바가 많다. 최근에 일어난 지식 개선은 국민의 식생활 개선에 비할 만한데, 고상한 입맛을 지닌 사람들 사이에서 최신 요리는 수프, 올리오, 프리카세, 라구[*2]처럼 각종 재료를 뒤섞은 요리가 많다.

까다롭게 악담을 늘어놓는 교양 없는 사람들은 이런 품위 있는 개량에 반대 목소리를 드높인다. 음식과 비슷하다는 점은 인정하지만 앞서 든 실례 자체가 부패하고 퇴화한 입맛의 증거라고 꽤나 대담한 발언을 한다. 그들이 주장하기로, 여러 재료를 뒤섞은 요리는 병약한 체질과 부패하고 타락한 식욕에 맞추기 위해 만들어지기 시작했다는 것이다. 잡탕을 휘휘 저어서 거위, 홍머리오리, 멧도요의 머리나 골을 찾는 꼬락서니는 그 사람이 더 실속 있는 음식을 먹을 위장과 소화력을 갖고 있지 않다는 증거라고 말한다. 또한 책 속에 여담은 국내에 주둔하는 외국군처럼 국민이 자신의 심장과 두 손을 갖

[*1] Iliad in a nutshell. 1세기 무렵 로마의 문인인 프리니가 《박물학의 역사》에서 호두껍데기 안에 들어갈 만큼 작은 호메로스의 《일리아드》가 있었다고 말했다. 거기에서 나온 말로, 호두껍데기처럼 작은(별 볼일 없는) 것 속에 《일리아드》처럼 거대한(가치 있는) 것이 들어있다는 의미. 스위프트는 그 반대로 겉보기에는 《일리아드》 같은 커다란 장정본 책 속에 호두껍데기처럼 작고 별 볼일 없는 내용밖에 들어 있지 않다고 말하며 근대 삼류문인의 잡문학을 조롱했다.

[*2] olio, fricassee, ragout. 각각 잡탕, 새 또는 작은 동물의 고기를 다져서 끓인 스튜, 고기와 야채를 잘게 썰어 맛을 낸 스튜.

지 못한 증거로, 거듭 외국 군대에 정복되거나 불모의 변방 지역으로 쫓겨나는 결과를 초래한다고 말한다.

이런 오만한 비판가들이 어떤 반대론을 제창하건 다음 사실만은 명백하다. 해당 주제 말고는 아무것도 쓰지 말아야 한다는 갑갑한 제약 하에 책을 써야 한다면 문단의 작가 수는 급속도로 줄어들 것이라는 점이다. 그리스, 로마 시대는 학문이 아직 갓난아기 수준이어서 먹을 것도 입을 것도 모두 창조력 하나로 키워졌다. 이런 사정이 지금도 변함이 없다면 그런 수준에 맞춰 책의 내용을 채우기도 쉬웠을 것이고, 본론을 진전시키거나 부각시키는데 도움이 되는 적당한 산책만 하면 되지 그렇게 무턱대고 본제에서 벗어나 멀리까지 발길을 뻗칠 필요도 없었을 것이다. 그런데 지식이란 비옥한 땅에 진영을 친 대군과 같다. 처음 며칠은 주둔하는 땅의 산물로 연명할 수 있지만 식량이 떨어지기 시작하면 몇 마일이나 떨어진 먼 곳까지 가서 아군 적군을 가리지 않고 약탈해야 한다. 파헤쳐지고 짓밟힌 근처 논밭은 작물이 자라지 않아 불모의 땅으로 변하고, 급기야는 황량한 먼지구름만 풀풀 날릴 뿐 어떠한 식량도 내놓지 못하게 된다.

근대와 고대는 이처럼 모든 상황이 전혀 다르다. 그 사실을 잘 아는 현대는 읽거나 생각하는 번거로움 없이 학자나 작가가 될 수 있는 간단하고 현명한 방법을 발견했다. 오늘날 책을 활용하는 방법으로 가장 탁월한 방법이 두 가지 있다. 첫째는 책들을 귀족 모시듯 대하면서 이름을 잘 외워두고 절친한 사이라고 떠들고 다니는 방법이다. 둘째는 더욱 심오하고 고상하며 품위 있는 방법인데, 색인을 처음부터 끝까지 훑어보는 것이다. 이렇게 하면 꼬리만 잡고 물고기를 들어 올릴 수 있는 것처럼 색인만 봐도 책 구석구석을 마음껏 돌아다닐 수 있다. 학문이라는 궁전은 대문을 통해 들어가려면 시간과 예법이 필요하기에 성질 급한 무뢰한들은 뒷문으로 들어가는 것에 만족한다. 예술은 유격 태세를 취한 군인과 같아서 뒤에서 덮치면 쉽게 정복할 수 있다. 의사는 우리 몸의 뒤에서 나오는 배설물을 보고 몸 상태를 진찰한다. 꼬리에 소금을 뿌려서 참새를 잡는 소년처럼 사람들은 책의 꽁무니에 지력을 쏟아부어서 지식을 획득한다. 인생을 가장 잘 이해하려면 현자의 가르침처럼 그 후반부를 보면 된다. 학문은 헤라클레스의 황소[*3]처럼 발자국을 거꾸로 좇음으로써 발견할 수 있다. 고대학문은 해어진 양말처럼 발끝에서 시작해 점점 풀린다. 또 학문이란 군대가 최근 엄격한 군기로 열을 밀집·정렬시킨 덕에 열병과 검열이 신속하게 이루어지게 되었다. 이에 대해 분류와 요약이라는 방식에 모든 공을 돌려야 한다. 근대 학문의 조상들이 우리 자손들의 편의를 도모하기 위해 현명한 고리대금업자처럼 땀 흘려 이 분류와 요약이라는 방식을 만들어준 덕분이다. 실로 노동은 게으름을 낳는 씨앗이며, 그 열매를 따먹는 것은 고귀한 우리 시대 고유의 행복이다.

지혜롭고 박식하고 위대해지는 방법이 이렇게 일상화되고 그 형식도 정형화되자 작가의 수가 필연적으로 늘어났다. 그 결과 작가들끼리 끊임없이 충돌하는 형세가 되었다. 그리고 이제는 책 한 권을 만들 만한 특수하고 새로운 소재들이 자연계에서 사라졌다고 한다. 이 사실을 나에게 알려준 사람은 계산에 매우 능숙한데, 그가 이 사실을 수학법칙으로 완벽하게 증명해주었다.

이렇게 말하면, 물질은 무한하며 어떠한 종류의 물질도 고갈되는 일은 없다고 주장하는 사람들이 반대 의견을 들고 나올지도 모르겠다. 그에 대한 답변으로서, 근대적 재치 또는 발상이 만들어낸 가장 고상한 가지 하나를 살펴보자. 이 가지는 현대의 손으로 재배한 것으로 다른 어떤 가지보다도 풍부하고 훌륭한 열매를 맺는다. 고대로부터 내려오는 유물 중에도 가지가 몇 개쯤은 있지만, 내가 기억하는 한 근대 작가들이 사용하도록 체계적으로 번역·편집된 것은 하나도 없다. 그러므로 앞서 말한 고상한 가지는 근대 작가가 발명하고 완성한 것이라고 단언해도 지장이 없을 것이다. 이렇게 주장하는 것은 현대의 명예를 위해서이기도 하다. 이 고상한 가지란 근대 작가들이 지니는 매우 유명한 재능을 말한다. 남녀의 pudenda(생식기) 및 그 올바른 용도에서 아주 기발하고 유쾌하고 적절한 비유와 풍자와 응용을 이끌어내는 재능이다. 실제로 어떠한 발상도 이런 흐름으로 가져오지 않으면 유행에 맞지 않는 것을 보면 이런 생각도 든다. 한 고대 작가가 인도 난쟁이에 대한 전형적인 묘사를 통해 현대 및 우리 영국의 뛰어난 천재 작가들을 예언했다는 생각이다.

"이 소인족은 키가 2피트를 넘지 않지만 sed quorum pudenda crassa, et ad

---

*3 Hercules's oxen(그리스 신화). 카쿠스라는 거인이 헤라클레스가 몰고 가는 소의 일부를 훔쳐 동굴에 숨겼다. 이때 소의 꼬리를 잡고 끌고 갔기 때문에 소의 발자국으로는 위치를 찾아내기가 불가능했다. 그 속임수를 간파한 헤라클레스는 거인을 물리치고 소를 되찾았다.

talos usque pertingentia(그들의 성기는 복사뼈에 닿을 정도로 거대하다)."

나는 이런 종류의 아름다움이 가장 두드러지게 나타나 있는 최근 작품을 면밀히 조사해보았다. 그 잎맥에는 매우 풍부하고 영양가 있는 수액이 흐르는데, 인간은 그 잎맥을 더 팽창시키고 확대시키고 열려 있게 하기 위해 최대한 많은 입김을 불어넣었다. 젖을 더 많이 짜기 위해 암말의 음부를 자극하는 관습과 그를 위한 도구까지 갖고 있었던 스키타이인에게도 뒤지지 않는 노력을 들였음에도 나는 현재 그 수액이 고갈되고 있으며 회복될 가능성이 없다는 위기를 느낀다. 가능하다면 뭔가 새로운 재치의 fonde(원천)이 공급되어야 한다. 그렇지 않으면 다른 많은 사례와 마찬가지로 우리는 작품에서도 계속 똑같은 소재가 반복되는 데에 만족해야 할 우려가 있다.

근대 작가는 책의 소재가 무한정 공급되리라고 기대해서는 안 된다. 이것이 그 명백한 증거이다. 그렇다면 마지막으로 의지할 것이라고는 방대한 색인과 압축된 요약본밖에 없지 않은가. 인용문을 풍부하게 모아서 알파벳순으로 기입해야 한다. 이 작업을 위해 원본까지 조사할 필요는 없지만 비평가, 주석가, 사전 같은 것들은 꼼꼼히 본다. 특히 선집, 문선, 사화집 종류를 공들여 뒤져야 한다. 이것들을 학문의 체(篩)와 낚싯줄로 비유하는 사람도 있다. 단, 체에 걸러지는 것이 진주인지 빻아놓은 가루인지 확실하지 않기에 체의 눈금으로 빠져나온 것이 중요한 것인지 빠져나오지 못한 것이 중요한 것인지 결정하지 못하는 아쉬움이 있다.

이 방법을 몇 주 동안 사용해보면 그 어떤 심오하고 보편적인 문제라도 다룰 수 있는 작가가 속속 생겨난다. 머릿속은 텅 비었어도 수첩이 빼곡히 채워져 있다면, 방법, 문장, 문법, 창의력을 너그럽게 봐준다면, 필요하다면 얼마든지 남의 문장을 베끼고 본론에서 벗어나는 특권을 인정해주기만 한다면, 책 한 권 만드는 데 소재가 부족하지는 않을 것이다. 완성된 책은 아름답게 장정되어 서점 책장을 장식한다. 귀족의 문장(紋章)처럼 아름답게 제목이 새겨진 표지가 붙고, 오래오래 책장에서 깨끗하게 보존된다. 학자의 손에 넘어가 책장마다 손때가 묻을 일도, 도서관에 팔려가 암흑 속에 영원히 갇힐 걱정도 전혀 없다. 그러다 운명의 때가 오면 경사스러운 연옥의 시련을 받아 재가 되어 승천한다.

앞서 말한 사정들을 참작해주지 않는다면, 우리 근대 작가가 다양한 성격의 수천 가지 항목별로 모은 문장 수집물을 세상에 소개할 기회를 어떻게 얻을 수 있겠는가. 이런 기회가 없다면 학계는 교훈만이 아니라 무한한 오락을 잃게 될 것이며, 우리 자신은 불명예스러운 망각의 구렁텅이에 희망 없이 묻혀버리게 될 것이다.

오늘날 작가단체가 다른 모든 것을 격파하고 홀로 한없이 융성하는 모습을 볼 수 있는 이유는 이런 원리에 근거한 것이다. 이 또한 스키타이 조상에게서 전래된 우리의 행복이다. 그 나라에는 펜의 수가 무한정 많아서, 달변가로 유명한 그리스인들조차 "멀리 북방에 어떤 나라가 있는데, 공중에 온통 깃털이 가득해서 사람이 여행하기 불가능할 정도이다"라고밖에 묘사하지 못했다.

이 여담이 이렇게 길어진 것도 그 필요성을 생각하면 용서될 것이다. 위치도 최대한 적절하게 고른다고 고른 것인데, 더 좋은 위치가 있다고 생각하시는 독자가 계시다면 어디든 원하는 곳으로 옮겨주길 바란다. 그럼 서둘러 본론으로 돌아가 더 중요한 이야기를 계속하기로 하겠다.

8
통 이야기[*1]

풍신파(Æolists) 학자들은 만물의 기원은 바람이며, 이 기원에서 처음 우주가 만들어졌고 마지막에는 바람으로 되돌아가야 한다고 주장한다. 자연의 불꽃을 불붙이고 그 불길을 키웠던 숨결이 언젠가 다시 그 불을 꺼버릴 것이라고 말한다.

Quod procul a nobis flectat fortuna gubernans.
운명을 지배하는 포르투나가 그것을 우리에게서 멀리 떼어놓은 것처럼

adepti(신자)들이 anima mundi(세계의 영혼)이라고 표현하는 것이 바로 세계의 영혼, 숨결, 바람이다. 세상의 구조를 자연의 이치로 따져보면 의심할 여지가 없음을 알게 된다. 인간의 forma informans(능동형상)을 spiritus, animus afflatus, anima(정령, 정신, 영감, 영기) 중에서 어느 것으로 부르건 결국 이들은 바람의 다른 명칭이다. 바람이야말로 온갖 혼합물의 주요 요소이며, 모든 것은 썩어서 바람으로 돌아간다. 더 나아가 생명 그 자체가 흔히 말하는 것처럼 콧구멍에서 나오는 숨결에 불과하지 않은가? 그러므로 박물학자들이 다음과 같이 말하는 것은 지당하다. 바람은 지금도 계속 (표현할 수 없는) 어떤 신비로운 작용을 통해 유익하게 움직이고 있으며, emittent(내뱉는) 기관과 recipient(들이마시는) 기관 모두에 적용할 수 있는 고마운 형용사 turgidus, inflatus(확장, 팽창)을 일으킨다.

고대 기록물을 보고 짐작하기로 고대인이 주장한 풍신파 학설은 서른두 가지에 이른다. 그것을 일일이 설명하기는 번거로우니 그만두겠지만, 그 학

[*1] 이 장은 내면의 광명을 강조한 영감을 중시하여 성령과의 교통을 주장하는 신교도(특히 청교도)를 조롱하고, 개신교 설교사들의 아니꼽고 젠체하는 광신적인 언동을 비웃고 있다.

설에서 이끌어낼 수 있는 가장 중요한 교훈 몇 가지는 생략할 수 없다. 특히 나 다음 원리는 매우 중요하다.

"바람은 모든 합성물에서 비율로 보나 작용으로 보나 주된 요소이므로, 가장 두드러지고 primordium(원소)이 풍부한 것이 가장 우수한 존재물이어야 한다. 따라서 관대한 철학자들에게서 세 가지 anima(영기) 즉 바람을 부여받은 인간이 모든 피조물 가운데에서 가장 완전하다."

여기에 지혜로운 풍신파 학자는 호쾌하게 네 번째 바람을 더했다. 앞의 세 가지 바람에 뒤지지 않는 필요성과 장식성을 지니는 이 quartum principium (제4원소)가 추가됨으로써 세상의 네 구석을 망라하게 되었다. 이것이 저 유명한 신비주의자 붐바스투스*2의 인체를 네 가지 주요방위로 상징하는 학설을 낳는 계기가 되었다.

이 학설을 근거로 그들이 다음으로 주장한 바에 따르면 인간은 바람의 특수 부분 또는 분자를 가지고 태어난다. 바로, 앞서 말한 네 가지 원소에서 추출한 quinta essentia(제5원소)라는 것이다. 이 원소는 인생의 여러 위기에 폭넓게 사용되고, 온갖 기술과 학문에 이용되며, 특정한 교육을 받음으로써 더 크게 연마되고 확충된다. 이것이 완전히 부풀어 올랐을 때는 욕심을 부려 계속 갖고 있거나 억제하거나 말 아래에 두지*3 말고 인류에 널리 전파해야 한다. 이러한 이유 및 마찬가지로 중요한 다른 이유에 근거하여 지혜로운 풍신파의 학자들은 BELCHING(트림)이라는 능력을 인간이 이성을 지닌 동물로서 할 수 있는 가장 고귀한 행위라고 주장한다. 이 기술을 습득하고 그것을 인류에게 한층 유익한 것으로 만들기 위해 그들은 갖가지 방법을 썼다. 한 해의 어떤 절기에 풍신파 사제가 떼로 모여 입을 크게 벌리고 폭풍우에 맞서 서 있는 것을 볼 수 있다. 또한 수백 명이 손을 잡고 둥글게 원을 그리고 서서 각자 풀무를 앞사람 엉덩이에 대고 그 사람이 큰 술통처럼 부풀 때까지 풀무질하는 광경도 볼 수 있다. 그들이 육체를 vessel(그릇)이라고 부르

---

*2 Bumbastus. 스위스의 연금술사이자 철학자(1492~1541) 파라셀수스를 말한다. 본명은 테오프라스투스 필리푸스 아우레올루스 붐바스투스 폰 호엔하임(Theophrastus Philippus Aureolus Bombastus von Hohenheim)이다. 제9장 주석 참조.

*3 Neither do men light a candle, and put it under a bushel. "사람이 등불을 켜서 말 아래에 두지 아니하고 등경 위에 두나니 이러므로 집 안 모든 사람에게 비치느니라."(《마태복음》 5장 15절)

는 것도 여기에서 유래한 것으로, 매우 적절한 표현이라 하지 않을 수 없다. 몸이 바람으로 가득 차면 즉시 길을 떠나, 공익을 위해 습득한 지식들을 억지로 제자들의 턱 안에 부어넣는다. 여기서 주의할 것은 그들 사이에서는 모든 학문이 이와 같은 근원에서 나온다고 믿어진다는 점이다. 그 이유는 이렇다. 첫째, 흔히 주장되고 고백되듯이 학문은 사람을 부풀어 오르게 한다. 둘째는 다음 삼단논법으로 증명된다. 언어는 바람에 불과하다. 학문은 언어이다. 따라서 학문은 곧 바람이다. 그렇기에 철학자는 학교에서 학설이나 의견을 학생들에게 전달할 때 트림이라는 방법을 쓴다. 그것이 진정한 웅변이 되어 놀라운 변화를 보여주게 되었다. 현자임을 가장 명확히 증명해주는 특징은 정령이 마음의 내면을 교란한 정도와 비율을 고스란히 보여주는 얼굴 표정이다. 마음에 동요가 일어나면 약간의 바람과 증기가 발생한다. 그것들은 먼저 안에서 난동을 부려 인간이라는 작은 세계에 지진을 일으킨다. 그러면 그 현자는 입이 뒤틀리고 뺨이 부풀고 눈알이 튀어나온다. 이때 발생하는 트림은 모두 신성화되며, 신 내가 심할수록 훌륭하게 여겨진다. 가엾은 신자는 그 트림을 삼키고 한없는 위안을 느낀다. 이 트림을 한층 완벽하게 만드는 방법은 콧구멍을 통하는 것이다. 인간의 생명의 숨결은 콧구멍에 있기 때문에 인간에게 가장 교훈을 주고 힘을 실어주는 가장 뛰어난 트림은 현명하게도 콧구멍을 통해*4 전달되며, 통과하면서 진액까지 더해졌다.

풍신파가 섬기는 신들은 네 가지 바람이며, 우주에 충만하며 생기를 불어넣는 정령으로서, 또 모든 영감이 발생하는 유일한 원천으로서 숭배되었다. 그러나 풍신파 학자들이 latria(최고의 예배)를 올리는 주신은 전능한 북풍이다. 그리스 메갈로폴리스의 주민들도 최고의 존경을 표하는 오래된 신이다. omnium deorum Boream maxime celebrant(모든 신들 중에서 그들은 보레아스*5를 으뜸으로 섬겼다). 이 신은 도처에 퍼져 있었지만 풍신파 학자들은 이 신이 어떤 특수한 거처를 갖고 있다고 생각했다. (품위 있게 말하자면) coelum empyraeum(천상의 굴)에서 상주한다고 생각했다. 이 굴은 고대 그리스인에게는 스코티아(Σxotia),*6 즉 "어둠의 나라"로 알려진 어떤 지방에 존재한다. 여기에 대해서는 여러 설이 있지만 다음 사실만큼은 명백하다.

---

*4 청교도 설교사들의 오만한 콧소리를 우롱했다.
*5 Boreas. 그리스 신화에 나오는 북풍의 신.

같은 이름을 가진 한 지방*7에서 우수한 풍신교도가 발생했으며, 열광적인 사제들은 그곳에서 최고의 영감을 가져다가 각 시대에 전파했다. 손수 원천에서 영감을 퍼내어 자루에 담아 가지고 와서 각 나라 신도들 앞에서 그 자루를 터뜨렸다. 신자들은 그 영감을 받아먹고자 입을 벌리고 헐떡거렸다. 지금도 그러하며 앞으로도 변치 않을 것이다.

그들의 비밀스런 방법과 의식은 다음과 같이 이루어진다. 학자들 사이에서는 잘 알려진 방법인데, 옛 명장들은 바람의 운반과 보존에 나무통이나 술통을 썼다. 오랜 항해를 할 때는 매우 쓸모 있는 방법으로, 이렇게 유익한 기술이 지금은 사라져버렸다는 사실은 참으로 애석한 일이다. 판실로루스*8와 같은 지은이조차도 이 기술에 대한 설명을 경솔하게 빠뜨리고 말았다. 이 기술은 이 종파의 이름의 기원인 아이올로스*9의 발명품이라고 한다. 풍신파 학자들은 시조를 기리기 위해 오늘날까지 많은 통을 보존하고 그 마개를 뽑아서 사원마다 하나씩 안치했다. 의식 당일에는 이 통 안에 사제가 들어간다. 사제는 앞서 말한 방법으로 미리 몸 준비를 마쳐두는데, 동시에 비밀 깔때기를 그의 엉덩이에서 통의 바닥까지 연결시킨다. 북쪽의 갈라진 틈새나 깨진 틈으로 들어온 영감이 이 깔때기를 통해 새로 보급된다. 그러면 순식간에 사제는 자신이 들어 있는 통과 비슷한 크기와 모양으로 부풀어 오른다. 그 자세에서, 아래쪽에서 영험한 기운이 발성을 촉진하는 대로, 뱃속에 든 것을 노도와 같이 청중에게 쏟아낸다. 단, 이 발성은 ex adytis et penetralibus(성스러운 곳)에서 나오는 것이어서 극심한 고통을 동반한다. 분출된 바람은 바다 표면에 영향을 끼치듯이 사제 얼굴에 변화를 일으킨다. 먼저 얼굴은 시커멓게 변하고 이어서 주름투성이가 되며 마지막에는 거품을 뿜는다. 이와 같은 모습으로 풍신파 성자는 그 신탁의 트림을 게워 제자들에게 전달한다. 어떤 제자는 이 성스러운 기운을 독식하려는 듯이 헐떡이고, 어떤 제자는 바람을 찬미하는 찬송가를 끊임없이 부른다. 그리고 자신이 읊조리는 노래에 이끌려 조용히 좌우로

---

*6 Σκοτία(Skotia). 그리스어에서 σκότος는 어둠(darkness)을 의미한다. 스코틀랜드를 풍자하고 있다. 스코틀랜드의 장로교회파는 비국교파 중에서 과격한 신교도였다.
*7 스코틀랜드를 가리킨다.
*8 《잃어버린 기술에 대해(Pancirollus De Artibus perditis)》의 지은이 (원주).
*9 Æolus. 그리스 신화에 나오는 바람의 신.

몸을 흔들어, 잠잠하게 가라앉은 풍신인 산들바람을 표현한다.

　이 풍신파가 유서가 깊다는 일부 지은이들의 주장은 사제들의 이러한 관습에서 기인한다. 앞서 말한 신비스런 영감의 전달방식은 고대 신탁을 전달하던 사제들의 방식과 너무나 닮아 있기 때문이다. 신탁[*10]은 지상을 흐르는 바람의 미립자를 타고 전달되며, 신탁이 전달될 때 사제에게는 풍신파 학자들과 똑같은 고통을 느끼게 하고 민중에게는 풍신파 제자들과 똑같은 영향을 끼친다. 신탁의 처리는 종종 여사제가 맡았다. 여성의 신체기관은 신탁의 바람을 받아들이기에 더 적당하다고 여겨졌다. 즉, 용량이 큰 그릇에 들어가 상승하는 셈이기 때문이다. 또한 도중에 호색을 불러일으키는데, 그것을 적당히 관리하면 육체적 격앙에서 정신적 황홀감으로 발전시킬 수가 있었다. 이 의미심장한 추측을 뒷받침하기 위해 다음과 같은 주장도 제기되었다. 여사제를 등용하는 이러한 관습은 오늘날에도 근대 풍신파 고급단체[*11]에 보존되어 있으며, 그들은 시빌(여성 예언자)이라고 불렸던 조상들이 그랬던 것처럼, 앞서 말한 그릇을 통해 얻은 영감을 받아들이게 되었다는 것이다.

　사람의 마음은 사상의 고삐를 느슨하게 하기 때문에, 자유롭게 놔두면 멈출 줄을 모르고 선과 악이라는 최고점과 최저점으로 날아간다. 공상의 비약은 처음에는 완전하고 고귀한 관념으로 사람들을 이르게 한다. 그러나 높은 곳과 낮은 곳의 경계를 깨닫지 못하기 때문에, 자신의 역량과 시력의 범위를 넘어서 비상하다 같은 날개로 같은 행로를 그리며 저 아래 구렁텅이로 곤두박질친다. 동쪽으로 떠났다가 서쪽으로 돌아오는 사람처럼, 직선도 길게 이어지면 끝내는 원이 되는 것처럼. 사람의 천성에는 나쁜 분자가 숨어 있어서 밝은 생각을 할 때는 어두운 생각도 같이 하기를 즐긴다. 삼라만상을 통찰하는 이성은 지구를 밝혀주는 태양처럼 절반은 밝게 하고 절반은 부득이 그림자와 어둠으로 남겨놓아야 하는 것일까? 최고와 최선을 향해 비상하는 공상은 한없이 날다 기력이 다해 죽어버리는 극락조[*12]처럼 힘없이 땅바닥으로

[*10] other ancient oracles. 그리스 델포이의 아폴로 신탁을 말한다. 여기에는 무녀가 많았다. 델포이는 파르나소스 산 남쪽 경사면에 있으며, 그리스인은 그곳을 지구의 중심점이라고 믿었다. 아폴로 신전의 중앙부 땅 속에 사람을 취하게 하는 증기가 분출되는 작은 구멍이 있는데, 무녀는 그 위에 청동으로 삼각신단을 놓고 그 위에 앉아 아폴로의 신탁을 받았다.

[*11] certain refined colleges. 퀘이커교도를 가리킨다. 퀘이커교에는 여성 설교사와 여성 목회자가 많았다.

추락하는 것 아닐까? 아니면 이런 형이상학적 추측을 하고도 결국 나는 참된 이유를 전혀 파악하지 못한 것일까? 아무튼 한 가지만은 확실하다. 즉, 아무리 무지몽매한 인류라 하더라도 어떠한 방법을 써서 신, 즉 최고능력자의 생각에 도달했으며 동시에 그들의 공포를 나타내기 위해 어떤 무시무시한 관념을 쓰는 일도 잊지 않았다는 사실이다. 그러한 관념은 임시방편이기는 하지만 그들에게 악마 같은 역할을 한다. 이러한 사고과정은 지극히 자연스러워 보인다. 상상이 높이 올라간 사람은 높은 곳에 올라간 사람처럼 느끼게 된다. 즉, 위로 올라갈수록 하늘을 가까이서 볼 수 있어 기쁘지만 동시에 아래쪽 낭떠러지의 무시무시한 광경에 공포를 느낀다. 이리하여 인류는 악마를 고를 때 으레 행위나 외형 면에서 그들이 만든 신과 가장 동떨어진 존재를 만들어냈다. 풍신파 역시 악한 두 존재에 공포와 증오심을 품고 있었다. 이 두 존재와 그들이 숭배하는 신들 사이에는 영원한 갈등이 이어졌다. 두 존재 중 첫 번째는 카멜레온*13이다. 영감의 불구대천의 원수로, 트림으로 최소한의 바람도 보충해주지 않으면서 신들의 거대한 힘을 냉담하게 집어삼키는 녀석들이다. 두 번째는 거대한 괴물로 물랭아방(Moulinavent)이라고 불린다. 억센 네 개의 팔을 가진 이들은 신들과 영원한 싸움을 계속하는데, 솜씨 좋게 회전하며 신들의 타격을 피하고 곱절로 갚아준다.

이처럼 저 유명한 풍신파는 훌륭한 신과 악마를 모두 갖추게 되었다. 오늘날 이 종파가 세계 곳곳에 퍼져 있으며, 점잖은 라플란드인*14이 이 종파의 가장 진정한 분파라는 사실은 의심할 여지가 없다. 여기서 그 라플란드인에 대해 한마디 언급해두지 않는다면 부당하다는 비난을 면치 못할 것이다. 실제로 그들은 성향으로 보나 관심분야로 보나 우리나라 풍신파 신도들과 매우 흡사하다. 이들과 우리나라 풍신파 신도들은 같은 상인에게서 바람을 대량으로 사들일 뿐만 아니라 같은 방법으로 같은 고객에게 그 바람을 되팔고

---

*12 예로부터 극락조는 다리가 없어서 죽을 때까지 계속 날아다녔다고 믿어졌다.
*13 chameleon ; Moulinavent. 여기서 지은이가 의도하는 바가 무엇인지 알 수가 없다. 몇 줄 아래에 나오는 'Moulinavent(프랑스어로 '풍차'라는 뜻)'라는 괴물도 이해불가다(원주). 작가는 종교에 무관심하고 종교 교리 변경에 반대하지 않으며 관심을 가지고 받아들이지도 않는 자유사상가를 말하고자 했던 것 같다(스코트 주).
*14 Laplanders. 스칸디나비아 반도의 최북단 지방을 예로부터 라플란드라고 불렀으며, 바람과 폭풍을 보내는 마녀나 마법사가 산다고 믿었다.

있다.

이상에서 다룬 이 종파 조직이 하나에서 열까지 잭의 손으로 만들어진 것인지, 어떤 작가가 믿는 것처럼 델포이*15의 원형을 모방한 다음 시대와 환경에 맞게 추가하고 고쳐진 것인지는 결정하지 않겠다. 하지만 다음 사실만큼은 단언할 수 있다. 이 이론 체계에 새로운 변화를 주어 앞서 말한 것과 같은 외형과 형태로 만든 사람은 적어도 잭이라는 것이다.

내가 특별히 존경하는 특정 단체의 전모를 올바르게 소개하는 이런 기회를 아주 오래전부터 바랐다. 이들의 관습과 사상은 반대파 사람들의 악의와 무지 때문에 심하게 왜곡되고 비방당했다. 그리고 편견을 제거하여 사물을 참되고 올바른 관점에서 보는 것은 가장 고귀하고 훌륭한 인간행위 중 하나이다. 따라서 양심과 명예와 감사의 마음 이외에는 전혀 나 자신의 이익을 생각하지 않기로 하고, 여기에 과감히 그 일을 맡은 것이다.

---

*15 Delphos(Delphi). 고대 그리스 북부 포키스 지방에 있는 작은 도시로, 아폴론의 신탁으로 유명.

9
사회에서 벌어지는 광기의 기원과 효용과 이용에 대한 여담

이 유명한 종파가 앞서 말한 잭과 같은 인물(지능이 완전히 뒤집어지고 두뇌가 본디 있던 곳에서 벗어나버린 인물을 말하는데, 보통 우리는 이런 상태를 병으로 간주하고 광기 또는 착란이라는 이름으로 부른다)을 창시자로 시작되었다고 해서 그 정당한 명성에 손상을 입는 일은 없을 것이다. 세상에서 한 개인의 힘으로 이룰 수 있는 위대한 행위, 이를테면 정복에 의한 새 제국 건설, 새로운 철학이론의 전개와 발전, 새 종교의 창시와 전도 등을 검토해보면 그 창시자들은 모두 이런 정신병자이기 때문이다. 이들은 음식, 교육, 기분의 우열 등과 더불어 공기와 기후 요인의 영향을 받아 타고난 이성이 큰 변화를 일으킨 사람들이다. 또 인간의 마음에는 개인적인 측면이 있어서 특정 사정이 우연히 접근해오거나 충돌해오면 금방 불이 붙는다. 그러면 얼핏 보기에 하찮은 일도 인생 최대의 사건으로 번지는 일이 종종 생긴다. 강력한 수단만이 큰 변화를 일으킨다고는 볼 수 없다. 적절한 반응과 시간이 큰 변화를 일으키는 예가 더 많다. 일단 증기가 머리꼭대기로 솟기만 하면 불이 어디서 점화되었는지는 큰 문제가 아니다. 사람 몸의 상층부는 대기의 중간층과 같은 구조로 되어 있으며, 이런 곳에서 물질은 수만 가지 원인에서 만들어지지만 궁극적으로는 동일한 물질과 효과를 낳기 때문이다. 안개는 땅에서, 김은 퇴비에서, 수증기는 바다에서, 연기는 불에서 나온다. 더 나아가 구름은 구조뿐 아니라 결과도 똑같다. 뒷간에서 피어나는 김도 아름답고 유용한 증기를 제공한다는 점에서 제단의 향과 다를 바가 없다. 여기까지는 쉽게 인정하리라 생각한다. 계속 설명하자면 이렇다. 자연의 얼굴이 잔뜩 흐렸을 때를 빼고는 비를 내리지 않는 것처럼, 두뇌에 위치한 인간의 지성도 신체 하부 기관에서 올라오는 증기로 잔뜩 뒤덮여 창의력을 촉촉하게 만들고 열매 맺게 해야 한다. 이 증기도 (이미 말한 것처럼) 하늘의 수증기와 마찬가지로 그 기원이 다양하며, 거기에서 생성되는 수확물은 토양에 따라 종류와 수준이 결정된다. 두 가지 실례를 들어 그 의미를 증명하고 설명해보겠다.

어떤 대왕*¹이 대군을 일으키고, 금고를 어마어마한 보물로 채우고, 무적함대를 준비시켰다. 그는 대재상과 측근 총신들에게조차 그 목적에 대해 아무 얘기도 하지 않았다. 전 세계는 아연실색했다. 이웃나라 군주는 폭풍우가 어느 방향으로 몰아칠지 두려움에 떨며 지켜보았고, 군소 정치가들은 곳곳에서 심각한 추측을 해댔다. 세계왕국을 이루려는 계획이라고 믿는 사람도 있었다. 깊은 통찰 끝에 어떤 이는 일찍이 대왕 자신의 것이었던 교황 자리에서 교황을 끌어내고 개신종교를 이루려는 계획이 틀림없다고 말했다. 또한 어떤 명민한 비평가는 터키를 정복해 팔레스타인을 되찾으려는 의도라고 말하며 대왕의 발을 아시아까지 뻗게 해주었다. 이런 계획과 준비로 어수선한 와중에 어떤 명의*²가 이러한 증상을 보고 질병의 성질을 파악한 뒤 치료를 시도했다. 단숨에 수술에 들어가 배를 가르자 증기가 쏴하고 흘러나왔다. 완전한 치료법이라 부르기에 부족함이 없었겠지만 유감스럽게도 대왕은 치료 도중에 숨을 거두었다. 많은 나라 국민을 오랫동안 두려움에 떨게 했던 이 증기가 어디에서 왔는지 독자 여러분은 궁금하실 것이다. 어떤 비밀의 톱니바퀴가, 어떤 숨겨진 용수철이 이토록 놀라운 기계장치를 움직일 수 있었을까? 나중에 밝혀진 사실인데, 이 기계를 작동시킨 것은 이제 이 나라에 없는 한 여인의 자극이었다. 그녀의 눈동자에 성적으로 흥분되어 발기가 일어났지만, 그 욕정을 분출하기도 전에 여인이 적국으로 끌려가버렸던 것이다. 이런 절박한 상황에서 불행한 대왕이 무엇을 할 수 있었겠는가? 시인 루크레티우스가 제시한 확실한 비결 corpora quæque(어디든 다른 곳에 흩뿌려라)*³를 시도해보았지만 허사였다.

---

*1 a certain great prince. 프랑스의 앙리 대왕(Henri Ⅳ, 1553~1610)을 가리킨다.
*2 a certain state-surgeon. 1610년 5월 14일 앙리 4세를 마차 안에서 암살한 라바이약(Ravaillac)을 가리킨다.
*3 "사랑하는 사람의 심상에서 벗어나고, 애정을 자라게 하는 것을 쫓아내고, 마음을 다른 방향으로 돌려, 쌓인 정액을 어디든 다른 곳에 흩뿌려라. 한 사람에 대한 사랑에 언제까지고 빠져 스스로 마음의 고통을 키우는 것은 어리석은 일이다." 루크레티우스 《사물의 본질에 관하여》

Idque petit corpus mens unde est saucia amore ;
Unde feritur, eo tendit, gestitpue coire. Lucr.
그리하여 육체는 정신이 사랑하고 괴로워하는 것을 얻으려고 한다.
육체는 상처 입은 방향으로 나아가 하나가 되기를 열망한다. 루크레티우스

모든 평화적인 노력을 시도했지만 헛수고였다. 쌓인 정액은 염증으로 변했다가 까맣게 타서 담즙[*4]으로 바뀌었고, 급기야 척주관을 타고 뇌로 올라갔다. 여인에게 농락당한 사내가 울분을 이기지 못하고 여인의 집 창문을 부수는 것과 같은 이치로 대왕은 잔뜩 흥분하여 대군을 일으켰고, 공성, 전투, 승리 외에는 아무것도 생각하지 못하게 되었다.

또 한 가지 실례는 어떤 오래된 책에서 읽은 어느 위대한 왕[*5]의 이야기이다. 왕은 30년도 넘게 마을을 뺏었다 빼앗겼다, 전쟁에서 이겼다 졌다, 제후들을 영지에서 쫓아냈다 하며 혼자 즐겼다. 아이를 위협해서 버터를 바른 빵을 빼앗고, 신하와 외국인, 아군과 적군, 남자와 여자 할 것 없이 불사르고 파괴하고 약탈하고 박해하고 도륙했다. 각 나라 철학자들은 이 이상한 현상의 근본 해결책을 어디에서 찾아야 할지 몰라 자연, 도덕, 정치상의 원인에 대해 진지한 논의를 나누었다고 기록되어 있다. 그러다 마침내 이 영웅의 두뇌를 활동시키던 증기 또는 정기가 활동을 멈추었다. 끊임없이 순환하는 성질을 지닌 증기가 저 zibeta occidentalis(서쪽의 사향)[*6]을 제공하는 것으로 유명한 인체 부위에 응집하여 종양으로 변한 것이다. 덕분에 세계는 그 뒤 오랫동안 평화를 유지할 수 있었다. 이처럼 증기가 쌓이는 곳은 매우 중대한 영향력을 지니며, 어디에서 왔는지는 큰 문제가 되지 않는다. 같은 정기라도 위로 올라가면 왕국을 정복하고 항문으로 내려가면 치질로 끝나버린다.

다음으로 철학에서 새로운 학설을 제창한 사람들을 살펴보자. 알아내기

[*4] choler. 옛날 의학에서는 인간 체내에 흐르는 네 가지 체액(humour)의 균형 상태에 따라 다양한 기질이 정해지며, 그중 하나인 담즙이 많아지면 성미가 급해져서 화를 잘 내게 된다고 믿었다.

[*5] a mighty king. 지금의 프랑스 국왕 루이14세(Louis XIV, 1638~1715)를 말한다(원주).

[*6] 화학자로 유명했던 파라셀수스(Paracelsus, 1492~1541)는 사람의 배설물을 실험하여 그것에서 향료를 만들려고 했다. 향료를 완성하자 그는 그것에 '서쪽의 사향'이라는 이름을 붙였다. 사람의 항문은 서쪽에 해당하기 때문이다(원주).

불가능한 주제와 얼추 일반화된 통념에 대해 이처럼 진지하게 새로운 학설을 제창하고자 하는 성질은 대체 인간의 어떠한 정신능력에서 나오는 것일까? 이 성질이 나오는 원천은 어디인가? 이들 위대한 개혁가가 다수의 추종자를 거느리는 것은 인간 본성의 어떤 특질에 근거한 것일까? 이런 질문을 던지는 이유는 이들 중 주요 몇몇 사람이 반대론자들에게 미치광이로 오해받는 일이 허다했기 때문이다. 실제로 그들의 추종자를 제외한 모든 사람이 그렇게 생각한 것이 사실이다. 이들은 평범한 인간이성이 명령하는 바와는 매우 다른 방법으로 말하고 행동했다. 대표적인 몇몇 인물은, 근대 베들럼 학술원*7에 앉아 계시는 틀림없는 그들의 후계자와 거의 일치한다고 봐도 무방하다(이 학술원의 진가와 본질에 대해서는 나중에 적당한 곳에서 추가로 검토할 예정이다). 에피쿠로스, 디오게네스, 아폴로니우스, 루크레티우스, 파라셀수스, 데카르트 등이 이런 부류이다. 그들이 지금도 살아 있어 손발이 묶인 채 동료들에게서 격리되어 있었다면 사혈, 채찍질, 쇠사슬, 어두운 방, 짚더미 같은 위험을 피하지 못했을 것이 분명하다. 현대는 사리분별력이 떨어지는 시대이기 때문이다. 모든 인류의 관념을 자신의 관념과 똑같은 길이와 폭과 높이로 바꿀 수 있다고 생각한 사람이 있다면, 그 사람의 사고 상태와 진행이 이치에 반한다는 말을 들어도 어쩔 수 없지 않겠는가. 그러나 오히려 그런 시도를 하는 것이 이성의 세계에 사는 개혁자가 첫 번째 겸손으로 치는 예의바른 목적이었다. 언젠가 인간의 모든 사상이 우연히 한데 모여 모난 것과 매끈한 것, 가벼운 것과 무거운 것, 둥근 것과 각진 것이 끊임없이 충돌한 끝에 어떤 편향작용을 일으키면, 만물이 처음 생겼을 때 그랬던 것처럼 모든 사상이 원자와 공허라는 개념으로 합일될 것이다라고 에피쿠로스는 소박하게 희망했다. 카르테시우스*8는 모든 철학자의 의견이, 그의 낭만적인 우주체계 속의 작은 별무리처럼, 자신이 주장한 소용돌이 속으로 빨려 들어가는 광경을 생전에 볼 수 있을 거라고 생각했다. 앞서 말한 수증기현상 말고 이 특이한 몇몇 사람의 해괴한 상상을 설명할 수 있는 학설이 있다면 기

---

*7 Bedlam. 15~16세기 무렵 런던 비숍스게이트에 '베들럼 성마리아 병원'이라는 정신병원이 있었다. 이것이 '베들럼'이라는 속칭으로 불리게 되었고, 오늘날에는 정신병원을 뜻하는 단어로 일반화되었다. 스위프트는 이를 '학술원'이라고 풍자한 것이다.

*8 Cartesius. 데카르트. René Descartes를 라틴어식으로 읽은 것.

꺼이 가르침을 구하고 싶다. 수증기는 신체 하부 기관에서 올라와 두뇌를 뒤덮고 거기에 사상이라는 비를 뿌린다. 영어 표현의 한계 탓에 이 결과를 표현할 단어로서 광기, 정신착란 이외에는 아직 다른 명칭이 없다. 다음으로 이들 위대한 학설제정자가 자신과 자신의 사상을 절대적으로 맹신하는 추종자들을 얻게 된 것은 어떤 까닭에서인지 살펴보자. 그 이유는 간단하게 설명된다. 인간지성이 조화를 이루는 데는 특수한 현(絃)이 작용하는데, 어떤 사람들은 그 현이 완전히 똑같은 음을 낸다. 이 현을 솜씨 좋게 적당한 높이의 가락까지 올려서 부드럽게 연주했을 때, 다행히 같은 음색을 지닌 사람들 사이에 그 사람이 있다면, 그 사람들은 비밀스럽고 필연적인 조화에 의해 동시에 공명음을 낸다. 모든 일에 필요한 솜씨와 운이 모두 이 한 가지 현상에 달려 있는 셈이다. 음색의 높낮이가 일치하지 않는 사람들 사이에서 현을 뜯는다면 학설이 공명하기는커녕 손발이 묶인 채 미치광이 소리를 들으며 물과 빵을 제공받게 될 것이다. 그렇기에 사람과 시기를 고려하여 이 훌륭한 재능을 구별하고 적응하는 일은 재치를 가장 요하는 행위의 문제이다. 키케로는 이런 사실을 잘 이해했던 것 같다. 영국에 있는 친구에게 보낸 편지에, 특히 마차 마부(지금과 마찬가지로 당시에도 이름난 악당이 많았던 것으로 보인다)에게 속아 넘어가지 않도록 주의하라고 경고하며 다음과 같은 주목할 만한 말을 내뱉었다—"Est quod gaudeas te in ista loca venisse, ubi aliquid sapere viderere(사람들이 당신을 견식 있는 사람으로 여기는 땅에 온 것을 기뻐하십시오)."

무람없이 말하자면, 어떤 집단에서는 철학자로 통하면서 다른 집단에서는 바보 취급받는 서투른 처신방법은 치명적인 실책이다. 이 말을 매우 시기적절한 풍자로서 명심해주었으면 하는 분들이 내가 아는 사람들 중에도 몇 명 있다.

실제로 이것이 나의 총명한 친구, 존경하는 우턴 씨의 치명적인 과오였다. 그는 사상으로 보나 외모로 보나 위대한 목적과 업적을 다하기 위해 태어난 것처럼 보이는 인물이었다. 확실히 새 종교 보급에 그만큼 어울리는 자격을 갖추고 세상에 나타난 사람은 없었다. 그 뛰어난 재능이 알맹이 없는 철학 따위에 오용된 것은 유감스럽기 짝이 없는 일이다. 꿈과 환상이라는 본디 이치를 향해 그 재능을 발휘했더라면, (그 방면에서는 정신과 외모의 기발한 뒤틀림이 더없이 도움이 될 테니) 저속하고 냉혹한 세상 사람들이라 할지라도 "어딘가 상태가 이상하다", "머리가 어떻게 좀 된 것 아니냐"는 등 이상한 소문을 퍼뜨리지는 않았을 것을! 배은망덕한 이야기지만, 사실 그의 동지인 근대주의자들*9조차 그런 소문을 서슴지 않고 쑤군댄다. 지금 이 원고를 쓰고 있는 이 다락방까지 그 소리가 들려올 정도이다.

마지막으로, 모든 시대에 끊임없이 이러한 풍요의 강물을 흘려보내온 이 열정의 원천을 검토하는 사람은 그 샘이 강줄기처럼 혼탁하다는 사실을 알게 될 것이다. 광기라고 부르는 이 증기는 어마어마하게 편리하고 유익한 것이어서, 증기의 도움이 없다면 세계는 정복과 학설이라는 두 가지 큰 선물을 잃어버릴 것이다. 뿐만 아니라 모든 인류는 "보이지 않는 대상"에 대해 동일한 신앙을 가져야만 하는 불행에 빠질 것이다. 그런데 이 증기의 기원이 어디에 있는가는 큰 문제가 아니다. 그것이 어떤 부위를 습격하여 지성을 흐리게 만드는지 또는 뇌의 어떤 부분으로 올라가는지가 중요하다는 앞서의 조건을 인정한다면, 같은 증기를 가지고 두뇌의 어떤 차이들이 이런 다른 결과를 낳느냐 하는 문제가 남는다. 알렉산더 대왕, 레이던의 잭, 데카르트 사이의 유일한 차이점은 어디에서 오는가? 그 이유를 깐깐하고 호기심 많은 독자 여러분에게 납득시키는 일은 무척이나 신중을 요하는 어려운 문제이다. 지금까지 다룬 것 중 가장 심오한 주제이다. 내 능력을 최고조로 긴장시켜야 한다. 독자 여러분도 최대한 주의를 기울여 들어주었으면 한다. 지금부터 이 어려운 문제를 해결해보겠다.

인류에는 어떤┈┈┈┈┈Hic multa desiderantur(원고 누락)*10┈┈┈┈┈이것을 이 문제의 명확한 해답이라고 생각한다.

이로써 복잡하고 까다로운 문제를 가까스로 풀어냈으니 독자 여러분께서도 다음 결론에 이의가 없으리라 믿는다. 근대인이 의미하는 광기가 신체 하부 기관에서 올라온 증기의 힘으로 발생하는 두뇌의 교란과 변환 상태라면, 이 광기야말로 제국과 철학과 종교의 세계에 일어난 모든 대변동의 모체였다는

---

*9 the modernists. 근대학문이 고대보다 우수하다고 주장하는 벤틀리, 우턴 등의 일파를 가리킨다.
*10 여기도 원고가 불완전한 곳이다. 하지만 원작자의 방식은 매우 현명했다고 생각한다. 이렇게 지은이를 골치 아프게 했던 문제는 사실 해결할 가치가 없는 문제였기 때문이다. 까다로운 형이상학 문제들도 이런 식으로 해결하면 좋지 않을까(원주).

것이다. 대체로 두뇌가 정상적인 위치에서 평정 상태를 유지할 때 그 두뇌의 소유자는 평범한 형태로 생애를 보내게 될 것이며, 자기 권력이나 논리나 환영에 민중을 종속시키려고 생각하지 않을 터이다. 또 모범적인 인간지성에 따라 사고력을 형성해갈수록, 자기만의 의견을 고집하여 당파를 만들려는 마음이 사라진다. 그러한 사고력은 대중의 완고한 무지를 알려줌과 동시에 자기 자신이 지닌 약점도 가르쳐주기 때문이다. 그런데 공상이 이성을 무찌르고 상상이 감각과 싸운 결과 정상적인 사고가 상식과 함께 추방되면 가장 먼저 생겨나는 변절자는 바로 자기 자신이 된다. 한번 그것에 성공하면 남을 개종시키는 일은 식은 죽 먹기이다. 강력한 기만이 안팎에서 힘차게 움직이기 때문이다. 교언과 환영이 귀와 눈에 미치는 영향은 간지러움이 촉각에 미치는 영향과 같다. 인생에서 우리가 가장 귀중하게 여기는 기쁨과 쾌락은 감각을 기만하며 갖고 노는 것이다. 지성과 감각 어느 쪽으로든 '행복'이란 단어가 일반적으로 뜻하는 바를 조사해보면 그 성질과 속성은 모두 다음과 같은 짧은 정의에 포함된다. 행복이란 완벽하게 속아 넘어간 상태를 꾸준히 유지하는 것이다. 먼저 정신과 지성에 대해서 말하자면, 허구가 진실보다 큰 강점을 지니고 있음은 명백하다. 그 이유는 간단하다. 상상은 운명이나 자연이 제공하는 것보다 훨씬 훌륭한 광경을 만들어내며 훨씬 놀라운 변혁을 낳기 때문이다. 게다가 그저 지나간 일과 상상해낸 일이라는 차이만이 문제라고 생각한다면, 인류가 지금처럼 진실보다 허구를 고르기에 이른 것도 그리 비난해서는 안 된다. 즉 상상 속의 일도 기억 속의 일처럼 정말로 존재한다고 말할 수 있느냐라는 문제로 귀결된다면 마땅히 "그렇다"라고 대답해야 할 것이다. 게다가 전자가 훨씬 유리하기조차 하다. 상상은 사물을 낳는 모태이고, 기억은 묘혈에 불과하다는 인식이 일반적이기 때문이다. 이 행복의 정의는 감각에 비추어 살펴봐도 역시 멋지게 들어맞는다. 어떠한 것도 기만이라는 매개를 통하지 않으면 우리에게 호소하는 힘이 미비하다. 자연이라는 거울에 비추면 모든 사물은 시들해 보인다. 따라서 인공광선, 굴절각, 덧칠한 광택도료, 번쩍번쩍한 금붙이 등 인공적인 매개의 도움이 없다면 인간의 행복과 쾌락은 한결같이 무미건조하게 변해버린다. 이 점을 세상 사람들이 진지하게 생각한다면 (좀처럼 그렇게 생각하지 않으리란 것은 알지만) 결점을 폭로하거나 약점을 드러내는 짓은 이제 현명한 행위에는 들어가지 못할 것이다. 그런 짓은 가면을 벗어던지는 것과 다를 바가 없는데, 가면을 벗는 일은 세상에서도 연극 무대에서도 정당한 행위로는 인정되지 않는다.

　남을 쉽게 믿는 경신(輕信)은 호기심보다 평화로운 정신 상태이다. 이와 마찬가지로 사물의 표면에 집착하는 현명함은 사물을 깊숙이 파고들어가 그 내부는 아무 짝에도 쓸모없다는 보고와 발언을 가지고 사뭇 진지한 얼굴로 되돌아나오는 소위 철학보다 훨씬 바람직하다. 모든 사물이 가장 먼저 호소하는 두 감각은 시각과 촉각이다. 이들은 색, 형태, 크기, 그밖에 사물의 겉에 존재하는 성질, 또는 사물의 바깥에 인공적으로 그려지는 성질만 파악할 뿐 결코 그보다 깊이 파고들어가지 않는다. 그런데 이성이라는 참견꾼은 자르고 열고 찢고 뚫는 도구를 가지고서 사물의 내부는 다른 구조임을 증명하려고 한다. 이는 자연을 크게 곡해하는 일이다. 자연의 영원한 법칙은 사물이 지닌 가장 훌륭한 장식물을 눈에 띄도록 앞으로 내세우는 것이기 때문이다. 따라서 앞으로 이런 경제적이지 못한 해부에 드는 비용을 절약하기 위해 여기서 다음 사실을 독자 여러분께 알려드리는 것이 적당할 것 같다. 사물이 내부까지 같은 구조로 되어 있지 않다는 이성의 결론은 확실히 옳다. 내가 아는 한, 형태를 가진 사물은 모두 겉이 안보다 훨씬 좋다. 이에 대해서는 최근 몇 가지 실험을 해보고 확신을 다졌다. 저번 주에 살가죽이 벗겨지는 여인을 보았는데, 그 모습이 얼마나 흉측하게 변해가던지 믿기 어려울 정도였다. 어제는 멋쟁이 신사의 시체가 내 눈앞에서 벌거벗겨졌는데, 옷 한 겹 아래에 생각지도 못했던 결점이 수없이 감추어져 있는 것을 보고 그 자리에 있던 모두가 깜짝 놀랐다. 이어서 뇌수와 심장, 비장을 해부해보았는데, 수술이 진행될수록 결함은 수도 크기도 늘어날 따름이라는 사실을 깨달았다. 이러한 사실에서 다음과 같은 정당한 결론을 내렸다. 자연의 결점이나 불완전함을 기위 온전한 하나로 엮는 방법을 발견하는 철학자나 고안자가 (해부가 의학의 궁극 목적이라고 믿는 사람들처럼) 그 결점들을 퍼뜨리거나 폭로하는 지금의 매우 존경받는 무리보다 훨씬 인류에 공로가 있는 자이며, 훨씬 유익한 학문을 가르쳐주는 자이다. 고로 타고난 운이나 기질 덕에 이 훌륭한 방법의 성과를 즐길 수 있는 자, 에피쿠로스와 함께 사물의 표면에서 감각을 향해 날아오는 안개와 환상으로 상상을 만족시킬 수 있는 자, 이러한 자들이야말로 진정한 현자이다. 자연의 크림을 빼먹고 시어빠진 찌꺼기는 철학과 이성에게 핥아먹게 하는 사람이다. 이것이 "완전히 속아 넘어간 상태를 유지한다"고 정의되는 행복의 탁월하고 세련된 특색이다. 이것이 악당들 틈에 낀 어리석은 자의 평온하고 평화로운 상태이다.

광기 이야기로 돌아가자. 앞서 설명한 것처럼 광기는 분명히 모든 증기의 과잉에서 생긴다. 따라서 근육의 힘을 배가시키는 광기도 있거니와, 두뇌에 힘과 생명과 정기를 더하는 광기도 있다. 두뇌를 사로잡는 이 활동적 정기는 텅 빈 폐가에 출몰하는 무리와 닮은 점이 있다. 할 일이 없는 그들은 집 안에 숨어서 자재 일부를 갖고 사라지거나 집에 머무르며 창문으로 닥치는 대로 내던진다. 신기하게도 이 행동들을 통해 광기의 두 주요 부문이 드러난다. 생각이 부족한 어떤 철학자는 이 두 행동이 다른 원인에서 야기되었다고 오해하고서 한쪽을 증기 부족으로, 다른 한쪽을 증기 과잉으로 속단했다.

지금까지 설명에서 명백하듯이, 이 문제의 핵심 기술은 이 과잉 상태의 증기에 일을 부여하고, 그 시기를 신중하게 조정하는 것이다. 그렇게 함으로써 사회에 크고 폭넓은 이익을 가져다줄 수 있다. 어떤 사람은 적절한 시기를 골라 깊은 못에 몸을 던졌다가 영웅*11으로 다시 나타나 나라를 구한 구세주로 칭송받는다. 어떤 사람*12도 같은 일을 하지만, 시기의 조정이 서툴렀던 탓에 생각에 광기라는 낙인이 새겨져 오래도록 비난의 증표로서 남았다. 이 미묘한 구분법에 근거하여 우리는 쿠르티우스*13의 이름을 반복할 때는 존경과 애정을, 엠페도클레스*14의 이름을 부를 때는 증오와 경멸을 느끼도록 배운다. 루시우스 브루투스*15는 사회를 위해 어리석은 미치광이를 가장했을 뿐이라고들 믿지만, 사실 그의 행동은 과잉된 증기가 사용처를 찾지 못해 비

---

*11 아래의 쿠르티우스를 가리킨다.

*12 아래의 엠페도클레스를 가리킨다.

*13 Mett(i)us(or Marcus) Curtius(c.360 B.C.). 고대 로마의 전설적 영웅. 로마 공회장에 큰 균열이 생기자 예언자는 로마에서 가장 귀한 재산을 그 틈에 던지면 틈이 닫힐 것이라고 말했다. 그러자 쿠르티우스는 자신의 말과 함께 그 틈으로 몸을 던졌다고 전해진다.

*14 Empedocles(c. 495~435 B.C.). 그리스의 철학자. 육체가 완전한 소멸하면 산 채로 천국에 갈 수 있다는 신앙을 퍼뜨리고자, 에트나 화산 분화구에 몸을 던졌다고 한다.

*15 Lucius Junius Brutus(c. 509 B.C.). 로마의 폭군 타르퀴니우스 수페르부스(Tarquinius Superbus)를 물리치고 초대 집정관이 되었다. 그는 폭군의 박해를 피하고자 미친 척을 했다고 전해진다. 브루투스라는 이름을 얻은 것도 그 때문이라고 한다(Brutus는 라틴어로 어리석은 사람을 의미한다).

롯된 것에 불과하다. 라틴어로 이른바 ingenium par negotiis(사무에 부적합한 천성)이었기에 (최대한 가깝게 번역하자면) 국가 업무에 쓰이지 않으면 그 본성을 발휘할 수 없는 일종의 광기였던 것이다.

이상의 이유 및 (똑같이 기묘하지는 않지만) 마찬가지로 중요한 그밖에 많은 이유에 근거하여, 또 오랫동안 바라오던 기회를 기꺼이 받아들여, 에드워드 세이모어 경, 크리스토퍼 머스그레이브 경, 존 보울스 경, 존 하우 씨, 그밖에 모든 관련 애국지사 여러분들께 매우 고상한 한 가지 사업을 권하고 싶다. 즉, 베들럼 학술원과 인근 지역*16을 시찰하는 위원회를 임명하는 의안제출 허가청원에 동의해주었으면 한다. 이 위원회는 인물, 서류, 기록의 출두와 제출을 요구할 권한을 가지며, 학술원의 학생 및 교수의 장점과 자격을 심사하여 개개인의 성향과 거동을 최대한 정확하게 관찰하게 될 것이다. 따라서 그들이 가진 재능을 적절하게 차별 적용함으로써 국가의 문무 양쪽에서 수많은 관직에 적합한 유능한 인재를 다수 발굴해낼 수 있으리라 생각한다. 저 영광스러운 집단(이렇게 말하는 나도 한동안 그 말단 자리를 더럽히는 행운을 누렸던 적이 있지만)에 내가 품고 있는 존경심을 참작하시어 독자 여러분께서도 이 중대한 문제에 깊은 관심을 드러내는 나를 용서해주시기 바란다.

짚더미를 갈기갈기 찢고 욕설을 퍼붓고 쇠창살을 물어뜯고 입에 거품을 물고 참관인의 얼굴에 요강을 쏟아버리는 학생이 있는가? 시찰위원 여러분, 그에게 용기병 연대를 맡겨 다른 사람들을 이끌고 플랜더스의 들판으로 가게 하라. 끊임없이 말하고 침을 튀기고 입을 크게 벌리고 되지도 않는 말을 떠들어대는 자가 있다면 그 훌륭한 재능을 이곳에서 허비하지 않도록 빨리 녹색 가방과 서류를 들려주고 주머니에 3펜스*17를 넣어 웨스트민스터 홀 법정으로 보내버려라. 세 번째는 매우 진지한 얼굴로 독방 안을 맴도는 사람이다. 깜깜한 어둠 속에 갇혀 있지만 선견지명과 통찰력을 갖춘 인물*18이다. 모세처럼 ecce cornuta*19 erat ejus facies(보아라, 그 얼굴에는 뿔이 돋았노

---

*16 근대과학을 연구하는 왕립학회가 있던 그레셤 대학가, 삼류문인들의 주요 활동무대인 그럽 거리 등을 스위프트는 미치광이의 집합처로 풍자했다.

*17 three pence in his pocket. 변호사가 고용하는 삯마차 비용(원주).

*18 영감을 믿으며 어둠에서 광명을 찾는 망상에 빠진 청교도를 풍자한 것이다.

라)이기 때문이다. 일정한 보폭으로 바르게 걷고, 성실하고 예의바르게 돈을 구걸하고, 불경기나 세금이나 바빌론의 매춘부[20]에 대해 끊임없이 말하고, 8시면 독방의 나무 창문을 닫고, 화재와 좀도둑질과 왕실 세무 관리인과 특권을 부여받은 장소를 꿈꾼다. 그를 신자 동료들과 함께 마을로 내보낸다면 이러한 재능은 필시 큰 도움이 될 것이다. 네 번째는 열심히 혼잣말을 하고 틈만 나면 엄지손가락을 물어뜯으며 일과 계획으로 얼굴을 일그러뜨리고 두 손에 든 서류에 시선을 고정한 채 빠른 걸음으로 걷는 인물이다. 시간을 무척 아끼며, 조금 귀가 어둡고, 시력이 매우 안 좋은데 기억력은 더욱 나쁘다. 늘 서두르고, 끊임없이 일을 생각해서 만들어내고, 아무것도 아닌 일을 과장되게 소곤거리는 잡기의 명인이다. 무뚝뚝하게 '네' '아니오'로만 대답하는 것을 좋아해서 이야기를 질질 늘이기 일쑤이다. 아무에게나 즉흥적으로 약속하기 때문에 약속이 지켜진 예가 없다. 말의 일반적인 의미는 잊어버렸지만 발음만큼은 다행히도 잘 기억하고 있다. 일이 많아 늘 주의가 산만한 탓에 매우 칠칠맞고 야무지지 못하다. 기분이 좋을 때는 쇠창살에 달라붙어서 "1펜스만 주십시오. 노래를 불러드리겠습니다. 하지만 돈을 먼저 주십시오"라고 말씀하신다("노래에 돈을 쓴다"[21]는 속담과 통속적인 관습은 여기에서 나왔다). 궁전에서 필요한 기술이 하나에서 열까지 모두 여기에 설명되어 있지 않은가. 더구나 응용을 잘못한 탓에 완전히 엉망이 된 상태로 말이다. 다음 칸의 판자를 들어 올리고 구멍으로 말을 걸어보자. 단 먼저 코를 움켜쥐는 것이 필수이다. 험악하고 음울하고 더럽고 지저분한 사람이 자신의 똥을 긁어모으고 오줌으로 장난을 치고 있다. 대부분 그는 날마다 자신이 싼 것을 되삼키는 것으로 식사를 한다. 김을 내며 나왔던 것이 여기저기를 돌아다니다가 끝내 다시 흘려 넣어진다. 듬성듬성 턱수염이 난 얼굴은 그가

---

[19] 코르누타(cornuta)는 '뿔이 난', 또는 '찬란하게 빛나다'라는 뜻이다. 라틴어역 성경에서는 이 단어로 모세를 수식하고 있다(원주). 여기서 라틴어역 성경이란 히에로니무스가 405년에 완성한 번역판을 말한다.

[20] the Whore of Babylon. 요한계시록 17장에 나오는 말로, 흔히 우상을 숭배하는 부패된 사회를 가리키며, 특히 로마교회나 로마교황을 뜻한다. 청교도들의 환상 중 한 가지를 나타낸 것이다.

[21] parting with money for a song. 직역하면 '노래에 돈을 쓰다'이며, 속뜻은 '쓸데없는 일에 돈을 쓴다'이다.

먹는 것이 막 나왔을 때와 같은 누런색이다. 인간의 배설물 속에 살며 그것과 같은 색과 냄새를 띠게 되는 어떤 곤충과 똑같다. 이 방의 학생은 말수는 극히 적지만 입김을 지나치게 내뱉는다. 돈을 받으려고 기다리다가 손을 내밀고, 받는 즉시 물러나서 하던 일을 계속한다. 왜 저 워릭레인[*22] 협회가 이렇게 유용한 일원을 복귀시키는 일에 더 적극적이지 않은지 생각만 해도 놀랍지 않은가? 이 같은 모습으로 판단하건대 이 사내는 저 저명한 집단을 크게 빛내줄 인물이 될 터인데 말이다. 다음으로 넘어가자. 오만하게 활보하는 한 학생이 입술을 내밀고 눈에 힘을 주고 바로 앞으로 다가와 품위 있게 손을 내밀며 입맞추라고 한다. 이 양반은 그다지 해를 끼치지 않으니 두려워하지 말라고 간수가 조언해준다. 이 양반만큼은 대기실에서 만날 수 있다. 이 학술원 주임사무관이 말하길, 자못 엄숙한 이 인물은 자만심 때문에 미쳐버린 양복업자라고 한다. 이 위대한 양반은 이밖에도 많은 훌륭한 자질을 지니고 계시지만, 지금은 그에 대한 서술을 이쯤 해두겠다……자신의 귀로 직접 들어라[*23]……그러면 반드시 그의 말투와 행동과 태도가 모두 지극히 자연스러워져 그 본성을 발휘하리라 믿는다.

지나치게 자세한 이야기—이 개혁에 의해서 이 세상이 얼마나 많은 미남자, 바이올리니스트, 시인, 정치가를 되찾게 될지—는 생략하겠지만, 보다 중요한 이야기를 하자면 그렇게 많은 사람들—솔직히 말해서 현재 그들의 재능과 학식은 아예 빛을 못 보고 있거나 전혀 엉뚱한 곳에 낭비되고 있다—, 그런 인물들을 사회가 손에 넣어 활용할 수 있다면 명백한 이익을 얻을 것이며, 더 나아가 그들 스스로도 각 방면에서 능력을 키워 완성의 경지에 이르리라는 것이 이 조사가 세상에 가져다주는 막대한 이익이 되리라고 생각한다. 이는 앞서 서술한 내용을 봐도 명료하지만, 다음의 노골적인 실례 한 가지를 얘기하면 한층 쐐기를 박게 될 것이다. 실은 이 중대한 진리를 밝히고 있는 나 자신이 만만치 않은 상상력의 소유자라서 자칫하면 이성을 태운 채로 내달릴 우려가 다분히 있으며, 그 이성은 아주 가벼운 기수라서 쉽

[*22] Warwick Lane. 런던 번화가. 이 부분은 일반상인들을 풍자하는 것으로 보인다.
[*23] Hark in your ear. 여기서 지은이가 무엇을 말하려는 것인지, 또 이 빠진 부분을 어떻게 메워야 할지 상상조차 가지 않는다. 여러 해석이 가능하지 않겠는가(원주). 물론 이 미치광이는 국왕과 황제를 풍자한 것이다.

게 떨어진다. 인류의 공익을 위해 사색한 결과를 이런 식으로 써서 드러내겠다는 굳은 약속이라도 하지 않는 한 친구들은 절대로 나를 홀로 두지 않는다. 일에 따라붙기 마련인 저 근대적인 자비와 친절로 가득한 상냥하고 공명한 독자 여러분께서는 이런 얘기를 믿지 않으시겠지만 실제로 그러하다.

10
또 다른 여담

    최근 우리 작가들과 독자들 사이에 실로 원만한 교제가 이루어지고 있는 것은 뭐니뭐니해도 세상이 개화되었다는 명백한 증거이다. 연극이건 논설이건 시건 신작이 발표되면 어김없이 대중이 보낸 박수갈채에 감사인사가 담긴 서론이 따라붙는다. 어디에서 언제 어떻게 누구에게서 받은 갈채인지는 하느님만이 아시겠지만. 이 훌륭한 관습에 경의를 표하며 나도 여기서 정중히 감사의 마음을 바친다.
    국왕폐하를 비롯한 상하원 의원각하, 추밀원 고문관각하, 재판관 나리들, 목사, 귀족, 지주 여러분, 그리고 윌 커피점, 그레셤 대학, 워릭레인, 무어 필즈,[*1] 스코틀랜드 야드,[*2] 웨스트민스터 홀,[*3] 길드홀[*4]의 존경하는 형제와 동료들, 즉 왕실, 교회, 군대, 도시, 시골을 불문하고 모든 일반 국민 여러분이 이 빼어난 논문에 보내주시는 사랑에 감사드리는 바이다. 나에게 보내주신 호평에 깊은 감사의 뜻을 전하며, 미천한 능력이 닿는 한 모든 기회를 빌려 은혜에 보답할 것이다.
    서점과 작가가 서로 행복한 고마운 세상을 만난 것 역시 기쁘기 짝이 없다. 오늘날 영국에 서로 만족해하는 두 당파가 있다면, 그것은 이 서점과 작가라고 해도 과언이 아닐 것이다. 어떤 작가에게 최근 작품의 경과 여하를 물으면 이런 대답이 돌아올 것이다.

---

*1 Moorfields. 워릭레인과 함께 런던 번화가에 가까운 거리 이름. 스위프트가 쓴 작품에는 서점, 문인, 전문가와 관련된 명칭이 자주 등장한다.
*2 Scotland Yard. 런던 화이트홀 거리 골목길 이름으로, 1890년까지 이곳에 런던 경찰청이 있었기에 지금도 런던 경찰청을 부르는 별명으로 쓰인다.
*3 Westminster-Hall. 1291년에 불타버린 Palace of Westminster의 일부로, 그 뒤에 개축되어 오늘날에 이르렀다. 옛날에 이곳에서 영국최고 법정이 열렸다.
*4 Guildhall. 런던 시내 동업조합(길드)회관으로, 시의원 사무실이나 시장 선거사무소로 쓰였다.

"글쎄요, 제 행운에 아주 감사합니다. 호평일색인지라 딱히 불평할 점이 없네요. 하지만 실은 겨우 일주일 만에 쓴 것이랍니다. 다사다단한 와중에 짬을 내서 바쁘게 펜을 끼적였지요. 아마 서문을 보시면 알 겁니다. 모쪼록 서문을 보십시오. 나머지는 서점에서 보시고요."

서점의 고객이 되어 같은 질문을 한다면 이런 답이 돌아올 것이다.

"고마우리만치 잘 나가고 있습니다. 2쇄를 준비 중이고, 가게에는 세 권밖에 남지 않았어요."

값을 깎아달라고 하면 "어쩔 수 없군요. 깎아드리지요"라고 하면서 다음에 또 찾아와달라는 뜻에서 그 값으로 팔아준다. "괜찮으시다면 아시는 친구분들도 데리고 오시기 바랍니다. 어르신의 얼굴을 봐서 친구분들께도 같은 값으로 해드리지요."

그런데 이렇게 우후죽순처럼 쏟아져 나와 세상을 즐겁게 해주는 우수한 작품이 어떠한 사정과 이유 덕분에 존재하는지 아직 충분한 고찰이 이루어지고 있지 않다.

비 오는 날, 밤샘 술자리, 울화통, 약물복용, 졸린 일요일, 주사위 숫자가 제대로 나오지 않는 날, 재단사에게 외상을 지불하는 날, 텅 빈 지갑, 당파심이 강한 머리, 뜨거운 햇살, 변비를 일으키는 음식, 서적 부족, 학문의 올바른 경멸, 그밖에 일일이 거론하기는 지겨우니 그만두지만, 이런 여러 사건(특히 유황제 복용을 게을리 하는 깊은 생각*5)이 없었다면 작가와 작품은 보기에 처량할 정도로 수가 줄어버렸으리라. 이 추측이 틀리지 않다는 증거로 유명한 동굴 거주 철학자의 말을 들어보시라.

"인간 본성에 얼마간의 어리석음이 요소로서 존재하는 것은 확실하지만, 그 어리석음을 겉으로 드러낼 것인지 안에 숨길지 그 선택은 우리의 몫이다. 또한 그것이 보통 어느 쪽으로 결정되는지는 대단한 사고력을 요하지 않는 문제이다. 인간능력에는 용액과 비슷한 점이 있어서 가장 가벼운 것이 늘 표면으로 나오기 때문이다."

이 고명한 섬나라 영국에 다작으로 이름난 글쟁이가 있다. 그의 됨됨이를 독자 여러분께서도 전혀 모르시지는 않을 것이다. 그가 쓰는 글이라고는 '재

---

*5 taking brimstone inwardly. 당시에는 유황을 강장제로 복용했는데 그것을 비꼰 것으로 보인다.

탕'이라고 부르는 악질적인 작품밖에 없다. 게다가 그는 대부분 '원작자'로 통한다. 나도 펜을 내려놓자마자 이 양반이 재빠르게 내 글을 훔쳐내어 블랙모어 박사[*6]나 러스트레인지,[*7] 그밖에 수많은 사람(그 이름을 여기에서는 밝히지 않겠다)에게 지금까지 해온 것과 똑같은 무자비한 짓을 나에게도 할 것이 뻔하다. 따라서 나는 저 안장고치기의 대가[*8]이며 박애로 이름 높은 벤틀리 박사 품으로 뛰어들어 정의와 도움을 구할 것이며, 이 말도 안 되는 민폐를 매우 근대적으로 고찰해달라고 간청할 것이다.

자업자득이라 할지언정 만에 하나 '재탕'이라는 당나귀 등에 없는 안장이 실수로 내 등에 얹힌다면, 위대하신 선생이여, 바라옵건대 사람들이 보는 앞에서 내 등에서 그 짐을 내려 댁으로 가져가시고 진짜 당나귀가 그것을 요구할 때까지 보관해주시기를.

이야기를 바꿔서 이 자리에서 세상 모든 이에게 말해두겠다. 나는 지금까지 오랜 세월에 걸쳐 모은 소재를 모조리 이 논문에 쏟아 붓기로 결심했다. 한번 그럴 결심이 섰으니 조국을 위해서 또 인류를 위해서 단숨에 모두 토해낼 셈이다. 손님 수도 고려해서, 내가 가지고 있는 잔치 음식을 한꺼번에 모두 제공하고 싶다. 나머지를 찬장에 보관하는 쪼잔한 짓은 하고 싶지 않다. 손님들이 남긴 음식은 거지들에게 나눠주고, 뼈는 식탁 밑의 개들[*9]에게 뜯어먹게 할 것이다. 야박하게 나머지 음식으로 내일 다시 상을 차리고 초대해서 손님들의 위장을 진절머리나게 하기보다는 이편이 사려 깊은 방식일 것이다.

앞장에서 얘기한 내용의 의미를 숙고한 독자라면 분명히 사상과 의견에 큰 변화가 일어나 이 신비한 논문의 뒷부분을 충분히 음미하고 이해할 준비

[*6] 영국의 의사이자 시인 리처드 블랙모어(Sir Richard Blackmore, 1654~1729)를 가리킨다.
[*7] 영국 작가 로저 러스트레인지(Sir Roger L'Estrange, 1616~1704)를 가리킨다. 왕당파였던 그는 신문을 편찬하여 정치논문을 기고했으며, 이솝이야기와 세네카의 글을 번역하기도 했다.
[*8] that great rectifier of saddles. 영국에 "질책할 사람을 질책해라"라는 뜻의 "말을 제대로 보고 안장을 얹어라(to place the saddle on the right horse)"라는 속담이 있는데, 벤틀리가 자신의 논문에서 이 속된 표현을 쓴 것을 논쟁의 적수인 보일이 비웃은 적이 있다. 그것을 보고 스위프트는 벤틀리를 '안장고치기'의 대가로 야유한 것이다.
[*9] the dogs under the table. 여기에서 개는 어리석은 비평가들을 가리킨다. 제3장에서도 이 비유가 나왔다.

가 되었을 것이다. 독자에는 크게 세 종류가 있다. 피상적인 독자, 무지한 독자, 박식한 독자이다.

이 세 부류 모두가 이해할 수 있도록, 또 세 부류 모두에게 도움이 되도록 나는 요령껏 펜의 장단을 맞춰왔다. 피상적인 독자는 왠지 모르게 웃음이 나와 견딜 수가 없게 될 것이다. 웃음은 가슴과 폐의 답답함을 없애주고 비장에 특별한 효험이 있으며 가장 무해한 이뇨제이다.

무지한 독자(이들과 전자를 구분하기란 매우 어렵다)는 놀라고 기가 막혀 눈을 휘둥그레 뜰 것이다. 이것은 눈병의 특효약이며, 기분을 흥겹고 개운하게 하고 땀을 내는 데도 효능이 있다. 그러나 정말로 박식한 독자는—내가 잠도 자지 않고 (낮에는 잔다) 분투하는 이유는 주로 이런 분들을 위해서이다—이 논문에서 평생 사색하기에 부족함이 없는 소재를 발견하게 될 것이다. 다음과 같은 일이 일어나기를 바라며 내 의견을 피력하는 바인데, 그리스도교 국가의 각 군주는 자기 영토 안에 있는 대학자 일곱 명을 모아 7년 동안 방 일곱 개에 각각 가두어두고 이 웅대한 논문에 일곱 권의 방대한 주석을 쓰라고 명령하면 어떨까?

감히 단언할 수는 없지만, 그 학자들의 소견에 다소 차이가 있더라도 한 점의 억지도 없이 이 논문의 본문에서 명백한 추론을 얻을 수 있을 것이다. 어쨌거나 이 유익한 사업이 (각 나라 국왕폐하들만 괜찮으시다면) 최대한 빨리 착수되기를 진심으로 바라는 바이다.

우리 신비스러운 작가들이 무덤에 들어가기 전에는 좀처럼 획득하기 힘든 행복을 나는 이 세상을 떠나기 전에 맛보고 싶다고 강력하게 염원하기 때문이다. 명성은 육체에 접목된 열매와 같아서 그 접목된 부분이 땅속으로 들어가기 전까지는 커지지도 않거니와 익지도 못한다. 또한 명성은 맹금류와 같아서 무엇보다도 썩은 고기 냄새에 이끌리기 마련이다. 또한 명성은 봉분 위에 서면 둥글고 높게 솟은 땅이나 휑뎅그렁한 납골당의 메아리 덕분에 자기 울음소리가 멀리까지 아름답게 퍼진다고 생각해서인지 몸뚱이가 죽지 않는 한 찾아오지 않는다.

어둠의 작가 무리가 죽어서 명성을 얻는 이 방법을 한번 발견한 뒤로 특별히 다양하고 커다란 명성을 누리게 된 것은 사실이다. 밤은 만물을 낳는 어머니이기에 현명한 철학자는 모든 작품은 내용이 어두울수록 많은 열매를

맺는다고 생각한다. 따라서 진정으로 지혜로운 사람*10 (즉 가장 어두운 자)
은 무수한 주석자를 갖기에 이르고, 산파 역할을 맡은 이 주석자들 손에서
정작 작가 자신은 상상도 하지 못할 정도의 의미가 태어난다. 그러나 친부모
는 당연히 그들 자신이기에 대수롭지 않게 여긴다. 그런 작가의 말은 씨앗과
같아서 아무렇게나 뿌려도 비옥한 땅에 떨어지기만 하면 뿌린 당사자가 바
라지도 상상하지도 못했던 속도로 쑥쑥 자라난다.

이러한 유익한 작업을 촉진하기 위해, 이 위대한 논문의 주석 작업을 맡으
실 학자 여러분께 큰 도움이 되도록 여기서 두세 가지 귀띔을 하는 것을 용
서하시기 바란다. 첫째, 나는 0이라는 수에 7을 곱하고 9로 나눈 것에다 심
오하고 신비한 의미를 숨겨두었다.*11 또한 장미십자회*12 회원이 발랄한 신
앙으로 63일 동안 매일 아침 열심히 기도를 드린 다음 제2장과 제5장에 나
오는 어떤 글자와 음절의 위치를 지시에 따라 바꿔놓는다면 반드시 opus
magnum(대작)제조비법을 계시받을 것이다.

마지막으로 이 논문 각 장의 글자 수를 모두 세고 그 수를 모두 더해 합계
를 낸 뒤 각 총 수의 차이에서 참된 자연적 원인을 분석해낸다면, 그 노력에
충분한 보답이 될 갖가지 발견을 하게 될 것이다. 다만 Bythus와 Sigé에 주
의할 것. 또한 Acamoth의 성질을 잊지 말 것.*13 à cujus lacrymis humecta

---

*10 the true illuminated. 아래에 나오는 장미십자회(the Rosicrucians)를 일인칭으로 표현한 것
이다.
*11 유대 비법가들이 성경에 쓰는 상투수법으로, 이로써 성경의 숨은 뜻을 해명할 수 있다고
그들은 말했다(원주).
*12 the Rosy Cross=The Rosicrucians. 1484년 독일의 로젠크로이츠(Rosenkreuz)가 창립했다고
알려져 있으며 1614년에 처음으로 세상에 모습을 드러낸 비밀결사 단체이다. 회원들은 천
리안을 가졌으며 연금술, 불로불사의 술법에 능했다고 한다.
*13 Bythus, Sigé, Acamoth. 이 점에 대해 어떤 저명한 신학자에게 상담해보았는데, 그 사람이
말하기를 이 두 외국어와 Acamoth 및 그 성질은 이레나이우스(Irenæus, 120~202 리옹의
감독 목사)의 말을 인용한 것 같다고 했다. 그는 지은이가 이 논문 표지에 그 인용문의
출처로서 밝힌 이레나이우스의 책과 쪽수가 정말 이 고대작가의 작품이 맞는지 알아보던
중에 이 사실을 우연히 발견했다. 이 표지에 기록된 basima eacabasa 운운하는 외국어가
정말로 이레나이우스의 작품에 나온 말인지 호사가들에게 꼬치꼬치 캐물어 연구한 결과,
이 말은 어느 이교도 사이에서 쓰이는 은어의 일종임이 판명되었다. 따라서 지은이의 이
런 논문 머리말에 쓸 단어로서는 무척이나 적절한 것이었다(원주). 크레이크(Craik, 스위
프트 선집의 편집자) 씨의 말로는 Bythus(βυθος)와 Sigé(σεγή)는 '심원'과 '침묵'을 뜻

prodit substantia, à risu lucida, à tristitia solida, et à timore mobilis(그의 눈물에서 축축한 것이 솟아나왔다. 웃음으로 빛나고는 있지만 슬픔으로 충만하고 공포로 움직이는 무언가). 이 점에서 에우제니오 필라레테스*14는 용서할 수 없는 오류를 범했다.

하며 이레나이우스의 《이단반박》에서 그노시스파(Gnostics)을 설명하는 부분에 인용되었다고 한다. Acamoth는 Cham과 마찬가지로 헤브라이어로 Chachma(지혜)의 방언이다(템플, 스코트 주).

*14 Eugenius Philalethes(에우제니오 필라레테스). 앞서 제5장에서도 언급했던 폰(Vaughan)이라는 작가가 〈앤트로보소피아 데오마기카〉라는 논문에 붙은 Anima magica absconditia라는 부록을 집필하면서 쓴 필명이다. 그런데 논문과 부록 어디에도 Acamoth와 그 성질에 관한 언급이 없다. 따라서 이것은 어둠의 작가를 조롱한 농담으로 보인다. 단, 앞에서도 말했듯이 à cujus lacymis 운운하는 문구는 출처를 알 수 없지만 아무튼 이레나이우스에서 인용한 것이다. 짐작컨대 지은이의 목적은 파헤치기 좋아하는 사람들에게 색인을 섭렵하도록 하여 진기한 책을 찾아내게 하는 데에 있었을 것이다(원주).

10 또 다른 여담 451

11
통 이야기

  지금까지 샛길로 너무 많이 샜다. 이번에야말로 이야기의 줄거리에서 벗어나지 않고 여행의 종착지까지 발맞추어 걸어가도록 하겠다. 단, 도중에 아름다운 경치라도 나타나면 얘기는 다르지만. 지금으로서는 그러한 기색도 없고 기대도 할 수 없지만, 만일 그런 경치가 나타난다면 독자 여러분께서는 내 안내에 따라 나와 함께 구경해주시기를 바란다. 글쓰기란 여행과 같다. 집에 빨리 돌아가고픈 마음에 서두르는데(나는 절대로 그렇지 않다. 집에 어떤 볼일도 없기 때문이다) 말이 장거리 여행과 좋지 않은 길 때문에 지쳤다거나 본디 형편없는 말이라면 분명하게 충고하겠다. 어떤 지저분한 길이라도 평범한 길을 곧장 가는 것이 좋다. 그런 사람은 어차피 하찮은 길동무이다. 한 걸음 뗄 때마다 옆 사람에게도 자기 자신에게도 진흙을 튀긴다. 생각하는 것, 바라는 것, 말하는 것 모두가 여행의 끝과 관련된 것뿐이다. 진흙을 튀기고 웅덩이에 나자빠지고 돌부리에 걸려 넘어질 때마다 길동무들은 서로 "이런 멍청이", "빌어먹을 녀석" 하고 으르렁댄다.
  이에 반해 기수도 말도 기운이 넘치고 노자도 두둑하며 시간도 충분히 있을 때에는, 깨끗하고 유쾌한 길만 지나며 붙임성 있게 길동무를 즐겁게 한다. 그리고 인공적인 것이든 자연적인 것이든 뭔가 아름다운 볼거리가 있으면 놓치지 않고 일동을 그리로 안내한다. 어리석거나 피로 때문에 함께 가기를 거부하는 자가 있다면 그런 놈은 상관하지 말고 먼저 보내라. 그래도 다음 마을에서 따라잡을 수 있다. 마을에 도착하면 질주해서 지나간다. 남녀노소 모두 뛰쳐나와 멍하니 바라본다. 들개들[1]이 컹컹 짖으며 뒤를 쫓는다. 그중에서도 넉살좋은 놈에게 채찍을 휘둘러 인사하지만, 그것은 앙갚음이라

---

[1] noisy curs. 제3장에서 얘기한 '참된 비평가'들을 말한다.

기보다는 반쯤 장난이다. 그래도 유난히 시끄러운 놈이 뻔뻔스럽게 다가오거든 인사 대신에 당나귀 뒷발로 턱주가리를 뺑 차버려라(이로써 가볍게 상대를 쓰러뜨릴 수 있다). 그러면 '깨갱' 하고 비명을 지르며 절뚝절뚝 달아날 것이다.

지금부터 저 유명한 잭의 기이한 생활상을 대략 얘기해보겠다. 그의 기질과 처지에 대해 앞 장 끄트머리에서 다룬 내용을 기억력 좋은 독자라면 분명히 기억하실 것이다. 독자 여러분께서도 앞서 말한 두 가지 중 자신의 능력에 맞는 방법으로 사고를 대충 정리해두어 이제부터 말할 이야기를 올바르게 이해할 수 있도록 주의를 기울여주시기 바란다.

잭은 자신의 두뇌에 일어난 최초의 변혁을 지혜롭게 이용하여 풍신파라는 유행 종파의 창시자가 되었다. 뿐만 아니라 계속해서 새롭고 진기한 발상을 떠올려 풍부한 상상력이 이끄는 대로 각종 사상을 품기에 이르렀다. 그 사상들은 얼핏 봐서는 이해하기 힘들었지만 실은 신비로운 의미를 내포하고 있었다. 그 사상을 기꺼이 따르고 이용하려는 신자는 끊일 줄 몰랐다. 이 중요한 사건에 대해 확실한 구전과 쉼 없는 독서를 통해 수집하고 얻은 모든 것을 세심한 주의와 정확성을 가지고 얘기하겠다. 이러한 고상하고 웅대한 사상을 펜의 힘으로 나타낼 수 있는 한 여실하게 그려내고자 한다. 자유자재로 사물의 모습을 바꾸는 상상력으로 온갖 사물을 상징화해내는 사람, 태양에 의지하지 않고 환상의 그림자를 만들어내고 철학에 의지하지 않고 그 그림자를 실체화해내는 사람, 비유와 암시로써 본디 글자가 지닌 뜻의 수식성과 신비성을 높이는 데에 특별한 재능이 있는 사람, 이런 사람들에게 잭의 이 사상은 틀림없이 멋진 소재를 제공했을 것이다.

잭은 커다란 양피지에 큼지막한 글씨로 유언장을 멋지게 옮겨 적었다. 그리고 효자가 되려다 유언의 어리석은 노예가 되어버렸다. 앞에서도 누차 말했듯이 이 유언장은 외투 관리법에 대한 명료한 지침으로 구성되며 복종하면 상을, 위배하면 벌을 받게 되리라고 규정되어 있었지만, 잭은 문제가 더욱 심오하고 오묘해서 그 밑바닥에는 더 많은 신비가 숨겨져 있을 것이 틀림없다는 망상을 품기 시작했다. "여러분!" 잭이 말했다. "이 양피지가 고기이며, 술이며, 옷이며, 현자의 돌이며, 만병통치약이라는 것을 증명해보이겠소." 이러한 황홀한 망상을 품은 결과 그는 필요한 때만이 아니라 매우 불필요한 때에도 유언을 사용하기로 했다. 그는 유언을 자신이 원하는 모습으로 바꾸는 방법*2을 알고 있었다. 유언장은 잘 때는 침실용 모자 대신으로 쓰였고, 비 오는 날에는 우산이 되었다. 아픈 발가락에 그것을 감고, 경련이 일어나면 코끝에서 불태웠으며, 가슴이 메고 괴로울 때는 비벼서 가루로 만든 뒤 은화에 얹을 수 있는 만큼의 분량을 삼켰다. 그것들은 각각 신통한 묘약이 되었다. 이런 교묘한 방법들과 더불어 그의 유창한 말주변과 대화도 유언의 문구와 꼭 닮아가기 시작했다. 어떤 달변을 쏟아내더라도 반드시 유언의 범위 안에 머물렀으며, 유언에서 나온 말이 아니면 한 음절이라도 입 밖에 내려고 하지 않았다. 어느 날 남의 집에서 그는 중요한 순간에 갑자기 변의를 느꼈다(너무 자세한 이야기는 삼가야 할 것이다). 그 짧은 순간에 유언 구절 중에서 뒷간으로 가는 길을 묻는 문구를 떠올릴 수 없었기에 그는 현명한 길을 지나갈 때 으레 받도록 되어 있는 벌을 받는 쪽을 선택했다. 그리고 모두가 아무리 입을 모아 설득해도, 몸을 깨끗이 하기를 완고히 허락하지 않았다. 이런 상황에 대해 유언이 어떻게 말하고 있는가를 조사해보았더니, 거의 마지막 부분에(유언장을 필사할 때 집어넣은 건지도 모른다) "몸을 깨끗이 하는 것을 금한다"는 구절이 있었기 때문이다.*3

그는 식사 전후에 결코 기도*4하지 않는 것을 신조로 삼았다. 또 흔히 말하는 그리스도교도다운 식사를 했다. 즉 도무지 청결한 식사를 하려 들지 않았다.

그는 이상하리만치 스냅 드래건*5을 좋아했다. 불타는 촛불의 검푸른 심지

---

*2 청교도 등이 일상회화에서 성경 문구를 남용한 것에 대한 풍자이다.

*3 a passage. 여기서 지은이가 말하는 바가 확실하지 않다. 중요한 내용 같아서 꼭 알고 싶지만……(원주). 유언(즉, 신약성경)의 의미를 물었더니 거의 마지막 부분(즉, 요한계시록 마지막 장 11절)에 "더러운 자는 그대로 더럽고"라는 문구가 있는데 이것이 '몸을 깨끗이 하는 것을 금한다고 해석된다'는 것이었다. 또한 "유언장을 필사할 때 집어넣은 것인지도 모른다"는 대목은 신약성경에서 가장 오래되고 믿을 만한 사본인 알렉산드리아 사본에는 이 문구가 없기 때문이다(혹스워스 주).

*4 어떤 광신도 사이에서 이루어지는 성찬식에 대한 멸시를 담은 것이다(원주).

*5 Snap—dragon. 브랜디를 넣고 불을 붙인 그릇 안에 든 건포도를 꺼내어 불이 붙어 있는 동안에 먹는 크리스마스 놀이. 이에 대해 스위프트는 다음과 같은 주석을 달았다. "여기에서 지은이가 무슨 말을 하고 싶은 것인지 알 수가 없다. 광신도들의 빗나간 맹목적인 열광을 말하는 것일까?" 물론 신교도의 내면의 광명과 영감을 존중하는 태도를 풍자한 것이다.

를 특히나 좋아해서 상상을 초월하는 속도로 그것을 따서 삼켰다. 삼킨 심지가 뱃속에서 끊임없이 불꽃을 태워 양쪽 눈과 코, 입에서 눈부시게 빛나는 증기를 배출했기에 그의 머리는 어둠 속에서도 똑똑히 보였다. 장난꾸러기가 당나귀 두개골 안에 값싼 양초 하나를 넣고 걸어다니며 국왕폐하의 신하들을 겁주었다는 얘기와 똑같았다. 그렇기에 그는 발치를 밝힐 등불이 별로 필요 없었다. 현자는 자신의 현명함으로 길을 밝히기에 등불은 필요 없다고 으스댔다.

그는 마을을 걸을 때 늘 눈을 감고 다녔다. 기둥에 머리를 부딪치거나 도랑에 빠지면(대체로 어느 한쪽 재난을, 때로는 양쪽 재난을 다 당했다) 그는 자신의 그런 모습을 보고 비웃는 가게 점원들에게 이렇게 말했다. "과실이나 불행을 체념하는 것과 같아서 운명과 싸우거나 거슬러봐야 소용없다는 것을 오랜 경험에서 알고 있네. 운명을 거슬러봐야 끝내는 크게 까무러치거나 코피를 쏟지 않겠는가? 천지가 창조되기 며칠 전부터 내 코는 이 기둥과 이 순간 만나도록 정해져 있었네. 그래서 같은 시대에 태어나 같은 나라에 살며 같은 마을의 주민이 된 것일세. 눈을 뜨고 있었다면 더 심한 꼴을 당했을지도 모르네. 사람들은 제대로 눈을 뜨고 앞을 보면서도 날마다 큰 잘못을 저지르지 않는가? 게다가 마음의 눈은 육안이 보이지 않는 때에 가장 잘 보이는 법일세. 그렇기에 맹인의 발걸음이 시각을 과신하는 사람보다 신중하고 사려 깊고 옳은 판단을 하지. 육안은 아주 사소한 것에도 마비되어 버리네. 물 한 방울, 옅은 안개에도 어찌할 바를 모르지. 마을을 어슬렁거리는 깡패 무리의 눈에 들어온 등불과 같은 것이야. 어설프게 등불 같은 것을 들고 있으니까 발에 차이고 얻어맞는 것 아닌가. 어두운 길에 만족한다면 그런 일은 당하지 않아도 되지. 이렇듯 자만이라는 등불은 애당초 대단한 것이 아니지만, 실제로 하는 짓을 살펴보면 더욱 형편없다는 사실을 알게 되네. 물론 내가 이 기둥에 코가 깨진 것은 사실이네. 운명의 여신께서 내 팔을 잡아채서 피하라고 주의주시는 것을 잊으셨거나 주의주지 않는 편이 좋다고 생각하셨기 때문이겠지. 그렇다고 해서 자기 코를 눈에게 맡긴 채 안심해서는 안 되네. 현대인이나 후손들이나 모두 말이야. 그러다간 영원히 코를 잃을지도 모르니까. 아아, 눈이여! 눈 먼 안내자여! 나약한 코의 수호자로서 그대는 너무나도 빈약하도다. 절벽을 보면 너는 그것을 눈여겨보다가 가엾고 마지못해 하는 육체를 잡아끌어 파멸의 가장자리까지 데리고 가는구나. 애석하게도 그 가장자리는 썩어 있어 발이 미끄러지고 거꾸러져 나락으로 떨어진다. 떨어지는 몸을 받아줄 덤불조차 없구나. 이래서는 산 사람의 코는 잠시도 버티지 못하네. 은빛 다리의 군주인 거인 라우르칼코[*6]의 코라면 또 모르네만. 그러니 눈을 저 바보 같은 등불에 비유하는 것도 당연하지 않나? 더럽고 어두운 곳으로 사람을 안내해 끝내 깊은 수렁과 끔찍한 늪에 빠뜨리는 저 어리석은 등불 말이네."

이상의 이야기는 잭의 뛰어난 웅변 능력과 이 깊고 오묘한 문제에 대한 그의 논리적 추론 능력의 사례로서 소개해보았다.

또 잭은 신앙문제에도 원대한 계획과 풍부한 개선 욕구를 지닌 인물이었다. 그는 바벨[*7]이니 카오스[*8]니 하는 새로운 신을 만들었으며, 그 신들은 뒷날 수많은 숭배자를 갖게 되었다. 이 신들은 솔즈베리 평원에 고딕양식으로 지어진 낡은 신전을 갖고 있으며, 그곳은 성전과 순례자들의 방문으로 유명해졌다.

장난기[*9]가 발동하면 잭은 시궁창 속이라도 개의치 않고 무릎을 꿇고 하늘을 노려보며 기도를 시작했다. 그러면 그의 버릇을 아는 사람들은 즉각 눈치를 채고 달아났다. 아무것도 모르는 사람들이 호기심에 달려와 비웃거나 기도를 엿들으면 그는 느닷없이 한 손으로 바지춤을 풀어서 구경꾼들의 얼굴에 오줌을 갈겨대고 다른 손으로는 진흙을 뿌려댔다.

그는 겨울에는 헐거운 옷을 단추도 채우지 않고 최대한 얇게 입어 주변의 열을 받아들이려고 했다. 여름에는 두껍게 입고 몸을 꼭 감싸서 주변의 열이 들어오지 못하게 했다.[*10]

[*6] the giant Laurcalco. 세르반테스의 풍자소설 《돈키호테》 제3편 제18장 참조. 두 무리의 양떼를 군대로 착각한 돈키호테는 제멋대로 거인을 상상해낸다. 상상의 인물인 라우르칼코는 '살아 있는 몸'이 아니기에 코를 다칠 염려가 없다는 뜻이다.

[*7] Babel. 헤브라이어로 바빌론(Babylon)을 의미하며, 창세기에 나오는 '바벨 탑'에서는 '혼란'을 뜻하는 말이다.

[*8] 카오스(Chaos)는 '혼돈'을 뜻한다. 솔즈베리 평원을 여기에 가져다 쓴 것은 스톤헨지, 삼석탑과 같은 고대신앙의 유적이 많기 때문이리라.

[*9] some roguish trick to play. 이 나라 광신도들이 저지른 잔악한 행위는 모두 신앙과 기도의 이름 아래에 숨겨진 채 수행된 것을 풍자한다(원주).

456 통 이야기

정치 변혁이 일어나면 그는 교수형 집행 책임자 자리를 맡고 싶어했다. 그는 책임자 역할을 대단히 훌륭하게 수행해냈는데, 형을 집행할 때 그는 기나긴 기도만 할 뿐 가면을 사용하지 않았다.*11

잭의 혀는 매우 강건하고 정교하게 만들어져 있어서 둘둘 감아 코에 넣을 수 있었다. 그러면 코에서 기묘한 말이 나왔다. 또한 그는 우리나라에서 처음으로 스페인 식 당나귀 울음소리*12를 통달하고자 시도했다. 꼿꼿이 선 큰 귀를 가진 그가 이 기술을 완벽하게 구사하게 되자 사람들이 겉모습만 가지고는 그를 진짜 당나귀와 구별하지 못할 정도였다.

잭은 타란툴라 독거미에 물렸을 때 걸리는 병(발작과 같은 춤을 추게 되는데 음악을 들으면 진정된다고 한다)과 정반대 병에 걸려 있어서 음악, 특히 백파이프 연주만 들으면 발작을 일으켰다.*13 그러나 웨스트민스터 홀, 빌링즈게이트, 기숙학교, 런던 상인거래소, 대형 커피점 등지를 잠시 거닐다가 돌아오면*14 다시 나았다.

잭은 물감을 무서워하지는 않았지만 매우 싫어해서 화가를 지독하게 증오했다.*15 마을을 거닐다가 감정을 주체할 수 없게 되면 주머니에 넣어두었던 돌멩이를 꺼내어 간판에 집어던졌다.

이런 생활방식 탓에 자주 목욕을 해야 했으므로 잭은 한겨울에도 머리까지 물에 들어가 잠겼는데,*16 밖으로 나올 때면 늘 들어갈 때보다 더러워져 있었다.

---

*10 그들은 행동과 관습의 차별화를 과시한다(원주). 청교도 등의 부자연스럽게 검소한 복장을 조롱한 것이다.

*11 크롬웰을 비롯한 그 일당은 국왕 처형을 결의했을 때 주님의 뜻을 물었다고 한다(원주). 청교도 혁명에서 찰스 1세를 참수한 올리버 크롬웰(Oliver Cromwell, 1599-1658)에 대한 풍자이다.

*12 이 문장은 신교도 설교사를 풍자한 것으로 특히 그들의 젠체하는 설교 말투를 우롱하고 있다.

*13 신교도 교회에서 악기사용을 꺼리는 것을 풍자했다(우턴 주).

*14 비음악적인 시끄러운 장소를 나열했다. 웨스트민스터 홀에서는 법정이 열렸으며, 변호사와 신학자의 회합장소로 이용되었고, 빌링즈게이트에는 런던 어시장이 있었다.

*15 청교도들은 아무런 죄도 없는 체제와 장식에도 비난을 퍼부으며 온 영국의 교회 조각과 그림을 훼손했다(원주).

*16 목욕으로 세례의식을 풍자하고 있다.

잭은 귀 안에 넣는 수면제의 비법*17을 처음 발견해내기도 했다. 그 약은 유황과 길레아드 향유*18를 합성한 것으로, 작은 순례의 고약이 발라져 있었다.

그는 부식제가 든 고약을 배에다 잔뜩 바르고 다녔는데 거기서는 열이 발산되었다. 그래서 새빨갛게 달군 인두를 널빤지에 댔을 때 나는 소리 같은 신음소리*19를 내고 다녔다.

그는 길모퉁이에 서서 지나가는 사람들을 불러 세워서는 "이보시오, 내 뺨을 힘껏 때려 주시오"라고 한다든지, "부탁이니 엉덩이를 힘껏 걷어차 주시지 않겠소?", "부인, 찰싹 소리가 나도록 뺨을 후려쳐 주십시오", "이보시오, 그 지팡이로 내 어깨를 힘껏 내리쳐 주시지 않겠소?"라고 말하곤 했다. 그렇게 열심히 부탁해서 망상과 옆구리를 부풀릴 수 있을 만큼 충분히 얻어맞고 나면*20 매우 만족스럽게 집으로 돌아와, 세상 사람들을 위해 얼마나 끔찍한 고난을 당했는지 소문을 냈다. "여기 좀 보십시오(그러면서 어깨의 상처를 보였다). 오늘 아침 7시에 터키 황제를 쫓아내려고 애를 쓰다 어떤 병사 놈에게 보시는 것처럼 당했습니다. 여러분, 제 머리의 상처야말로 고약입니다. 제가 머리를 감싸 보호했다면 지금쯤 여러분은 집과 가게에서 교황이나 프랑스 국왕을 보게 되었을 것입니다. 그리스도교도 여러분, 무굴 제국의 황제가 화이트채플*21까지 왔었습니다. 그런데 남녀노소할것없이 모두 놈에게 잡아먹히지 않고 무사한 것은 바로 제 옆구리의 상처 덕분입니다."

잭과 형 피터는 일부러 그런다고 생각될 정도로 서로에게 증오와 반감을 가지고 있었는데, 거기에서 비롯된 갖가지 결과*22는 아주 볼 만할 정도로

---

*17 a soporiferous medicine. (청교도에서) 지옥의 공포를 과장하고 천국의 행복을 노래하는 광신적인 설교. 그 더럽고 불쾌한 순례의 고약과 꼭 닮았다(원주). 그 설교는 어리석은 남녀의 귀로 들어가 그들의 정신을 마비시킨다.

*18 balm of Gilead(=Balm of Mecca). 아라비아, 에티오피아 등지에서 자라는 나무에서 채취한 노란색 방향성 수지(樹脂)로 동방제국에서 방부제나 약제로 귀하게 쓰였다. 감미로운 천국의 망상을 풍자하며, 유황은 활활 타오르는 지옥 불을 상징한다.

*19 영감에 도취되어 신을 찬미하는 광적인 행태를 풍자한 것이리라.

*20 광신도가 박해받는 것을 과시하며 사소한 고난도 과장해서 소문내는 버릇이 있는 것을 풍자하고 있다.

*21 Whitechaple. 런던 시내 동부의 한 지구.

기묘했다. 피터는 최근 저지른 악행 때문에 숨어 지내야 했으며, 집행관이 무서워서 밝을 때는 밖을 나다니지 못했다. 두 사람의 집은 마을 양쪽 끄트머리에 있었는데, 두 사람 모두 밖으로 나오고 싶거나 부득이 나와야 할 때는 서로 얼굴이 마주치지 않도록 대개 이상하고 불편한 시간을 골라 남모르는 두름길로 다녔다. 그렇게까지 하면서도 두 사람은 늘 마주쳤다. 이유는 간단하다. 두 사람의 광기와 울화가 뿌리내린 곳이 같기 때문이다. 같은 중심에 서서 같은 폭으로 다리를 벌린 컴퍼스 같아서, 처음에는 반대 방향으로 돌더라도 어딘가에서 반드시 만나게 되어 있는 것이다. 또한 잭은 불행하게도 형 피터와 얼굴이 무척이나 닮았다. 기분과 성질만 비슷한 것이 아니라 키나 행동거지까지 빼닮았다. 집행관이 잭의 어깨를 붙잡고 "피터 선생, 당신을 폐하의 명으로 체포하오"라고 외치는 일이 허다했다. 언젠가는 피터의 친한 친구 한 명이 두 팔을 벌리고 잭에게 다가오더니 "이보게 피터, 마침 잘 만났군. 전의 그 벌레 특효약[*23] 하나만 보내주게나"라고 말한 적도 있다. 이런 일들은 잭의 뼈를 깎는 오랜 노고를 생각할 때 정말이지 억울한 결과라고 말하지 않을 수 없다. 자신의 노력이 염원하는 목적과 정반대 결과를 낳은 것이기 때문이다. 그와 같은 두뇌와 심장에 그것이 얼마나 끔찍한 충격을 주었겠는가. 그런데 그에 대한 앙갚음을 다 받는 것은 얼마 남지 않은 불쌍한 외투였다. 외투의 어느 부분이 없어지지 않는 날이 단 하루도 없었다. 그는 재단사를 고용해서 목깃을 꽉 조였다. 그 결과 숨이 턱턱 막히고 눈알이 쥐어짜여 흰자밖에 보이지 않았다. 남은 레이스며 자수가 떨어지도록 매일 두 시간, 애벌칠을 한 벽에 외투를 문질러댔다. 하도 격렬하게 이런 일을 했기 때문에 그는 이교도의 철학자와 다름없는 모습이 되었다. 그러나 아무리 그래봤자 결과는 여전히 그의 기대를 저버릴 뿐이었다. 그도 그럴 것이 넝마는 장식과 비슷한 성질을 지니고 있기 때문이다. 둘 다 하늘하늘거려서 멀리서 보거나 어두운 곳에서 보거나 눈이 나쁜 사람이 보면 구별이 가지 않

[*22] 구교도와 비국교도는 서로 증오하는 사이이면서도 많은 점에서 닮았다는 사실은 학자들이 인정하는 바이다(원주). 스팅프리트 감독 목사가 말하는 로마교회의 광신이라는 면에서 비국교도와 구교도의 비슷한 점이 여기 몇 쪽에 걸쳐 풍자되어 있다. 즉 잭과 피터의 얼굴이 닮아 사람들이 자주 헷갈린다는 점, 만나고 싶지도 않은데 자주 마주친다는 점 등이 그것이다(우턴 주).

[*23] medicines for the worms. 제4장 참조.

는다. 잭의 누더기 외투도 얼핏 보면 우스꽝스러운 장식을 단 것 같았다. 거기에 몸집이며 모습마저 닮아 있으니, 피터와 구별되겠다는 목적은 모두 틀어지고 반대로 두 사람은 점점 닮아 보였다. 제자와 추종자들까지 종종 헷갈릴 정도였다.

··········Desunt nonnulla(원고누락)··········

옛 슬라브 속담에 "사람과 당나귀는 같아서 붙잡아두려거든 귀를 꽉 붙잡으면 된다"라는 말이 있다. 하지만 경험이 증명하는 바에 따라 다음과 같이 단언해도 좋을 것 같다.

Effugiet tamen hæc sceleratus vincula Proteus.*24

그러나 저 괘씸한 프로테우스 놈은 이 쇠사슬에서 달아날 수 없을 것이다.

따라서 고대인의 말은 시대와 인물을 충분히 고려해가며 읽는 것이 좋다. 옛 기록을 보면 인간의 귀만큼 큰 변화*25를 겪은 것이 없다는 것을 알 수 있기 때문이다. 예전에는 귀를 붙잡아두는 기발한 방법이 있었다. 그 방법은 artes perditæ(사라진 예술)의 하나라고 봐도 좋을 것이다. 그도 그럴 것이 최근 귀다운 귀는 한심하리만큼 수가 줄었을 뿐만 아니라 남은 것도 퇴화해버려, 아무리 잘 붙잡으려고 해도 붙잡을 수 없는 빈약한 것이 되고 말았기 때문이다. 수사슴 한 마리의 한쪽 귀가 잘렸을 뿐인데 숲 전체에 귀가 없다는 소문이 퍼진다면, 무수히 잘리고 베어나간 우리의 선조와 우리 자신의 귀가 중대한 결과를 낳았다고 해서 이상할 것은 없으리라. 우리 섬나라가 주님의 은총 아래에 있던 옛날에 한 번 더 귀를 크게 하려는 노력이 여러모로 시도되었던 것은 사실로 보인다. 그 시절에는 큰 귀가 겉을 꾸며주는 장식으로 간주되었을 뿐만 아니라 아름다운 마음의 상징으로도 여겨졌었다. 또한 박물학자들이 믿는 것처럼 몸의 윗부분, 이를테면 귀와 코처럼 부푼 부위가 있다면 분명히 아래에도 그에 대응해서 큰 부분이 있다. 따라서 정말로 신앙심이 깊었던 그 시절에는 어떤 모임에서건 큰 귀를 가진 남성은 자신의 귀와 귀 주변이 남들 눈에 잘 띄도록 신경 써서 내보였다. 귀 주변이 중요한 이유

---

*24 Proteusu(그리스 신화). 바다의 신 포세이돈을 섬기는 예언의 신. 여러 모습으로 변신하는 능력이 있다.

*25 청교도들은 대중 선동죄로 귀가 잘리는 형벌을 많이 받았다.

는, 히포크라테스에 따르면 귀 뒤쪽 혈관이 끊어지면 고자가 되기 때문이다. 여성들도 그것을 스스럼없이 쳐다보며 즐겼다. 이미 즐긴 여성은 태어날 아이의 귀가 그 귀를 닮기를 바라며 큰 관심을 가지고 그 주변 부위를 바라보았다. 앞으로 축복을 받을 처녀들은 선택의 자유가 넓었다. 그녀들은 후손이 끊기지 않도록 신경 써서 가장 큰 귀를 가진 남성을 골랐다. 또 신앙심이 깊은 여성 신도는 큰 귀는 뜨거운 열정과 왕성한 종교심을 나타낸다고 생각해, 그런 귀가 달린 얼굴을 주님의 은총의 상징이라는 듯이 존중했다. 특히 커다란 귀를 가진 설교사를 존경해마지 않았다. 설교사도 최대한 대중들에게 귀를 보여주고자 주의를 게을리 하지 않았다. 설교가 무르익으면 번갈아가며 양쪽 귀를 내민다(hold forth). 그런 습관 때문에 설교들 사이에서는 설교 행위 자체를 hold forth*26라고 부른다.

이처럼 세상의 성인(聖人)들은 귀를 크게 하려고 끊임없는 노력을 계속했기에 그 성과도 눈부시리라 생각되었다. 그러나 애석하게도 한 잔혹한 국왕*27이 나타나, 표준보다 큰 귀에 피비린내 나는 박해를 시작했다. 그러자 훌륭하게 삐죽 솟은 귀를 검은 테두리 안에 숨기거나 완벽하게 가발 아래에 감추는 사람이 생겨났다. 어떤 사람은 잘라버리거나 뚝 떼어버렸으며, 대다수는 짧게 베어내고 말았다. 이에 대해서는 곧 발표할 예정인 《귀의 역사》라는 작품에서 자세하게 다루도록 하겠다.

이상 간단하게나마 근대의 귀의 퇴화상태를 알아보았다. 옛날처럼 귀를 크게 만들려는 노력이 지금 거의 이루어지지 않는 것을 생각하면, 그렇게 짧고 약하고 미끌미끌한 것이 붙잡는 부위로서는 그다지 도움이 되지 않음이 명백하다. 확실하게 누구를 붙잡고 싶은 사람은 반드시 어떤 다른 수단에 의존해야 한다. 인간 본성을 신중하게 조사해보면 사람을 붙잡을 수 있는 손잡이를 몇 가지 발견하게 된다. 육감*28에 각각 하나씩 있으며, 그밖에 감정에 달라붙어 있는 것이 잔뜩, 지성에 관계된 것이 소수 있다. 이 마지막 수단,

---

*26 hold forth에는 "내밀어서 보여준다"는 의미와 "연설한다"는 의미가 있다.
*27 a cruel king. 찰스 2세를 말한다. 국왕은 왕정복고(1660)를 하면서 청교도 설교사를 모두 추방해버렸다(원주).
*28 the six senses. 스칼리제르(J. C. Scaliger)가 자신의 저서 《Exercitationes》(1557)에서 말한 오감 외 여섯 번째 감각 즉, 성감을 포함한다(원주).

즉 지성에 관련된 것 중 하나인 호기심이 그중에서도 가장 튼튼한 손잡이이다. 호기심이야말로 게으르고 참을성 없고 불평가인 독자를 달리게 하는 옆구리에 단 박차요, 입에 물린 재갈이요, 코에 꿴 코뚜레이다. 작가는 이 호기심으로 독자를 붙잡아야 한다. 한번 호기심이 붙잡히면 독자는 아무리 거스르고 발버둥을 쳐도 헛수고이다. 작가가 움켜쥔 손을 놓기 전까지 독자는 작가의 손바닥 안에 있다. 작가는 독자를 마음껏 끌고 다닐 수 있는 것이다.

이 명작의 작가로서 지금까지 나는 앞서 다룬 요점들로 독자 여러분의 마음을 기대 이상으로 꽉 붙들어왔지만 그 손을 놓을 때가 왔다. 이제부터 이하를 읽으실 독자 여러분이 인간 본성에 따라 하릴없이 하품을 연신 쏟아내도록 내버려둘 수밖에 없는 것은 정말이지 유감스럽다. 다만 독자 여러분이시여, 이것만큼은 확실하게 말할 수 있다. 불행하게도 이 비망록의 나머지 부분을 잃어버린 건지 다른 책들 틈에 뒤섞어버린 건지, 나 역시 독자 여러분 못지않게 염려하고 있다. 거기에는 새로운, 유쾌한, 의외의 사건과 개혁과 모험이 기록되어 있으며, 그것들은 각각의 점에서 현대의 고상한 취향에 잘 맞는 것이었다. 그런데 안타깝게도 엄청나게 노력했지만 몇몇 제목만 기억해낼 수 있었을 뿐이다. 그 제목들 밑에는 다음과 같은 내용이 상세하게 적혀 있었다. 피터가 고등법원 재판소에서 보호영장을 얻은 일.[29] 담합한 잭과 피터가[30] 어느 비 오는 날 마틴을 채무불이행자 수용소로 불러들여 옷을 홀랑 벗긴 일. 마틴이 엄청나게 고생해서 두 사람 손아귀에서 벗어난 일. 피터 앞으로 새로운 체포영장이 발부된 일. 그러자 잭이 곤경에 처한 피터를 버리고 그의 보호영장을 훔쳐서 자신이 써먹은 일.[31] 잭의 누더기 외투가 궁중과 시내에서 유행한 일. 잭이 큰 말에 올라 커스터드를 먹은 일.[32] 안타깝게도 상세한 내용은 잊어버려서 이제는 아무것도 떠올릴 수가 없다. 이 불행을 독자 여러분이 각자 기질에 맞추어 서로 간에 슬퍼하는 것은 자유이지만, 이 책의 첫 장에서부터 여기까지 나누어온 두터운 우정을 생각해서 부탁드

---

[29] 영국국교회가 국왕의 비호를 받은 것을 말한다.
[30] 제임스2세 때, 장로회가 가톨릭과 결탁하여 국교회를 압박한 것을 말한다.
[31] 1688년 명예혁명 때, 가톨릭이 잠잠했던 것에 반해 비국교파가 함부로 날뛴 것을 말한다.
[32] a great horse ; custard. 장로파의 Sir Humphry Edwin이 몇 년 전에 런던시장으로 당선되어 시장 공식복장을 입고 교회의 비밀회합에 출석한 것을 말한다. 커스터드는 런던시장 연회석에 나오는 공식 요리이다(원주).

리겠다. 되돌릴 수 없는 일로 지나치게 끙끙 앓다가 건강을 해치지 말라는 것이다. 이제 엄연한 작가로서 지켜야 할 예의이자 근대인의 소양으로서 절대로 게을리 할 수 없는 일, 즉 결론을 얘기하도록 하겠다.

결론

너무 긴 임신기간은 유산의 원인이 된다. 너무 짧은 임신기간 만큼 빈번하지는 않지만 역시 유력한 원인이다. 두뇌로 자식을 낳는 때도 마찬가지이다. 책도 옷, 음식, 오락처럼 제철에 맞게 출간해야 한다고 처음으로 책에서 말했던 저 예수회 회원[*1]의 심장에 행복이 있기를! 수많은 프랑스 유행 속에서도 특별히 이를 개량하고 진보시킨 우리 영국국민들에게도 행복이 있기를! 적절한 때를 놓친 책을 대낮의 달이나 철 지난 고등어처럼 아무도 신경 쓰지 않는 시대를 지금 나는 보고 있다. 그런데 이 책의 원고를 사준 출판사 사장만큼 우리나라 기후를 세심히 관찰한 사람도 드물다. 그는 건기에는 어떤 제목의 책이 가장 잘 팔리고 청우계가 우기를 예보했을 때에는 어떤 책이 가장 그 날씨에 어울리는지 정확하게 알고 있다. 이 원고를 봤을 때 그는 달력을 참고한 뒤 나를 보고 이런 뜻의 말을 했다. "두 가지 중요한 점을 말씀드리지요. 즉, 원고의 분량과 주제를 충분히 고려한 결과, 이 논문은 기나긴 휴가가 끝난 뒤가 아니면 팔리지 않을 것이며, 게다가 순무 농사를 망친 해여야 할 거라는 사실을 깨달았습니다." 절박해진 나는 이번 달에는 무슨 책이 잘 나갈 것 같냐고 물었다. 그는 서쪽 하늘을 바라보더니 말했다. "아무래도 나쁜 날씨가 이어질 것 같군요. 재미있는 농담집(단, 운문은 안 됩니다)이나 그에 대한 짧은 이야기라도 준비하시면 날개 돋친 듯 팔리겠지요. 하지만 비가 오지 않을 때를 대비해서 벤틀리 박사를 공격하는 글을 쓸 작가를 한 사람 고용해두었습니다. 이 책은 틀림없이 잘 나갈 겁니다."

우리는 마침내 어떤 편법을 쓰기로 합의를 보았다. 내 책을 사러 온 손님이 몰래 작가가 누군지 가르쳐달라고 하면 누구라도 상관없으니 그 주에 인기를 끄는 작가의 이름을 넌지시 가르쳐주라는 것이었다. 더피의 최신작이 인기를 끈다면 콘그리브[*2]가 아니라 더피라도 상관없다. 지금 와서 이런 애

[*1] that noble Jesuit. 프랑스 예수회 회원인 오를레앙 신부(Pére d'Orleans) (원주).

기를 하는 것은 현대 독자 여러분의 취향을 꿰뚫고 있기 때문이다. 파리는 꿀단지에서 쫓겨나면 곧바로 똥 위에 앉아서 맛있게 식사를 마친다는 유쾌한 사실을 누차 관찰해온 덕분이다.

여기서 심오한 작가에 대해 한마디 해두고 싶다. 이런 종류의 작가가 최근 엄청나게 늘어났으며, 현명한 세상 사람들이 나도 그 동료의 한 사람으로 집어넣기로 결정했음은 잘 알고 있다. 심오함이라는 측면에서 나는 작가란 우물과 같다고 생각한다. 눈이 좋은 사람은 물만 있다면 아무리 깊은 우물 바닥이라도 볼 수 있다. 그런데 물이 바짝 말라서 진흙 외에는 아무것도 없을 때는 1야드 반밖에 안 되는 깊이라도 너무 깜깜하다는 이유만으로 엄청나게 깊은 우물로 간주되는 일이 종종 있다.

나는 지금 여기에서 근대작가들이 자신 있어 하는 재주, 즉 펜을 헛돌리는 일을 하고 있다. 쓸 것이 없어진 뒤에도 펜만 계속 움직이는 것이다. 중심인물이 죽은 다음에 나와 돌아다니기를 좋아하므로, 재치의 유령이라고 말하는 사람도 있다. 실제로 세상을 둘러보면, 어떤 일을 끝내야 할 시기를 알아보는 지혜를 가진 사람이 드물다. 작가의 펜이 책의 마지막에 이를 무렵이면 작가와 독자는 막역한 사이가 되어 있어 헤어지기를 힘들어한다. 그래서 저작과 방문에는 닮은 점이 있다. 작별인사에 지금까지 이야기를 나눈 시간보다 더 많은 시간이 든다. 이야기의 마지막은 인생의 마지막과 닮았다. 인생의 마지막은 종종 연회의 마지막으로도 비유된다. ut plenus vitæ convita(활기찬 손님처럼) 만족스럽게 발길을 돌리는 자가 드문 것이다. 양껏 먹은 뒤에는 누구나 앉아서 쉬고 싶어한다. 잠시 꾸벅꾸벅 졸건 그때부터 종일 잠이 들건 말이다. 후자의 경우에서 나는 단연 두드러진 사람이다. 현대와 같이 시끄럽고 불안한 시대에 나의 노고가 담긴 작품이 인류가 편안히 잠드는 데에 얼마간 공헌을 했다면 자랑스러워해도 좋으리라. 게다가 이것은 일부 사람들이 생각하는 것만큼 작가의 본분과 그렇게 동떨어진 일도 아니다. 고대 그리스에서는 잠의 신과 뮤즈[*3] 신에게 똑같은 사원이 헌정되었다. 그리스 사람들은 두 신이 친밀한 우정으로 맺어져 있다고 믿었다.

마지막으로 독자 여러분께 한 가지 부탁이 있다. 이 이야기의 각 행, 각

[*2] Congreve, William(1670~1720). 영국의 저명한 극작가.
[*3] the Muses(그리스 신화). 예술, 문학, 과학을 관장하는 아홉 여신.

쪽이 똑같이 유익하고 재밌으리라고 기대하지 말아달라는 것이다. 작가 역시 독자와 마찬가지로 히스테리를 일으키기도 하고 따분한 이야기를 하기도 한다. 그 점은 모쪼록 헤아려주었으면 한다. 궂은 날씨나 비 내리는 날 누군가가 태평하게 창밖을 내다보며, 진흙탕 길을 걷는 내 모습을 비웃거나 비웃음을 비평한다면 그것을 정당한 행위라고 용서할 수 있겠는지 신중히 숙고해주길 바란다.

두뇌활동에서 발명을 주인으로 삼고 방법과 논리는 그 하인으로 배치하는 것이 적당하다고 생각했다. 왜 이런 배치를 하느냐. 나라는 사람이 당면 문제에 대해 현명하거나 올바른 말은 전혀 못할지언정 재치만큼은 넘친다고 말하고픈 유혹을 종종 느끼는 사람임을 잘 알기 때문이다. 그리고 근대적 방법에 충실한 종으로서 나는 그런 유혹이 들면 아무리 수고스럽고 불편한 점이 있더라도 주어진 기회를 눈앞에서 놓치고픈 마음이 전혀 없다. 그도 그럴 것이, 근대 일류작가의 빼어난 문구와 이름난 문장 738개를 널리 섭렵한 결과를 비망록에 수록했지만 그중 평범한 대화로 끌어들이거나 응용하거나 인용한 것이 5년 동안 불과 열 개 남짓이기 때문이다. 그 열 개도 일부는 우연히 마련된 자리가 그런 문구들을 말하기에 부적당한 사람들만 모인 자리라서 불발로 끝나버렸고, 나머지는 인용하는 데 무리를 하거나 함정을 파놓거나 우회하거나 무척이나 힘이 들어 결국 단념할 수밖에 없었다. 그런데 사실을 말하자면 이 실망감과 낙담이야말로 (비밀을 밝히자면) 스스로 작가를 표방하고자 처음으로 생각하게 된 원인이다. 그 뒤에 친구들을 자세히 살펴보니, 어떤 자리에도 앞서 말한 불만은 존재하며 같은 결과를 낳는 사례가 많았다. 그것도 무리는 아니라는 생각이 든다. 훌륭한 말이 평범한 대화에서는 완전히 무시되고 경멸당하면서 한번 활자가 되어 책 속에 담기면 곧바로 존경받고 위세를 떨치는 사례가 종종 목격되니 말이다. 그러나 막상 작가라는 자유를 얻어, 서점의 격려 덕분에, 갈고닦은 재능을 발휘할 기회를 자유자재로 만들어내는 처지가 되고 보니 observanda(주의해야 할 점)이 너무나도 많다. 처방전에 다 들어가지도 않는다는 사실을 발견할 지경이다. 따라서 당분간 펜을 놓고, 언젠가 세상의 맥과 나 자신의 맥을 짚어보고 세상과 나 자신을 위해 다시 펜을 잡는 일이 반드시 필요하다고 느껴지는 시기가 찾아오기를 기다릴 참이다.

스위프트의 생애와 작품

스위프트의 생애와 작품

《걸리버 여행기 Gulliver's Travels》(1726)는 모르는 사람이 없기 때문에 오히려 조너선 스위프트(Jonathan Swift, 1667~1745)의 문학적 위대성이 덜 알려졌는지 모른다. 스위프트는 로마의 호라티우스(기원전 65~8)와 유베날리스(1세기 후반에서 2세기 초반)로부터 내려오는 풍자 문학의 전통을 근대에 되살리고 꽃피웠다.

영국 작가 조지 오웰(1903~50)은 세계 문학에서 빠뜨릴 수 없는 작가 여섯 명을 꼽는다면 윌리엄 셰익스피어, 헨리 필딩, 찰스 디킨스, 찰스 리드, 귀스타브 플로베르, 조너선 스위프트라고 했다. 아일랜드 시인 윌리엄 예이츠(1865~1939)는 "스위프트가 늘 나를 따라다닌다. 길모퉁이마다 그가 기다리고 있다"고 했다.

불행의 낙인

조너선 스위프트는 1667년 11월 아일랜드의 수도 더블린에서 태어났다. 그런데 그가 태어나기도 전에 아버지가 세상을 떠나고 어머니마저 갓 태어난 스위프트를 유모에게 맡기고 고향으로 돌아가 버려, 인생의 걸음마 시절부터 고아라는 불행의 낙인이 따라붙게 되었다. 다행히 고드윈 삼촌의 후원을 받아 더블린의 트리니티 칼리지까지 입학했지만, 워낙 게으르고 제멋대로였던 탓에 특별조치를 받고서야 겨우 졸업할 수 있었다. 대학을 졸업한 그는 난을 피해 잉글랜드로 이주해 귀인을 만난다. 어머니의 먼 친척이었던 정치·외교계의 거물 윌리엄 템플 경[*1]의 비서로 일하게 된 것이다.[*2]

[*1] 영국이 네덜란드, 스웨덴과 동맹을 맺는 데 기여했으며, 오렌지 공 윌리엄 3세와 메리 2세의 결혼을 주선하기도 했던 인물이다.
[*2] 이 무렵에 당시 여덟 살이었던 에스터 존슨(스텔라)을 처음 만나게 된다.

▲더블린 성 패트릭 대성당 전경
스위프트는 휘그당에서 토리당으로 옮겨 가면서 정치적 논객으로 활약했다. 그러나 런던에서 정치가로서 성공하기는 어렵다는 사실을 깨닫자 1714년 고향 더블린으로 돌아간다. 그는 성 패트릭 성당 주임사제로서 조용히 살아가기로 결심했으나, 실제로는 분을 삭이지 못하고 맹렬하게 글을 쓰기 시작한다.

◀대성당에 있는 스위프트 묘

권모술수에 무지한 고집불통 야심가

이 무렵부터 스위프트는 고전과 역사서적을 접하며 재능을 꽃피우게 된다. 그러다 템플 경과의 불화로 1694년 일시적으로 아일랜드로 돌아온 스위프트는 생활을 꾸리고자 사제가 되지만 고집불통인 귀족 청년이 시골생활에 만족할 리 없었다.*3

2년 만에 다시 템플 가문으로 돌아온 스위프트는 자신의 글재주를 발휘하여 두 편의 풍자소설 《책들의 전쟁 The Battle of the Books》(1704)과 《통 이야기 A Tale of Tub》(1704)*4를 써내 문단의 인정을 받게 된다.

스위프트
찰스 제르바스 작(1718). 런던, 내셔널 포트레이트 갤러리.

《책들의 전쟁》은 당시 영국과 프랑스에서 유행처럼 번졌던 고대와 근대 문화의 우월성 논쟁에서 고전찬미파의 손을 들어 준 작품이었다. 또 《통 이야기》는 가톨릭, 프로테스탄트, 영국국교회 간의 종파싸움을 외투 상속을 놓고 다투는 세 아들로 풍자한 작품이다. 전체적인 흐름보다도 각 부분에서 드러나는 날카로운 풍자가 일품인 작품들로 바로 이때부터 풍자작가 스위프트의 길이 결정되었다고 볼 수 있다.

의회주의 민주제가 확립되어 가던 시기였던만큼 정치논쟁*5으로 뜨거웠던

---

*3 열악한 시골생활과 100파운드밖에 되지 않는 사제 봉급이 가장 큰 이유였지만, 사랑에 빠졌던 제인 웨어링이라는 여인에게 보낸 청혼 편지도 한 원인이 됐다. 스위프트는 그녀에게 보낸 편지에서 청혼을 승낙해 주면 남을 것이고 거절하면 이곳을 떠나 두 번 다시 돌아오지 않겠다고 썼다. 스위프트가 깨끗이 떠난 것을 보면 틀림없이 거절당했으리라.

*4 두 권 모두 1699년에 탈고하지만 출판은 1704년에서야 이루어진다.

*5 청교도 혁명으로 사라졌다 1660년 복귀된 왕권을 이을 마땅한 후계자가 없어 가톨릭 신자였던 제임스를 옹립하려 하지만, 국교가 개신교인 영국에서는 있을 수 없는 일이라 사람들은 찬성하는 토리당과 반대하는 휘그당으로 나뉘어 정치논쟁이 벌어지게 된다.

《걸리버 여행기》 초판 원고

《걸리버 여행기》 초판본 속표지
제목은 '세계 여러 나라로 떠난 여행' 총4부였고 지은이는 '레뮤얼 걸리버'였다. 신랄한 사회풍자 때문에 자신이 쓴 책이 아닌 것처럼 교묘하게 위장하느라고 가공인물 걸리버의 초상화까지 실어 놓았다.

영국정치계가 이 같은 재능을 놓칠 리 없었다. 스위프트는 곧바로 이름 없는 시골 사제에서 정치 저널리즘의 인기인이 된다. 스위프트는 야심가였다. 처음에는 휘그당을 지지하며 논리를 폈던 스위프트는 입장을 바꾸어 토리당의 논객이 된다. 여기에는 크게 두 가지 이유를 들 수 있는데, 첫째, 자신이 손을 들어 준 진보성향의 휘그당의 기세가 기울면서 국교회를 반대하는 세력과 이신론*6적 경향이 강해졌기 때문이다. 둘째, 입신양명을 꿈꾸는 스위프트의 야심을 휘그당이 만족시켜 주지 못했기*7 때문이다.

앤 여왕 통치기(1702~1714)의 후반부인 1710~1714년에 스위프트는 집권 토리당의 지도부를 위해 정치 프로파간다 팸플릿을 작성했다. 요즘으로 치면 '스핀닥터(spin doctor)'였다. 시대는 스위프트를 외면했다. 앤 여왕이 서거하고 조지 1세의 치세가 시작되면서 휘그당의 승리로 스위프트의 출세가도가 꺾여버렸다. 그렇게 그는 정치계에

연을 끊고 더블린으로 돌아가 성 패트릭 성당 사제장으로 평생 머물게 된다.

1695년 성공회 사제 서품을 받은 스위프트는 신자가 달랑 15명 있는 아일랜드 시골 본당의 신부로 일하기도 했다. 그러나 그의 목표는 영국 성공회의 주교가 되는 것이었다. 당시 고위 성직자로 성공하기 위해서는 권모술수가 필요했다. 하지만 타협을 모르는 그에겐 없는 자질이었다. 그는 약자를 옹호하고 위선을 혐오했다. 그에겐 위악(僞惡)적인 성향마저 있었다. 풍자가로서 그는 적(敵)도 많이 만들었다. 인간혐오자(misanthrope)·여성혐오자(misogynist)라는 악평도 얻었다. 그에 대해 '인류는 미워했지만 인간 개개인은 사랑했다'며 옹호하는 무리들도 있었다. 한편 앤 여왕이 스위프트를 좋아하지 않아 출셋길을 열어주지 않았다는 해석도 있다.

스텔라의 초상화
스위프트는 스물두 살 때 스텔라, 즉 에스터 존슨(1681~1728)에게 사랑을 느꼈는데, 그때 스텔라는 겨우 여덟 살밖에 안 된 소녀였다. 이후 스텔라가 세상을 떠날 때까지 약 40년 동안이나 두 사람의 불가사의한 애정관계는 지속되었다.

1713년 스위프트는 더블린 성 패트릭 대성당의 주임 사제가 된다. 그는 생애 마지막 30년을 그곳에서 일했다. 묻힌 곳도 대성당이다. 그의 야심을 채우지는 못했지만 12세기에 건립된 유서 깊은 성 패트릭 대성당의 주임 사제직은 상당히 명예로운 것이었다.

스위프트는 아일랜드의 2대 종교인 장로교에 대한 혐오, 가톨릭에 대한 멸시의 감정을 품고 있었다. 그는 모든 나라와 민족을 싫어했다. 자신이 태어나고 교육받은 더블린도 별로 좋아하지 않았다. 아일랜드는 그에게 고향이 아니라 망명지에 불과했다. 그러나 1720년대 이후 아일랜드는 스위프트

---

*6 18세기 계몽주의시대에 등장한 철학이론으로 세계를 창조한 유일신을 인정하나 인격체가 아닌 초월적 존재로서 세상을 창조하고 전혀 개입하지 않았다고 보는 철학, 종교관이다.
*7 스위프트는 휘그당에 힘입어 워터포드 주교 자리를 노리지만 휘그당의 내부반대로 무산된다.

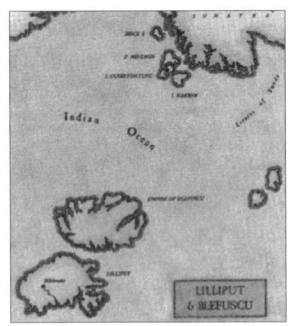

▲《걸리버 여행기》 초판본에 실린 소인국 지도
◀소인국에 간 걸리버
지상에서 약 60cm 떨어진 곳에다 펼쳐 놓은 걸리버의 손수건 위에서 소인국 기병들이 전투 훈련을 하는 장면. 걸리버는 기병과 말을 통째로 집어 들어 훈련장에 올려놓았다. 국왕은 이 훈련을 보고 크게 기뻐했다.

정치 활동의 주 무대가 된다.

불후의 문장

불후의 스위프트 문학이 태어난 것은 바로 이때부터*8이다. 통화정책 철회*9를 주장한, 지은이의 정체에 현상금까지 내걸게 했던 《드레피어의 편지》(1724)를 비롯해 《걸리버 여행기》(1726), 기상천외한 역설을 구사한 《겸손한 제안》 등을 집필하여 영국의 아일랜드 정책을 신랄하게 비판했다. 아일랜드가 스스로 운명을 개척하는 게 원칙이지만, 식민지 아일랜드의 기아와 가난이 일차적으로 점령국인 영국의 탓이라고 주장했다. 그러나 영국 왕실에 대한 스위프트의 충성심은 변함이 없었다. 스위프트가 그리는 아일랜드는

---

*8 영국 정치계에 더 이상 미련이 없었던 스위프트는 이때부터 영국 정부를 비판하는 글을 마구 써내기 시작한다.
*9 당시 자신들만의 조폐기관이 없었던 아일랜드는 주화 부족에 시달리고 있었다. 영국 본토에 동화를 공급해 줄 것을 요청하지만 영국정부는 이 역할을 자영업자들에게 맡겼다. 이때 윌리엄 우드라는 자가 조지 1세의 애첩을 통해 반 페니 동전을 유통시킬 독점권한을 얻었고 불순물을 섞어 만든 악통화(惡通貨)로 이윤을 남기려 했다.

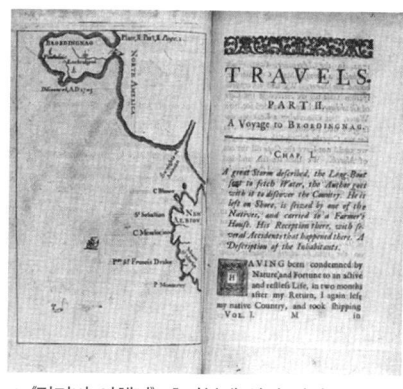

▲《걸리버 여행기》 초판본에 실린 거인국 지도

▶ 거인국에 간 걸리버
다시 항해에 나선 걸리버는 1703년 거인국(브롭딩낵)를 발견한다. 스위프트는 인간을 싫어하고 특히 여성을 혐오했는데, 그런 성향이 이 거인국 이야기에서 뚜렷하게 드러난다. 개구리와 싸우는 걸리버(왼쪽 아래)를 지켜보는 거인국 시녀들. 테니에르 작.

그와 같은 영국계 식민주의자들의 아일랜드였다. 그럼에도 불구하고 스위프트는 아일랜드의 애국자, '건국의 아버지' 칭호를 받게 됐다. 아일랜드 민족주의자들은 그를 인용하며 영국을 공격하고 독립을 꿈꿨다.

스위프트의 여성관계는 괴이한 수수께끼를 연상시킨다. 스위프트에게는 사제(師弟) 관계에서 연정으로 발전한 두 명의 여자가 있었다. 스위프트보다 여자들이 더 적극적이었다. 본명이 에스터 존슨인 스텔라를 만났을 때 스텔라는 여덟 살, 스위프트는 스물두 살이었다. 스텔라는 윌리엄 템플 가문에서 일하던 가정부의 딸이었다. 둘은 단둘이 만나는 경우가 없었고 한 지붕 아래에서 산 적도 없었다. 그렇게 두 사람은 1728년 스텔라가 죽을 때까지 결혼을 했는지, 육체관계[10]를 가졌는지 전혀 알 수 없는 알쏭달쏭한 관계를 30년 넘게 이어갔다. 스위프트가 런던에 머무르며 더블린에 있는 그녀에게 1710년부터 1713년까지 편지처럼 보낸 일기장《스텔라에게 보내는 일기》(1766)에는 자신이 관심을 갖고 있던 정치계의 소식만이 아니라 스텔라를

---

[10] 스텔라는 죽기 전까지도 자신을 늙은 처녀라고 했다.

향한 애정이 듬뿍 담겨 있었다.

제2의 여자는 스위프트가 바네사라고 부른 헤스터 배넘리이다. 스위프트의 애정은 스텔라 쪽으로 기울었지만 성관계가 있었다면 대상은 바네사라는 주장이 있다. 스위프트는 바네사를 영국에 체류 중이던 1707~1709년에 만났다. 바네사도 스위프트에 홀딱 반했다. 스위프트는 스텔라와 바네사가 서로 만나거나 서신을 교환하지 못하게 했다. 1723년, 드디어 문제가 터졌다. 1716년에 스위프트가 스텔라와 비밀리에 결혼했다는 루머가 바네사의 귀에 들어간 것이다. 루머는 이들이 '정원에서 야외 결혼식을 올렸다'는 등 구체적이었다. 격분한 바네사는 그들만의 금기를 깨고 스텔라에게 편지를 보내 루머가 사실이냐고 따졌다. 역시 격분한 스텔라는 바네사의 편지를 스위프트에게 보냈다.

바네사는 1723년, 스텔라는 1728년에 세상을 떠났다. 둘 다 지적이고 재기발랄했다. 스위프트의 차가운 성격 때문에 그들이 일찍 죽었다는 억지스러운 주장도 있다. 둘이 죽은 뒤에도 수많은 여성들이 아침부터 저녁까지 스위프트의 시중을 들며 그를 넘봤다.

스위프트의 말년은 순탄치 않았다. 20대부터 현기증과 난청에 시달렸던 스위프트의 증상은 50대부터 급격하게 악화되었고, 60대부터는 기억력까지 쇠퇴하여 마지막 15년 동안은 폐인처럼 살아야만 했다. 메니에르병(Meniere 病) 때문에 난청·현기증·구역질 증세로 고생하고 마비·실어증도 왔다. 운동을 해야 한다는 강박관념 때문에 그는 방에서 걸어다니며 식사를 했다.

스위프트가 살던 시대는 사람이나 그들이 사는 곳이 지극히 더러운 시대였다. 스위프트는 유난히 청결에 집착했고 분뇨로 건강 상태를 진단하는 분변학(糞便學, scatology)에 심취했다. 정신병에도 관심이 많았는데 그 자신이 점점 미쳐갔다. 《걸리버 여행기》의 뒷부분은 그가 미친 상태에서 집필했다는 분석도 있다. 스위프트의 유산은 지금까지 남아 있는 더블린 최초의 정신병원 건립에 사용됐다.

1745년, 그는 그렇게 힘없이 쓰러진 고목처럼 77세의 생애를 마감했다. 자신이 직접 쓴 비문(碑文)*11에는 '격렬한 분노에 가슴이 찢겨나갔다'는 문구가 남아 있다.

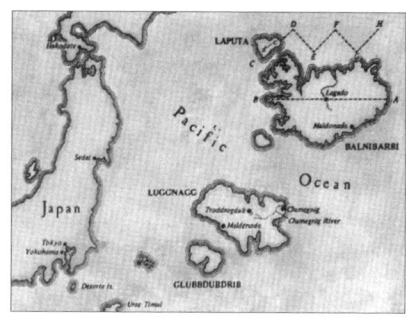

▲《걸리버 여행기》 초판본에 실린 세 번째 항해 지도

▶ 라퓨타 섬(하늘을 나는 섬)으로 가는 걸리버

'세 번째 항해'는 수학과 음악에만 흥미를 보이면서 공허한 사색을 계속하는 라퓨타 사람들을 통해 그 시대 궁정을 풍자하고 있다. 또한 하계의 영토에 있는 아카데미에서 이루어지는 진기한 발명·발견·실험은 1660년에 설립된 런던 왕립학회를 교묘하게 풍자한 것이다. 또한 제3부에서 걸리버는 라퓨타 외에도 발니바르비, 럭낵 등을 거쳐 일본까지 항해한다. 1727년 프랑스어판 삽화. 파리 마자랭 도서관.

《걸리버 여행기》에 대해

1726년 레뮤얼 걸리버라는 익명으로 출판된 《걸리버 여행기》는 비판이나 풍자가 좌파·진보의 전유물이 아니라는 것을 보여 준다. 스위프트는 일종의 비판적 보수주의자였다. 스위프트는 영국 국교회인 성공회와 군주제에 충성했으며 급진주의를 혐오했다. 그가 살았던 시대는 계몽주의가 아직 무르익기 전이었지만, 이미 이성으로 인간이 완벽하게 될 수 있고 역사는 진보한다는 생각이 급물살을 타고 있었다. 스위프트는 이성의 힘을 믿지 않았으며 맹목적인 과학에도 반대했다. 뿐만 아니라 사회가 향상되기보다는 악화되고 있다고 판단했다.

《걸리버 여행기》에는 스위프트가 궁정과 거리에서 배운 모든 것들이 집약

---

*11 "스위프트는 휴식에 들어갔다. 여기서는 격렬한 분노에 가슴이 찢겨나갈 일도 없으리라. 속세에 도취된 나그네여, 할 수 있다면 그를 흉내내보라. 인간의 자유를 위해 힘썼던 그 사내를⋯⋯ (Swift has sailed into his rest. Savage indignation there cannot lacerate his breast. Imitate him if you can, world-besotted traveller. He served human liberty.)"

돼 있다. 헤로도토스(기원전 484~420경)에서 몽테뉴(1533~1592)에 이르는 민족지(民族誌)의 성과도 포함됐다. 스위프트는 한 번도 외국에 나간 적이 없지만 《걸리버 여행기》는 여행일지의 형식을 띠고 있다. 《걸리버 여행기》에는 '출세가 멈춘' 스위프트의 분노도 담겨 있다. 그는 영국 시인 알렉산더 포프(1688~1744)에게 보낸 편지에서 《걸리버 여행기》를 쓴 목적이 "세상 사람들을 즐겁게 해 주려는 게 아니라 화나게 만들려는 것"이라고 고백했다.

《걸리버 여행기》에서 걸리버는 소인국 릴리펏·블레프스큐, 거인국 브롭딩낵, 하늘을 나는 섬 라퓨타, 말의 나라 후이넘을 방문한다. 《걸리버 여행기》는 걸리버의 행로를 통해 인간의 위선과 야수성, 정치 부패, 민생은 뒷전인 정당들의 이전투구, 영국 제국주의, 문명의 탈을 쓴 야만을 풍자한다. '스위프트 코드'가 있다고 주장하는 사람들에 따르면 《걸리버 여행기》가 겨냥하는 장소와 인물을 구체적으로 알아낼 수 있다. 암호법(cryptography)을 통해서다.

《걸리버 여행기》의 내용을 좀 더 들여다보자. 먼저 소인국과 거인국의 이야기. 소인과 거인은 신체적 크기만이 아니라 내적인 '그릇'이 극단적으로 다른 사람들이다. 소인국에는 소인배들만 산다. 그들은 '외줄 위에서 춤을 춰 고위직을 얻거나, 막대기 아래로 기어다니며 황제의 총애를 받는 관습'을 오랫동안 지켜온 자들이다. 한동안 소인배들과 어울리던 걸리버가 거인국의 사람들을 만났을 때, 그는 자기 안에 숨어 있는 소인배 근성을 여지없이 드러낸다. 달걀의 둥근 쪽을 깨서 먹을 것이냐 뾰족한 쪽을 깨먹을 것이냐 하는 문제로 전쟁을 불사하는 소인배들 앞에서는 큰 사람이었던 걸리버가 거인국에 가서는 어린 소녀의 애완인이 되고, 왕궁의 난쟁이에게 괴롭힘을 당하는 신세가 되었다는 것. 본인은 국왕에게 잘 보이고 싶은 마음에 화약제조 기술을 알려 주겠다고 했다가 "네 조국에 사는 원주민들이란 대자연이 지상에 기어다니도록 만든, 지겹고도 작은 벌레들로 구성된 가장 해로운 인종"이라며 경멸당하는 걸리버. 그의 작은 마음으로는 손 안에 들어온 무기를 거부하는 권력자를 이해할 수 없다.

라퓨타에는 '집중적인 사색에 너무 몰두해 있어서, 입과 귀가 외부적인 어떤 사물과 접촉하여 자극을 받지 않으면 말을 하지도 못하고, 남의 말에 귀를 기울일 수도 없는' 사람들이 산다. 수학과 음악에 관한 탁월한 능력에도

▲ 후이넘 나라를 떠나는 걸리버
아동도서가 아니라 문학작품인 《걸리버 여행기》가 궁금하다면 '네 번째 항해'를 특별히 주목해야 할 것이다. 여기서는 이성적인 말(馬) 종족인 후이넘과 그들이 기르는 가축, 즉 탐욕스럽고 불결한 인간 야후가 등장한다. 이 에피소드는 스위프트의 염세관을 가장 잘 표현하고 있으며, 동시에 유토피아와 디스토피아가 표리일체라는 사실을 상상력과 기지로써 멋지게 그려 내고 있다. 길핀 작.

▶ 후이넘 나라 지도
1925년판에 수록된 D. 존스의 목판화.

불구하고 라퓨타 사람들은 비합리적이며 깊은 사색에 잠겨 있기를 좋아하지만, 그들에겐 상상력이나 발명과 같은 단어조차 없다. 자기 자신에 대한 맹목적 관심과 외부 세계에 대한 철저한 무관심으로 무장한 라퓨타 사람들의 우스꽝스러움은 그들의 아카데미에서 가장 적나라하게 드러난다. 걸리버는 그곳에서 본 것을 이렇게 말한다.

독일어판 《걸리버 여행기》
청소년용으로 편찬되어 1882년 베를린에서 간행된 책. 스위프트는 수많은 저작을 남겼지만 그로 인한 수입은 거의 없어서, 결국 《걸리버 여행기》로 벌어들인 200파운드가 전부였다고 한다.

"교수들은 유럽 사람들이 상상도 못할 방법으로 가르치고 있었다. 뼈 속에 가득 차 있는 결체질의 물질로 만든 잉크를 사용하여 여러 명제와 증명을 얇은 과자 위에 쓰면, 학생은 그것을 먹어 배를 채웠다."

수학적이고 실험적인 지식만을 맹목적으로 신봉하는 라퓨타 사람들의 모습은 18세기 계몽이성에 대한 스위프트식 비판이지만, 도구적 이성의 문제는 여전히 우리 시대에도 유효한 것이고 장식적 지식으로 권위의 탑을 세우는 아카데미의 풍경 역시 라퓨타에만 있는 것이 아니다.

걸리버 여행의 대미는 후이넘이 장식한다. 말들이 지배하는 이 섬에서 걸리버는 지금껏 단 한 번도 보지 못했던 '불쾌한 짐승들'을 만나는데, 불결한 생활 습관과 탐욕으로 가득 찬 그 짐승들의 이름은 '야후' 즉 인간이다. 인간이 누군가의 지배를 받는다면 그것은 신 이외에는 있을 수 없다. 서유럽의 그리스도교적 관점에서는 특히 그렇다. 데카르트 이후 인간의 삶이 그 자신의 이성에 의해 유지, 개선되어 간다고 하는 입장에서 보더라도 인간이 동물의 노예가 된다는 것은 있을 수 없는 일이다. 그에게 남은 것은 자기 안에 있는 야후의 흔적을 지우는 것, 그리고 후이넘과 같은 고귀한 덕성을 갖기 위해 노력함으로써 다른 존재가 되는 길밖엔 없다.

여행은 끝났고, 걸리버는 집으로 돌아왔다. 여행에서 돌아온 자는 이미 떠나기 전의 그 사람이 아니다. 그는 여행을 통해 새로운 앎을 습득했고, 낯선 삶의 방식을 배웠으며, 그 과정에서 자기를 발견하고 성장시켜 왔기 때문이다. 이런 점에서 걸리버의 여행, 혹은 진정한 여행이란 장식적 교양과 과시를 배후에 두는 관광과는 다르다.

19세기에 간행된 《걸리버 여행기》의 삽화

《걸리버 여행기》는 놀랄 만큼 근대적이다. 비록 허구이지만 풍성한 사실을 제공하며 어떤 결론을 강요하지 않는다. 설교조도 아니다. 사실 《걸리버 여행기》는 세계 제일의 강대국으로 떠오르던 영국이 스스로를 객관적으로 바라볼 기회를 제공했다. 《걸리버 여행기》는 빅토리아 시대(1837~1901)에 성인이 아니라 어린이들이 읽는 동화가 됐다. 《걸리버 여행기》에 나오는 말처럼 '비교에 의하지 않고서는 큰 것도 작은 것도 없다'는 것을 어린아이들까지 인식하게 됐다. 영국이 역사상 최고의 번영을 구가하던 시대에 영국에 필요한 것은 풍자보다는 객관적으로 세상을 바라보는 능력이었기 때문인지 모른다.

《통 이야기》에 대해

《통 이야기 A Tale of a Tub》의 초판은 1704년 4월에 출판되었다. 같은 해에 세 개의 다른 판이 출판되었고, 이듬해에 존 너트 서점이 정본을 간행했다. 이 정본이 네 번째 판이다. 1710년에 존 너트 서점이 제5판을 출판했는데, 여기에 처음으로 '작가의 변(An Apology)'으로서 우턴의 주석 및 그 밖에 주석이 달린다. 또한 네덜란드에서 출판된 1720년판에는 〈마틴의 역사 History of Martin〉라는 장이 제9장 뒤에 덧붙어 인쇄되었다. (이 번역본은 1710년판이며, 초판에 수록된 것을 모두 번역했다). 초판이 나온 이래 《통 이야기》에는 《이야기 전쟁 The Battle of the Books》이라는 작품이 함께 붙어 나오는 것이 통례가 되었다.

《통 이야기》가 실제로 집필된 것은 초판이 나오기 8년 전인 1696년이었다. 이 사실은 〈출판업자가 독자에게〉나 본문에 나오는 〈서문〉을 보면 명확하다. 당시 스물아홉 살이던 스위프트는 어떤 처지에 놓여 있었을까? 아버지는 그가 태어나기 전에 죽었다. 어머니와도 일찍 결별한 스위프트는 큰아버지의 보살핌으로 더블린에서 학창 시절을 보냈으며, 그 뒤 1689년 무렵부터는 무어 파크(Moor Park, Surrey)의 윌리엄 템플(Sir William Temple) 밑에서 기숙했다. 명목은 비서였지만 실제로는 하인에 가까웠다. 새커리의 말을 인용하자면 "20파운드의 급료를 받고 하인들과 함께 식사하는 이 위대하고 고독한 스위프트는…… 지급받았다고 하기에는 초라한 옷을 걸치고 루시퍼처럼 오만한 무릎을 구부리고서 마나님의 눈치를 살피고 주인의 심부름을 다녔다." 1694년 생계를 위해 성직자가 된 그는 아일랜드에서 시골 목사가 되지만, 1696년에 다시 무어 파크의 템플 밑으로 돌아온다. 《통 이야기》는 이 시기를 전후로 집필했다. 이 무렵 그는 불행한 사랑을 했다. 학창 시절 친구의 여동생에게 순정을 고백하지만, 그녀가 가난한 시골 목사의 사랑을 거절한 것이다. 그동안 쓴 수편의 시를 먼 친척뻘인 시인 드라이든에게 선보이지만 "시인이 될 수 없다"는 혹평을 받는다. 시골 목사 생활은 무미건조했다. 템플 저택의 식객 생활도 유쾌하지 않았다. 주위를 둘러보면 하찮은 놈들이 위세를 떨치고 있었다. 가슴에는 뜨거운 야망이 불타오르고, 머릿속은 독서로 얻은 지식으로 충만했다. 《통 이야기》는 이런 상황에서 쓰였다. 자신의 재능을 세상에 드러내고 출세의 돌파구로 삼겠다는 생각이 집필의 직접적인 동기였으리라.

스위프트의 모든 작품이 그렇듯이 《통 이야기》도 익명으로 출판되었다(존슨 박사처럼 스위프트가 작가라는 사실을 끝까지 의심한 사람도 있지만, 지금은 그 점에 의심의 여지가 없다고 여겨진다. 《스텔라에게 보내는 편지》 및 그 밖의 작품에서 스위프트 자신이 작가임을 스스로 인정했으며, 요크의 대감독 목사 샤프가 《통 이야기》를 앤 여왕에게 보여 주었다가 여왕의 심기를 건드려, 스위프트가 감독 목사 자리에 오르는 영광을 방해 받았다는 사실은 그 간접적인 증명이다). 이 이야기의 지은이가 누군지 명확하지는 않지만 '졸필을 휘둘러 조국에 충성을 바치고', '세 분의 국왕이 통치하는 동안 소책자 91편을 썼으며, 36개 당파를 위해 일한' 그럼 거리의 삼류 문필가인 것 같다(제1장 참조). 그리고 한때 정신병원 신세를 졌던 미치광이이다. '이 중대한 진리를 밝히고 있는 나 자

앤 여왕(재위 1702~14년)
스위프트는 앤 여왕 때문에 직간접적으로 두 번이나 쓴잔을 마셨다. 첫째로 종교계 및 인간의 위선을 풍자한 스위프트의 《통 이야기》를 앤 여왕이 읽고 불쾌해하는 바람에, 그는 성직자로서 출셋길이 가로막히게 된다. 둘째 그녀가 세상을 떠난 탓에, 스위프트가 속한 토리당의 권세가 약해져서 그는 결국 정치가의 꿈을 접게 된다. 1702년 무렵에 그려진 초상. 런던, 내셔널 포트레이트 갤러리.

신이 만만치 않은 상상력의 소유자라서 자칫하면 이성을 태운 채로 내달릴 우려가 다분히 있으며, 그 이성은 아주 가벼운 기수라서 쉽게 떨어진다(제9장 참조).' 작가는 원고를 친구에게 빌려주었는데 그 친구는 그만 죽어버리고 원고는 돌아오지 않았다. 출판업자는 그 원고를 우연히 손에 넣어 '6년이 지난 지금' 그것을 출판한다. 출판업자이자 서점 주인이 본문 곳곳에 주석을 달았다(주석 가운데 '원주'가 그것이다. 물론 스위프트가 달아놓은 것이다). 이렇게 비비 꼰 형식을 취한 이 작품에서 스위프트는 대체 무엇을 말하려고 했을까?

제5판에 처음으로 추가된 〈작가의 변〉에서 스위프트는 이렇게 말했다.
"필자는 당시 젊었고, 창조력은 극에 달해 있었으며, 독서로 얻은 지식이

머리에 가득했다. 스스로 사색하고 남들과 대화함으로써 되도록 많은 편견을 배제하려고 계속해서 노력해 왔다. 이렇게 준비를 마친 필자는 종교와 학문의 세계에 존재하는 수많은 부패가 유익하고 흥미 깊은 풍자의 소재를 제공한다고 생각했다. 세상은 이미 모든 주제가 끝없이 반복되는 데에 질렸다. 따라서 필자는 전혀 참신한 방법으로 신작을 쓰기로 결심했다."

이 말에서도 알 수 있듯이 《통 이야기》의 동기는 '허위를 폭로하고 위선을 조롱하는 것'이다. 인간은 사실 천박한 현세적 욕망에 따라 움직이며, 점잖은 체제는 그것을 감추기 위한 교묘한 가면에 불과하다. 작가는 그 허상을 들춰내려 했다.

종교계에 대한 풍자가 (일단) 이야기의 줄거리이며, 전체 열한 장 중 다섯 장을 차지한다. 피터, 마틴, 잭의 삼형제는 각각 로마 구교, 영국국교회, 비국교도(특히 청교도)를 상징하며, 아버지가 물려준 외투는 그리스도교의 신앙과 교리이고, 아버지의 유언장은 신약성서이다. 성서 해석을 둘러싸고 모든 종파 사이에서 벌어진 분쟁과 갈등의 역사를 이 삼형제의 개인사를 통해 나타내려고 한 것이다. 이는 암시이며 풍유(諷諭)이다. 그러나 이솝우화처럼 추상적이고 보편적인 진리를 비유적으로 표현한 것은 아니다. 교회의 역사는 실제로 일어난 사실이므로 함부로 바꿀 수 없다. 따라서 풍자의 자유에 제한이 생긴다. 《걸리버 여행기》처럼 자유로운 문학 재능을 발휘할 수 없다. 사실을 모르면 무슨 말을 하는지 이해할 수 없다는 결점이 분명히 있다. 좋은 점은 아니다. 그러나 그러한 제약을 받으면서도 풍자의 펜을 멋지게 휘둘렀다. 암시를 떠나 그것만으로도 재미있게 읽히는 부분이 적지 않다. 칼라일의 토이펠스드뢰크 교수보다 앞선 주장이라고도 할 수 있는 의상철학론(제2장), 도시로 나간 형제가 도시 난봉꾼들처럼 물들어 가는 과정을 그린 대목(제2장), 옷에 갖가지 장식을 달기 위해 다양한 핑계거리를 만들어 궤변을 늘어놓는 우스꽝스러운 대목(제2장), 구교의 화체설을 풍자한 대목(제4장), 풍신파라는 가공의 종파를 들어 청교도의 오만함, 가식, 위선을 조롱하고 조롱한 제8장 등이 그것이다.

총 11장 가운데 6장이 소위 여담이며, 처음 〈헌정사〉와 〈서문〉과 함께 주로 학계나 문단의 문제를 자유롭게 풍자한 장이다. (그리고 보면 이 《통 이야기》라는 책의 출판 자체가 또는 이 책의 구성 자체가 당시 출판계에 대한 풍자로 보인다. 당시 내용은 별 볼일 없지만, 구성만큼은 번지르르한 책이 많았다. 귀족이나 부자들 같은 이른바 후원자들에게 바치는 기나긴 헌정사를 책 앞머리에 장식하는 것이 당시 유행이었다. 《통 이야기》에는 헌정사가 세 편 나오고, 뒤에 〈서문〉, 〈서론〉이 이어지며, 드디어 본론에 들어와서는 그 절반이 여담이다. 이것이 작가가 의도한 풍자이다.) 한편 그 주제가 당시 학계에 대한 풍자, 문단의 폐쇄성, 개인에 대한 독설(시인 드라이든이나 철학자 우턴, 벤틀린 등은 많은 대목에서 표적이 되었다), 당시 학계를 떠들썩하게 했던 신구논쟁(그 자체는 별 볼일 없는 내용이다)의 되새김(제5장은 순전히 우턴의 근대학문 우월론을 패러디한 것이다) 등에 한정되어 있는 한 순수문학 작품으로서는 결코 높은 평가를 받지 못할 것이다. 뒷날 영국 정계를 벌벌 떨게 했던 무시무시한 소책자를 쓴 작가로서의 싹을 드러냈다는 데에서 의의를 찾을 수 있는 정도이다. 그러나 어쩌다 보편적이고 흥미로운 주제가 나오면 현대를 사는 우리도 재미있게 읽을 수 있으며, 스위프트의 문학 재능과 날카로운 풍자에 감탄하지 않을 수 없다. 예를 들어 앞부분에 나오는 〈후손 왕세자 전하께 바치는 헌정 서한〉은 형태는 '헌정사'이지만 실은 당시 군소 작가와 그 작품을 교묘하게 조롱한 것으로, '죽은 뒤에 명성을 얻는' 작가가 즐겨 쓰는 상투 문구에 숨은 허영과 위선을 폭로한 사랑스런 풍자 소품이다. 또한 제3장 〈비평가들에 대한 여담〉은 비평가들에 대한 출중한 풍자로, 남의 작품에서 결점을 찾아내는 것 말고는 재주가 없는 비평가라는 종족을 철저하게 야유하고 조롱한다. 그러나 뭐니뭐니해도 가장 흥미롭고 주목할 만한 부분은 제9장 〈사회에서 벌어지는 광기의 기원과 효용과 이용에 대한 여담〉이다. 땅에서 솟아오른 수증기가 구름이 되어 하늘을 덮듯이 인체 하부에서 발생한 증기가 상승하여 두뇌 조직을 망가뜨린다—이 상태가 미친 상태이며, 철학자, 종교가, 제왕 등 비범한 인물은 모두 이런 미치광이이다. 정신병원에 감금된 미치광이를 살펴보면 군인, 변호사, 선생, 상인, 왕궁 사람들, 제왕 등 훌륭한 소재를 찾을 수 있다. 우리는 모두 미치광이다. 미쳐 있는 한 행복하며, 기만과 마음의 평화가 따른다. 진실을 알면 알수록 현실의 추악함을 인정해야 한다. '행복이란 완벽하게 속아 넘어가 있는 상태를 유지하는 것이다.' '경신(輕信)은 호기심보다 평화로운 정신 상태이다.' '속아 넘어간 상태는 악당들 틈에 낀 어리석은 자의 평온하고 평화로운 상태이다.'—이 문장들 속에 스위프트가 평생 품었던 염세적이고 인간을 혐오하는 사상의 핵심이 함축되어 있다. 그러나 그런 사상은 풍자와 해학으로써 역설적으로 쓰여 있으며, 쾌활하고 밝은 웃음으로 채색되어 있다.

《통 이야기》는 교회의 역사를 암시한 이야기와 당시 영국 문단에 대한 풍자가 주를 이룬다. 순수문학 작품으로서 보자면, 추상적 진리와 보편적 인간 본성 위에 원숙한 풍자를 덧입힌 만년의 《걸리버 여행기》에 뒤지지 않는 작품이라 하겠다. 또한 《걸리버 여행기》는 '아무런 예비지식 없이도 혼자서 활보할 수 있는' 극히 드문 작품 중 하나인 반면, 《통 이야기》는 스위프트의 작품임을 염두에 두고서야 가치가 생기는 작품일는지 모른다. 그러나 ('오히려'나 '그렇기에'라는 접속사가 어울릴지도 모르겠다) 스위프트라는 인물을 알기 위해서는 반드시 읽어야 하는 작품이다. 지독한 염세주의자에 혐인(嫌人)주의자로서의 스위프트가 어떻게 탄생했는지를 알기 위해서는 《통 이야기》에서 엿보이는 젊은 스위프트를 이해하여야 한다. 스위프트는 자존심이 강하고 예민하며, 왕성한 학구열과 섬세한 신경을 지닌 사람이었다. 감상주의를 혐오한 그는 자기감정을 솔직히 표현할 줄 몰랐다. 늘 풍자와 조소라는 가면을 쓰고, 오만함과 냉혹함 아래에 예민함과 섬세함을 감추고 있었다. 위선과 가식을 미워하는 나머지 자신의 치부를 쉽게 드러냈다. 학창 시절부터 시작된 철학을 혐오하는 경향은 그의 천성 가운데 하나였다. 추상과 개괄을 혐오했으며, 몽테뉴처럼 예외를 증명하는 진기한 사실을 발견하기 좋아하는 실증정신의 소유자였다. 그런 기질에는 그의 성격의 근본적 결함이라고 할 만한 빈약한 상상력이 결부되어 있다. 그는 주체할 수 없으리만치 뜨거운 출세욕에 불타는 철저한 실제가였다. 그에게 풍류는 시라고 부르는 감상주의에 지나지 않았으며, 문학조차 비실제적인 공상이었고 따라서 경멸해야 할 대상이었다. 그에게는 실제적 효과를 주된 목표로 하는 '말이라기보다는 행위인' 정치 소책자가 진지하게 삶을 쏟아 부을 가치가 있는 작품이었다. 이 무기를 들고 논적의 가슴을 후벼 파는 것이야말로 그에게 어울리는 일이었다—이 《통 이야기》는 이런 스위프트를 우리 눈앞에 생생하게 제시해 준다. 《통 이야기》에서 그런 면모를 찾는 것에 스위프트를 연구하는 사람으로서 귀중하게 여겨야 할 가치가 있다.

존슨 박사는 《영국시인전》에서 《통 이야기》에 대해 이렇게 말했다. "이 이야기는 그의 다른 작품과 다르다. 격렬하고 민첩한 정신, 풍부한 심상, 발랄한 용어가 있으며, 이것들은 뒷날 그에게서는 전혀 찾아볼 수 없는 특징이다. 독특한 형식의 작품이라 다른 작품들과 따로 떼어 생각해야 한다. 이 작품의 특징은 다른 작품에는 전혀 해당하지 않는다." 정신적으로 폐인에 가까워졌던 만년의 스위프트는 어느 날 《통 이야기》를 꺼내어 읽으며 "이 책을 썼을 때 나는 천재였구나" 하고 혼잣말을 했다고 한다. 이렇게 존슨 박사의 고개를 갸우뚱하게 하고 늙은 스위프트를 탄식하게 했을 정도로 《통 이야기》가 스위프트의 다른 작품들(소책자류나 《걸리버 여행기》)과 다르다는 것은 사실이다. 이런 차이를 낳은 원인은 무엇일까? 한마디로 말하자면(평범한 표현이지만) 작가의 젊음이다. 《통 이야기》에는 젊음에서 오는 희망과 정열이 있다. 풋풋한 자신감이 있으며, 풍자와 해학을 즐기는 여유가 있다. 후년에 《걸리버 여행기》를 쓴 지은이로서의 면모가 엿보이는 염세혐인사상이 서술되어 있기는 하나, 역설을 즐기는 쾌활한 웃음도 함께 있다. 스위프트에게는 평생 '세상을 수용할 도량'이 없었지만, 《통 이야기》를 쓰는 스위프트에게는 적어도 '세상에 수용될 재능은 있다'는 자신감이 충만했다. 바로 여기에 《통 이야기》의 풍자를 어둡게 하지 않는 '이상'이 있으며, 인생의 가능성을 믿는 밝은 '희망'이 있다. 통탄스럽게도, 이후 실생활에서 맛본 환멸이 《걸리버 여행기》의 작가를 염세혐인의 어두운 절망의 심연으로 가라앉혀 버렸다.

스위프트 연보

1667년   11월 30일, 아일랜드 더블린에서 태어나다. 아버지는 스위프트가 태어나기도 전인 5월에 죽었다. 어머니 애비게일 에릭은 갓 태어난 스위프트를 삼촌 고드윈에게 맡기고 고향으로 돌아가 버려 사실상 고아가 된 스위프트는 유모의 고향인 컴벌랜드(지금의 컴버리아 주) 화이트헤븐에서 자라나게 되었다.
1670년(3세)   아일랜드 더블린에 있는 고드윈 삼촌 집으로 보내지다.
1673년(6세)   더블린 킬케니 스쿨에 입학해 콩그리브와 함께 공부하다.
1682년(15세)   4월, 더블린에 있는 트리니티 칼리지에 입학하다. 시(詩), 고전, 역사를 좋아했지만 신학, 철학, 수학을 싫어하는 전형적인 열등생이자 문제아였다.
1686년(19세)   대학의 특별조치 덕분에 학위를 받고 대학을 졸업하다.
1689년(22세)   1688년에 벌어진 명예혁명의 여파로 혼란에 빠진 더블린을 떠나 영국에 있는 어머니의 집으로 가서 잠시 머무르다. 어머니의 먼 친척인 윌리엄 템플 경의 비서가 되다. 고전과 역사연구를 하며 크고 작은 정치인들과 인연을 갖다.
1690년(23세)   때때로 현기증과 난청에 시달리다. 뒷날 자신을 덮쳐올 질환(메르니엘증후군)의 전조였다.
1691년(24세)   처녀작 《핀다로스 풍 송시(頌詩) *A Pindaric ode*》가 혹평을 받자 자신의 재능은 풍자에 있다는 것을 깨닫다.
1692년(25세)   템플 경의 지원으로 옥스퍼드 대학에서 석사학위를 받다.
1694년(27세)   템플 경과 크게 다투고 아일랜드로 돌아온 스위프트는 국교회 성직자 자격을 얻는다.
1695년(28세)   스위프트를 용서해 준 템플 경의 추천으로 킬루트 교구 사제가 되지만 생활은 넉넉지 못했다.

1696년(29세) 5월, 다시 템플 경의 곁으로 돌아가다. 어머니와 함께 템플 가문에 신세지고 있던 열네 살 연하의 에스터 존슨(스텔라)을 사랑하게 되다. 당시 유행하던 고대문화와 근대문화의 우월성 논쟁에서 고대문화 편이었던 템플 경의 손을 들어준 풍자시 《책들의 전쟁 The Battle of the Books》, 종파분쟁을 풍자한 《통 이야기 A Tale of a Tub》 집필에 들어가다.

1699년(32세) 《책들의 전쟁》을 탈고하다. 템플 경이 죽자 유산을 물려받아, 자립을 위해 아일랜드 고등법원장으로 부임한 버클리 백작의 개인 사제가 되다.

1700년(33세) 버클리 백작의 추천으로 더블린 성 패트릭 성당을 비롯한 다른 두 곳의 교구에 사제 자리를 얻으며 안정된 생활을 하다.

1701년(34세) 스텔라를 더블린으로 불러 함께 살다. 익명으로 써 낸 《아테네 그리고 로마에 있어 귀족, 평민 간의 항쟁, 평화에 대한 논고 A Discourse of the Contests and Dissentions between the Nobles and the Commons in Athens and Rome》를 비롯한 정치적 소책자가 휘그당의 인정을 받다. 강한 권력욕과 재능에 자부심이 생기며 빈번히 런던에 들락거리다. 더블린 대학에서 신학박사가 되다.

1704년(37세) 《통 이야기》와 《책들의 전쟁》을 한데 묶어 익명출판하면서 영국문단의 인정을 받다.

1707년(40세) 주로 런던에 머무르며 애디슨, 스틸리를 비롯한 문단명사들과 친해지다.

1708년(41세) 아이작 비커스태프라는 필명으로 《1708년 운수력 Predictions for the Year 1708》을 발표해 궁전의 신임을 받고 있던 점성술사 파트리지를 실추시키다. 정권을 잡고 있던 휘그당 쪽에서서 워터포드 주교 직위를 얻으려다 반대파의 뜻으로 실현되지 못해 불만을 품다.

1709년(42세) 아일랜드 《종교의 진흥과 풍속 개혁에 대한 시안 Project for the Advancement of Religion, and the Reformation of Manners》이라는 소책자를 집필하다. 이때부터 이듬해에 걸

	쳐 〈태틀러 The Tatler〉지에 시나 산문을 기고하다.
1710년(43세)	10월, 휘그당이 실각하며 토리당이 정권을 잡자 평소 불만을 갖고 있던 스위프트는 토리당으로 자리를 옮기다. 토리당 지도자들의 고문이 되어 토리당에서 발행하는 기관 신문〈이그재미너 The Examiner〉에 스무 번에 걸쳐 휘그당을 공격하는 글을 실어 스틸리를 비롯한 인사들과의 친분을 잃지만, 다시금 정치적 절정기를 맞이하다. 9월 이후, 아일랜드로 돌아갈 때까지(1713) 더블린 스텔라 앞으로 일기형식의 편지를 보내다. 이 편지는 사후《스텔라에게 보내는 일기 Journal of Stella》(1768)로 출판된다.
1711년(44세)	《동맹군과 전 내각의 행위로 살펴보는 현 전쟁의 개전과 속행 The Conduct of the Allies and of the Late Ministry in Beginning and Carrying on the Present War》을 발표, 10년에 걸친 에스파냐 왕위계승 전쟁에 대한 휘그당의 정책을 비판하며 평화정책론을 펼치다. 헤스터 버넘리(바네사)와 친밀해지다.
1712년(45세)	소책자《영어의 교정과 개선, 확인을 위한 제언 A Proposal for Correcting, Improving, and Ascertaining the English Tongue》을 발표.
1713년(46세)	4월, 위트레흐트 조약이 체결되지만 스위프트가 얻은 지위는 성 패트릭 성당 사제장이 전부였다. 문학결사 스크리블러리스 클럽에서 시인 포프를 비롯해 어린 시절 친구였던 극작가 콩그리브 등의 많은 문학가와 친해지다. 서사시《캐드너스와 바네사 Cadenus and Vanessa》를 집필하다.
1714년(47세)	앤 여왕이 서거하며 휘그당 정권이 권력을 잡자 낙심한 스위프트는 더블린으로 돌아와 휘그당을 공격하는 소책자《휘그당의 공공심 Public Spirit of the Whigs》을 출판하다. 젊은 시절부터 자신을 괴롭혀 온 현기증과 난청증세가 심해지기 시작하다. 《종교, 도덕, 정치론 Essays Divine, Moral, and Political》을 출판하다. 스크리블러리스 클럽에서《걸리버 여

	행기 *Gulliver's Travels*》의 원안이라 할 수 있는 작품구상에 들어가다.
1716년(49세)	바네사, 스위프트를 따라 아일랜드로 오다.
1719년(52세)	1월, 《최근 성직자가 된 한 청년에게 보내는 편지 *A Letter to a Young Gentleman Lately Entered into Holy Orders*》를 발표하다. 문장은 간결하고 명확하게 써야 한다는 스위프트의 유명한 의견이 담겨 있다.
1720년(53세)	자신의 출세욕을 불식시킨 첫 번째 정치 소책자 《아일랜드 국산품 애용제안 *A Proposal for the Universal Use of Irish Manufacture*》을 발표해 영국제품 불매운동을 제창하다. 《걸리버 여행기》의 본격적인 집필에 들어가다.
1723년(56세)	바네사가 실연의 아픔을 이겨내지 못하고 죽다.
1724년(57세)	《드레피어의 편지 *The Drapier's Letters*》를 출판하다. (우드의 반 펜스 정책에 반대하는 아일랜드 민중에게 보내는 드레피어의 편지 The Drapier's Letters to the People of Ireland Against Receiving Wood's Halfpence)
1726년(59세)	10월, 출판인 벤저민 모트의 도움을 받아 익명으로 《걸리버 여행기》를 출판하다. 같은 해에 런던을 찾아 휘그당의 수상 월폴에게 아일랜드 문제에 대해 항의하지만 성과를 거두지 못하다. 또 같은 해에 《캐드너스와 바네사》가 출판되다.
1727년(60세)	《걸리버 여행기》에서 벤저민 모트가 멋대로 고친 부분과 오자(誤字)가 불만이었던 스위프트는 대폭 수정한 개정판을 내놓다. 하지만 고친 부분은 여전했다.
1728년(61세)	1월 28일, 에스터 존슨(스텔라) 죽다.
1729년(62세)	《겸손한 제안 *A Modest Proposal*》을 발표하다. (아일랜드 빈민층 아이들이 부모와 국가에 부담이 되는 것을 막고 사회전반에 유익한 존재로 만드는 겸손한 제안 A Modest Proposal : For Preventing the Children of Poor People in Ireland from Being a Burden to Their Parents or Country, and for Making Them Beneficial to the Publick)
1731년(64세)	병이 악화되면서 난청과 현기증에 시달려 인간혐오가 심해지

	다. 11월, 자신의 죽음을 노래한 시 《스위프트 박사의 죽음을 추모하는 시 Verses on the Death of Dr. Dean Swift, Written by Himself》를 집필하다.
1735년(68세)	조지 포크너의 도움으로 거의 완벽하게 복원한 《걸리버 여행기》를 포함한 작품집 전4권이 출판되다.
1738년(71세)	위선적이고 알맹이 없는 대화들을 모은 《영국 궁전과 상류사회에서 통용되는 우아하고 예의바른 회화 집대성 A Complete Collection Of Genteel and Ingenious Conversation According to the Most Polite Mode and Method Now Used at Court, and in the Best Companies of England》이 출판되다.
1740년(73세)	극심한 인간혐오와 급해진 행동거지, 떨어지는 기억력에 정상적인 인간관계를 유지할 수 없게 되다. 깊어진 병세에 무기력해진 스위프트는 죽음이 가까워졌다는 것을 깨닫고 유서를 남겨 유산의 대부분을 정신병원 건립과 유지 운영에 쓸 것을 지시하다. 스위프트는 자신이 정신병자가 되어 죽을 것이라고 확신했다.
1741년(74세)	정신감정에서 심신미약 선고가 내려지면서 사제 직무에서도 물러나 후견인의 감독을 받으며 죽을 때까지 비참한 삶을 보내게 되다.
1744년(77세)	《세 가지 설교 Three Sermons》가 출판되다.
1745년(78세)	10월 19일, 병이 깊어져 성 패트릭 성당 사저에서 죽다. 10월 22일, 에스터 존슨의 묘지 옆에 묻히다. 사후, 유서를 비롯해 1704년부터 쓰기 시작했던 미완성 작품 《하인들에게 주는 지침 Directions to Servants》이 발견되어 출판되다.

옮긴이 유영(柳玲)

시인·영문학자. 호는 운향(雲鄕). 서울대 영문과 졸업. 연세대 교수 및 명예교수 역임. 1939년 문장 지에 소설 조갯살 을 발표하여 등단, 이후 시로 전향하여 백묵 자화상 산정 부채 등을 발표했다. 1983년 국민훈장 동백장 수상. 지은책 시집《일월》《천지서(天地序)》《인간 별곡》, 산문집《나의 대학의 오솔길》《인생의 향기를 가슴에 가득히》, 연구서《밀턴의 서사시 연구》《밀턴문학의 심층구조 연구》《현대문학의 가는 길》등, 옮긴책 호머《일리아드》《오디세이》밀턴《실낙원》《복낙원》단테《신곡》제임스 조이스《젊은 예술가의 초상》칼릴 지브란《예언자》등 다수가 있다. 그의 영문학번역업적을 기리는 유영학술재단은 2007년 유영번역상을 제정 시상하고 있다.

세계문학전집052
Jonathan Swift
GULLIVER'S TRAVELS/A TALE OF A TUB
걸리버 여행기/통 이야기
조너선 스위프트/유영 옮김
동서문화창업60주년특별출판
1판 1쇄 발행/2016. 11. 30
발행인 고정일
발행처 동서문화사
창업 1956. 12. 12. 등록 16-3799
서울 중구 다산로 12길 6(신당동 4층)
☎ 546-0331~6 Fax. 545-0331
www.dongsuhbook.com

＊

이 책의 출판권은 동서문화사가 소유합니다.
의장권 제호권 편집권은 저작권 법에 의해 보호를 받는 출판물이므로
무단전재와 무단복제를 금합니다.
사업자등록번호 211-87-75330
ISBN 978-89-497-1517-9 04800
ISBN 978-89-497-1515-5 (세트)